Anne Holt

Blinde Göttin

Selig sind die Dürstenden

SERIE PIPER

Zu diesem Buch

Der Tote, der am Osloer Akerselv gefunden wird, ist grotesk zugerichtet. Mit der Aufklärung des Falles werden der Jurist Håkon Sand und die Polizeikommissarin Hanne Wilhelmsen beauftragt. Schon bald stellt sich heraus, daß hinter dem brutalen Mord eine Drogenmafia steckt, deren Verzweigungen bis in die höchsten gesellschaftlichen Kreise reichen … Auch als es in Oslo zu blutigen Gewaltverbrechen an jungen Ausländerinnen kommt, ermittelt Hanne Wilhelmsen mit ihrem Kollegen Sand. Doch die anfängliche Theorie vom rassistischen Mörder scheint hinfällig, als die Studentin Kristine brutal vergewaltigt wird. Müssen die beiden mit ihren Ermittlungen von vorn beginnen? Zwei spannende Kriminalfälle für die beliebte Osloer Kriminalkommissarin Hanne Wilhelmsen in einem Band.

Anne Holt, geboren 1958, Ex-Justizministerin und Rechtsanwältin. Ihre höchst erfolgreichen Kriminalromane, darunter »Das achte Gebot« und »In kalter Absicht«, wurden mit den wichtigsten Krimipreisen ihres Landes ausgezeichnet und eroberten auch bei uns die Bestsellerlisten. Zuletzt erschienen von ihr auf deutsch »Das letzte Mahl« und »Die Wahrheit dahinter«. Mit ihrer Frau und ihrer Tochter lebt sie in Oslo.

Anne Holt

Blinde Göttin
Selig sind die Dürstenden

Zwei Romane in einem Band

Aus dem Norwegischen von
Gabriele Haefs

Piper München Zürich

Von Anne Holt liegen in der Serie Piper vor:
Das einzige Kind (3079)
Im Zeichen des Löwen (mit Berit Reiss-Andersen, 3216)
Das achte Gebot (3581)
Blinde Göttin (3602)
Selig sind die Dürstenden (3658)
In kalter Absicht (3917)
Blinde Göttin / Selig sind die Dürstenden (4157, Doppelband)
Das letzte Mahl (mit Berit Reiss-Andersen, Piper Original 7057)

Taschenbuchsonderausgabe
Juni 2004

Titel der norwegischen Originalausgaben:
»Blind gudinne« und »Salige er de som tørster«

Deutsche Erstausgaben: Rasch und Röhring Verlag,
Hamburg 1994 und 1995
Umschlag / Bildredaktion: Büro Hamburg
Isabel Bünermann, Friederike Franz,
Charlotte Wippermann, Katharina Oesten
Fotos Umschlagvorderseite: Jörg Modrow / laif (links)
und Brita Sönnichsen (rechts)
Foto Umschlagrückseite: Peter von Felbert
Satz: IBV Satz- und Datentechnik GmbH, Berlin
Druck und Bindung: Clausen & Bosse, Leck
Printed in Germany ISBN 3-492-24157-3

www.piper.de

Blinde Göttin

SERIE PIPER

Er war tot. Einwandfrei und über jeden Zweifel erhaben. Sie sah das sofort. Später konnte sie sich nicht recht erklären, weshalb sie so sicher gewesen war. Vielleicht kam es daher, wie er gelegen hatte, das Gesicht tief in halbverfaultem Heu vergraben, Hundekot gleich neben dem Ohr. Kein Säufer mit Selbstachtung legt sich neben einen Hundehaufen.

Die Frau drehte ihn vorsichtig um. Die Vorderseite seines Kopfes fehlte. Es war unmöglich, das zu erkennen, was einst eine Person gewesen war, eine Identität. Der Brustkasten gehörte einem Mann und wies drei Einschüsse auf.

Sie fuhr herum und erbrach sich heftig, was ihr aber nur einen bitteren, scheußlichen Geschmack im Mund und einen bösen Krampf im Zwerchfell einbrachte. Die Leiche war wieder auf den Bauch gesackt, als sie sie losgelassen hatte. Zu spät ging ihr auf, daß der Kopf nun auf die Exkremente gefallen war, die sich in den dunkelblonden, triefnassen Haaren verteilten. Als sie das sah, kam ihr endlich alles hoch. Als sei es die höhnische Geste einer Lebenden gegenüber einem Toten, wurde er von tomatenrotem Mageninhalt übersprüht. Die Erbsen waren noch nicht verdaut und blieben als giftgrüne Punkte auf dem toten Rücken liegen.

Karen Borg rannte. Sie rief ihren Hund und nahm ihn an die Leine, die sie – eine symbolische Handlung – immer bei sich trug. Das Vieh lief begeistert neben ihr her, bis es entdeckte, daß sein Frauchen weinte und schluchzte, woraufhin es mit Jammern und Winseln in den Trauerchor einfiel.

Sie rannten und rannten und rannten.

MONTAG, 28. SEPTEMBER, MIT RÜCKBLICK

Polizeigebäude, Oslo, Grønlandsleiret 44. Eine Adresse ohne das Brausen der Geschichte. Grønlandsleiret 44 klang müde, grau und modern, mit einem Unterton von öffentlicher Unfähigkeit und internen Streitereien. Groß und leicht gebogen, als könne es den Windstößen nicht widerstehen, lag es eingeklemmt zwischen Gotteshaus und Gefängnis, hatte im Rücken das kahlsanierte Wohnviertel Enerhaugen und als Schutz gegen den verdrecktesten und verkehrsreichsten Stadtteil gegenüber nur eine riesige Rasenfläche. Die Eingangspartie wirkte abweisend und war viel zu klein für die zweihundert Meter lange Fassade, wirkte geduckt und fehl am Platz und fast versteckt – als ob sie das Kommen schwierig und das Fliehen unmöglich machen sollte.

Die Anwältin Karen Borg wanderte am Montagmorgen um halb zehn die gepflasterte Straße hoch, auf den Eingang zu. Der Hang war gerade lang genug, um ihr einen schweißnassen Rücken zu bescheren.

Sie überlegte sich, daß der Hang mit Bedacht angelegt worden sein mußte; alle betraten das Osloer Polizeigebäude mit schweißnassen Kleidern.

Sie drückte gegen die schweren Metalltüren und betrat das Foyer.

Wenn sie mehr Zeit gehabt hätte, dann wäre ihr dort die unsichtbare Grenze aufgefallen. Reiselustige Norweger warteten auf der hellen Seite der riesigen Halle auf ihre roten Reisepässe. Im Norden, unter der Galerie, saßen die Dunkelhäutigen ängstlich und stundenlang mit schweißnassen Händen bei den Schindern von der Fremdenpolizei.

Aber Karen Borg war spät dran. Sie warf einen Blick zu den Galerien hinauf; eine Seite hatte blaue Türen und Linoleumboden, die andere, die Südseite, war gelb. Im Westen schließlich dominierten Rot und Grün. Der offene Raum erstreckte sich über sechs Stockwerke in die Höhe. Später sollte sie feststellen, daß hier enorm viel Platz verschwendet wurde; die Büros waren winzig klein. Nachdem sie sich mit dem Bau vertraut gemacht hatte, erfuhr sie, daß die wichtigsten Räumlichkeiten im sechsten Stock lagen: die Kantine und das Büro des Polizeichefs. Darüber wiederum, vom Foyer aus und für den Herrn in der Höhe unsichtbar, hauste der Überwachungsdienst.

Wie in einem Kindergarten, dachte Karen Borg, als ihr die Farbcodes auffielen. Als ob sie sichergehen wollten, daß alle ihren Platz finden.

Sie mußte in den zweiten Stock, die blaue Zone. Die drei Fahrstühle mit den Metalltüren hatten sie mehr oder weniger gezwungen, die Treppe zu benutzen.

Nachdem sie zugesehen hatte, wie die Lichtpunkte an den Türen vier Minuten lang auf und ab geklettert waren, ohne je das Erdgeschoß zu berühren, war sie überzeugt. Sie ging zu Fuß nach oben.

Die vierstellige Zimmernummer war auf einen Zettel gekritzelt. Es war leicht, das Zimmer zu finden. Die blaue Tür war übersät von den Überresten alter Aufkleber. Micky Maus und Donald hatten sich der Ausrottung hartnäckig widersetzt und grinsten sie, ohne Beine, aus halben Gesichtern an. Es hätte wohl besser ausgesehen, wenn man sie in Ruhe gelassen hätte. Karen Borg klopfte.

Sie hörte: »Herein«, und öffnete die Tür.

Håkon Sand wirkte nicht gerade begeistert. Es roch nach Rasierwasser, und über einem Stuhl – dem einzigen im Zimmer außer dem, auf dem Sand saß – hing ein feuchtes Handtuch. Sie sah, daß seine Haare naß waren.

Er warf das Handtuch in eine Ecke und bat sie, Platz zu nehmen. Die Sitzfläche des Stuhls war feucht. Sie setzte sich trotzdem.

Håkon Sand und Karen Borg waren alte Freunde, die sich nie trafen. Sie tauschten abgenutzte Phrasen aus, im Stil von: »Wie geht es dir«, »Lange nicht mehr gesehen«, »Wir müssen mal zusammen essen gehen.« Diese Floskeln wiederholten sie bei zufälligen Begegnungen, auf der Straße oder bei gemeinsamen Bekannten, die ihre Kontakte besser pflegten als die beiden.

»Schön, daß du da bist. Das freut mich«, sagte er plötzlich. Ihr kam es nicht so vor. Sein Willkommenslächeln war ziemlich dürftig nach vierundzwanzig Stunden Dienst. »Der Typ will einfach nichts sagen. Er wiederholt immer nur, daß er dich als Anwältin will.«

Karen Borg hatte sich eine Zigarette angezündet. Sie trotzte allen Warnungen und rauchte Prince in der Originalversion, mit dem Maximum an Nikotin und Teer und dem knallroten Etikett, auf dem die erschreckende Warnung des Gesundheitsministeriums stand. Niemand schnorrte bei Karen Borg Zigaretten.

»Ihr müßt ihm doch klarmachen können, daß das nicht möglich ist. Erstens bin ich Zeugin in diesem Fall, schließlich habe ich die Leiche gefunden. Und zweitens habe ich keine Ahnung mehr vom Strafrecht. Ich hab' mich seit dem Examen nicht mehr darum gekümmert, und das ist sieben Jahre her.«

»Acht«, korrigierte er. »Wir haben vor acht Jahren Examen gemacht. Du warst die Drittbeste unter Hundertvierzehn. Ich war Nummer fünf von hinten. Klar kannst du Strafrecht, wenn du willst.«

Er schien gereizt, und das war ansteckend. Plötzlich spürte sie die Stimmung, die sich während ihrer Studienzeit manchmal eingestellt hatte. Ihre stets hervorragenden Noten im strahlenden Kontrast zu seinem holpernden Gang durchs Studium, unterwegs zu einem Examen, das er ohne ihre Hilfe niemals bestanden hätte. Sie hatte ihn durch das ganze Studium gelockt, gezerrt und getrieben, als wäre ihr eigener Erfolg mit dieser Bürde leichter zu ertragen gewesen. Aus irgendeinem Grunde – sie hatten ihn nie ermitteln können, vielleicht, weil sie nie darüber sprachen – hatten sie beide das Gefühl gehabt, daß *sie* ihm dankbar sein müßte und nicht umgekehrt. Dieses

Gefühl, ihm etwas schuldig zu sein, hatte sie später immer geärgert. Warum sie während des gesamten Studiums unzertrennlich gewesen waren, hatte niemand begreifen können. Sie hatten nie etwas miteinander gehabt, höchstens mal eine Runde Knutschen im Suff; sie waren ein ungleiches Freundespaar gewesen, unzertrennlich, streitsüchtig, aber immer voller gegenseitiger Fürsorge, die sie vor den vielen tiefen Fallgruben des Studiums bewahrte.

»Und was deinen Status als Zeugin angeht, auf den scheiß' ich im Moment, ehrlich gesagt. Das wichtigste ist, daß der Typ endlich die Klappe aufmacht. Mit dem Zeuginnenkram befassen wir uns eingehender, wenn irgendwer das nötig findet. Und das dauert sicher noch lange.«

»Zeuginnenkram.« Sein juristischer Sprachgebrauch war nie sonderlich präzise gewesen, aber Karen Borg konnte das trotzdem nicht so ganz schlucken. Håkon Sand war Polizeiadjutant und offiziell ein Hüter von Gesetz und Ordnung. Karen Borg wollte gern weiterhin glauben, daß die Polizei die Juristerei ernst nahm.

»Kannst du nicht wenigstens mit ihm reden?«

»Unter einer Bedingung. Du lieferst mir eine glaubwürdige Erklärung dafür, daß er weiß, wer ich bin.«

»Das war mein Fehler.«

Håkon Sand lächelte mit der Erleichterung, die er immer empfunden hatte, wenn sie ihm etwas erklären konnte, das er zehnmal gelesen und doch nicht begriffen hatte. Er holte zwei Tassen Kaffee aus dem Vorzimmer.

Und dann erzählte Håkon Sand die Geschichte eines jungen Niederländers, dessen einziger Kontakt mit dem Geschäftsleben – das war zumindest die vorläufige Theorie der Polizei – im Rahmen des europäischen Rauschgifthandels stattgefunden hatte. Aus der Geschichte ging hervor, wieso dieser Niederländer, der derzeit stumm wie ein Fisch in Norwegens ekelhaftestem Loch, der Untersuchungszelle des Osloer Polizeigebäudes, auf Karen Borg wartete, wußte, wer sie war; eine der Allgemeinheit unbekannte, sehr erfolgreiche Anwältin, fünfunddreißig Jahre alt und auf das Geschäftsleben spezialisiert.

»Bravo zwo-null ruft null-eins!«

»Null-eins an Bravo zwo-null, worum geht's?«

Der Polizist sprach leise, als erwarte er ein in aller Vertraulichkeit erzähltes Geheimnis. Das war jedoch nicht der Fall. Er hatte einfach nur Dienst in der Zentrale. In dem großen Raum mit dem schrägen Boden waren Lautstärke ein Tabu, Entschlossenheit eine Tugend und die Fähigkeit, sich kurz zu fassen, eine Notwendigkeit. Die uniformierten Beamten saßen wie die Hühner auf der Stange vor der Karte ihrer Hauptbühne, Oslo. Der Raum lag so zentral wie möglich im Polizeigebäude, ohne ein einziges Fenster zum unruhigen Samstagabend. Die Hauptstadtnacht drang trotzdem ein, durch die Funkverbindung mit den Streifenwagen und eine wohlwollende 002-Nummer, die Oslos mehr oder minder hilfsbedürftiges Publikum wählen konnte.

»Im Bogstadvei sitzt ein Mann. Er ist nicht ansprechbar, seine Kleider sind blutig, aber er scheint nicht verletzt zu sein. Keine Papiere. Er leistet keinen Widerstand, behindert aber den Verkehr. Wir bringen ihn rüber.«

»Alles klar, Bravo zwo-null. Sagt Bescheid, wenn ihr wieder losfahrt. Null-eins Ende.«

Eine halbe Stunde später wurde der Verhaftete gebracht. Seine Kleider waren wirklich blutgetränkt. Bravo zwo-null hatte die Wahrheit gesagt. Ein junger Polizeianwärter untersuchte den Mann. Mit seinen sauberen blauen Schulterklappen hatte er eine Heidenangst vor solchen Mengen von möglicherweise HIV-infiziertem Blut. Er trug Plastikhandschuhe, als er die offene Lederjacke des Festgenommenen zurückschlug. Erst jetzt konnte er feststellen, daß das T-Shirt einst weiß gewesen war. Auch die Jeans waren blutgetränkt, und der Bursche wirkte auch sonst nicht weiter gepflegt.

»Personalien«, forderte der Wachhabende und linste müde über die Schranke.

Der Festgenommene gab keine Antwort. Er starrte sehnsuchtsvoll auf ein Päckchen Tabak, das der Anwärter zusammen mit einem Goldring und einem von Nylonschnur zusammengehaltenen Schlüsselbund in eine hellbraune Papiertüte steckte. In seinem Gesicht war nichts anderes zu lesen als der Wunsch nach einer Zigarette, und auch dieser Wunsch verflüchtigte sich, als er seinen Blick von der Papiertüte zum Wachhabenden wandern ließ. Er stand, fast einen Meter von dem Polizisten entfernt, hinter einer soliden Metallbarriere, die ihm bis zu den Hüften reichte. Die hufeisenförmige Barriere war, einen guten halben Meter von der hohen Holzschranke entfernt, mit beiden Enden im Betonboden verankert. Die Holzschranke wiederum war ziemlich breit, und die Nase und der dünne graue Schopf des Polizisten lugten hinüber.

»Personalien! Wie heißt du, Mann? Wann geboren?«

Der Fremde lächelte, durchaus nicht höhnisch. Sein Lächeln zeigte eher mildes Mitgefühl für den erschöpften Polizisten, sein Ausdruck schien sagen zu wollen: Nimm es nicht persönlich. Er würde nichts sagen, weshalb brachten sie ihn also nicht lieber gleich in eine Zelle? Sein Lächeln war fast freundlich, und er schwieg. Der Wachhabende mißverstand das. Natürlich.

»Bringt den Burschen in eine Zelle! Die vier steht leer. Der wird hier verdammt noch mal nicht länger rumstehen und mich provozieren.«

Der Mann protestierte nicht, sondern ließ sich willig in Zelle vier führen. Vor jeder Zellentür standen Schuhe, abgelatschte Schuhe in allen Größen. Und die Türschilder verrieten, wer dort wohnte. Vielleicht ging er davon aus, daß diese Regel auch für ihn galt. Jedenfalls streifte er seine Turnschuhe ab und setzte sie ohne weitere Aufforderung ordentlich vor die Zellentür.

Die Zelle maß etwa drei mal zwei Meter und war ausgesprochen unerfreulich. Wände und Boden waren hellgelb, und das Fehlen von Graffiti fiel auf. Der einzige kleine Vorzug, den er an diesem Ort, der zweifelsfrei kein Hotel war, sofort entdekken konnte, war, daß der Wirt offenbar nicht an Strom sparte. Das Licht war viel zu grell, und in diesem Zimmerchen war es mindestens fünfundzwanzig Grad warm.

Gleich neben der Tür befand sich ein Abtritt. Er verdiente die Bezeichnung Klo oder Toilette nicht. Es war eine Steinkonstruktion mit einem Loch in der Mitte. Als er sie erblickte, verkrampfte sein Bauch sich zu einer nachdrücklichen Verstopfung.

Obwohl es an Kritzeleien früherer Gäste fehlte, war dem Zimmer anzusehen, daß es viel genutzt wurde. Auch wenn er selbst alles andere als frisch geduscht war, erbebte sein Zwerchfell, als er den unangenehmen Geruch bemerkte. Die Mischung von Pisse und Exkrementen, von Schweiß und Angst, von Entsetzen und Wut hatte sich in den Wänden untilgbar festgesetzt. Denn abgesehen von der Einrichtung, die Urin und Abführung aufnehmen sollte und die auf keine Weise gereinigt werden konnte, war das Zimmer im Grunde sauber. Vermutlich wurde es täglich ausgespült.

Die Tür wurde verriegelt. Durch die Gitter hörte er, daß der Mann in der Nachbarzelle da weitermachen wollte, wo der Wachhabende aufgegeben hatte.

»Hallo, du, hier ist Robert. Wie heißt du? Und warum ist die Bullerei scharf auf dich?«

Robert hatte auch kein Glück. Schließlich mußte er aufgeben, genau wie der Wachhabende.

»Arschloch!« murmelte er nach einigen Minuten, laut genug, um die Botschaft an den Adressaten zu bringen.

An der Rückwand des Zimmers verlief quer eine Erhöhung. Sie ließ sich vielleicht, mit äußerstem Wohlwollen, als Pritsche bezeichnen. Es lag keine Matratze darauf, und Decken waren auch nirgends zu sehen. Egal, er schwitzte in der Hitze ohnehin wie verrückt. Der Namenlose faltete seine Lederjacke zu einem Kissen zusammen, legte die blutgetränkte Seite nach unten und schlief ein.

Als Håkon Sand am Sonntagmorgen um fünf nach zehn zum Dienst erschien, schlief der unbekannte Häftling noch immer. Das wußte Håkon Sand nicht. Er war verkatert, was nicht hätte sein dürfen. Der Schweiß der Reue klebte ihm das Uniformhemd an den Leib. Schon auf dem Weg zu seinem Büro zerrte ein Finger am Kragen. Die Uniform war ein Scheiß. Zu Anfang waren alle Juristen davon fasziniert, sie standen zu Hause vor dem Spiegel und übten, strichen über die Rangabzeichen an den Schulterklappen; einen Streifen, eine Krone und einen Stern für einen Polizeirat, einen Stern, aus dem zwei oder drei werden konnten, wenn man lange genug aushielt, um Adjutant oder Inspektor zu werden. Sie lächelten ihr Spiegelbild an, richteten sich unwillkürlich auf, stellten fest, daß ihre Haare geschnitten werden mußten, und fühlten sich aufrecht und gepflegt. Schon nach einigen Arbeitsstunden stellten sie dann aber fest, daß Acryl übel roch und daß der Hemdkragen zu steif war und am Hals eine wunde, rote Spur hinterließ.

Der Dienst als Wachhabender war das Letzte. Trotzdem waren alle scharf darauf. Der Job war in der Regel öde und zum Ausgleich erschreckend anstrengend. Schlafen war verboten; ein Verbot, dem die meisten mit einer stinkenden, ungewaschenen Wolldecke als Schutz über der Uniform trotzten. Aber die Schicht wurde gut bezahlt. Jeder Jurist von einem Jahr Laufzeit kam einmal im Monat an die Reihe, was pro Jahr fünfzigtausend Kronen mehr in der Lohntüte ergab. Das war es wert. Der große Nachteil war, daß diese Schicht nach einem vollen Arbeitstag um drei Uhr nachmittags begann, und wenn sie am nächsten Morgen um acht endete, fing wieder ein normaler Arbeitstag an. An den Wochenenden war der Dienst in Vierundzwanzigstunden-Schichten eingeteilt, was ihn besonders lukrativ machte.

Sands Vorgängerin war ungeduldig. Der Wachwechsel sollte vorschriftsmäßig um neun Uhr stattfinden, aber aufgrund einer stillschweigenden Übereinkunft durfte der Sonntagswachhabende eine Stunde später kommen. Der, der nun endlich Feierabend hatte, trat dann schon von einem Fuß auf den anderen. Auch bei der blonden Polizeirätin war das der Fall.

»Alles, was du wissen mußt, steht im Protokoll«, sagte sie. »Was den Mord vom Freitagabend angeht, da liegt eine Kopie auf dem Schreibtisch. Es ist ganz schön viel zu tun. Ich habe schon vierzehn Haftanträge und zwei Paragraph-elf-Maßnahmen ausgeschrieben.«

O verdammt. Auch mit dem besten Willen konnte Håkon Sand nicht einsehen, daß er kompetenter darin sein sollte, über Fürsorgemaßnahmen zu entscheiden, als das Jugendamt selbst. Dennoch mußte die Polizei immer grünes Licht geben, wenn ein Kind außerhalb der Bürozeiten unbürokratisch nervig war oder zu sehr litt. Zwei am Samstag, das bedeutete, statistisch gesehen, keins am Sonntag. Er konnte immerhin hoffen.

»Und der Hinterhof sitzt voll, du kannst ja mal eine Runde drehen, wenn du Zeit hast«, sagte die Blonde.

Er bekam die Schlüssel und befestigte sie mit großer Mühe an seinem Gürtel. Ansonsten war alles so, wie es sein sollte. Alle Papiere lagen vor. Das Protokoll war auf dem laufenden.

Die Formalitäten waren erledigt. Er beschloß, sofort eine Runde Bußbescheide einzulegen, da der Sonntagmorgen seine feuchte, aber zweifellos beruhigende Hand über die wegen Suff Inhaftierten gelegt hatte. Ehe er aufbrach, blätterte er ein wenig in den Papieren auf seinem Schreibtisch. Er hatte im Radio von dem Mord gehört. Am Akerselv war eine arg mißhandelte Leiche gefunden worden. Die Polizei verfügte über keinerlei Spuren. Gerede, hatte er gedacht. Die Polizei hat immer Spuren, nur sind sie oft so schlecht.

Die Bilder vom Tatort lagen natürlich noch nicht vor. Trotzdem entdeckte er in der grünen Mappe einige Polaroidaufnahmen. Sie waren grotesk. Håkon Sand würde sich nie daran gewöhnen, Bilder von Toten zu sehen. In seinen fünf Jahren bei der Polizei hatte er das oft genug gemußt. Alle verdächtigen Todesfälle wurden der Polizei gemeldet und unter dem Code »Verd.« in den Computer eingegeben. Verdächtige Todesfälle waren ein weites Feld. Er hatte verbrannte Menschen gesehen, ertrunkene, von Auspuffgasen vergiftete, erstochene, erschossene und erwürgte. Sogar jene bedauernswerten alten Menschen, denen nur das Verbrechen widerfahren war, daß monatelang niemand mehr an sie gedacht hatte – bis schließlich der Nachbar in der Wohnung unter ihrer im Eßzimmer einen unangenehmen Geruch wahrnahm, empört aufblickte und an der Decke einen feuchten Fleck entdeckte; sogar diese armen Wesen wurden als »Verd.« registriert und erfuhren die zweifelhafte Ehre, post mortem ein letztes Mal fotografiert zu werden. Håkon Sand hatte grüne Leichen, blaue Leichen, rote, gelbe und knallbunte Leichen gesehen, außerdem die schönen rosa Opfer von Vergiftungen durch Kohlenoxydgas, deren Seelen es in diesem Jammertal einfach nicht mehr ausgehalten hatten.

Trotzdem waren diese Polaroidbilder krasser als fast alles, was er je gesehen hatte. Jäh warf er sie beiseite und nahm sich das Protokoll vor. Er setzte sich damit in den unbequemen Sessel, eine billige Kunstledergeschichte, im Rücken zu rund und ohne die dringend notwendige Stütze für das Kreuz.

Nüchterne Tatsachen waren in einer restlos unbeholfenen Sprache zu Papier gebracht worden. Håkon Sand runzelte ärgerlich die Stirn. Angeblich wurden die Aufnahmebedingungen für die Polizeischule immer strenger. Die Fähigkeit, sich schriftlich auszudrücken, konnte unmöglich gefordert sein.

Er unterbrach sich am Ende der Seite.

»Anwesend bei der Tatortbegehung war die Zeugin Karen Borg. Sie fand den Verstorbenen bei einem Spaziergang mit Hund. Die Leiche war bekotzt. Zeugin Borg sagt, daß sie das war.«

Borgs Adresse und Berufsbezeichnung bestätigten, daß es sich um Karen handelte. Er fuhr sich durch die Haare und stellte fest, daß er sie morgens hätte waschen müssen. Er beschloß, Karen in den nächsten Tagen anzurufen. Wenn die Bilder die Wahrheit sagten, mußte die Leiche schlimm ausgesehen haben. Er würde auf jeden Fall anrufen.

Er legte die Papiere zurück auf den Tisch und klappte die Mappe zu. Für einen Moment fiel sein Blick auf die Namen oben links: Sand/Kaldbakken/Wilhelmsen. Der Fall gehörte ihm. Kaldbakken war der verantwortliche Hauptkommissar, Hanne Wilhelmsen Chefermittlerin.

Zeit für die Geldbußen.

In der kleinen Holzkiste lag ein dicker Stapel Verhaftungsprotokolle. Rasch blätterte er sie durch, hauptsächlich Suff. Einer, der seine Frau mißhandelt hatte, ein offenbar Geistesgestörter, der später an diesem Tag ans Psychiatrische Krankenhaus weitergereicht werden sollte, und ein gesuchter Betrüger. Die drei letzteren überließ er vorerst sich selbst. Er wollte sich die Säufer vornehmen. Wozu ihnen Geldbußen auferlegt wurden, war ihm allerdings ziemlich unklar. Die wenigen, die bezahlt wurden, übernahm das Sozialamt. Solch ein Reigen der öffentlichen Gelder trug sicher zu einer Art Beschäftigungspolitik bei, war doch aber wohl kaum besonders vernünftig.

Ein Festnahmeprotokoll war noch übrig. Es wies keinerlei Namen auf.

»Was ist denn das?«

Er wandte sich an den Wachhabenden, einen übergewichtigen Burschen von Mitte Fünfzig, der niemals mehr als die drei Streifen auf seinen Schulterklappen bekommen würde; Streifen, die niemand ihm verwehren konnte. Sie wurden nach dem Dienstalter vergeben, nicht nach Leistungen. Håkon Sand wußte längst, daß dieser Mann dumm war.

»Ein Idiot. Der saß schon hier, als ich gekommen bin. Arschloch. Hat sich geweigert, seine Personalien anzugeben.«

»Was hat er angestellt?«

»Nichts. Saß irgendwo im Weg rum. Blutüberströmt. Du kannst ihm ein Knöllchen geben, weil er seine Personalien nicht nennen will. Wegen Störung der öffentlichen Ordnung. Und weil er ein Dreckskerl ist.«

Nach fünf Jahren bei der Truppe hatte Sand gelernt, bis zehn zu zählen. Jetzt zählte er bis zwanzig. Er wollte keinen Ärger bekommen, bloß weil ein Dussel in Uniform nicht begriff, daß man eine gewisse Verantwortung übernimmt, wenn man Menschen ihrer Freiheit beraubt.

Zelle vier. Er nahm einen Kollegen mit. Der namenlose Mann war wach. Er starrte sie mit resigniertem Gesicht an; offensichtlich wußte er, was sie von ihm wollten. Steif und starr saß er auf der Pritsche und sagte seine ersten Worte in polizeilicher Obhut.

»Kann ich etwas zu trinken haben?«

Seine Sprache war Norwegisch und doch nicht Norwegisch. Håkon Sand konnte sie nicht einordnen, der Mann sprach perfekt und doch nicht Norwegisch. Ob er Schwede war?

Natürlich bekam der Mann etwas zu trinken. Er bekam eine Cola, die Håkon Sand selbst bezahlte. Er durfte sogar duschen. Und er bekam ein sauberes T-Shirt und eine frische Hose. Alles stammte aus Sands Schrank im Büro. Bei jeder Wohltat steigerte sich das Murren des Arrestpersonals angesichts dieser Sonderbehandlung. Aber Håkon Sand ließ die blutigen Kleider in eine Tüte stecken und sagte, als er die schwere Metalltür aufschloß: »Diese Klamotten sind wichtiges Beweismaterial.«

Der junge Mann war wirklich wortkarg. Sein schlimmer Durst nach den vielen Stunden in einer überheizten Zelle hatte zwar seine Zunge gelockert, aber sein Mitteilungsbedürfnis schien doch äußerst temporär. Als sein Durst gelöscht war, verstummte er wieder.

Er saß auf einem unbequemen Holzstuhl. Im Grunde bot das acht Quadratmeter große Zimmer nur Platz für zwei Stühle, denn es enthielt auch noch einen klobigen doppelten

Aktenschrank von allerstaatlichster Sorte, brandlackierte Bücherregale aus Leichtmetall voller nach Farben sortierter Ordner und einen Schreibtisch. Zur Wand hin trug der Schreibtisch kleine Stiefel aus Metall, deshalb war die Schreibplatte schräg. Und das, seit ein Amtsarzt auf die Idee gekommen war, den Angestellten einen Ergotherapeuten an den Hals zu jagen. Schiefe Schreibflächen sollten gut für den Rücken sein. Niemand wußte, warum; die meisten hatten sogar das Gefühl, daß ihre Rückenprobleme sich verschlimmerten, weil sie immer wieder auf dem Boden nach Gegenständen fahnden mußten, die die schräge Tischplatte hinabgekullert waren. Der zusätzliche Stuhl raubte das letzte bißchen Bewegungsfreiheit.

Das Büro gehörte Hanne Wilhelmsen. Sie war eine strahlende Schönheit und soeben verbeamtet worden. Nachdem sie die Polizeischule als Jahrgangsbeste absolviert hatte, war sie im Laufe von zehn Jahren zur Bilderbuchpolizistin geworden. Alle lobten Hanne Wilhelmsen, ein einzigartiger Erfolg an einem Arbeitsplatz, wo zehn Prozent des täglichen Einsatzes darin bestehen, schlecht über andere zu sprechen. Sie gab Vorgesetzten nach, ohne deshalb als Speichelleckerin zu erscheinen, trug aber auch ihre eigenen Meinungen vor. Sie war dem System gegenüber loyal, brachte aber auch Verbesserungsvorschläge, die zumeist umgesetzt wurden. Hanne Wilhelmsen hatte die Intuition, über die nur einer von hundert Polizisten verfügt; das Fingerspitzengefühl, das verrät, wann ein Verdächtiger verlockt und verleitet werden soll und wann man besser droht und auf den Tisch haut.

Sie wurde geachtet und bewundert und verdiente das auch. Und trotzdem kannte niemand in dem großen grauen Haus sie wirklich. Sie besuchte alljährlich Weihnachtsfeier, Sommerfest und die Geburtstagsfeiern der Abteilung, tanzte wunderbar, erzählte von der Arbeit, verbreitete strahlendes Lächeln und ging zehn Minuten nach dem Ersten nach Hause, weder zu früh noch zu spät. Sie betrank sich nie und blamierte sich nie. Und niemand kam näher an sie heran.

Hanne Wilhelmsen war mit sich und der Welt zufrieden, hatte aber zwischen ihren Beruf und ihr Privatleben einen tiefen Graben gezogen. Sie hatte keine einzige Freundin bei der Polizei. Hanne Wilhelmsen liebte eine andere Frau, ein Makel an diesem perfekten Menschen, dessen Entlarvung, davon war sie überzeugt, alles zerstören würde, was sie sich in so vielen Jahren aufgebaut hatte. Wenn sie ihre einen halben Meter langen braunschwarzen Haare nach hinten schleuderte, reichte das aus, um alle Fragen nach dem schmalen Trauring an ihrer rechten Hand, ihrem einzigen Schmuck, abzuwehren. Den Ring hatte ihre Liebste ihr geschenkt, als sie – sie war neunzehn gewesen – zusammengezogen waren. Es gab Gerüchte, es gibt schließlich immer Gerüchte. Aber sie war doch so schön. Und so weiblich. Und die Ärztin, die einige flüchtig über Bekannte kannten und die andere mehrmals zusammen mit Hanne Wilhelmsen gesehen hatten, war auch sehr schön. Fast schon lächerlich mädchenhaft. Es konnte einfach nicht stimmen. Und Hanne Wilhelmsen trug immer einen Rock, wenn Uniform angesagt war, das tat doch sonst fast keine, Hosen waren schließlich viel praktischer. Diese Gerüchte waren einfach üble Nachrede. So lebte sie ihr Leben in der Gewißheit, daß das, was nicht bestätigt wird, niemals wirklich wahr ist, und deshalb war es für Hanne Wilhelmsen wichtiger als für alle anderen in dem großen Haus, immer, immer gute Arbeit zu leisten. Die Perfektion umgab sie wie ein Schild. So wollte sie es, und da sie weder spitze Ellbogen noch einen anderen Ehrgeiz zeigte als den, gute Arbeit zu leisten, konnten auch Eifersucht oder Neid ihre Verteidigungsanlagen nicht zerstören.

Sie lächelte Håkon Sand, der auf dem zusätzlichen Stuhl Platz genommen hatte, an.

»Glaubst du, ich stelle nicht die richtigen Fragen?«

»Ach was. Das ist dein Gebiet, das weiß ich. Ich habe nur das Gefühl, daß das ein dickes Ding ist. Wie gesagt, wenn du nichts dagegen hast, möchte ich gern dabeisein. Das ist nicht gegen die Vorschriften«, fügte er rasch hinzu.

Er kannte ihr Bedürfnis, sich wenn möglich an die Regeln zu halten, und das respektierte er. Es kam nicht oft vor, daß die Juristen der Polizei bei den Verhören anwesend waren, aber gegen die Vorschriften war es nicht. Ab und zu hatte er es auch früher schon gemacht. Vor allem, um zu lernen, wie Verhöre überhaupt abliefen, manchmal aber auch, weil ihn ein Fall besonders interessierte. Normalerweise hatten die Kollegen nichts dagegen. Im Gegenteil, wenn er sich ruhig genug verhielt und sich nicht ins Verhör einmischte, schien es den meisten sogar zu gefallen.

Wie auf ein Signal hin wandten sie sich beide dem Häftling zu. Hanne Wilhelmsen stützte den rechten Ellbogen auf den Tisch und ließ glänzend lackierte, lange Nägel auf den Tasten einer uralten elektrischen Schreibmaschine spielen. Es war eine IBM-Kugelkopf, die vor fünfzehn Jahren als avanciert gegolten hatte. Jetzt fehlte ihr das E. Es war so abgenutzt, daß das Farbband statt seiner einen schwarzen Fleck produzierte. Das war nicht weiter schlimm, alle begriffen, daß der Fleck ein E vorstellen sollte.

»Ich glaube, das wird ein langer Tag, wenn du die ganze Zeit schweigen willst.«

Ihre Stimme war milde, fast nachsichtig.

»Ich werde dafür bezahlt. Adjutant Sand wird bezahlt. Du dagegen bleibst einfach nur sitzen. Früher oder später lassen wir dich vielleicht laufen. Vielleicht möchtest du dazu beitragen, daß das früher passiert?«

Zum erstenmal wirkte der junge Mann verwirrt.

»Ich heiße Han van der Kerch«, sagte er nach zwei Minuten des Schweigens. »Ich bin Niederländer, aber ich habe eine Aufenthaltsgenehmigung. Ich studiere in Oslo.«

Nun hatte Håkon Sand eine Erklärung für die perfekte Sprache, die nicht ganz norwegisch war. Er dachte an den Helden seiner Jugend, Art Schenk, und ihm fiel ein, daß er schon als Dreizehnjähriger kapiert hatte, daß dieser Mann für einen Ausländer phantastisch gut norwegisch gesprochen hatte. Und er dachte an die Leseerlebnisse seiner Jugend, an Holländer-Jonas von Gabriel Scott, ein Buch, das er geliebt hatte; bei den Fußballmeisterschaften hatte er immer zu der Mannschaft in Orange gehalten.

»Mehr sage ich nicht.«

Stille. Håkon Sand wartete auf Wilhelmsens nächsten Zug. Wie immer der auch aussehen mochte.

»Na, von mir aus. Das ist deine Entscheidung und dein Recht. Aber dann bleiben wir doch ziemlich lange hier sitzen.«

Sie spannte einen Bogen in die Schreibmaschine, als sei sie jetzt schon sicher, daß es doch etwas zu schreiben geben werde.

»Na gut, dann erzähle ich dir unsere Theorie.«

Die Stuhlbeine kratzten über das Linoleum, als sie ihren Stuhl zurückschob. Sie bot dem Niederländer eine Zigarette an und steckte sich selbst eine an. Der Junge wirkte dankbar. Håkon Sand war weniger zufrieden, er wippte mit dem Stuhl und öffnete die Tür, um für Durchzug zu sorgen. Das Fenster stand schon auf Kipp.

»Am Freitagabend haben wir eine Leiche gefunden«, sagte Hanne Wilhelmsen leise. »Sie war ziemlich übel zugerichtet. Es war ein Mann, und offenbar hatte er nicht sterben wollen. Zumindest nicht auf so schreckliche Weise. Das Blut muß ganz schön gespritzt haben. Du warst auch ganz schön bespritzt, als wir dich gefunden haben. Wir hier bei der Polizei sind vielleicht langsam. Aber trotzdem sind wir imstande, zwei und zwei zusammenzuzählen. In der Regel kommt vier dabei heraus, und ich glaube, das ist auch jetzt der Fall.«

Sie streckte die Hand nach einem Aschenbecher aus, der hinter ihr im Bücherregal stand. Es war ein geschmackloses Reiseandenken aus Griechenland, braunes Flaschenglas, geziert von einem Faun mit bösem Lächeln und einem riesigen strotzenden Phallus. Nicht ganz Hanne Wilhelmsens Stil, dachte Sand.

»Ich sage es lieber gleich.« Ihre Stimme klang jetzt schärfer.

»Morgen bekommen wir eine vorläufige Analyse des Blutes an deinen Kleidern. Und das reicht – wenn das Blut zu unserem Freund ohne Gesicht paßt – locker für längere Untersuchungshaft. Dann holen wir dich, ohne das anzukündigen, zum Verhör. Immer wieder. Vielleicht vergeht eine Woche, ohne daß du von uns hörst, und dann sind wir wieder da; vielleicht, wenn du gerade eingeschlafen bist. Wir sitzen einige Stunden lang beim Verhör, du sagst nichts, wir bringen dich zurück und holen dich wieder. Das ist ziemlich anstrengend. Für uns auch, natürlich, aber wir können einander ablösen. Für dich ist es schlimmer.«

Håkon Sand zweifelte langsam daran, daß Hanne Wilhelmsen ihren Ruf als Regelfetischistin verdient hatte. Die Verhörmethoden, die sie da skizzierte, standen nun wirklich nicht in den Vorschriften. Und er war sich nicht sicher, ob es gestattet war, damit zu drohen.

»Du hast ein Recht auf einen Anwalt, den der Staat bezahlt«, warf er ein, um eventuelle Ungesetzlichkeiten auszugleichen.

»Kein Anwalt!« Das schrie der junge Mann geradezu. Er zog noch einmal an seiner Zigarette, dann drückte er sie energisch aus und wiederholte: »Ich will keinen Anwalt. Ich komme ohne besser zurecht.«

Ein fragender, fast bettelnder Blick richtete sich auf die Zigaretten auf dem Tisch. Hanne Wilhelmsen nickte und reichte ihm Zigarette und Streichhölzer.

»Ihr glaubt also, daß ich das war. Ja, das kann schon stimmen.« Das war's! Die Grundbedürfnisse des Mannes schienen befriedigt; die Dusche, ein Frühstück, etwas zu trinken und zwei Zigaretten. Er wirkte, als habe er alles gesagt, lehnte sich zurück und rutschte an die Stuhlkante. Dort blieb er mit seinem abwesenden Blick hängen.

»Ja, ja.«

Wilhelmsen schien die Lage unter Kontrolle zu haben.

»Vielleicht rede ich weiter«, sagte Hanne Wilhelmsen und blätterte in der ziemlich dünnen Mappe neben der Schreibmaschine. »Wir haben also diese übel zugerichtete Leiche gefunden. Der Tote hatte keine Papiere, sein Gesicht war schon mal vorausgelaufen, wohin immer er eigentlich wollte. Aber die Jungs vom Unruhekommando kennen sich ziemlich gut in der Drogenszene dieser Stadt aus. Haare und Kleidung reichten aus. Mord aus Rache, meinen die Jungs. Ich halte diese Annahme durchaus für plausibel.« Sie verschränkte die Hände hinter dem Kopf und massierte sich mit den Daumen den Nakken, während sie den Niederländer voll ansah. »Ich glaube, du hast ihn umgebracht. Morgen, wenn der Bericht der Gerichtsmedizin kommt, werden wir mehr wissen. Aber die Techniker können mir nicht verraten, warum. Dafür brauche ich deine Hilfe.«

Der Appell schien vergebens zu sein. Der Junge verzog keine Miene, er behielt sein abwesendes, leicht verächtliches Lächeln bei und schien sich noch immer als Herr der Lage zu fühlen. Das war er allerdings nicht.

»Um ganz ehrlich zu sein, ich glaube, es wäre klug von dir, mir zu helfen«, fuhr Wilhelmsen unverdrossen fort. »Vielleicht hast du das aus eigenem Antrieb gemacht. Vielleicht aber auch auf Bestellung. Vielleicht hast du sogar unter Druck gehandelt. Das alles kann von entscheidender Bedeutung für deine Zukunft sein.« Sie unterbrach ihren gleichmäßigen Wortstrom, steckte sich eine neue Zigarette an und blickte dem Mann in die Augen. Noch immer schien er nichts sagen zu wollen. Hanne Wilhelmsen seufzte demonstrativ und schaltete die Schreibmaschine aus. »Ich kann nicht entscheiden, wie hoch deine Strafe ausfällt. Falls du schuldig bist, meine ich. Aber es wäre für dich von Vorteil, wenn ich vor Gericht etwas Nettes über deine Kooperationsbereitschaft sagen könnte.«

Håkon Sand hatte dasselbe Gefühl wie als kleines Kind, wenn er ein seltenes Mal den Fernsehkrimi hatte sehen dürfen. Er mußte aufs Klo, wagte aber nicht, das zu sagen, aus Angst, er könnte etwas Spannendes verpassen.

»Wo habt ihr ihn gefunden?«

Die Frage des Niederländers traf Håkon Sand völlig unerwartet, und zum erstenmal konnte er auch im Gesicht seiner Kollegin einen Hauch von Unsicherheit erkennen.

»Da, wo du ihn umgebracht hast«, antwortete sie, übertrieben langsam.

»Beantworte meine Frage, wo habt ihr ihn gefunden?«

Beide zögerten.

»Bei der Hundertmannsbrücke über dem Fluß. Das weißt du«, sagte Wilhelmsen und fixierte ihn weiterhin, um nicht die geringste Nuance in seiner Miene zu übersehen.

»Wer hat ihn gefunden? Wer hat die Polizei verständigt?«

Wilhelmsens Zögern schien Håkon Sand eine Lücke zu sein, die gefüllt werden mußte.

»Eine Spaziergängerin. Eine Anwältin, übrigens eine Freundin von mir. Sicher ein entsetzliches Erlebnis.«

Hanne Wilhelmsen war außer sich vor Zorn, was Håkon Sand aber zu spät bemerkte. Ihre abwehrende Handbewegung zu Beginn seiner Rede war ihm nicht aufgefallen. Er lief unter ihrem tadelnden Blick knallrot an.

Van der Kerch stand auf. »Ich will doch eine Anwältin«, sagte er. »Und zwar diese Frau. Wenn ihr sie mir besorgt, dann überlege ich mir zumindest, ob ich reden werde. Wenn ich sie nicht bekomme, dann will ich lieber zehn einsame Jahre im Knast.«

Unaufgefordert ging er zur Tür, stieg über Håkon Sands Beine und wartete höflich darauf, in seine Zelle zurückgebracht zu werden. Hanne Wilhelmsen folgte ihm, ohne den noch immer knallroten Polizeiadjutanten eines Blickes zu würdigen.

Der Kaffee war ausgetrunken. Er hatte nicht besonders gut geschmeckt, obwohl er frisch aufgebrüht war. Koffeinfrei, erklärte Håkon Sand. In einem scheußlich orange-braunen Aschenbecher lagen sechs Kippen.

»Sie war stocksauer auf mich. Aus gutem Grund. Es wird einige Zeit vergehen, bis ich beim nächsten Verhör dabeisein darf. Aber der Typ ist unerschütterlich. Du oder keine.« Der Polizeiadjutant wirkte nicht weniger erschöpft als bei Karen Borgs Eintreffen. Er rieb sich die Schläfen und fuhr sich durch die Haare, die jetzt ganz trocken waren. »Ich habe Hanne gebeten, dem Jungen zu sagen, was alles dagegen spricht. Sie sagt, er läßt sich nicht davon abbringen. Ich habe mich blamiert. Wenn ich dich überreden kann, uns zu helfen, stehe ich ein bißchen besser da.«

»Ich verspreche dir nicht mehr, als daß ich mit ihm reden werde«, sagte sie kurz und erhob sich.

Beide gingen hinaus, sie zuerst, er nach ihr. Wie in alten Zeiten.

Der junge Niederländer hatte unbedingt mit Karen Borg sprechen wollen und dabei eine gewisse Offenheit vorgespielt. Jetzt schien er das vergessen zu haben. Er war sauer wie ein Essigkrug. Karen Borg saß in Håkon Sands Schreibtischsessel, während Håkon sich diskret zurückgezogen hatte. Das Anwaltszimmer im Polizeigebäude war ein tristes Loch, und in seiner Angst, Karen Borg könne ihre Zusage, mit dem jungen Niederländer zu sprechen, zurückziehen, hatte er ihr sein Büro zur Verfügung gestellt.

Der Junge sah hübsch, aber langweilig aus. Athletischer Körper und dunkelblonde Haare, die vor drei oder vier Wochen über eine Frisur hinausgewachsen waren, die sicher Geld gekostet hatte. Seine Hände waren sehr fein, fast feminin. Ob er Klavier spielte? Die Hände eines Liebhabers, dachte Karen Borg ohne die geringste Ahnung, wie sie mit dieser Situation umgehen sollte. Karen Borg war an Sitzungszimmer gewöhnt, an Besprechungsräume mit Eichenmöbeln und an luftige Büros mit Vorhängen zu fünfhundert Kronen der Meter. Sie konnte mit Männern in Anzügen mit passenden und unpassenden Krawatten umgehen – und mit der einen oder anderen Frau mit Diplomatenkoffer. Sie wußte alles über Aktiengesetze und Gesellschaftsgründungen, und erst vor drei Wochen hatte sie hundertfünfzigtausend Kronen verdient, indem sie für einen ihrer wichtigsten Mandanten einen Vertrag durchgesehen hatte.

Sie hatte nur fünfhundert Seiten lange Verträge lesen, ihren Inhalt kontrollieren und O. K. auf den Umschlag schreiben müssen. Fünfundsiebzigtausend pro Buchstabe. Die Worte ihres Gegenübers waren offenbar genauso wertvoll.

»Du wolltest mit mir sprechen«, sagte Karen Borg. »Ich weiß nicht, warum. Können wir anfangen?«

Er musterte sie, schwieg aber weiterhin. Sein Stuhl wippte, hin und her, hin und her. Davon wurde Karen Borg nervös.

»Ich bin nicht die Sorte Anwältin, die du brauchst. Ich kenne andere, die für dich besser geeignet sind; ich könnte kurz telefonieren und dir im Nu einen Spitzenverteidiger besorgen.«

»Nein!«

Die Stuhlbeine knallten auf den Boden. Er beugte sich vor, und sie blickte zum erstenmal in seine Augen, wo sie ihr Spiegelbild entdeckte.

»Nein. Ich will dich. Ruf nirgendwo an.«

Plötzlich fiel ihr ein, daß sie hier allein mit einem Mann saß, der vermutlich ein Mörder war. Die gesichtslose Leiche verfolgte sie seit Freitagabend. Sie riß sich zusammen. Hierzulande ist noch keine Anwältin von ihrem Mandanten umgebracht worden. Jedenfalls nicht im Polizeigebäude. Das dachte sie dreimal und beruhigte sich. Die Zigarette half.

»Jetzt antworte schon! Warum ich?«

Noch immer keine Reaktion.

»Heute nachmittag wirst du dem Untersuchungsrichter vorgeführt. Ich weigere mich mitzukommen, wenn ich keine Ahnung habe, was du sagen wirst.« Auch Drohungen brachten sie nicht weiter. Trotzdem glaubte sie in seinen Augen einen Hauch von Besorgtheit zu ahnen. Sie machte einen letzten Versuch. »Und ich habe nicht mehr sehr viel Zeit.«

Rasch schaute sie auf die Rolex. Gereiztheit hatte ihre Angst verdrängt und nahm spürbar zu. Das schien er zu bemerken. Wieder wippte sein Stuhl.

»Hör auf zu wippen!«

Zum zweitenmal knallten die Stuhlbeine auf den Boden. Er schien die Oberhand zu haben.

»Ich frage ja gar nicht nach der Wahrheit.« Ihre Stimme klang jetzt ruhiger. »Ich möchte nur wissen, was du vor Gericht sagen wirst. Und ich muß das jetzt wissen.«

Karen Borgs Erfahrung mit Kriminellen ohne blütenweißen Kragen und Seidenschlips beschränkte sich darauf, hinter einem Fahrraddieb und ihrem neuen Fünfzehn-Gänge-Rad hergeheult zu haben. Aber sie hatte schließlich ihren Fernseher. Matlock hatte gesagt: »Ich will nicht die Wahrheit wissen, ich will wissen, was du vor Gericht sagen wirst.« Aus ihrem Mund klang das nicht so fesch. Eher zögerlich. Aber vielleicht konnte sie doch irgend etwas aus ihm herauslocken.

Einige Minuten waren vergangen. Ihr Gegenüber wippte nicht mehr auf und ab, sondern kratzte mit dem Stuhl auf dem Linoleum herum. Dieses Geräusch ging ihr auf die Nerven.

»Ich habe den Mann, den du gefunden hast, umgebracht.«

Karen Borg war eher erleichtert als überrascht. Sie hatte gewußt, daß er es gewesen war. Er sagt die Wahrheit, dachte sie und bot ihm eine Halspastille an. Der Junge rauchte gern mit einer Pastille im Mund, genau wie sie selbst. Sie hatte damit vor vielen Jahren angefangen, aus der Vorstellung heraus, daß das gegen Raucheratem half. Nach einer Weile hatte sie begriffen, daß das nicht der Fall war, aber da hatte sie Gefallen an ihrer Angewohnheit gefunden.

»Ich habe den Mann umgebracht.« Er schien jemanden überzeugen zu wollen. Das war nicht nötig. »Ich weiß nicht, wer er ist. War, meine ich. Das heißt, ich weiß, wie er heißt und wie er aussieht. Aussah. Aber ich habe ihn nicht gekannt. Kennst du noch andere Anwälte?«

»Sicher«, antwortete sie und lächelte erleichtert. Er erwiderte das Lächeln nicht. »Kennen ist vielleicht übertrieben, ich bin mit keinem befreundet, wenn du das meinen solltest, aber es wäre kein Problem, einen guten Verteidiger für dich zu finden. Schön, daß du einsiehst, was du brauchst.«

»Du sollst mir keinen neuen Verteidiger besorgen. Ich frage bloß, ob du einen kennst. Rein privat.«

»Nein. Doch, na ja, zwei von meinen früheren Kommilitonen haben sich darauf spezialisiert, aber keiner von ihnen spielt in der ersten Liga. Noch nicht.«

»Triffst du sie oft?«

»Nein, höchstens mal zufällig.«

Das war wahr. Karen Borg hatte nicht mehr viele Freunde. Einer nach dem anderen waren sie aus ihrem Leben getrottet, oder sie aus ihrem; ihre Wege führten in verschiedene Richtungen und kreuzten sich nur noch gelegentlich ein paar Höflichkeitsphrasen lang, bei einem Bier im Sommer oder einem Kinofilm in späten Herbststunden.

»Das ist gut. Dann will ich dich. Von mir aus können sie mich wegen dieses Mordes anklagen; ich bin mit der Untersuchungshaft einverstanden. Aber du mußt die Polizei dazu bringen, mir eins zu versprechen: Ich will hier im Polizeigebäude sitzen bleiben. Ich will um keinen Preis ins Gefängnis!«

Der Mann überraschte sie immer wieder von neuem. In unregelmäßigen Abständen brachten die Zeitungen große Artikel über die restlos unwürdigen Zustände in der Arrestabteilung des Polizeigebäudes. Die Zellen waren für einen vierundzwanzigstündigen Aufenthalt vorgesehen und selbst dafür kaum geeignet. Dieser Mann wollte hier bleiben. Wochenlang.

»Warum denn?«

Der Junge beugte sich zu ihr herüber. Sie spürte seinen Atem, unangenehm nach mehreren Tagen ohne Zahnbürste, und ließ sich im Sessel zurücksinken.

»Ich verlasse mich auf niemanden. Ich muß nachdenken. Wenn ich ein paar Tage nachgedacht habe, können wir weiterreden. Bitte, komm dann wieder her und sprich mit mir!«

Er wirkte angespannt, fast schon verzweifelt, und zum erstenmal empfand sie Mitleid mit ihm. Sie wählte die Nummer, die Håkon auf einen Zettel gekritzelt hatte.

»Wir sind fertig. Du kannst uns holen kommen.«

Karen Borg brauchte zum Termin vor dem Untersuchungsrichter nicht zu erscheinen, und das war gut so. Sie war nur einmal bei einem solchen Termin zugegen gewesen. Und zwar während ihres Studiums, als sie noch glaubte, sie würde ihr Können einst für die Bedürftigen einsetzen. Sie hatte sich in Saal 17 auf die Zuhörerbank fallen lassen, hinter einer Schranke, die dazu zu dienen schien, die unschuldigen Zuhörer vor der brutalen Wirklichkeit im Raum zu beschützen. Alle halbe Stunde wurde jemand in Untersuchungshaft geschickt, und nur bei einem von elf Delinquenten ließ der Richter sich von dessen Unschuld überzeugen. Damals hatte sie kaum unterscheiden können, wer Staatsanwalt war und wer Verteidiger; sie hatten gelächelt und waren dicke Freunde gewesen, hatten einander Zigaretten angeboten und grobe Gerichtsanekdoten erzählt, bis der arme Festgenommene gebracht wurde und die beiden ihren Kampf aufnahmen. Die Polizei hatte zehn Runden gewonnen. In all ihrem jugendlichen Verteidigungseifer hatte sie sich eingestehen müssen, daß das Verhalten des Richters sie nicht sonderlich erstaunte. Auf sie hatten die Angeklagten gefährlich, ungepflegt, unsympathisch und wenig überzeugend gewirkt, wenn sie ihre Unschuld beteuerten und gegen den Richter wüteten, einige hatten geweint, viele geflucht. Aber sie hatte verärgert auf die kumpelhafte Atmosphäre reagiert, die sich in dem Augenblick wieder einstellte, da der Häftling von zwei Polizisten hinausgeführt und in die Wartezellen im Keller zurückgebracht wurde. Die beiden Gegner, die einander eben noch jegliche Ehre abgesprochen hatten, griffen nicht nur ihre noch nicht beendete Anekdote wieder auf, sondern der Richter beugte sich auch noch zum Zuhören vor, schüttelte den Kopf und ließ eine scherzhafte Bemerkung fallen; und dann wurde das nächste arme Würstchen gebracht. Karen Borg fand, Richtern solle man aus dem Weg gehen und Freundschaften außerhalb des Gerichtssaals pflegen. Sie hatte sich dieses feierliche Verhältnis zu Gerichten bewahrt. Deshalb war sie froh darüber, während ihrer acht Jahre in der Anwaltskanzlei nicht einmal einen Fuß in den Gerichtssaal gesetzt zu haben. Sie löste die Probleme bereits vorher.

Die Verhängung von U-Haft für Han van der Kerch wurde zum reinen Schreibtischjob. Er akzeptierte schriftlich acht Wochen mit Brief- und Besuchsverbot. Die Polizei akzeptierte voller Staunen seinen Wunsch, im Polizeigebäude bleiben zu dürfen. Der Mann war eben ein komischer Vogel.

Karen Borg blieb das Untersuchungsgericht also erspart, und sie kehrte in die Kanzlei zurück. Die fünfzehn Anwälte und ebenso viele Sekretärinnen und Referendare hausten auf Aker Brygge. Die exklusive Herrenboutique im Untergeschoß hatte schon dreimal Konkurs gemacht und war nun endlich einer gut laufenden Hennes & Mauritz-Filiale gewichen. Die gemütliche teure Imbißbar hatte McDonalds Platz machen müssen. Überhaupt hatten die Lokalitäten nicht gehalten, was sie versprochen hatten, aber ein Verkauf würde einen katastrophalen Verlust bedeuten. Und zentral lagen sie immerhin.

Greverud & Co stand an der Glastür, da der alte Greverud mit seinen zweiundachtzig Jahren noch immer jeden Freitag vorbeischaute. Er hatte die Firma gleich nach dem Krieg gegründet, nach seinem strahlenden Einsatz in den Prozessen gegen die Landesverräter. 1963 waren sie schon zu fünft gewesen, aber Greverud, Risbakk, Helgesen, Farmøy & Nilsen war den Frauen in der Telefonzentrale dann doch zu mühselig. Mitte der achtziger Jahre hatten sie Büros in dem Haus gekauft, das alle als Oslos zukünftigen Kapitalpalast sahen. Sie gehörten zu den wenigen, die überlebt hatten.

Karen Borg hatte in dieser grundsoliden Firma ihren letzten Sommerjob gefunden. Greverud & Co wußten hartes Arbeiten und einen scharfen Verstand zu schätzen. Sie war die vierte Frau, die dort eine Chance bekommen hatte, und die erste, der das Glück hold gewesen war. Als sie ein Jahr später Examen gemacht hatte, waren ihr eine Anstellung, interessante Mandanten und ein unmoralisch hohes Gehalt angeboten worden. Es war unmöglich gewesen, abzulehnen. Sie hatte sich geschmeichelt gefühlt, hatte sich gefreut und es für verdient gehalten. Jetzt verdiente sie anderthalb Millionen Kronen im Jahr und hatte fast vergessen, warum sie einst ihr Jurastudium aufgenommen hatte. Ihre legeren Klamotten waren adretten Kostümen gewichen, die sie im Bogstadvei für ein Vermögen erstand.

Das Telefon klingelte. Ihre Sekretärin. Karen Borg drückte auf den Lautsprecherknopf. Für die Anrufenden war das unangenehm, ihre Stimme hatte ein Echo, das sie unklar machte. Karen hatte das Gefühl, dadurch im Vorteil zu sein.

»Da ist ein gewisser Anwalt namens Peter Strup, bist du da, bei einer Besprechung oder schon gegangen?«

»Peter Strup? Was will denn der von mir?«

Es war unmöglich, ihre Verblüffung zu vertuschen. Peter Strup war ein berühmter Anwalt und außerdem vor einigen Jahren zum schönsten Mann Norwegens gewählt worden. Er trat immer wieder in den Massenmedien auf, weil er zu jedem Thema eine Meinung hatte. Er war neunundsechzig, sah aus wie vierzig und brachte immer noch hervorragende Skizeiten. Außerdem galt er als enger Freund des Königshauses, auch wenn er das bewundernswerterweise vor der Presse nie bestätigte. Karen Borg war ihm nie begegnet, hatte auch noch nie mit ihm gesprochen. Aber natürlich hatte sie über ihn gelesen.

»Stell ihn durch«, sagte sie nach kurzem Zögern und nahm den Hörer ab, eine unbewußte, respektvolle Geste. »Karen Borg«, sagte sie tonlos.

»Guten Tag, hier spricht Peter Strup, der Anwalt. Ich will dich gar nicht lange aufhalten. Ich habe gehört, daß du einen Niederländer verteidigst, dem der Mord vom Freitagabend zur Last gelegt wird, trifft das zu?«

»Ja, im Grunde schon.«

»Im Grunde?«

»Nein, ich meine, es stimmt, daß ich ihn verteidige, aber bisher habe ich kaum mit ihm gesprochen.«

Unwillkürlich blätterte Sie in den Papieren, die vor ihr lagen, ihre Kopie des Protokolls. Sie hörte Strup lachen, ein charmantes Lachen.

»Seit wann arbeitet ihr denn für 495 Kronen die Stunde? Ich dachte, die vom Staat gezahlten Honorare könnten nicht mal eure Miete decken. Geht es euch so schlecht, daß du uns ins Handwerk pfuschen mußt?«

Sie hielt das nicht für Bosheit. Ihr Stundenhonorar lag bei weit über zweitausend Kronen, je nachdem, wer der Mandant war. Sie mußte selbst ein wenig lachen. »Wir kommen schon zurecht. Es ist purer Zufall, daß ich diesen Knaben übernommen habe.«

»Ja, das habe ich mir im Grunde schon gedacht. Ich habe genug zu tun, aber einer seiner Kumpels hat mich gebeten, dem Kleinen zu helfen. Alter Mandant von mir, dieser Kumpel, und du weißt ja, wir Verteidiger müssen uns um unsere Mandanten kümmern, auch die sind feste Kunden, weißt du!« Wieder lachte er. »Mit anderen Worten: Ich übernehme den Job gern, und ich gehe davon aus, daß du nicht besonders scharf darauf bist.«

Karen Borg wußte nicht so recht, was sie sagen sollte. Die Versuchung, den Fall dem besten Verteidiger des Landes zu überlassen, war groß. Peter Strup würde zweifellos bessere Arbeit leisten als sie selbst. »Danke, das ist nett von dir. Aber er will nun mal unbedingt mich, und eigentlich habe ich ihm das auch versprochen. Ich werde ihm natürlich von deinem Angebot erzählen, und wenn er seine Meinung ändert, rufe ich dich an.«

»Na gut, dann ist das abgemacht. Aber dir ist sicher klar, daß ich bald Bescheid wissen muß. Muß mich in den Fall einarbeiten, weißt du, herausfinden, ob sich etwas machen läßt.«

Sie beendeten ihr Gespräch.

Sie war leicht verwirrt. Obwohl sie wußte, daß es unter Strafrechtlern durchaus üblich war, auf Mandantenklau zu gehen oder vernünftige Anwaltswechsel vorzunehmen, wunderte es sie, daß Peter Strup das nötig hatte. Erst kürzlich hatte sie in der Zeitung gelesen, daß Prozesse jahrelang aufgeschoben wurden, weil die bekannten Anwälte so viel zu tun hatten. In diesem Artikel war Peter Strup als Beispiel genannt worden. Andererseits war es sympathisch, daß er helfen wollte, vor allem, wo ein Kumpel von van der Kerch ihn darum gebeten hatte. Sofort sah sie das Positive in dieser Art Fürsorge. Sie selbst hielt sich sämtliche Mandanten auf Armeslänge vom Leibe.

Karen Borg klappte ihren Ordner zu, sah, daß es schon vier war, beschloß, Feierabend zu machen, und registrierte auf der Tafel über der Rezeption, daß sie heute die erste war. Noch immer meldete sich ihr Gewissen, wenn vor ihr nicht schon mindestens zehn Namen in der Rubrik »Erst morgen wieder im Hause« eingetragen waren. Heute aber verdrängte sie das schnell, spazierte in den Regen hinaus und erwischte die überfüllte Straßenbahn nach Hause.

»Ich habe einen Strafprozeß«, murmelte sie zwischen zwei Bissen Gefrierfisch.

Karen Borg kam aus Bergen. Sie aß in Oslo keinen frischen Fisch. Frischer Fisch durfte nicht länger tot sein als zehn Stunden. Der Achtundvierzigstundenfisch aus der Hauptstadt schmeckte wie Radiergummi, und da war die ehrlich tiefgefrorene Massenware doch vorzuziehen.

»Richtiger ist vielleicht, daß er mir aufgedrängt worden ist«, fügte sie hinzu, nachdem sie fertig gekaut hatte.

Nils lächelte. »Kannst du das denn? Du klagst doch so oft darüber, daß du alles vergessen hast, abgesehen von den Sachen, mit denen du dich seit acht Jahren beschäftigst«, sagte er und wischte sich mit dem Handrücken den Mund ab, eine irritierende Unsitte. In den sechs Jahren, die sie nun schon zusammenwohnten, hatte Karen immer wieder versucht, ihm das abzugewöhnen, indem sie ihn darauf hinwies und indem sie demonstrativ große Servietten neben seinen Teller legte. Die Serviette rührte er nicht an, aber er nahm sich noch einmal nach.

»Können ist vielleicht übertrieben«, murmelte sie, verwundert darüber, daß sie sich über seine Frage ärgerte, nachdem sie doch morgens noch genau dasselbe gedacht hatte. »Natürlich kann ich das, ich muß mein Wissen nur ein bißchen aufpolieren«, sagte sie und widerstand der Versuchung, ihre absolute Spitzennote in der letzten Strafrechtsprüfung zu erwähnen.

Sie erzählte die ganze Geschichte. Aus irgendeinem Grund ließ sie jedoch Anwalt Strups Anruf aus. Sie wußte selbst nicht warum. Vielleicht, weil ihr der Gedanke daran unangenehm war. Schon als Kind hatte Karen Borg nur ungern über Dinge gesprochen, die sie schwierig fand. Unheimliches behielt sie lieber für sich. Nicht einmal Nils kam dann richtig an sie heran. Der einzige, der einem Durchbruch je nahegekommen war, war Håkon Sand. Seit er aus ihrem Leben verschwunden war, war sie Weltmeisterin darin, ihre eigenen Angelegenheiten in aller Stille in Ordnung zu bringen, die der anderen jedoch gegen Bezahlung.

Sie waren mit dem Essen fertig, als sie ihre Erzählung beendete. Nils fing an, den Tisch abzuräumen, er schien sich nicht besonders für ihren Bericht zu interessieren. Karen setzte sich in einen Sessel, kippte die Rückenlehne zurück und hörte zu, wie er sich an der Geschirrspülmaschine zu schaffen machte. Schließlich leistete das Gegurgel der Kaffeemaschine dem Scheppern Gesellschaft.

»Der scheint ja eine Todesangst zu haben«, rief er aus der Küche, warf einen Blick ins Wohnzimmer und wiederholte: »Ich glaube, er hat vor irgend etwas schreckliche Angst!«

Genial. Typisch Nils; sein Talent, mit Selbstverständlichkeiten um sich zu werfen, hatte sie viele Jahre lang entzückt, es wirkte fast wie eine Parodie, wie gewollt. Aber inzwischen war ihr aufgegangen, daß er wirklich glaubte, Dinge zu sehen, für die andere blind waren.

»Natürlich hat er Angst, aber wovor?« Nils erschien mit zwei Tassen Kaffee. »Vor der Polizei fürchtet er sich offenbar nicht«, sagte sie. »Er wollte ja verhaftet werden. Hat sich einfach auf eine verkehrsreiche Straße gesetzt und auf die Polizei gewartet. Aber warum wollte er nichts sagen, nicht zugeben, daß er den Mord am Akerselv begangen hat? Warum fürchtet er sich vor dem Gefängnis, aber nicht vor der Polizei? Und warum in aller Welt will er ausgerechnet von mir verteidigt werden?«

Nils zuckte mit den Schultern und griff nach einer Zeitung. »Das wirst du schon noch herausfinden«, sagte er und vertiefte sich in die Comicseite.

Karen schloß die Augen. »Das werde ich schon noch herausfinden«, wiederholte sie leise und gähnte, während sie ihren Hund hinter dem Ohr kratzte.

DIENSTAG, 29. SEPTEMBER

Karen Borg hatte eine unruhige Nacht hinter sich. Das war aber im Grunde nicht ungewöhnlich. Abends war sie immer müde und schlief sofort nach dem Insbettgehen ein. Das Problem war, daß sie wieder aufwachte. In der Regel passierte das gegen fünf Uhr morgens. Dann war sie schrecklich müde, fand aber den Weg zurück ins Land der Träume nicht. Nachts nahmen alle Probleme Riesenausmaße an, selbst wenn sie tagsüber höchstens undeutliche Schatten waren. Dinge, die sich tagsüber so leicht bagatellisieren ließen – uninteressante, ungefährliche und lösbare kleine Unannehmlichkeiten –, wurden an der Schwelle zwischen Nacht und Tag zu gewaltigen, alles überschattenden Gespenstern, die sie verfolgten. Allzu oft drehte sie sich bis halb sieben von einer Seite auf die andere, dann folgte ein restlos unbrauchbarer, betäubungsähnlicher Schlaf, bis der Wecker sie eine halbe Stunde später hochjagte.

In dieser Nacht war sie um zwei Uhr wach geworden, schweißnaß. Sie hatte in einem Flugzeug ohne Boden gesessen, alle Passagiere hatten ohne Sicherheitsgurte auf kleinen Auswüchsen des Flugzeugrumpfes balancieren müssen. Nachdem sie sich dort angeklammert hatte, bis sie totmüde war, hatte das Flugzeug steil auf den Boden zugehalten. Sie war erwacht, als sie auf den Boden prallten. Träume von Flugzeugabstürzen wiesen angeblich auf fehlende Kontrolle über das Leben hin. Sie fand sich davon nicht betroffen.

Es war ganz einfach ein strahlender Herbsttag. Eine Woche lang hatte es gegossen, aber nun war die Temperatur über Nacht auf fünfzehn Grad angestiegen, und die Sonne machte einen letzten Versuch, daran zu erinnern, daß der Sommer noch nicht so schrecklich lange her war. Das Laub der Bäume auf dem Olaf Ryes Plass war schon gelbrot, und das Licht war so grell, daß sogar die Pakistaner, die gerade ihre Waren in die kleinen Kioske und den Lebensmittelladen brachten, blaß wirkten. Der Verkehr auf der Toftes gate dröhnte, aber die Luft fühlte sich trotzdem erstaunlich frisch und sauber an.

Als Karen Borg vor fünf Jahren die jüngste und einzige Partnerin von Greverud & Co geworden war, hatten sie und Nils ernsthaft mit dem Gedanken gespielt, aus Grünerløkka wegzuziehen. Sie konnten sich das leisten, und das Viertel hatte sich nicht so entwickelt, wie alle es erwartet hatten – damals, als sie sich als Studentin eine Dreißig-Quadratmeter-Wohnung in einem Abbruchhaus erschlichen hatte, das dann doch der Abrißbirne entkommen war. Die Sanierung hatte aus einer, gelinde gesagt, elenden Renovierung zu einem wahnwitzigen Preis bestanden. Daraufhin hatte sich die Miete innerhalb von drei Jahren verfünffacht, die weniger betuchten Leute hatten ausziehen müssen. Karen Borg aber hatte ihre Wohnung rechtzeitig verkauft und dadurch eine akzeptable finanzielle Grundlage für ihr neues Projekt erwirtschaftet, einen Loft im Nachbarhaus. Dieses Haus war der Sanierung wie durch ein Wunder entkommen; die Bewohner hatten sich bereit erklärt, die für diesen Stadtteil vorgeschriebenen Sanierungsmaßnahmen selbst durchzuführen.

Karen und Nils hatten wirklich Umzugspläne geschmiedet. Aber an einem späten und wunderschönen Samstagabend vor einigen Jahren waren sie ihre Motive durchgegangen. Sie hatten eine Für-und-Wider-Liste aufgestellt. Am Ende waren sie zu dem Entschluß gekommen, für ihr Geld lieber ihre kleine Wohnung zu erweitern. Sie hatten den Rest des Dachbodens aufgekauft, an die zweihundert Quadratmeter. Die fertige Wohnung war schön und teuer. Bereut hatten sie das nie. Nachdem sie beide auf erstaunlich ruhige Weise eingesehen hatten, daß sie keine Kinder bekommen würden – sie hatten ohne irgendein Resultat vier bis fünf Jahre lang auf Verhütungsmittel verzichtet –, hatten sie nach und nach alle Argumente gegen Oslos dreckige Innenstadt vergessen. Sie hatten eine Dachterrasse mit Whirlpool und Grill, ihnen blieb die Gartenarbeit erspart, und sie konnten zum nächsten Kino zu Fuß gehen. Sie hatten zwar ein Auto gekauft, einen Ford Sierra – weil sie es blödsinnig fanden, viel Geld für ein Auto auszugeben, das doch überwiegend in der Garage stand –, aber meistens gingen sie zu Fuß oder nahmen die Straßenbahn.

Karen Borg war in Bergen aufgewachsen. Ihre Jugend war vom ausgefeilten Nachrichtendienst der Hausfrauen geprägt gewesen; Agentinnen, die hinter Gardinen hervorlugten und alles über jedes kleine Vergehen wußten, von ungeputzten Fußböden bis zu außerehelichen Beziehungen. Wenn Karen zweimal im Jahr zwei Tage lang zu Hause auf Besuch war, überkam sie stets eine unerträgliche Klaustrophobie, die sie sich nicht ganz zu erklären vermochte, zumal sie wirklich niemals etwas zu verbergen gehabt hatte. Deshalb empfand sie Grünerløkka als eine Freistätte. Nils und sie waren dort wohnen geblieben und hatten durchaus nicht mehr vor, daran etwas zu ändern. Sie blieb vor dem kleinen Kiosk an der Straßenbahnhaltestelle stehen. Die Boulevardpresse lag in dicken Stapeln in den Fächern.

Brutaler Drogenmord erschüttert die Polizei. Die Schlagzeile sprang ihr geradezu ins Gesicht. Sie packte ein Exemplar, verließ lesend den Kiosk und warf sieben Kronen auf den Tresen, ohne den Verkäufer auch nur anzusehen. Die Straßenbahn hielt gerade. Sie stempelte ihre Streifenkarte und setzte sich auf einen freien Klappsitz. Unter dem Bild der Leiche, die sie selbst vor knapp vier Tagen gefunden hatte, stand: »Der brutale Mord an einem bisher nicht identifizierten Mann von etwa 30 war vermutlich eine Racheaktion im Milieu, meint die Polizei.« Quellen waren nicht angegeben. Die Geschichte stimmte unangenehm mit der überein, die Håkon Sand ihr erzählt hatte.

Sie war wütend. Håkon hatte ihr eingeschärft, daß alles unter ihnen bleiben müsse. Diese Warnung war unnötig gewesen, Karen Borg hegte so gut wie keine Sympathie für die Presse. Um so mehr ärgerte sie sich über die Nachlässigkeit der Polizei. Sie dachte an ihren Mandanten. Durfte er in der Haft Zeitungen lesen? Nein, er hatte Brief- und Besuchsverbot akzeptiert, und Karen Borg glaubte sich zu erinnern, daß damit auch Zeitungen, Radio und Fernsehen verboten waren.

Das wird seine Angst sicher noch steigern, dachte sie und vertiefte sich in den Rest der Zeitung, während die Bahn im Stil moderner Straßenbahnen durch die Straßen wackelte und brummte.

In einer ganz anderen Gegend der Stadt saß ein Mann und hatte Angst vor dem Sterben.

Hans A. Olsen war genauso durchschnittlich wie sein Name. Die unverkennbaren Spuren von zu viel Alkohol in zu vielen Jahren prägten sein Gesicht. Seine Haut war aufgedunsen, fahl und großporig und wirkte immer ein bißchen feucht. Gerade jetzt schwitzte er heftig und sah älter aus als zweiundvierzig. Bitterkeit ging Hand in Hand mit dem hohen Alkoholkonsum und gab seinem Gesicht einen Ausdruck von Schroffheit und Mißmut.

Hans A. Olsen war Rechtsanwalt. Zu Beginn seines Studiums hatte er vielversprechend gewirkt und sich deshalb etliche Freunde zugelegt. Seine Jugend in einem pietistischen Milieu in Südwestnorwegen aber hatte alles, was er je an Spontaneität und Lebensfreude gehabt haben mochte, in bleischwere Ketten gelegt. Seinen Glauben hatte er nach wenigen Monaten in der Hauptstadt über Bord geworfen, aber er hatte ihn durch nichts ersetzen können. Die Vorstellung eines rächenden und unversöhnlichen Gottes hatte ihn nie ganz losgelassen, und bei seinem Konflikt zwischen seinem ursprünglichen Ich und dem Traum von einem Studium mit Frauen, Wein und akademischen Leistungen hatte er allzu schnell Trost in den Verlockungen der Großstadt gesucht. Seine Kommilitonen hatten schon damals behauptet, daß Hans A. Olsen seine Geschlechtsorgane wirklich nur zum Pissen benutze. Das war jedoch nicht die ganze Wahrheit. Der Junge hatte früh gelernt, daß Sex gekauft werden konnte. Sein unbeholfenes und unsicheres Auftreten hatte ihm rasch die bittere Erkenntnis eingebracht, daß Frauen nicht in seiner Reichweite lagen. Deshalb hatte er häufig den Straßenstrich aufgesucht und mehr Erfahrung gesammelt, als seine Kommilitonen ihm zubilligen wollten.

Sein Alkoholkonsum, der sich rasch steigerte, bis er bereits mit fünfundzwanzig Jahren als Alkoholiker galt – was medizinisch gesehen nicht korrekt war –, hinderte ihn daran, ein Examen zu machen, das seinen Fähigkeiten entsprochen hätte. Er bestand mit einer Durchschnittsnote und fand eine Stelle im Landwirtschaftsministerium. Dort blieb er vier Jahre, dann absolvierte er zwei Jahre Praxis als Gerichtsreferendar in Nordnorwegen, eine Zeit, auf die er mit Grausen zurückblickte und die nur ein notwendiges Übel auf dem Weg zur Anwaltskanzlei und zu der Freiheit gewesen war, die er immer gesucht hatte.

Er hatte drei weitere Anwälte gefunden, in deren Kanzlei ein Platz frei gewesen war. Sie hatten ihn als einen Sonderling mit unkontrollierbaren Wutausbrüchen kennengelernt, aber sie akzeptierten ihn so, wie er war, nicht zuletzt, weil er, anders als alle anderen, Miete und andere gemeinsame Kosten immer pünktlich bezahlte. Sie schrieben das allerdings eher seinem geringen Geldverbrauch zu als einem besonderen Sinn fürs Geschäftliche. Hans A. Olsen war ganz einfach geizig. Er hatte eine Vorliebe für graue Anzüge. Davon besaß er drei. Zwei trug er schon seit über sechs Jahren, und das war ihnen anzusehen. Keiner seiner Kollegen hatte ihn jemals anders bekleidet gesehen. Er gab nur für eines Geld aus: für Alkohol.

Für kurze Zeit war er aufgeblüht, zur Überraschung aller. Diese Wende in seinem Leben kam dadurch zum Ausdruck, daß er sich öfter die Haare wusch, sich ein teures Rasierwasser leistete, das vorübergehend den grauen, schlampigen Körpergeruch verdrängte, der sein Büro dominierte, und daß er eines Morgens mit neuen und, laut Sekretärin, sehr feschen italienischen Schuhen auftauchte. Die Ursache seiner Verwandlung war eine Frau, die sogar bereit war, ihn zu heiraten. Das passierte, nachdem sie sich drei Wochen gekannt hatten, was in Wirklichkeit an die fünfzig Halbe bedeutete. Die Frau war häßlich wie die Erbsünde, galt aber als lieb, warmherzig und intelligent. Sie war Diakonin, was jedoch auf ihrem Weg zu Scheidung und endgültiger Trennung kein Hindernis war.

Aber Hans A. Olsen verfügte über eine ganz klare Stärke: Kriminelle waren von ihm begeistert. Er setzte sich wie kaum jemand für seine Mandanten ein. Und da er soviel für sie empfand, haßte er die Bullen. Er haßte sie wild und machte nie einen Hehl daraus. Sein unbeherrschter Zorn hatte im Lauf der Jahre viele Polizisten irritiert und dafür gesorgt, daß die meisten seiner Mandanten viel länger in U-Haft sitzen mußten als andere. Olsen haßte die Polizei, die Polizei haßte ihn. Und darunter hatten die von ihm vertretenen Häftlinge natürlich zu leiden. Jetzt fürchtete A. Olsen um sein Leben. Der Mann, der vor ihm stand, richtete eine Pistole auf ihn, die er mit seinen begrenzten Waffenkenntnissen nicht einordnen konnte. Aber sie sah gefährlich aus, und er hatte genug Filme gesehen, um den Schalldämpfer zu erkennen.

»Das war verdammt blöd von dir, Hansa«, sagte der Mann mit der Pistole.

Hans A. Olsen haßte seinen Spitznamen Hansa, auch wenn der die natürliche Folge seiner Angewohnheit war, sich immer mit dem A in seinem Namen vorzustellen.

»Ich wollte doch bloß mit dir darüber reden«, piepste der Anwalt aus dem Sessel, in den er befohlen worden war.

»Wir haben eine unverbrüchliche Abmachung, Hansa«, sagte der andere mit beherrschter Stimme. »Niemand steigt aus. Niemand singt. Wir müssen absolut sichergehen. Du darfst nicht vergessen, daß es hier nicht nur um uns geht. Du weißt, was auf dem Spiel steht. Bisher hattest du noch nie Einwände. Was du gestern am Telefon geäußert hast, waren Drohungen, Hansa. Drohungen lassen wir uns nicht bieten. Wenn einer hochgeht, gehen alle hoch. Das können wir uns nicht leisten, Hansa. Das kapierst du doch.«

»Ich habe Papiere!« Ein letzter, verzweifelter Versuch, sich ans Leben zu klammern. Das Zimmer füllte sich mit unverkennbarem Geruch von Kot und Urin.

»Du hast keine Papiere, Hansa. Das wissen wir beide. Ich muß es jedenfalls darauf ankommen lassen.«

Der Schuß hörte sich an wie ein kurzes, halbersticktes Husten. Die Kugel traf Anwalt Hans A. Olsen mitten in die Nase, die total deformiert wurde, bohrte sich weiter durch seinen Kopf und riß im Hinterkopf einen übergroßen Krater. Das gehäkelte Deckchen über der Sessellehne wurde rot und grau bespritzt, und auch die einen Meter dahinter liegende Wand bekam große Flecken ab.

Der Mann mit der Pistole zupfte an dem eng sitzenden Gummihandschuh an seiner rechten Hand und ging.

DONNERSTAG, 1. OKTOBER

Der Mord an Anwalt Hans A. Olsen wurde in den Zeitungen gebührend behandelt. Er war zu Lebzeiten nie auf der ersten Seite aufgetreten, obwohl er immer wieder wütende Versuche unternommen hatte. Seine Leiche wurde auf insgesamt sechs Titelseiten besprochen. Er wäre stolz gewesen. Seine Kollegen hatten sich voller Respekt geäußert, und obwohl die meisten ihn für ein Arschloch gehalten hatten, zeichnete die Presse das Bild eines hochangesehenen und geschätzten Juristen. Mehrere Zeitungen kritisierten die Polizei, die immer noch und wieder einmal in einem üblen Mordfall keine brauchbaren Spuren hatte. Die meisten gingen davon aus, daß ein unzufriedener Mandant den Anwalt ins Jenseits befördert hatte. Bei Olsens ziemlich begrenztem Mandantenstamm dürfte die Verbrecherjagd also kurz und leicht ausfallen.

Hanne Wilhelmsen glaubte nicht an diese Theorie. Sie verspürte das Bedürfnis, mit Håkon Sand einige ziemlich wirre Gedanken zu erörtern.

Sie hatten ganz hinten in der Kantine einen Platz gefunden, einen Fenstertisch mit großartigem Blick auf Oslos weniger bebaute Gegenden. Sie hatten sich Kaffee geholt und beide die Untertasse bekleckert, so daß beim Trinken Kaffee von der Tasse tropfte.

Hanne Wilhelmsen sprach als erste. »Ehrlich gesagt, Håkon, ich sehe einen Zusammenhang zwischen den beiden Morden.« Sie sah ihn an. Sie wußte nicht, wie ihr Versuchsballon aufgenommen werden würde, und war ehrlich gespannt. Håkon Sand tunkte ein Schokobonbon in den Kaffee, steckte es in den Mund und leckte sich sorgfältig die Finger ab. Es sah schweinisch aus. Dann blickte er sie an.

»Aber es gibt doch nicht die geringste Parallele«, sagte er leicht resigniert. »Unterschiedliche Waffen, unterschiedliches Vorgehen, unterschiedliche Tatorte, verschiedene Personen und unterschiedliche Zeiten. Du kriegst Probleme mit deiner Theorie.«

»Hör mal: Kleb nicht bloß an den Unterschieden! Laß uns mal betrachten, was die Fälle verbindet.« Sie war sehr eifrig und zählte die Argumente an den Fingern ab. »Erstens: Die Morde wurden im Abstand von fünf Tagen begangen.« Sie ignorierte Håkon Sands leicht spöttisches Lächeln und seine hochgezogenen Augenbrauen. »Zweitens: Wir haben bisher für keinen der beiden Morde eine Erklärung. Wir haben den Mann vom Akerselv identifiziert. Ludvig Sandersen. Seit vielen Jahren rauschgiftsüchtig und mit einem Vorstrafenregister so lang wie sein Arm. Er ist erst vor sechs Wochen aus dem Knast entlassen worden. Aber weißt du, wer ihn verteidigt hat?«

»Da du in diesem triumphierenden Ton fragst, tippe ich auf unseren verstorbenen Freund Olsen.«

»Genau! Das ist doch immerhin eine Art Zusammenhang.« Sie sprach jetzt leiser. »Und er war nicht nur Olsens Mandant, sondern er hatte auch an dem Tag, an dem er ermordet wurde, einen Termin bei seinem Anwalt. Olsens Terminkalender liegt bei Heidi, sie hat den Fall bekommen. Ludvig Sandersen hatte letzten Freitag einen Termin, für den zwei Stunden reserviert waren. Ein langes Gespräch also. Falls es stattgefunden hat. Das wissen wir ja nicht. Ich nehme an, Olsens Sekretärin kann uns das erzählen.«

Håkon Sand hatte in einem Affenzahn fast alle Schokobonbons verzehrt, seine Kollegin hatte nur wenige abbekommen. Jetzt faltete sie aus dem Goldpapier ein Schiffchen, während sie auf seine Reaktion wartete.

Plötzlich redeten beide los, und beide unterbrachen sich mit einem Lächeln.

»Du zuerst«, sagte Håkon Sand.

»Da ist noch was.« Sie sprach jetzt auffällig leise, obwohl die Kantine fast leer war und der nächste Nachbar fast sieben Meter entfernt saß. »Ich werde das nicht aufschreiben. Und ich erzähle es auch niemandem. Nur dir.« Sie steckte sich kurz die Finger in die Ohren, danach stützte sie die Ellbogen auf den Tisch. »Vor einer Weile mußte ich in Verbindung mit einer Vergewaltigung einen Mann verhören. Er war auf puren Verdacht hin hergezerrt worden, sein Vorstrafenregister beschert ihm immer einen Besuch hier, wenn wir einen Sexfall nicht aufklären können. Wir konnten ihn rasch von unserer Liste streichen. Aber trotzdem war er verdammt nervös. Ich habe damals nicht weiter darauf geachtet, die sind immer nervös, weil sie irgendeinen Dreck am Stecken haben. Aber dieser Typ hatte wirklich Angst. Schon ehe er wußte, was wir von ihm wollten, deutete er ziemlich offen ein Geschäft an. Er hat etwas gesagt, bloß kriege ich den genauen Wortlaut nicht mehr zusammen, über einen Anwalt, der hinter ausgedehntem Rauschgifthandel steckt. Du weißt, wie diese Leute sind, sie lügen schneller, als sie ihre Verbrechen begehen, und scheuen vor wenig zurück, um sich aus einer Klemme zu retten. Deshalb habe ich damals nicht weiter darauf geachtet.«

Hanne Wilhelmsen senkte ihre Stimme weiter. Håkon Sand mußte sich über den Tisch beugen und den Kopf schräg legen, um sie zu verstehen. Für andere konnte das aussehen wie ein Rendezvous.

»Ich bin heute nacht aufgewacht und mußte immer an diesen Knaben denken«, sagte sie. »Als erstes habe ich mir heute morgen diesen alten Vergewaltigungsfall herausgesucht und seinen Namen nachgesehen. Rat mal, wer sein Anwalt war!«

»Olsen.«

»Genau.«

Beide blickten auf das diesige Bild der Stadt. Håkon Sand holte einige Male tief Luft und saugte nachdenklich an seinen Schneidezähnen. Er wußte, daß das unappetitlich war, und hörte sofort wieder auf.

»Was haben wir denn«, sagte er, zog ein leeres A4-Blatt hervor und notierte Zahlen. »Wir haben einen toten Rauschgiftsüchtigen. Einen bekannten und verhafteten Täter, der sich weigert, sein Motiv zu nennen.« Der Kugelschreiber kratzte über das Papier, und in seinem Eifer riß Håkon ein Loch in den Bogen. »Er ist so gründlich umgebracht worden, daß er auch dann nicht überlebt hätte, wenn er neun Leben gehabt hätte. Dann haben wir einen toten Anwalt, der ein bißchen eleganter umgebracht worden ist. Wir wissen, daß die beiden Ermordeten einander gekannt haben. Sie waren an dem Tag verabredet, an dem der erste von ihnen den Löffel abgegeben hat. Was haben wir sonst noch?« Er machte weiter, ohne auf Antwort zu warten. »Einige vage und höchst unzuverlässige Gerüchte über den Rauschgifthandel eines unbekannten Anwaltes. Der Anwalt unseres Gerüchteschmiedes war unser Wiedergänger Olsen.«

Wilhelmsen bemerkte ein scheinbar krampfhaftes Zucken in Håkon Sands Mundwinkel.

»Ich glaube, du bist da auf einer Fährte, Hanne. Ich glaube, das könnte ein dickes Ding werden. Aber was machen wir jetzt?«

Zum erstenmal in diesem Gespräch lehnte Hanne Wilhelmsen sich zurück. Sie schlug mit den Fingern auf dem Tisch einen kleinen Trommelwirbel. »Wir umgeben uns mit dem allertiefsten Schwaaaaigen«, erklärte sie. »Das ist die vageste Spur, mit der ich je gearbeitet habe. Ich halte dich auf dem laufenden. Okay?«

Das Unruhekommando war das schwarze Schaf und zugleich der große Stolz der Polizei. Diese jeanstragenden, teilweise langhaarigen und bisweilen überwältigend ungepflegten Polizisten hatten sich noch nie an Kleiderordnungen gebunden gefühlt. Das war auch gar nicht nötig. Aber ab und zu pfiffen sie auch auf andere, unabdingbare Regeln. In unregelmäßigen Abständen wurden sie vom Personalchef oder sogar dem Polizeipräsidenten zusammengestaucht. Sie sagten ja und amen und versprachen Besserung, hoben aber heimlich den Finger, wenn sie das Zimmer verließen. Nur wenige waren irgendwann einmal dermaßen zu weit gegangen, daß sie in einen mordsöden Schreibtischjob versetzt werden mußten. Denn die Polizei liebte ihre Jeanstruppe. Das Unruhekommando war effektiv, arbeitete hart und erhielt ab und zu sogar Besuch von Kollegen aus Schweden und Dänemark, die mit unklaren Vorstellungen eintrafen und außer sich vor Bewunderung wieder abreisten.

Erst vor einer Woche, als Besuch aus Stockholm da war, hatte für einen Abend auch ein schwedisches Fernsehteam mitgemacht. Zwei Jungs gingen mit den Fernsehleuten zum Haus einer Prostituierten, bei der immer ein paar Gramm von irgendwas herumlagen. Die Tür aufzubrechen war kein Problem, davon war von früheren Besuchen her nicht mehr viel übrig. Mit den Fernsehleuten im Schlepptau stürmten sie in das dunkle Wohnzimmer. Auf dem Boden lag ein Mann mittleren Alters, bekleidet mit einem dekolletierten knallroten Kleid und einem Hundehalsband. Er brach in krampfhaftes Schluchzen aus, als er die Gäste entdeckte. Die Polizisten trösteten ihn und versicherten, daß sie es doch nicht auf ihn abgesehen hätten. Nachdem sie im Bücherregal, in dem übrigens keine Bücher standen, sondern nur Nippes in allen Formen und Materialien, vier Gramm Hasch und eine Tagesration Heroin gefunden hatten, verlangten sie doch den Ausweis des Mannes. Schluchzend zog er eine tarnfarbene Brieftasche hervor. Seinem militärischen Dienstausweis konnten die überaus amüsierten Polizisten entnehmen, daß der Mann Berufsoffizier war. Seine Verzweiflung war durchaus verständlich. Solche Verhältnisse, die allerdings nicht strafbar waren, mußten den hohen Herren im 7. Stock hinterbracht werden, dem Überwachungsdienst der Polizei. Was seither mit dem Mann passiert war, wußte niemand von der Unruhe, aber das schwedische Fernsehteam hatte sich mit den Aufnahmen, die aus purem Anstand nie gesendet worden waren, köstlich amüsiert.

Die Aufgabe des Unruhekommandos verriet schon der Name. Es sollte Unruhe in der Drogenszene erregen, um den Handel zu behindern und zu ahnden und um Neurekrutierungen für die Szene zu verhindern. Sie waren keine Spitzel nach US-Muster. Deshalb machte es ihnen nichts aus, wenn sie als Polizisten erkannt wurden. Die schmuddelige Erscheinung, die die meisten sich zugelegt hatten, sollte es einfacher machen, mit der Szene ins Gespräch zu kommen, aber sie sollte die Männer kaum als etwas anderes erscheinen lassen, als sie waren. Sie wußten über fast alles, was sich in Oslos Unterwelt abspielte, Bescheid. Das Problem war, daß sie zu selten etwas beweisen konnten, auch wenn sie den meisten anderen Abteilungen im Polizeigebäude an Erkenntnissen in der Regel um einiges voraus waren.

Hanne Wilhelmsen hörte, lange bevor sie die Tür erreicht hatte, laute Reden und schallendes Lachen aus dem großen Aufenthaltsraum des Unruhekommandos. Sie klopfte mehrmals kräftig an, ohne gehört zu werden. Schließlich wurde die Tür geöffnet. Im Türspalt stand ein sommersprossiger Mann mit unwahrscheinlich fettigen Haaren und einem dicken Klumpen Kautabak unter der Oberlippe und grinste sie so breit an, daß sie zwischen den Zähnen auf der linken Seite den Tabaksaft sehen konnte.

»Hallo, Hanne, was willst du?« Er war überaus freundlich, obwohl sein mächtiger Körper noch immer die Tür versperrte.

Hanne erwiderte das Lächeln und versetzte der Tür einen Stoß. Widerwillig gab der Sommersprossige nach. Essensreste, Abfall und Massen von Papier, Zeitschriften und Semipornos, waren überall in dem großen Zimmer verstreut. In einer Ecke hockte ein Mann mit rasiertem Schädel, einem umgedrehten Kreuz in einem Ohr, Stiefeln und einem Islandpullover, der wahrscheinlich vor Dreck hätte stehen können. Der Mann lief unter dem Namen Billy T. Er hatte zusammen mit Hanne Wilhelmsen die Polizeischule besucht und galt als eines der effektivsten und klügsten Mitglieder des Kommandos. Billy T. hatte ein freundliches und munteres Wesen, war sanft wie ein Lamm und mußte mit einem Appetit auf Frauen leben, der ihm, kombiniert mit einer beneidenswerten Fruchtbarkeit, bisher nicht weniger als vier Kinder von ebenso vielen Müttern eingebracht hatte. Er hatte mit keiner je zusammengelebt, liebte aber seine Söhne, von denen zwei nur drei Monate auseinander waren. Und an jedem Monatsende bezahlte er mit nur leisem Fluchen seine Alimente.

Hanne war auf der Suche nach Billy T. Sie stieg über Kleider und andere Gegenstände hinweg, die den Weg versperrten. Er ließ das Motorradheft sinken, in das er vertieft gewesen war, und musterte sie mit mildem Erstaunen.

»Kannst du kurz mit in mein Büro kommen?« Eine vielsagende Bewegung mit Arm und Kopf verriet, wie sie die Möglichkeiten eines vertraulichen Gesprächs in diesem Zimmer einschätzte.

Billy T. nickte, warf seine Zeitung beiseite, die begehrlich vom nächsten Leser geschnappt wurde, und folgte seiner Kollegin in den zweiten Stock hinunter.

Hanne Wilhelmsen beugte sich über ihren Schreibtisch und riß eine maschinegeschriebene Liste so heftig von der Wand, daß die Reißzwecken auf den Boden fielen.

»Das ist eine Liste der festen Verteidiger hier in der Stadt, sowie von einigen anderen, die nicht fest sind, aber trotzdem Strafprozesse übernehmen. Ungefähr dreißig insgesamt.«

Billy T. legte seinen kugelrunden Kopf schräg und sah sich interessiert die Liste an. Er kniff leicht die Augen zusammen, die Schrift war sehr klein, damit alle Namen auf einer Seite Platz fanden.

»Was sagst du zu denen?« fragte Hanne.

»Was ich zu denen sage? Wie meinst du das?« Er ließ seinen Finger über das Blatt gleiten. »Der ist in Ordnung, der ist okay, der ist ein Arsch, die ist sehr in Ordnung«, fing er an. »Ist es das, was du hören möchtest?«

»Im Grunde nicht«, murmelte sie zögernd. »Wer von denen hat die meisten Rauschgiftsachen?« fragte sie kurz darauf.

Billy T. nahm sich einen Kugelschreiber und malte ein Kreuzchen neben sechs Namen. Hanne ließ sich die Liste zurückgeben und starrte sie an. Dann legte sie sie beiseite und schaute aus dem Fenster.

Dann fragte sie. »Hast du irgendein Gerücht gehört, daß sie selbst in Rauschgiftgeschäfte verwickelt sind?«

Billy T. schien über diese Frage nicht erstaunt zu sein. Er biß sich in den Daumen. »Das ist ernst gemeint, nicht wahr? Wir hören schließlich verdammt viel, und nur ein Bruchteil davon ist zu glauben. Aber du möchtest wissen, ob *mir* je so ein Verdacht gekommen ist, oder?«

»Ja, genau das.«

»Um es mal so zu sagen: Wir haben schon ab und zu Grund zu dieser Frage gehabt. In den letzten zwei Jahren ist irgend etwas mit dem Markt passiert. Etwas Undefinierbares, das wir nicht ordentlich zu fassen kriegen. Eine Sache ist das ewige Problem mit Stoff im Knast. Das kriegen wir nicht in den Griff. Die Kontrollen werden dauernd verschärft, aber das bringt nichts. Aber auch auf der Straße passiert irgendwas. Die Preise sinken. Das bedeutet reichliches Angebot. Die reine Marktwirtschaft, weißt du. Ich höre ja Gerüchte. Aber die sind schrecklich widersprüchlich. Wenn du also fragst, ob ich je einen von diesen Anwälten verdächtigt habe, dann muß ich vor dem Hintergrund meines Wissens mit Nein antworten.«

»Und wenn ich nach deinen geheimsten Gedanken und Instinkten frage und du mir keinen Grund zu nennen brauchst, wie fällt deine Antwort dann aus?«

Billy T. vom Unruhekommando fuhr sich über seinen glatten Schädel, griff nach dem Papier und tippte mit seinem schmutzigen Zeigefinger auf einen Namen. Sein Mittelfinger glitt über die Seite und kam bei einem zweiten zum Stillstand.

»Wenn ich wüßte, daß etwas anliegt, dann würde ich mich als erstes um diese beiden kümmern«, sagte er. »Vielleicht, weil es Klatsch gegeben hat, vielleicht, weil ich sie nicht leiden kann. Mach daraus, was du willst. Ich habe nichts gesagt, okay?«

Hanne Wilhelmsen beruhigte ihren Kollegen. »Du hast das

nie gesagt, und wir beide haben nur kurz über alte Zeiten geplaudert.«

Billy T. nickte, lächelte und transportierte seinen zwei Meter langen Körper zurück ins Bereitschaftszimmer im vierten Stock.

FREITAG, 2. OKTOBER

Karen Borg erhielt im Zusammenhang mit ihrem neuen, unerwünschten Mandat weitere Anrufe. An diesem Vormittag meldete sich ein Journalist. Er wirkte aufdringlich nett und nervig. Sie war den Umgang mit Journalisten nicht gewöhnt und reagierte mit untypischer Schroffheit. Im Grunde antwortete sie ausschließlich mit einsilbigen Wörtern. Erst brachte er ein Vorpostengefecht, in dem er sie mit seinem gewaltigen Wissen über diesen Fall beeindrucken zu wollen schien – was ihm auch gelang. Dann fing er an zu fragen.

»Hat er gesagt, warum er Sandersen umgebracht hat?«

»Nein.«

»Hat er gesagt, woher sie einander gekannt haben?«

»Nein.«

»Hat die Polizei eine Theorie zu diesem Fall?«

»Weiß nicht.«

»Stimmt es, daß dieser Niederländer nur von dir verteidigt werden will?«

»Im Grunde.«

»Hast du den ermordeten Anwalt, Hansa Olsen, gekannt?«

Sie teilte ihm mit, daß sie ihm mit mehr wohl nicht dienen könne, verabschiedete sich höflich und legte auf.

Hansa Olsen? Warum hatte er nach dem gefragt? Sie hatte die blutrünstigen Einzelheiten in der Tagespresse gelesen, hatte sich den Fall aber einfach nur gemerkt. Er ging sie nichts an, und der Mann war ihr völlig unbekannt. Sie war nicht auf die Idee gekommen, daß dieser Fall etwas mit ihrem Mandanten zu tun haben könnte. Streng genommen brauchte es auch gar keinen Zusammenhang zu geben, der Journalist konnte einfach einen Schuß ins Blinde abgegeben haben. Leicht gereizt gab sie sich damit zufrieden. Der Bildschirm vor ihr teilte ihr mit, daß an diesem Tag bereits neun Personen versucht hatten, sie zu erreichen, und die Namensliste machte ihr klar, daß sie den Rest des Tages ihrem wichtigsten Mandanten widmen würde, der Ölgesellschaft Norsk Oljeproduksjon. Nachdem sie sich eine Tasse Kaffee geholt hatte, setzte sie sich ans Telefon. Wenn sie rechtzeitig fertig wurde, konnte sie noch einen Besuch im Polizeigebäude schaffen. Es war Freitag, und sie hatte ein schlechtes Gewissen, weil sie ihren dortigen Mandanten noch nicht wieder besucht hatte. Sie wollte das vor dem Wochenende unbedingt noch erledigen.

Auch eine Woche U-Haft hatte Han van der Kerch nicht redseliger gemacht. Ihm waren eine uringetränkte Matratze und eine Filzdecke in die Zelle gereicht worden. In einer Ecke der pritschenhaften Erhöhung hatte er zerfledderte Taschenbücher aufgestapelt. Er durfte jeden Tag duschen und gewöhnte sich langsam an die Hitze. Sowie er in seine Zelle zurückkam, zog er sich aus und saß meistens in Unterhose da. Nur wenn er ein seltenes Mal an die Luft oder zu einem Verhörversuch gebracht wurde, machte er sich die Mühe, sich anzuziehen. Eine Streife hatte aus seinem Zimmer im Studentenheim saubere Unterhosen, Toilettenartikel und sogar einen kleinen Ghettoblaster geholt.

Jetzt war er angezogen. Karen Borg saß mit ihm in einem Büro im zweiten Stock. Sie führten kein Gespräch; es war ein Monolog mit gemurmelten Einlagen des Gegenübers.

»Peter Strup hat mich Anfang der Woche angerufen. Er kennt einen Freund von dir, hat er gesagt, und deshalb möchte er dir helfen.«

Keine Reaktion, nur blickte van der Kerch jetzt noch düsterer und mürrischer vor sich hin.

»Kennst du Anwalt Strup? Weißt du, von welchem Freund er redet?«

»Ja. Ich will dich.«

»In Ordnung.« Sie war verzweifelt. Eine Viertelstunde lang hatte sie versucht, etwas aus dem Mann herauszubekommen; jetzt war sie kurz vor dem Aufgeben.

Plötzlich beugte der Niederländer sich vor. Mit einer hilflosen Bewegung schlug er die Hände vors Gesicht und stützte die Ellbogen auf seine gespreizten Knie. Er rieb sich den Kopf, hob den Blick und sagte. »Mir ist klar, daß du verwirrt bist. Ich bin selbst scheißverwirrt. Ich habe letzten Freitag den Patzer meines Lebens gebaut. Es war ein kalter, vorsätzlicher und grausamer Mord. Ich habe Geld dafür bekommen. Das heißt, mir ist Geld versprochen worden. Gesehen habe ich von der Kohle noch nichts, und ich werde mein Guthaben in den nächsten Jahren wohl kaum eintreiben können. Ich liege jetzt seit einer Woche in dieser Zelle und frage mich, was in mich gefahren war.«

Plötzlich brach er in Tränen aus. Das geschah so unerwartet und abrupt, daß Karen Borg davon restlos umgeworfen wurde. Der Junge – jetzt sah er wirklich wie ein Junge aus – preßte den Kopf gegen seine Knie, als ob er das Verhalten beim Flugzeugabsturz übte, und sein Rücken bebte. Nach einigen Sekunden richtete er sich auf, um besser Luft holen zu können, und sie sah, daß sein Gesicht von roten Flecken übersät war. Der Rotz rann, und weil Karen nicht wußte, was sie sagen sollte, fischte sie Papiertaschentücher aus ihrem Diplomatenkoffer und hielt sie ihm hin. Er wischte sich die Nase und die Augen, hörte aber nicht auf zu weinen. Karen wußte nicht, wie sie einen reuigen Mörder trösten sollte. Dennoch zog sie ihren Stuhl näher an den des Jungen heran und nahm seine Hand.

So saßen sie über zehn Minuten lang. Uns kommt es wahrscheinlich beiden vor wie eine Stunde, dachte Karen Borg. Endlich atmete der junge Mann etwas regelmäßiger. Sie ließ seine Hand sinken und schob lautlos ihren Stuhl zurück, als wollte sie den kurzen Moment von Nähe und Vertraulichkeit austilgen.

»Vielleicht hast du jetzt mehr zu sagen«, ermunterte sie ihn leise und bot ihm noch eine Zigarette an. Er nahm sie mit zitternder Hand, wie ein schlechter Schauspieler. Sie wußte, daß sein Zittern echt war, und gab ihm Feuer.

»Ich weiß einfach nicht, was ich sagen soll«, stammelte er. »Ich habe einen Mann umgebracht. Aber ich habe auch so viel anderes getan, und ich würde mir ungern Lebenslänglich an den Hals reden. Aber mir ist nicht klar, wie ich das eine erzählen soll, ohne das andere zu verraten.«

Karen Borg war verwirrt. Sie war daran gewöhnt, Auskünfte mit der größten Diskretion und Vertraulichkeit zu behandeln. Ohne diese Eigenschaft hätte sie kaum einen Mandanten gehabt. Aber bisher hatte sich die Geheimhaltung auf Geld, Industriegeheimnisse und Taktiken im Geschäftsleben bezogen. Ihr war niemals etwas einwandfrei Strafbares anvertraut worden, und sie wußte nicht, was sie verschweigen durfte, ohne selbst mit den Gesetzen in Konflikt zu kommen. Noch ehe sie sich diese Problematik richtig überlegt hatte, tröstete sie den Niederländer.

»Was du mir erzählst, bleibt unter uns. Ich bin deine Anwältin und stehe unter Schweigepflicht.«

Er seufzte noch zwei-, dreimal, dann putzte er sich heftig die Nase und erzählte: »Ich war in einer Art Liga. Ich sage *eine Art*, weil ich ehrlich gesagt nicht viel darüber weiß. Ich weiß von zwei anderen, die mitmachen, aber das sind Leute auf meiner Ebene, wir holen und bringen und verkaufen ab und zu ein bißchen. Meine Kontaktperson hat eine Gebrauchtwagenfirma in Sagene. Aber die Liga ist ziemlich groß. Glaube ich wenigstens. Es war nie ein Problem, das Geld für meine Jobs zu bekommen. Einer wie ich kann oft in die Niederlande fahren. Das erregt keinen Verdacht. Ich habe jedesmal meine Mutter besucht.« Beim Gedanken an seine Mutter heulte er wieder los. »Ich habe nie etwas mit der Polizei zu tun gehabt, weder zu

Hause noch hier«, schluchzte er. »Ach verdammt. Wie lange muß ich sitzen?«

Karen Borg wußte sehr gut, was einem Mörder blühte. Und was einem Rauschgiftkurier. Aber sie sagte nichts, sie zuckte nur leicht mit den Schultern.

»Ich habe vielleicht zehn, fünfzehn Touren gemacht«, fuhr der Mann fort. »Unglaublich einfache Arbeit eigentlich. Im voraus wird mir ein Treffpunkt in Amsterdam genannt, jedesmal ein neuer. Die Ware ist immer schon verpackt. In Gummi. Ich habe die Päckchen hinuntergeschluckt, ohne wirklich zu wissen, was sie enthalten.« Er unterbrach sich einen Moment und korrigierte sich dann: »Na ja, ich habe es für Heroin gehalten. Im Grunde wußte ich das wohl. Ungefähr hundert Gramm jedesmal. Mehr als zweitausend Verbrauchermengen. Alles ist gutgegangen; ich habe pro Lieferung Zwanzigtausend bekommen. Und alle Ausgaben wurden ersetzt.«

Seine Stimme klang gepreßt, aber er erklärte alles sehr gut. Er zerpflückte das in Auflösung begriffene Taschentuch und starrte ununterbrochen seine Hände an, als müsse er voller Staunen erkennen, daß just diese vor genau einer Woche auf so brutale Weise einen Menschen umgebracht hatten.

»Ich glaube, sehr viele machen da mit. Obwohl ich nur von zwei oder drei Leuten weiß. Der Laden ist einfach zu groß. Ein Dussel aus Sagene schafft das nicht allein. Der kommt mir nicht clever genug vor. Aber ich habe nicht gefragt. Ich habe meine Arbeit gemacht, mein Geld bekommen und die Klappe gehalten. Bis vor zehn Tagen.«

Karen Borg war ganz matt. Sie sah sich in einer Situation gefangen, über die sie keinerlei Kontrolle hatte. Ihr Gehirn registrierte die gelieferte Information, während sie fieberhaft mit der Frage rang, was sie damit anfangen sollte. Sie spürte, wie ihre Wangen rot anliefen und wie der Schweiß aus ihren Achselhöhlen strömte. Sie wußte, daß sie nun etwas über Ludvig Sandersen hören würde, den Mann, den sie am letzten Freitag gefunden hatte; ein Fund, der sie seither nachts heimsuchte und tagsüber quälte. Sie umklammerte die Armlehnen ihres Stuhls.

»Am letzten Dienstag war ich bei diesem Autoheini«, fuhr Han van der Kerch fort. Er war jetzt ruhiger und hatte endlich die Reste des Taschentuchs in den Papierkorb fallen lassen. Er sah sie zum erstenmal an diesem Tag an. »Ich hatte seit Monaten keinen Job mehr gemacht. Rechnete jeden Moment mit einer Anfrage. Ich habe mir Telefon legen lassen, damit ich nicht auf das Gemeinschaftstelefon angewiesen bin. Ich nehme immer erst ab, wenn es viermal geklingelt hat. Wenn es zweimal klingelt, dann eine Pause macht, dann noch mal zweimal klingelt und aufhört, weiß ich, daß ich am nächsten Mittag um zwei erwartet werde. Cleveres System. Von meinem Telefon aus ist kein einziges Gespräch zwischen uns gespeichert, und trotzdem kann er mich erreichen. Also, ich bin dann letzten Dienstag hingegangen. Aber diesmal war nicht die Rede von Drogen. Ein Mann im System war zu frech geworden. Wollte von den großen Jungs Geld erpressen. Oder so. Viel habe ich nicht erfahren, nur, daß er eine Bedrohung für uns alle darstellte. Ich hatte schreckliche Angst.« Han van der Kerch grinste selbstironisch. »In den zwei Jahren, die ich das mache, habe ich nie ernsthaft an die Möglichkeit gedacht, erwischt zu werden. Irgendwie habe ich mich unverletzlich gefühlt. Verdammt, ich bin in Panik geraten, als mir aufging, daß alles in den Teich gehen könnte. Daß irgendwer im System eine Bedrohung darstellen könnte, ist mir einfach nie eingefallen. Eigentlich habe ich den Auftrag aus Angst vorm Auffliegen angenommen. Zweihundert Riesen sollte ich kriegen. Verdammte Versuchung. Es ging nicht nur um seinen Tod. Die ganze Szene sollte einen Schreckschuß verpaßt bekommen. Deshalb hab' ich sein Gesicht zermatscht.« Wieder brach der Junge in Tränen aus, diesmal jedoch weniger heftig. Er konnte reden, während seine Tränen strömten. Ab und zu legte er Pausen ein, atmete schwer, rauchte, überlegte. »Aber als ich es getan hatte, bin ich total ausgerastet. Ich habe es sofort bereut und bin einen Tag lang durch die Stadt geirrt. Viel weiß ich davon nicht mehr.«

Sie hatte den Jungen kein einziges Mal unterbrochen. Und sie hatte sich keine Notizen gemacht. Aber nun drängten sich zwei Fragen auf.

»Warum wolltest du mich?« fragte sie leise. »Und warum willst du nicht ins Gefängnis?«

Han van der Kerch musterte sie eine Ewigkeit lang. »Du hast die Leiche gefunden, obwohl sie gut versteckt war.«

»Ja, ich hatte meinen Hund bei mir. Wieso?«

»Ich weiß zwar nur wenig über den Rest der Organisation, aber man schnappt ja immer mal was auf. Einen Versprecher, eine Andeutung. Ich glaube, ja, ich glaube, ich weiß es nicht, daß irgendein Anwalt die Hand im Spiel hat. Ich weiß nicht, wie er heißt. Ich kann mich auf niemanden verlassen. Aber es sollte einige Zeit dauern, bis die Leiche gefunden wurde. Je mehr Zeit, desto kälter die Spur. Du mußt ihn schon eine Stunde später gefunden haben. Du konntest also nichts damit zu tun haben.«

»Und das Gefängnis?«

»Ich weiß, daß die Gruppe dort Kontakte hat. Häftlinge, glaube ich, aber es kann sich auch um Angestellte handeln. Sicherer ist es hier, bei unserem Freund und Helfer. Auch wenn es verdammt heiß ist.«

Er wirkte erleichtert. Karen Borg dagegen war niedergeschlagen, als sei die Last, die den Jungen eine Woche lang gequält hatte, jetzt auf ihre Schultern geladen worden. Er fragte, was sie nun unternehmen werde. Sie antwortete ehrlich: Sie wisse es noch nicht genau. Sie müsse überlegen.

»Aber du hast versprochen, dieses Gespräch für dich zu behalten«, erinnerte er sie.

Karen Borg gab keine Antwort, sondern malte sich mit dem Zeigefinger ein unsichtbares Kreuz vor den Hals. Sie klingelte nach einem Polizisten, und der Niederländer wurde in seine schreckliche mattgelbe Zelle zurückgeführt.

Obwohl es Freitagabend nach sechs Uhr war, saß Håkon Sand noch in seinem Büro. Karen Borg stellte fest, daß sein müdes Aussehen, das sie am Montag einem anstrengenden Wochenende zugeschrieben hatte, offenbar dauerhaft war. Sie wunderte sich darüber, daß er so spät noch arbeitete, wußte sie doch, daß Überstunden bei der Polizei nicht bezahlt wurden.

»Es ist übel, soviel zu schuften«, gab er zu. »Aber noch schlimmer ist es, wenn du nachts aufwachst und an all das denken mußt, was du nicht geschafft hast. Ich versuche freitags immer so ziemlich alles zu erledigen. Dann wird das Wochenende angenehmer.«

Es war still in dem großen grauen Haus. Die beiden saßen dort in einem Zustand wunderlicher Zusammengehörigkeit. Ein Martinshorn zerriß plötzlich die Stille, im Hinterhof wurde ein Streifenwagen ausprobiert. Es verstummte so plötzlich, wie es eingesetzt hatte.

»Hat er etwas gesagt?«

Sie hatte diese Frage erwartet, gewußt, daß sie kommen mußte, aber nach einigen Minuten der Entspannung fühlte sie sich trotzdem unvorbereitet. »Nicht sehr viel.«

Sie merkte, wie schwer es ihr fiel, ihn zu belügen. Sie spürte, daß ihr Nacken rot anlief, und hoffte, daß ihr Gesicht davon verschont bleiben würde. Er durchschaute sie.

»Anwaltliche Schweigepflicht«, grinste er, hob die Arme und verschränkte die Hände hinter dem Kopf. Sie sah die Schweißringe unter seinen Armen, fand sie aber nicht abstoßend. Eher natürlich, nach einem Arbeitstag von zehn Stunden.

»Das respektiere ich«, fuhr er fort. »Ich selbst darf ja auch nicht viel sagen.«

»Ich dachte, eine Verteidigerin hätte Anspruch auf Information und Unterlagen«, wandte sie ein.

»Nicht, wenn wir glauben, daß die Ermittlungen darunter leiden.« Er grinste noch breiter, so als ob ihre beruflichen Widersprüche ihn amüsierten. Er stand auf und holte zwei Tassen

Kaffee. Der schmeckte noch schlimmer als am Montag, so als hätte dieselbe Kanne die ganze Zeit vor sich hingeköchelt.

Karen begnügte sich mit einem Schluck und stellte mit einer Grimasse die Tasse weg. »Das Zeug wird dich noch umbringen«, warnte sie.

Er ignorierte diese Warnung und behauptete, über einen Ledermagen zu verfügen.

Aus unerfindlichen Gründen fühlte sie sich wohl. Zwischen ihnen bestand ein seltsamer und erstaunlicherweise angenehmer Konflikt, den es früher nicht gegeben hatte. Nie zuvor hatte Håkon über ein Wissen verfügt, das ihr fehlte. Sie sah ihn an und bemerkte das Funkeln in seinen Augen. Der graue Schimmer an den Schläfen und der höhere Haaransatz ließen ihn nicht nur älter aussehen, sondern auch spannender, stärker. Im Grunde war er ziemlich hübsch geworden.

»Du bist schön geworden, Håkon«, entfuhr es ihr.

Er errötete nicht einmal, er sah ihr nur direkt in die Augen. Sofort bereute sie; sie hatte eine Lücke in ihrem Panzer geöffnet und wußte doch längst, daß sie sich das nicht leisten konnte, bei niemandem. Blitzschnell wechselte sie das Thema.

»Na, wenn du nichts erzählen kannst und ich auch nicht, dann machen wir doch Feierabend«, schloß sie, erhob sich und zog ihre Regenjacke an.

Er bat sie, wieder Platz zu nehmen. Sie gehorchte, behielt jedoch die Jacke an.

»Ehrlich gesagt, der Fall ist ernster, als ich dachte. Wir arbeiten mit verschiedenen Theorien, aber die sind reichlich vage, und wir können nichts konkret belegen. Ich kann dir nur sagen, daß alles auf Drogenhandel in großem Stil hinweist. Ich überschaue noch nicht, wie tief dein Mandant darin verwickelt ist. Aber durch den Mord steckt er tief genug drin. Wir halten den Mord für vorsätzlich. Wenn ich nicht mehr sagen kann, dann ist das kein böser Wille. Wir wissen einfach nichts, und ich muß, selbst bei einer alten Freundin wie dir mit vagen Behauptungen und Spekulationen sehr vorsichtig sein.«

»Hat es etwas mit Hans A. Olsen zu tun?«

Karen hatte Håkon Sand kalt erwischt. Er starrte sie mit halboffenem Mund an und schwieg fast dreißig Sekunden lang. »Woher, zum Teufel, weißt du das?«

»Ich weiß gar nichts«, antwortete sie. »Aber mich hat heute ein Journalist angerufen. Ein Fredrik Myhre oder so. Er wollte wissen, ob ich diesen ermordeten Anwalt gekannt habe. Mitten in einer Reihe Fragen zu meinem Mandanten. Die Journalisten scheinen ja ziemlich gut über die Arbeit der Polizei informiert zu sein, deshalb wollte ich dich fragen. Aber ich weiß nichts. Müßte ich etwas wissen?«

»Dieser Arsch.« Håkon stand auf. »Wir reden nächste Woche weiter.«

Als sie das Zimmer verlassen wollten, streckte Håkon den Arm aus, um das Licht auszumachen. Diese Bewegung führte seinen Arm über ihre Schulter, und gänzlich ohne Vorwarnung beugte er sich vor und küßte sie. Es war ein vorsichtiger, jungenhafter Kuß. Sie sahen einander einige Sekunden lang an, dann löschte er das Licht, schloß die Tür ab und lotste sie wortlos aus dem großen, fast leeren Haus.

Das Wochenende hatte begonnen.

MONTAG, 5. OKTOBER

Der Journalist Fredrick Myhreng fühlte sich unwohl. Nervös zupfte er an seinen aufgekrempelten Ärmeln herum, dann machte er sich an einem Kugelschreiber zu schaffen. Der fiel plötzlich auseinander, und die Farbe schmierte seine Hände blau. Er hielt Ausschau nach etwas, womit er sie hätte abwischen können, mußte sich aber mit dem steifen Papier seines Notizblocks begnügen. Das brachte nicht viel. Außerdem beschmierte er nun auch seinen feschen Anzug. Er hatte die Ärmel aufgekrempelt, er schien nicht begriffen zu haben, daß aufgekrempelte Ärmel mit »Miami Vice« aus der Mode gekommen waren. Und zwar schon längst. Er hatte das Etikett am rechten Ärmel nicht abgeschnitten, sondern den Stoff so aufgekrempelt, daß das Warenzeichen wie ein kleines Adelsprädikat erstrahlte. Das nützte auch nichts; er kam sich klein vor und rutschte auf seinem Stuhl in Håkon Sands Büro herum.

Er war freiwillig hier erschienen. Sand hatte ihn früh am Morgen angerufen, zu einer Zeit, als das Blauer-Montag-Gefühl nach einem lebhaften Wochenende sich noch nicht gelegt hatte. Der Polizeiadjutant war korrekt, aber auch ziemlich energisch gewesen; er hatte ihn für den nächstmöglichen Termin zu sich bestellt. Es war zehn, und ihm war schlecht.

Sand bot ihm Drops aus einer Holzschale an, und der Journalist nahm dankend an. Er bedauerte das sofort, sein Bonbon war so groß, daß er es unmöglich lutschen konnte, ohne zu schmatzen. Sand selbst hatte sich keins genommen, und Myhreng wußte warum. Es war schwer, mit dem Klumpen im Mund zu reden, und er fand es zu kindisch, darauf herumzubeißen.

»Du arbeitest mit unseren Mordfällen, wie ich höre«, sagte der Adjutant, nicht ohne eine gewisse Arroganz.

»Ja, ich bin Kriminalreporter«, antwortete Myhreng sauer und mit schlecht verhohlenem Stolz auf seine Berufsbezeichnung. In seinem Eifer, selbstsicher zu wirken, wäre ihm fast der Drops aus dem Mund gefallen. Er saugte ihn rasch wieder zurück und verschluckte ihn aus Versehen. Nun durfte er die langsame und quälende Reise des Bonbons in seinen Magen miterleben.

»Was weißt du eigentlich?«

Der junge Journalist wußte nicht so recht, was er tun sollte. Seine sämtlichen Instinkte mahnten zur Vorsicht, während er gleichzeitig den dringenden Wunsch verspürte, mit seinem Wissen zu brillieren.

»Ich glaube, ich weiß dasselbe wie ihr«, erklärte er und glaubte, auf diese Weise zwei Fliegen mit einer Klappe geschlagen zu haben. »Und vielleicht noch ein bißchen mehr.«

Håkon Sand seufzte. »Hör mal. Ich weiß, daß du mir nichts von woher und wie sagen wirst. Ich weiß, daß ihr eure angelaufene Ehre darin seht, niemals Quellen zu verraten. Das verlange ich also nicht. Ich biete dir eine Abmachung an.« Ein Funken von Interesse leuchtete in Myhrengs Augen auf, aber der Polizeiadjutant wußte nicht, wie weit das reichte. »Ich kann bestätigen, daß du auf einer Spur bist«, fuhr er fort. »Ich habe erfahren, daß du zwei Morde miteinander in Verbindung bringst. Ich habe registriert, daß du darüber noch nicht geschrieben hast. Das ist gut. Für unsere Ermittlungen wäre es gelinde gesagt schädlich, wenn darüber etwas gedruckt würde. Ich könnte natürlich dafür sorgen, daß dein Chef von uns unter Druck gesetzt wird. Aber vielleicht muß ich das gar nicht.« Der Blonde wirkte immer interessierter. »Ich verspreche dir, daß du als erster erfährst, was wir haben – wenn ich etwas verraten kann. Aber im Gegenzug muß ich mich auf dich verlassen können, wenn ich dir einen Maulkorb verordne. Kann ich das?«

Fredrick Myhreng freute sich über diese Wendung des Gesprächs. »Kommt drauf an«, antwortete er lächelnd. »Erzähl doch noch ein bißchen mehr.«

»Warum bringst du die beiden Morde miteinander in Verbindung?«

»Warum tut ihr das?«

Håkon Sand atmete schwer. Er erhob sich, drehte sich zum Fenster um und blieb so eine halbe Minute lang stehen. Plötzlich fuhr er herum.

»Jetzt versuche ich es im guten«, sagte er laut und hart. »Ich kann dich auch verhören lassen. Vielleicht verpasse ich dir eine Klage, weil du wichtiges Beweismaterial zurückhältst. Ich kann dir vielleicht deine Informationen nicht entreißen, aber ich kann dir die Hölle heißmachen. Muß ich das?«

Seine Worte zeitigten eine gewisse Wirkung. Myhreng rutschte hin und her. Er wollte noch einmal hören, daß er als erster Zugang zu neuen Informationen haben würde. Er hörte es.

»An dem Tag, an dem Sandersen ermordet wurde, war ich im Gamle Christiania einen trinken. Das war so gegen drei Uhr nachmittags. Da saßen Anwalt Olsen und Sandersen. Sie sind mir aufgefallen, weil sie allein waren. Olsen sumpft, ich meine, sumpfte sonst immer mit einer ganzen Bande. Die anderen waren auch da, saßen aber an einem anderen Tisch. Damals habe ich nicht weiter darüber nachgedacht, aber als die Morde dann aufeinander folgten wie die Perlen an einer Kette, fiel es mir natürlich wieder ein. Ich habe keine Ahnung, worüber sie gesprochen haben. Aber es war doch ein seltsamer Zufall. Mehr als das weiß ich wirklich nicht. Ich habe so meine Ahnungen, aber ich weiß nichts.«

Schweigen senkte sich über das Zimmer. Sie hörten das Dröhnen des Verkehrs im Akebergvei. Eine Krähe ließ sich auf der Fensterbank nieder und brach in wüste Beschimpfungen aus. Håkon Sand achtete nicht darauf.

»Vielleicht besteht eine Verbindung. Aber das wissen wir nicht. Vorläufig gibt es hier im Haus nur zwei, die in dieser Richtung denken. Hast du mit irgendwem darüber gesprochen?«

Myhreng sagte nein. Er werde es auf jeden Fall für sich behalten. Aber er habe sich schon ein wenig umgehört, erzählte er. Habe hier und da einige Fragen gestellt, keine jedoch, die Verdacht erregen könnten. Alles, was er bisher erfahren habe, sei ihm ohnehin schon bekannt gewesen. Hansa Olsens Verhältnis zum Alkohol, seine Liebe zu seinen Mandanten, seine wenigen Freunde und seine vielen Zechkumpane. Was denn die Polizei unternehme?

»Bisher wenig«, sagte Håkon Sand. »Aber jetzt fangen wir an. Wir beide reden Ende der Woche weiter. Und du wirst es bereuen, wenn du dich nicht an unsere Abmachung hältst. Kein Wort in der Zeitung, und ich rufe dich an, wenn ich Neues weiß. Du kannst jetzt gehen.«

Fredrick Myhreng war das alles recht. Er hatte an diesem Tag gute Arbeit geleistet und lächelte breit, als er das Polizeigebäude verließ. Das Blauer-Montag-Gefühl war wie weggeblasen.

Das große Zimmer war viel zu dunkel. Schwere braune Vorhänge aus Velours mit Troddeln an den Kanten schluckten das spärliche Licht, das überhaupt noch den Weg ins Untergeschoß des alten Mietshauses fand. Alle Möbel waren aus dunklen Holzarten. Mahagoni, wie Hanne Wilhelmsen annahm. Es roch muffig, und alles war mit einer dicken Staubschicht bedeckt. Sie konnte unmöglich im Laufe einer knappen Woche entstanden sein, was bedeutete, daß Hansa Olsen die Sauberkeit nicht so schrecklich wichtig genommen hatte. Aber es war aufgeräumt. Ein Bücherregal bedeckte die eine Wand, es war dunkelbraun, hatte unten Schrankfächer und an einer Seite einen Barschrank mit Beleuchtung und Bleiglastür. Håkon Sand ging über den dicken Teppich zum Bücherregal. Er hatte das Gefühl, im Teppich zu versinken, und das einzige Geräusch, das seine Schritte verursachten, war ein leises Knirschen des Schuhleders. Im Regal stand keinerlei Belletristik; statt dessen verfügte der Anwalt über eine beeindruckende Sammlung juristischer Fachliteratur. Sand legte den Kopf schräg und las die Buchtitel. Hier standen Bücher, die bei einer eventuellen Auktion mehrere tausend Kronen einbringen würden. Er zog eines davon aus dem Regal, betastete das gute Leder des Einbandes und schnupperte den charakteristischen Geruch, als er vorsichtig darin blätterte. Hanne Wilhelmsen hatte sich auf den riesigen Marmortisch mit Löwenfüßen gesetzt und starrte den Ledersessel an. Über der Nackenlehne lag ein vollständig mit dunklem, geronnenem Blut vollgesogenes Häkeldeckchen. Sie glaubte, einen leichten Eisengeruch wahrnehmen zu können, hielt das aber für Einbildung. Auch der Sitz war blutbefleckt.

»Wonach suchen wir eigentlich?«

Håkons Frage war angemessen, blieb aber unbeantwortet.

»Du bist doch die Ermittlerin, warum hast du mich hierhergeschleift?«

Noch immer erhielt er keine Antwort. Hanne erhob sich, ging zum Fenster und tastete mit den Händen unter der Fensterbank herum.

»Die Techniker haben ja schon alles durchgekämmt«, sagte sie schließlich. »Aber sie haben nach Spuren in einem Mordfall gesucht und waren vielleicht blind für das, worum es uns geht. Ich glaube, daß hier irgendwo irgendwelche Dokumente versteckt sind. Irgendwo in dieser Wohnung muß es etwas geben, das uns verrät, was dieser Bursche getrieben hat – neben seiner Praxis, meine ich. Seine Bankkonten, die, die wir kennen zumindest, haben wir uns schon angesehen. Da gibt's nichts Verdächtiges.« Sie tastete die Wände ab und fuhr fort: »Wenn unsere ausgesprochen dürre Theorie zutrifft, dann muß der Mann wohlhabend gewesen sein. Er hat sich wohl kaum getraut, in der Kanzlei Papiere aufzubewahren. Da ist doch den ganzen Tag Durchgangsverkehr. Ein absolutes Hin und Her. Wenn er nicht noch ein anderes Versteck hat, müssen die Sachen hier sein.«

Håkon folgte ihrem Beispiel und ließ seine Finger über die Wand gegenüber wandern. Er kam sich idiotisch vor, er hatte keine Ahnung, wie sich ein Geheimversteck anfühlte. Dennoch machten sie schweigend weiter, bis sie das ganze Zimmer ausgiebig befingert hatten. Ohne ein anderes Ergebnis als sechzehn verdreckte Fingerspitzen.

»Was ist mit dem Nächstliegenden?« fragte Håkon und öffnete die Schranktüren des geschmacklosen Bücherregals.

Im ersten Fach fanden sie nichts. Die verstaubten Bretter verrieten, daß es schon lange leerstand. Das nächste war vollgestopft mit Pornofilmen, sorgfältig nach Sparten geordnet. Hanne Wilhelmsen zog eine Schachtel heraus und öffnete sie. Sie enthielt genau das, was die busenstarken Verheißungen des Etiketts versprachen. Sie legte den Film zurück und griff nach dem nächsten.

»Alle neune!«

Ein Zettelchen war auf den Boden gefallen. Sie hob es auf,

ein sorgfältig zusammengefaltetes A4-Blatt. Oben stand in Handschrift »Flügel«. Darunter standen Zahlen, in Dreiergruppen mit Bindestrichen: 2-17-4, 2-19-3, 7-29-32, 9-14-3. So ging es über das ganze Blatt weiter. Lange starrten sie den Zettel an.

»Das ist sicher ein Code«, sagte Håkon Sand und bereute das sofort.

»Ach, meinst du wirklich?« Hanne Wilhelmsen lächelte, faltete das Blatt sorgfältig zusammen und steckte es in eine Plastiktüte mit Druckverschluß. »Dann müssen wir eben versuchen, ihn zu knacken«, sagte sie nachdrücklich und steckte die Tüte in ihre Aktentasche.

Der Anwalt Peter Strup war ein rastloser Mensch. Er hatte ein Tempo, das bei einem Mann seines Alters bei den Ärzten sämtliche Warnlampen in hektische Tätigkeit versetzt hätte, wäre er nicht von so beeindruckender physischer Konstitution gewesen. Dreißig Wochen im Jahr stand er vor Gericht. Außerdem nahm er an Aktionen, Fernsehprogrammen und Podiumsdiskussionen teil. In den letzten fünf Jahren hatte er drei Bücher veröffentlicht, zwei über seine vielen Heldentaten im Gerichtssaal und eine Biographie. Sie hatten sich recht gut verkauft, schließlich waren alle drei rechtzeitig vor Weihnachten erschienen.

Er war mit dem Fahrstuhl unterwegs zu Karen Borgs Kanzlei. Sein Anzug war geschmackvoll, dunkler rotbrauner Wollflanell. Seine Socken paßten zu einem Streifen im Schlips. Er betrachtete sich in dem riesigen Spiegel, der eine Wand des Fahrstuhls bedeckte, fuhr sich mit der Hand durch die Haare, rückte seinen Kragen zurecht und ärgerte sich über die Andeutung eines braunen Streifens am Kragenrand.

Als sich die mit Holz beschlagenen Metalltüren öffneten und er den ersten Fuß in den Gang setzte, kam eine junge Frau durch eine der großen Glastüren, deren weiße Beschriftung ihm verriet, daß er in der richtigen Etage war. Die Frau war blond, mittelhübsch und trug ein Kostüm aus fast dem gleichen Stoff und in fast der gleichen Farbe wie sein Anzug. Als sie ihn sah, blieb sie überrascht stehen.

»Peter Strup?«

»Mrs. Borg, I presume«, sagte er und streckte eine Hand aus, die sie nach kurzem Zögern ergriff.

»Wolltest du gerade gehen?« fragte er überflüssigerweise.

»Ja, aber ich muß nur kurz etwas holen, dann können wir zu mir gehen«, antwortete Karen Borg und blieb stehen. »Du wolltest doch zu mir?«

Er sagte ja, und zusammen gingen sie in ihr Büro.

»Ich komme wegen deines Mandanten«, sagte er, nachdem er sich in einen der tiefen Sessel an dem kleinen Glastisch gesetzt hatte.

»Ich würde ihn wirklich gern übernehmen. Hast du ihm das gesagt?«

»Ja. Er will nicht. Er will mich. Möchtest du eine Tasse Kaffee?«

»Nein, ich will dich nicht lange aufhalten«, wehrte Peter Strup ab. »Aber weißt du, warum er auf dir besteht?«

»Nein, eigentlich nicht«, log sie, erstaunt darüber, wie leicht es war, diesen Mann zu belügen. »Vielleicht möchte er einfach lieber eine Frau.«

Sie lächelte. Er lachte ein kurzes, charmantes Lachen.

»Das soll keine Beleidigung sein«, beteuerte er. »Aber bei allem Respekt: Hast du überhaupt Ahnung von Strafrecht? Weißt du, was in einem Gerichtssaal abläuft?«

Sie blieb ihm die Antwort schuldig und war äußerst irritiert. Im Laufe der letzten Wochen hatten die Kollegen sich über sie lustig gemacht, Nils hatte sie ausgelacht, und ihre eingebildete Mutter hatte ihr Vorwürfe gemacht, weil sie einen Strafprozeß übernommen hatte. Sie hatte das alles zum Kotzen satt. Und Peter Strup sollte bezahlen. Sie schlug mit beiden Händen auf ihren Schreibtisch.

»Ehrlich gesagt, ich habe genug davon, daß andere mich auf

meine Inkompetenz hinweisen. Ich habe acht Jahre Anwaltserfahrung – nach einem glänzenden Examen. Und um bei deiner Formulierung zu bleiben: Bei allem Respekt, aber wie schwer ist es eigentlich, einen Mann zu verteidigen, der den Mord schon gestanden hat? Geht das nicht fast wie von selbst, mit schönen Worten über sein hartes Leben, wenn das Strafmaß festgesetzt wird?«

Sie protzte sonst nicht gern, und wütend wurde sie auch so gut wie nie. Trotzdem war es ein gutes Gefühl. Sie sah, daß Anwalt Strup in Verlegenheit geriet.

»Aber natürlich, sicher schaffst du das«, sagte er beruhigend wie ein wohlwollender Prüfer. »Ich wollte dich nicht verletzen.« Auf dem Weg zur Tür drehte er sich lächelnd noch einmal um und fügte hinzu: »Aber mein Angebot steht weiterhin.«

Als er die Tür hinter sich geschlossen hatte, wählte Karen Borg die Nummer des Polizeigebäudes. Schließlich meldete sich eine vergrätzte Frau in der Telefonzentrale, und sie bat darum, mit Adjutant Sand verbunden zu werden.

»Hier ist Karen.«

Er schwieg, und für den Bruchteil einer Sekunde spürte sie die seltsame Spannung, die vor dem Wochenende zwischen ihnen entstanden war und die sie schon fast vergessen hatte. Vielleicht, weil sie das wollte.

»Was weißt du über Peter Strup?«

Diese Frage zerriß die Spannung, und sie hörte sein Erstaunen, als er antwortete.

»Peter Strup? Einer von Norwegens tüchtigsten Verteidigern, vielleicht der tüchtigste überhaupt; er macht das schon seit Ewigkeiten und ist eigentlich verdammt sympathisch. Fähig, berühmt und ohne einen Kratzer im Lack. Seit fünfundzwanzig Jahren mit derselben Frau verheiratet, drei erfolgreiche Kinder und eine bescheidene Villa in Nordstrand. Letzteres weiß ich aus der Regenbogenpresse. Was ist mit ihm?«

Karen Borg erzählte ihre Geschichte. Sie blieb nüchtern,

fügte nichts hinzu und ließ nichts weg. Schließlich sagte sie: »Hier stimmt irgendwas nicht. Ihm fehlt es doch unmöglich an Aufträgen. Und daß er sich in mein Büro bemüht hat! Er hätte doch noch einmal anrufen können!«

Sie wirkte fast beleidigt. Håkon Sand war in Gedanken versunken und schwieg.

»Huhu!«

Er riß sich zusammen.

»Ja, ich bin noch da. Nein, ich kapier' das nicht, aber sicher wollte er nur mal vorbeischauen. Vielleicht hatte er in der Nähe zu tun.«

»Ja, vielleicht, aber wieso hatte er dann keine Aktentasche oder so was bei sich?«

Håkon fand das auch seltsam, sagte aber nichts. Rein gar nichts. Aber er dachte so wild nach, daß es kein Wunder gewesen wäre, wenn Karen das gehört hätte.

MITTWOCH, 7. OKTOBER

»Das ist ein Buchcode. So viel steht immerhin fest.« Der alte Herr war sich seiner Sache sicher. Er saß zusammen mit Hanne Wilhelmsen und Håkon Sand in der Kantine im sechsten Stock. Er war ein schöner Mann, schlank und für seine Generation überraschend groß. Sein Haar war dünner als früher, aber noch immer bildete es eine imponierende grauweiße Mähne, nach hinten gekämmt und frisch geschnitten. Er hatte ein markantes Gesicht mit gerader nordeuropäischer Nase, auf deren Spitze elegant seine Brille für Weitsichtige balancierte. Er war gut angezogen, trug einen dunkelroten Pullover und eine klassische blaue Hose. Sein Hände, die das Papier hielten, waren ruhig. Am rechten Ringfinger saß wie festgewachsen ein schmaler Trauring.

Gustav Løvstrand war ein pensionierter Polizist. Nach einigen Jahren im Nachrichtendienst, während des Krieges und der ersten Zeit danach, hatte er auf eine publikumsorientiertere Karriere bei der Polizei gesetzt. Er war ein grundsolider Mann, von den Kollegen gemocht und respektiert. Später war er zum Überwachungsdienst versetzt worden, wo er als Sonderberater seine Karriere abgeschlossen hatte. Ihm war die große Freude und Befriedigung zuteil geworden, seine drei Kinder in polizeiverwandten Berufen zu sehen. Gustav Løvstrand liebte seine Frau und seine Rosen, mochte sein Rentnerdasein und half allen, die glaubten, er könne noch nützlich sein.

»Das ist klar, es ist ein Buchcode. Schaut mal«, sagte er und legte den Bogen auf den Tisch. Er zeigte auf die Zahlenkolonnen: 2-17-4, 2-19-3, 7-29-32, 9-14-3, 12-2-29, 13-11-29, 16-11-2. »Schrecklich banal«, fügte er lächelnd hinzu.

Die beiden konnten ihm nicht ganz folgen. Hanne traute sich zu fragen: »Was ist ein Buchcode, und warum ist es so klar, daß das hier einer ist?«

Løvstrand sah sie kurz an, dann zeigte er auf die oberste Zahlenreihe. »Drei Zahlen pro Gruppe. Seitenzahl, Zeilenzahl und Buchstabenzahl. Wie ihr seht, stehen nur die ersten Zahlen in jeder Gruppe in einem logischen Zusammenhang. Entweder sind sie dieselben wie bei der letzten Gruppe, oder höher: zwei, zwei, sieben, neun, zwölf, dreizehn, sechzehn und so weiter. Die höchste Zahl in Gruppe zwei ist dreiundvierzig, kaum ein Buch hat viel mehr als vierzig Zeilen pro Seite. Wenn man das betreffende Buch hat, kann man das Rätsel sofort lösen.« Er fügte hinzu, daß der Code sicher von Amateuren stamme, Buchcodes seien immer leicht zu erkennen. »Aber es ist unglaublich schwer, sie zu knacken«, sagte er dann. »Wir müssen ja wissen, um welches Buch es geht! Und wenn auch das Buch durch einen Code bezeichnet wird, muß man einiges Glück haben, um das richtige zu finden. Ich war mit dem Zettel in der Stadtbücherei; der Computer hat mir eine Liste von über tausendzweihundert Büchern ausgedruckt, in deren Titel das Wort *Flügel* vorkommt. Prost Mahlzeit! Aber auch dieses

Wort kann ja ein Code sein, und dann kommen wir auch nicht weiter. Ohne das richtige Buch können wir den Code nicht knacken.«

Er faltete das Papier zusammen und reichte es der niedergeschlagen wirkenden Hanne. Er wollte es nicht behalten, obwohl es eine Kopie war. Die vielen Geheimdienstjahre hatten ihre Spuren hinterlassen.

»Aber da der Code so banal ist, würde ich nach dem Nächstliegenden suchen. Seht euch in der nächsten Nähe nach dem Buch um. Vielleicht stolpert ihr darüber. Große Anteile guter Polizeiarbeit sind reinem Glück zu verdanken. Viel Glück also!«

Schweigend blieben die beiden sitzen.

»Nimm's nicht so schwer, Håkon«, sagte Hanne schließlich. »Immerhin wissen wir, daß wir auf der Spur sind. Anwalt Olsen brauchte seine Protokolle ja wohl kaum zu kodieren. Also muß er versucht haben, etwas anderes zu verbergen.«

»Aber was?« seufzte Håkon. »Sollen wir noch mal durchgehen, was wir haben?«

Das brauchte seine Zeit. Aber nach einer Stunde waren sie beide beträchtlich besser gelaunt. Sicher bestand die Möglichkeit, das Buch zu finden. Außerdem wußten sie inzwischen, daß Anwalt Olsen an jenem Tag seinen Mandanten tatsächlich getroffen hatte. Dieses Treffen hatte allerdings nicht in der Kanzlei stattgefunden, und sie fragten sich, warum es in ein so viel besuchtes Lokal wie das Gamle Christiania verlegt worden war.

»Vielleicht war es ja eine ganz harmlose Besprechung«, sagte Håkon ein wenig düster.

»You never know«, sagte Hanne und zog ihre Jacke über.

»Warum redest du so oft englisch?«

»USA-Freak.« Sie lächelte leicht verlegen. »Ich weiß, daß das eine Unsitte ist.«

Sie schlürften den Rest Kaffee, und dann trennten sich ihre Wege.

Später an diesem Nachmittag saßen zwei Spaziergänger auf einem umgestürzten Baum im Wald und unterhielten sich. Der ältere hatte sich als Schutz gegen die Feuchtigkeit eine Plastiktüte unter den Hintern geschoben. Der Herbst benahm sich ganz typisch, in der Luft hingen winzige Tropfen Feuchtigkeit, im Grenzland zwischen Regen und Nebel. Sie konnten nicht weit sehen, aber sie waren auch nicht hergekommen, um die Aussicht zu genießen. Einer warf einen Stein in den blanken Waldsee, und beide schwiegen, während die Ringe sich formschön nach den Gesetzen der Physik ausbreiteten, bis der See wieder still dalag.

»Geht die Sache jetzt hoch?«

Der Jüngere fragte, ein Mann in den Dreißigern. Seine Stimme klang angestrengt ruhig. Er hatte Angst, das war klar, obwohl er sich alle Mühe gab, entspannt zu wirken.

»Nein, kein bißchen«, beruhigte der Ältere ihn. »Das System ist wasserdicht aufgebaut. Wir haben einen Ast abgesägt. Schade im Grunde, der war durchaus einträglich. Aber nötig. Es steht zu viel auf dem Spiel.«

Er warf noch einen Stein, diesmal mit größerer Kraft, als wollte er unterstreichen, was er gerade gesagt hatte.

»Aber, ehrlich gesagt«, ereiferte sich der Jüngere, »bisher war die Sache auch sicher und ungefährlich, wir sind niemals Risiken eingegangen, und die Polizei hat sich auch nicht um uns gekümmert. Zwei Morde werden ernster genommen als unsere bisherigen Aktivitäten. So geldgeil wie Olsen war, kapiere ich nicht, warum wir ihn nicht ausbezahlen konnten. Verdammt, mir ist ganz schön mulmig!«

Der Ältere erhob sich und stellte sich vor ihn. Er sah sich in alle Richtungen um, wie um sich zu vergewissern, daß sie allein waren. Der Nebel hatte sich verdichtet, und sie konnten nur noch zwanzig bis dreißig Meter weit sehen. Innerhalb dieses Radius war alles menschenleer.

»Also, hör mir jetzt zu«, fauchte er. »Wir haben immer gewußt, daß die Sache riskant ist. Einige wenige Operationen sind einfach nötig, um zu verhindern, daß ein allzu offensichtlicher Zusammenhang zwischen Drogenvorräten und Morden besteht. Wir werden aussteigen, solange das Spiel noch läuft. Aber die Voraussetzung dafür ist, daß du einen klaren Kopf behältst und in den nächsten zwei, drei Monaten keinen Fauxpas begehst. Du hast hier schließlich die Kontakte. Aber wir haben ein kleines Problem, das uns über den Kopf wachsen kann«, fuhr er fort. »Han van der Kerch. Wieviel weiß der?«

»Im Grunde nichts. Er kennt Roger in Sagene. Darüber hinaus dürfte er nicht sonderlich viel wissen. Andererseits ist er schon seit einigen Jahren im System und hat sicher irgendwas aufgeschnappt. Von mir kann er unmöglich etwas wissen. Ich war nicht so unvorstellbar blöd wie Hansa, der einen von den Laufburschen eingeweiht hat. Ich habe mich an Codes und schriftliche Nachrichten gehalten.«

»Aber er kann ein Problem werden«, sagte der Ältere. »Dein Problem.« Er schwieg vielsagend, ohne seinen jüngeren Kollegen aus den Augen zu lassen. Seine Haltung wirkte bedrohlich, ein Fuß stand auf dem Baumstamm, der andere gleich neben den Füßen des Jüngeren. »Und außerdem darfst du eins nicht vergessen. Außer dir weiß niemand von mir, jetzt, da Hansa das Handtuch geworfen hat. Keiner von den Jungs weiter unten im System weiß von meiner Existenz. Nur du. Das macht dich ziemlich verletzlich, mein Freund.«

Das war eine unumwundene Drohung. Der Jüngere stand auf, und sein Gesicht war nur Zentimeter von dem des anderen entfernt. »Danke gleichfalls«, sagte er kalt.

SONNTAG, 11. OKTOBER

Hanne Wilhelmsen hatte dasselbe Verhältnis zur Polizei wie ein Fischer zum Meer, so stellte sie es sich in ihren romantischeren Momenten vor. Sie war unauflöslich mit der Polizei verbunden und konnte sich keine andere Beschäftigung vorstellen. Als sie sich mit zwanzig Jahren für die Polizeischule entschied, hatte sie gründlich mit den schweren akademischen Traditionen ihrer Familie gebrochen. Es war ein Aufruhr gegen ihre professoralen Eltern, gegen ihren gutbürgerlichen Hintergrund überhaupt gewesen. Die Entscheidung war bei ihrer Familie auf ohrenbetäubendes Schweigen getroffen, nur ihre Mutter hatte sich bei einem Sonntagsessen zweimal nervös geräuspert. Aber die Familie hatte einigermaßen Haltung bewahrt. Jetzt war Hanne eine Art Original für alle; diejenige, die bei den Weihnachtsfesten die unterhaltsamsten Anekdoten erzählen konnte. Sie war das wirklichkeitsnahe Alibi der Familie und liebte ihre Arbeit.

Gleichzeitig machte sie ihr angst. Sie merkte inzwischen, wie die Seele darauf reagierte, jeden Tag mit Morden, Vergewaltigungen, Mißhandlungen und Gewalt konfrontiert zu werden. Das alles klebte an ihr wie ein nasses Laken. Obwohl sie immer duschte, wenn sie von der Arbeit nach Hause kam, glaubte sie ab und zu, nach Tod zu riechen, sowie die Hände eines Fischers immer nach Fischabfällen stinken. Und so, wie sie sich vorstellte, daß der Fischer ständig nach Anzeichen für Fang Ausschau hält, ließ Hanne Wilhelmsen ihr Unterbewußtsein ständig an allen ihren Fällen gleichzeitig arbeiten. Es gab keine Information, die nicht zu etwas führen konnte. Die Gefahr lag in der ewigen Überarbeitung. Oslos Kriminalität entwickelte sich schneller, als der Polizei per Haushaltsplan Geld zugeführt wurde.

Sie versuchte, nie mehr als zehn Fälle gleichzeitig zu bearbeiten, eine Grenze, die gar zu oft überschritten wurde. Die unterschiedlich dicken grünen Ordner lagen jetzt als bedrohlich hoher Stapel auf der einen Seite ihres Schreibtischs. Selbst in den extrem hektischen Wochen, die hinter ihr lagen, hatte sie sich in unregelmäßigen Abständen immer wieder Zeit genommen, um möglichst viele Fälle mit dem kleinen A5-Zettel mit der Aufschrift »Zur Einstellung empfohlen« versehen zu können. Mit einem Gefühl der Unzulänglichkeit und in der heiligen Überzeugung von der Schuld des Verdächtigten ließ sie sich dann entsetzlich schuldbewußt von einem Juristen den notwendigen Stempel verpassen: Code 058, »Eingestellt wegen Mangels an Beweisen«.

So kam wieder ein Verbrecher ungestraft davon, und sie hatte einen Fall weniger, der ihre Zeit fraß; und sie konnte nur hoffen, daß sie in der Regel richtig entschied. Noch schuldbewußter fühlte sie sich, weil die Juristen ihr nie widersprachen. Sie verließen sich auf sie, blätterten nur pflichtschuldig in den Unterlagen und folgten dann ausnahmslos ihren Empfehlungen. Hanne Wilhelmsen wußte, daß die grünen Ordner auch für die Juristen einen Albtraum darstellten.

Es war Sonntag, und vor ihr lagen einundzwanzig Ordner. Sie hatte sie nach Strafmaßen sortiert. Angesichts der Fülle fühlte sie sich wie gelähmt, aber schließlich konnte sie sich doch aufraffen. Keine Akte sah nach Archiv aus. Aber im Stapel für Paragraph 228/229, Körperverletzung, lagen elf Fälle. Vielleicht konnte sie für einige davon Bußgelder vorschlagen, eine einfache und legitime Methode, Fälle aus der Welt zu schaffen.

Drei Stunden später hatte sie das in sieben Fällen getan, bei denen es sich um mehr oder weniger ernste Handgreiflichkeiten zwischen betrunkenen Restaurantgästen und brutalen Türstehern handelte. Zwei Fälle ließen sich mit äußerstem Wohlwollen als ausermittelt charakterisieren, auch wenn weitere Zeugenaussagen von Vorteil gewesen wären. Sie ging davon aus, daß die Richter in der Lage waren, einen Verbrecher zu erkennen, und schlug Anklage vor.

Sonntags war gutes Arbeiten. Keine Anrufe, keine Besprechungen, und nur wenige Kollegen im Haus, mit denen man ein paar selbstzufriedene Worte wechselte, in der gegenseitigen Bewunderung dafür, daß man seinen freien Tag mit Arbeit füllte, ohne Bezahlung und ohne anderen Dank als den eigenen, weil nun der Montag nicht gar so schlimm ausfallen würde.

Hanne Wilhelmsen hörte Stimmen aus dem Hinterhof und schaute aus dem Fenster. Sie sah eine ansehnliche Menge von Pressefotografen, und ihr fiel ein, daß der Justizminister zu Besuch war. »Warum am Sonntag?« hatte der Abteilungsleiter bei der Ankündigung dieser Visite gefragt. Als Antwort war ihm nur empfohlen worden, sich um seine eigenen Angelegenheiten zu kümmern.

Hanne Wilhelmsen hatte den Verdacht, daß die Montagszeitungen viel Platz für die Berichterstattung hatten, jetzt, da Norwegen von Sonntagszeitungen überflutet wurde. Die Montagszeitungen waren seither dünner, und es war leichter geworden, darin zu erscheinen. Der Besuch des Justizministers war die Folge von wiederholten Artikeln über die schlimmen Arrestbedingungen; gleichzeitig wollte er die Gelegenheit nutzen und sich mit der Polizeipräsidentin über den bedrohlichen Anstieg von Oslos Straßenkriminalität unterhalten, jener Form von Kriminalität, die die Zeitungen gern als »blinde Gewalt« bezeichneten, was im Grunde falsch war, wenn man sich die Unterlagen ansah. Aber das taten die Journalisten in der Regel nicht. Deshalb begriffen sie auch nicht, daß nicht ein Mangel an Provokationen das Problem war, sondern die Tatsache, daß auf Provokationen jetzt mit Messern und Fäusten geantwortet wurde, und nicht mit Pöbeleien wie in alten Zeiten.

Jetzt hatte sie nur noch zwölf unerledigte Fälle. Sie näherte sich ihrem Ziel, und ihre Laune besserte sich. Sie nahm sich den dicksten Ordner vor. Sie war der Antwort, warum Ludvig Sandersen so abrupt in die angeblich bessere nächste Welt hatte übersiedeln müssen, noch nicht sehr viel näher gekommen. Hanne Wilhelmsen hoffte für Ludvig Sandersen, daß sie sich irrte, wenn sie die andere Welt nicht für besser hielt; daß er jetzt in weißem Gewande auf einer Wolke saß und sich nach Herzenslust mit dem weißen Pulver amüsieren konnte, das sein Leben auf Erden so verdorben hatte.

Der Fall war noch nicht mit dem Mord an Anwalt Olsen zusammengeschlagen worden. Sie hatte am Freitag mit Håkon

Sand darüber gesprochen; sie hatte das Gefühl, hinreichend Gründe für eine offizielle Verbindung zu haben. Er hatte widersprochen. »Wir warten noch ein bißchen«, hatte er entschieden. Aber sie fand, es war an der Zeit, sich beide Fälle gleichzeitig anzusehen. Sie legte die Ordner beiseite und nahm die Füße vom Tisch. Ihre Stiefel knallten auf den Boden, und sie wühlte in ihrer Tasche nach den Schlüsseln, die auch die anderen Büros ihrer Abteilung öffneten. Der Fall lag bei Heidi Rørvik, zwei Türen weiter.

Auf dem Flur war niemand zu sehen, als Hanne Wilhelmsen ihr Büro verließ. Es war so still, wie sich das für Sonntag nachmittag gehörte. Als sie Rørviks Tür aufschließen wollte, glaubte sie Schritte zu hören. Sie fuhr herum, aber zu spät. Der Schlag, geführt mit einem Gegenstand, den sie auch nicht erkannt hatte, traf sie mit Wucht an der Schläfe. Ihr Kopf explodierte in einem gewaltigen Lichtwirbel, und sie konnte gerade noch registrieren, daß sie heftig blutete, als sie zu Boden ging. Ihr Körper war völlig kraftlos, und deshalb konnte sie sich nicht abstützen. Ihr Kopf wurde noch einmal getroffen, als ihre linke Schläfe auf den Boden prallte, aber Hanne Wilhelmsen merkte das nicht. Sie war schon bewußtlos; zutiefst erstaunt hatte sie noch registrieren können, daß ihr Leben vorüber war, dann war sie in einer Dunkelheit verschwunden, die ihr die Schmerzen ersparte, mit denen die Haut an ihrer Stirn oberhalb ihrer geschlossenen Augen zu einem klaffenden, höhnischen Grinsen zerfetzt wurde.

Sie wurde von einer intensiven Übelkeit geweckt. Sie lag auf dem Bauch, den Kopf auf schmerzhafte Weise verzerrt. Ihr Bedürfnis, sich zu erbrechen, war so groß, daß es für kurze Zeit das Gefühl, ihr Kopf müsse zerspringen, verdrängte. Ihr ganzer Körper tat weh. Mit vorsichtigen Fingern ertastete sie zwei große blutende Wunden, eine auf der Stirn und eine über dem rechten Ohr, und mit schwacher Verblüffung stellte sie fest, daß sie nicht schlimmer weh taten als der glühende intensive

Schmerz irgendwo tief in ihrem Kopf. Hanne Wilhelmsen kämpfte einige Minuten lang mit der Übelkeit, dann mußte sie sich geschlagen geben. Wie aus einem Instinkt heraus fand sie Kraft und Geistesgegenwart genug, sich auf die Ellbogen zu stützen wie ein Kind vor dem Fernseher. So konnte sie sich erbrechen, ohne etwas davon zu verschlucken. Das half ein wenig.

Sie wischte sich über die Stirn, aber trotzdem strömte ihr das Blut in ein Auge und erschwerte das Sehen. Sie versuchte aufzustehen. Der blaue Flur drehte sich, und sie mußte das Kunststück in mehreren Etappen vollbringen.

Irgendwann war sie schließlich auf den Beinen. Sie lehnte sich gegen die Wand, und erst jetzt versuchte sie zu verstehen, was passiert war. Sie konnte sich an nichts erinnern. Panik überkam sie. Sie wußte nicht, warum sie hier war, begriff aber, daß sie sich im Polizeigebäude befand. Wo waren die anderen? Sie schwankte in ihr Arbeitszimmer und bespritzte das Telefon mit Blut, als sie ihre eigene Nummer wählte. Sie mußte mehrere Anläufe machen, sie konnte die richtigen Tasten nicht finden. Das Licht vom Fenster quälte sie, traf ihre Augen wie Hammerschläge.

»Cecilie, du mußt mich holen kommen. Ich bin krank.«

Sie ließ den Hörer fallen und verlor wieder das Bewußtsein.

Die Finsternis war angenehm. Ihr Kopf tat noch immer weh, aber wo vorhin blutende Fetzen gewesen waren, ertastete sie jetzt breite, weiche Verbände. Die Wunden spürte sie überhaupt nicht mehr; sie nahm an, daß sie das einer örtlichen Betäubung zu verdanken hatte. Ihr Bett war aus Metall, und nachdem sie die Verbände betastet hatte, entdeckte sie, daß in ihrer einen Hand eine Kanüle steckte, durch die Salzwasserlösung rann. Hanne Wilhelmsen lag im Krankenhaus, und Cecilie saß auf ihrer Bettkante.

»Jetzt hast du sicher ziemliche Schmerzen«, sagte Hannes Lebensgefährtin und nahm ihre kanülenlose Hand. Sie lächelte. »Ich hatte schreckliche Angst, als ich dich gefunden habe«, fügte sie hinzu. »Aber alles ist gutgegangen. Ich habe dich selbst geröntgt, es scheint nichts gebrochen zu sein. Du hast eine kräftige Contumatio oder Gehirnerschütterung, wenn du so willst. Die Wunden haben schlimm ausgesehen, aber jetzt sind sie genäht und werden gut verheilen.«

»Ich kann mich an nichts erinnern, Cecilie«, flüsterte sie.

»Nur eine kleine Amnesie. Gedächtnisverlust«, teilte Cecilie ihr lächelnd mit. »Das ist immer so. Mach dir keine Sorgen, du mußt hier ein paar Tage liegen, dann kannst du dir schön zwei Wochen frei nehmen. Ich pass' schon auf dich auf.«

Hanne weinte immer noch. Cecilie beugte sich über sie, vorsichtig, vorsichtig, und lehnte ihr Gesicht an den bandagierten Kopf, so daß ihr Mund gleich neben Hannes Ohr lag.

»Du kriegst eine total geile Narbe auf der Stirn«, flüsterte sie. »Wirklich supergeil.«

MONTAG, 12. OKTOBER

»Das geht einfach nicht, verdammte Pest!« Håkon Sand fluchte nur, wenn er wütend war. »Daß wir, zum Teufel, nicht mal im Büro sicher sind! Und das an einem Scheißsonntag!« Er spuckte die Wörter aus; Vorwürfe der absoluten Unfähigkeit an unbekannte Adresse. Er stand mitten im Zimmer und stampfte im Takt seiner Beschimpfungen mit den Füßen auf. »Was bringen schon abgeschlossene Türen und Sicherheitsvorschriften, wenn jeder Idiot uns jederzeit überfallen kann?«

Der Abteilungschef von A 2.11, ein Stoiker in den Fünfzigern, hörte und verfolgte diesen Auftritt, ohne eine Miene zu verziehen. Er sagte erst etwas, als der Adjutant sich müde gewütet hatte.

»Es hat keinen Zweck, irgendwen Bestimmtes dafür verantwortlich zu machen. Wir sind keine Festung, und wir wollen auch keine sein. In einem Haus mit fast zweitausend Angestellten kann jeder sich dranhängen, wenn jemand den Personaleingang benutzt. Man braucht bloß das Tempo zu koordinieren. Man kann sich bei der Kirche hinter einem Baum verstekken und dann jemandem mit Türkarte folgen. Du hast doch sicher auch schon Leuten die Tür aufgehalten, ob du sie nun gekannt hast oder nicht.«

Håkon Sand gab keine Antwort, was der Abteilungsleiter korrekt als Eingeständnis auffaßte.

»Außerdem kann man sich theoretisch im Haus verstecken, solange es offen ist, in den Toiletten oder sonstwo. Raus kommt man immer wieder. Statt zu fragen, wie, sollten wir uns lieber fragen, warum.«

»Das ist ja wohl verdammt klar«, tobte Håkon Sand weiter. »Der Fall, zum Henker! Der Fall! Der ist aus Hannes Büro verschwunden. An sich keine Tragödie, wir haben mehrere Kopien, aber offenbar will irgendwer herausfinden, was wir wissen.« Er unterbrach sich und sah auf die Uhr. Seine Wut ebbte zu peinlicher Verlegenheit ab. »Ich muß los. Bin um neun Uhr zur Chefin bestellt. Tu mir einen Gefallen. Ruf im Krankenhaus an und erkundige dich, ob Hanne Besuch empfangen kann. Leg mir einen Zettel hin, sowie du etwas weißt.«

Frau Justitia war prachtvoll. Sie ragte auf der Tischplatte fünfunddreißig Zentimeter hoch auf, und die oxydierte Bronze schien auf ein beträchtliches Alter hinzuweisen. Die Binde um ihre Augen war fast grün, das Schwert in ihrer Rechten rötlich. Aber die beiden flachen Waagschalen waren noch ganz blank. Håkon Sand sah, daß es sich um eine echte Waage handelte, sie bewegte sich schwach im Zug, als er das Zimmer betrat. Er konnte sich nicht beherrschen und berührte die Figur.

»Schön, nicht?« Die uniformierte Frau hinter dem Schreibtisch stellte eher eine Tatsache fest, als daß sie gefragt hätte. »Die hat mir mein Vater letzte Woche zum Geburtstag geschenkt. Sie hat ewig in seinem Büro gestanden. Ich habe sie schon als Kind bewundert. Mein Urgroßvater hat sie in den

USA gekauft. Irgendwann um 1890. Vielleicht ist sie wertvoll. Prachtvoll ist sie auf jeden Fall.«

Sie war Oslos erste Polizeipräsidentin. Sie hatte diesen Posten von einem stattlichen Bergenser übernommen. Der war umstritten gewesen und hatte dauernd mit seinen Angestellten im Clinch gelegen. Dennoch verfügte er über eine Integrität und eine Tatkraft, die im Haus Mangelware gewesen waren, bis er vor sieben Jahren seine Stellung angetreten hatte. Er hatte einen weitaus besseren Arbeitsplatz verlassen, als er vorgefunden hatte, und das hatte seinen Preis gehabt. Seine Familie war erleichtert gewesen, als er in Pension gehen konnte, etwas verfrüht zwar, aber in allen Ehren.

Die fünfundvierzigjährige Frau, die jetzt auf seinem Stuhl saß, war von ganz anderem Kaliber. Hakon Sand konnte sie nicht ausstehen. Sie war stinkfein, intriganter als irgendwer geahnt hatte. Sie hatte sich im Laufe vieler Dienstjahre zielsicher in diese Stellung manövriert, hatte sich an die richtigen Personen gehalten, die richtigen Gesellschaften besucht und bei allen beruflichen Terminen den richtigen Leuten zugeprostet. Ihr Mann arbeitete im Justizministerium, was durchaus nicht zu ihrem Nachteil war. Außerdem war sie unbestreitbar tüchtig. Wenn ihr Vorgänger nicht unbedingt in Pension hätte gehen wollen, hätte sie sicher eine Zwischenstation als Staatsanwältin eingelegt. Håkon Sand wußte nicht, was schlimmer gewesen wäre.

Er brachte seine Erklärungen so nüchtern wie möglich vor, aber sie waren alles andere als vollständig. Nach kurzem Überlegen kam er zu dem Schluß, daß es eine echte Frechheit wäre, seiner obersten Vorgesetzten nicht von dem Zusammenhang zu erzählen, den sie zwischen den Fällen sahen. Zu seinem Ärger begriff sie alles sofort, stellte einige angemessene Fragen, nickte zu seinen Schlußfolgerungen und sprach ihm zuletzt ihre Anerkennung für seine bisherige Arbeit aus. Sie bat darum, auf dem laufenden gehalten zu werden, am liebsten schriftlich. Dann fügte sie noch hinzu:

»Nicht zu viel spekulieren, Håkon. Nimm dir einen Mord nach dem anderen vor. Der Sandersen-Fall ist klar. Die technischen Beweise reichen für die Verurteilung. Such nicht nach Gespenstern, wo es keine gibt. Das kannst du übrigens als Befehl auffassen.«

»Strenggenommen ist doch wohl der Staatsanwalt in einer Ermittlungsfrage mein Vorgesetzter«, parierte er.

Als Antwort wurde er entlassen.

Als er aufstand, fragte er: »Warum hat sie eigentlich die Augen verbunden?« Er nickte zur Göttin der Gerechtigkeit hinüber, die auf der riesigen Tischplatte stand und nur zwei Telefone zur Gesellschaft hatte.

»Sie soll sich von keiner Seite beeinflussen lassen. Sie soll blinde Gerechtigkeit üben«, belehrte die Polizeipräsidentin ihn.

»Aber mit verbundenen Augen kann sie doch nichts sehen«, sagte Håkon Sand, ohne eine Reaktion zu provozieren. Der König, der neben seiner Gemahlin in einem Goldrahmen über der Schulter der Polizeipräsidentin hing, schien ihm dagegen zuzustimmen. Håkon beschloß, das unergründliche Lächeln Seiner Majestät als Antwort zu betrachten, und verließ das Büro im sechsten Stock. Er war gereizter als bei seinem Eintreffen.

Hanne Wilhelmsen freute sich, als sie ihn sah. Selbst mit dem Verband über dem Auge und einer rasierten Kopfhälfte war sie überwältigend schön. Die Blässe ließ ihre Augen größer wirken, und zum erstenmal, seit er von dem Überfall gehört hatte, wurde ihm klar, wie sehr er sich um sie gesorgt hatte. Er traute sich nicht, sie zu umarmen. Vielleicht hielt der Verband ihn davon ab, aber bei genauerem Nachdenken ging ihm auf, daß es auch sonst nicht natürlich gewesen wäre. Hanne hatte über das berufliche Vertrauen, das sie ihm entgegenbrachte, hinaus nie zu Nähe eingeladen. Aber offenbar freute sie sich über seinen Besuch. Er wußte nicht so recht, wohin mit seinem Blumenstrauß, und nach einigen verwirrten Sekunden legte er ihn auf den Boden. Der Nachttisch war bereits überfüllt. Er zog einen Stahlrohrstuhl an die Bettkante.

»Mir geht's gut«, sagte Hanne, noch ehe er fragen konnte. »Ich komm' so schnell wie möglich zurück. Und auf jeden Fall ist das hier der endgültige Beweis dafür, daß wir einer großen Sache auf der Spur sind.«

Der Galgenhumor paßte nicht zu ihr, und er sah, daß es ihr weh tat, als sie zu lächeln versuchte.

»Komm erst dann zurück, wenn du wieder richtig gesund bist. *Das* ist ein Befehl.«

Er versuchte ein Lächeln, nahm sich aber zusammen. Das würde sie nur verleiten, es ihm gleichzutun, trotz ihrer Schmerzen. Ihre ganze Kieferpartie färbte sich langsam blaugelb.

»Die Originalpapiere sind aus deinem Büro verschwunden. Haben wir von irgendwas keine Kopie?«

Das war eher eine hoffnungsvolle Feststellung als eine Frage, aber Hanne mußte ihn enttäuschen.

»Ja«, antwortete sie leise. »Ich hatte eine Notiz geschrieben, einfach so zum Privatgebrauch. Ich weiß ja, was darin stand, ein Verlust ist es also nicht. Aber es ist ein Scheiß, daß andere das jetzt lesen können.«

Håkon Sand merkte, daß ihm heiß wurde, und er wußte, daß seine Wangen jeden Moment unkleidsam rot anlaufen würden. »Ich habe die unangenehme Befürchtung, daß Karen Borg für den Mann, der mich überfallen hat, ziemlich interessant ist. Wir haben ja schon darüber gesprochen, daß sie wahrscheinlich mehr weiß, als sie uns sagt. Ich habe darüber ein paar Überlegungen angestellt. Und ich habe einiges über die Verbindung zwischen den beiden Fällen notiert.« Sie sah ihn mit einer Grimasse an und faßte sich vorsichtig an den Kopf. »Nicht sehr gut, was?«

Håkon Sand stimmte zu. Das war überhaupt nicht gut.

Fredrick Myhreng war ziemlich anspruchsvoll. Andererseits hatte er recht, wenn er behauptete, seinen Teil der Abmachung eingehalten zu haben. Jetzt saß er da wie ein eifriger Schulbube und notierte alles, was Håkon Sand ihm erzählen konnte. Der Gedanke, als erster die Nachricht bringen zu können, daß die Polizei es hier nicht mit zwei zufälligen Fällen in der langen – und dauernd wachsenden – Kette von mehr oder minder motivierten Morden zu tun hatte, sondern mit einem Doppelmord, dessen Fäden in den Rauschgifthandel und vielleicht auch in die organisierte Kriminalität hineinreichten – dieser Gedanke sorgte dafür, daß ihm der Schweiß ausbrach und seine fesche Brille trotz der praktischen Sportbügel immer wieder von seiner Nase zu rutschen drohte. Die Tinte spritzte nur so, als er schrieb. Håkon Sand überlegte sich, daß der Junge Ölzeug tragen müßte, so, wie er sein Schreibgerät mißhandelte. Er bot dem Journalisten als Ersatz für den zerbrochenen Kugelschreiber einen Bleistift an.

»Wie schätzt du die Möglichkeiten der Aufklärung ein?« fragte Myhreng, nachdem er sich die zensierte, aber dennoch sehr interessante Darstellung des Polizeiadjutanten angehört hatte. Sein Nasenrücken war inzwischen gänzlich blau vom vielen Brilleschieben.

Håkon Sand fragte sich, ob er den Mann auf sein wenig vorteilhaftes Aussehen aufmerksam machen müßte. Er kam zu dem Schluß, daß es dem Journalisten nicht schaden konnte, sich lächerlich zu machen, und deshalb sagte er: »Wir glauben immer an eine Aufklärung. Aber das kann dauern. Wir haben viele Spuren. Das kannst du gern zitieren.«

Mehr konnte Fredrick Myhreng an diesem Tag aus Håkon Sand nicht herausholen. Aber er war mehr als zufrieden.

DIENSTAG, 13. OKTOBER

Das Titelbild fiel dramatisch aus. Die Leute im Bildarchiv hatten eines der schon früher veröffentlichten Fotos von Ludvig Sandersens Leichnam herausgesucht und mit einem alten Archivbild von Hansa Olsen zusammenmontiert. Es war sicher über zehn Jahre alt, unscharf und offenbar eine Vergrößerung aus einem ursprünglichen Gruppenbild. Olsen sah überrascht aus und schien zwinkern zu wollen, weswegen seine Augen träge und geistesabwesend blickten. Die Schlagzeile war hellrot und zog sich teilweise über die Bildmontage.

»Mafia steht hinter zwei Morden!« lautete die gewaltige Botschaft. Håkon Sand erkannte sich kaum wieder. Er las die drei Seiten, die die Zeitung dem Artikel spendiert hatte. Oben auf jeder Seite stand weiß in einem schwarzen Streifen: »Der Mafia-Fall«. Er knirschte vor Ärger mit den Zähnen, mußte bei genauerem Hinsehen jedoch zugeben, daß Myhreng keine direkten Unwahrheiten brachte. Die Tatsachen waren gedehnt worden, die Spekulationen grob und so gut getarnt, daß sie möglicherweise als Wahrheit durchgehen konnten. Aber Håkon war korrekt zitiert und durfte sich nicht beklagen.

»Nun gut. Es hätte schlimmer sein können«, sagte er und reichte die Zeitung an Karen Borg weiter, die sein Büro inzwischen gut genug kannte, um sich selbst aus dem Vorzimmer kalten Kaffee zu holen. »Höchste Zeit, daß du etwas über deinen Klienten erzählst«, verkündete er. »Der Knabe sitzt noch immer in der Unterhose da und weigert sich, den Mund aufzumachen. Und wo wir nun schon so viel wissen, mußt du anstandshalber weiterhelfen.«

Sie musterten sich gegenseitig. Karen griff zu einer stillen Kampfstrategie aus alten Zeiten. Sie fing seinen Blick auf und hielt ihn so lange fest, bis alles außer ihren graugrünen Augen zu einem Nebel zerfloß. Er konnte die winzigen braunen Sprenkel in der Iris erkennen, im rechten Auge mehr als im linken; er zwinkerte nicht, traute sich nicht, aus Angst, daß sich dabei sein Blick unrettbar senken würde. Verdammt, es war ihm nie gelungen, dieses Spiel zu gewinnen. Immer starrte sie ihn so lange an, bis er verlegen den Blick senkte, der Verlierer, der Kleinere von beiden.

Diesmal mußte sie aufgeben. Er sah, daß sich ihre Augen mit Wasser füllten, daß sie zwinkern mußte und daß schließlich ihr Blick seitlich auswich, begleitet von einer schwachen Röte, die sich über die linke Wange zog. Der Sieger triumphierte nicht. Er war verblüfft von seiner Haltung. Ihre Flanken lagen offen, aber er faßte einfach ihre Hände.

»Ich habe ein bißchen Angst«, sagte er aufrichtig. »Wir wissen nicht viel über diese Bande – oder Mafia, wie sie jetzt heißt. Aber wir wissen, daß das keine Sonntagsschüler sind. Die Zeitung hat sicher Grund zu ihrer Behauptung, daß diese Leute über Leichen gehen, um ihre Interessen zu wahren. Wir haben Grund zu der Annahme, daß sie wissen, daß du etwas weißt. Jedenfalls haben sie den Verdacht.«

Er erzählte ihr von Hanne Wilhelmsens auf Abwege geratener Notiz. Das machte sichtlich Eindruck. Ihre Haltung war ihm völlig fremd, sie schien bei ihm Schutz zu suchen, bei Håkon, den sie ein ganzes Studium hindurch beschützt und getriezt hatte.

»Wir können dich nicht beschützen, wenn du uns nicht erzählst, was du weißt!« Er merkte, daß er ihre Hände zu fest preßte. Dort, wo er sie gehalten hatte, waren sie jetzt weiß und rot gefleckt. Er ließ sie los.

»Han van der Kerch hat mir einiges erzählt. Nicht viel, er will nicht, daß es sich herumspricht. Aber eins darf ich euch sagen. Ich weiß nur nicht, was das wert ist.« Sie hatte sich gefaßt. Ihre Schultern waren wieder straff, und ihr Kostüm saß, wie es sich gehörte. »Er sollte Geld für eine Lieferung holen. Als er die Scheine durchzählte, hat er gemerkt, daß einer mit Kugelschreiber beschrieben war. Eine Telefonnummer. Die hat er vergessen, aber daneben standen drei Buchstaben, die ihm vorkamen wie Anfangsbuchstaben; zwischen ihnen standen Punkte. Er erinnert sich an die Buchstaben, weil sie ein Wort ergaben. J.U.L.«

»JUL?«

»Ja, mit Punkten dazwischen. Er hat gegrinst und dem Typen gesagt, er wolle keine beschmierten Geldscheine. Der Typ schnappte sich den Zettel und war ziemlich sauer.«

»Hast du dir überlegt, was das bedeuten könnte?«

»Ja, allerdings.«

Es wurde ganz still, und sie waren in ein vertrautes Muster zurückgefallen.

»Was hast du dir überlegt, Karen?« bat Håkon leise.

»Ich habe mir überlegt, daß es in Oslo nur einen Anwalt mit diesen Initialen gibt. Nur einen, ich habe in der Anwaltsliste nachgesehen.«

»Jørgen Ulf Lavik.«

Håkon Sands Tip war nicht sehr beeindruckend. Sie hatten mit Lavik studiert; er war schon damals eine bekannte Gestalt gewesen. Begabt, umschwärmt und politisch engagiert. Håkon hatte Karen lange verdächtigt, in ihn verliebt zu sein, was sie bei jeder kleinsten Anspielung kategorisch bestritten hatte. Lavik war ziemlich konservativ, und Karen hatte für die Soz. Front im Fachschaftsrat gesessen. Damals waren solche Schranken fast unüberwindbar gewesen, und Karen hatte ihren Kommilitonen oft in aller Öffentlichkeit als reaktionäres Arschloch bezeichnet. Nur zweimal hatten sie miteinander geredet, unter anderem, weil sie sich gemeinsam gegen die Einführung des Numerus clausus gewehrt hatten. Er war sogar einmal in der Hütte ihrer Eltern gewesen, zu einem Wochenendseminar, das sich zur puren Sause entwickelt hatte. Danach war Lavik ihr auch nicht sympathischer gewesen.

»Ich kapier' das alles nicht. In der Zeitung steht ja, daß Juristen hinter dieser Bande stecken könnten. Ich kann mir Jørgen Lavik zwar nicht als Bandenchef vorstellen, aber nimm dir diese Information zu Herzen.« Håkon Sand nahm sich diese

Information in der Tat zu Herzen. Um so mehr, als Karen gleich darauf hinzufügte: »Du wirst es noch selbst herausfinden. Aber um dir die Mühe zu ersparen: Jørgen hat seine Karriere bei einem von den ganz Großen angefangen. Errätst du, bei wem?«

»Peter Strup«, antwortete Håkon Sand prompt, und sein Gesicht öffnete sich zu einem riesigen Lächeln.

Ehe Karen Borg an diesem Nachmittag das Polizeigebäude verließ, überreichte er ihr ein Walkie-talkie. Ihr kam das Gerät altmodisch vor, viel klobiger als ein Mobiltelefon. Sie drehte an einem Knopf, und dann knisterte und rauschte es wie in einem amerikanischen Kriminalfilm. Danach mußte sie auf einen anderen Knopf drücken, um direkten Kontakt mit der polizeilichen Operationszentrale aufnehmen zu können. Sie hieß WT 04. Die Zentrale war WT 01.

»Das mußt du immer bei dir haben«, befahl Håkon. »Benutz es, sowie etwas ist. Die Operationszentrale weiß Bescheid. In fünf Minuten kann die Polizei bei dir sein.«

»Fünf Minuten können lang sein«, erklärte Karen Borg.

DONNERSTAG, 15. OKTOBER

Vor langer, langer Zeit hatte sie einmal hemmungslos mit ihm geflirtet. Damals war sie noch keine Polizeipräsidentin gewesen, sondern Polizeirätin und ganz neu bei den Anklagebehörden. Sie hatten im Rahmen einer Alkoholschmuggelaffäre zur Beweisaufnahme nach Spanien reisen müssen, ihre erste dienstliche Auslandsreise. Der Mann, der jetzt vor ihr im Gästesessel saß, hatte sie damals als Verteidiger begleitet. Die Beweisaufnahme hatte drei Stunden gedauert, die Reise drei Tage. Sie hatten gut gegessen und noch besser getrunken. Der Mann hatte alles verkörpert, was sie bewunderte; er war beträchtlich älter als sie, strotzte nur so vor Geld, war höflich und erfolgreich. Jetzt war er Staatssekretär im Justizministerium –

auch nicht schlecht. Während ihrer Reise vor zehn Jahren war es nicht zu mehr gekommen als zu kurzen Schmusereien. An ihr hatte das nicht gelegen. Deshalb war sie jetzt leicht verlegen.

»Eine Tasse Kaffee, Tee?«

Er bat um Kaffee und lehnte eine Zigarette ab. »Habe aufgehört«, sagte er und lächelte abweisend.

Sie merkte, daß ihre Hände feucht waren, und bedauerte, sich keinen Ordner zum Blättern hingelegt zu haben. Statt dessen konnte sie nur Däumchen drehen. Sie wippte unruhig in ihrem riesigen Sessel hin und her.

»Herzlichen Glückwunsch zur Beförderung«, brummte er. »Nicht schlecht.«

»Das kam total unerwartet«, log sie. In Wirklichkeit war sie aufgefordert worden, sich zu bewerben. Von ihrem Vorgänger. Der Staatssekretär schaute auf die Uhr und kam gleich zur Sache. »Der Minister macht sich Sorgen wegen dieser Anwaltsgeschichte«, erklärte er. »Sehr große Sorgen. Was ist da eigentlich los?!«

Sie hatte diesem Mann gegenüber zwar vor vielen Jahren unverhohlene Annäherungsversuche unternommen, und sie interessierte sich noch immer für ihn, seine Ernennung zum Staatssekretär hatte nichts daran geändert, aber sie war bis in die Fingerspitzen hinein professionell. »Es ist ein schwieriger und bisher noch recht unklarer Fall«, antwortete sie vage. »Ich kann nicht viel mehr sagen als das, was in den Zeitungen gestanden hat. Einiges davon trifft zu.«

Der Mann zog seinen Seidenschlips gerade. Er räusperte sich vielsagend, um sie darauf hinzuweisen, daß der engste politische Mitarbeiter des Ministers wohl das Recht habe, Genaueres zu erfahren als mehr oder minder – und eher letzteres – zuverlässige Boulevardblätter. Es half ihm nichts.

»Unsere Ermittlungen befinden sich in einem sehr frühen Stadium, die Polizei kann jetzt noch keine Auskünfte erteilen. Sollte sich während unserer Nachforschungen etwas ergeben, von dem wir annehmen, daß die politische Leitung des Ministeriums es wissen muß, lasse ich natürlich sofort von mir hören. Das kann ich versprechen.«

Mehr war nicht aus ihr herauszuholen. Der Mann war alt genug, um das zu begreifen, also unternahm er erst gar keinen Versuch. Als er ihr Büro verließ, fiel ihr auf, daß die zusätzlichen Kilos seinen Hintern weniger anziehend machten. Als die Tür ins Schloß fiel, lächelte sie noch einmal, höchst zufrieden mit sich selbst. Trotz seines Hängehinterns: Der Mann war noch immer attraktiv. Sie würde schon noch eine Chance bekommen. Ein graues Haar schwebte langsam auf ihren Schreibtisch nieder, und sie las es sofort auf. Danach wählte sie die Nummer ihrer Sekretärin.

»Mach einen Termin bei meinem Friseur«, befahl sie. »So bald wie irgend möglich, bitte.«

Han van der Kerch verlor sein Zeitgefühl. Freilich wurde das Licht gelöscht, um den Untersuchungshäftlingen zu erzählen, daß Nacht war. Außerdem wurde das ungenießbare, in Plastikfolie gewickelte Essen pünktlich serviert, was das Dasein in tagesablaufähnliche Teilchen zerschnitt. Aber ohne Sonne oder Regen, Wetter oder Wind und mit allzuviel Zeit, die er nur schlafend verbringen konnte, war der junge Niederländer in einen apathischen Zustand des Nicht-Seins versunken. Eines Nachts, als fünf Stunden Tagesschlaf ihm unerträgliche Nachtstunden beschert hatten – er hörte wehes Kinderweinen aus der Nachbarzelle und von weiter weg die entsetzlichen Schreie eines Marokkaners auf Entzug –, war ihm aufgegangen, daß er langsam verrückt wurde. Er betete zu einem Gott, an den er zuletzt als Knabe in der Sonntagsschule geglaubt hatte, betete, daß die grelle Deckenlampe wieder eingeschaltet werden sollte. Gott hatte ihn offenbar vergessen, so wie er Gott vergessen hatte; der Morgen kam einfach nicht. In seiner Verzweiflung warf er seine Armbanduhr, die er nach den ersten Tagen in der Zelle zurückerhalten hatte, an die Wand, und sie zerbrach. Jetzt konnte er nicht einmal mehr der Zeit auf ihrer unerträglichen Wanderung in eine Zukunft ohne jeglichen Inhalt folgen.

Die üppige, kurzsichtige Frau, die den Wagen mit dem Häftlingsfraß vor sich herschob, steckte ihm ab und zu ein Stück Schokolade zu. Das war jedesmal wie Heiligabend. Er zerbrach die Schokolade in winzige Stückchen, die er eins nach dem anderen auf der Zunge zergehen ließ. Die Schokolade konnte nicht verhindern, daß er abnahm, in drei Wochen U-Haft hatte er sieben Kilo eingebüßt. Das stand ihm nicht, war aber egal; er saß ohnehin entweder splitternackt oder in der Unterhose herum.

Außerdem hatte er Angst. Die Angst, die wie ein wachsender Kaktus in seinem Bauch gesessen hatte, als er sich über Ludvig Sandersens mißhandelten Leichnam bückte, hatte sich in seinem ganzen Leib ausgebreitet. Seine Hände zitterten schlimm, er kleckerte beim Trinken jedesmal. In der ersten Zeit hatte er sich in die Bücher vertiefen können, die sie ihm geliehen hatten, aber inzwischen ließ ihn seine Konzentrationsfähigkeit im Stich. Die Buchstaben hüpften und tanzten über die Seite. Er hatte Pillen bekommen. Das heißt, die Wärter hatten Pillen bekommen, die sie ihm nach Anweisung des Arztes mit lauwarmem Wasser in einem Plastikbecher verabreichten. Abends winzige hellblaue Pillen, die ihm auf den Zug ins Traumland halfen. Dreimal täglich waren die Pillen groß und weiß. Sie brachten ihm eine Art Atempause, in der der Kaktus für kurze Frist seine Stacheln einzog. Aber die Gewißheit, daß sie bald wieder zum Vorschein kommen würden, frisch gewetzt und gewachsen, war fast genauso schlimm. Han van der Kerch verlor sein Dasein langsam aus dem Griff.

Er glaubte, es sei Tag. Er war sich nicht sicher, aber es brannte Licht, und er hörte viele Geräusche. Soeben war eine Mahlzeit serviert worden, er wußte nicht, ob das das Mittag- oder das Abendessen sein sollte. Vielleicht das Abendessen? Nein, es war zu früh, zuviel Krach.

Zuerst begriff er nicht, was es war. Als das Zettelchen durch das Gitter fiel, dachte er noch lange nicht darüber nach. Er beobachtete es, es war leicht und klein und brauchte eine Ewigkeit, um den Boden zu erreichen. Es flatterte wie ein Schmetterling, hin und her, und näherte sich langsam dem Beton. Er lächelte, das Geflattere sah lustig aus, und er hatte nicht das Gefühl, daß ihn das etwas anginge.

Da lag es. Han van der Kerch ließ es liegen und hob den Blick, um wieder die Schatten an der Wand zu beobachten, die verrieten, was auf dem Flur geschah. Er hatte eben eine weiße Pille bekommen und fühlte sich besser als vor einer Stunde. Nach einer Weile versuchte er aufzustehen. Ihm war schwindelig, und er hatte so lange in derselben Stellung dagelegen, daß ihm Arme und Beine eingeschlafen waren. Es prickelte arg, und sehr steif legte er die wenigen Schritte zur Tür zurück. Er bückte sich und hob den Zettel auf, ohne ihn anzusehen. Er brauchte mehrere Minuten, um sich so hinzusetzen, daß seine Glieder sich nicht allzusehr beklagten.

Der Zettel war von Postkartengröße, zweimal gefaltet. Er breitete ihn auf seinem Oberschenkel aus. Die Nachricht betraf offenbar ihn. Mit breitem Filzstift waren wenige Wörter in Blockbuchstaben geschrieben: »SCHWEIGEN IST GOLD, REDEN DER TOD.« Das war ziemlich melodramatisch, und er prustete los. Er lachte schrill und so laut, daß er zusammenfuhr und verstummte. Gleich darauf überwältigte ihn die Angst. Wenn ein Zettel den Weg durch die Gittertür fand, dann war das auch einer Kugel möglich.

Wieder lachte er, genauso laut und schrill wie vorhin. Das Lachen hallte zwischen den Mauern wider, wurde hin- und hergeworfen, umtanzte seinen Urheber und verschwand dann durch die Gitterstäbe – zusammen mit dem letzten Rest Vernunft aus dem Kopf des Niederländers.

FREITAG, 16. OKTOBER

»Zwei Tote und zwei Leute im Krankenhaus. Und alles, was wir haben, sind Initialen und vage Vermutungen.«

Das gelbe Ahornlaub hatte seine erste Frostnacht hinter sich, und es hörte sich an, als wanderten sie durch knisternde neue Geldscheine. Hier und dort lag etwas Neuschnee, der erste. Sie standen oben auf St. Hanshaugen, und die Stadt lag herbstlich und verfroren vor ihnen. Sie schien von der plötzlichen Kälte ebenso überrascht zu sein wie die Autofahrer im Geitemyrsvei, die auf blockierten Sommerreifen kollidierten. Der Himmel hing tief. Nur die Kirchtürme, der hohe von Uranienborg und zwei kleinere näher an St. Hanshaugen, hinderten ihn am Absturz.

Hanne Wilhelmsen war aus dem Krankenhaus entlassen, aber noch kaum imstande zu Waldwanderungen. Sie hätte ihr gemartertes Gehirn auch nicht mit Problemen belasten dürfen, aber Håkon Sand hatte der Versuchung nicht widerstehen können, als sie anrief und einen Waldspaziergang vorschlug. Noch immer war sie bleich und deutlich zerschlagen. Ihre Kieferpartie hatte sich von blau zu grün verfärbt, und die riesigen Verbände waren durch große Pflaster ersetzt worden. Ihre Haare waren absolut asymmetrisch, und das überraschte ihn. Er hatte angenommen, sie würde sie schneiden lassen, um ihren ganzen Kopf in Harmonie mit dem rasierten Teil zu bringen, einem großen Bereich über dem einen Ohr. Als sie sich trafen, mit verlegener Wiedersehensfreude und verlegenem Lächeln, hatte sie sofort erklärt, daß sie den Rest ihrer langen Haare nicht auch noch opfern wolle. Obwohl sie unleugbar seltsam aussah.

»Einer im Krankenhaus«, korrigierte sie. »Ich bin doch wieder auf den Beinen.«

»Ja, darin hast du mehr Glück als unser niederländischer Freund. Der Bursche ist total ausgerastet. Retroaktive Psychose, sagt der Arzt, was immer das heißen soll. Knastverrückt, nehme ich an. Jetzt liegt er in der Psychiatrie. Wir haben jedenfalls keinen Grund zu der Annahme, daß ihn das redseliger werden läßt. Im Moment liegt er in Embryostellung da und lallt. Hat eine Sterbensangst vor allem und jedem.«

»Eigentlich seltsam«, sagte Hanne und setzte sich auf eine Bank. Sie klopfte auf den Platz neben sich, und er gehorchte. »Ich meine, wir wissen ja, wie die U-Haft ist. Nicht gerade eine Sommerfrische. Aber es gibt doch eine Menge Leute, die zu lange da bleiben müssen. Und ist vielleicht deshalb schon jemals irgendwer verrückt geworden?«

»Nein, aber er hat sicher bessere Gründe, Angst zu haben, als die meisten anderen Ausländer, fühlt sich einsam und so.«

»Aber trotzdem...«

Håkon hatte gelernt zuzuhören, wenn Hanne Wilhelmsen sprach. Er selbst hatte sich keine weiteren Gedanken über Han van der Kerchs Gemütszustand gemacht, hatte ihn nur resigniert zur Kenntnis genommen; noch ein Tor, das sich schloß in einer Ermittlung, die sowieso kaum von der Stelle kam.

»Kann jemand das hingetrickst haben? Kann ihm irgendwer in der Zelle was getan haben?«

Håkon gab keine Antwort, und auch Hanne schwieg. Håkon fühlte sich wie immer in Hannes Anwesenheit seltsam wohl. Er empfand hier etwas Neues, anders als bei anderen Frauen, die er kannte, eine Art Kameradschaft, kollegiale Gemeinschaft, ein tiefes Wissen darum, daß sie einander mochten und respektierten. Er ertappte sich bei dem Gedanken, daß sie befreundet sein müßten, verdrängte ihn aber sofort. Instinktiv begriff er, daß sie die Initiative ergreifen mußte, falls sie mehr sein wollte als seine Kollegin. Wie er hier so auf einer eiskalten Bank oben auf St. Hanshaugen saß, an einem Oktobertag mit hellgrauer Luft, war er mehr als zufrieden damit, mit dieser Frau zusammenzuarbeiten; einer Frau, die nahe und fern zugleich war und so tüchtig und entscheidend für die Arbeit, an der er sich versuchen sollte. Er hoffte, daß sie genug Zeit haben würde.

»Ist in der Zelle irgend etwas Interessantes gefunden worden?«

»Nicht, daß ich wüßte, und was könnte das auch sein?«

»Aber es ist doch gesucht worden?«

Er blieb die Antwort schuldig. Sie fehlte ihm bei der Arbeit, und langsam begriff er, warum. Er hatte nicht genug Erfahrung, was die direkte Ermittlungsarbeit anging; obwohl er formell für alles verantwortlich war, engagierten sich nur wenige Juristen auf dieselbe Weise wie er.

»Genau diesen Punkt muß ich wohl übersehen haben«, gab er schließlich zu.

»Es ist noch nicht zu spät«, tröstete sie ihn. »Du kannst die Zelle immer noch untersuchen.«

Er ließ sich trösten, und um seinen angeknacksten Ruf als Leiter der Ermittlung wieder aufzupolieren, erzählte er von seinen Untersuchungen über Jørgen Ulf Lavik. Lavik hatte einigen Erfolg gehabt. In ziemlich kurzer Zeit. Nach zwei Jahren bei Peter Strup hatte er sich zusammen mit zwei Frischetablierten seines Alters selbständig gemacht. Sie waren in fast allen Bereichen tätig. Lavik arbeitete zu ungefähr fünfzig Prozent mit Strafrecht, die anderen fünfzig Prozent verteilten sich auf handelsrechtliche Fälle von mittlerer Größe. Er hatte sich Gattin Nummer zwei zugelegt und mit ihr in kurzen Abständen drei Kinder bekommen. Die Familie wohnte in einem brauchbaren Reihenhaus, in einem mittelvornehmen Stadtteil. Auf den ersten Blick schien ihr Geldverbrauch nicht die Summen zu übersteigen, die ein Mann wie Lavik verdienen konnte. Zwei Autos, ein einjähriger Volvo und ein Toyota von sieben Jahren (für die Gattin). Keine Hütte, kein Boot. Die Gattin war Nur-Hausfrau, sicher nötig bei drei Jungen von einem, zwei und drei Jahren.

»Hört sich an wie der Osloer Normalanwalt«, sagte Hanne Wilhelmsen resigniert. »Tell me something I don't know.«

Sie kam Håkon erschöpft vor, ihr weißer Atem jagte, obwohl sie doch ganz still saßen. Er stand auf, fuhr sich mit den

Händen über den Hintern, wie um imaginären Schnee wegzuwischen, und streckte die Hand aus, um Hanne hochzuhelfen. Obwohl es unnötig war, nahm sie sie.

»Sieh dir seinen Geschäftskram genauer an«, befahl sie ihrem Vorgesetzten. »Und laß eine Liste der Strafprozesse erstellen, in denen er während der letzten beiden Jahre aufgetreten ist. Ich wette, daß wir da irgendwas finden. Und außerdem«, fügte sie hinzu, »faßt die Fälle jetzt endlich zusammen. Und zwar gehören sie beide zu mir; ich hatte den ersten.« Sie wirkte fast glücklich über diesen Gedanken.

MONTAG, 19. OKTOBER

Hanne Wilhelmsens Begegnung mit ihrem brutalen Angreifer lag erst gut eine Woche zurück. Sie hätte noch mindestens eine weitere Woche krankgeschrieben werden sollen. Wenn sie ehrlich war, mußte sie zugeben, daß das vernünftig klang. Noch immer hatte sie leichte Kopfschmerzen, ihr war schwindelig und übel, wenn sie sich überanstrengte. Allen anderen, Cecilie inbegriffen, versicherte sie jedoch, sich ausgezeichnet zu fühlen. Nur ein bißchen müde. Sie akzeptierte fünfzig Prozent Krankschreibung für eine Woche.

Als sie das kombinierte Besprechungs- und Frühstückszimmer betrat, applaudierten alle, was sie entsetzlich verlegen machte. Dennoch lächelte sie und schüttelte alle Hände, die sich ihr entgegenstreckten. Einige Witze galten ihrer Frisur; sie erwiderte die freundliche Neckerei mit Selbstironie, und alle lachten. Sie war noch immer zugepflastert, und ihre untere Gesichtshälfte wies alle Schattierungen von Gelb und Grün auf. Das schützte sie vor Umarmungen – bis der Abteilungsleiter ins Zimmer kam, ihre Schultern packte und sie energisch an sich drückte.

»Starke Frau«, sagte er ihr ins Ohr. »Verdammt, Hanne, du hast uns vielleicht einen Schrecken eingejagt!«

Hanne mußte erneut beteuern, daß mit ihr alles in Ordnung sei, und versprechen, dem Abteilungsleiter alle Erklärungen zu liefern, auf die er Anspruch zu haben glaubte. Sie verabredeten Ort und Zeit, und Hauptkommissar Kaldbakken schloß sich an.

Plötzlich stand Billy T. in der Tür. Mit seinen zweihundertundfünf Zentimetern plus Boots stieß er oben am Türrahmen an. Er lächelte breit und bot einen beängstigenden Anblick.

»Knockout in der ersten Runde, Hanne? Ich dachte, du könntest dich besser verteidigen«, sagte er mit aufgesetzter Enttäuschung in der Stimme. Er hatte selbst mit Hanne Wilhelmsen Selbstverteidigung trainiert. »Willst du dir den ganzen Tag huldigen lassen, oder hast du ein paar Minuten für die Arbeit übrig?«

Die hatte sie. Ihren Schreibtisch dominierte ein kolossaler Blumenstrauß. Er war schön, aber die Vase sah unmöglich aus. Sie war nicht groß genug, und als sie sie vorsichtig zur Fensterbank hinüberschieben wollte, verlor das ganze Arrangement das Gleichgewicht. Die Vase fiel auf den Boden und zerbrach. Blumen und Wasser überall. Billy T. lachte.

»Da sieht man, was passiert, wenn man hier in diesem Haus mal nett ist«, sagte er.

Er schob Hanne Wilhelmsen beiseite, fegte mit einer Riesenfaust die Blumen zusammen und versuchte, das Wasser mit den Stiefeln an die Wand zu schieben. Das klappte nicht. Er setzte sich und warf die Blumen in eine Ecke.

»Ich glaube, ich hab' was für dich«, erklärte er und zog zwei Blätter aus der Hosentasche. Sie waren von seinem Hintern abgerundet wie eine vielbenutzte Brieftasche. Offenbar trug er sie schon länger bei sich. »Beschlagnahmung«, erklärte er, während Hanne Wilhelmsen die Bögen auseinanderfaltete. »Haben letzte Woche eine Wohnung hochgenommen. Wiedergänger, und wir haben Schwein gehabt. Zwanzig Gramm Heroin, vier Gramm Kokain. Sauschwein, bisher hatte der Typ immer nur Kleinkram. Jetzt sitzt er hier hinten und klappert mit den Zähnen.« Er streckte den Arm in Richtung Fenster aus und wollte damit wohl auf den Hinterhof zeigen. »Bleibt sitzen, weißt du, bis zur Hauptverhandlung, und das kann noch eine Weile dauern«, fügte er zufrieden hinzu.

Was auf den beiden Bögen stand, hatte große Ähnlichkeit mit dem Code aus dem Pornofilm im Anwaltsbüro. Nichts als Zahlenkolonnen, in Dreiergruppen. Alles handgeschrieben; oben stand auf einem der Bögen »Borneo«, auf dem anderen »Afrika«.

»Der Mann ist wirklich das reine Singvögelchen, behauptet aber steif und fest, keine Ahnung zu haben, was diese Zahlen bedeuten. Wir haben ihn ganz schön durch die Mangel gedreht, und er hat uns einige brauchbare Informationen geliefert. Mehr als notwendig, strenggenommen. Deshalb frage ich mich allmählich, ob er vielleicht tatsächlich nicht weiß, was die Zahlen bedeuten.«

Sie starrten die Bögen an, als ob sie etwas verbargen, das ihnen ins Auge springen könnte, wenn sie sie nur lange genug anstarrten.

»Hat er gesagt, wo er die herhat?«

»Ja, er behauptet, sie zufällig gefunden und als eine Art Versicherung behalten zu haben. Mehr kriegen wir nicht aus ihm heraus, auch nicht, was das für ein Zufall war.«

Hanne Wilhelmsen fiel die seltsame Konsistenz des Papiers auf. Es hatte einen pulverartigen Belag, und vereinzelte Fingerabdrücke zeichneten sich schwachlila ab.

»Ich hab' die Abdrücke schon untersuchen lassen. Da ist nichts zu holen«, kommentierte Billy T. Er packte die Papiere, verließ das Büro, war nach zwei Minuten wieder da und reichte ihr zwei noch warme Kopien. »Die Originale behalte ich. Wenn du sie brauchst, kriegst du sie.«

»Vielen Dank, Billy T.«

Die Dankbarkeit war echt, trotz des müden Lächelns.

Als erstes wurde ihm mitgeteilt, daß er Zeuge sei, kein Verdächtiger. Für ihn machte das kaum einen Unterschied, die Anklage in seinem eigenen Fall war schlimm genug. Danach wurde ihm eine Cola serviert, die er sich gewünscht hatte. Vorher hatte er duschen dürfen. Hanne Wilhelmsen war freundlich, entgegenkommend, und sie konnte ihm zwischen den Zeilen klarmachen, daß es für einen Angeklagten von Vorteil war, wenn er in einem anderen Fall als guter Zeuge fungierte. Das schien ihn nicht weiter zu beeindrucken. Sein Geplauder drehte sich um Belanglosigkeiten. Es war nett, der öden Zelle zu entkommen, er schien sich richtig wohl zu fühlen. Hanne Wilhelmsen ging es anders. Ihre Kopfschmerzen hatten sich verschlimmert, und ihre Wundnähte schrien auf, wenn sie eine Grimasse gegen die Schmerzen zog.

»Ich kriege für die Sache ein paar Jahre, weißt du.« Er wirkte kesser, als Billy T. angedeutet hatte.

»Ich muß das wohl wiederholen: Dein Fall interessiert mich nicht. Das ist deine Sache. Ich möchte mit dir über die beiden Dokumente reden, die bei dir gefunden worden sind.«

»Dokumente? Das waren doch keine Dokumente. Das waren Zettel mit Zahlen. Dokumente haben Stempel und Unterschriften und so, oder?«

Er hatte seine Cola schon getrunken und bat um eine zweite. Hanne Wilhelmsen drückte auf den Knopf der Sprechanlage und gab die Bestellung weiter.

»Zimmerservice. Find' ich scharf! Echt, in meiner Lage, Mensch!«

»Diese Dokumente – oder Zettel«, Hanne machte noch einen Versuch, wurde aber unterbrochen.

»Keine Ahnung. Echt nicht. Hab' sie mal gefunden. Hab' sie nur als eine Art Versicherung behalten. In meiner Branche kann man nie vorsichtig genug sein, echt.«

»Versicherung wogegen?«

»Bloß Versicherung. Gegen nix Besonderes. Hat dich wer verprügelt oder was?«

»Nein, ich bin so geboren.«

Nach drei Stunden Arbeit begriff Hanne allmählich, warum die Ärzte so auf ihrer Krankschreibung bestanden hatten. Cecilie hatte sie gewarnt, vor den Kopfschmerzen, der Übelkeit, hatte Schreckensbilder entworfen und gesagt, diese Symptome könnten chronisch werden, wenn sie sich keine Ruhe gönnte. Hanne Wilhelmsen fürchtete jetzt, ihre Liebste könnte recht haben. Sie rieb sich vorsichtig die Schläfe ohne Pflaster.

»Kann nix sagen, echt.«

Plötzlich kam er ihr zahmer vor. Seine schlaksige Gestalt bebte leicht, und er kleckerte, als er versuchte, aus der neuen Colaflasche zu trinken.

»Entzug, weißt du. Muß sehen, daß ich ins Gefängnis rüberkomme. Da gibt's Dope genug. Kannst du nicht dafür sorgen?« Hanne Wilhelmsen musterte den Mann. Klapperdürr, totenblaß. Sein spärlicher Bart konnte die vielen Pickel nicht verdecken, für einen Mann hoch in den Dreißigern hatte er ungewöhnlich schlechte Haut. Irgendwann hatte er sicher gut ausgesehen. Sie stellte ihn sich als Fünfjährigen vor, mit blonden Locken, im Matrosenanzug, feingemacht für den Besuch beim Fotografen. Vermutlich war er niedlich gewesen. Sie hatte die Juristen im Haus voller Verachtung über das Gefasel der Verteidiger klagen hören. Elende Kindheit, von der Gesellschaft im Stich gelassen, Väter, die sich zu Tode soffen, Mütter, die weniger tranken, die zumindest so weit am Leben blieben, daß sie vernünftige Fürsorgemaßnahmen verhindern konnten, bis das Kind mit dreizehn vollständig unlenkbar war, jenseits aller Hilfsangebote von Jugendamt und anderen wohlwollenden Seelen. Das konnte doch nicht gutgehen. Hanne Wilhelmsen wußte, daß diese Verteidiger recht hatten. In zehnjähriger Ohnmacht war ihr längst aufgegangen, daß niemand ohne Grund zum Taugenichts wurde. Sie alle hatten Schreckliches durchgemacht. Dieser Typ hier sicher auch.

Wie ein Gedankenleser jammerte er mit dünner Stimme: »Ich hab' Schreckliches durchgemacht, echt.«

»Ja, das weiß ich«, antwortete sie vage. »Da kann ich dir jetzt auch nicht helfen. Echt. Ich kann versuchen, dich heute noch ins Gefängnis überführen zu lassen, wenn du mir sagst, woher du die Dokumente hast.« Das war offenbar eine geeignete Lockspeise. Sie sah, daß er an imaginären Knöpfen abzählte. Wenn er überhaupt zählen konnte.

»Ich hab' sie gefunden. Mehr kann ich nicht sagen. Ich glaub', ich weiß, wem sie gehören. Das sind miese Burschen, echt. Die kriegen dich, egal wo. Nein, ich halte die Papiere noch immer für eine Versicherung. Ich bleibe im Hinterhof, ich stehe sowieso weit oben auf der Liste, bin doch schon seit fünf Tagen hier.«

Hanne Wilhelmsen hatte keine Kraft mehr. Sie befahl ihm, den Rest Cola zu trinken. Er trank auf dem ganzen Weg in die Untersuchungszelle weiter. Bei seiner Zellentür gab er ihr die leere Flasche.

»Ich hab' von dir gehört, echt. Die Frau ist in Ordnung, das sagen alle. Danke für die Cola.«

Der Mann wurde noch am selben Tag ins Gefängnis überführt. Hanne Wilhelmsen war nicht zu müde, um noch ein paar Fäden zu ziehen, ehe sie Feierabend machte. Sie konnte zwar keinen Platz im überfüllten Gefängnis aus dem Ärmel schütteln, aber sie konnte die Reihenfolge auf der Dringlichkeitsliste beeinflussen. Der Klapperdürre war glücklich, als er noch am selben Tag, gut untergebracht in einer Zelle mit Fenster, in der etwas stand, das mit einem Bett zumindest verwechselt werden konnte, von seinem Anwalt besucht wurde. Sie saßen allein in einem Zimmer, der Jurist im Anzug und der vom Entzug gequälte Mann. Von dem Zimmer führte eine Tür in einen großen Saal, in dem die glücklicheren unter den Häftlingen von Familie oder Freunden besucht wurden, einen öden, unfreundlichen Raum, der vergeblich versuchte, dadurch einen guten Eindruck zu machen, daß in einer Ecke eine Spielwiese für die Kleinsten eingerichtet war.

Der Anwalt blätterte in Papieren. Sein Diplomatenkoffer lag auf dem Tisch. Er war offen, und der Deckel erhob sich zwischen den Männern wie ein Schild. Der Anwalt wirkte nervöser als der Häftling, was der in seinem Zustand aber nicht registrierte. Der Anwalt klappte den Koffer zu, zog ein Taschentuch hervor, faltete es auseinander und bot seinem Gegenüber den Inhalt an.

Dort lag der Segen, alles, was der erschöpfte Mann zu einigen Stunden wohlverdienten Rausches benötigte. Er griff danach – vergebens. Der Anwalt zog blitzschnell die Hand zurück.

»Was hast du gesagt?«

»Hab' nix gesagt! Du kennst mich doch! Sagt nur ja oder nein, dieser Knabe hier, echt!«

»Gibt's irgendwas auf deiner Bude, was der Polizei etwas verraten könnte? Überhaupt irgendwas?«

»Nein, nein, nix. Nur den Stoff. Verdammtes Pech, echt, daß sie gekommen sind, als ich gerade ausliefern wollte. War echt nicht meine Schuld.«

Wenn sein Gehirn nicht nach zwanzig Jahren Mißbrauch künstlicher Stimulanzien so tranig gewesen wäre, dann hätte er etwas anderes gesagt. Wenn der Rettungsanker im Koffer des Anwalts nicht den letzten Rest Urteilsvermögen, auf den er noch zurückgreifen konnte, geschwächt hätte, dann hätte er vielleicht behauptet, auf kompromittierendem Material zu sitzen, auf Papieren, die er nach einem Besuch in einem anderen Besuchszimmer, nach einer anderen Festnahme, auf dem Boden gefunden hatte. Im Vollbesitz seines Verstandes wäre ihm vermutlich klar gewesen, daß er offiziell in ihrem Besitz sein mußte, wenn die Dokumente ihre Rolle als Versicherungspapiere spielen sollten. Er hätte sich sogar eine Geschichte ausdenken können, etwa, daß irgendwer alles der Polizei erzählen würde, falls ihm etwas zustieße. Irgend etwas hätte er jedenfalls daraus machen können. Vielleicht hätte ihm das das Leben gerettet, vielleicht nicht. Aber er war zu tranig.

»Halt weiterhin die Klappe«, sagte der Advokat, und der Häftling durfte sich vom Inhalt des Taschentuchs bedienen.

Dort lag auch ein zigarrenförmiger Zylinder, und mit eifrigen und immer stärker zitternden Händen konnte der Rauschgiftsüchtige seinen Vorrat in das längliche Behältnis füllen. Hemmungslos ließ er seine Hose sinken und stopfte sich, eine Grimasse ziehend, das Ganze ins Rektum.

»Die durchsuchen mich, ehe sie mich in die Zelle sperren, aber nach einem Besuch von meinem Anwalt lassen sie zumindest meinen Arsch in Ruhe«, grinste er zufrieden.

Fünf Stunden später wurde der Mann in seiner Zelle tot aufgefunden. Die Überdosis hatte ihn mit einem seligen Lächeln auf den Lippen in den Tod geschickt. Die Hilfsmittel lagen auf dem Boden, winzige Heroinreste in einem Fetzen Plastikfolie. Im herbstnassen Gras zwei Stock unterhalb des Gitterfensters seiner Zelle lag ein zigarrenförmiges Etui. Niemand suchte danach, und es blieb in Wind und Wetter liegen, bis anderthalb Jahre später ein Wärter es auflas.

Die alte Mutter des Mannes wurde zwei Tage später von seinem Tod unterrichtet. Sie weinte bitterlich und trank zum Trost eine ganze Flasche Eau de Vie. Sie hatte getrauert, als der Junge ungewünscht das Licht der Welt erblickt hatte, sie hatte sich durch sein Leben geweint. Jetzt betrauerte sie seinen Fortgang. Außer ihr würde niemand, absolut niemand Jacob Frostrup vermissen.

Bei ihrer letzten Begegnung hatte der ältere Mann bedrohlich gewirkt, jetzt aber war er bis zur Unkenntlichkeit von Wut entstellt. Die beiden Männer hatten sich auf einem Parkplatz tief in Maridalen getroffen. Sie hatten ihre respektablen Wagen auf entgegengesetzten Seiten des Platzes abgestellt, was aufgesetzt wirkte, da weit und breit nur drei weitere Autos standen, brav nebeneinander. Sie hatten sich getrennt in den Wald begeben, der Ältere in Sportbekleidung wie beim letztenmal, der Jüngere frierend, in Anzug und schwarzen Schuhen.

»Wieso, zum Teufel, kreuzt du hier in dieser Verkleidung auf?« fauchte der Ältere, als sie einige hundert Meter hinter der Baumgrenze zusammenstießen. »Willst du Aufmerksamkeit erregen oder was?«

»Reg dich ab, niemand hat mich gesehen.« Er klapperte mit den Zähnen. Seine dunklen Haare waren schon naß, und der Regen hatte seine Schultern schwarz gefärbt. Er hatte Ähnlichkeit mit Dracula, und seine spitzen Eckzähne verstärkten diesen Eindruck; selbst bei geschlossenem Mund waren sie noch zu sehen. Seine Lippen zogen sich in der Kälte zusammen.

Nicht weit entfernt hörten sie einen Traktor brummen. Rasch suchten sie hinter zwei Baumstämmen Schutz, eine absolut unnötige Sicherheitsmaßnahme; sie waren mindestens hundert Meter vom Weg entfernt. Das Motorengebrumm ebbte ab.

»Wir haben die klare Richtlinie, uns nie zu treffen«, kläffte der Wütende weiter. »Jetzt habe ich dich innerhalb kurzer Zeit zweimal treffen müssen. Sind dir die Dinge total aus dem Ruder gelaufen?«

Diese Frage war überflüssig. Der nasse Mann schien völlig außer sich zu sein. Sein erbärmliches und verwirrtes Aussehen bildete einen herben Kontrast zu dem teuren Anzug und der modegerechten Frisur. Beide gingen gerade in Auflösung über. Er gab keine Antwort.

»Reiß dich zusammen, Mann!« Er verlor die Beherrschung und packte den Jüngeren am Revers. Er schüttelte ihn, und der Mann leistete keinerlei Widerstand. Sein Kopf wurde wie der einer Flickenpuppe hin- und hergeworfen. »Hör zu, hör mir doch zu!« Der Ältere wechselte seine Taktik. Er ließ sein Gegenüber los und redete langsam und betont, wie mit einem kleinen Kind. »Wir hören auf. Wir pfeifen auf die drei Monate, von denen ich gesprochen habe. Wir packen zusammen. Hörst du? Aber du mußt mir sagen, woran wir sind. Weiß dein Knastbruder etwas über uns?«

»Ja. Über mich. Über dich natürlich nicht.«

Der pädagogische Tonfall war verschwunden, der Ältere schrie geradezu: »Warum, zum Teufel, hast du mir erzählt, du seist nicht so bescheuert gewesen wie Hansa? Du hast gesagt, du hättest keinen Kontakt zu den Laufburschen!«

»Ich habe gelogen«, antwortete der andere apathisch. »Wie, zum Teufel, sollte ich sie denn sonst rekrutieren? Ich habe sie im Gefängnis mit Stoff versorgt. Nicht viel, aber genug, um sie in der Hand zu haben. Die rennen dem Stoff nach wie die Köter läufigen Hündinnen.«

Der Ältere hob die Hand zum Schlag, so langsam jedoch, daß es nicht überraschend kam. Der Jüngere trat voller Angst einen Schritt zurück, rutschte im nassen Laub aus und kippte rückwärts um. Er stand nicht wieder auf. Voller Verachtung stieß der andere seine Beine mit dem Fuß an.

»Das bringst du in Ordnung!« befahl er.

»Schon geschehen«, piepste es aus dem verfaulenden Laub. »Das ist ja schon geschehen!«

FREITAG, 23. OKTOBER

Er fühlte sich nicht einsam, aber vielleicht ein bißchen allein. Die Frauenstimme der Radionachrichten, hart und gewöhnlich, war als Gesellschaft in Ordnung. Den Sessel hatte er von seiner Großmutter geerbt. Er war bequem, deshalb hatte er ihn übernommen, obwohl der Großmutter just in diesem Sessel der Erlöser begegnet war. Noch immer zierten zwei Blutflekken die eine Armlehne; vermutlich war die alte Frau nach ihrem Herzversagen mit dem Kopf gegen das Bücherregal geprallt. Die Flecken ließen sich einfach nicht entfernen, es war, als wollte die Großmutter aus ihrem Dasein im Jenseits halsstarrig ihr Eigentumsrecht geltend machen. Håkon Sand fand es gut so. Die Großmutter war ihr Leben lang ein zähes Biest gewesen, und die bleichen Blutreste auf dem hellblauen Veloursbezug erinnerten ihn an die tolle Frau, die ganz allein den

Krieg gewonnen und sich um alle Schwachen und Hilflosen gekümmert hatte, die Heldin seiner Kindheit, die ihn zum Jurastudium überredet hatte, obwohl ihm das Lernen alles andere als leichtgefallen war.

Die Wohnung war geschmacklos eingerichtet, ohne Konsequenz oder auch nur den Versuch, einen einheitlichen Stil zu erreichen. Die Farben bissen sich, und trotzdem prägten Freundlichkeit und Gemütlichkeit die kleinen Räume. Jeder Gegenstand hatte seine Geschichte; manches waren Erbstücke, anderes auf dem Flohmarkt gekauft, Wohn- und Eßzimmer hatte Ikea beigesteuert. Eine Männerwohnung, aber sauberer und ordentlicher; Håkon Sand hatte als einziger Sohn einer Putzfrau sein Handwerk früh gelernt. Hausarbeit machte ihm Spaß.

Der Generalstaatsanwalt empörte sich darüber, wie die Presse über Strafprozesse berichtete. Die Moderatorin konnte die Debattierenden nur mit Mühe im Zaum halten, und Håkon Sand hörte mit geschlossenen Augen und mäßigem Interesse zu. Die Presse läßt sich ja doch keine Vorschriften machen, dachte er und war kurz davor einzuschlafen, als das Telefon klingelte. Es war Karen Borg. Er nahm das Echo seines eigenen Ohrensausens im Hörer wahr und versuchte mehrmals zu schlucken. Das half nichts. Sein Mund war ausgedörrt wie nach einem Zechgelage.

Sie meldete sich, er meldete sich, und dann kamen sie nicht weiter. Es war peinlich, stumm an einem lautlosen Telefon zu sitzen, und er räusperte sich hektisch, um das Vakuum auszufüllen.

»Ich bin allein hier«, sagte Karen endlich. »Könntest du vielleicht mal rüberkommen? Ich hab' ein bißchen Angst«, fügte sie hinzu, um ihren Wunsch nach Gesellschaft zu legitimieren.

»Und Nils?«

»Seminar. Ich kann uns was Gutes kochen. Und ich habe Wein da. Wir können über den Fall reden. Wie in alten Zeiten.«

Er hätte mit ihr über jegliches Thema gesprochen. Er war hingerissen, glücklich, erwartungsvoll und voller Todesangst. Nach einer langen Dusche und einer Taxifahrt von zwanzig Minuten erreichte er Grünerløkka und eine Wohnung, wie er noch keine gesehen hatte.

Die flatternden Nachtschwärmer unter seinem Hemd begaben sich rasch und enttäuscht zur Ruhe. Karen war nicht sonderlich entgegenkommend; sie umarmte ihn nicht einmal zur Begrüßung, sondern gönnte ihm nur eines der kurzen Lächeln, von denen sie viel zu viele hatte. Bald fielen sie in einen ruhigen Gesprächsrhythmus, und sein Puls beruhigte sich. Håkon Sand war an Enttäuschungen gewöhnt. Das Essen war nicht besonders gut. Er hätte es viel besser machen können. Die Lammkoteletts waren zu lange angebraten worden, sie waren zäh. Er kannte das Rezept und wußte, daß die Soße Weißwein enthielt. Karen Borg aber hatte zuviel Wein genommen, er dominierte den Geschmack. Aber der Rotwein in den Gläsern war edel. Sie redeten viel zu lange über Wind und Wetter und alte Kommilitonen. Beide waren auf der Hut. Ihr Gespräch floß leicht dahin, folgte aber streng einer schmalen Spur. Karen legte die Richtung fest.

»Seid ihr eigentlich schon weitergekommen?«

Sie hatten gegessen. Der Nachtisch war ziemlich mißraten, ein Zitronensorbet, das um keinen Preis länger als dreißig Sekunden steif bleiben mochte. Håkon hatte das überspielt und die kalte Zitronensuppe mit einem Lächeln und scheinbar gutem Appetit verzehrt.

»Wir glauben ja, eine Menge zu wissen, aber wir sind Lichtjahre von irgendeinem Beweis entfernt. Jetzt langweilen wir uns. Haufenweis' Routinescheiß. Wir sammeln alles, was unter Umständen wertvoll sein könnte, und versuchen händeringend herauszufinden, ob irgendwas verwertbar ist. Vorläufig haben wir nichts über Jørgen Lavik, aber wir rechnen damit, in einigen Tagen einen besseren Überblick über sein Leben zu haben.« Karen unterbrach ihn, indem sie ihr Glas zu einem Prost hob. Er nahm einen zu großen Schluck und mußte husten. Der Rotwein bildete auf der Tischdecke Flecken, und verzweifelt packte er den Salzstreuer, um seine Blamage zu verdecken. Sie nahm seine Hand, sah ihm in die Augen und beruhigte ihn.

»Keine Panik, Håkon. Das mache ich morgen. Erzähl lieber weiter.«

Er stellte den Salzstreuer beiseite und entschuldigte sich noch zweimal, ehe er weitersprach. »Wenn du wüßtest, wie öde das ist! Fünfundneunzig Prozent der Arbeit an einer Mordsache sind absolut unfruchtbar. Lauter Bagatellen müssen abgeklopft werden. Ich brauche das zum Glück nicht. Mich mit dem rein Praktischen zu befassen, meine ich. Aber ich muß ja alles lesen. Bisher haben wir zweiundzwanzig Zeugen verhört. Zweiundzwanzig! Nicht einer hat etwas beizusteuern! Die wenigen technischen Spuren sagen uns nichts. Die Kugel, die Hansa Olsen erledigt hat, kam aus einer Waffe, die hierzulande nicht einmal im Handel ist. Also kommen wir auch da nicht weiter. Wir glauben, irgendwo ein Muster zu sehen, aber wir finden den gemeinsamen Nenner nicht, das Teilchen, das uns den Zusammenhang liefert, mit dem wir weiterarbeiten können.« Mit stumpfem Zeigefinger versuchte er, Salz auf der Tischdecke zu verreiben, in der Hoffnung, daß das Hausmittel dann größere Wirkung zeigen würde. »Vielleicht irren wir uns ja total«, sagte er resigniert. »Wir dachten, wir hätten etwas gefunden, als die Protokolle ergaben, daß Lavik im Arrest war an dem Tag, als dein Mandant ausgerastet ist. Ich habe gebohrt und gefragt, aber die zuständigen Kollegen erinnerten sich an jedes Detail seines Besuches und beschwören, daß er nur mit seinem Mandanten gesprochen hat. Er durfte ja keinen Schritt allein machen, wie überhaupt kein Besucher.«

Håkon Sand wollte nicht länger über den Fall sprechen. Es war Freitag, hinter ihm lag eine lange, anstrengende Woche, und der Wein stieg ihm langsam zu Kopf. Er fühlte sich leichter; Wärme breitete sich in ihm aus und verlangsamte seine Bewegungen. Er griff nach ihrem Teller, kratzte ihre Essensreste sorgfältig auf seinen, legte darauf beider Besteck und wollte aufstehen, um alles in die Küche zu bringen.

Und da passierte es. Sie sprang auf, umrundete den gediegenen Kieferntisch, stieß mit der Hüfte gegen die abgerundete Kante; das mußte weh getan haben. Sie ließ sich nichts anmerken. Statt dessen setzte sie sich auf seinen Schoß. Er hockte stumm und hilflos da. Seine Hände hingen wie dumpfe Bleigewichte an seinen Armen, willenlos und schlaff; wo sollte er damit hin?

Schrecken und Sehnsucht trieben ihm das Wasser in die Augen, und noch mehr ängstigte er sich, als sie ihm geschickt die Brille abnahm. In seiner Verwirrung zwinkerte er, und eine unfreiwillige Träne kullerte über seine linke Wange, klein und allein, aber sie bemerkte sie, legte ihre Hand an seine Wange und strich die Träne mit dem Daumen fort.

Sie legte ihren Mund auf seinen und küßte ihn unendlich lange. Dies hier war etwas ganz anderes als das leichte Streifen in seinem Büro; es war ein Kuß voller Begehren und Sehnsucht. Es war der Kuß, von dem Håkon Sand phantasiert hatte, nach dem er sich gesehnt und den er sich schon längst wie einen süßen Traum aus dem Kopf geschlagen hatte. Es war genau so, wie er es sich vorgestellt hatte. Ganz anders als alle Küsse, die er in seinem fünfzehnjährigen Junggesellendasein gesammelt hatte. Es war die Vergütung, der Lohn dafür, eine und nur eine geliebt zu haben, seit sie einander vor vierzehn Jahren in einer Vorlesung kennengelernt hatten. Vor vierzehn Jahren! Er erinnerte sich klarer daran als an das gestrige Mittagessen. Fünf Minuten verspätet war er in den Hörsaal gestolpert und vor einer hübschen Blonden auf einen Klappstuhl gefallen. Beim Herunterklappen des Sitzes hatte er die Zehen der Frau eingeklemmt, sie hatte ihre Füße auf dem Stuhl gehabt. Sie hatte aufgequietscht, und Håkon hatte sich stotternd entschuldigt, hatte sich in Lachen und Applaus der anderen gekrümmt. Als er sich dann sein Opfer ansah, hatte eine Verliebtheit von ihm Besitz ergriffen, aus der er sich nie mehr hatte befreien können. Kein einziges Mal hatte er etwas gesagt. Sein geduldiges Warten war weh und traurig gewesen, er hatte Karens Liebhaber kommen und gehen sehen. Und seine Resignation hatte ihn zu der Erkenntnis gebracht, daß er Frauen ein oder zwei Monate lang interessieren konnte, solange der Reiz des Neuen die Spiele im Bett einigermaßen witzig machte. Mehr war nicht möglich. Nicht mit anderen Frauen.

Passiv saß er einige Sekunden da, aber nach und nach wurde der endlos lange Kuß zu einer gegenseitigen Angelegenheit. Sein Mut wuchs, und seine Hände waren nicht mehr hilflos; er streichelte ihren Rücken und sie spreizte die Beine, damit sie besser sitzen konnte.

Sie liebten sich stundenlang. Eine seltsam nahe, dichte Leidenschaft, zwei alte Freunde mit einer jahrelangen gemeinsamen Geschichte; nie hatten sie einander berührt, nie auf diese Weise. Es war wie eine Wanderung durch eine liebe, vertraute Landschaft in einer ungewohnten Jahreszeit. Vertraut und fremd zugleich, alles, wohin es gehörte, aber in anderem Licht, unerforschte und fremde Landschaft.

Sie flüsterten süße Worte und Vertraulichkeiten und fühlten sich aus der Wirklichkeit herausgerissen. In der Ferne schepperte die Straßenbahn. Der Lärm durchdrang ihre Nähe auf dem Fußboden, packte den nächsten Tag mit den Zähnen und entfernte sich wie ein guter Freund, der ihnen das Beste gönnte. Karen und Håkon lagen still nebeneinander – sie verwirrt, erschöpft und glücklich, er nur, nur froh.

Hanne Wilhelmsen war an diesem Freitagabend auf ganz andere Weise beschäftigt. Sie saß mit Billy T. in einem zivilen Dienstwagen, der mit ausgeschalteten Scheinwerfern in einer Seitenstraße in Grefsenkollen am Straßenrand parkte. Die Straße war schmal, und um den spärlichen Verkehr des Spätabends nicht zu behindern, standen sie so weit am Rand, daß das Auto Schlagseite hatte. Ihr Rücken protestierte dagegen, daß eine Hinterbacke mehrere Zentimeter tiefer saß als die andere. Sie versuchte, sich gerade zu setzen, aber es gelang ihr nicht.

»Hier«, sagte Billy T., griff nach einer Jacke auf dem Rücksitz und gab sie ihr. »Leg dir die unter den halben Hintern!«

Das half, jedenfalls vorübergehend. Sie aßen ihre mitgebrachten, sorgfältig in Plastikfolie eingewickelten Brote, sechs für Billy, zwei für Hanne.

»Pausenbrot!« Billy T. war hellauf begeistert und versorgte sich mit Kaffee aus der Thermoskanne.

»Für den gemütlichen Freitagabend«, lachte Hanne mit vollem Mund. Sie saßen nun schon drei Stunden hier. Seit drei Abenden bezogen sie regelmäßig Posten vor dem Reihenhaus, in dem Jørgen Lavik mit seiner Familie wohnte. Das Haus war braun und langweilig, aber in den Fenstern waren hübsche Vorhänge und ein gemütliches, warmes Licht zu sehen. Die Familie ging spät zu Bett, Hanne und Billy T. hatten nun schon mehrfach beobachtet, daß die Lichter erst gegen Mitternacht ausgingen. Bisher war die Warterei im kalten Auto unfruchtbar gewesen. Familie Lavik benahm sich langweilend normal. Das blaue Licht eines Fernsehers flackerte von der Kinderstunde bis zu den Spätnachrichten durch eines der Fenster. Im ersten Stock wurde in zwei Zimmern das Licht gegen acht Uhr ausgeknipst, die beiden im Dienstwagen nahmen an, daß es sich um die Kinderzimmer handelte. Nur einmal war jemand aus der naturweißen Tür gekommen, auf der zwei Gänse in altmodischen Lettern willkommen hießen. Frau Lavik, vermutlich, und sie wollte bloß den Abfall loswerden. Sie hatten sie nicht besonders gut sehen können, aber auf beide hatte sie den Eindruck einer eleganten Frau gemacht, schlank und gut gekleidet, selbst an einem Abend zu Hause.

Sie langweilten sich. Radio und Kassettenrecorder waren in Dienstwagen verboten. Der Polizeifunk mit seinen Meldungen der Freitagskriminalität in der Hauptstadt war auch nicht sonderlich unterhaltsam. Aber die beiden hatten Geduld.

Es schneite. Die Schneeflocken waren groß und trocken, und das Auto stand schon so lange, daß es ausgekühlt war und der Schnee nicht mehr darauf schmolz. Bald war es ganz eingeschneit. Billy T. ließ die Scheibenwischer zweimal schwenken, um die Sicht zu verbessern.

»Jetzt heißt's gute Nacht«, sagte er und wies auf das Haus, wo in einem Zimmer nach dem anderen das Licht erlosch. Hinter einem Fenster im ersten Stock brannte es noch einige Minuten, aber bald waren nur noch die Umrisse des dunklen Hauses zu erkennen, im Schein der matten Außenbeleuchtung.

»Werden ja sehen, ob unser Freund Jørgen noch was anderes zu tun hat, als sich am Freitagabend im Bett zu fläzen«, sagte Hanne, wirkte aber nicht besonders optimistisch.

Eine Stunde verging. Noch immer fiel Schnee, geduldig und lautlos. Hanne hatte gerade den Gedanken angesprochen, es aufzugeben, und Billy T. hatte verächtlich geschnaubt. Machte sie das vielleicht zum erstenmal? Er fand, sie könnten gut noch zwei Stunden bleiben.

Jemand verließ das Haus. Die beiden im Auto hätten es fast nicht mitbekommen, weil ihnen vor Müdigkeit die Augen zuzufallen drohten. Der Mann schien zu frösteln und machte sich unnötig lange am Reißverschluß seines dunklen Mantels zu schaffen. Er krempelte die Ärmel hoch und verschränkte die Hände vor der Brust. Er lief auf die Garage zu, die unten an der Straße lag. Die Garagentür öffnete sich, noch ehe er sie erreicht hatte. Automatik, schlossen die beiden im Dienstwagen.

Der Volvo war dunkelblau und, da er mit Licht fuhr, leicht zu verfolgen. Billy T. hielt auf Distanz, es war um diese Zeit so wenig Verkehr, daß die Gefahr, das Auto aus den Augen zu verlieren, minimal war.

»Wahnsinn, mit nur einer Einheit zu beschatten«, murmelte Billy T. »Die Jungs sind doch paranoid. Wir brauchten mindestens zwei Wagen.«

»Geld, Geld«, antwortete Hanne. »Der hier ist das Spiel nicht gewöhnt. Er schaut sich nicht mal um.«

Sie fuhren zur Storo-Kreuzung hinunter. Gelb und gedankenleer wie einfältige Zyklopen leuchteten die Ampeln und lockten die Autofahrer ins Unglück. Zwei Wagen standen quer über dem Store Ringvei, einer vorn ziemlich übel mitgenommen. Hanne und Billy T. konnten sich davon nicht aufhalten lassen und fuhren weiter nach Sandaker.

»Er hält an!« sagte Hanne plötzlich.

Der Volvo stand mit laufendem Motor neben einer Telefonzelle in Torshov. Lavik bekam die Tür nicht auf, Frost und Schnee waren dagegen. Als er einen ausreichend breiten Spalt zustande gebracht hatte, quetschte er sich hinein. Billy T. fuhr ruhig weiter und machte hinter der nächsten Ecke schlitternd kehrt. Er fuhr zurück zur Kreuzung und hielt etwa fünfzig Meter von dem Mann in der Telefonzelle entfernt. Dem war offenbar das Licht in der Zelle unangenehm, er krümmte sich, um sein Gesicht zu schützen. Er kehrte den beiden im Dienstwagen den Rücken zu.

»Anruf aus einer Zelle. Aha. Freitagnacht. Unser Verdacht ist sicher richtig«, sagte Billy T. mit unverhohlener Zufriedenheit. »Vielleicht hat er ja eine Geliebte.« Hanne goß Schierling in den Becher, ohne jedoch die Begeisterung ihres Kollegen dämpfen zu können.

»Eine Geliebte, die er um zwei Uhr nachts aus einer Telefonzelle anruft? Nein, ehrlich gesagt«, tadelte er, nicht ohne fachliches Gewicht.

Das Gespräch dauerte eine Weile. Die Straße war fast menschenleer, nur der eine oder andere beschwipste Nachtschwärmer torkelte durch den Schnee nach Hause, der jetzt alles bedeckte und schon im Oktober für Weihnachtsstimmung sorgte. Plötzlich warf der Mann den Hörer auf die Gabel. Noch immer hatte er es eilig. Er ließ sich ins Auto fallen, dessen Reifen sich zunächst im Leerlauf drehten, ehe es sich losriß und davonjagte.

Der Dienstwagen glitt aus der Kreuzung und beschleunigte. Wieder hielt der Volvo abrupt an. In einer Nebenstraße in Grünerløkka schlingerte er in eine Parklücke. Der Dienstwagen hielt hundert Meter weiter weg. Jørgen Lavik verschwand hinter einer Hausecke. Hanne und Billy T. tauschten einen Blick, einigten sich stumm und stiegen aus. Billy T. nahm seine Kollegin in den Arm, flüsterte, sie seien ein Liebespaar, und eng umschlungen schlenderten sie zu der Straße, in die der Anwalt eingebogen war. Es war glatt, und Hanne mußte sich mehrmals an Billy T. anklammern, damit er nicht ausrutschte. Seine Stiefel hatten Ledersohlen.

Sie bogen um die Ecke und sahen sie sofort. Lavik diskutierte leise mit einem Mann, wobei seine heftige Gestik einiges über den Inhalt des Gespräches verriet. Sie schienen einander nicht freundlich gesinnt. Hanne und Billy T. waren hundert Meter von ihnen entfernt. Hundert lange Meter.

»Jetzt holen wir sie uns«, flüsterte Billy T. eifrig wie ein englischer Setter, der ein Schneehuhn wittert.

»Nein, nein!!« fauchte Hanne. »Spinnst du? Mit welchem Grund denn? Sich nachts zu unterhalten ist nicht verboten.«

»Grund? Was, zum Teufel, ist das? Wir nehmen doch jeden verdammten Tag Leute aus purem Instinkt fest!«

Sie merkte, wie es in dem Riesen neben ihr zuckte, und hielt krampfhaft seine Jacke fest. Die beiden Männer hatten sie inzwischen entdeckt. Hanne und Billy T. konnten jetzt ihre Stimmen hören, die einzelnen Wörter jedoch nicht verstehen. Lavik schlug seinen Mantelkragen hoch und ging langsam, aber zielbewußt zu seinem Auto zurück. Hanne und Billy T. tarnten sich durch eine heiße Umarmung und hörten die Schritte in Richtung des dunklen Volvos verklingen. Der andere Mann war stehengeblieben. Plötzlich riß Billy T. sich aus Hannes Umarmung los und stürzte auf den Fremden zu. Lavik war schon um die Ecke gebogen und nicht mehr zu sehen. Der Unbekannte rannte los, und Hanne blieb verwirrt stehen.

Billy T. war durchtrainiert, er näherte sich seiner Beute von Sekunde zu Sekunde mehr. Nach fünfzig Metern stürzte der Fremde in einen Eingang; Billy T. war nur noch zehn Meter hinter ihm. Er erreichte das Tor eine Sekunde bevor es ins Schloß fiel. Die Holztür war schwer und groß und kostete Billy T. Zeit. Als er sie endlich geöffnet hatte, war der Mann nicht mehr zu sehen.

Er stürmte durch den Eingang, der in einen abgeschlossenen Hinterhof mündete. Der Hof war nicht sehr groß, vielleicht zehn Quadratmeter, und von drei Meter hohen Mauern umgeben. Eine der Mauern wirkte wie die Rückwand einer Garage oder eines Lagerhauses, ein schräges Blechdach ragte über den Rand. In der Ecke stand ein großer Blumenkasten; die zerzausten Reste der Blumenpracht lugten traurig aus dem Schnee. Ganz hinten erhob sich ein selbstgezimmertes Spalier. Es war kahl, die Ranken hatten kaum die unterste Querleiste erreicht. Ganz oben kletterte gerade ein Mann über die Mauer.

Billy T. durchquerte den Hof mit zehn Schritten. Er erwischte gerade noch einen Stiefel. Der Fliehende trat wild um sich, und der Absatz traf den Polizisten mit einem Knall an der Stirn. Trotzdem lockerte sich sein Griff nicht, er versuchte, weiter oben die Hose zu fassen zu bekommen. Er hatte Pech; gerade als er zupacken wollte, riß sich der andere mit aller Kraft los. Billy T. stand da, den Stiefel in der Hand, und kam sich ausgesprochen dämlich vor, als ein dumpfer Knall verriet, daß der andere jenseits der Mauer auf den Boden gesprungen war. Der Polizist brauchte drei Sekunden für die Mauer, aber der Fliehende hatte seine Zeit gut genutzt. Er hielt schon auf einen weiteren Eingang zu, der ihn zurück auf die Straße führen würde. Als er das bogenförmige Tor erreichte, drehte er sich zu Billy T. um. Er hielt eine Waffe in der rechten Hand und zielte auf den Polizisten.

»Polizei!« heulte Billy. »Hier ist die Polizei!«

Er blieb stehen. Und das war zuviel für seine Ledersohlen. Sie rutschen weiter. Der Riese machte fünf, sechs Tanzschritte, um sein Gleichgewicht wiederzufinden, und seine Windmühlenarme dirigierten ein Riesenorchester. Nichts half. Er stürzte rückwärts in den Schnee, und nur der verhinderte eine ernsthafte Verletzung. Immerhin trug Billy T.s Stolz einen Kratzer davon, und er fluchte verbissen, als er hörte, wie das Tor hinter dem Flüchtigen ins Schloß fiel.

Er stand auf und hatte sich gerade den Schnee abgewischt, als Hanne hinter ihm von der Mauer sprang.

»Idiot!« sagte sie bewundernd und vorwurfsvoll zugleich. »Weshalb hättest du den Typen festnehmen können, wenn du ihn erwischt hättest?«

»Illegaler Waffenbesitz«, murmelte der kahlköpfige Polizist und klopfte den Schnee von seiner Jagdtrophäe, einem groben ledernen Herrenstiefel, Größe 44. Er blies zum Rückzug. Ziemlich vergrätzt.

MONTAG, 26. OKTOBER

Im Postfach im Vorzimmer lag ein ganzer Stapel von Klebezetteln. Hanne Wilhelmsen haßte telefonische Nachrichten. Sie war zu pflichtbewußt, um die Mitteilungen wegzuwerfen, aber sie wußte, daß mindestens die Hälfte der elf Anrufer nichts Wichtiges zu erzählen hatte. Der nervigste Teil ihrer Aufgabe war es, Fragen von außerhalb des Polizeigebäudes beantworten zu müssen: von ungeduldigen Opfern, die nicht einsahen, warum es über ein halbes Jahr dauerte, in einem Vergewaltigungsfall mit bekanntem Täter zu ermitteln; von auffahrenden Verteidigern, die über anklagerelevante Entscheidungen informiert werden wollten; von irgendwelchen Zeugen, die sich für wichtiger hielten, als die Polizei zu begreifen schien.

Zwei Zettel kamen von derselben Person. »Askhaug, Ullevål anrufen«, stand darauf, zusammen mit einer Telefonnummer. Besorgt dachte Hanne Wilhelmsen an die vielen Untersuchungen, die mit ihrem Kopf angestellt worden waren, und wählte diese Nummer. Askhaug war zur Stelle, auch wenn Hanne zunächst dreimal weitergereicht werden mußte, ehe sie die Dame an der Strippe hatte. Hanne stellte sich vor.

»Ja, schön, daß du anrufst«, zwitscherte die Frau am anderen Ende der Leitung. »Ich arbeite hier in der psychiatrischen Abteilung.«

Hanne atmete erleichtert auf. Es war also nicht ihr Kopf, der Probleme machte.

»Wir hatten hier einen Patienten, einen Untersuchungshäftling«, fuhr die Krankenschwester fort. »Ein Niederländer, glaube ich. Ich habe gehört, du seist für seinen Fall zuständig. Stimmt das?«

Das stimmte.

»Als er hier ankam, war er psychotisch, und wir haben ihm tagelang Psychopharmaka gegeben, ehe eine Besserung zu erkennen war«, erklärte die Krankenschwester. »Schließlich haben wir eine Art Ordnung in sein Seelenleben gebracht, auch wenn wir nicht wissen, wie lange die vorhalten wird. An den ersten beiden Tagen mußten wir dem Jungen Windeln anlegen, es wäre sonst zu mühsam gewesen, verstehst du.« Ihr weicher südnorwegischer Akzent hörte sich an, als wolle sie um Entschuldigung bitten, als sei sie allein für die finanziellen Engpässe im Gesundheitswesen verantwortlich. »Normalerweise wechseln die Schwesternhelferinnen die Windeln, verstehst du. Aber er war total verstopft, bis ich vor anderthalb Tagen Nachtwache hatte. Wir packen dann auch mit zu, bei den Patienten, meine ich. Also habe ich seine Windeln gewechselt. Eigentlich ist das die Aufgabe der Schwesternhelferinnen, verstehst du.«

Hanne verstand.

»Und dabei ist mir in seinem Stuhl ein weißer, unverdauter Klumpen aufgefallen. Ich war neugierig und habe ihn herausgefischt. Wir tragen natürlich Plastikhandschuhe.« Kichern.

Hanne Wilhelmsen verlor langsam die Geduld. Sie fuhr sich nervös mit dem Zeigefinger über die Stoppeln an ihrer Schläfe. Ihre Haare wuchsen nach und pieksten.

»Es war ein Zettel. Postkartengroß, zusammengeknüllt, aber die Schrift war noch lesbar. Selbst nach einer kleinen Katzenwäsche. Ich dachte, das könnte dich interessieren, verstehst du, deshalb habe ich angerufen. Sicherheitshalber.«

Hanne Wilhelmsen lobte sie überschwenglich und hoffte, die Dame werde bald zur Sache kommen.

Schließlich erfuhr sie, was auf dem Zettel stand. »Ich bin in einer Viertelstunde bei euch« sagte sie blitzschnell. »In zehn Minuten.«

Inzwischen war ein Bereitschaftsraum eingerichtet worden. Das klang großartig – bis man das Zimmer betrat. Zwanzig Quadratmeter waren nach der Raumverteilung der A 2.11 übriggeblieben, hinten im Nordwestflur. Der Raum war unpersönlich und ziemlich unbrauchbar. Bei größeren Fällen nannten sie ihn »Bereitschaftszimmer« und sammelten dort Papiere und Personal. Im Grunde funktionell. Zwei Telefone, eins auf jedem der Schreibtische, die einander gegenüber unter dem Fenster standen, die gleichen kleinen Metallstiefel wie bei allen Tischen im Haus, die Tischplatten waren abgeschrägt und bildeten ein Dach. Ein Tablett mit angeknabberten Bleistiften, Radiergummis und Wegwerfkugelschreibern balancierte auf dem Giebel. Die Wände hinter den Schreibtischen waren von Bücherregalen bedeckt. Die waren leer und erinnerten alle daran, wie wenig sie hatten. Ein viel zu alter Kopierer in einem kleinen Nebenzimmer summte enervierend und monoton.

Hauptkommissar Kaldbakken leitete die Besprechung. Er war mager und redete mit einem Akzent, bei dem die Hälfte aller Worte in einem undeutlichen Gemurmel unterging. Das war nicht weiter schlimm. Alle Anwesenden waren an ihn gewöhnt und konnten erraten, was er sagte. Viel war es nicht.

Hanne Wilhelmsen trug vor. Sie ging alles durch, was sie hatten, trennte Tatsachen von Spekulationen, Fakten von Gerüchten. Leider hatten sie vor allem Spekulationen und Gerüchte. Trotzdem machte es einen gewissen Eindruck. Die technischen Funde waren spärlich und kaum geeignet, irgendwen zu beeindrucken.

»Anwalt Lavik festnehmen«, forderte ein junger Polizist mit Sommersprossen und Stupsnase. »Alles auf eine Karte setzen. Der platzt!«

Das peinliche Schweigen machte dem Rothaarigen klar, daß er sich blamiert hatte. In seiner Verlegenheit fing er an, Nägel zu kauen.

»Was sagst du, Håkon, womit können wir eigentlich weitermachen?«

Hanne hatte diese Frage gestellt. Sie sah inzwischen besser aus, hatte sich den Tatsachen gebeugt und sich die Haare schneiden lassen. Es war eine klare Verbesserung, ihre schiefe Frisur hatte komisch gewirkt. Håkon Sand schien geistesabwesend, riß sich aber zusammen.

»Wenn wir Lavik zu einer freiwilligen Aussage bringen könnten, wären wir vielleicht ein Stück weiter. Das Problem ist, daß wir einen Grund für ein Verhör brauchen. Wir wissen ja...« Er unterbrach sich und fing den Satz noch einmal an. »Wir glauben ja, daß der Mann schuldig ist, es sind einfach zu viele Zufälle im Spiel. Dieses Treffen mitten in der Nacht mit dem bewaffneten Flüchtling, die Initialen auf dem Geldschein, der Besuch im Hinterhof an dem Tag, an dem der Warnzettel Han van der Kerch in eine Scheißpanik versetzt hat. Und noch eine Tatsache: Er war bei Jacob Frostrup, nur wenige Stunden bevor der arme Mann seinen Hut genommen hat.«

»Gerade das bedeutet eigentlich nichts«, behauptete Hanne Wilhelmsen. »Wir wissen alle, daß die Gefängnisse von Rauschgift nur so überlaufen. Die Wärter zum Beispiel gehen frei aus und ein, ohne eine einzige Kontrolle; sie können sogar von draußen kommen und direkt in eine Zelle gehen, wenn sie wollen. Ziemlich unglaublich«, fügte sie nach einem Moment des Nachdenkens hinzu. »Ziemlich seltsam, daß alle Warenhausangestellten es hinnehmen müssen, durchsucht zu werden, nur damit Ladendiebstähle verhindert werden, während die Gefängnisangestellten sich nicht einmal Kontrollen wegen Rauschgift unterziehen müssen!«

»Gewerkschaften, Gewerkschaften, Gewerkschaften«, murmelte Kaldbakken.

»Außerdem muß Han van der Kerchs Gefängnisangst nicht unbedingt damit zusammenhängen. Vielleicht hat er Angst vor Leuten im Gefängnissystem«, fuhr Hanne Wilhelmsen fort, ohne sich von den gewerkschaftspolitischen Betrachtungen des Hauptkommissars anfechten zu lassen. »Mir kommt es unwahrscheinlich vor, daß Lavik das Risiko eingehen soll, mit einem Koffer voller Narkotika erwischt zu werden. Frostrups Tod ist wohl eher ein Hinweis darauf, daß van der Kerchs Gefängnisangst berechtigt ist. Aber dieser Zettel hier ist Laviks Werk. Da bin ich sicher«, fügte sie hinzu und legte die Plastiktüte mit der unverdauten Warnung auf den Tisch.

Die Schrift war undeutlich und schwach, aber niemandem machte es Probleme, die Botschaft zu lesen.

»Das sieht aus wie ein mieser Scherz«, wagte der Rothaarige sich wieder vor. »Solche Zettel gehören in den Fernsehkrimi, nicht zu uns.« Er kicherte. Als einziger.

»Kann so eine Nachricht wirklich eine Psychose auslösen?« fragte Kaldbakken skeptisch. In dreißig Jahren hatte er so etwas noch nie erlebt.

»Ja, sie haben ihn wirklich damit um den Verstand gebracht«, sagte Hanne Wilhelmsen. »Es ging ihm ja ohnehin schon ziemlich schlecht. Der Zettel hat ihm den Rest gegeben. Übrigens geht es ihm inzwischen besser, er sitzt wieder in der Zelle. Na ja, besser ist vielleicht übertrieben, er hockt in einer Ecke und weigert sich, überhaupt etwas zu sagen. Soviel ich weiß, kommt auch Karen Borg nicht an ihn heran. Er gehört in ein Krankenhaus, wenn ihr mich fragt. Aber sowie einer sich an seinen Namen erinnern kann, wird er wieder dem Gefängniswesen aufs Auge gedrückt.«

Das wußten sie alle nur zu gut. Die Gefängnispsychiatrie war ein perpetuum mobile, hin und her, hin und her. Kein Häftling wurde je geheilt. Es wurde immer nur noch schlimmer.

»Wie wäre es, wenn wir Lavik um ein Gespräch bäten«, schlug Håkon Sand vor. »Wir gehen davon aus, daß er nicht nein sagt, und sehen dann, wie weit wir damit kommen. Vielleicht ist das das Blödeste, was wir überhaupt machen können. Aber andererseits: Hat irgend jemand einen besseren Vorschlag?«

»Was ist mit Peter Strup?« Zum erstenmal hatte der Abteilungsleiter das Wort ergriffen.

Hanne antwortete: »Bisher liegt gegen den nichts vor, auf meinem Zettel ist er nur ein großes Fragezeichen.«

»Leg ihn aber noch nicht ab«, riet der Chef und beendete die Besprechung. »Holt Lavik, aber um Himmels willen, versucht es im guten. Wir wollen nicht gleich die ganze Anwaltskammer am Hals haben. Jedenfalls noch nicht. Inzwischen machst du...« Er zeigte auf den Knaben mit der Stupsnase und ließ seinen Finger weiterhüpfen, »... und du und du die ganze Drecksarbeit. Kommt mit, dann kriegt ihr Aufgaben zugeteilt. Da muß sehr viel überprüft werden. Ich will alles über unsere beiden Anwälte wissen. Was sie zu Mittag essen und welches Deo sie benutzen. Politische Richtung und Frauengeschichten. Sucht vor allem nach Gemeinsamkeiten.«

Der Abteilungsleiter nahm den Rothaarigen und zwei weitere Burschen mit, die während der ganzen Besprechung die Klappe gehalten hatten. Das hatte ihnen auch nicht geholfen. Die Routinearbeit wurde immer den Jüngsten aufgedrückt.

Hanne Wilhelmsen und Håkon Sand verließen das Zimmer als letzte. Sie bemerkte, daß er trotz der Lage der Dinge froh und zufrieden wirkte.

»Mir geht es wirklich gut«, antwortete er auf ihre freundliche, überraschte Frage. »Mir geht es eigentlich verdammt gut.«

Håkon Sand quengelte so lange, bis er dabeisein durfte. Kommissarin Wilhelmsen stand dem alles andere als positiv gegenüber. Sein Patzer bei dem Verhör Han van der Kerchs war noch nicht vergessen.

»Ich kenne den Typen«, argumentierte er. »Vielleicht würde meine Anwesenheit ihn beruhigen. Du hast ja keine Ahnung, wie sehr die guten Juristen sich den schlechten überlegen fühlen. Vielleicht steigt ihm das zu Kopf.«

Schließlich gab sie nach, aber Håkon mußte ausdrücklich versprechen, die Klappe zu halten. Auf ein Signal hin durfte er etwas sagen, aber er sollte nur Floskeln und leere Phrasen bringen und sich über den Inhalt des Falles ausschweigen.

»Let's take the good-guy-bad-guy-routine«, sagte sie schließlich lächelnd. Sie wollte herumpöbeln, er durfte freundschaftlich auf die Schulter klopfen.

»Aber übertreib die Pöbeleien nicht«, warnte der Adjutant. »Sonst steht er auf und geht, und wir haben nichts, womit wir ihn zurückhalten könnten.«

Lavik kam freiwillig, ohne Aktentasche, ansonsten elegant und seinem Beruf angemessen gekleidet, in Anzug und feschen Schuhen; zu fesch für den Matsch in Oslos Straßen. Seine Füße waren naß, das mittelbraune Leder wies oberhalb der Sohlen einen mehrere Zentimeter breiten Rand auf, der eine unangenehme Herbsterkältung erwarten ließ. Die Schultern seines Tweedmantels waren naß, und Håkon Sand registrierte das exklusive Warenzeichen, als Anwalt Lavik den Mantel auszog und kurz schüttelte, ehe er sich nach einem Haken oder einem Kleiderbügel umsah. Er fand weder noch und hängte den Mantel schließlich über die Stuhllehne. Er war freundlich und entgegenkommend und zeigte keinerlei Anzeichen von Nervosität.

»Jetzt bin ich aber gespannt«, sagte er lächelnd und strich sich die vollen Haare aus der Stirn. Sie fielen sofort wieder zurück. »Stehe ich unter irgendeinem Verdacht?« fragte er mit noch breiterem Grinsen.

Hanne Wilhelmsen beruhigte ihn. »Vorläufig nicht.«

Håkon Sand fand das kühn. Aus Schaden klug geworden, sagte er trotzdem nichts. Weder er noch die Kommissarin hatte etwas zum Schreiben. Sie wußten beide, daß das Mundwerk beim Anblick von Tonbandgeräten oder Schreibutensilien leicht steckenblieb.

»Wir gehen im Zusammenhang mit Fällen, die uns Kopfzerbrechen machen, verschiedenen Theorien nach«, gab sie zu. »Wir haben das Gefühl, daß du uns vielleicht helfen kannst. Nur einige Fragen. Du kannst gehen, wann immer du willst.«

Das brauchte sie ihm nicht zu sagen.

»Das ist mir durchaus bewußt«, sagte er freundlich, aber sie hörte den gewissen Unterton. »Ich bleibe hier, bis ich Lust habe zu gehen. Okay?«

»Okay«, antwortete Håkon und hoffte, daß das zu seinen Befugnissen gehörte. Er hatte das Bedürfnis, irgendwas zu sagen, um sein Gefühl, nicht vonnöten zu sein, zu dämpfen. Es half nichts.

»Hast du Hans A. Olsen gekannt? Den Anwalt, der kürzlich ermordet worden ist?« Hanne kam sofort zur Sache, aber Anwalt Lavik hatte offenbar damit gerechnet.

»Nein, das kann ich nicht behaupten«, antwortete er ruhig. Nicht zu schnell, nicht zu zögernd. »Ich habe ihn nicht gekannt, aber ich habe einige Male mit ihm gesprochen. Wir operieren ja auf demselben Markt, als Verteidiger, meine ich. Bin ihm sicher im Gericht und vielleicht auch bei Besprechungen unter Verteidigern begegnet. Aber gekannt habe ich ihn nicht. Wie gesagt.«

»Was denkst du über den Mord?«

»Den Mord an Hansa Olsen?«

»Ja.«

»Nein, was ich denke...« Sein Zögern war natürlich, er wirkte nachdenklich, als ob er sich anstrengte, entgegenkommend zu sein, wie jeder Unschuldige, der der Polizei etwas zu sagen hat. »Ehrlich gesagt habe ich nicht weiter darüber nachgedacht! Hab' mir wohl überlegt, es könnte ein unzufriedener Mandant gewesen sein, diese Erklärung wird in unserer Szene jedenfalls gehandelt, um das mal so zu sagen.«

»Was ist mit Jacob Frøstrup?«

Hanne und Håkon behaupteten später, einen Hauch von Unsicherheit bemerkt zu haben, als der unglückselige Mandant des Anwalts erwähnt wurde. Sie konnten ihr Gefühl aber nicht konkretisieren und gaben deshalb zu, daß es vielleicht eher ihren Hoffnungen als ihrer Urteilskraft entsprungen war.

»Das mit Jacob war schlimm. Er hatte seit seiner Geburt immer nur Pech. Er war seit vielen Jahren mein Mandant, aber er ist nie wegen einer richtig großen Sache bestraft worden. Ich begreife nicht, warum er sich in solche Geschäfte eingemischt hat. Er hatte nicht mehr lange zu leben; soviel ich weiß, hatte er schon seit über drei Jahren Aids.« Er starrte aus dem Fenster, als er das sagte. Das war die einzige klare Veränderung seit Gesprächsbeginn. Er riß sich zusammen und wandte sich wieder seinen Gesprächspartnern zu.

»Ich habe gehört, er ist am Tag meines Besuchs gestorben. Schlimm. Er kam mir sehr niedergeschlagen vor. Er sprach von Selbstmord, konnte das Leben nicht mehr ertragen, die Schmerzen, die Demütigungen – und dann auch noch die neue Geschichte. Ich habe versucht, ihm ein bißchen Mut zu machen, habe ihn getröstet und gebeten durchzuhalten. Aber ich muß zugeben, daß sein Tod für mich nicht unerwartet kam.«

Anwalt Lavik schüttelte langsam und mitfühlend den Kopf. Er wischte sich nicht vorhandene Schuppen von den Schultern; seine Haare waren dicht und glänzten, und die Kopfhaut sah gesünder aus als die, mit der Håkon Sand prunken konnte. Der Adjutant fühlte sich getroffen, musterte seine eigene schwarze Jacke und fegte rasch die weißen Flocken weg, die sich auf dieser Unterlage peinlich scharf abzeichneten. Der Anwalt bedachte ihn mit einem mitfühlenden und unendlich herablassenden Lächeln.

»Hat er gesagt, warum er im Besitz so großer Mengen Drogen war?«

»Ehrlich gesagt«, tadelte Lavik. »Er ist zwar tot, aber ich finde es trotzdem höchst unnatürlich, hier zu sitzen und der Polizei zu erzählen, was er mir anvertraut hat.«

Hanne und Håkon nahmen das schweigend zur Kenntnis.

Hanne Wilhelmsen sammelte sich, ehe sie ihre letzte Karte ausspielte. Sie fuhr sich mit dem Finger über ihre rasierte Schläfe, eine Unsitte, die sie sich in den letzten Tagen zugelegt hatte. Es war so still im Zimmer, daß sie sich einbildete, die anderen könnten das kratzende Geräusch ihrer Finger hören. »Warum hast du dich in der Nacht zum letzten Samstag um drei Uhr in Grünerløkka mit einem Mann getroffen?«

Ihre Stimme klang scharf, als ob sie sich Mühe gäbe, sich dramatischer anzuhören, als die Lage eigentlich war. Er war darauf vorbereitet.

»Ach, das war ein Mandant. Hat ziemlichen Ärger und brauchte sofort Hilfe. Die Polizei ist noch nicht im Spiel, aber er hat Angst davor. Er brauchte einfach meinen Rat.« Lavik lächelte beruhigend. Es schien nicht ungewöhnlich für ihn zu sein, daß er mitten in der Nacht aus dem Bett stieg, um in den weniger bemittelten Stadtvierteln Besprechungen mit Mandanten abzuhalten. Alltäglich fast, sagte sein Gesichtsausdruck. Allnächtlich.

Hanne beugte sich zu ihm vor und trommelte mit den Fingern der linken Hand auf der Tischplatte. »Und das soll ich dir glauben«, sagte sie leise. »Das soll ich dir glauben.«

»Für mich spielt es keine Rolle, was du glaubst«, sagte Lavik und lächelte erneut. »Entscheidend ist, daß ich die Wahrheit sage. Wenn du anderer Meinung bist, kannst du ja versuchen, das zu beweisen.«

»Genau das werde ich«, antwortete Hanne Wilhelmsen. »Du kannst gehen. Für heute.«

Anwalt Lavik zog seinen Mantel wieder an, verabschiedete sich freundlich und schloß vorsichtig und höflich die Tür hinter sich.

»Du hast ja sehr viel gesagt«, blaffte Hanne ihren Kollegen an. »Sehr ergiebig, dich hier zu haben.«

Ihre Kopfschmerzen hatten sie reizbarer gemacht. Håkon hörte nicht hin. Ihre Wut hing mit Laviks ausgezeichneten Abwehrmaßnahmen beim Verhör zusammen. Sie war enttäuscht. Das wußte Håkon, und deshalb lächelte er nur.

»Besser zu wenig sagen als zu viel«, verteidigte er sich. »Außerdem wissen wir jetzt eins: Der Stiefelbesitzer muß nach der Episode von Freitagnacht mit Lavik gesprochen haben. Er war auf deine Frage vorbereitet. Warum hast du übrigens den Zettel nicht erwähnt?«

»Das wollte ich mir aufsparen«, sagte sie nachdenklich. »Ich geh' nach Hause und leg' mich hin. Ich habe Kopfschmerzen.«

»Sie wissen nichts!«

Er war ausgesprochen zufrieden und selbst bei der Stimmverzerrung des Telefons konnte der Ältere Laviks Begeisterung hören. Er hatte sich um seinen jüngeren Kollegen Sorgen gemacht, der Mann hatte bei ihrem letzten Treffen in Maridalen ausgesehen wie am Rande des Zusammenbruchs. Eine Konfrontation mit der Polizei konnte katastrophale Folgen haben. Aber Lavik war sich ganz sicher. Die Polizei wußte nichts. Eine geschorene Kommissarin und ein dummer Kommilitone hatten hilflos gewirkt; sie hatten kein Trumpf-As. Natürlich war die Episode von Freitagnacht ein bißchen unglücklich, aber seine Erklärung hatte sie überzeugt, da war er sich sicher. Lavik war richtig glücklich.

»Ich schwöre dir, daß sie nichts wissen«, wiederholte er. »Und jetzt, wo Frøstrup tot, van der Kerch verrückt und die Polizei ohne Anhaltspunkt ist, haben wir ja wohl Ruhe!«

»Du hast einen Faktor vergessen«, sagte der andere. »Du hast Karen Borg vergessen. Wir wissen nicht, was sie weiß, aber vermutlich weiß sie etwas. Das glaubt jedenfalls die Polizei. Wenn du recht hast und sie nichts wissen, dann bedeutet das lediglich, daß sie noch nicht geplaudert hat. Wir wissen nicht, wie lange sie das durchhält.«

Lavik hatte nicht viel dazu zu sagen, und seine kindliche Begeisterung verpuffte ein wenig. »Sie können sich irren«, meinte er zaghaft. »Vielleicht irrt sich die Polizei. Vielleicht weiß sie gar nichts. Sie und der Adjutant haben während des ganzen Studiums aneinandergeklebt wie Hemd an Arsch. Ich wette, daß sie ihm alles erzählt hätte, wenn es etwas zu erzählen gäbe. Da bin ich mir fast sicher.«

Er fühlte sich schon wieder obenauf, aber der Ältere war nicht überzeugt.

»Karen Borg ist ein Problem«, erklärte er nachdrücklich. »Sie ist und bleibt ein Problem.«

Sie schwiegen einige Sekunden, dann beendete der Ältere das Gespräch. »Ruf mich nie mehr an. Nicht aus einer Zelle, nicht per Mobiltelefon. Ruf nicht an. Geh den üblichen Weg. Ich werde jeden zweiten Tag nachsehen.«

Er warf den Hörer auf die Gabel. Lavik zuckte am anderen Ende der Leitung zusammen, der Knall tat ihm im Ohr weh. Sein Magengeschwür meldete sich. Er zog eine Portionspakkung von seinem Magenmittel aus der Tasche, biß den Verschluß ab und saugte den Inhalt auf. Ein weißer Belag zog sich über seine Lippen und würde für den Rest des Tages dort bleiben.

Schon nach zehn Sekunden fühlte er sich besser. Er sah sich nach beiden Seiten um und verließ die Telefonzelle. Die Freude über den Erfolg bei der Polizei hatte sich gelegt, und er rülpste auf dem ganzen Weg zurück in seine Kanzlei.

DONNERSTAG, 29. OKTOBER

Gier, dachte er. Gier ist die ärgste Feindin des Verbrechens. Mäßigung ist der Weg zum Erfolg.

Es war bitter kalt, und hier oben in den Bergen lag schon seit Wochen Schnee. Er hatte in Dokka die Winterreifen montiert, nachdem er zweimal auf die Gegenspur geschlittert war. Trotzdem machte ihm der steile, langgezogene Hang auf dem letzten Kilometer bis zur Hütte Probleme. Solche Schwierigkeiten hatte er bisher erst einmal gehabt, und dabei befand die

Hütte sich schon seit über zwanzig Jahren im Familienbesitz. Lag es an der Glätte, oder spielten seine Nerven ihm einen Streich? Auf dem kleinen Parkplatz stand kein Auto, er konnte die Umrisse der vier Hütten nur ahnen. Keine menschliche Lichtquelle war zu sehen, aber der Mond half ihm, als er die zweihundert Meter vom Parkplatz zur Hütte auf Schneetellern zurücklegte. Seine Hände waren eiskalt, und ihm fiel zweimal der Schlüssel in den Schnee, ehe er endlich die Tür öffnen konnte.

Es roch muffig und eingesperrt. Er schloß hinter sich ab, obwohl er einsah, daß das nicht nötig war. Es war schwierig, den Docht der Petroleumlampe zum Brennen zu bringen, offenbar war kein Petroleum mehr da, und der Docht war in der klammen Luft feucht geworden. Nach einigen Versuchen wurde es endlich hell, aber die Rußflocken wurden in bedrohlichen Mengen zur Decke hochgewirbelt. Das Sonnenenergieaggregat lieferte keinen Strom, und er begriff nicht, wieso nicht. Er befestigte die Taschenlampe an der Decke, zog seine Jacke aus und streifte sich einen dicken Isländerpullover über den Kopf.

Eine Stunde später war alles in Ordnung. Der Petroleumbrenner verweigerte den Dienst, und schließlich machte er sich statt dessen ein gutes altmodisches Kaminfeuer. Es war zwar alles andere als warm im Zimmer, vor allem, weil er eine halbe Stunde lang gelüftet hatte. Aber das Feuer prasselte, und der Schornstein schien damit fertig zu werden. Der Gasherd tat seine Pflicht, und er gönnte sich eine Tasse Kaffee. Er beschloß, seine wichtige Aufgabe aufzuschieben, bis es in der Hütte warm genug war. Seine Arbeit würde naß und kalt sein. In einem Korb lag ein ganzer Stapel Comics aus den sechziger Jahren, er fischte einen heraus und blätterte mit klammen Fingern darin herum. Er hatte ihn schon hundertmal gelesen, aber zum Zeitvertreib war er immer noch geeignet. Die Unruhe quälte ihn.

Es wurde Mitternacht, ehe er sich wieder anzog. Er suchte sich im Kabuff einen Overall, und die alten derben Stiefel saßen noch immer gut; es war dreißig Jahre her, daß er sie vom Militär hatte mitgehen lassen. Der Mond hing hochschwanger am Himmel, und vorerst war seine Taschenlampe überflüssig. Über einer Schulter trug er ein aufgerolltes Seil, in der Hand hielt er eine Schneeschaufel aus Aluminium. Die Schneeteller lehnten an der Hüttenwand, die vierzig Meter zum Brunnen schaffte er auch ohne.

Das Brunnenhaus ragte wie ein Wegweiser unterhalb der Hütte über einem Gelände auf, das fast schon als Moor bezeichnet werden mußte. Sie waren vor dem Wasser gewarnt worden, hatten aber niemals Probleme damit gehabt. Das Wasser war immer frisch und süß und änderte je nach Jahreszeit seinen Geschmack. Vier dicke Stöcke waren wie zu einem spitzen, vereinfachten Samizelt zusammengebunden. Darauf waren zu einem A zurechtgeschnittene Furnierplatten genagelt, eine davon hatte eine Öffnung. Eine schlichte Tür war mit einem kleinen Hängeschloß versperrt. Ursprünglich war sie so klein gewesen, daß nur der Eimer hindurch paßte, aber vor vier Jahren hatte er sie erweitert. Jetzt konnte ein Mann zur Not in das kleine Brunnenhaus kriechen, was die Familie immer für unnötig gehalten hatte. Aber es war jetzt unleugbar leichter, das Wasser hochzuziehen.

Er brauchte fast eine Viertelstunde, um die Tür so weit vom Schnee zu befreien, daß sie sich öffnen ließ. Der Mann schwitzte und keuchte. Er sicherte die offene Tür mit Schnee, dann robbte er ins Brunnenhaus. Dessen unterer Rand umgrenzte etwas über einen Quadratmeter, nach oben hin spitzte sich das Holzwerk so rasch zu, daß er nicht aufrecht stehen konnte. Mit einiger Mühe konnte er die Taschenlampe aufs Wasser richten. Es war stockfinster und still. Eine alte Schulterverletzung klagte über seine gebückte Haltung, und vor Anstrengung entschlüpften ihm ein Furz und ein Stöhnen. Schließlich gelang es ihm, den schmalen Lichtkegel auf den kleinen Vorsprung fünfzig Zentimeter tiefer gleich bei der Wasseroberfläche zu richten. Vorsichtig setzte er den Fuß darauf und fand schließlich Halt. Er wiederholte diese Übung auf der gegenüberliegenden Seite, und endlich stand er da, breitbeinig, aber einigermaßen sicher und aufrecht. Er zog die Handschuhe aus und legte sie auf einen Querbalken gegenüber. Danach krempelte er sich soweit wie möglich die Ärmel des Overalls hoch. Das war schwierig, der Overall war zu dick, seine Finger waren klamm. Schließlich pfiff er darauf. Er hockte sich hin und streckte den rechten Arm in das eiskalte Wasser, während er sich mit der Linken an der Eimeraufhängung anklammerte. Nach wenigen Sekunden war sein Arm taub, und er spürte, wie sein Herz härter schlug, es tat ihm weh in der Brust. Seine Finger tasteten über die Brunnenwand eine Eile unter der Wasseroberfläche. Er fand des Gesuchte nicht. Er fluchte und mußte den Arm zurückziehen. Es half ein wenig, den Ärmel herunterzukrempeln, er rieb sich über die Hand und hauchte die erfrorene Haut an. Nach einigen Minuten faßte er Mut zu einem weiteren Versuch.

Nun hatte er mehr Glück. Schon nach wenigen Sekunden bekam er einen losen Stein zu fassen und zog ihn vorsichtig aus dem Wasser. Sein schweißnasser Rücken, sein eiskalter Arm und sein schwer hämmerndes Herz versuchten vereint, ihn zum Aufgeben zu überreden. Er biß die Zähne zusammen und steckte noch einmal die Hand in den Brunnen. Diesmal wußte er den Weg, und behutsam zog er einen Gegenstand heraus, der so groß war wie ein kleiner, aber dicker Diplomatenkoffer. Ein Handgriff an einem Ende ragte ins Wasser, und der Mann vergewisserte sich, ob er alles im Griff hatte, ehe er den Koffer vorsichtig aus seinem Versteck zog.

Als der Koffer, der sich als große Schatulle entpuppte, sich der Oberfläche näherte, konnten seine tauben Finger nicht mehr. Der Mann verlor das Behältnis aus dem Griff und machte einige verzweifelte Armbewegungen, um es wieder zu fassen zu kriegen. Dadurch verlor er die Balance, und sein linker Fuß glitt vom Vorsprung. Der Mann verschwand ungefähr gleichzeitig mit der Schatulle im Wasser.

Er sah nichts; Ohren, Mund und Nase füllten sich mit Wasser. Sein schwerer Overall saugte sich rasch voll, und er spürte, wie Kleider und Stiefel ihn nach unten zogen. Er war völlig außer sich. Seine Angst galt nicht ihm selbst, sondern seiner Beute. Überraschend schnell bekam er die Schatulle, die durch seinen Körper am Sinken gehindert wurde, zu fassen. Mit gewaltiger Kraftanstrengung konnte er sich zum anderthalb Meter höher gelegenen Türrand ausstrecken und die Schatulle in den Schnee werfen. Dann überkam ihn wirklich die Angst. Er fuchtelte mit den Armen, merkte jedoch schon, daß seine Bewegungen träge wurden, Arme und Beine gehorchten seinen Befehlen nicht mehr. Trotzdem konnte er endlich die Aufhängung packen und drückte innerlich die Daumen, daß die Bolzen in der dünnen Furnierwand halten würden. Er zog sich aufwärts und kam hoch genug, um einen Arm über den Rand der Türöffnung auszustrecken. Er faßte den Mut, die Aufhängung loszulassen, und konnte seinen Oberkörper durch die Öffnung ziehen. Eine Minute später stand er triefnaß und keuchend im Mondschein. Sein Herz protestierte jetzt noch heftiger, und er faßte sich an die Brust. Es tat unerträglich weh, und er schloß die Brunnentür nicht ab, sondern griff nach der Schatulle und schwankte zur Hütte zurück.

Er kämpfte sich aus seinen Kleidern und stellte sich nackt vor den Kamin. Es schien verlockend, ganz hineinzukriechen, er krümmte sich auf dem kleinen Vorsprung nur zwanzig Zentimeter vor dem Feuer zusammen. Schließlich kam er auf die Idee, sich eine Decke zu holen. Die war klamm und kalt, aber schon nach wenigen Minuten wußte er, daß er nicht erfrieren würde. Die Kralle in seiner Brust hatte losgelassen, seine Haut prickelte und brannte. Seine Zähne klapperten wie besessen, aber das erschien ihm als gutes Zeichen. In der Hütte waren es bereits mindestens fünfzehn Grad, und nach einer halben Stunde hatte er sich so weit erholt, daß er einen alten Trainingsanzug, den Isländer, Wollsocken und Filzpantoffeln anziehen konnte. Er kochte sich noch eine Tasse Kaffee, und dann setzte er sich hin und öffnete die Schatulle. Sie war aus Metall, mit Gummibeschichtung und wasserdichtem Schloß.

Alles war vorhanden. Dreiundzwanzig Zettel mit Codes, ein neunseitiges zusammengeheftetes Dokument und eine Liste mit siebzehn Namen. Alles lag in einer Plastiktüte, eine unnötige Sicherheitsmaßnahme, die Schatulle war schließlich wasserdicht. Er hob die Tüte hoch. Den restlichen Inhalt machten sieben Bündel Geldscheine aus, zweihunderttausend jeweils. Fünf lagen quer, die anderen längs. Eine Million und vierhunderttausend Kronen.

Er nahm sich auf gut Glück ein Viertel von einem Bündel. Den Rest ließ er liegen. Sorgfältig schloß er die Schatulle und stellte sie auf den Boden.

Die Papiere waren ganz trocken. Erst warf er einen Blick auf die Namensliste, dann hielt er sie ins Feuer, bis er sie loslassen mußte, um sich nicht seine tauben Finger zu verbrennen. Danach blätterte er in dem Dokument.

Es war eine einfach strukturierte Organisation. Er selbst fühlte sich als unbekannter Pate im Hintergrund. Er hatte seine beiden Helfer sorgfältig ausgesucht. Hansa Olsen, weil der sich mit Kriminellen auskannte, ausgeprägtes Interesse an Geld und ein vages Verhältnis zum Gesetz hatte. Jørgen Lavik, weil er scheinbar der genaue Gegensatz zu Olsen war, tüchtig, erfolgreich, nüchtern und eiskalt. Die Hysterie des jungen Mannes in letzter Zeit bewies allerdings, daß der Alte sich geirrt hatte. Er hatte sich Schritt für Schritt vorgetastet, ungeheuer vorsichtig, als wollte er eine Jungfrau verführen. Hier eine zweideutige Bemerkung, dort ein Wort mit doppeltem Boden. Schließlich hatte er beide bekommen. Niemals – zu keinem Zeitpunkt – war er selbst in die Arbeit verwickelt gewesen. Er war das Gehirn, er hatte das Startkapital gebracht. Er kannte alle Namen, plante alle Züge. Nach zahllosen Mandaten als Verteidiger wußte er, wo die Fallen lagen. Gier. Die Gier brachte sie zur Strecke. Drogen zu schmuggeln war leicht. Er hatte gelernt, woher sie kamen, auf welche Verbindungen Verlaß war. Zahlreiche Mandanten hatten ihm kopfschüttelnd von dem kleinen Fehlgriff erzählt, der sie erledigt hatte: übertriebene Gier. Es war wichtig, jede Operation in Grenzen zu halten. Nicht zu hart zuzulangen. Ein begrenztes, aber regelmäßiges Einkommen war besser, als sich von zwei Erfolgen zum großen Wurf verlocken zu lassen.

Nein, der Import war nicht das Problem. Beim Verkauf lag das Risiko. In einer Szene voller Informanten, zugedröhnten Käufern und geldgeilen Dealern mußte man vorsichtig auftreten. Deshalb hatte er sich nie mit den unteren Ebenen der Organisation befaßt.

Nur zweimal war es schiefgegangen. Die Kuriere hatten das büßen müssen, aber die Operationen waren so klein gewesen, daß die Polizei keine Organisation im Hintergrund geahnt hatte. Die Jungs hatten die Klappe gehalten, ihr Urteil wie ein Mann getragen und sich über das eingeschmuggelte Versprechen gefreut, daß ihnen eine schöne Belohnung zuteil würde, wenn sie in nicht allzu ferner Zukunft das Gefängnis verließen. Vier Jahre waren die Höchststrafe gewesen. Aber die Männer wußten, daß sie hinter Gittern ein gutes Jahresgehalt verdienten. Doch selbst wenn die Kuriere geredet hätten, hätten sie nicht viel zu erzählen gehabt. Das hatte er jedenfalls bis vor kurzem geglaubt, ihm war nicht klar gewesen, daß seine beiden Kronprinzen ihre Befugnisse überschritten hatten.

Er hatte bedeutende Beträge eingesackt. Zusätzlich zu einem stattlichen legalen Jahreseinkommen, weshalb er in sehr guten Verhältnissen lebte. Einiges hatte er nach und nach vorsichtig ausgegeben, aber immer so, daß es angesichts seines offiziellen Einkommens vertretbar war. Das Brunnengeld gehörte ihm. Außerdem hatte er einen entsprechenden Betrag auf ein Schweizer Konto eingezahlt. Der größere Teil des Ertrages jedoch befand sich auf einem Konto, über das er nicht selbst verfügte. Er konnte Geld einzahlen, aber nicht abheben. Dieses Konto galt dem ZIEL. Er war stolz darauf. Die Freude, zum Erreichen des Ziels beitragen zu können, hatte seine Skrupel gegenüber einem Leben zwischen Recht und Unrecht, Verbrechen und Gesetzestreue verdrängen können. Er war der Erwählte und tat das Richtige. Das Schicksal, das über so viele Jahre hinweg seine schützende Hand über die Operationen gehalten hatte, war auf seiner Seite. Die wenigen Fehler waren berechenbar, die Ereignisse der letzten Zeit nur eine Mahnung eben dieses Schicksals, das Geschäft nun abzuwickeln. Der graumelierte Mann betrachtete das Schicksal als guten Freund und hörte auf die Signale, die es ihm schickte. Er hatte zahllose Millionen verdient. Nun sollten andere übernehmen.

Der Bonus für die unglückseligen Kuriere hatte das Kapital ein wenig verringert, war aber sinnvoll angelegt. Nur die beiden Kollegen hatten gewußt, wer er war. Olsen war tot. Lavik hielt die Klappe. Bis auf weiteres jedenfalls. Er würde sich später darum kümmern, er hatte für alle denkbaren Probleme einen Plan.

Hansa Olsen war das erste Mordopfer in Friedenszeiten. Es war erstaunlich einfach gewesen. Es hatte sein müssen, und im Grunde war es auch nicht viel anders als damals, als zwei deutsche Soldaten mit blutigen Löchern in ihren Uniformen vor ihm im Schnee gelegen hatten. Er selbst war damals, siebzehnjährig, nach Schweden unterwegs gewesen. Die Pistolenschüsse hatten in seinen Ohren noch nachgehallt, als er die beiden nach Wertgegenständen abgesucht hatte; danach war er, erfüllt von nationalen Gefühlen, weiter nach Schweden und in Richtung Freiheit gestapft. Es war kurz vor Weihnachten 1944 gewesen, und er hatte gewußt, daß er auf der Siegerseite stand. Er hatte zwei Feinde getötet und empfand deswegen keinerlei Reue. Auch der Mord an Hansa Olsen hatte ihm keine Schuldgefühle beschert. Es hatte schließlich sein müssen. Er hatte eine Art Erregung verspürt, eine Freude, die verwandt war mit dem Siegesgefühl nach einer gelungenen Apfelklauaktion vor über fünfzig Jahren in Nachbars Garten. Die Waffe war alt gewesen, nicht registriert, in bestem Zustand, gekauft von einem längst verstorbenen Mandanten.

Er hatte das Dokument gelesen. Nun rollte er es zu einer Fackel zusammen und warf es ins Feuer. Die dreiundzwanzig Codezettel nahmen denselben Weg. Zehn Minuten später gab es auf der ganzen Welt kein Dokument mehr, das ihn mit anderem als ehrsamer Arbeit hätte in Verbindung bringen können. Keine Unterschrift, nichts Handschriftliches, keine Fingerabdrücke. Keine Beweise.

Er fröstelte und holte trockene Kleider aus dem Kabuff. Es war einfacher, die Schatulle wieder im Brunnen zu verstecken, als sie zu holen. Er kippte den Kaffeesatz in den Kamin, dann zog er sich die trockenen Sachen an, hängte die nassen in den Schuppen und schloß die Hütte ab. Es war zwei Uhr, er konnte gerade noch rechtzeitig in der Stadt sein, um frisch geduscht zur Arbeit zu erscheinen. Erkältet und müde zwar, aber daran war sicher ein neues Virus schuld. Das meinte jedenfalls seine Sekretärin.

DIENSTAG, 3. NOVEMBER

Fredrick Myhreng war in Spitzenform. Lebendig hatte Hans A. Olsen ihm gegen ein paar Bier zu einigen brauchbaren Dreispaltern verholfen. Der Mann war den Zeitungsleuten hinterhergerannt wie ein kleiner Junge den Pfandflaschen. Tot war er Myhreng dennoch lieber. Der hatte jetzt das volle Vertrauen des Redakteurs, konnte sich ganz und gar auf den Mafiafall konzentrieren, und die Kollegen, die begriffen, daß der Junge hier gerade seine Marktlücke fand, nickten ihm aufmunternd zu. »Kontakte, weißt du, Kontakte«, grinste er, wenn Fragen kamen.

Er steckte sich eine Zigarette an; ihr Rauch vermischte sich mit den Auspuffgasen, die bleischwer drei Meter hoch über dem Asphalt lagen. Er lehnte sich an eine Laterne, schlug den Kragen seiner Lammfelljacke hoch und kam sich vor wie James Dean in seinen besten Zeiten. Eine Tabakflocke geriet ihm beim Inhalieren in den falschen Hals. Er hustete heftig und lange, und seine Augen tränten. Seine Brille beschlug, er konnte nichts mehr sehen. Von James Dean keine Spur.

Er schüttelte den Kopf und riß die Augen auf, um wieder einen klaren Blick zu bekommen.

Auf der anderen Seite der vielbefahrenen Straße lag Jørgen Ulf Laviks Kanzlei. Eine gediegene Messingtafel verriet, daß Lavik, Saetre und Villesen im zweiten Stock des gewaltigen Steingebäudes residierten. Zentrale Lage, nur einen guten Steinwurf vom Gericht entfernt. Praktisch.

Lavik war interessant. Myhreng hatte eine Reihe von Leuten unter die Lupe genommen, ein wenig herumtelefoniert, alte Steuererklärungen durchgesehen, die Kneipen aufgesucht und war jovial gewesen. Er hatte mit zwanzig Namen auf seinem Block angefangen, jetzt waren noch fünf übrig. Das Aussortieren war schwierig gewesen, er war vor allem seinem Instinkt gefolgt. Lavik stand inzwischen ganz oben auf dem Block. Dick unterstrichen. Er gab verdächtig wenig Geld aus. Vielleicht war er ja genügsam, aber es mußte doch Grenzen geben. Hütten- und bootslos war er auch, obwohl seine Steuererklärungen der letzten Jahre bewiesen, daß sein Laden sehr gut lief. Er hatte an einem Hotelprojekt in Bangkok, an dem er noch immer beteiligt war, viel verdient. Offenbar handelte es sich um eine besonders gute Investition für seine norwegischen Mandanten, die zu weiteren Projekten im Ausland geführt hatte, die meisten mit gutem Profit für die Investoren und für Lavik selbst.

Als Verteidiger konnte er durchaus als erfolgreich gelten. An der Gerüchtebörse stand er nicht schlecht im Kurs, die Statistik der Freisprüche überzeugte, und es war schwer, jemanden zu finden, der schlecht über ihn sprach. Myhreng war nicht aufsehenerregend intelligent, aber er war clever genug, das zu erkennen. Außerdem war er erfinderisch und verfügte über gute Intuition. Und er war bei einem routinierten Lokalredakteur in eine gute Schule gegangen und wußte, daß ermittelnder

Journalismus vor allem aus Schüssen ins Blaue und harter Arbeit bestand.

»Die Wahrheit ist immer gut versteckt, Fredrick, immer gut versteckt«, hatte ihm der alte Zeitungsmann eingeschärft. »Du mußt ganz schön viel Mist beiseite schaufeln, bis du sie gefunden hast. Zieh dich gut an, gib niemals auf und wasch dich gründlich, wenn du fertig bist.«

Ein Plausch mit Anwalt Lavik konnte nicht schaden. Es war besser, keinen Termin abzumachen. Überraschender. Er drückte seine Zigarette aus, spuckte aus und ging im Zickzack zwischen hupenden Autos und einem parkenden Lkw hindurch über die Straße.

Die Frau am Empfang war überraschend häßlich. Sie war alt und sah aus wie eine Bibliothekarin in einem amerikanischen Jugendfilm. Empfangsdamen sollten schön und freundlich sein. Diese sah aus, als wollte sie »pst!« sagen, als er über die Schwelle stolperte und ins Vorzimmer fiel. Aber überraschenderweise lächelte sie. Ihre Zähne waren auffallend gleichmäßig und grau. Einwandfrei ein Gebiß.

»Diese Schwelle ist einfach zu hoch«, klagte sie. »Das habe ich schon so oft gesagt. Ein Wunder, daß noch nichts Schlimmes passiert ist. Womit kann ich dem Herrn behilflich sein?«

Myhreng lächelte sein Alte-Damen-für-sich-einnehmen-Lächeln. Sie durchschaute ihn, und ihr Mund nahm einen strengen Zug an, der kleine wütende Pfeile auszusenden schien.

»Ich würde gern mit Rechtsanwalt Lavik sprechen«, sagte er, ohne sein mißratenes Lächeln abzulegen.

Die Frau blätterte in einem Buch, fand ihn nicht. »Kein Termin?«

»Nein, aber es ist ziemlich wichtig.«

Fredrick Myhreng stellte sich vor, und der Mund der Dame zog sich noch mehr zusammen. Wortlos betätigte sie ein Telefon. Sie gab seinen Wunsch weiter, vermutlich an den Adressaten. Erst nach einer Weile legte sie auf. Sie machte mit der Hand eine seltsame Bewegung zu einer Sitzgruppe hinüber und bat ihn um Geduld. Anwalt Lavik werde ihn empfangen, es könne jedoch noch einige Minuten dauern.

Es dauerte eine halbe Stunde.

Laviks Büro war hell und geräumig. In dem quadratischen Zimmer mit Parkettboden hingen nur drei Bilder an der Wand. Die Akustik war unangenehm, mehr Wandschmuck hätte vielleicht etwas gedämpft. Der Schreibtisch war bemerkenswert aufgeräumt, nur drei oder vier Ordner lagen darauf. Ein gediegener Aktenschrank aus Edelholz ragte in einer Ecke neben einem kleinen Safe auf. Der Mandantensessel war bequem, aber Myhreng wußte, wo er gekauft worden war und daß er billiger war, als er aussah. Er hatte auch so einen. Die Bücherregale waren nicht sonderlich gut gefüllt. Fredrick Myhreng ging davon aus, daß es irgendwo in der Kanzlei noch eine Bibliothek gab. Mit einem Lächeln registrierte er einen Regalmeter alter Jungenbücher, den Buchrücken nach zu schließen, in beneidenswert gutem Zustand.

Wieder stellte er sich vor. Der Anwalt wirkte neugierig, und der Schweiß auf seiner Oberlippe war sicher einem defekten Thermostat zu verdanken. Myhreng schwitzte selbst, er zog seinen Wollpullover aus.

»Ist das ein Interview?« fragte der Anwalt recht freundlich.

»Nein, du kannst es als kleine Anfrage betrachten.«

»In welchem Zusammenhang?«

»Es geht mir um deine Verbindung zu Hansa Olsen und den Rauschgifthandel, in den er verwickelt war, wie die Polizei glaubt.«

Er hätte schwören können, daß Anwalt Lavik darauf reagierte. Eine leichte, kaum wahrnehmbare Röte überzog seinen Hals, und seine Unterlippe saugte eine Schweißperle von der Oberlippe.

»Meine Verbindung?« Er lächelte, aber es sah nicht besonders hübsch aus.

»Ja, deine Verbindung.«

»Ich hatte doch nichts mit Olsen zu tun! Und er war in

Rauschgiftgeschäfte verwickelt? Verwickelt? Nach der Lektüre deiner Zeitung hatte ich den Eindruck, daß er Drogenkriminellen zum Opfer gefallen ist, und nicht, daß er in irgendwas verwickelt war…«

»Bisher können wir auch nichts anderes behaupten, aber wir haben unsere Theorien. Und die Polizei auch, glaube ich.«

Lavik riß sich jetzt zusammen. Wieder lächelte er, diesmal etwas hübscher. »Na, das ist einfach ein Schuß in den Ofen, wenn du mich da mit reinziehst. Ich habe den Mann doch kaum gekannt. Bin ihm natürlich hier und da mal begegnet, aber ich kann nicht behaupten, ihn gekannt zu haben. Tragischer Tod übrigens. Aber Kinder hatte er wohl nicht?«

»Nein, das nicht. Was machst du eigentlich mit deinem Geld, Lavik?«

»Mit meinem Geld?« Er wirkte aufrichtig überrascht.

»Ja, du verdienst doch dick, wenn du ein braver Junge warst und das Finanzamt nicht belogen hast. 1,4 Millionen im letzten Jahr. Wo stecken die?«

»Das geht dich nun wirklich nicht das geringste an. Wenn du es genau wissen willst: Ich habe ein absolut reines Gewissen, und wie ich mein legal verdientes Geld anlege, ist nicht deine Angelegenheit.« Er unterbrach sich, sein Wohlwollen war aufgebraucht. Er schaute auf die Uhr und teilte mit, er müsse sich jetzt auf eine Besprechung vorbereiten.

»Aber ich habe noch weitere Fragen, Lavik, sehr viele sogar«, protestierte der Journalist.

»Ich dagegen habe keine Antworten mehr«, sagte Lavik energisch und zeigte auf die Tür.

»Kann ich denn wiederkommen, wenn du mehr Zeit hast?« quengelte Myhreng auf dem Weg zur Tür.

»Ruf lieber an. Ich bin ein sehr beschäftigter Mann«, sagte der Anwalt und schloß die Tür hinter ihm.

Fredrick Myhreng war allein mit der Bibliothekarin. Sie schien von der abweisenden Haltung ihres Arbeitgebers angesteckt und machte den Eindruck, als würde sie am liebsten nein sagen, als Myhreng bat, die Toilette benutzen zu dürfen. Anstandshalber sagte sie schließlich: »Bitte sehr.«

Ihm war schon im Flur ein fünfzig Zentimeter von der Tür entferntes Fenster aus Mattglas aufgefallen. Als er im Vorzimmer saß, hatte er sich überlegt, daß es zur Toilette gehören mußte. Das stimmte nicht ganz. Hinter der Tür mit dem Porzellanherzen befand sich ein kleiner Vorraum mit Waschbekken, die Toilettenzelle lag hinter einer Schwingtür mit Schloß.

Er klapperte ein wenig mit der Schwingtür, fischte aber, statt hineinzugehen, ein dickes Messer aus der Tasche. Es hatte drei Schraubenzieher, und es war kein Problem, die sechs Schrauben zu lockern, die das Fenster hielten. Fredrick Myhreng wußte genug von der Tischlerei, um darüber zu lächeln, daß das Fenster angeschraubt war. Es hätte verkeilt werden müssen; so würde es sich unweigerlich verziehen. Das war allerdings noch nicht passiert, wahrscheinlich, weil es nicht nach draußen ging und kaum Feuchtigkeit abbekam. Er achtete darauf, daß die Schrauben noch ein paar Drehungen übrig hatten, ging in die Klozelle und zog ab. Danach wusch er sich die Hände und lächelte die Frau, die nicht einmal auf Wiedersehen sagte, als er die Kanzlei verließ, freundlich an. Er machte sich nichts daraus.

Es war schon reichlich spät. Es war saukalt, aber Fredrick Myhreng sehnte sich trotzdem nicht ins Warme. Er grauste sich. Der Übermut des Vormittags war einer zögernden Nachdenklichkeit gewichen. Auf der Journalistenschule hatte er nichts über Einbrüche und andere Ungesetzlichkeiten gelernt.

Im Gebäude befanden sich in drei Etagen Büros und in zwei weiteren Wohnungen, wenn die Klingelleiste stimmte. Im Film schellten die Einbrecher immer bei allen und sagten: »Hi, it's Joe«, in der Hoffnung, daß irgendwer einen Joe kannte und die Tür aufmachte. Hier würde das wohl kaum klappen. Die Haustür war verschlossen. Er entschied sich für die zweitbeste Lösung und zog ein Brecheisen aus seiner Lederjacke.

Es war ziemlich einfach. Nach zweimal Drücken gab die Tür nach. Die Angeln quietschten nicht einmal, als er die Tür gerade weit genug öffnete, um ins Haus zu schlüpfen. Zur Linken erblickte er eine weitere Tür und davor drei schmale Granittreppenstufen. Fredrick Myhreng rechnete mit einem neuen Hindernis, dann faßte er doch sicherheitshalber an die Klinke, ehe er mit dem Brecheisen auf diese zweite Tür losging. Irgendwer hatte vergessen, abzuschließen, die Tür öffnete sich. Das kam so unerwartet, daß er unfreiwillig einen Schritt zurücktrat, in die Luft; sein Fuß prallte tiefer und später, als seine Reflexe berechnet hatten, auf den Boden. Er jammerte, doch der Schmerz konnte seiner Freude darüber, wie glatt alles ging, nichts anhaben.

Er jagte in der Hälfte der Zeit, die er vor einigen Stunden dafür benötigt hatte, die Treppe hinauf. Bei dem matten Fenster blieb er bewegungslos stehen, um wieder zu Atem zu kommen – und um zu lauschen, ob irgend jemand ihn entdeckt hatte. Er hörte nur sein eigenes Ohrensausen, und nach einer Minute zog er eine kleine Plastikdose mit Knetgummi aus der Tasche. Er drückte die weiche Masse vorsichtig gegen das Glas und preßte sie am Rand mit dem Daumen platt. Es war schwer einzuschätzen, wie fest er drücken mußte, um das Fenster zum Fallen zu bringen, aber nach einer Weile war er zufrieden und wiederholte die Operation weiter unten mit einem neuen Klumpen. Als auch der an Ort und Stelle saß, legte er die Hände gegen beide Klumpen und drückte zu. Das Fenster rührte sich nicht.

Ihm brach der Schweiß aus, und er hätte gern die Jacke ausgezogen. Sie behinderte seine Bewegungen, und nach dem zweiten Versuch legte er sie schließlich ab. Seine Finger bekamen die Knetmasse jetzt trotz der Handschuhe gut zu fassen. Als er beim dritten Versuch sein gesamtes Körpergewicht einsetzte, merkte er, wie die Schrauben nachgaben. Zum Glück lockerte sich das Fenster zuerst unten. Er wippte den Rahmen hoch und machte gleichzeitig einen Schritt über die Einfassung in das kleine Zimmer. Das Fenster saß ganz lose, es war unversehrt. Er schnappte sich seine Jacke, dann entfernte er die Knetmasse und setzte das Glas wieder an seinen Platz.

Vorsichtig öffnete er die Tür zum Vorzimmer. Fredrick Myhreng war klug genug, mit einer Alarmanlage zu rechnen. Vermutlich war sie nicht besonders ausgefeilt. Über dem Fenster entdeckte er einen kleinen Behälter, an dem ein rotes Lämpchen glühte. Er legte sich auf den Bauch und robbte zu Laviks Arbeitszimmer. Er hatte die Taschenlampe hinten unter seinen Gürtel geschoben, und sie zerkratzte ihm den Rükken, als er sich ziemlich unbeholfen vorwärts bewegte. Die Tür war offen. Er ließ den Lichtkegel nach einer entsprechenden Alarmanlage wie der im Vorzimmer suchen. Es gab keine. Jedenfalls konnte die Taschenlampe keine finden. Er ging das Risiko ein und erhob sich.

Natürlich wußte er nicht, was er suchte. Er hatte sich das nicht überlegt und kam sich ziemlich blöd vor, als er in einem Büro stand, zu dem er keinen legalen Zugang hatte; sein erstes Verbrechen, und das ohne Sinn und Ziel. Der Safe war abgeschlossen, das war kaum verdächtig. Der Aktenschrank dagegen stand offen; Myhreng zog die Schubladen heraus und fand diverse Ordner, alle mit einem kleinen Aktenreiter in einer Ecke, auf den mit eleganter, leicht lesbarer Schrift jeweils ein Name geschrieben war. Die Namen sagten ihm nichts.

Die Schreibtischschublade enthielt, was zu erwarten gewesen war. Gelbe Notizzettel, rosa Marker, eine Menge Kugelschreiber und zwei Büroklammern. Alles auf einer Einlage mit Fächern für diese Dinge, darunter war in der Schublade noch Platz für Papiere und Dokumente. Er hob die Einlage heraus, aber die Dokumente waren uninteressant. Star Tours' Winterkatalog, ein A4-Block mit vorgedruckten Honorarabrechnungen, ein normaler Block mit Kästchenpapier. Er legte die Einlage zurück und schloß die Schublade. Darunter stand ein kleiner Rollschrank. Auch der war abgeschlossen.

Er tastete mit seinen behandschuhten Fingern unter dem

Schreibtisch herum. Die Unterseite der Platte war glatt und poliert, nirgends stießen seine Finger auf Widerstand. Enttäuscht wandte er sich wieder dem Aktenschrank in der Ecke zu. Er ging durch das Zimmer, bückte sich und tastete unter dem Schrank herum. Nichts. Er legte sich auf den Bauch und ließ die Taschenlampe systematisch von einer Seite zur anderen wandern. Fast hätte er den Schlüssel übersehen, sicher, weil er nicht damit rechnete, etwas zu finden. Der Lichtkegel war schon weitergewandert, als sein Gehirn registrierte, was er gesehen hatte, und in seiner Verwirrung ließ er die Lampe fallen. Sie lag so, daß er den kleinen dunklen Flecken noch immer sehen konnte. Er riß ihn ab und erhob sich. Die Straßenlaternen füllten das Zimmer mit einem bleichen Licht, genug, um den Gegenstand sofort zu erkennen. Ein Schlüssel, ziemlich klein, der mit Klebeband unter dem Schrank befestigt gewesen war.

Fredrick Myhreng war außer sich vor Glück. Er wollte den Schlüssel eben in die Tasche stecken, als ihm eine viel bessere Idee kam. Er fischte ein wenig Knetgummi aus der Dose in seiner Tasche, wärmte es an seiner Wange und formte zwei ovale Mulden daraus. Dann drückte er den Schlüssel fest in die erste. Fredrick Myhreng mußte die Handschuhe ausziehen, um den Schlüssel von der Knetmasse zu lösen, ohne den Abdruck zu zerstören. Danach wiederholte er das Manöver mit der anderen Seite. Zum Schluß machte er noch einen Abdruck der Dicke.

Das Klebeband war noch verwendbar, und er glaubte, den Schlüssel ungefähr an der Stelle wieder zu befestigen, an der er ihn gefunden hatte. Er zog seine Jacke an, zwängte sich durch das Fenster und konnte die Fensterscheibe wieder befestigen, ohne sichtbare Schraubenzieherspuren zu hinterlassen. Rasch strich er über den Rahmen, um eventuelle Splitter zu entfernen, und blieb in der Vorzimmertür stehen, um nach seinem großen Wurf wieder zu Atem zu kommen. Er zählte von zehn aufwärts, und bei Null jagte er wie eine Rakete auf die Eingangstür zu, öffnete sie und hatte die Treppe schon halb hinter sich, als er den schrillen Alarm hörte. Er war schon einen Block weiter, als die ersten Bewohner des großen Hauses in ihre Pantoffeln gestiegen waren.

Jetzt haben sie was, worüber sie sich den Kopf zerbrechen können, dachte er triumphierend. Kein Anzeichen für einen Einbruch, nichts gestohlen, nichts angerührt. Nur eine unverschlossene Tür. Fredrick Myhreng war daran gewöhnt, mit sich zufrieden zu sein. Aber das hier übertraf fast alles. Er summte und tänzelte wie ein Kind nach einem gelungenen Streich und erwischte mit feistem Grinsen, Müh und Not gerade noch die letzte Straßenbahn nach Hause.

FREITAG, 6. NOVEMBER

Es war ihr inzwischen zur Gewohnheit geworden, freitags nachmittags bei ihrem armen Mandanten vorbeizuschauen. Er sagte nichts, schien sich jedoch auf seltsame Weise über ihre Besuche zu freuen. Zusammengekrümmt und abgemagert starrte er noch immer leer vor sich hin, aber sie glaubte, die Spur eines Lächelns ahnen zu können, wenn er sie sah. Obwohl Han van der Kerch sich so energisch gegen eine Überführung ins Gefängnis gewehrt hatte, als er noch imstande gewesen war zu sagen, was er meinte, befand er sich jetzt im Osloer Kreisgefängnis. Karen Borg durfte ihn in der Zelle besuchen; es hatte einfach keinen Zweck, den Jungen in ein Besuchszimmer zu schleifen. Es war heller hier, und die Wärter wirkten redlich und so fürsorglich, wie ihre Arbeitsmenge es überhaupt zuließ. Bei jedem Besuch wurde die Tür hinter ihr verschlossen, und es gefiel ihr merkwürdig gut, eingeschlossen zu sein; dasselbe Gefühl hatte sie als kleines Mädchen zu Hause in Bergen in das Kabuff unter der Treppe getrieben, wenn die Welt ihr übelwollte. Die Besuche im Gefängnis boten ihr eine Gelegenheit zur Kontemplation. Sie saß vor dem stummen

Jungen und hörte auf dem Flur den Essenwagen scheppern, das Echo von obszönen Rufen und Gelächter, das schwere Schlüsselklirren, wenn ein Wärter an der Tür vorüberging.

Heute kam er ihr nicht ganz so bleich vor. Seine Augen ließen nicht von ihr ab, während sie sich neben ihn auf die Pritsche setzte. Als sie seine Hand nahm, spürte sie, daß er zudrückte, fast unmerklich, aber sie war sicher, die kleine Geste bemerkt zu haben. Mit zögerndem Optimismus beugte sie sich vor und strich ihm die Haare aus der Stirn. Sie waren inzwischen zu lang und fielen augenblicklich zurück. Wieder streichelte sie seine Stirn und fuhr ihm dabei durch die Haare. Das gefiel ihm offenbar, er schloß die Augen und rutschte näher an sie heran. So saßen sie mehrere Minuten lang.

»Roger«, murmelte er, seine Stimme klang belegt und rauh, nachdem er sie so lange nicht benutzt hatte.

Karen Borg zuckte nicht einmal zusammen. Sie streichelte ihn weiter und stellte keine Fragen.

»Roger«, wiederholte der Niederländer, diesmal etwas lauter. »Der Typ aus Sagene, der mit den Gebrauchtwagen.«

Dann schlief er ein. Sein Atem ging regelmäßiger, und sein Körper drückte schwerer gegen ihren. Vorsichtig stand sie auf, legte ihn hin und mußte ihm einfach einen Kuß auf die Stirn geben.

»Roger aus Sagene«, wiederholte sie leise, klopfte vorsichtig an die Tür und wurde nach zwei Minuten hinausgelassen.

»Nichts. Rein gar nichts.« Polizeiadjutant Håkon Sand packte den dicken Stapel und schlug damit auf seinen Schreibtisch. Er verlor ihn aus dem Griff, und die Papiere rutschten aus dem Umschlag. »Verdammt«, sagte er nachdrücklich und bückte sich, um in dem Elend Ordnung zu schaffen. Hanne Wilhelmsen fiel auf alle viere, um ihm zu helfen. Sie knieten da und starrten einander an.

Ich werde mich nie daran gewöhnen! Nie!« Er redete laut und schnell.

»Woran denn?«

»Daß wir so oft wissen, daß etwas nicht stimmt, daß jemand etwas verbrochen hat, wer etwas verbrochen hat, was sie verbrochen haben, wir wissen so verdammt viel. Aber können wir es beweisen? Nein, wir sitzen da wie die Eunuchen, handlungsunfähig und chancenlos. Wir wissen und wir wissen, aber wenn wir uns mit unserem Wissen vor Gericht wagen würden, dann würde irgendein Verteidiger, der für jedes einzelne Glied unserer Indizienkette eine natürliche Erklärung heraushusten kann, uns alles zerpflücken. Sie pflücken und pflücken, und am Ende wird unser ganzes Wissen zu einem Brei aus unklaren Fakten, den alle einfach nur anzweifeln können. Schwupp, schon ist der Vogel frei, und die Rechtssicherheit hat gesiegt. Wessen? Meine jedenfalls nicht. Die Rechtssicherheit ist verdammt noch mal zu einem effektiven Werkzeug für die Schuldigen geworden. Sie bedeutet im Grunde, daß wir sowenig Leute wie möglich ins Gefängnis stecken. Das ist doch keine Rechtssicherheit, zum Kranich! Was ist mit all denen, die umgebracht, vergewaltigt, als Kinder sexuell mißhandelt, ausgeraubt und bestohlen werden? Teufel auch, lieber wäre ich Sheriff im Wilden Westen. Würde ein Seil an den nächsten Baum hängen und dem Banditen das Genick brechen. Ein Stern und ein Cowboyhut würden jedenfalls den meisten Leuten eine viel bessere Rechtssicherheit bieten als sieben Jahre Juristenschule und zehn blöde Geschworene. Die Inquisition! Das war noch was! Richter, Staatsanwalt und Verteidiger in einer Person! Da gab's Äktschen, und kein Gefasel über Rechtssicherheit für Ganoven und Banditen.«

»Das meinst du doch nicht ernst, Håkon«, sagte Hanne ruhig und las die letzten Blätter auf. Sie mußte sich fast platt auf den Bauch legen, um ein Protokoll zu erwischen, das sich unter dem Rollschrank verkeilt hatte. »Das meinst du nicht ernst«, wiederholte sie halb erstickt.

»Na ja, nicht ganz, aber fast.«

Sie waren beide frustriert. Es war ein sehr später Freitagnachmittag. Es hatte zu viele sehr späte Nachmittage gegeben. Sie kam damit allerdings besser zurecht als er. Sie sortierten die Papiere wieder in ihre ursprüngliche Reihenfolge.

»Jetzt erzähl mir alles«, kommandierte er, als sie fertig waren.

Das dauerte nicht lange. Er kannte die wenigen technischen Funde, und die taktischen Ermittlungen kamen nicht von der Stelle. Insgesamt zweiundvierzig Zeugen waren verhört worden. Nicht einer hatte eine Information beisteuern können, die Licht in die Sache gebracht hätte oder die es wenigstens wert gewesen wäre, näher untersucht zu werden.

»Hat die Beschattung von Lavik irgendwas erbracht?«

Håkon legte die Papiere beiseite, zog eine lauwarme Bierflasche aus einer Einkaufstüte und öffnete sie an der Tischkante. Das Holz splitterte, und er schlug eine kleine Kerbe in den Flaschenhals. »Es ist doch Wochenende«, entschuldigte er sich und setzte die Flasche an den Mund. Da deren Inhalt temperiert war, schäumte er über, und Håkon ließ sich zurücksinken und spreizte die Beine, um sich nicht zu bekleckern. Er wischte sich über den Mund und wartete auf Antwort.

»Nein, bei unserer Kapazität ist es unmöglich, den Typen rund um die Uhr zu beschatten. Es ist das pure Glücksspiel. Beschatten macht keinen Sinn, wenn es nicht effektiv ist. Dann ist es nur noch frustrierender.«

»Was ist mit den Geschäftsleuten unter Laviks Kundschaft?«

»Das herauszufinden würde eine enorme Arbeit bedeuten. Er hat einige Hotelprojekte im Fernen Osten. Bangkok. Nicht weit weg von den Heroinmärkten. Aber die Investoren, für die er gearbeitet hat, scheinen seriös zu sein, und die Hotels existieren wirklich. Also ist mit dem Auftrag alles in Ordnung. Wenn du die Kohle auftreibst, kannst du gern nach Thailand fahren und dich selbst davon überzeugen.« Sie hob die Augenbrauen zu einer Grimasse, die deutlich sagte, wie sie die Chancen einer solchen etatmäßigen Extravaganz einschätzte. Draußen war es inzwischen dunkel, und die Müdigkeit, die sie beide empfanden, ließ, zusammen mit dem leichten Biergeruch, das kleine Büro fast gemütlich wirken. »Sind wir jetzt im Dienst?«

Er wußte, was sie meinte, lächelte verneinend und reichte ihr eine Bierflasche, nachdem er sie auf dieselbe Weise geöffnet hatte wie die erste. Die Tischplatte ächzte, aber diesmal gelang es ihm, den Flaschenhals nicht zu beschädigen. Sie nahm das Bier, stellte die Flasche aber plötzlich auf den Tisch und verschwand wortlos. Zwei Minuten später gab sie sich alle Mühe, zwei Kerzen auf seinem Tisch zum Stehen zu bringen. Nachdem sie ziemlich mit Stearin herumgekleckert hatte, standen sie schließlich, leicht schief, jede in eine andere Richtung. Sie knipste das Deckenlicht aus, während Håkon die Schreibtischlampe zur Wand drehte, so daß sie nur ein vages Licht ins Zimmer schickte.

»Wenn wir jetzt überrascht werden, kommt Bewegung in die Gerüchteküche.«

Er nickte zustimmend. »Aber das wäre doch zu meinem Vorteil«, grinste er.

Sie stießen, etwas zu hart, mit ihren Flaschen an.

»Das war wirklich eine gute Idee. Ist das erlaubt?«

»Ich mache am Freitagabend um halb sieben in meinem Büro, was ich will. Ich werde für meine Anwesenheit hier nicht bezahlt, ich fahre mit der Bahn nach Hause, und da wartet niemand auf mich. Wie ist das bei dir? Wartet auf dich jemand?«

Er hatte das freundschaftlich gemeint. Es war ein gedankenloser und gutgemeinter Versuch gewesen, die ungewöhnliche Stimmung auszunutzen, und er war wirklich nicht zu weit gegangen. Trotzdem erstarrte sie, setzte sich gerade hin und stellte die Bierflasche beiseite. Er spürte ihre Veränderung und bereute bitterlich.

»Was ist mit Peter Strup?« fragte er nach einer drückenden Pause.

»Den haben wir uns nicht so genau angesehen. Vielleicht sollten wir das noch tun. Ich weiß nur nicht so ganz, wonach wir da suchen sollten. Ich interessiere mich eher für das, was Karen Borg wahrscheinlich weiß.«

Er nahm seine Brille ab, ein Ablenkungsmanöver, und wischte mit dem Saum seines Sweatshirts an den Gläsern herum. »Sie weiß mehr, als sie sagt. Das ist klar. Vermutlich geht es um andere strafbare Geschichten als die, die wir schon über Han van der Kerch haben. Wir haben den Mord. Die technischen Untersuchungen sind ja abgeschlossen, und die brechen ihm den Hals. Aber wenn wir uns nicht irren, steckt er noch dazu bis über beide Ohren im Drogenhandel. Das ist nicht gerade günstig für das Strafmaß bei vorsätzlichem Mord. Sie unterliegt der Schweigepflicht. Karen Borg ist eine Frau von Prinzipien, das kannst du mir glauben. Ich kenne sie verdammt gut. Zumindest habe ich sie gekannt.«

»Sieht nicht so aus, als ob meine Notiz Konsequenzen für sie gehabt hätte«, sagte Hanne. »Ihr ist nichts Ungewöhnliches oder Beunruhigendes aufgefallen?«

»Nein.« Er war sich da nicht so sicher, wie er vorgab. Seit zwei Wochen hatte er nicht mehr mit ihr gesprochen. Nicht, daß er es nicht versucht hätte. Obwohl sie ihn so lange geküßt hatte, bis er versprochen hatte, sie nicht anzurufen, hatte er sein Versprechen schon zwei Tage, nachdem er in aller Herrgottsfrühe ihre Treppe hinuntergestolpert war, gebrochen. Am Montagmorgen hatte er es im Büro versucht, war aber von einer freundlichen Empfangsdame abgewimmelt worden. Karen Borg habe zu tun, sicher, sein Anruf werde notiert. Die Frau hatte seither vier weitere Anrufe notiert, aber keiner war beantwortet worden. Er hatte sich in gewohnter Resignation damit abgefunden, war aber doch jedesmal enttäuscht, wenn das Telefon schellte und er in der intensiven und alles verzehrenden Hoffnung abnahm, sie könnte es sein, nur um dann feststellen zu müssen, daß sie standhaft war in ihrem Entschluß, mindestens einen Monat lang nicht mit ihm zu sprechen. Machte also noch zwei Wochen. »Nein«, wiederholte er. »Ihr ist nichts Ungewöhnliches aufgefallen.«

Die Kerzen hatten den Tisch in zwei großen Kreisen beträufelt. Håkon legte beschützend und unnötig die Hand hinter die Flammen und blies sie aus. Er erhob sich und schaltete das Deckenlicht ein.

»Das war der Auftakt«, sagte er mit aufgesetzter Munterkeit. »Das Fest feiern wir dann getrennt!«

SAMSTAG, 7. NOVEMBER

Obwohl der Winter kräftig mit dem Säbel gerasselt hatte, war er von einem normalen, windigen Herbst aus dem Feld geschlagen worden. Die Spuren des einleitenden Geplänkels waren noch einige Tage lang als grauweiße Schneeflecken liegengeblieben, inzwischen waren aber auch sie verschwunden. Der Regen war drei oder vier Grad vom Schnee entfernt, war aber viel unangenehmer. Der Asphalt, der noch vor wenigen Tagen in der nächtlichen Dunkelheit geglitzert hatte, besetzt von Millionen von schwarzen Diamanten, lag nun da wie ein flaches, sabberndes Ungeheuer und verschluckte jedes Licht in dem Moment, in dem es auf den Boden auftraf.

Hanne und Cecilie kamen von einem recht netten Fest. Cecilie hatte zuviel getrunken und nahm flirtend Hannes Hand. So gingen sie zwischen zwei Laternen einige Meter, aber Hanne ließ los, als sie in das schwache Licht traten.

»Feigling!« neckte Cecilie.

Hanne lächelte nur und schob die Hände in ihre Jackenärmel, wo sie vor einem weiteren Anlauf zu Intimität geschützt waren.

»Wir sind bald zu Hause«, sagte sie.

Ihre Haare waren schon naß, und Cecilie beklagte sich, weil ihre Brille beschlagen war.

»Dann schaff dir doch Kontaktlinsen an.«

»Das ist im Moment schwierig! Und gerade jetzt kann ich doch nichts sehen! Darf ich wenigstens deinen Arm nehmen?

Sonst falle ich hin und breche mir das Genick, und dann bist du ganz allein auf der weiten Welt.«

Arm in Arm gingen sie weiter. Hanne wollte nicht ganz allein auf der weiten Welt sein.

Vor ihnen lag der Park, ziemlich leer. Beide hatten im Dunkeln Angst, aber der Weg durch den Park war fünf Minuten kürzer. Sie wagten es.

»Du bist eigentlich total witzig, Hanne. Du bist riesig witzig«, brabbelte Cecilie, als ob Menschenstimmen alle Mächte der Finsternis verjagen könnten, die möglicherweise an diesem späten Herbstabend unterwegs waren. »Ich lach' mich kringelig über deine Witze. Erzähl von dem Theater in Gryllefjord. Das ist jedesmal von neuem witzig. Und so schön lang. Erzähl!«

Und Hanne erzählte bereitwillig. Als sie beim zweiten Gastspiel im Bürgerhaus von Gryllefjord angekommen war, blieb sie unvermittelt stehen. Sie hielt Cecilie mit einer abwehrenden und aggressiven Handbewegung zurück und zog ihre Freundin hinter einen riesigen Ahornbaum. Cecilie verstand das falsch und bot ihren Mund zum Kuß dar.

»Laß das, Cecilie, nimm dich zusammen und beweg dich nicht!« Sie befreite sich aus der Umarmung, lehnte sich an den Baum und lugte hervor.

Die beiden Männer waren unvorsichtig genug gewesen, sich unter eine der beiden Laternen in dem großen, dunklen Park zu stellen. Die Frauen waren dreißig Meter von ihnen entfernt und konnten kein Wort verstehen. Hanne Wilhelmsen sah nur den Rücken des einen Mannes, er hatte die Hände in den Taschen und trat von einem Fuß auf den anderen. Das konnte bedeuten, daß er schon eine Weile dort stand. Sie blieben ziemlich lange stehen, die Männer im leisen Gespräch, die Frauen hinter dem Baum. Cecilie hatte endlich den Ernst der Lage begriffen und sich damit abgefunden, daß Hanne ihr Benehmen später erklären würde.

Der Mann, der ihnen den Rücken zukehrte, war ganz normal

angezogen. Seine Jeans steckten in schiefgetretenen Snowjoggern, seine Jeansjacke war mit Kunstpelz gefüttert, das Futter lugte grauweiß aus dem Kragen. Seine Haare waren kurz, es war fast schon ein Bürstenschnitt.

Der Mann, dessen Gesicht Hanne Wilhelmsen gut sehen konnte, trug einen hellbeigen Mantel und war ebenfalls barhäuptig. Er sagte nicht viel, schien sich aber auf den Redefluß des anderen zu konzentrieren. Nach einigen Minuten gab der ihm eine kleine Mappe, es konnte sich um Dokumente handeln. Rasch blätterte er die Papiere durch und stellte offenbar Fragen zum Inhalt. Mehrmals zeigte er auf bestimmte Papiere und drehte die Mappe so, daß sie beide hineinschauen konnten. Schließlich faltete er sie der Länge nach zusammen und mühte sich damit ab, sie in seiner Manteltasche zu verstauen.

Das Licht kam von oben, wie von einer schwachen Sonne im Zenit. Das ließ sein Gesicht aussehen wie eine Karikatur, fast diabolisch. Aber das spielte keine Rolle, Hanne Wilhelmsen hatte ihn sofort erkannt. Als die beiden Männer einander die Hand reichten und sich trennten, ließ Hanne den Ahornbaum los und drehte sich zu ihrer Freundin um.

»Ich weiß, wer der Kerl ist«, teilte sie ihr zufrieden mit.

Der Mann im Mantel lief mit hochgezogenen Schultern zu einem Auto, das am anderen Ende des Parks stand.

»Das ist Peter Strup«, sagte Hanne Wilhelmsen. »Der Anwalt Peter Strup.«

MONTAG, 9. NOVEMBER

Die Bilder hingen dicht an dicht an den Wänden. Das machte einen gemütlichen Eindruck, auch wenn sie sich gegenseitig erschlugen. Sie erkannte einige Signaturen.

Anerkannte Künstler. An einem feuchten Abend hatte sie dem Besitzer eine nette Summe für ein fast einen Quadratmeter großes Bild des Olav-Ryes-plass angeboten. Wasserfarben, allerdings kein Aquarell, die Farbe war auf glattes graues Papier aufgetragen worden, das sie nicht aufgesogen hatte. Die Bilder waren brutal und hart, erfüllt von Stadtleben und Dreck. Im Hintergrund konnte man das Mietshaus ahnen, in dem Karen Borg wohnte. Das Bild war unverkäuflich.

Die Tische standen zu dicht beieinander, das war das einzige, was sie an diesem Lokal störte. Es war schwer, ein vertrauliches Gespräch zu führen, wenn der Nachbartisch nur wenige Zentimeter entfernt stand. Montags war hier allerdings nicht viel los. Es war so still, daß sie gegen den Tisch protestiert hatten, der ihnen höflich angewiesen worden war, und auf einem Platz auf der anderen Seite des Restaurants bestanden hatten. An den Nachbartischen saß bisher noch niemand.

Das schwarze Wachstuch wirkte zusammen mit den weißen Stoffservietten elegant, die Weingläser waren perfekt, ohne jeden Schnickschnack. Der Wein war phantastisch, sie mußte ihn zu dieser Wahl beglückwünschen.

»Du gibst dich nicht geschlagen«, sagte sie, nachdem sie den ersten Schluck genommen hatte.

»Nein, dafür bin ich nicht bekannt; das lasse ich mir nicht nachsagen, jedenfalls nicht bei schönen Frauen.«

Aus dem Mund eines anderen hätte das banal und sogar ziemlich frech geklungen. Bei Peter Strup wirkte es wie ein Kompliment. Sie registrierte – nicht ohne sich deshalb Vorwürfe zu machen –, daß es ihr gefiel.

»Ich konnte doch eine schriftliche Einladung nicht ablehnen«, sagte Karen Borg. »So eine Anfrage habe ich seit Jahr und Tag nicht erhalten.«

Die Karte hatte morgens ganz oben auf ihrem Poststapel gelegen. Eine gelbbraune Büttenkarte mit einem dünnen Aufdruck oben in einer Ecke: *Peter Strup, Anwalt beim Obersten Gericht*. Die Karte war handgeschrieben, in einer männlichen, aber eleganten und gut lesbaren Schönschrift. Es war eine höfliche Einladung, mit ihm abends in einem bestimmten Restaurant zu essen, rücksichtsvollerweise nur zwei Blocks von Karens Wohnung entfernt. Abschließend hatte er geschrieben:

»Diese Einladung erfolgt in den allerbesten Absichten. Da ich Deine höfliche Ablehnung noch in frischer Erinnerung habe, überlasse ich es Dir, ob Du kommst. Du brauchst nicht Bescheid zu sagen, ich bin jedenfalls um 19.00 Uhr dort. Solltest Du nicht kommen, verspreche ich, daß Du nichts mehr von mir hören wirst – jedenfalls nicht im Zusammenhang mit diesem Fall.«

Er hatte mit seinem Vornamen unterschrieben. Das Ganze wirkte ein wenig aufdringlich, aber das lag nur an der Sache mit dem Namen. Der Brief an sich war elegant und ließ ihr wirklich die Wahl. Sie konnte hingehen, wenn sie wollte. Sie wollte. Aber ehe sie sich endgültig entschied, rief sie doch noch bei Håkon an. Sie hatte ihn vor über zwei Wochen gebeten, sich zurückzuhalten. Seither wechselte bei ihr ein wilder Drang, ihn anzurufen, mit Panik angesichts dessen, was passiert war. Es war die beste Nacht in Karen Borgs Leben gewesen. Diese Nacht bedrohte alles, was sie hatte, sie hatte ihr gezeigt, daß es etwas in ihr gab, das sie aus dem sicheren Dasein herauslockte, von dem sie so abhängig war. Sie wollte kein Verhältnis nebenbei. Und sie wollte sich unter keinen Umständen scheiden lassen. Die einzige vernünftige Entscheidung war also, sich Håkon vom Leibe zu halten. Aber gleichzeitig sehnte sie sich grausam nach ihm, sie hatte auf dem Weg zu einer Entscheidung, von deren Ausgang sie noch keine Ahnung hatte, vier Kilo eingebüßt.

»Hier ist Karen«, verkündete sie, als sie ihn beim dritten Versuch endlich erwischt hatte.

Er schluckte so heftig, daß er husten mußte. Sie hörte, daß er den Hörer beiseite legen mußte. Was sie nicht mitbekam, war, daß Husten und Aufregung zur Folge hatten, daß er sich erbrechen mußte. Er konnte gerade noch den Papierkorb schnappen. Sein Gaumen brannte, als er endlich antworten konnte. »Tut mir leid«, hüstelte er. »Ich hab' etwas in den falschen Hals gekriegt. Wie geht's dir?«

»Darüber will ich jetzt nicht sprechen, Håkon. Wir werden darüber reden. Später. Ich muß nachdenken. Ich muß nachfühlen. Du bist ein lieber Junge. Du läßt mir noch ein bißchen Zeit.«

»Und warum rufst du an?« Eine Mischung aus Verzweiflung und schwacher Hoffnung machte seine Stimme unnötig mürrisch. Das hörte er selbst, aber er hoffte, die Telefonleitung werde das Schlimmste vertuschen.

»Peter Strup hat mich zum Essen eingeladen.«

Schweigen. Håkon Sand war aufrichtig überrascht und hemmungslos eifersüchtig.

»Ach.« Was sollte er sonst noch sagen? »Ach«, wiederholte er. »Hast du zugesagt? Und hat er erklärt, warum er dich einlädt?«

»Eigentlich nicht«, antwortete sie. »Aber ich glaube, es hängt mit unserem Fall zusammen. Ich würde gern hingehen. Soll ich?«

»Nein, natürlich nicht! Er ist Verdächtiger in einem wichtigen Fall! Hast du denn völlig den Verstand verloren? Die Götter mögen wissen, was dem alles zuzutrauen ist. Nein, du darfst nicht hingehen! Hörst du?«

Sie seufzte und begriff, welch ein Fehler dieser Anruf war. »Er ist doch kein Verdächtiger, Håkon. Jetzt übertreibst du aber wirklich. Ihr habt überhaupt nichts gegen den Mann vorliegen! Daß er ein seltsames Interesse an meinem Mandanten an den Tag legt, kann doch unmöglich ausreichen, um ihn für die Polizei spannend zu machen. Ehrlich gesagt bin ich ein bißchen neugierig darauf, woher sein Interesse eigentlich stammt, und bei diesem Essen klärt sich das vielleicht auf. Das müßte doch auch für euch von Vorteil sein, oder? Ich verspreche dir, ich erzähle dir, was dabei herauskommt.«

»Wir haben einiges über den Mann«, widersprach Håkon voller Pathos. »Wir haben mehr als nur Mandantenklau. Aber ich kann nichts darüber sagen. Du mußt mir einfach glauben.«

»Ich glaube, du bist eifersüchtig, Håkon.«

Er hörte geradezu, daß sie lächelte; das hätte er schwören können, verdammt. »Ich bin nicht die Spur von eifersüchtig«, brüllte er und würgte eine weitere Portion Magensäure hervor. »Mir geht es wirklich und rein professionell um deine Sicherheit!«

»Na gut«, sagte sie. »Wenn ich heute abend verschwinden sollte, dann kannst du Peter Strup verhaften. Ich gehe jedenfalls hin. Mach's gut.«

»Warte! Wo trefft ihr euch?«

»Geht dich nichts an, Håkon, aber wenn du es unbedingt wissen willst: Markveien Mat- und Vinhus. Ruf mich nicht an. Ich rufe dich an. Bald. In ein paar Tagen oder Wochen.«

Das Telefon klickte, und Karen wurde von einem höhnischen, monotonen Summton abgelöst.

»Verdammt«, murmelte Håkon Sand, dann kotzte er in den Papierkorb, zog die Plastiktüte heraus und verknotete sie, ehe er sich des stinkenden Bündels entledigte.

Das Essen war phantastisch. Karen Borg freute sich sehr über eine gute Mahlzeit. Ihre eigenen Versuche am Kochtopf gingen immer daneben, ein Regalmeter Kochbücher hatte ihr auch nicht weitergeholfen. Im Laufe der Jahre hatte Nils nach und nach die Küche übernommen. Er konnte aus Suppenwürfeln Feinschmeckermahlzeiten herstellen, sie konnte ein Filetsteak ruinieren.

Peter Strup sah besser aus als auf den Zeitungsbildern. Laut Zeitung war er fünfundsechzig Jahre alt. Auf Bildern sah er viel jünger aus, aber das lag wohl daran, daß die vielen kleinen Runzeln nicht zu sehen waren. Jetzt, als sie weniger als einen Meter von ihm entfernt saß, sah sie, daß das Leben ihn nicht so schonend behandelt hatte, wie sie bisher angenommen hatte. Trotzdem machten die Falten in seinem Gesicht ihn glaubwürdiger, lebenserfahrener. Seine imponierenden dunkelgrauen Haare schlossen sich wie ein Stahlhelm um seinen Kopf. Ein Wikingerhäuptling mit Eisaugen.

»Wie fühlst du dich denn als Verteidigerin?« lächelte er nach Portwein und drei Gängen samt Käsekuchen.

»Ganz gut«, antwortete sie und hatte damit nicht zu viel und nicht zu wenig gesagt.

»Und ist dein Mandant noch immer so psychotisch?«

Wieso war er über den Gesundheitszustand des Niederländers informiert? Sie vergaß die Frage so rasch, wie sie aufgetaucht war.

»Ja. Der Junge tut mir leid, wirklich. Sie kommen einfach nicht weiter mit der Sache, er ist zu durchgedreht. Er gehört in eine Klinik! Aber du kennst ja die Verhältnisse... frustrierend. Ich kann nicht viel für ihn tun.«

»Besuchst du ihn?«

»Ja, das schon. Jeden Freitag. Er scheint es schön zu finden in seiner Nebelwelt. Komisch.«

»Nein, das ist überhaupt nicht komisch«, sagte Peter Strup mit einer leichten Handbewegung, die den Rauch von Karen Borgs Zigarette vertreiben sollte.

»Stört dich das?« fragte sie und drückte die halbgerauchte Prince aus.

»Nein, um Himmels willen«, versicherte er, griff nach der Packung, fischte eine neue Zigarette heraus und bot sie ihr an. »Es stört mich überhaupt nicht.«

Sie lehnte die Zigarette trotzdem ab und steckte die Packung in die Handtasche.

»Es ist nicht komisch, daß er sich über deine Besuche freut. Das ist immer so. Sicher bist du die einzige, die sich um ihn kümmert. Das ist ein Lichtpunkt im Dasein, etwas, worauf er sich vorher freuen kann und woran er sich bis zu deinem nächsten Besuch klammert. Egal, wie psychotisch er ist, er registriert doch, was passiert. Redet er?«

Es war eine ganz unschuldige und in diesem Zusammenhang natürliche Frage. Dennoch wurde Karen hellwach, trotz der entspannten Atmosphäre und des angenehmen leichten Rauschs nach drei Glas Wein. »Nur sinnloses Gemurmel«, wehrte sie ab. »Aber er lächelt, wenn ich komme. Jedenfalls schneidet er eine Grimasse, die Ähnlichkeit mit einem Lächeln hat.«

»Er sagt also nichts«, stellte Peter Strup leichthin fest und blickte sie über den Rand seines Weinglases hinweg an. »Und was murmelt er so?«

Karen Borg biß die Zähne zusammen. Sie wurde verhört, und das gefiel ihr nicht. Bisher hatte sie das Essen genossen und sich in der Gesellschaft eines höflichen, gebildeten und charmanten Mannes wohl gefühlt. Er hatte Anekdoten aus dem Gerichtssaal und vom Sport erzählt, Witze mit dreifachem Boden, und alles mit einer Aufmerksamkeit gekrönt, von der sich auch attraktivere Frauen als Karen Borg geschmeichelt gefühlt hätten. Auch sie hatte sich geöffnet, mehr, als sie es gewöhnlich tat, und ihm erzählt, wie frustrierend sie ihr Leben als Anwältin für die Reichen und Schönen fand. Jetzt verhörte er sie. Das ließ sie sich nicht gefallen.

»Ich rede nicht über konkrete Fälle. Schon gar nicht über diesen. Ich unterliege der Schweigepflicht. Außerdem finde ich, du bist mir langsam mal eine Erklärung für deine auffällige Neugier schuldig.« Sie hatte die Arme verschränkt, wie immer, wenn sie wütend oder verletzlich war. Jetzt war sie beides.

Peter Strup stellte sein Glas beiseite und saß da wie ihr maskulines Spiegelbild; er verschränkte die Arme und blickte ihr in die Augen. »Die Sache interessiert mich, weil ich die Konturen von etwas ahne, das mich angeht. Als Anwalt, als Mensch. Ich habe die Möglichkeit, dich vor etwas zu beschützen, das gefährlich sein *kann*. Laß mich die Verteidigung übernehmen.«

Er ließ seine Arme sinken und beugte sich zu ihr vor. Sein Gesicht war höchstens dreißig Zentimeter von ihrem entfernt, und unwillkürlich versuchte sie, ein Stück zurückzuweichen. Es gelang ihr nicht, ihr Hinterkopf schlug mit einem dumpfen Geräusch gegen die Wand.

»Nimm das als Warnung. Entweder überläßt du den Niederländer mir, oder du mußt die Konsequenzen tragen. Ich kann dir eins versichern: Es wäre absolut zu deinem Besten, aus der Sache auszusteigen. Wahrscheinlich ist es noch nicht zu spät.«

Im Lokal war es plötzlich zu heiß. Karen merkte, wie die Röte in ihre Wangen stieg und wie eine schwache Rotweinallergie ihren Hals mit Flecken überzog. Ihre BH-Bügel bohrten sich in ihre schweißnasse Haut, und sie sprang auf, um der Situation zu entkommen.

»Und ich kann *dir* eins versichern«, sagte sie leise, während sie nach ihrer Handtasche griff, ohne ihn aus den Augen zu lassen. »Ich gebe den Jungen um nichts in der Welt her. Er hat um meine Hilfe gebeten. Das Gericht hat mich ernannt. Ich werde ihm helfen. Vollständig unabhängig von irgendwelchen Drohungen, ob sie nun von Schurken oder von Staranwälten stammen!«

Obwohl sie leise gesprochen hatte, hatte ihr Auftritt eine gewisse Aufmerksamkeit erregt. Die wenigen Gäste im anderen Teil des Lokals verstummten und blickten sie beide voller Interesse an.

Sie dämpfte ihre Stimme noch weiter und flüsterte geradezu: »Tausend Dank für die Einladung. Es hat sehr gut geschmeckt. Ich rechne damit, nichts mehr von dir zu hören. Sollte ich noch ein Wort von dir über diesen Fall hören, werde ich mich bei der Anwaltskammer beklagen.«

»Da hin ich nicht Mitglied«, lächelte er und wischte sich mit einer großen weißen Serviette über den Mund.

Karen Borg stampfte in die Garderobe, warf ihren Mantel über und brauchte für den Heimweg eine Minute und fünfundvierzig Sekunden. Sie war außer sich vor Wut.

Die Nacht befand sich noch in der Pubertät, als sie aufwachte. Die digitalen Ziffern des Radioweckers warfen ihr den Zeitpunkt hitzig rot an den Kopf: 02.11. Nils atmete langsam und regelmäßig und stieß bei jedem vierten Atemzug ein leises Schnarchen aus. Sie versuchte, sich diesem Rhythmus anzupassen, sich an die Ruhe des großen, schlafenden Menschen neben ihr anzuhängen, wie er zu atmen, ihrer kurzatmigen Lunge dasselbe Tempo aufzuzwingen. Die Lunge protestierte, indem sie ihr einen Schwindelanfall verpaßte, aber Karen wußte aus Erfahrung, daß nach dem Schwindel in der Regel der Schlaf von seinem nächtlichen Fluchtversuch heimkehrte.

Heute nacht jedoch nicht. Ihr Herz weigerte sich ganz einfach, das Tempo zu drosseln, und ihre Lunge schrie in wildem Protest gegen eine andere Geschwindigkeit. Was hatte sie geträumt? Sie wußte es nicht mehr, aber das Gefühl von Trauer, Hilflosigkeit und undefinierbarer Angst war so stark, daß es ein schlimmer Traum gewesen sein mußte.

Vorsichtig drehte sie sich zum Bettrand und tastete mit der Hand nach dem Stecker des Telefonanschlusses auf dem Nachttisch. Sie zog ihn heraus, behutsam und ohne Nils zu wecken, das hatte sie in unzähligen Nächten trainiert. Dann stieg sie aus dem Bett und schlich sich aus dem Schlafzimmer. Bei der Tür blieb sie stehen und griff nach ihrem Bademantel.

Nur ein Lämpchen über dem Telefontisch machte es ihr möglich, auf dem Flur etwas zu sehen. Leise nahm Karen das schnurlose Telefon aus der Halterung. Danach ging sie in den Raum, den sie beide Arbeitszimmer nannten und der hinter dem Wohnzimmer lag. Hier brannte Licht; auf der riesigen Tischplatte aus dickem Kiefernholz, die schräg auf zwei viereckigen Säulen ruhte, lag psychologische Fachliteratur ausgebreitet. Vom Boden bis zur Decke umgaben Bücherregale das gesamte Zimmer. Aber sie reichten nicht aus, an mehreren Stellen türmten sich meterhohe Bücherstapel auf dem Boden. Das Zimmer war das gemütlichste in der Wohnung, in einer Ecke stand ein Sessel mit Fußbank, daneben eine Leselampe. Karen setzte sich.

Sie wußte seine Nummer auswendig, obwohl sie sie in ihrem Leben erst einmal gewählt hatte, vor etwas über zwei Wochen. Sie wußte auch seine Nummer aus der Studentenzeit noch; sie hatte sie sechs Jahre lang mindestens einmal täglich gewählt.

Aus irgendeinem Grunde wirkte es wie ein schlimmerer Verrat, ihn anzurufen, während Nils im Nebenzimmer schlief, als sich auf dem Wohnzimmerboden mit ihm zu lieben, während Nils verreist war. Sie starrte das Telefon mehrere Minuten lang an, ehe ihre Finger schließlich fast wie von selbst die richtige Ziffernkombination tippten.

Nach zweieinhalbmal Klingeln hörte sie ein halberstícktes Hallo.

»Hallo, ich bin's.« Etwas Originelleres fiel ihr nicht ein.

»Karen! Was ist los!« Er wirkte plötzlich hellwach.

»Ich kann nicht schlafen.«

Ein Rascheln und Knistern wies darauf hin, daß er sich im Bett aufsetzte.

»Ich hätte dich aber trotzdem nicht anrufen dürfen«, bat sie um Entschuldigung.

»Ach, das ist schon in Ordnung. Ehrlich gesagt, ich freue mich natürlich über deinen Anruf. Das ist doch klar. Du mußt mich immer anrufen, wenn du das Bedürfnis hast. Egal wann. Wo bist du?«

»Zu Hause.«

Stille.

»Nils schläft«, erklärte sie, um seiner Frage zuvorzukommen. »Ich hab' den Telefonstecker im Schlafzimmer rausgezogen. Außerdem schläft er um diese Zeit immer wie ein Stein. Er ist daran gewöhnt, daß ich aufwache und ein bißchen herumwandere. Das macht ihm sicher nichts aus.«

»Wie war das Essen?«

»Bis zum Kaffee sehr nett. Dann fing er wieder an rumzunerven. Ich begreife einfach nicht, was er von dem Jungen will. Er war ziemlich frech, ich mußte ihm eins auf die Finger geben. Ich glaube, ich werde nichts mehr von ihm hören.«

»Ja, du hast ziemlich wütend ausgesehen, als du gegangen bist.«

»Als ich gegangen bin? Woher weißt du das?«

»Du hast das Lokal Punkt 22.04 Uhr verlassen und bist wütend nach Hause gelaufen.« Er lachte kurz, wie um sich zu entschuldigen.

»Du Schurke, hast du mir nachspioniert?« Karen war empört und fühlte sich dennoch geschmeichelt.

»Nein, spioniert nicht, ich habe auf dich aufgepaßt. Es war ein kaltes Vergnügen. Drei Stunden in einem Torweg in Grünerløkka sind nicht gerade lustig.« Er legte eine unfreiwillige Pause ein und nieste zweimal heftig. »Ja, verdammt, da hab' ich mich wohl erkältet. Du solltest mir dankbar sein.«

»Warum hast du mich nicht angesprochen, als ich aus dem Restaurant gekommen bin?«

Håkon gab keine Antwort.

»Hast du gedacht, ich würde böse werden?«

»Ich habe diese Möglichkeit in Betracht gezogen, ja. So, wie du heute am Telefon warst!«

»Du bist süß. Du bist wirklich süß. Ich wäre sicher stocksauer gewesen. Aber es ist ein schöner Gedanke, daß du die ganze Zeit da gestanden und auf mich aufgepaßt hast. Warst du dabei der Polizist oder Håkon?«

In dieser Frage verbarg sich eine Einladung. Tagsüber hätte er sich geschickt herausgeredet, und das wäre ihr auch am liebsten gewesen, das wußte er. Aber jetzt war schwarze Nacht. Ohne es eigentlich zu wollen, sagte er die Wahrheit. »Ein Polizeiadjutant betätigt sich nicht als Leibwächter, Karen. Ein Polizeiadjutant sitzt in seinem Büro und kümmert sich nur um Papiere und Prozesse. *Ich* habe da gestanden. Ich war eifersüchtig, und ich habe mir Sorgen gemacht. Ich liebe dich. Deshalb.«

Er war zufrieden und ruhig, ihre Reaktion mochte ausfallen, wie sie wollte. Sie fiel überraschend aus und warf ihn restlos um.

»Ich bin wohl auch ein bißchen in dich verliebt, Håkon.«

Plötzlich weinte sie. Håkon war verunsichert.

»Nicht weinen!«

»Doch, ich weine, wann ich will«, schluchzte sie. »Ich weine, weil ich nicht weiß, was ich machen soll.«

Jetzt schluchzte sie heftig. Håkon konnte kaum hören, was sie sagte. Deshalb ließ er sie in Ruhe weinen. Es dauerte zehn Minuten.

»Auch eine Methode, Einheiten zu vertelefonieren«, schniefte sie schließlich.

»Nachts dauert eine Einheit ewig. Das kannst du dir schon leisten.«

Sie war jetzt ruhiger. »Ich will ein bißchen verreisen«, sagte sie. »Allein, in die Hütte. Ich nehme den Hund und Bücher mit. Ich kann hier in der Stadt einfach nicht denken. Jedenfalls nicht hier, in der Wohnung, und im Büro habe ich nur Zeit für meine Arbeit. Und auch die schaffe ich kaum.« Wieder schniefte sie los.

»Wann fährst du?«

»Weiß ich nicht. Ich werde dich auf jeden Fall vorher anrufen. Es kann noch ein oder zwei Wochen dauern. Du mußt mir versprechen, nicht bei mir anzurufen. Du hast das bisher so toll gemacht!«

»Versprochen, Ehrenwort. Aber du, kannst du das noch mal sagen?«

»Ich bin vielleicht ein bißchen verliebt, Håkon. Gute Nacht.«

DIENSTAG, 10. NOVEMBER

»Was für eine Zeitverschwendung!«

Hanne Wilhelmsen hatte zwei dicke Gummibänder um die Papiere geschlungen. Jetzt sahen sie wie ein wenig verlockendes Weihnachtsgeschenk aus. Das Paket konnte geworfen werden. Peng.

»Jetzt sind wir Olsen und Lavik durchgegangen. Nichts.«

»Nichts? Rein gar nichts?« Håkon Sand war überrascht. Daß sie nichts Interessantes fanden, war auffälliger, als wenn sie irgendwelche Kleinigkeiten entdeckt hätten. Nur wenige konnten die kritischen Scheinwerfer der Polizei ertragen, ohne daß sich irgendwo am Stecken doch ein verborgener Rest Dreck zeigte.

»Mir ist übrigens eine Sache aufgefallen«, sagte Hanne. »Wir haben keinen Zugang zu Laviks Bankkonten, weil wir keine Anklage gegen ihn erhoben haben. Aber sieh dir seine Steuererklärungen der letzten Jahre an!«

Ein Blatt voller nichtssagender Zahlen wurde vor Håkon hingelegt. Er begriff nichts. Nur, daß der Bursche über ein Jahreseinkommen verfügte, das jeden Vertreter der Anklagebehörden veranlassen konnte, vor Neid grün anzulaufen.

»Da scheint Geld verschwunden zu sein«, erklärte Hanne.

»Verschwunden?«

»Ja, sein angegebenes Einkommen stimmt einfach nicht mit seinem Vermögen überein. Entweder hat der Typ einen gewaltigen täglichen Verbrauch, oder er hat irgendwo Geld versteckt.«

»Aber warum sollte er ehrlich verdientes Geld beiseite schaffen?«

»Dafür kann es nur einen guten Grund geben: Er will sich der Vermögenssteuer entziehen. Aber so niedrig, wie hierzulande die Vermögenssteuern sind, wäre das blödsinnig und unwahrscheinlich. Ich kann mir einfach nicht vorstellen, daß er für ein paar miese Kronen zum Steuerhinterzieher wird. Seine Bilanzen sind in Ordnung und jedes Jahr von den Wirtschaftsprüfern bestätigt. Also verstehe ich das alles nicht so ganz.«

Sie sahen einander an. Håkon stopfte sich eine Prise Tabak unter die Oberlippe.

»Hast du mit dieser Sauerei angefangen?« fragte Hanne voller Abscheu.

»Nur ein Versuch, um zu verhindern, daß ich wieder auf Zigaretten reinfalle. Nur vorübergehend«, entschuldigte er sich und spuckte die Tabakreste aus.

»Das ist schädlich fürs Zahnfleisch. Und es stinkt.«

»An mir soll ja auch niemand riechen«, erwiderte er. »Werfen wir uns doch mal Bälle zu. Wann würdest du Geld beiseite schaffen?«

»Wenn ich schwarzes oder durch und durch illegales Geld hätte. Schweiz vielleicht. Wie in den Kriminalromanen. Den Schweizer Banken gegenüber sind wir ohnmächtig. Die Konten brauchen ja nicht einmal auf Namen eingetragen zu sein, eine Nummer reicht völlig aus.«

»Haben wir irgendwelche Schweizreisen registriert?«

»Nein, aber er braucht auch nicht hinzufahren. In etlichen der Länder, die er besucht hat, gibt es Filialen von Schweizer Banken. Außerdem werde ich den Gedanken nicht los, daß hinter seinem Engagement in Asien noch mehr steckt. Drogen. Das paßt gut zu unserer Theorie. Nur schade, daß er für seine Reisen eine hervorragende, legitime Erklärung hat. Seine Hotels existieren schließlich.«

Es klopfte an die Tür, und ein blonder Polizist trat ein, noch ehe irgendwer herein gesagt hatte. Das ärgerte Håkon, aber er schwieg.

»Hier sind die Unterlagen, die du haben wolltest«, sagte der Blonde und reichte Hanne vier Seiten Computerausdrucke; dann ging er, ohne die Tür hinter sich zuzumachen. Håkon stand auf und erledigte das für ihn.

»Hat einfach keine Manieren, die heutige Jugend.«

»Aber Håkon, hör mal: Wenn ich nun haufenweise illegales Geld hätte und mir ein Schweizer Konto zulegte, und wenn ich geizig wäre – würde ich dann nicht vielleicht auch etwas von meinem legalen Geld, das ich nicht dringend brauche, nehmen und hinterherschicken?«

»Geizig? Ja, so könnten wir Lavik vielleicht nennen.«

»Sieh dir doch mal an, wie nüchtern er lebt! Solche Leute haben eine ganz spezielle Freude an dem Geld auf ihrem Sparbuch. Er hat alles auf dasselbe Konto gestopft.«

Es war keine besonders gute Theorie, aber solange sie keine bessere hatten, war sie in Ordnung. Aus Geldgier begehen selbst die Besten Fehler. Fehler war hier vielleicht zuviel gesagt, man konnte es wirklich nicht als Gesetzesbruch bezeichnen, wenn jemand weniger Geld hatte, als seine Honorarrechnungen behaupteten.

»Von jetzt an gehen wir davon aus, daß Lavik Kohle in der Schweiz deponiert hat. Wir werden ja sehen, wohin uns das bringt. Nicht sehr weit, fürchte ich. Was ist mit Peter Strup? Hast du nach diesem geheimnisvollen Gespräch im Sofienbergpark seinetwegen etwas unternommen?«

Sie reichte ihm einen dünnen Umschlag. Der Polizeiadjutant sah, daß keine Registriernummer darauf stand. »Mein ganz privates Material«, erklärte sie. »Die Kopien sind für dich. Nimm sie mit nach Hause und bewahr sie an einer sicheren Stelle auf.«

Er blätterte in den Papieren. Strups Lebensgeschichte war beeindruckend. Im Krieg aktiv im Widerstand, obwohl er bei der Befreiung gerade erst achtzehn gewesen war. Schon damals Mitglied der Sozialdemokratischen Partei, hatte er sich dort in den folgenden Jahren nicht hervorgetan. Aber er war mit seinen Kampfgefährten aus dem Widerstand in Kontakt geblieben und verfügte heute über einen Freundeskreis, der auf imponierende Positionen verteilt war. Enger Freund mehrerer früherer Parteispitzen, auf gutem Fuße mit dem König, mit dem er übrigens früher zusammen gesegelt war (die Götter mochten wissen, wie er zu all dem Zeit fand), regelmäßig in Kontakt mit dem Staatssekretär im Justizministerium, mit dem er früher auch zusammengearbeitet hatte. Freimaurer zehnten Grades und damit Besitzer einer Eintrittskarte für die meisten Korridore der Macht. Er hatte eine frühere Mandantin geheiratet, eine Frau, die nach zweijähriger Hölle ihren Mann umgebracht hatte und nach anderthalb Jahren Haft zu Hochzeitsglocken in ein Leben auf der Sonnenseite entlassen worden war. Die Ehe war offenbar glücklich, niemand hatte Strup jemals eine Frauengeschichte anhängen können. Er verdiente sehr gut, obwohl seine Honorare zumeist vom Staat bezahlt wurden. Er bezahlte seine Steuern gern, wie er in den Zeitungen immer wieder betonte, und dabei war von nicht unbedeutenden Beträgen die Rede.

»Das war ja nicht gerade das Porträt eines Großverbrechers«, sagte Håkon und klappte den Ordner zu.

»Nein, aber es wirkt auch nicht besonders gesetzestreu, sich nachts in finsteren Parks mit irgendwelchen Leuten zu treffen.«

»Nächtliche Mandantengespräche werden in diesem Fall ja zur puren Gewohnheit«, stellte er ironisch fest und schob seinen Tabak mit der Zunge an Ort und Stelle.

»Wir müssen vorsichtig sein. Zu Peter Strups vielen Freunden gehören auch Leute vom Überwachungsdienst.«

»Vorsichtig? Wir sind doch so vorsichtig, daß es schon fast an Handlungsunfähigkeit grenzt.« Håkon gab den Kampf mit dem Tabaksaft auf und spuckte in den Papierkorb. Er war einfach aus der Übung.

Es war spitze und der einzige Luxus in Hanne Wilhelmsens Leben. Wie fast jeder Luxus war es vom Gehalt einer Kommissarin eigentlich nicht zu bezahlen. Aber mit dem Zuschuß einer Ärztin konnte sie sechs Monate im Jahr auf einer Harley Davidson, Baujahr 1972, die Freiheit spüren. Die Harley war rosa. Ganz rosa. Cadillacrosa mit blankem, glänzendem Chrom. Jetzt stand sie demontiert im Keller, in einem Hobbyraum mit gelben Wänden, einem alten Ofen in der Ecke, wo Hanne sich, ohne die Wohnungsgenossenschaft um Erlaubnis zu fragen, eine Verbindung zum Schornstein geschlagen hatte. An der Wand standen IKEA-Regale mit einer reichhaltigen Auswahl an Werkzeug. Im obersten Fach stand ein schwarzweißer Reisefernseher.

Der Motor lag in Einzelteilen vor ihr, und sie reinigte ihn mit Q-Tips. Nichts war gut genug für eine Harley. Bis März dauert es viel zu lange, dachte sie, und sie freute sich schon jetzt auf die erste Frühlingstour. Es würde phantastisches Wetter und riesige Pfützen geben. Cecilie würde hinter ihr sitzen, und der

Motor würde ohrenbetäubend, aber gleichmäßig dröhnen. Wenn bloß dieser verdammte Helm nicht wäre. Hanne Wilhelmsen war vor vielen Jahren in den USA von Küste zu Küste gefahren, da hatte sie ein Stirnband mit der Aufschrift »Fuck helmet laws« getragen. Hier war sie Polizeibeamtin und fuhr mit Helm. Das war nicht dasselbe. Ein Teil der Freiheit ging dabei verloren, etwas von der Freude an der Gefahr, der Kontakt mit dem Wind und die vielen Gerüche.

Sie riß sich aus ihren Träumen und schaltete den Fernseher ein, um sich die Abendnachrichten anzusehen. Die Sendung hatte schon angefangen, und es ging ziemlich hitzig zu. Journalisten hatten ein Buch über die Beziehungen der Regierungspartei zu den Geheimdiensten veröffentlicht, und einige ihrer Behauptungen schienen bestimmten Politikern gewaltig auf den Magen zu schlagen. Nur einer der drei Autoren war anwesend, er bekam sein Teil ab. Vorwürfe, es handele sich um Spekulationen und unbegründete Behauptungen, um Amateurjournalismus und Schlimmeres, hagelte nur so auf den Mann herab. Der Journalist, ein gutaussehender grauhaariger Mann von Mitte Vierzig, antwortete mit so ruhiger Stimme, daß Hanne nach wenigen Minuten davon überzeugt war, daß er recht hatte. Nachdem sie die Sendung eine Viertelstunde lang verfolgt hatte, machte sie sich wieder an den Motor. Die Ventile waren nach einer langen Saison verdreckt.

Plötzlich erweckte die Sendung wieder ihre Aufmerksamkeit. Der Moderator schien auf der Seite des Autors zu stehen und stellte einem der Kritiker eine Frage. Er verlangte eine Garantie dafür, daß der Nachrichtendienst keine Arbeiten durchführte oder Ausrüstungsgegenstände einkaufte, die nicht aus dem staatlichen Haushalt bezahlt wurden. Der Mann breitete die Arme aus und garantierte nach Herzenslust.

»Woher in aller Welt sollten wir das Geld denn sonst nehmen?« war seine rhetorische Frage.

Das brachte das Gespräch ins Schlingern, und Hanne ging wieder an die Arbeit, bis Cecilie in der Tür erschien.

»Jetzt würde ich wirklich sehr, sehr gern ins Bett gehen«, sagte sie lächelnd.

MITTWOCH, 11. NOVEMBER

Er war stocksauer und unzufrieden. Sein Fall, *der große Fall*, schien im Sande zu verlaufen. Aus der Polizei konnte er nichts herausholen. Das lag sicher daran, daß die steckengeblieben waren. Ihm ging es auch nicht anders. Sein Redakteur war unzufrieden und hatte ihn in den normalen Dienst zurückbeordert. Es ödete ihn an, bei Gericht herumzulungern und wortkargen Polizeiräten nichtssagende Informationen zu entlokken, mit denen sich höchstens ein Einspalter füllen ließ.

Er hatte die Füße auf den Tisch gelegt und sah aus wie ein vergrätzter Dreijähriger in der Trotzphase. Sein Kaffee war bitter und kalt. Sogar seine Zigarette schmeckte zum Kotzen. Sein Notizblock war leer.

Er fuhr so plötzlich auf, daß er seine Kaffeetasse umwarf. Ihr schwarzer Inhalt ergoß sich über Zeitungen, Notizen und ein Taschenbuch. Fredrick Myhreng sah sich den Dreck einige Sekunden lang an, dann beschloß er, darauf zu scheißen. Er schnappte sich seine Jacke und eilte aus der Redaktion, ehe irgend jemand ihn aufhalten konnte.

Ein alter Schulkamerad betrieb den kleinen Laden. Myhreng schaute ab und zu vorbei, um neue Schlüssel für die jeweils neue Dame zu besorgen – sie gaben sie ja nie zurück – oder weil er neue Absätze für seine Stiefel brauchte. Was Schlüsselmachen mit Schuhmacherei zu tun hatte, war ihm unbegreiflich, aber sein Schulkamerad war nicht der einzige in der Stadt, der beides kombinierte.

Sie begrüßten einander absolut überschwenglich. Fredrick Myhreng hatte das unangenehme Gefühl, daß der Mann in dem kleinen Laden stolz darauf war, einen Hauptstadtjournalisten zu kennen, behielt dieses Ritual aber bei. Der winzige

Laden war leer, und der Inhaber war mit einem abgelatschten schwarzen Winterstiefel beschäftigt.

»Schon wieder eine Neue, Fredrick! Du hast doch bald an die hundert Schlüssel zu deiner Wohnung in der Stadt verstreut!« Der Mann grinste breit und grob.

»Nein, immer noch dieselbe, Mann. Ich wollte dich wegen etwas ganz anderem um Hilfe bitten.« Der Journalist fischte eine kleine Metalldose aus einer seiner geräumigen Taschen. Er öffnete sie und zog vorsichtig die beiden Knetgummiabdrücke heraus. Soweit er sehen konnte, waren sie beide unbeschädigt. Er hielt sie seinem Schulkameraden hin.

»Aber Fredrick, bist du unter die Gauner gegangen?« In seiner Stimme lag ein Hauch von Ernst, und er fügte hinzu: »Ist das von einem numerierten Schlüssel? Davon mache ich keine Kopien. Nicht einmal für dich, alter Kumpel.«

»Nein, der ist nicht numeriert. Das siehst du doch am Abdruck.«

»Der Abdruck ist keine Garantie. Schließlich kannst du den Abdruck der Nummer entfernt haben. Aber ich glaub' dir mal.«

»Heißt das, du kannst eine Kopie machen?«

»Ja, aber das dauert seine Zeit. Ich hab' hier nicht das richtige Werkzeug. Normalerweise benutze ich fertig gegossene Rohlinge, das machen wir fast alle. Die schleife ich mit diesem feschen Gerät hier zurecht.« Er streichelte ein Ungetüm von einem Apparat mit Knöpfen und Schaltern. »Du kannst in einer Woche mal vorbeischauen. Dann müßte ich soweit sein.«

Fredrick Myhreng nannte ihn einen Engel und war schon fast draußen, als er sich noch einmal umdrehte. »Hast du eine Ahnung, was das für ein Schlüssel sein kann?«

Der Schlüsselmann zögerte. »Er ist klein. Vielleicht für einen Schrank? Vielleicht auch für ein Schließfach. Ich werd's mir durch den Kopf gehen lassen.«

Myhreng stapfte zu seiner Redaktion zurück, er war jetzt ein wenig besser gelaunt.

Vielleicht hatte der Junge im Nebelheim Lust auf einen kleinen Spaziergang. Hanne Wilhelmsen jedenfalls war bereit, einen neuen Versuch zu wagen. Die Nachrichten aus dem Gefängnis ließen vermuten, daß es dem Niederländer etwas besser ging. Was nicht viel hieß.

»Nehmt ihm die Ketten ab«, befahl sie, während sie sich im stillen fragte, ob junge Polizisten unfähig zum Selberdenken waren. Die apathische, abgemagerte Gestalt vor ihr hätte sich gegen zwei kräftige Polizisten nun wirklich nicht wehren können. Es war sogar die Frage, ob er überhaupt rennen konnte. Sein Hemd umschlotterte ihn, sein dünner Hals ragte wie der eines hungernden Kriegsgefangenen daraus hervor. Die Hose hatte ihm sicher irgendwann einmal gepaßt; jetzt wurde sie nur von einem strammen Gürtel gehalten, in den irgendwer viele Zentimeter neben dem letzten ein neues Loch gemacht hatte. Das Loch war schief angebracht, und das lose Gürtelende ragte nach oben, um dann unter seinem eigenen Gewicht abzuknicken, wie eine mißlungene Erektion. Der Mann trug keine Socken. Er war blaß, ungepflegt und sah zehn Jahre älter aus als bei ihrer letzten Begegnung. Sie bot ihm eine Zigarette und eine Halspastille an. Er hustete. Sie erinnerte sich an seine Vorlieben, er lächelte schwach.

»Wie geht es dir?« fragte sie freundlich, ohne ernsthaft eine Antwort zu erwarten. Sie bekam auch keine. »Möchtest du irgend etwas? Cola, etwas zu essen?«

»Schokolade.«

Seine Stimme war leise und rauh. Wahrscheinlich hatte er seit Wochen kaum ein Wort gesagt. Hanne bat über die Sprechanlage um drei Schokoriegel. Und zwei Tassen Kaffee. Sie hatte kein Papier in die Schreibmaschine gespannt. Die Maschine war nicht einmal eingeschaltet.

»Kannst du mir überhaupt irgend etwas erzählen?«

»Schokolade«, antwortete er leise.

Sie warteten sechs Minuten. Niemand sagte etwas. Eine Schreibkraft brachte Schokolade und Kaffee und schien leicht verärgert, weil sie hier als Kellnerin eingesetzt wurde. Die Dankesbezeugungen der Kommissarin stimmten sie wieder milde.

Der schokoladeessende Niederländer bot einen seltsamen Anblick. Zuerst wickelte er die Schokolade vorsichtig aus, ohne das Papier einzureißen. Dann zerbrach er sie penibel an den markierten Stellen. Er breitete das Papier auf dem Schreibtisch aus und legte die Schokoladenstücke in exakten Millimeterabständen darauf.

Danach arbeitete er sich in einem Zickzackmuster aufwärts, fing mit einer Ecke an, aß dann das Stück, das schräg darüber lag und machte weiter, bis er in dieser Zickzacklinie oben angekommen war. Dann fing er von oben an und aß sich im selben Muster abwärts, bis er die ganze Schokolade vertilgt hatte. Das dauerte fünf Minuten. Schließlich leckte er sorgfältig das Papier ab, strich es mit den Fingern glatt und faltete es zu einem komplizierten Muster.

»Ich hab' doch gestanden«, sagte er schließlich.

Hanne fuhr zusammen. »Nein, strenggenommen hast du das noch nicht«, sagte sie. Heftige Bewegungen vermeidend, spannte sie das Papier, das sie schon mit den vorgeschriebenen persönlichen Angaben versehen hatte, in die Maschine. »Du brauchst keine Aussage zu machen«, sagte sie ruhig. »Und außerdem hast du Anspruch auf Anwesenheit deiner Anwältin.«

Damit hatte sie sich an die Vorschriften gehalten. Sie erahnte ein Lächeln in seinem Gesicht, als sie seine Anwältin erwähnte. Ein gutes Lächeln. »Du magst Karen Borg«, stellte sie freundlich fest.

»Die ist lieb.«

Er hatte sich jetzt an den zweiten Schokoriegel gemacht und folgte derselben Prozedur wie beim ersten.

»Soll sie herkommen, oder geht es in Ordnung, wenn wir beide uns allein unterhalten?«

»Das geht in Ordnung.«

Sie wußte nicht, welche Alternative er meinte, aber sie interpretierte seine Bereitwilligkeit zu ihrem Vorteil. »Du hast also Ludvig Sandersen umgebracht.«

»Ja«, sagte er und interessierte sich viel mehr für das Schokoladenmuster. Er hatte offenbar ein Stück angestoßen und das Muster gestört, und das machte ihm zu schaffen.

Hanne Wilhelmsen seufzte und überlegte sich, daß dieses Verhör vielleicht weniger wert war als das Papier, auf dem es protokolliert wurde. Aber es war den Versuch wert. »Warum hast du das gemacht, Han?«

Er sah sie nicht einmal an.

»Willst du mir nicht sagen, warum?«

Noch immer gab er keine Antwort. Die Schokolade war halb gegessen.

»Möchtest du mir vielleicht etwas anderes erzählen?«

»Roger«, sagte er laut und deutlich, und sein Blick schien für den Bruchteil einer Sekunde anwesend zu sein.

»Roger? Hat Roger dir aufgetragen, ihn umzubringen?«

»Roger.« Er verschwand schon wieder, seine Stimme klang greisenhaft. Oder wie die eines Kindes.

»Wie heißt Roger denn weiter?«

Aber es war Schluß mit seinem Mitteilungsbedürfnis. Sein Tausendmeterblick hatte übernommen. Die Kommissarin rief die beiden Breitschultrigen, verbot Handschellen und gab dem Niederländer den letzten Schokoriegel als Proviant mit. Er war glücklich und verschwand lächelnd.

Der Zettel mit der Telefonnummer hing an der Pinnwand. Sofort wurde abgenommen, und sie stellte sich vor. Karen Borg hörte sich freundlich, aber überrascht an. Sie redeten einige Minuten lang, ehe Hanne zur Sache kam.

»Du brauchst das nicht zu beantworten. Ich frage aber trotzdem. Hat Han van der Kerch dir gegenüber je den Namen Roger erwähnt?« Volltreffer. Die Anwältin verstummte. Auch Hanne schwieg.

»Alles, was ich weiß, ist, daß er irgendwo in Sagene wohnt.

Versuch's mal da. Ich glaube, du kannst dich nach einem Autohändler umsehen. Ich dürfte das nicht sagen. Ich habe es nicht gesagt.«

Hanne versicherte, es nie gehört zu haben, bedankte sich überschwenglich, brach das Gespräch ab und wählte eine dreiziffrige Nummer auf der Hausanlage.

»Ist Billy T. da?«

»Der hat frei, wollte aber noch mal reinschauen, glaube ich.«

»Dann sag ihm, er soll sich bei Hanne melden.«

»Alles klar!«

Hinter den Autofenstern sah es aus wie wütende, schiefe Bleistiftstriche. Trotz aller Bemühungen der Scheibenwischer klebte der Schneematsch an der Scheibe. Der Herbst war seltsam gewesen, Eiseskälte, Schnee sowie Regen und acht Grad plus hatten einander immer wieder abgewechselt. Im Moment hatte sich das Thermometer irgendwo auf halber Höhe eingependelt, das Wetter war seit Tagen übel.

»Du nutzt eine alte Freundschaft wirklich ganz schön aus, Hanne.« Er war nicht sauer, er zierte sich nur ein bißchen. »Ich arbeite bei der Unruhe. Und nicht als Laufbursche für Ihre Hoheit Wilhelmsen. Heute habe ich noch dazu frei. Mit anderen Worten: Du schuldest mir einen freien Tag. Vergiß das nicht.«

Er mußte seinen riesigen Körper ganz nahe zur Windschutzscheibe vorbeugen, um überhaupt etwas zu sehen. Wenn er nicht so groß und so kahl gewesen wäre, hätte er in dieser Haltung für eine vierzigjährige Dame aus dem Villenviertel mit einem zwei Jahre alten Führerschein gehalten werden können.

»Ich bin dir zu ewigem Dank verpflichtet«, beteuerte sie und fuhr zusammen, als er vor einem plötzlich auftauchenden Schatten bremste, der sich als unvorsichtiger Teenie entpuppte.

»Scheiße, ich seh' ja nichts«, sagte er und versuchte wütend, die beschlagene Fensterscheibe sauberzuwischen, aber sie beschlug genauso schnell, wie sie freigewischt wurde.

Hanne drehte die Heizung höher, ohne irgendeine Wirkung zu erzielen. »Öffentliches Eigentum«, murmelte sie und prägte sich die Wagennummer ein, damit sie diesen Dienstwagen künftig meiden konnte. »Ich habe in Sagene nur einen Roger in der Autobranche gefunden. Also brauchen wir nicht lange zu suchen«, sagte sie, um Billy T. aufzumuntern.

Der Wagen fuhr auf einen Bordstein, und Hanne wurde gegen die Tür geschleudert und stieß sich den Ellbogen am Fenstergriff.

»Au, willst du mich umbringen?« fragte sie wütend. Erst dann merkte sie, daß sie am Ziel waren.

Billy T. parkte vor einer grauen Betonmauer mit einem großen aufgemalten Parkverbotsschild. Er stellte den Motor ab und blieb, die Hände im Schoß, sitzen. »Was wollen wir hier eigentlich?«

»Uns ein bißchen umsehen. Ihm vielleicht einen Schrecken einjagen.«

»Bin ich Räuber oder Gendarm?«

»Kunde, Billy T. Du bist Kunde. Jedenfalls, solange ich nichts anderes sage.«

»Und wonach suchen wir?«

»Nach allem und jedem. Chiffre: alles, was interessant ist.«

Sie stieg aus und verriegelte die Wagentür. Ziemlich unnötig, Billy T. warf seine einfach ins Schloß.

»Die Mühle klaut doch keiner«, erklärte er und zuckte mit den Schultern, vor allem, um sich vor dem Regen zu schützen, der zu seiner Begrüßung um die Ecke gewirbelt kam.

»Sagene Car Sale«. Sie konnte den Namen erraten, obwohl die Neonbuchstaben längst hätten erneuert werden müssen. In der Dämmerung war nur »Sa ene Ca S le« zu lesen. »Ganz schön international, was!«

Irgendwo bimmelte eine Glocke, als sie den Laden betraten. Es roch nach Volvo Amazon. Ein absolut ekelerregender Geruch; er war der reichhaltigsten Auswahl an sogenannten Luftreinigern zuzuschreiben, die Hanne Wilhelmsen je gesehen hatte. Vier Weihnachtsbäume aus Pappe, jeder fünfzig bis sechzig Zentimeter hoch, standen auf einem fünf Meter langen Tresen aufgereiht. Sie waren mit kleineren Weihnachtsbäumen an Silberfäden und busenschönen Comicdamen dekoriert. Wie lauter kleine Weihnachtsgeschenke umringte ein duftendes Heer von Plastikschildkröten die Weihnachtsbäume und sorgte dafür, daß die Luft um die Kasse herum die reinste in der ganzen Stadt sein mußte. Die Schildkröten hatten lokkere, an Sprungfedern befestigte Köpfchen und nickten ihnen im Luftzug der Tür herzlich zu.

Ansonsten war der Laden vollgestopft mit allem, was Dinge, die auf vier Rädern liefen, vielleicht gebrauchen konnten. Es gab Auspuffanlagen und Tankverschlüsse, Sitzbezüge aus Nylon mit Leopardenmuster, Nackenpolster und Zigarettenanzünder. Zwischen den Regalen, wo kein Platz für weitere Fächer gewesen war, hingen alte Kalenderbilder von halbbekleideten Frauen. Ihre Busen nahmen drei Viertel der Bilder ein, während die Wochentage unten auf einem schmalen und überflüssigen Streifen verzeichnet waren.

Eine gute Minute nach dem Bimmeln trat ein Mann aus den hinteren Gemächern. Hanne Wilhelmsen mußte sich den Zeigefingernagel in die Hand bohren, um nicht loszuprusten. Der Typ war das wandelnde Klischee. Er war klein und vierschrötig, kaum über eins siebzig. Seine Hose war aus braunem Terylen, mit eingenähter Bügelfalte. Über dem Knie war die Naht aufgegangen. Es sah komisch aus, der schmale lange Würstchensaum, der sich über dem Knie in einen losen Faden auflöste, um sich fünfzehn Zentimeter weiter oben wieder zu sammeln. Die Hose war bestimmt zwanzig Jahre alt. Jedenfalls war es so lange her, daß Hanne eingenähte Bügelfalten gesehen hatte. Sein Hemd war von der Sorte, die sie auf dem Gymnasium »Nußhemd« genannt hatten, hellblau mit kleinen Rhomben; aus Liebe zur Wahrheit mußte zugegeben werden, daß der Schlips dazu paßte. Auch der war hellblau. Über der ganzen Pracht trug der Mann ein Sakko mit Pepitamuster; ein

Knopf fehlte. Das machte nichts, das Sakko war so eng, daß er es unmöglich hätte zuknöpfen können. Auf dem Kopf sah er aus wie ein Igel.

»Kann ich behilflich sein?« fragte er laut und freundlich. Der Mann mit dem Ohrring schien ihm fast angst zu machen. Offenbar beruhigte Hannes Anwesenheit ihn, denn er strahlte, als er sich ihr zuwandte und sein Angebot wiederholte.

»Ja, wir würden uns gern einen Gebrauchtwagen ansehen«, sagte Hanne mit leichtem Zögern und warf einen Blick über die Schulter des kleinen Mannes auf eine Tür mit einem Fenster, das in den letzten beiden Jahren wohl kaum geputzt worden war. Sie ging davon aus, daß sich dahinter ein Lagerhaus voller Gebrauchtwagen verbarg.

»Gebrauchtwagen, ja, da seid ihr an der richtigen Adresse«, lachte der Mann, jetzt noch freundlicher. Er hatte zuerst wohl geglaubt, sie wollten ein Autofeuerzeug, und schien nun die Möglichkeit eines größeren Geschäftes zu sehen. »Wenn die Herrschaften mir folgen wollen?«

Er führte sie durch die verdreckte Tür, und Billy T. registrierte gleich daneben eine weitere identische Tür. Sie führte in eine Art Büro. Der Ölgestank war nach den vielen Weihnachtsbäumen eine Erleichterung. Es roch nach echten Autos. Der Laden hatte offenbar nicht den Ehrgeiz, sich zu spezialisieren; es gab Ladas und Peugeots, Opel und scheinbar brauchbare vier, fünf Jahre alte Mercedes.

»Hier habt ihr noch die freie Auswahl! Darf ich fragen, welche Preisklasse das Ehepaar sich so vorgestellt hat?« Er lächelte hoffnungsvoll und schielte zu dem nächststehenden Mercedes hinüber.

»So vielleicht Drei-, Viertausend«, murmelte Billy T., und der Mann machte seinen nassen Mund so spitz wie möglich.

»Er macht Witze«, beruhigte Hanne. »Wir haben an die Siebzigtausend, aber das ist nicht unbedingt die Höchstgrenze. Nette Eltern können auch noch was zuschießen«, flüsterte sie vertraulich und beugte sich zu ihm vor.

Der Autohändler strahlte und nahm ihren Arm. »Dann solltest du mal einen Blick auf diesen Kadett hier werfen.«

Der Kadett sah ziemlich gut aus.

»Baujahr siebenundachtzig, nur vierzigtausend gefahren, *garantiert*; und nur ein Vorbesitzer. Gediegenes Auto. Ich kann einen guten Preis bieten. Einen guten Preis.«

»Schöner Wagen.« Hanne nickte und bedachte ihren Gatten mit einem unmißverständlichen Blick. Er faßte sich an den Schritt und fragte den Mann im Pepita nach der Toilette.

»Gleich da draußen, gleich da draußen«, antwortete der freundlich, und Hanne begann sich zu fragen, ob er vielleicht einen Sprachfehler hatte, der ihn zwang, alles zweimal zu sagen. Eine Art avancierte Form des Stotterns, dachte sie. Billy T. verschwand.

»Nervöser Magen«, erklärte sie. »Er hat heute nachmittag noch ein Bewerbungsgespräch. Jetzt muß er schon zum viertenmal, der Arme.«

Der Händler bekundete tiefes Mitgefühl und schlug vor, sie solle sich doch mal in den Kadett setzen. Und der war wirklich schön. »Ich kenne dieses Auto nicht«, sagte sie. »Macht es dir was aus, dich neben mich zu setzen und mir alles zu erklären?«

Das machte ihm überhaupt nichts aus. Er drehte den Zündschlüssel und führte ihr alle Feinheiten vor. »Scharfes Modell«, erklärte er nachdrücklich. »Gediegenes Teil. Unter uns gesagt: Der Vorbesitzer war ein Geizkragen. Aber das Gute daran ist, daß er die Mühle gehegt und gepflegt hat.« Er fuhr über das frischgewaschene Armaturenbrett, ließ die Scheinwerfer aufflackern, regulierte die Rücklehne, schaltete das Radio ein, schob eine Kassette mit norwegischer Countrymusik ein und brauchte unnötig viel Zeit, um Hanne den Sicherheitsgurt umzulegen.

Sie drehte sich zu ihm hin. »Und der Preis?« Keiner der Wagen wies ein Preisschild auf, was sie seltsam fand.

»Der Preis, ja, der Preis…« Er kostete dieses Wort ein Weilchen aus und lutschte erst einmal an seinen Zähnen, ehe er ihr ein Lächeln schenkte, das vermutlich freundlich und kameradschaftlich sein sollte. »Du hast Siebzigtausend und liebe Eltern. Für dich sage ich Fünfundsiebzig. Inklusive Radio und neue Winterreifen.«

Sie saßen nun schon über fünf Minuten im Auto, und langsam sehnte sie sich nach Billy T. Es gab Grenzen dafür, wie lange sie um ein Auto feilschen konnte, ohne es plötzlich gekauft zu haben. Drei Minuten später klopfte er ans Fenster. Sie kurbelte es herunter.

»Wir müssen los. Wir müssen die Kinder holen«, sagte er.

»Nein, die hole ich. Du mußt doch zu deinem Bewerbungsgespräch«, korrigierte sie.

»Ich rufe noch einmal an«, versprach sie dem Terylenmann, der seine Enttäuschung allerdings nicht verhehlen konnte; er hatte den Handel bereits für komplett gehalten. Er riß sich zusammen und reichte ihr seine Visitenkarte. Sie war genauso geschmacklos wie der Inhaber, eine Art dunkelblaues Kunstseidenpapier mit *Roger Strømsjord, adm. Dir.* in Goldschrift.

Hochgestochener Titel.

»Das ist mein Laden«, erklärte er mit bescheidenem Schulterzucken. »Aber du mußt dich beeilen. Diese Wagen sind hier nur auf Stippvisite. Mächtig populär. Mächtig populär, das kann ich dir sagen.«

Sie bogen um die Ecke, diesmal mit Rückenwind, erreichten ihr Auto und lachten zwei Minuten lang. Dann wischte Hanne sich die Tränen ab.

»Hast du etwas Interessantes gefunden?«

Er beugte sich vor und hob eine Arschbacke, um ein kleines Notizbuch aus seiner Hosentasche zu fischen. Er warf es in ihren Schoß. »Das einzige, was da von Interesse sein konnte. Es steckte in seiner Anoraktasche.«

Hanne Wilhelmsen lachte nicht mehr. »Der Teufel soll dich holen, Billy T.! So was haben wir auf der Polizeischule nicht gelernt. Außerdem ist es verdammt blöd, für den Fall, daß da was von Interesse drinsteht. So können wir es nicht als Beweis verwenden. Ungesetzliche Beschlagnahmung! Wie willst du das erklären?«

»Jetzt reg dich ab. Das Buch da bringt niemanden hinter Gitter. Aber es kann dir ein bißchen weiterhelfen. Vielleicht. Ich habe keine Ahnung, was drinsteht, ich habe es nur kurz durchgeblättert. Telefonnummern. Sei lieber ein bißchen dankbar!«

Die Neugier hatte den Ärger der Kommissarin bereits verdrängt. Sie blätterte das Notizbuch durch. Natürlich strömte auch das den Wunderbaumgeruch aus. Es enthielt wirklich eine Menge Telefonnummern. Die meisten standen auf den ersten sechs Seiten, dann Namen in alphabetischer Reihenfolge, danach ging es wild durcheinander. Die letzten Nummern waren namenlos, einige wenige mit Initialen, die meisten aber nur mit kleinen unbegreiflichen Zeichen. Hanne stutzte. Einige Nummern fingen mit Zahlen an, mit denen in Oslo keine Telefonnummer anfing. Vorwahlen waren aber nicht angegeben. Sie blätterte weiter und blieb bei drei Initialen hängen.

»H. v. d. K.«, rief sie. »Han van der Kerch! Aber die Nummer sagt mir nichts…«

»Sieh doch mal im Telefonbuch nach«, sagte Billy T. und hatte es schon aus dem Handschuhfach gezogen, ehe Hanne reagieren konnte. »Worunter steht van der Kerch, unter van oder der oder Kerch?«

»Keine Ahnung, versuch's einfach.«

Er fand den Eintrag bei Kerch. Die Nummer stimmte durchaus nicht mit der im Notizbuch überein. Hanne war enttäuscht, hatte aber das Gefühl, irgend etwas an diesen beiden Nummern noch nicht richtig erklären zu können. Etwas ähnliches, so unterschiedlich sie auch waren.

Sie brauchte dreißig Sekunden, um zu kapieren. »Heureka! Die Nummer im Telefonbuch ist die Nummer im Notizbuch minus der nächsten Ziffer in der Reihe, wenn du auch negative Zahlen mitberechnest, aber das Minus streichst.«

Billy T. verstand nur noch Bahnhof.

»Hast du nie solche Gesellschaftsspiele mit Zahlen mitgemacht? Dir wird eine Zahlenreihe vorgelegt, und dann sollst du das System entdecken und die letzte Zahl hinzufügen. Eine Art Intelligenztest, behaupten manche, aber ich halte es für ein Gesellschaftsspiel. Sieh mal: Die Nummer im Notizbuch ist 932435. Also rechnen wir neun minus drei, macht sechs. Drei minus zwei ist eins, zwei minus vier ist minus zwei, wir scheißen auf das Minus. Vier minus drei ist eins, und drei minus fünf ist minus zwei. Von fünf ziehen wir die erste Zahl ab, neun, das macht minus vier. Die Nummer im Telefonbuch muß dann 612124 sein.«

»Stimmt.« Er war ehrlich beeindruckt. »Woher in aller Welt weißt du das?«

»Ja, Himmel, ich wollte doch tatsächlich mal Mathematik studieren. Zahlen faszinieren mich. Das hier kann kein Zufall sein. Schlag mal die Nummer von Jørgen Lavik nach.«

Sie wandte dieselbe Methode an und hatte Erfolg. Die Nummer stand in kodierter Form auf Seite acht des Notizbuches. Billy T. ließ den Wagen mit einem so triumphierenden Gebrüll an, wie es einem müden Opel Corsa nur zu entlocken war, und bretterte in den grauen Nachmittag hinaus.

»Entweder kauft Jørgen Lavik viele Gebrauchtwagen, oder das hier ist das Handfesteste, was wir in diesem Fall bisher haben«, sagte Hanne siegessicher.

»Du bist ein Genie, Hanne«, sagte Billy T. mit einem Lächeln, das sein ganzes Gesicht zerschnitt. »Ein verdammtes Genie!«

Schweigend fuhren sie weiter.

»Im Grunde habe ich richtig Lust auf diesen Kadett«, murmelte Hanne, als sie in die Garage des Polizeigebäudes huckelten.

DONNERSTAG, 12. NOVEMBER

Jørgen Ulf Lavik war so selbstsicher wie beim letztenmal. Håkon Sand kam sich in seiner ausgebeulten Cordhose und dem fünf Jahre alten Pullover mit einem erschöpften, zerknautschten Alligator, dem das Waschwasser nicht bekommen war, blöd vor. Der Anzug des Anwalts stand in schreiendem Widerspruch zu der Theorie, der Mann sei ein Geizkragen.

»Warum ist der eigentlich dabei?« fragte Lavik Hanne und nickte dabei zu Håkon Sand hinüber. »Ich dachte, die Juristen wären hier für die Sklavenarbeit zuständig.« Beide waren sauer. Was wahrscheinlich beabsichtigt gewesen war.

»Und was ist heute mein Status?« fragte Lavik weiter, ohne eine Erklärung für Håkon Sands Anwesenheit zu erwarten.

»Stehe ich unter irgendeinem Verdacht, oder bin ich weiterhin nur Zeuge?«

»Du bist Zeuge«, antwortete Hanne kurz.

»Darf ich fragen, was ich bezeugen soll? Ich bin jetzt zum zweitenmal hier. Ich bin ja der Polizei gegenüber positiv eingestellt, wißt ihr, aber ich verweigere weitere Besuche, wenn ihr mir nicht bald konkrete Fragen stellen könnt.«

Hanne Wilhelmsen starrte ihn sekundenlang an, und er mußte den Blick abwenden. Er sah Håkon Sand spöttisch an.

»Was hast du für einen Wagen, Lavik?«

Der Mann mußte nicht einmal nachdenken. »Das wißt ihr doch genau! Die Polizei hat doch beobachtet, wie ich mich nachts mit meinem Mandanten getroffen habe. Volvo, Baujahr einundneunzig. Meine Frau hat einen Toyota.«

»Habt ihr die neu oder gebraucht gekauft?«

»Der Volvo war neu. Standard Kombiwagen. Der Toyota war ein Jahr alt, wenn ich mich richtig erinnere. Vielleicht anderthalb.« Noch immer wirkte er sicher.

»Und den Toyota habt ihr nicht beim Händler gekauft?« regte Hanne freundlich an.

Das stimmte. Sie hatten den Toyota von einem Kollegen.

Das Fenster war nur einen knappen Zentimeter geöffnet. Draußen wehte ein kräftiger Wind, und in unregelmäßigen Abständen hörten sie ein klagendes Pfeifen, fast schon ein dünnes Heulen, wenn der Wind über die Metallkante ins Zimmer strich. Es wirkte beinahe beruhigend.

»Kennst du einen Mann, der in Sagene Autos verkauft?« Sofort bereute sie ihre Frage. Sie hätte klüger vorgehen müssen, eine schlauere Falle stellen. Das hier war überhaupt keine Falle. Anfängerin! Verlor sie ihren Job aus dem Griff? Hatte die Kopfverletzung ihre List, auf die sie so stolz war, beseitigt? Der Patzer brachte sie dazu, an einem Nagel zu knabbern.

Der Anwalt hatte genügend Zeit. Er dachte gründlich nach, offenbar gründlicher als notwendig. »Ich gebe meine Mandanten ja eigentlich nicht an. Aber da du nun mal fragst: Ich habe einen alten Mandanten namens Roger. Der hat einen kleinen Autoladen, ich glaube, in Sagene. Ich war noch nie da. Mehr möchte ich nicht sagen. Diskretion, ihr wißt schon. In dieser Branche muß man diskret sein. Sonst laufen uns die Mandanten weg.« Er schlug die Beine übereinander und legte die Hände um die Knie. Der Sieg gehörte ihm. Das wußten alle.

»Seltsam, daß er deine Telefonnummer in einem Code notiert hat.« Hanne Wilhelmsen machte einen Versuch, wenn auch vergebens.«

Anwalt Lavik lächelte. »Wenn du wüßtest, wie paranoid manche Menschen sind, dann würde dich das überhaupt nicht wundern. Ich hatte einmal einen Mandanten, der bei jeder Besprechung meine Kanzlei erst mal mit einem Wanzendetektor durchsucht hat. Ich habe ihm bei einem Mietvertrag geholfen! Einem Mietvertrag!«

Er lachte lärmend, aber überhaupt nicht ansteckend. Hanne Wilhelmsen hatte keine Fragen mehr. Es stand nichts auf dem Papier. Sie gab auf, Anwalt Lavik durfte gehen. Als er sich den Mantel anzog, sprang sie dennoch auf und trat bis auf dreißig Zentimeter an ihn heran.

»Ich weiß, daß du Dreck am Stecken hast, Lavik. Du weißt, daß ich das weiß. Du bist Anwalt genug, um dir darüber im klaren zu sein, daß wir hier mehr wissen, als wir je verwenden können. Aber eines verspreche ich dir: Ich werde an dir kleben. Wir haben noch immer unsere Quellen, unsere Informationen und unsere versteckten Tatsachen. Han van der Kerch sitzt bei uns in U-Haft. Du weißt, daß er im Moment nicht viel sagt. Aber er hat eine Anwältin, mit der er gesprochen hat, eine Anwältin von ganz anderem ethischen Kaliber als du erbärmlicher Winkeladvokat. Du hast keine Ahnung, was sie weiß, und du hast nicht den geringsten Dunst davon, was sie uns erzählt hat. Damit mußt du leben. Schau nur zurück, Lavik, ich bin hinter dir her.«

Der Mann war tiefrot geworden, während seine Nasenwurzel sich kreideweiß abzeichnete. Er war keinen Zentimeter vor Hanne zurückgewichen, aber seine Augen verengten sich zu Schlitzen, als er fauchte: »Das sind Drohungen, Frau Wachtmeisterin. Das sind Drohungen. Ich werde eine schriftliche Klage einreichen. Noch heute!«

»Ich bin keine Wachtmeisterin, Lavik. Ich bin Polizeibeamtin. Und diese Polizeibeamtin wird wie ein Schatten an dir haften, bis du zusammenbrichst. Beschwer dich ruhig.«

Er hätte ihr sicher gern ins Gesicht gespuckt, aber er riß sich zusammen und verließ wortlos das Büro. Die Tür knallte hinter ihm ins Schloß. Die Schwingungen pulsierten sekundenlang zwischen den Wänden. Håkon hatte den Mund aufgerissen und wagte nicht, auch nur ein Wort zu sagen.

»Mit dem Gesicht siehst du mongoloid aus!«

Er riß sich zusammen und klappte den Mund zu. »Was sollte denn das? Willst du Karen in Gefahr bringen? Der Kerl wird sich beschweren.«

»Soll er.« Trotz ihres dicken Patzers wirkte sie zufrieden. »Ich habe ihm richtig Angst eingejagt, Håkon. Menschen, die Angst haben, machen Fehler. Es würde mich nicht wundern, wenn deine Freundin Karen Borg bald noch einen Strafrechtler unter ihren Verehrern hätte. Und das wäre ein Fehler von ihm.«

»Aber wenn sie ihr etwas antun?«

»Niemand wird Karen Borg etwas tun. So dumm sind sie nicht.« Einen Moment lang empfand sie einen eiskalten Zweifel, aber den verdrängte sie sofort. Sie rieb sich die Schläfe und trank den restlichen Kaffee. Aus der obersten Schreibtischschublade nahm sie ein Taschentuch und eine Plastiktüte mit Druckverschluß. Vorsichtig faßte sie die Kaffeetasse, an der Lavik nur genippt hatte, am Henkel. »Er hat die Tasse überall angefaßt«, sagte sie zufrieden. »Es ist gar nicht schlecht, ein kühles Büro zu haben. Wollte sich sicher die Pfoten wärmen.«

Die Tasse verschwand in der Tüte, und das Taschentuch landete wieder in der Schublade. »Irgendwelche Fragen?«

»Du verdienst deinen guten Ruf nicht. Auf diese Weise sammeln wir keine Fingerabdrücke.«

»Paragraph 160, Strafprozeßordnung«, sagte sie wie ein braves Schulkind. »Aber wenn wir ihn unter Verdacht haben, brauchen wir keine Erlaubnis, um Fingerabdrücke zu nehmen. Ich verdächtige ihn. Du auch. Das erfüllt die Forderungen des Gesetzes.«

Håkon Sand schüttelte den Kopf. »Das war die wortklauberischste Gesetzesauslegung, die ich je gehört habe. Der Kerl hat das Recht zu erfahren, daß wir seine Fingerabdrücke haben. Er hat sogar das Recht zu fordern, daß wir sie vernichten, wenn unser Verdacht sich nicht bestätigt.«

»Das wird er aber«, sagte sie überzeugt. »Mach dich an die Arbeit!«

Sie hatten den Gürtel vergessen. Er durfte doch nichts behalten. Warum hatten sie den Gürtel vergessen? Als er zu der Polizistin mit der Schokolade zum Verhör gebracht werden sollte, war seine Hose gerutscht. Er hatte versucht, sie festzuhalten, aber als ihm die Handschellen angelegt wurden, rutschte sie wieder herunter. Die beiden blonden Männer hatten von einem Hilfswärter seinen Gürtel holen lassen und mit einer Schere ein neues Loch hineingestochen. Das war nett von ihnen. Aber warum hatten sie ihm den Gürtel nicht wieder abgenommen? Das mußte ein Versehen sein. Also nahm er ihn ab und schob ihn nachts unter seine Matratze. Mehrmals wurde er wach und sah nach, ob er noch da war. Das träumte er nicht.

Der Gürtel wurde zu einem kleinen Schatz. Über einen Tag lang war der Niederländer glücklich über den geheimen Gürtel. Das war etwas, von dem die anderen nichts wußten, etwas, das er hatte und doch nicht haben durfte. Zweimal während dieses Tages, gleich nach dem Kontrollblick des Wärters durchs Türfenster, hatte er ihn rasch umgeschnallt, hatte ein paar Laschen übersprungen, weil er es eilig hatte, und war mit gut sitzender Hose und einem breiten Lächeln durch die Zelle gelaufen. Aber nur ein paar Minuten lang, dann hatte er den Gürtel abgenommen und unter der Matratze verstaut.

Er versuchte, in seinen Illustrierten zu blättern. Er fühlte sich obenauf. Trotzdem konnte er sich nicht konzentrieren, er dachte nur an seinen Plan. Aber zuerst mußte er einen Brief schreiben. Dafür brauchte er nicht lange. Vielleicht würde sie sich freuen? Sie war nett und hatte gute Hände. Die beiden letzten Male hatte er sich schlafend gestellt. Es war so schön, wenn sie seinen Rücken streichelte. Es tat gut, angefaßt zu werden.

Der Brief war fertig. Er schob seinen Hocker vom Schreibtisch zu dem kleinen Fenster, das hoch oben in der Mauer saß. Wenn er sich streckte, konnte er den Gürtel am Gitter befestigen. Er machte einen Knoten und hoffte, daß es halten würde. Vorher hatte er das eine Ende durch die Gürtelschnalle geschoben und eine Schlinge gebildet. Eine schöne feste Schlinge, die er leicht über den Kopf streifen konnte.

Sein letzter Gedanke galt seiner Mutter in Holland. Für den Bruchteil einer Sekunde bereute er, aber es war zu spät. Der Hocker bewegte sich schon unter ihm, und der Gürtel spannte sich blitzschnell. Fünf Sekunden lang konnte er feststellen, daß er nicht das Genick gebrochen hatte. Dann wurde es schwarz vor seinen Augen, und das Blut, das durch seine Adern vom Hals in den Kopf strömte, wurde vom Gürtel am Rückweg zum Herzen gehindert. Nach wenigen Minuten quoll die Zunge aus seinem Mund, blau und groß, und seine Augen erinnerten an die eines Fisches auf dem Trockenen. Han van der Kerch war tot, er war nur dreiundzwanzig Jahre alt geworden.

FREITAG, 13. NOVEMBER

Billy T. hatte von einer Wohnung gesprochen. Diese Bezeichnung war unverdient. Das Mietshaus hatte sicher die absolut mieseste Lage in Oslo. Es stand eingequetscht zwischen Mossevei und Ekebergvei, gebaut war es irgendwann um 1890, lange bevor sich irgend jemand das Verkehrsungeheuer hatte vorstellen können, das das Haus langsam zerkauen sollte. Es hatte das Haus irgendwann als ungenießbar ausgespuckt, und so stand es immer noch da, in einem Zustand, der nur für die Reservespieler der Gesellschaft, die ansonsten in einem Container im Hafen gelandet wären, akzeptabel war.

Es roch muffig und widerlich. Gleich hinter der Haustür stand ein Eimer mit den Resten alter Kotze und etwas anderem, das undefinierbar, aber vermutlich organisch war. Hanne Wilhelmsen befahl den stupsnäsigen Rotschopf ans Küchenfenster. Er riß und schob, aber das Fenster ließ sich nicht bewegen. »Das ist seit Jahren nicht mehr geöffnet worden«, stöhnte er, und sie nickte kurz als Antwort. Er betrachtete das als Erlaubnis, seine Versuche einzustellen.

»Pfui Teufel, das sieht ja vielleicht aus«, erklärte er und sah aus, als wolle er aus Angst vor unbekannten und lebensgefährlichen Bazillen keine Bewegung riskieren. Zu jung, dachte Hanne Wilhelmsen, die schon zu viele von diesen Löchern gesehen hatte, die andere als Zuhause bezeichneten. Zwei Plastikhandschuhe flogen durch die Luft.

»Zieh die an«, sagte sie und streifte selbst ein Paar über.

Die Küche lag gleich links neben dem engen Flur. Überall stand verkrustetes Geschirr herum. Zwei schwarze Müllsäcke standen auf dem Boden, und Hanne verschaffte sich mit der Schuhspitze Zugang. Der Müll erfüllte den Raum mit Gestank, und der Rothaarige übergab sich.

»Entschuldigung«, keuchte er. »Tut mir leid.«

Er stürzte an ihr vorbei und aus der Wohnung. Sie lächelte kurz und ging ins Wohnzimmer. Das war kaum größer als fünfzehn Quadratmeter, von denen noch ein provisorisch eingerichteter Schlafalkoven abgeteilt war. Das Zimmer war quadratisch, und ungefähr in der Mitte ragte ein Pfosten vom Boden bis zur Decke. Ein Vorhang aus billigem braunem Stoff verdeckte eine Wand, er war mit Nägeln an der Decke befestigt. Die Leiste, an der er saß, war schief. Vermutlich im Suff angebracht. Hinter dem Vorhang stand ein selbstgebautes Bett, so breit, wie es lang war. Das Bettzeug konnte in diesem Jahr unmöglich gewaschen worden sein. Sie hob mit zwei plastikumhüllten Fingern die Decke an. Das Laken erinnerte an eine Palette mit Brauntönen und etwas Rot. Eine Schnapsflasche lag am Fußende. Leer. Neben dem Bett stand ein schmales Regal. Erstaunlicherweise befanden sich Bücher darin. Bei näherem Hinsehen entpuppten sie sich als dänische Pornos. Ansonsten besetzten leere und halbleere Flaschen sowie einige Andenken an die Nachbarländer das Regal, außerdem ein kleines, verschwommenes Foto eines vielleicht zehnjährigen Jungen. Sie hob es hoch und sah es sich genau an. Hatte Jacob Frøstrup einen Sohn gehabt? Gab es irgendwo einen kleinen Jungen, der den armen Junkie, der nach einer Überdosis im Osloer Kreisgefängnis geendet war, vielleicht geliebt hatte? Unbewußt wischte sie mit dem Jackenärmel Staub von dem Glasrahmen, machte mehr Platz für das Bild und stellte es zurück.

Das einzige Fenster im Zimmer befand sich unmittelbar neben dem Alkoven. Es ließ sich öffnen. Drei Stock weiter unten, im Hinterhof, sah sie den jungen Polizisten sich mit einem Arm an die Wand stützen und den Boden anstarren. Er trug noch immer die Plastikhandschuhe.

»Wie geht's dir?«

Sie bekam keine Antwort, aber er richtete sich auf, sah zu ihr hoch und machte eine beruhigende Handbewegung. Gleich darauf stand er wieder in der Tür. Blaß, aber gefaßt.

»Das habe ich auch fünf-, sechsmal mitgemacht.« Sie lächelte tröstend. »Du gewöhnst dich daran. Atme durch den Mund und denk an Himbeeren. Das hilft.«

Sie brauchten nur eine Viertelstunde, um die Wohnung zu durchsuchen. Etwas Interessantes fanden sie dabei nicht. Das überraschte Hanne Wilhelmsen kein bißchen. Billy T. hatte ihr versichert, daß es nichts gab; er hatte alles abgesucht. Na ja, nichts Sichtbares. Also mußten sie nach dem Unsichtbaren suchen. Sie schickte den Jungen zum Auto, um Werkzeug zu holen. Er griff diese neue Möglichkeit, frische Luft zu schnappen, dankbar auf. Drei Minuten später war er wieder da.

»Bo sollem bir amfamgem?«

»Beim Reden brauchst du nicht durch den Mund zu atmen; wenn du redest, atmest du doch sicher nicht ein?«

»Ich kotze, bemm bicht die gamze Zeit beime Mase zu ist.«

Sie suchten die Täfelung ab, die am neuesten aussah, an der Wand hinter dem Sofa. Sie war leicht zu entfernen. Der Junge hatte das Brecheisen gut im Griff und arbeitete, bis ihm der Schweiß troff. Nichts zu finden. Die Täfelung wurde wieder angebracht, das Sofa zurückbugsiert.

»Der Teppich«, befahl Hanne und bückte sich in einer Ecke. Der Teppichboden, der einst grün gewesen sein mochte, war von Dreck und Staub bleischwer geworden. Hanne und ihr Kollege mußten sich abwenden, als das alles hochgewirbelt wurde. Trotzdem konnten sie ihn bis zum Sofa aufrollen. Die Dielen unter dem Teppich sahen uralt aus und hätten schön werden können, wenn sie abgeschliffen worden wären.

»Sieh bal, das ist bicht gamz so dreckig bie die amderem«, murmelte der Rothaarige und zeigte auf ein Dielenbrett.

Er hatte recht. Das Brett war viel heller als die anderen. Außerdem fehlte in seiner Umgebung der Dreck, der sonst überall die Dielenritzen einebnete. Hanne nahm einen Schraubenzieher, lockerte das Brett und hob es vorsichtig hoch. Ein kleiner Hohlraum kam zum Vorschein. Etwas, das in eine Plastiktüte gepackt war, füllte diesen Hohlraum aus. Der Rothaarige war jetzt so eifrig, daß er vergaß, durch den Mund zu atmen.

»Das ist Geld, Wilhelmsen, Geld! Und zwar verdammt viel!«

Die Kommissarin erhob sich, zog ihre schmutzigen Plastikhandschuhe aus, warf sie in eine Ecke und streifte saubere über. Dann hockte sie sich wieder hin und zog das Paket aus dem Loch. Der Junge hatte recht. Es war Geld. Ein dicker Stapel Tausender. In aller Eile stellte sie fest, daß es sich um mindestens fünfzigtausend Kronen handeln mußte. Ihr Kollege hatte eine Plastiktüte aus der Tasche gezogen und hielt sie ihr hin. Sie war gerade groß genug.

»Gut gemacht, Henriksen. Aus dir wird noch mal ein Spitzenbulle!«

Der Junge freute sich über dieses Lob, und in purem Glücksrausch bei der Aussicht, diesen stinkenden Ort zu verlassen, räumte er freiwillig auf. Dann verschloß er die Tür und hüpfte wie ein kleiner Hund hinter seiner Vorgesetzten her die Treppe hinunter.

DONNERSTAG, 19. NOVEMBER

Niemand konnte behaupten, daß sie dieses Ergebnis erwartet hätten. In Wahrheit hatte außer Hanne Wilhelmsen überhaupt niemand mit einem Ergebnis gerechnet. Håkon Sand hatte am letzten Donnerstag Laviks Tasse mit einem Schulterzucken abgetan. Han van der Kerchs Tod hatte alles überschattet. Es hatte wegen des vergessenen Gürtels ein Höllenspektakel gegeben. Ziemlich unnötig, da der Junge auch Hemd und Hose für seinen Zweck hätte benutzen können. Alle Erfahrung besagte, daß es unmöglich war, Selbstmordkandidaten zurückzuhalten, wenn sie erst einmal entschlossen waren. Und das war Han van der Kerch gewesen.

»Jaaa!« Sie bückte sich mit Hüftschwung vornüber, ballte die Faust und streckte ihren Arm aus. »Jaaa!«

Sie wiederholte diese Bewegung. Die anderen im Bereitschaftsraum sahen sich das alles stumm und leicht verlegen an. Kommissarin Hanne Wilhelmsen knallte vor dem mageren Hauptkommissar ein Papier auf den Tisch. Kaldbakken nahm es ruhig zur Hand, eine demonstrative Mißbilligung ihres unpassenden Gefühlsausbruchs. Er ließ sich Zeit. Als er das Papier wieder hinlegte, war in seinem Pferdegesicht ein Lächeln zu erahnen.

»Das ist erfreulich«, er räusperte sich, »wirklich erfreulich!«

»What an understatement!« Hanne hatte sich größeren Enthusiasmus gewünscht. Die Fingerabdrücke von Anwalt Jørgen Lavik, die sich deutlich auf einer Kaffeetasse aus einer staatlichen Kantine abzeichneten, waren identisch mit einem schönen, vollständigen Abdruck auf einem der Tausender, die sie in einer stinkenden Wohnung im Mossevei unter einem Dielenbrett gefunden hatten, bei einem toten Dealer. Der Bericht der Kripo war eindeutig und unbestreitbar.

»Das ist doch nicht möglich!« Polizeiadjutant Sand schnappte sich den Bericht, der in der Mitte zerriß. Es war möglich.

»Jetzt haben wir den Kerl!« rief der Rothaarige stolzgeschwellt, weil er zur Aufklärung beigetragen hatte. »Jetzt holen wir ihn!«

So einfach war das natürlich nicht. Die Fingerabdrücke bewiesen nichts. Aber sie deuteten stark auf etwas hin. Das Problem war, daß Lavik sicher jede Menge Erklärungen liefern konnte. Seine Beziehung zu Frøstrup war legitim genug gewesen. Alle im Zimmer – wahrscheinlich mit Ausnahme des eifrigen Rothaarigen – sahen das ein. Hanne Wilhelmsen schaltete einen Overheadprojektor ein und nahm sich einen roten und einen blauen Filzstift. Beide leer.

»Hier«, sagte der Rothaarige und warf ihr einen neuen schwarzen Stift zu.

»Fassen wir zusammen, was wir haben«, sagte Hanne und fing an zu schreiben. »Erstens: Han van der Kerchs Erklärung an seine Anwältin.«

»Hat sie erzählt, was der Bursche gesagt hat?« Kaldbakken war aufrichtig überrascht.

»Ja, sieh dir Dok. 11.12 an. Der Niederländer hat einen Brief hinterlassen, eine Art Abschiedsbrief. Einen lieben Gruß an Karen Borg, von ihm aus könne sie reden. Sie war gestern den ganzen Tag hier bei uns. Wir hatten recht. Aber es war wunderbar, eine Bestätigung zu bekommen. Und die haben wir jetzt schriftlich.« Sie drehte sich zur Tafel um und schrieb schweigend weiter.

1. H. v. d. K.s Erklärung (Karen B.)
2. Verb. Lavik-Roger, Autohändler (Tel.-Nr. im Buch)
3. Laviks Fingerabdr. auf Geld bei Frøstrup(!!!)
4. Codezettel bei JF, von derselben Art wie der von Hansa Olsen
5. Lavik war an dem Tag hier, als H. v. d. K. durchgedreht ist
6. Lavik war an dem Tag im Gef., als Frøstrup seine Überdosis gesetzt hat.

»Han van der Kerchs Erklärung ist wichtig«, sagte sie und benutzte ein zerbrochenes Lineal als Zeigestock, der gegen Punkt eins auf der Liste hämmerte. »Der einzige und ziemlich trickreiche Nachteil ist, daß wir sie nicht von dem Burschen selbst haben. Info aus zweiter Hand. Andererseits: Karen Borg ist eine superglaubwürdige Zeugin. Sie kann bestätigen, daß Han seit Jahren im Geschäft war. Außerdem hat er seinen Kontakt mit Auto-Roger zugegeben, und er hatte gerüchteweise gehört, daß im Hintergrund Anwälte mitmischen. Gerüchte sind eine ziemlich dünne Haftbegründung, aber daß er solche Probleme bei seiner Verteidigerwahl hatte, zeigt, daß er auf ziemlich handfesten Informationen gesessen hat. Durch Karen Borgs Aussage haben wir jedenfalls Roger im Griff.« Sie tauschte das Lineal gegen den Filzstift und unterstrich wütend Rogers Namen. »Diese Verbindung ist ganz dünn, auch wenn wir wissen, daß sie einander gekannt haben. Lavik hat das einmal zugegeben und würde es sicher auch wiederholen. Sein Gefasel über seine Mandanten kriegen wir dann sicher auch wieder zu hören, aber es ist doch eine unbestreitbare Tatsache, daß es auffällt, wenn jemand Telefonnummern kodiert notiert. Das macht Mühe, und man tut es bestimmt nicht ohne Grund. Außerdem«, fügte sie nachdrücklich hinzu, während sie sicherheitshalber einen dicken Kreis um Punkt drei malte, »außerdem haben wir Laviks Fingerabdrücke auf Jacob Frøstrups Banknote gefunden. Daß *der* Dealer war, ist sechzehnmal bewiesen worden. Vor Gericht. Außerdem dachte ich bisher, Anwälte bekämen von ihren Mandanten Geld. Nicht umgekehrt. Das wird Lavik ganz schön ins Schwitzen bringen. Unsere stärkste Karte, wenn ihr mich fragt.« Die Kommissarin unterbrach sich, als ob sie eventuelle Proteste erwartete. Die blieben aus, und sie redete weiter. »Bei Punkt vier geraten wir etwas mehr ins Schlingern. Im großen Zusammenhang ist er sehr interessant; ich bin davon überzeugt, daß die Codezettel uns eine Menge sagen würden, wenn wir diesen verdammten Code bloß knacken könnten. Aber da wir nicht vorhaben, Lavik wegen Mordes anzuklagen, bezweifle ich, daß wir sie jetzt schon geltend machen sollten. Vielleicht brauchen wir später noch ein As. Was die Tatsache angeht, daß Lavik zu kritischen Zeitpunkten im Leben von van der Kerch und Frøstrup aufgetaucht ist: Auch das sind Zugaben, die vorerst vielleicht ungenutzt bleiben sollten. Also haben wir Punkt eins bis drei als eventuelle Haftgrundlage.« Wieder machte sie eine Pause. »Reicht das, Håkon?« Er sah sie an und wußte, daß sie wußte. Im Grunde reichte es nicht.

»Festnahme weswegen denn? Wegen Mordes? Nein. Wegen Rauschgifthandels? Kaum. Wir haben ja keinerlei Beweis.«

»Doch, haben wir«, protestierte Kaldbakken. »Was wir bei Frøstrup beschlagnahmt haben, war schließlich keine Kleinigkeit.«

»Nimm deine Phantasie zu Hilfe, Håkon«, bat Hanne und lächelte schief. »Du kannst doch sicher irgendwas daraus machen. Eure Anklagen sind meistens vage und löchrig, und trotzdem setzt ihr dauernd U-Haft durch.«

»Du vergißt eins«, sagte Håkon. »Du vergißt, daß dieser Mann selbst Anwalt ist. Und das weiß auch das Gericht. So eine Haftverhängung geht nicht in zwanzig Minuten durch. Wenn wir versuchen wollen, dieses Arschloch hopszunehmen, dann müssen wir sicher sein, daß wir es auch schaffen. Es wird auf jeden Fall einen Höllenlärm geben. Und wenn sie ihn laufenlassen, wird es heißer für uns, als uns lieb sein kann.«

Trotz Håkons Skepsis war Kaldbakken überzeugt. Und wenn es um polizeifachliche Arbeit ging, konnte niemand dem übellaunigen, autoritären Hauptkommissar etwas ankreiden. Punkt für Punkt gingen die sieben Anwesenden den Fall noch einmal durch, siebten Unhaltbares aus, listeten auf, was sie noch brauchten, und hatten am Ende den Entwurf einer Anklage.

»Rauschgift«, sagte der Hauptkommissar abschließend. »Wir müssen ihn mit dem Rauschgift kriegen. Wir brauchen nicht gleich so hart zuzuschlagen. Vielleicht sollten wir uns mit den vierundzwanzig Gramm begnügen, die wir bei Frøstrup gefunden haben.«

»Nein, wir müssen das breiter anlegen. Wenn wir uns mit den paar Gramm zufriedengeben, nehmen wir uns die Möglichkeit, die Dinge zu verwenden, die nicht direkt mit dieser Menge zu tun haben. Wenn wir eine Chance haben wollen, müssen wir auspacken, was wir haben. Auf unserer Liste steht so viel kleiner Dreck, daß das Gericht alles kriegen muß.« Håkon wirkte jetzt sicherer. Sein Herz hämmerte bei dem Gedanken, daß sie vielleicht vor einer Art Durchbruch standen, wie ein Hubschraubermotor. »Wir machen eine ganz allgemeine

Anklage mit unspezifiziertem Zeitraum und unspezifizierter Menge. Dabei bauen wir voll auf die Ligatheorie und stützen uns auf Han van der Kerchs Aussage, daß eine solche Organisation existiert. Und dann lassen wir es darauf ankommen.«

»Wir können sagen, daß wir unsere Quellen haben.« Der Junge mit der Stupsnase konnte sich nicht beherrschen. »Das wirkt bei Drogengeschichten immer, habe ich gehört.«

Peinliches Schweigen folgte. Ehe Hauptkommissar Kaldbakken den Jungen umbrachte, griff Hanne ein.

»So etwas machen wir *nie*, Henriksen«, sagte sie mit Nachdruck. »Ich gehe davon aus, daß du aus purem Eifer drauflosfaselst. Ich nehme das mal genauso hin wie deine Übelkeit. Aber du kommst aus dem Anfängerstadium nie heraus, wenn du nicht lernst, erst zu denken und dann zu reden. Man darf Abkürzungen machen, aber man darf niemals pfuschen. Niemals! Und es stimmt auch gar nicht. Das Schlimmste, womit wir dem Untersuchungsgericht kommen können, sind anonyme Tips! Merk dir das«, fügte sie hinzu.

Der Junge war gebührend zusammengestaucht worden, und die Besprechung ging zu Ende. Hanne und Håkon blieben sitzen.

»Wir müssen das mit der Polizeipräsidentin absprechen. Und mit dem Generalstaatsanwalt. Um Rückendeckung zu haben, sollte ich wohl am besten auch mit dem König reden.« Es war klar, daß er sich beim Gedanken an die nächste Zukunft nicht nur freute. Mißmut breitete sich in seiner Brust aus, seit das Hubschrauberdröhnen sich gelegt hatte. Am liebsten hätte er Hanne gebeten, ihn den Haftantrag nicht allein stellen zu lassen.

Sie setzte sich neben ihn auf das kleine Sofa. Zu seiner großen Verblüffung legte sie ihm die Hand auf den Oberschenkel und lehnte sich vertraulich an seine Schulter. Der schwache Duft eines Parfüms, das er nicht erkannte, ließ ihn tief Luft holen.

»Jetzt geht es los«, sagte sie leise. »Alles, was wir jetzt zu tun haben, ist, die Stückchen zu sammeln, hier eins, dort eins, so klein, daß es sich nicht lohnen würde, damit ein Puzzle zu legen. Uns fehlen noch immer jede Menge Teilchen, aber siehst du nicht auch das Bild, Håkon? Nimm dich zusammen. Wir sind hier die Helden. Vergiß das nicht!«

»So kommt mir das aber nicht immer vor«, sagte Håkon mürrisch. Er legte seine Hand auf ihre, die noch immer auf seinem Oberschenkel ruhte. Zu seiner Überraschung zog sie sie nicht zurück. »Wir müssen es trotzdem versuchen«, sagte er schwach, ließ ihre Hand wieder los und stand auf. »Sorg dafür, daß vor der Verhaftung alles geregelt wird. Ich nehme an, du willst ihn selbst festnehmen.«

»Darauf kannst du Gift nehmen«, sagte sie entschieden.

Alle waren da. Die Polizeipräsidentin in frischgebügelter Uniform, ernst und aufrecht, steif geradezu, als ob sie verkehrt gelegen hätte. Der Staatsanwalt, ein kleiner blasser Fettwanst im Fliegerhemd und mit intelligenten Äuglein hinter dicken Brillengläsern, saß im besten Sessel. Der oberste Drogenfahnder, der nur aushalf, weil der eigentliche Hauptfahnder derzeit den Polizeipräsidenten von Hønefoss vertrat, der seinerseits eine Vertretung beim Landesgericht machte – der oberste Drogenfahnder hatte zur Feier des Tages ebenfalls Uniform angelegt. Sie war zu klein, und das Hemd klaffte über seinem Schmerbauch unschön auf. Er sah nett aus, wie ein jovialer Bilderbuchwachtmeister, mit rundem, hellrotem Gesicht und dünnen grauen Locken. Frau Justitia stand wie immer auf dem Tisch, mit hocherhobener Waage und zur Exekution gezücktem Schwert.

Eine Schreibkraft klopfte an die Tür. Sie servierte wortlos Kaffee in Plastikbechern. Hanne Wilhelmsen und Håkon Sand kamen als letzte an die Reihe, und ihre Becher waren nicht voll. Das spielte keine Rolle. Hanne probierte den Kaffee gar nicht erst, sie stand auf. Sie brauche eine gute halbe Stunde, um den Fall durchzugehen. Sie hatte ihr Material besser strukturiert, und außerdem hatte sie inzwischen mehr. Sie lächelte zum erstenmal, als sie hinzufügen konnte: »Ein Narkohund hat das Geld markiert.«

Der Drogenfahnder nickte bestätigend, aber als Polizeipräsidentin und Staatsanwalt fragend dreinschauten, erklärte sie das genauer.

»Das Geld ist mit Rauschgift in Berührung gekommen. Aller Wahrscheinlichkeit nach so: Jemand hat zuerst Rauschgift angefaßt und dann das Geld. Das ist genau das Puzzlestück, das wir gebraucht haben. Leider war an dem Geldschein mit den Fingerabdrücken kein Rauschgift, aber trotzdem...«

»Apropos Fingerabdrücke«, fiel ihr der Staatsanwalt ins Wort. »Formell gesehen habt ihr Laviks Abdrücke nicht. Deshalb müssen wir das alles auslassen, wenn wir die Haftbegründung durchgehen. Habt ihr euch das überlegt?«

Er sah Håkon Sand an, der sich erhob und zu Hanne und dem Overheadprojektor hinüberstapfte.

»Ja, sicher. Wir kriegen ihn mit dem, was wir sonst noch haben, und nehmen sofort seine Fingerabdrücke. Mit der Kripo haben wir abgemacht, daß die am Montagmorgen ein offizielles Protokoll vorlegen können. Das reicht. Wir holen uns Lavik und Auto-Roger morgen nachmittag. Niemand kann von uns erwarten, daß wir in einem so großen Fall schon am Samstagvormittag den Haftantrag vorlegen können. Und dann haben wir Zeit bis Montag um eins, um einen wasserdichten Antrag zusammenzuschustern. So gesehen, ist Freitagnachmittag einhervorragender Festnahmetermin.«

Es wurde ganz still. Die Polizeipräsidentin, die nervös und unwohl wirkte, saß aufrecht in ihrem riesigen Chefsessel, ohne die Rückenlehne zu berühren. Dieser Fall konnte zu einer Belastung werden, und da hatten sie wirklich keinen Bedarf. Das Dasein der Polizeipräsidentin war viel anstrengender, als sie sich das vorgestellt hatte. Jeden Tag Kritik und Dreck. Dieser Fall konnte ihr ein Heidentheater einbringen. Eine große Ader pochte unschön an ihrem mageren Hals.

Der Drogenchef hatte sein unpassendes Lächeln noch immer im Gesicht. Er sah nicht sehr intelligent aus mit diesem dämlichen Grinsen und seinen Glotzaugen. Der Staatsanwalt stand auf und ging zum Fenster. Er drehte den anderen den Rücken zu und redete, als ob seine Zuhörer draußen auf einem Gerüst stünden. »Strenggenommen muß das Gericht die Festnahme genehmigen«, sagte er. »Wir kriegen einen Höllenärger, wenn wir uns nicht vorher an die wenden.«

»Aber das machen wir doch nie«, protestierte Håkon.

»Nein«, sagte der Staatsanwalt und fuhr herum. »Aber wir sollten das tun. Na ja... du kriegst den ganzen Dreck ab! Wie willst du dich dagegen wehren?«

Seltsamerweise schien Håkons Nervosität sich zu legen. Der Staatsanwalt war auf seiner Seite. Im Grunde.

»Ehrlich gesagt: Wir können ihn nicht festnehmen, wenn wir die Fingerabdrücke nicht geltend machen. Wir kriegen keine Fingerabdrücke, solange wir ihn nicht festgenommen haben. Hoffentlich ist sein Verteidiger am Wochenende beschäftigt. So sehr, daß er keine Zeit hat, sich um Formalitäten zu kümmern. Ich bin bereit, mich der Kritik zu stellen. Und da wir ja selbst entscheiden müssen, ob wir vor einer Festnahme das Gericht befragen, können sie uns keine allzu großen Vorwürfe machen, wenn wir es nicht tun. Schlimmstenfalls werden wir angepöbelt. Und das kann ich ertragen.«

Der kleine Mann im Fliegerhemd lächelte und ließ seinen Blick zu Hanne Wilhelmsen wandern. »Wie geht es dir denn eigentlich? Hast du dich von dem Überfall richtig erholt?«

Sie fühlte sich fast geschmeichelt, und das ärgerte sie. »Mir geht's gut, danke. Aber wir wissen noch immer nicht, wer das war. Wir glauben, daß es mit dem Fall zusammenhängt, vielleicht finden wir ja auch da neue Spuren.«

Es wurde langsam dunkel. Aus der Tiefe des Hauses hörten sie ferne Blasmusik. Die Polizeikapelle übte. Alle hatten sich wieder gesetzt, und Hanne raffte ihre vielen Unterlagen zusammen.

»Ganz zum Schluß, Sand: Wie willst du die Anklage gegen Lavik formulieren? Unbekannte Menge, unbekannter Ort, unbekannter Zeitpunkt und so was?«

»Wir nehmen die Menge, die wir bei Frøstrup gefunden haben, zwanzig Gramm Heroin, vier Gramm Kokain. Nicht sehr viel, aber mehr als genug für U-Haft.«

»Nehmt einen Posten II in die Anklage auf«, befahl der Staatsanwalt. »Weil er *in den letzten Jahren eine unbekannte Menge Narkotika eingeführt hat* oder so.«

»Na gut«, antwortete Håkon mit kurzem Nicken.

»Außerdem« fügte der Staatsanwalt hinzu und wandte sich an den Drogenchef. »Warum hat die Elf diesen Fall? Sollte sich da nicht die A 2.4 drum kümmern? Das ist doch ein Rauschgiftfall, auch wenn die Morde dazugehören.«

»Wir arbeiten zusammen«, sagte Hanne Wilhelmsen blitzschnell, ohne eine Antwort des Drogenchefs abzuwarten. »Wir arbeiten sehr gut zusammen. Und die Morde liegen doch schließlich allem zugrunde, wie du selbst sagst.«

Die Besprechung war zu Ende. Die Polizeipräsidentin hatte kaum ein Wort gesagt. Sie reichte dem Staatsanwalt zum Abschied die Hand, die anderen wurden mit kurzem Nicken bedacht. Håkon verließ das Zimmer als letzter und drehte sich in der Tür um, um einen letzten Blick auf die schöne Skulptur zu werfen. Die Polizeipräsidentin sah das und lächelte.

»Viel Glück, Håkon. Ich wünsche dir wirklich Glück.« Es klang so, als ob sie das ehrlich meinte.

FREITAG, 20. NOVEMBER

Hätte er kleine grüne Marsmännchen mit roten Augen vor sich gehabt, hätte er nicht verblüffter wirken können. Sogar Hanne Wilhelmsen überkamen einen Moment lang Zweifel. Anwalt Jørgen Lavik las immer wieder den blauen Zettel und starrte sie aus weitaufgerissenen Augen an. Dazu stieß er leise klagende, kehlige Laute aus. Sein Gesicht war aufgequollen und dunkelrot, er schien unmittelbar vom Herzinfarkt bedroht. Zwei Polizisten in Zivil standen mit im Rücken verschränkten Händen breitbeinig vor der geschlossenen Bürotür, als ob sie jeden Moment damit rechneten, daß der Anwalt einen Fluchtversuch in eine Freiheit unternehmen könnte, die für ihn in einiger Zukunft lag, wie er selbst ahnen mußte. Sogar die Deckenlampe zitterte vor Aufregung und Wut, als ein schwerer Lastwagen über die Kreuzung jagte, um es noch bei Gelb zu schaffen.

»Was ist das«, heulte er, nachdem er den blauen Zettel mindestens sechsmal gelesen hatte. »Was, zum Teufel, ist das?«

»Das ist ein Haftbefehl. Du wirst verhaftet, festgenommen, wenn du so willst.« Hanne zeigte auf den Zettel, der nach dem Wutausbruch des Anwalts halb zerrissen auf dem Schreibtisch lag. »Hier steht, warum. Du hast Zeit, Widerspruch einzulegen. Jede Menge Zeit. Aber jetzt kommst du mit uns.«

Der wütende Mann nahm sich krampfhaft zusammen. Seine Kiefermuskulatur wogte auf und ab, und sogar die Männer an der Tür konnten sein heftiges Zähneknirschen hören. Er schloß und öffnete rasend schnell die Hände; nach einer Minute war er ein wenig ruhiger.

»Ich muß meine Frau anrufen. Und ich muß einen Anwalt verständigen. Geht so lange ins Vorzimmer.«

Die Kommissarin lächelte. »Von jetzt an und in absehbarer Zeit darfst du mit niemandem reden, wenn kein Polizist anwesend ist. Mit Ausnahme deines Anwalts natürlich. Und der muß warten, bis wir im Polizeigebäude sind. Zieh dich jetzt an. Mach keinen Ärger. Das bringt niemandem hier was.«

»Aber meine Frau!« Jetzt wirkte er fast weinerlich. »Sie erwartet mich in einer Stunde!«

Es konnte nichts schaden, wenn er seiner Frau Bescheid sagen durfte. Das würde sie wenigstens in diesem Punkt vor Kritik schützen. Hanne nahm den Hörer vom Telefon und reichte ihn ihm.

»Erzähl ihr, was du willst. Du kannst gern sagen, daß wir dich verhaftet haben, aber kein Wort darüber, warum. Ich unterbreche das Gespräch, sowie du etwas sagst, das mir nicht paßt.«

Sie streckte einen warnenden Finger nach der Gabel aus und ließ ihn seine Nummer wählen. Das Gespräch dauerte nicht lange, er sagte die Wahrheit. Hanne hörte eine weinende Stimme immer wieder fragen: »Warum, warum?« Bewunderswerterweise konnte er Fassung bewahren, abschließend sagte er, sein Anwalt werde sich später am Abend bei ihr melden. Er knallte den Hörer auf die Gabel und erhob sich.

»Bringen wir dieses Schauspiel hinter uns«, sagte er mürrisch, zog seinen Mantel verkehrt herum an, fluchte, als er das merkte, korrigierte seinen Irrtum und sah die beiden Männer neben der Tür an. »Wollt ihr mich auch noch in Ketten legen?«

Das blieb ihm erspart. Fünfzehn Minuten später stand er in der Arrestabteilung des Polizeigebäudes. Die hatte er auch früher schon besucht. Aber das hatte ganz anders ausgesehen.

Jørgen Laviks Wahl eines Anwalts hatte alle überrascht. Sie hatten einen der wenigen Superstars erwartet und sich auf die wahre Hölle vorbereitet. Gegen sechs Uhr abends tauchte dann Christian Bloch-Hansen auf, korrekt und leise, stellte sich Hanne und Hauptkommissar Kaldbakken vor und bat höflich um ein Gespräch mit Håkon Sand, ehe er sich zu seinem Mandanten begab. Das Gespräch wurde ihm natürlich gewährt. Er hob leicht die Augenbrauen, als ihm ein dünner Ordner mit Kopien überreicht wurde, dann akzeptierte er ohne große Widerworte Håkons Erklärung, er könne leider nur diese Dokumente vorlegen, wenn er die Ermittlungen nicht behindern wolle. Bloch-Hansen ließ sich nicht provozieren. Er war seit dreißig Jahren in der Branche und wurde allseits geachtet und geschätzt. Der durchschnittliche Zeitungsleser kannte seinen Namen nicht. Er war nie PR-geil gewesen, er schien jegliches Aufheben um seine Person vermeiden zu wollen. Was wiederum seinen guten Ruf vor Gericht und im Ministerium stärkte und ihm allerlei Ämter und Sonderaufträge eingebracht hatte, die er allesamt mit Gründlichkeit und solidem Fachwissen erledigte.

Håkon Sands erste Erleichterung angesichts des angenehmen Gegners mußte bald der Erkenntnis weichen, daß er den schlimmsten aller möglichen Widersacher erwischte hatte. Christian Bloch-Hansen, Anwalt beim Obersten Gericht, würde keinen Krach schlagen. Er würde nicht für Schlagzeilen in der Boulevardpresse sorgen. Er würde sich auch nicht an Bagatellen festbeißen. Er würde sie zerpflücken. Nichts würde er übersehen. Außerdem war er ein Fuchs, wenn es um Strafprozesse ging.

Der gepflegte Anwalt mittleren Alters verfügte nach dreißig Minuten über genügend Informationen. Danach besprach er sich unter vier Augen zwei Stunden lang mit seinem Mandanten. Schließlich bat er, Laviks Verhör auf den nächsten Tag zu verschieben.

»Mein Mandant ist erschöpft. Ihr sicher auch. Und ich selbst hatte ebenfalls einen langen Tag. Wann möchtet ihr morgen anfangen?«

Überwältigt von Bloch-Hansens höflichem Auftreten, überließ Hanne dem Anwalt die Wahl des Zeitpunktes.

»Ist zehn Uhr zu spät?« fragte er lächelnd. »Ich lasse mir am Wochenende gern Zeit fürs Frühstück.«

Für Hanne Wilhelmsen war es weder zu früh noch zu spät. Das Verhör sollte um zehn Uhr beginnen.

SAMSTAG, 21. NOVEMBER

Was für ein Höllenlärm! Zuerst begriff er nicht, was es war, er drehte sich um und starrte verwirrt den Wecker an. Es war ein altmodischer mechanischer, mit einem Uhrwerk, das ticktack sagte, einem Zifferblatt mit normalen Zahlen und einem

Schlüssel auf der Rückseite, der ihn an die Rollschuhe seiner Kindheit erinnerte. Der Wecker mußte jeden Abend aufgezogen werden, sonst blieb er gegen vier Uhr stehen. Es war zehn vor sieben, und er schlug gegen die große Glocke oben auf dem Wecker. Es half nichts. Er faßte sich langsam, setzte sich im Bett auf und begriff endlich, daß das Telefon klingelte. Er tastete nach dem Hörer und warf den ganzen Apparat mit einem Krachen zu Boden. Endlich erwischte er ihn wieder und murmelte seinen Namen. »Håkon Sand. Wer ist da?«

»Hallo. Sand! Hier ist Myhreng. Tut mir leid, daß ich...«

»*Leid?* Wieso, zum Teufel, rufst du mich an einem Samstagmorgen um sieben Uhr, nein, *vor* sieben Uhr an? Für wen hältst du dich eigentlich?«

Peng. Es reichte nicht, den Hörer aufzulegen, er sprang wütend auf und zog den Stecker aus der Dose. Dann ließ er sich ins Bett fallen und schlief tief und fest weiter. Er schlief anderthalb Stunden. Dann schellte es wütend an der Tür.

Halb neun war ein guter Zeitpunkt zum Wachwerden. Dennoch ließ er sich Zeit, in der Hoffnung, daß, wer auch immer da vor der Tür stand, inzwischen die Geduld verlieren würde. Als er sich die Zähne putzte, schellte es wieder. Noch wütender. Håkon nahm sich Zeit, sich das Gesicht zu waschen, und er fühlte sich wunderbar frei, als er seinen Bademantel anzog und Wasser aufsetzte, ehe er sich zur Gegensprechanlage begab.

»Ja?«

»Hallöchen, hier ist Myhreng, du. Kann ich raufkommen?«

Der Knabe ließ also nicht locker. Das tat aber auch Håkon Sand nicht. »Nein«, sagte er und hängte den Hörer wieder hin. Das half ihm nichts. In der nächsten Sekunde dröhnte das unangenehme Geräusch wie eine durchgedrehte Riesenwespe durch die Wohnung. Håkon dachte einige Sekunden nach, dann betätigte er erneut die Sprechanlage.

»Geh in den Laden an der Ecke und kauf Brötchen. Und Saft. Solchen mit Fruchtfleisch. Und die Zeitungen. Alle drei.«

Da er sich nicht präzise ausgedrückt hatte, kaufte Myhreng nicht die drei Zeitungen, die Håkon gemeint hatte. Und das mit dem Fruchtfleisch vergaß er auch.

»Verdammt schöne Wohnung«, erklärte Myhreng und warf einen langen Blick ins Schlafzimmer.«

Neugierig wie ein Polizist, dachte Håkon und schloß die Tür. Er bat Myhreng ins Wohnzimmer, ging ins Bad und stellte eine zusätzliche Zahnbürste und eine sehr feminine Parfümflasche, die eine Bekannte vor einem Jahr vergessen hatte, vor den Spiegel. Besser, nicht allzu armselig zu wirken.

Fredrick Myhreng wollte nicht plaudern. Der Kaffee war noch nicht fertig, als er auch schon loslegte. »Habt ihr ihn eingebuchtet, oder was? Der ist nirgendwo zu finden. Seine Sekretärin erzählt mir was von Auslandsreise, und bei ihm zu Hause sagt so ein Knirps nur, daß Papa nicht ans Telefon kommen kann. Und Mama auch nicht. Ich hab' schon überlegt, ob ich das Jugendamt anrufen soll, als ich bei sechs Versuchen immer bloß diesen Fünfjährigen an der Strippe hatte.«

Håkon schüttelte den Kopf, holte den Kaffee und setzte sich. »Bist du ein Kindesmißhandler? Wenn du auf den Gedanken gekommen bist, daß wir Lavik haben, muß dir doch klar sein, daß dein Telefonterror weder für den Kleinen noch für die restliche Familie besonders lustig ist!«

»Journalisten können keine kleinlichen Rücksichten nehmen«, erklärte Myhreng und machte sich über eine ungeöffnete Dose Makrelen in Tomate her.

»Ja, mach sie ruhig auf«, sagte Håkon sauer, als der halbe Doseninhalt auf Myhrengs Brötchen verteilt war.

»Makrelenburger. Köstlich!« Mit vollem Mund und Tomatenspritzer auf die weiße Tischdecke verteilend, brabbelte er weiter. »Gib's zu, ihr habt euch Lavik geschnappt. Das seh' ich dir an. Ich wußte ja die ganze Zeit, daß bei dem was nicht stimmt. Ich kapier' einiges, weißt du.«

Der Blick, den er über den Rand seiner zu kleinen Brille warf, war herausfordernd, aber nicht sonderlich sicher.

Håkon leistete sich ein Lächeln und ließ sich viel Zeit mit der Margarine.

»Nenn mir einen guten Grund, warum ich dir überhaupt irgendwas erzählen sollte!«

»Ich kann dir sogar mehrere nennen. Erstens: Gute Information ist der beste Schutz vor Fehlinformation. Zweitens: Morgen werden die Zeitungen voll sein von dem Fall. Du glaubst doch wohl nicht, daß die Zeitungen es nicht spätestens nach einem Tag mitkriegen, wenn ein Anwalt verhaftet wird. Und drittens...« Er unterbrach sich, wischte sich mit den Fingern seinen Tomatenschnurrbart ab und beugte sich einschmeichelnd über den Tisch. »...drittens haben wir bisher doch gut zusammengearbeitet. Und es kann für uns beide nur gut sein, wenn wir so weitermachen.«

Polizeiadjutant Håkon Sand schien sich überzeugen zu lassen. Fredrick Myhreng rechnete sich das höher an, als angemessen war. Denn während Myhreng in Erwartung ungeheuer spannender Neuigkeiten wie ein braver Schulbub dasaß und wartete, gönnte Håkon Sand sich eine lange, wohltuende Dusche. Den Ordner, über dem er bis tief in die Nacht gebrütet hatte, nahm er mit ins Badezimmer.

Er brauchte fast eine Viertelstunde, und in dieser Zeit entwarf Håkon die Skizze einer Zeitungsgeschichte, die einen soliden Warnschuß für den- oder diejenigen bedeuten würde, die irgendwo draußen im dunklen November saßen und mit den Zähnen klapperten. Denn davon, daß da Leute saßen, war Håkon überzeugt. Also mußte er sie hervorlocken. Oder hervorängstigen...

MONTAG, 23. NOVEMBER

Es gab den absoluten Zirkus. Drei Fernsehkameras, zahllose Pressefotografen, mindestens zwanzig Journalisten und jede Menge Schaulustige hatten sich im großen Foyer des Gerichtsgebäudes versammelt. Die Sonntagszeitungen hatten sich gegenseitig übertroffen. Bei näherem Hinsehen berichteten sie kaum mehr, als daß ein fünfunddreißigjähriger Anwalt aus Oslo unter dem Verdacht verhaftet worden war, als Hintermann einer Rauschgiftorganisation zu fungieren. Mehr wußten die Journalisten nicht. Aber sie hatten viele Spalten damit gefüllt. Aus diesen dürftigen Zutaten hatten sie eine inhaltsreiche Suppe gekocht, wobei Laviks Kollegen ihnen eine gute Hilfe gewesen waren; sie hatten sich in fetten Interviews ausdrücklich von der unerhörten Festnahme eines lieben und geachteten Kollegen distanziert. Daß die geehrten Kollegen von dem Fall keinerlei Ahnung hatten, hinderte sie nicht daran, sprachlich alle Register zu ziehen. Der einzige, aus dem die Journaille keinerlei Informationen hatte herauslocken können, war derjenige, der wirklich etwas wußte, nämlich Christian Bloch-Hansen, Anwalt beim Obersten Gericht.

Es war schwer, sich einen Weg durch die Menschenmenge zu bahnen, die den Eingang zu Gerichtssaal 17 versperrte. Obwohl nur zwei oder drei der anwesenden Journalisten ihn erkannten, reagierte die Menge wie eine Taubenschar, als ein Fernsehheini dem Anwalt ein Mikrophon vor die Nase hielt. Der Fernsehjournalist war durch ein Kabel mit seinem Mikrophon und dem Kameramann verbunden, einem zwei Meter großen Kerl, der ins Stolpern kam, als der Interviewer plötzlich an der Leitung zog. Er kämpfte sekundenlang um sein Gleichgewicht und wurde einen Moment lang nur durch die Umstehenden auf den Beinen gehalten. Nur für einen Moment. Dann kippte er um und riß im Fallen sechs andere mit. In diesem vollendeten Chaos schlüpfte Bloch-Hansen in aller Stille in den Saal 17.

Håkon Sand und Hanne Wilhelmsen hatten es nicht einmal versucht. Sie saßen in einem Streifenwagen mit abgedunkelten Fenstern, bis Lavik, die übliche Jacke über dem Kopf, durch den Torweg neben dem Haupteingang geführt wurde. Kaum jemand achtete auf den armen Roger aus Sagene, sein beiger

Parka, den er sich über die Ohren gezogen hatte, sah einfach nur komisch aus. Gleich darauf waren alle Schaulustigen im Gericht verschwunden, und Hanne und Håkon konnten sich durch die polizeieigene Hintertür hineinschieben. Sie betraten den Verhandlungssaal vom Keller her.

Ein verhuschter Gerichtsdiener gab sich alle Mühe, im Saal für Ordnung zu sorgen. Es blieb bei dem Versuch. Der ältliche, uniformierte Mann hatte nicht die geringste Chance, dem Druck der Menschenmenge standzuhalten. Håkon sah sein verzweifeltes Gesicht und forderte über die Sprechanlage des Richtertisches aus dem Keller Verstärkung an. Bald hatten die vier Polizisten alle hinausgeworfen, denen die einzige Publikumsbank keinen Platz bot.

Die Verhandlung sollte genau um eins anfangen. Um vier nach eins erschien der Richter, ohne irgendwen auch nur anzusehen. Er legte einen Stapel Papiere vor sich auf den Tisch, einen Stapel, der etwas dicker war als der Ordner, mit dem Anwalt Bloch-Hansen vor drei Tagen abgespeist worden war. Håkon erhob sich und reichte dem Verteidiger weitere Unterlagen. Er hatte sieben Stunden gebraucht, um herauszusuchen, was er vor Gericht verwerten wollte. Das Gericht durfte nicht mehr Unterlagen erhalten als der Verteidiger.

Der Richter erkundigte sich leise bei Håkon Sand nach dem Angeklagten. Håkon nickte dem Verteidiger zu. Der stand auf.

»Mein Mandant hat nichts zu verbergen«, sagte er laut, um sicherzugehen, daß alle Journalisten ihn hörten. »Aber die Festnahme hat ihm begreiflicherweise arg zu schaffen gemacht – ihm und seiner Familie. Ich möchte darum bitten, daß die Haftentscheidung unter Ausschluß des Publikums gefällt wird.«

Ein enttäuschtes, fast resigniertes Seufzen lief durch die kleine Zuschauermenge. Nicht, weil sie mit einer offenen Verhandlung gerechnet hatten, sondern weil sie gedacht hatten, daß es wie üblich die Polizei sein würde, die sie rausschickte. Dieser stumme, diskrete Verteidiger verhieß nichts Gutes. Der einzige, der für alles nur ein Lächeln aufbrachte, war Fredrick Myhreng. Er hielt sich immer noch für gut versorgt mit einem stetigen Zufluß an Informationen. Seine Zeitung war gestern wesentlich inhaltsreicher gewesen als ihre Konkurrentinnen. Myhreng hatte die Stunde vor dem Gerichtstermin genossen. Er hatte sich daran geweidet, daß weitaus ältere Kollegen sich mit neugierigem Blick und schlecht getarnten Fragen an ihn herangemacht hatten.

Der Richter schlug mit der Faust auf den Tisch und befahl, die Öffentlichkeit aus dem Saal zu verbannen. Der Gerichtsdiener trottete glücklich hinter den letzten widerwilligen Presseleuten hinaus und hängte das schwarze Schild mit den weißen Buchstaben auf: Ausschluß der Öffentlichkeit.

Mit einer Miene, die an ein Lächeln erinnern konnte, erhob sich der kleine Mann vom Richterstuhl, machte die wenigen Schritte ins benachbarte Bürozimmer und kehrte mit einem vorbereiteten Haftantrag zurück.

»Hab ich's mir doch gedacht«, sagte er und unterschrieb. Er blätterte zwei Minuten in seinem Ordner, dann zog er den Haftantrag wieder hervor und ging nach draußen, um den Wartenden mitzuteilen, was sie schon wußten. Zurück im Saal, zog er seine Jacke aus und hängte sie über die Stuhllehne. Danach spitzte er mit größter Sorgfalt drei Bleistifte und beugte sich über die Sprechanlage. »Bringt Lavik hoch«, befahl er, lockerte seinen Schlips und lächelte die fesche Sekretärin am Computer an. »Das wird ein langer Tag, Else.«

Obwohl Hanne Wilhelmsen ihn gewarnt hatte, fuhr Håkon zusammen, als Lavik hinter seinem Verteidiger in der Tür erschien. Wenn das nicht physisch unmöglich gewesen wäre, dann hätte der Adjutant geschworen, daß Jørgen Lavik während des Wochenendes zehn Kilo abgenommen hatte. Sein Anzug schlotterte nur so um ihn herum, und der Mann wirkte fast hohl. Sein Gesicht war von einem erschreckenden Grau, und seine Augen waren verquollen und gerötet. Er sah aus wie unterwegs zu seiner eigenen Beerdigung; und Håkon wußte ja auch nicht, ob die nicht näher bevorstand, als es hier irgendwem lieb war.

»Hat er zu essen und zu trinken bekommen?« fragte er Hanne, die mit einem kleinen resignierten Lächeln antwortete.

»Er wollte nur ein bißchen Cola. Seit Freitag hat er keinen Bissen zu sich genommen«, sagte Sie leise. »Das ist nicht unsere Schuld, er hatte wirklich *die* Sonderbehandlung.«

Auch der Richter schien besorgt über den Zustand des Häftlings. Er musterte Lavik mehrmals, dann bat er die beiden Polizisten, den Zeugenstand zu entfernen und einen Stuhl zu bringen. Die fesche Computerfrau pfiff für einen Moment auf ihr Image und bot Lavik einen Plastikbecher mit Wasser und eine Papierserviette an.

Nachdem der Richter sich davon überzeugt hatte, daß Lavik dem Tode nicht ganz so nahe war, wie es aussah, kamen sie endlich in Gang. Håkon Sand erhielt das Wort, und Hanne stupste aufmunternd seinen Oberschenkel an, als er sich erhob. Der Stups fiel härter aus als geplant, und vor lauter Schmerz hätte er fast losgepißt.

Vier Stunden später waren Staatsanwalt und Verteidiger dem Beispiel des Richters gefolgt und hatten ihre Jacken abgelegt. Hanne Wilhelmsen hatte ihren Pullover ausgezogen, nur Lavik schien zu frieren. Die Computerfrau dagegen sah restlos ungerührt aus. Sie hatten vor einer Stunde eine kleine Pause eingelegt, aber niemand im Saal war das Risiko eingegangen, sich bei den Wölfen im Korridor sehen zu lassen. Wenn es im Saal still wurde, konnten sie hören, daß draußen immer noch das wilde Gedränge herrschte.

Lavik sagte bereitwillig aus, nur brauchte er dafür elend lange. Jedes Wort wurde auf die Goldwaage gelegt. Die Geschichte des Anwalts enthielt nichts Neues. Er stritt alles ab und hielt sich an seine Aussage. Auch für die Fingerabdrücke hatte er eine Art Erklärung. Sein Mandant habe ihn ganz einfach um einen kleinen Kredit gebeten, was nicht ungewöhnlich sei, wie Lavik behauptete. Auf Håkons säuerliche Frage, ob er an alle seine finanzschwachen Mandanten Geld verleihe, antwortete er mit Ja. Dafür konnte er Zeugen bringen. Lavik konnte natürlich nicht erklären, warum ein ehrlich erworbener Tausender zusammen mit Drogengeld in einer Plastiktüte unter einem Dielenbrett im Mossevei lag, aber ihm konnte man ja wohl keine Vorwürfe machen, wenn sein Mandant sich seltsam verhielt. Seine Beziehung zu Roger hatte er früher schon klargestellt. Er hatte diesem Burschen manchmal mit Kleinigkeiten geholfen, bei der Steuererklärung und drei, vier Verkehrsgeschichten. Håkon Sands Problem war, daß Roger genau dasselbe behauptete. Was Lavik über den Tausender sagte, war jedenfalls dünn. Obwohl es unmöglich war, im Gesicht des kleinen, untersetzten Richters irgend etwas zu lesen, war Håkon sicher, daß dieser Pfosten seiner Anklage halten würde. Ob das reichte, würde sich in einigen Stunden zeigen. Jetzt mußten sie es darauf ankommen lassen. Håkon eröffnete seine Argumentation.

Geld und Fingerabdrücke waren das wichtigste. Danach ging er auf die seltsame Verbindung zwischen Roger und Lavik und die kodierten Telefonnummern ein. Schließlich brauchte er fünfundzwanzig Minuten für Han van der Kerchs Aussage Karen Borg gegenüber, ehe er mit einer düsteren Tirade über Beweisvernichtung und Fluchtgefahr endete. Das war alles, was er hatte. Schluß, aus. Kein Wort über die Verbindungslinien zu Hans A. Olsen und dem verstorbenen und gesichtslosen Ludvig Sandersen. Nichts über die Codebögen. Absolut nichts über Laviks Anwesenheit zum Zeitpunkt von van der Kerchs Sprung in die Psychose und Frøstrups tödlicher Überdosis.

Gestern war er so sicher gewesen. Sie hatten besprochen und diskutiert, gestritten und argumentiert. Kaldbakken hatte alles auffahren wollen, was sie hatten, und sich auf Håkons absolute Sicherheit von vor wenigen Tagen berufen. Schließlich hatte der Hauptkommissar dann doch nachgegeben. Håkon hatte selbstsicher und überzeugend gewirkt. Das war er jetzt nicht mehr. Er suchte nach dem schlagkräftigen Schlußargument, das er nachts eingeübt hatte, aber es hatte sich irgendwo versteckt. Statt dessen blieb er stecken und schluckte zweimal, ehe er aus sich herauspreßte, daß die Polizei auf weiterer Haft bestehe. Er vergaß, sich zu setzen, und peinliches Schweigen folgte. Für einige Sekunden, bis der Richter sich räusperte und erklärte, Håkon brauche nicht mehr zu stehen. Hanne lächelte schwach, aber aufmunternd und versetzte ihm einen Rippenstoß, diesmal vorsichtiger.

»Geehrtes Untersuchungsgericht«, begann der Verteidiger, noch ehe er ganz aufgestanden war. »Wir haben es hier zweifellos mit einem sehr delikaten Fall zu tun. Wir haben es mit einem Menschen zu tun, der sich eines groben Dienstvergehens schuldig gemacht hat.«

Die anderen fuhren zusammen. Was um alles in der Welt sollte das? Wollte der Anwalt Bloch-Hansen seinem Mandanten in den Rücken fallen? Sie sahen Lavik an, neugierig auf seine Reaktion, aber in seinem müden, grauen Gesicht regte sich nichts. »Es ist eine gute Lebensregel, keine stärkeren Worte zu benutzen, als man heil über den Winter kriegt«, fuhr der Anwalt fort und zog seine Jacke wieder an, wie um eine förmliche Haltung anzunehmen, die in dem großen, überhitzten Saal bisher gefehlt hatte.

Håkon Sand bedauerte, das nicht auch getan zu haben. Jetzt würde es nur noch blödsinnig aussehen.

»Aber es ist wirklich äußerst bedauerlich…« Er legte eine Kunstpause ein, um seinen Worten Nachdruck zu verleihen. »Es ist äußerst bedauerlich, daß Anwältin Karen Borg, die, wie ich weiß, über einen guten Ruf verfügt und als tüchtige Juristin gilt, nicht gesehen hat, daß sie sich eines Verstoßes gegen Paragraph 144 Strafgesetzbuch schuldig machte.«

Wieder eine Pause. Der Richter blätterte nach dem genannten Paragraphen, während Håkon wie gelähmt dasaß und wartete. »Karen Borg stand unter Schweigepflicht«, fuhr der Verteidiger fort. »Die hat sie gebrochen. Ich entnehme den Unterlagen, daß sie diesen schwerwiegenden Gesetzesbruch mit einer Art Zustimmung ihres toten Mandanten begründet. Aber das kann in keiner Weise ausreichen. Vor allem möchte ich darauf hinweisen, daß dieser Mandant nachweislich psychotisch war und nicht beurteilen konnte, was für ihn am besten war. Als nächstes möchte ich das Gericht auf diesen sogenannten Abschiedsbrief hinweisen, also Dok. 17-1.« Er schwieg und blätterte zur Kopie dieses hilflosen Briefes weiter. »Es ist ziemlich, nein, höchst unklar, ob diese Formulierung überhaupt eine Entbindung von der Schweigepflicht enthalten kann. So, wie ich diesen Brief lese, müssen wir ihn als Abschiedsgruß betrachten, als eine Art pathetische Liebeserklärung an eine Anwältin, die vermutlich freundlich und menschlich gewesen ist.«

»Aber er ist doch tot!« Håkon konnte die Klappe nicht halten, sprang auf und fuchtelte mit den Armen. Er ließ sich wieder fallen, ehe der Richter ihn zur Ordnung rufen konnte. Der Verteidiger lächelte.

»Rettstidende 1983, S. 430«, erklärte er und legte eine Kopie jenes Urteils auf den Richtertisch. »Hier ist auch eine für dich«, sagte er dann und reichte eine Kopie in Håkons Richtung. Der mußte aufstehen und sie sich selbst holen.

»Die Mehrheit vertrat damals die Ansicht, daß die Schweigepflicht keinesfalls mit dem Tode des Mandanten endet«, erklärte er. »Die Minderheit übrigens auch. Daran bestehen keinerlei Zweifel. Und das bringt uns zurück zu diesem Brief.« Er hielt ihn auf Armeslänge von seinen Augen weg und zitierte: »Du warst lieb zu mir. Du kannst vergessen, was ich übers Klappehalten gesagt habe. Schreib meiner Mutter einen Brief. Danke für alles.« Der Brief wurde zurück in den Ordner gelegt. Hanne wußte nicht, was sie glauben sollte. Håkon hatte Gänsehaut, und er merkte, daß seine Hoden sich wie bei einem eiskalten Bad zusammenzogen, zu einem empfindlichen und wenig männlichen Klumpen.

»Das hier«, fuhr der Verteidiger fort, »ist keine Entbindung von der Schweigepflicht. Anwältin Borg hätte niemals eine Aussage machen dürfen. Wenn sie sich nun schon dieses Vergehens schuldig gemacht hat, ist es zumindest wichtig, daß das Gericht nicht denselben Fehler begeht. Ich weise in diesem Zusammenhang auf Paragraph 119 der Strafprozeßordnung hin und möchte behaupten, daß es diesem Paragraphen widerspricht, wenn wir Borgs Aussage hier beachten.«

Håkon Sand blätterte in dem Sonderdruck, der vor ihm lag. Seine Hände zitterten so heftig, daß er seine Bewegungen kaum koordinieren konnte. Schließlich fand er den Paragraphen. O verdammter Mist! Das Gericht durfte keine Aussagen annehmen, wenn sie auf Informationen beruhten, die ein Anwalt im Dienst gesammelt hatte. Jetzt hatte er wirklich Angst. Er pfiff auf Lavik, auf den Drogendealer und mutmaßlichen Mörder Jørgen Ulf Lavik. Die einzige, an die er dachte, war Karen Borg. Vielleicht bekam sie jetzt ernsthaften Ärger. Und das war allein seine Schuld. Er hatte auf ihrer Aussage bestanden. Sie hatte zwar nicht protestiert, aber sie hätte nichts gesagt, wenn er sie nicht darum gebeten hätte. Alles war seine Schuld.

Auf der anderen Seite des Saals hatte der Verteidiger seine Papiere zusammengesucht. Er trat vor den Richter und stützte sich mit einer Hand auf dessen Tisch. »Und dann, geehrtes Untersuchungsgericht, haben die Anklagebehörden gar nichts. Die Telefonnummern in Roger Strømsjords Notizbuch sind unmöglich von irgendwelcher Bedeutung. Daß der Mann Zahlenspiele schätzt, beweist gar nichts. Es deutet nicht einmal etwas an. Höchstens, daß er ein komischer Vogel ist. Und die Fingerabdrücke auf dem Geldschein? Über die wissen wir wenig. Aber, geehrter Richter, nichts spricht dagegen, daß Anwalt Lavik hier die Wahrheit gesagt hat! Er kann einem Mandanten, der ihm leid tat, einen Tausender geliehen haben. Das ist natürlich nicht besonders schlau, Frøstrup galt nicht eben als kreditwürdig, aber das Darlehen war eine nette Geste. Der kommt allerdings kein sonderliches Gewicht bei.« Eine weit ausholende Armbewegung zeigte an, daß er zum Schluß kam. »Ich will mich nicht darüber auslassen, wie grob unverhältnismäßig die Festnahme meines Mandanten war. Das ist unnötig. Es liegt nichts vor, was einem triftigen Grund für Haftanordnung auch nur nahekäme. Mein Mandant muß auf freien Fuß gesetzt werden. Danke.«

Er hatte genau acht Minuten gebraucht. Håkon dagegen eine Stunde und zehn Minuten. Die beiden Polizisten, die Lavik bewachten, hatten während seines Vortrages gegähnt. Als Bloch-Hansen sprach, hatten sie hellwach gelauscht.

Der Richter war nicht sonderlich beeindruckt. Er gab sich keine Mühe zu verbergen, daß er erschöpft war, er wackelte mit dem Kopf und rieb sich das Gesicht. Håkon Sand wurde nicht einmal die ihm zustehende Gelegenheit zur Erwiderung geboten. Das machte nichts. Leere füllte seinen Magen, und er fühlte sich unfähig, auch nur das geringste zu sagen. Der Untersuchungsrichter schaute auf seine Uhr. Es war bereits halb sieben. In einer halben Stunde begannen die Fernsehnachrichten.

»Wir machen gleich mit Roger Strømsjord weiter. Das braucht nicht so lange zu dauern. Die Fakten sind dem Gericht ja bekannt«, sagte er hoffnungsvoll.

Es dauerte eine knappe Stunde. Hanne kam nicht über das Gefühl hinweg, daß der arme Roger hier nur als eine Art Anhängsel von Lavik gehandelt wurde. Wenn Lavik fiel, dann fiel auch Roger. Wenn Lavik freikam, dann konnte Roger ihn begleiten. »Die Entscheidung fällt noch heute, hoffe ich, aber es kann durchaus Mitternacht werden«, erklärte der Richter, als die Verhandlung endlich abgeschlossen werden konnte. »Wollt ihr warten, oder kann ich von allen eine Faxnummer bekommen?« Das konnte er. Roger wurde, nach einem im Flüsterton geführten Gespräch mit seinem Verteidiger, wieder in den Keller gebracht. Der Richter war bereits in das kleine Büro verschwunden, gefolgt von der Computerfrau. Anwalt Bloch-Hansen klemmte seine abgenutzte, ehrwürdige Aktentasche unter den Arm und ging zum Polizeiadjutanten hinüber. Er wirkte freundlicher, als zu erwarten gewesen wäre.

»Ihr könnt ja nicht viel gehabt haben, als ihr am Freitag zugegriffen habt«, sagte er leise. »Ich wüßte wirklich gern, was ihr gemacht hättet, wenn ihr nicht das Notizbuch gefunden und Glück mit den Fingerabdrücken gehabt hättet. Was in aller Kürze bedeutet, daß ihr meilenweit von einem stichhaltigen Grund für einen Haftbefehl wart, als ihr die beiden festgenommen habt.«

Håkon war einer Ohnmacht nahe. Vielleicht sahen das auch die beiden anderen, der Anwalt jedenfalls beruhigte ihn.

»Ich werde deshalb keinen Krach schlagen. Aber in aller Freundschaft: Fang keine Sachen an, die zu groß für dich sind. Das ist ein guter Rat – für alle Lebenslagen!« Er nickte kurz und höflich und begab sich zu den Journalisten, die noch nicht die Geduld verloren hatten. Es waren ziemlich viele. Hanne und Håkon blieben allein zurück. »Gehen wir was essen«, schlug Hanne vor. »Wir warten zusammen; ich bin sicher, daß es gutgeht.« Das war eine glatte Lüge.

Wieder bemerkte er den angenehmen, schwachen Duft. Zum Trost und zur Ermunterung umarmte sie ihn, als sie allein waren. Es half nichts. Als sie das große, ehrwürdige Haus verließen, merkte sie an, wie klug es gewesen sei, eine halbe Stunde zu warten. Die Gaffer saßen längst wieder in ihren warmen Stuben; die Fernsehleute hatten vor dem festgelegten Programmablauf kapitulieren müssen und waren mit ihrer geringen Ausbeute zurückgeeilt; die schreibenden Journalisten waren ebenfalls verschwunden, nachdem der Verteidiger seinen kurzen Kommentar abgegeben hatte. Es war bereits Viertel nach acht.

»Ich hab heut' noch gar nichts gegessen!« stellte Håkon verblüfft fest und spürte, daß sein Appetit, der über vierundzwanzig Stunden lang verängstigt in einer Magenecke gehockt hatte, heimlich zurückgekehrt war.

»Ich auch nicht«, erwiderte Hanne, auch wenn das nicht ganz stimmte. »Wir haben reichlich Zeit. Der Richter braucht mindestens drei Stunden. Suchen wir uns eine ruhige Ecke.«

Arm in Arm spazierten sie einen kleinen Hang hinunter, versuchten, den schweren Tropfen aus der Regenrinne einer alten Mietskaserne auszuweichen, und fanden einen Tisch in einem italienischen Restaurant gleich um die Ecke. Hier waren sie ungestört. Ein bildschöner Knabe mit rabenschwarzem Haar führte sie an den Tisch, knallte ihnen eine Speisekarte hin und fragte mechanisch nach ihren Getränkewünschen. Nach kurzem Zögern bestellten sie beide ein Bier. Es erschien in Rekordzeit auf dem Tisch. Håkon leerte das halbe Glas auf einen Schluck. Das Bier tat gut, der Alkohol traf ihn sofort. Oder vielleicht zuckte einfach nur sein eingesunkener Magen zusammen!

»Das geht zum Teufel«, sagte er, fast munter, und wischte sich den Schaum von der Oberlippe. »Ha, das geht nie im Leben gut. Die können sofort rauslatschen und weitermachen. Laß dir das gesagt sein. Mein Fehler!«

»Mach dich nicht schon im voraus verrückt«, sagte Hanne, ohne verhehlen zu können, daß sie seinen Pessimismus teilte. Sie schaute auf die Uhr. »Wir haben noch ein paar Stunden, ehe wir eventuell einsehen müssen, daß wir verloren haben.«

Lange saßen sie schweigend da, mit vagen, abwesenden Blicken. Ihre Gläser waren leer, als das Essen serviert wurde. Spaghetti. Sie sahen gut aus und waren feuerheiß.

»Es ist nicht deine Schuld, wenn das schiefläuft«, sagte sie und versuchte, sich die langen weißen Fäden mitsamt der Tomatensoße einzuverleiben. Mit einem kurzen »Entschuldigung« hatte sie sich die Serviette in den Ausschnitt gestopft, um ihren Pullover vor dem unumgänglichen Kleckern zu schützen. »Und das weißt du«, fügte sie hinzu und musterte sein Gesicht. »Wir haben alle Mist gebaut, wenn das hier schiefgeht. Alle wollten einen Haftbefehl beantragen, niemand kann dir Vorwürfe machen.«

»Mir Vorwürfe machen?« Sein Löffel knallte auf den Tisch, die Soße spritzte nur so. »Mir Vorwürfe machen? Natürlich werden die mir Vorwürfe machen. Weder du noch Kaldbakken, die Polizeipräsidentin oder sonstwer hat da drinnen stundenlang ins Förmchen geschissen. Ich war das! Ich hab' das große Ei gelegt! Du solltest mir Vorwürfe machen!« Plötzlich war er satt und schob seinen halbleeren Teller weg, fast angewidert, als ob hinter den Miesmuscheln eine gemeine Haftentlassung auf der Lauer läge. »Ich glaube, ich hab' vor Gericht noch nie so schlechte Arbeit geleistet. Das mußt du mir glauben, Hanne.« Er atmete schwer und bat den geschniegelten Knaben um ein Mineralwasser. »Wahrscheinlich hätte ich bei einem anderen Verteidiger besser abgeschnitten. Bloch-Hansen macht mich unsicher. Sein korrekter, sachlicher Stil bringt mich aus dem Konzept. Vielleicht hatte ich mich auf ein wildes, offenes Gefecht vorbereitet. Wenn mein Gegner statt dessen elegant mit dem Degen ficht, stehe ich da wie ein Kartoffelsack.« Er rieb sein Gesicht, lächelte und schüttelte den Kopf. »Versprich mir, nicht schlecht über diese Vorstellung zu sprechen«, bat er.

»Das verspreche ich auf Ehre und Gewissen«, schwor Hanne und hob die rechte Hand. »Aber so schlecht warst du nun auch wieder nicht. Übrigens«, fügte sie hinzu, um das Thema zu wechseln, »warum hast du diesem Zeitungsmenschen von einer möglichen dritten Person erzählt, die sich noch auf freiem Fuß befindet? Das sah ja fast so aus, als hätten wir eine konkrete Person im Visier. Ich nehme doch an, daß er das von dir hat?«

»Weißt du noch, wie schockiert ich darüber war, wie du Lavik beim letzten Verhör vor der Festnahme behandelt hast?«

Eine tiefe Furche über ihrer Nasenwurzel deutete darauf hin, daß sie intensiv nachdachte. »Na ja, nein«, sagte sie schließlich und wartete gespannt.

»Du hast gesagt, daß Leute, die Angst haben, Fehler begehen, deshalb wolltest du Lavik Angst einjagen. Jetzt bin ich eben mal der Buhmann. Vielleicht ist es ein Schuß in den Ofen, aber vielleicht sitzt auch da draußen jetzt ein Mann und hat Angst. Gewaltige Angst.«

Wenige Sekunden später wurde auf Håkons diskretes Winken hin die Rechnung gebracht. Sie griffen beide danach, Håkon war schneller.

»Kommt nicht in Frage«, protestierte Hanne. »Entweder bezahle ich alles, oder ich übernehme die Hälfte.«

Mit flehendem Blick preßte Håkon die Rechnung an seine Brust. »Ich möchte mich heute wenigstens einmal als Mann fühlen«, bat er leise.

Das war nicht sehr viel verlangt. Er bezahlte und rundete die Summe mit drei Kronen Trinkgeld auf. Der Junge mit den Ölhaaren entließ sie lächelnd und mit dem Wunsch, sie bald wiederzusehen, in die Dunkelheit. Es schien nicht gerade einer seiner Herzenswünsche zu sein.

Die Müdigkeit hatte sich wie eine stramme, schwarze Kapuze um seinen Schädel gelegt, und seine Augen fielen jedesmal wieder zu, wenn er zwei Minuten lang geredet hatte. Er zog eine kleine Medizinflasche mit künstlicher Tränenflüssigkeit aus der Jackentasche, lehnte sich zurück, schob die Brille an die Nasenspitze und träufelte sich reichlich in die Augen. Bald würde er die ganze Flasche geleert haben. Am Morgen war sie noch neu gewesen.

Håkon Sand bewegte im Versuch, seine Nackenmuskeln zu lockern, seinen Kopf hin und her. Er zuckte zusammen, als er sich zu heftig bewegte und links ein wütender Krampf einsetzte. »Au, auau, *au*!« rief er und rieb fieberhaft die wehe Stelle.

Zum siebenundsechzigstenmal sah Hanne auf die Uhr. Fünf Minuten vor Mitternacht. Ob es ein gutes oder schlechtes Zeichen war, daß es bis zur Entscheidung so lange dauerte, war unmöglich zu sagen. Der Richter würde sicher besonders sorgfältig vorgehen, wenn die Inhaftierung eines Anwalts anstand.

Andererseits würde er auch mit einer Haftentlassung nicht schlampig verfahren. Daß Einspruch erhoben werden würde, egal, wie er entschied, lag ohnehin auf der Hand. Sie gähnte so herzhaft, daß ihre schmale Hand ihre Mundöffnung nicht bedecken konnte. Als sie den Kopf in den Nacken legte, sah Håkon, daß sie keine Amalgamfüllungen hatte.

»Welche Erfahrung hast du mit diesen Plastikfüllungen gemacht?« fragte er unvermittelt, und sie starrte ihn überrascht an.

»Plastikfüllungen? Wie meinst du das?«

»Ich sehe doch, daß du kein Amalgam in den Zähnen hast. Ich hab' auch schon überlegt, ob ich meine Füllungen auswechseln lassen soll. Hab' in den Zeitungen gelesen, wieviel Dreck in dem Zeug steckt. Quecksilber und so. Davon sollen schon Leute zu Invaliden geworden sein. Aber mein Zahnarzt ist dagegen. Amalgam hält soviel besser, sagt er.«

Mit weit geöffnetem Mund beugte sie sich zu ihm vor, und er sah, daß wirklich alles weiß war. »Nix Loch«, sagte sie lächelnd und mit einem Hauch von Stolz. »Ich bin zwar eigentlich schon zu alt für die Nix-Loch-Phase, aber wir hatten früher Brunnenwasser. Haufenweise natürliches Fluor. Sicher gefährlich, aber wir waren sechs Kinder in der Nachbarschaft, die alle erwachsen geworden sind, ohne je zum Zahnarzt zu müssen.«

Zähne. Das war vielleicht ein Gesprächsthema. Wieder untersuchte der Polizeiadjutant das Faxgerät. Wie beim letzten- und beim vorletztenmal war alles in Ordnung. Das kleine grüne Licht starrte ihn arrogant an, aber sicherheitshalber sah er noch einmal nach. Ob genug Papier vorhanden war. Natürlich war da genug Papier. Er unterdrückte ein Gähnen, indem er die Zähne zusammenbiß. Tränen traten ihm in die Augen. Er nahm das abgegriffene Kartenspiel und warf Hanne einen fragenden Blick zu. Sie zuckte mit den Schultern.

»Von mir aus gern, aber laß uns mal was anderes spielen. Maumau zum Beispiel.«

Sie schafften zwei Runden, dann stieß das Faxgerät ein verheißungsvolles Knurren aus. Das Licht war von Grün auf Gelb umgesprungen, und nach wenigen Sekunden zog die Maschine den ersten Papierbogen ein. Er blieb eine Weile im Gerät, dann lugte er oben wieder heraus, hübsch geschmückt mit einem Faxvordruck des Osloer Untersuchungsgerichtes.

Beide merkten, wie ihr Puls loshämmerte. Ein unangenehmes Kribbeln jagte Håkons Rücken hoch, und er schüttelte sich. »Nehmen wir ein Blatt nach dem anderen, oder warten wir, bis alles da ist?« fragte er mit schwachem Lächeln.

»Wir holen uns eine Tasse Kaffee. Wenn wir zurückkommen, ist alles da. Das ist besser, als hier zu stehen und auf die letzte Seite zu warten.«

Sie fühlten sich entsetzlich allein, als sie das Zimmer verließen und durch den Flur gingen. Beide schwiegen. Im Vorzimmer gab es keinen Kaffee mehr. Irgendwer mußte also doch noch Dienst schieben, denn Hanne hatte dort vor weniger als einer Stunde eine neue Kanne abgestellt. Håkon ging in sein Büro, öffnete das Fenster und zog eine Plastiktüte herein, die an einem Nagel an der Fensterbank gehangen hatte. Er holte zwei Halbliterflaschen Limonade aus der Tüte.

»Garantiert die einzige Limo, die wirklich nur gegen den Durst hilft«, zitierte er mit Galgenhumor.

Sie stießen in einem düsteren Prost die Flaschen gegeneinander. Håkon gab sich keine Mühe, ein lautes Rülpsen zu unterdrücken. Hanne war etwas leiser. Dann gingen sie zurück ins Besprechungszimmer. Sehr langsam. Es roch nach Bohnerwachs, und der Boden glänzte wie lange nicht mehr.

Als sie das Zimmer betraten, hatte das fiese grüne Auge seinen gelben Kollegen wieder abgelöst. Das Gerät war in summenden Schlaf gesunken. Ein kleiner Papierstapel lag in dem Plastikkorb, der noch vor wenigen Minuten leer gewesen war. Mit einer Hand, die eher vor Müdigkeit zitterte als vor Spannung, nahm Håkon die Papiere auf und blätterte rasch zur letzten Seite.

Er ließ sich auf das kleine Sofa sinken und las vor: »Der Angeklagte Jørgen Ulf Lavik wird in Untersuchungshaft gehalten, bis Gericht oder Anklagebehörden eine andere Entscheidung treffen, jedoch keinesfalls länger als bis Montag, den 6. Dezember. Während dieser Zeit hat er Brief- und Besuchsverbot.«

»Zwei Wochen!« Eine solide Dosis Adrenalin hatte die Müdigkeit verjagt. »Zwei Wochen für Lavik!« Er sprang vom Sofa auf, stolperte um den kleinen Tisch herum und fiel Hanne um den Hals. Die Papiere fielen zu Boden.

»Reg dich ab«, lachte sie. »Zwei Wochen sind wirklich nur der halbe Sieg, du wolltest vier.«

»Zwei Wochen sind wenig, ja, aber wir können doch rund um die Uhr arbeiten. Und ich schwöre...« Er knallte die Faust auf den Tisch, ehe er weiterredete: »Ich wette um ein Monatsgehalt, daß wir in weniger als zwei Wochen mehr über diesen Arsch haben werden.«

Seine kindliche Begeisterung und sein Optimismus griffen nicht sofort auf seine Kollegin über. Sie sammelte die Papiere auf und legte sie in die richtige Reihenfolge. »Sehen wir, was der Richter sonst noch zu sagen hat.«

Bei näherem Hinsehen war der Haftbescheid nicht einmal mehr ein halber Sieg. Vielleicht konnte man ihn großzügig als Achtelsieg bezeichnen.

Christian Bloch-Hansens Einwänden gegen Karen Borgs Aussage war weitestgehend stattgegeben worden. Das Gericht teilte seine Auffassung, daß van der Kerchs Abschiedsbrief kaum als Entbindung von der Schweigepflicht betrachtet werden konnte. Die genaueren Absichten des Niederländers mußten noch untersucht werden, eine Untersuchung, bei der es genau zu überlegen galt, ob die sich dadurch ergebenden Erkenntnisse dem Mann nützen würden. Es bestand Grund zu der Annahme, daß das nicht der Fall sein würde, da die Aussage ihn in wesentlichem Grad selbst belastete und auf diese Weise seinem Ruf nachträglich schaden konnte. Auf jeden

Fall, meinte das Gericht, auf jeden Fall sei man im Verhör von Anwältin Borg nicht ausreichend auf diese Problematik eingangen. Das Gericht zog es zum gegenwärtigen Zeitpunkt deshalb vor, ihre Aussage nicht in Betracht zu ziehen, da sie einen Verstoß gegen die Prozeßbestimmungen darstellen konnte. Des weiteren fand das Gericht, unter Vorbehalt, daß es dennoch triftige Gründe gab, den Angeklagten eines Verbrechens zu verdächtigen. Aber nur, was Posten 1 der Klageschrift betraf, die angegebene Menge, die bei Frøstrup gefunden worden war. Nach Auffassung des Gerichts bestand kein triftiger Grund, dem Anwalt noch mehr anzulasten, solange man Karen Borgs Aussage nicht einbeziehen konnte. Die Gefahr einer Beweisvernichtung lag auf der Hand; der Richter hatte sich damit begnügt, sie in einem Satz zu erwähnen. Eine Haft von zwei Wochen konnte zudem nicht als unverhältnismäßiger Übergriff gelten, wenn man die Tragweite des Falls in Betracht zog. Vierundzwanzig Gramm narkotischer Stoffe waren eine bedeutende Menge, die im Straßenverkauf einen Wert von fast zweihunderttausend Kronen darstellte. Ergebnis, wie gesagt, zwei Wochen Knast.

Roger kam frei.

»Ja, verdammt«, sagten die beiden wie aus einem Munde.

Roger war nur durch Han van der Kerchs Aussage in den Fall verwickelt. Solange die unbrauchbar war, hatte das Gericht nur die kodierten Telefonnummern. Und die reichten bei weitem nicht aus. Also mußte er entlassen werden.

Das Telefon schellte. Sie fuhren beide hoch, als sei soeben ein Feueralarm ausgelöst worden.

Es war der Richter, der sich davon überzeugen wollte, daß das Fax gut angekommen war. »Ich erwarte von beiden Seiten Einspruch«, sagte er müde, auch wenn Håkon glaubte, durch das Telefon ein leises Lächeln ahnen zu können.

»Ja, ich werde jedenfalls gegen Roger Strømsjords Freilassung Einspruch erheben und um Aufschub bitten. Es wäre eine Katastrophe, wenn er heute nacht noch rauskäme.«

»Aufschub kriegst du sicher«, beschwichtigte der Richter. »Aber jetzt machen wir Feierabend, ja?«

Da konnten sie ohne weiteres zustimmen. Es war ein langer, langer Tag gewesen. Sie zogen ihre Mäntel an, schlossen sorgfältig hinter sich ab und ließen die beiden halbgeleerten Limoflaschen einsam zurück. Die Reklame hatte recht, ihr Inhalt hatte wirklich nur gegen den Durst geholfen.

DIENSTAG, 24. NOVEMBER

Es war wie das Erwachen mit einem soliden Kater. Hanne Wilhelmsen hatte ewig nicht einschlafen können, trotz heißer Milch und Schultermassage. Nach knapp vier Stunden unruhigen Schlafs wurde sie durch eine ekelhafte Nachrichtensendung im Radiowecker in den Tag gezogen. Der Haftbefehl war die erste Meldung. Die Sprecherin meinte, der Kampf sei unentschieden ausgegangen, und äußerte sich sehr kritisch zu der Frage, ob die Polizei einen Fall hatte. Natürlich kannte niemand die Begründung des Haftbefehls, und deshalb wurde minutenlang darüber spekuliert, warum der Autohändler entlassen worden war. Die Spekulationen waren ziemlich wild.

Hanne streckte sich resigniert und zwang sich, das warme Bett zu verlassen. Das Frühstück konnte sie sich abschminken, sie hatte Håkon versprochen, um acht Uhr im Büro zu sein. Dieser Tag versprach genauso lang zu werden wie der vorige.

Unter der Dusche versuchte sie, an etwas anderes zu denken. Sie lehnte die Stirn an die blanken Fliesen und spürte, wie ihr Rücken unter dem viel zu heißen Wasser rot anlief. Sie kriegte den Fall einfach nicht aus dem Kopf. Ihr Gehirn arbeitete auf Hochtouren und zog sie mit, gegen ihren Widerstand. In diesem Moment hätte sie sich gern mit sofortiger Wirkung versetzen lassen. Drei Monate bei der Verkehrspolizei wären doch nett, dachte sie. Sie war zwar nicht die Frau, die vor einer schwierigen Aufgabe davonlief, aber dieser Fall hatte sie einfach restlos mit Beschlag belegt. Nie hatte sie Ruhe; die vielen losen Fäden wirbelten um sie herum, gaukelten neue Lösungen vor, neue Theorien, neue Ideen. Auch wenn Cecilie sich nicht beklagte, wußte sie sehr wohl, daß sie im Moment keine besonders gute Geliebte oder Freundin war. Auf Festen saß sie stumm da, war angemessen höflich und trank kaum einen Fingerhut. Sex war zu einer Routinesache geworden, ohne viel Leidenschaft oder Engagement.

Das Wasser war so heiß, daß es ihren Rücken fast betäubte. Sie richtete sich aus ihrer gebückten Stellung auf und fuhr zusammen, als sie sich die Brüste verbrannte. Als sie das kalte Wasser aufdrehte, um nicht bei lebendigem Leibe gekocht zu werden, kam ihr der Gedanke.

Der Stiefel. Billy T.s Jagdtrophäe. Der mußte ja irgendwo einen Zwilling haben. Vielleicht war es hoffnungslos, um diese Jahreszeit in Oslo einen Stiefel in Größe 44 finden zu wollen. Aber andererseits: Die Gruppe der möglichen Stiefelbesitzer war nicht so riesig groß, und es mußte den Versuch wert sein. Wenn sie den Besitzer fanden, dann würden sie einem Burschen gegenüberstehen, der fast todsicher in den Fall verwikkelt war. Und dann würden sie sehen, wie lange er dichthielt. Loyalität war noch nie die starke Seite der Rauschgiftkriminellen gewesen.

Der Stiefel. Er mußte irgendwo sein.

Der Tag hatte gerade erst angefangen, sich zu rühren. Die Sonne war noch nicht über den Horizont gestiegen, aber sie stand irgendwo hinter Ekeberg und verhieß einen schönen, kalten Novemberdienstag. Wieder lag die Temperatur unter Null. Alle Lokalsender warnten die Autofahrer und berichteten von vollen, verspäteten Bussen und Straßenbahnen. Vor den Zeitungsredaktionen blieb das eine oder andere Arbeitstier auf seinem Weg in einen neuen Arbeitstag stehen und nahm sich Zeit, die Zeitung im Schaukasten zu lesen.

Wieder machte der Fall Schlagzeilen. Er vermerkte seine

zwölfte Schlagzeile in weniger als einem Jahr in seinem Notizbuch. Ein bißchen unreif vielleicht, aber es kann nicht schaden, den Überblick zu behalten, dachte er stolz. Trotz allem machte er nur Vertretung. Es war fast wie eine Probezeit.

Der Schlüssel brannte in seiner Tasche. Sicherheitshalber hatte er drei Kopien machen lassen und sie an sicheren Orten hinterlegt. Sein Schlüsselkumpel hatte ihm nicht viel sagen können, der Schlüssel konnte für alles passen. Aber wohl kaum für etwas, das größer war als ein Schließfach. Vielleicht paßte er zu einem Schrank, aber garantiert zu keiner Tür. Und wenn doch, dann mußte sie ungewöhnlich winzig sein. Die Schließfächer an den gängigen Orten waren eine Fehlanzeige gewesen. Der Schlüssel paßte weder auf dem Bahnhof noch auf den Flugplätzen oder in den großen Hotels. Da er keine Nummer trug, war es allerdings auch nicht wahrscheinlich, daß er zum Gebrauch an einem öffentlichen Ort bestimmt war. Ob er ihn Håkon Sand geben sollte? Die Polizei war mit Sicherheit im Streß, zwei Wochen war nicht viel, und wenn die Einsprüche verhandelt wurden, konnte selbst diese Zeitspanne noch verkürzt werden. Vieles sprach dafür, der Polizei zu helfen. Sie verfügten über einen Apparat, mit dem viel effektiver nach einer Stelle gesucht werden konnte, zu der der verdammte Schlüssel paßte. Außerdem würde ihm das weiteres Wohlwollen eintragen. Das war ziemlich sicher. Er konnte einen guten Handel machen. Und eigentlich, wenn er sich das richtig überlegte, war es ja auch nicht in Ordnung, mit einem Gegenstand herumzulaufen, der ein entscheidender Beweis in einem großen Fall sein konnte. Mord und so. Ob das strafbar war? Er wußte es nicht genau. Andererseits: Wie sollte er erklären, daß der Schlüssel bei ihm gelandet war? Der Einbruch in Laviks Kanzlei war zweifellos strafbar. Wenn sein Redakteur davon erfuhr, dann konnte er seinen Hut nehmen. Vorerst fiel ihm auch keine andere Geschichte ein, die plausibel genug wirkte.

Die Schlußfolgerung ergab sich von selbst. Er mußte auf eigene Faust weitersuchen. Wenn er den Schrank oder das Schließfach fand, würde er zur Polizei gehen. Wenn es etwas Interessantes enthielt, wohlgemerkt. Dann würde seine zweifelhafte Vorgehensweise keine Rolle mehr spielen. Ja, es war vernünftiger, den Schlüssel erst mal zu behalten. Er zog seine Hose hoch und betrat das große, graue Redaktionsgebäude.

Der ganze riesige Schreibtisch war mit Zeitungen übersät. Peter Strup war seit halb sieben in seiner Kanzlei. Auch er war von der Meldung über die Untersuchungshaft geweckt worden. Auf dem Weg zur Arbeit hatte er sieben verschiedene Zeitungen gekauft, die alle große Artikel über den Fall brachten. Im Grunde sagten sie nichts, aber jedes Blatt stellte den Fall anders dar. *Klassekampen* hielt den Haftbefehl für einen Sieg der Gerechtigkeit und hatte einen Leitartikel über die beruhigende Tatsache, daß die Gerichte ab und zu auch eine andere als Klassenjustiz betrieben. Witzig, dachte er mürrisch, wie dieselben Menschen, die grobes Geschütz auf die primitiven Rachegelüste einer Gesellschaft richten, die Menschen ins Gefängnis sperrt, sich plötzlich für eben dieses System begeistern, wenn ihm jemand von der Sonnenseite zum Opfer fällt. Die Boulevardpresse brachte mehr Bilder als Text, abgesehen von den riesigen Schlagzeilen. *Aftenposten* brachte ein nüchternes Referat, das obendrein ziemlich zahm war. Der Fall verdiente nun mal eine gewisse Berichterstattung, aber sie schienen Angst vor Verleumdungsklagen zu haben. Ein Urteil gegen Lavik wurde weit in die Zukunft verschoben. Alle Vernunft besagte, daß er sich grausam rächen würde, wenn sie ihn nicht verurteilten.

Der altmodische Füllfederhalter kratzte über das Papier, als er sich im Eiltempo seine Notizen machte. Es war immer schwer, anhand von Zeitungsartikeln die juristischen Probleme zu durchschauen. Die Journalisten warfen die Begriffe durcheinander und wuselten wie freilaufende Hühner durch die juristische Landschaft. Nur zwei Zeitungen hatten Durchblick genug, um zu begreifen, daß hier die Rede von einem Haftbefehl war, nicht von einem Urteil, von einem Einspruch und nicht von einer Revision.

Schließlich faltete er alle Zeitungen zusammen und stopfte sie in den Papierkorb, nachdem er das Wichtigste ausgeschnitten hatte. Er heftete die Ausschnitte mit seinen Notizen zusammen, steckte sie in eine Plastikhülle und schob alles in eine abschließbare Schublade. Dann rief er seine Sekretärin an und bat sie, für die nächsten beiden Tage alle Termine abzusagen. Das überraschte die Sekretärin offenbar, sie reagierte mit einem »Aber«, dann unterbrach sie sich.

»Alles klar. Soll ich neue Termine machen?«

»Ja, bitte. Sag, daß sich etwas Unvorhergesehenes ergeben hat. Ich muß ein paar wichtige Anrufe erledigen. Ich möchte nicht gestört werden. Von niemandem.«

Er stand auf und schloß die Tür zum Flur. Danach griff er zu einem praktischen kleinen Mobiltelefon und ging ans Fenster.

Nach dem zweiten Klingeln wurde abgehoben.

»Hallo, Christian, hier ist Peter.«

»Guten Morgen.« Die Stimme war düster, was schlecht zur Nachricht paßte.

»Na, die Sache ist ja für keinen von uns lustig. Ich muß wohl gratulieren, wenn ich die Zeitungsmeldungen einigermaßen richtig verstanden habe. Einer entlassen und beim anderen die Haft um die Hälfte gekürzt, das muß doch als gutes Ergebnis durchgehen.«

Die Stimme war ausdruckslos. »Das ist ein verdammter Brei, Peter. Ein gottverdammter Brei.«

»Das glaub' ich gern.«

Beide schwiegen, und das Knistern in der Leitung wurde unerträglich.

»Hallo, bist du noch da?« Peter Strup hatte die Verbindung für unterbrochen gehalten.

»Ja, ich bin hier. Ich weiß nicht, was das beste ist, ehrlich gesagt. Ob er besser sitzt, oder ob sie ihn rauslassen sollten. Wir werden ja sehen. Der Einspruchsausschuß kommt vor heute abend wohl kaum zu einer Entscheidung. Vielleicht auch erst morgen. Die Jungs sind nicht gerade berühmt für ihren Überstundeneifer.«

Peter Strup biß sich auf die Unterlippe. Er nahm das Telefon in die andere Hand und kehrte dem Fenster den Rücken. »Besteht irgendeine Chance, diese Lawine anzuhalten? Auf irgendeine ehrbare Weise, meine ich?«

»Wer weiß? Vorläufig bereite ich mich auf alles vor. Wenn es knallt, dann wird das der lauteste Knall der Nachkriegszeit. Ich hoffe, ich stehe dann nicht gerade in der Nähe. Heute wünschte ich eigentlich, du hättest mir nichts gesagt.«

»Das mußte ich aber, Christian. Daß Lavik dich wollte, war wirklich phantastisch in dem ganzen Schlamassel. Einen, zu dem ich auch Vertrauen haben kann. Echtes Vertrauen.«

Das war durchaus nicht als Warnung gemeint. Dennoch wurde Christan Bloch-Hansens Stimme schärfer. »Eins muß hier ganz klar gesagt werden«, sagte er hart. »Mein Wohlwollen ist nicht unerschöpflich. Es gibt eine Grenze. Das habe ich dir schon am Sonntag klargemacht. Vergiß das nicht.«

»Dazu werde ich wohl kaum die Gelegenheit haben«, meinte Peter Strup trocken und beendete das Gespräch.

Er lehnte sich an die kalte Fensterscheibe. Das war kein verdammter Brei. Das war eine wahnwitzige Suppe. Er erledigte sein zweites Gespräch in drei oder vier Minuten, dann ging er frühstücken. Ganz ohne Appetit.

An einem Küchentisch aus Kiefernholz, vor einem Fenster mit Fensterkreuz und rotkarierten Vorhängen, saß Karen Borg und aß mit ganz anderem Appetit. Sie war schon mit dem dritten Brot beschäftigt, und ihr Boxer hatte den Kopf auf seine Pfoten gelegt und blickte sie traurig und bittend an.

»Bettelhund«, tadelte sie und vertiefte sich wieder in den Roman, der vor ihr lag. Ein altes Kofferradio auf dem Regal über dem Spülstein unterhielt sie leise.

Die Hütte lag auf einer Felskuppe, mit einer Aussicht, die bis Dänemark reichte. Das hatte sie sich mit acht Jahren jedenfalls eingebildet. Damals hatte sie sich dieses flache Land im Süden vorgestellt, und sie hatte es wirklich gesehen, mit Buchen und munteren Menschen. Das Bild war unerschütterlich gewesen, auch wenn der große Bruder sie neckte und der Vater ihr wissenschaftlich bewies, daß alles nur Einbildung war. Als sie zwölf wurde, war das Bild verblaßt, und einen Sommer später war ganz Dänemark im Meer versunken. Eines ihrer schmerzhaftesten Erlebnisse beim Heranwachsen war die Einsicht gewesen, daß nicht alles so war, wie sie immer gedacht hatte.

Sie hatte kaum Probleme damit gehabt, die Hütte zu heizen. Sie war winterisoliert, und es gab Strom. Noch im Laufe des Sonntags hatte sich eine angenehme Temperatur ausgebreitet. Karen hatte es nicht gewagt, die elektrische Pumpanlage einzuschalten, vielleicht waren die Rohre ja zugefroren. Aber egal, der Brunnen war nur einen Steinwurf von der Hütte entfernt.

Jetzt, zwei Tage später, fühlte sie sich ruhiger als seit vielen Wochen. Das Mobiltelefon war zwar sicherheitshalber eingeschaltet, aber nur ihr Büro und Nils hatten die Nummer. Er hatte sie in Ruhe gelassen. Die letzten Wochen waren für sie beide eine Belastung gewesen. Sie wand sich beim Gedanken an seinen verletzten, fragenden Blick, an seine hilflosen Versuche, ihr entgegenzukommen. Ihn abzuweisen war ihr zur Gewohnheit geworden. Sie sprachen höflich über die Arbeit, über die Nachrichten und die nötigen Alltagsangelegenheiten. Keine Intimität, keine Kommunikation. Vielleicht empfand er es als Erleichterung, daß sie verreist war, auch wenn er versucht hatte zu protestieren, mit Tränen in den Augen und verzweifelten Fragen. Jedenfalls hatte er nichts von sich hören lassen, seit sie den obligatorischen Anruf getätigt und ihm mitgeteilt hatte, daß sie gut angekommen war. Obwohl sie froh darüber war, daß er ihren Wunsch, in Ruhe gelassen zu werden, respektierte, machte ihr der Gedanke zu schaffen, daß ihm das wirklich gelang.

Sie fröstelte und kleckerte ein wenig Tee auf die Untertasse. Der Hund hob plötzlich den Kopf, und sie warf ihm ein Stück Käse zu, das im Flug aufgefangen wurde.

»Gierschlund!« tadelte sie, aber der Hund schien die Hoffnung, daß ein weiteres Stück Käse den Weg in seinen sabbernden Schlund finden würde, nicht aufzugeben.

Plötzlich fuhr sie hoch und drehte das Radio lauter. Offenbar hatte es einen Wackelkontakt, es brummte entsetzlich. Lavik war verhaftet worden! Himmel, das mußte doch ein Sieg für Håkon sein. Ein zweiundfünfzigjähriger Mann war freigelassen worden, aber gegen beide Entscheidungen war Einspruch erhoben worden. Das mußte Roger sein. Warum hatten sie den einen laufen lassen und den anderen behalten? Sie war sicher gewesen, daß entweder beide sitzen oder beide entlassen werden würden. Viel mehr wurde nicht gesagt.

Langsam regte sich ihr schlechtes Gewissen. Sie hatte Håkon versprochen, vor einer eventuellen Reise anzurufen. Das hatte sie nicht getan. Sie konnte es einfach nicht. Vielleicht würde sie ihn heute abend anrufen. Aber nur vielleicht.

Sie hatte aufgegessen, und der Boxer hatte noch zwei Scheiben Käse erbettelt. Sie wollte erst den Abwasch erledigen und dann die zwei Kilometer zum Laden wandern und Zeitungen kaufen. Es war sicher gut, auf dem laufenden zu bleiben.

»Wo, zum Teufel, steckt die Frau denn bloß?« Er knallte den Hörer auf den Schreibtisch. Der Hörer zerbrach. »Ach, verdammt«, sagte er leicht erschrocken und starrte das zerstörte Telefon dümmlich an. Vorsichtig hob er den Hörer ans Ohr. Der Summton war noch zu hören. Ein Gummiband mußte zur vorläufigen Reparatur genügen. »Ich fass' es nicht«, sagte er, jetzt ruhiger. »Im Büro heißt es, sie sei vorläufig nicht zu erreichen. Zu Hause geht sie nicht ran.« Und Nils rufe ich nun wirklich nicht an, dachte er. Wo steckte Karen Borg?

»Wir müssen sie finden«, erklärte Hanne überflüssigerweise.

»Wir müssen sie dringend noch einmal verhören. Das beste wäre, das heute zu erledigen. Wenn wir Glück haben, entscheidet sich der Einspruchsausschuß erst morgen, dann könnten wir ihnen noch ein neues Verhör präsentieren, nicht?«

»Ja, das schon«, murmelte Håkon. Er wußte nicht, was er glauben sollte. Karen hatte versprochen, sich vor ihrer Abreise noch einmal zu melden. Ihm zu sagen, wohin sie wollte. Voller Selbstverleugnung hatte er seinen Teil der Abmachung eingehalten. Seltsam, daß sie das nicht getan hatte. Wenn sie wirklich weggefahren war. Es gab viele Möglichkeiten. Schließlich konnte sie sich in einer diskreten Besprechung mit einem Mandanten befinden. Und das wäre in der Tat kein Grund zur Aufregung gewesen. Trotzdem wurde er seit Sonntag seine vage Unruhe nicht mehr los. Das tröstliche Gefühl, sich wenigstens in derselben Stadt zu befinden wie Karen, war verschwunden.

»Sie hat ein Mobiltelefon mit Geheimnummer. Setz all dein polizeiliches Gewicht ein, um die zu ergattern. Post, ihr Büro, egal was. Nur besorg mir die Nummer. Das dürfte doch nicht allzu schwer sein. Außerdem mache ich mit der Jagd auf den Stiefellosen weiter, egal, was du sagst«, erklärte Hanne Wilhelmsen und ging in ihr Büro zurück.

Der grauhaarige Mann hatte Angst. Angst war eine unbekannte Feindin für ihn, und er bekämpfte sie energisch. Obwohl er die Zeitungen durchgekämmt hatte, war es unmöglich, sich ein Bild davon zu machen, was die Polizei wirklich wußte. Der Artikel am Sonntag war in dieser Hinsicht erschreckend gewesen. Aber stimmen konnte er nicht. Jørgen Lavik beteuerte doch seine Unschuld, das stand jedenfalls in den Zeitungen. Ergo konnte er nicht geplappert haben. Außer Lavik wußte keiner, wer er war. Also konnte keine Gefahr, es konnte einfach keine Gefahr im Verzug sein.

Die bohrende Angst ließ sich nicht überzeugen. Sie schlug ihre blutigen Krallen in sein Herz, und das tat schrecklich weh. Er keuchte auf und versuchte, die Kontrolle zurückzugewinnen. Fieberhaft griff er nach der Pillendose in seiner Tasche, fingerte eine Tablette heraus und schob sie sich unter die Zunge. Das half. Er konnte wieder atmen und den verzweifeltsten Teil seiner selbst vorläufig abschotten.

»Himmel, was ist denn mit dir los?« Die gutangezogene Sekretärin stand erschrocken in der Türöffnung und stürzte gleich darauf zu ihrem Chef. »Ist alles in Ordnung? Du bist ja ganz grau im Gesicht!« Ihre Besorgtheit wirkte aufrichtig, und das war sie auch. Sie betete ihren Chef an. Außerdem hatte sie einen Horror vor grauer, feuchter Haut, seit ihr Mann vor fünf Jahren neben ihr im Bett gestorben war.

»Jetzt ist es besser«, versicherte er und schob ihre Hand von seiner Stirn. »Wirklich. Viel besser.«

Die Frau rannte los, ein Glas Wasser zu holen, und ehe sie wieder da war, hatte der Alte einiges von seiner natürlichen Gesichtsfarbe zurückgewonnen. Begehrlich leerte er das Glas und bat mit erschöpftem Blick um mehr. Sie stürzte hinaus. Das nächste Glas wurde ebenso rasch geleert.

Nachdem er mehrmals versichert hatte, daß jetzt alles in Ordnung sei, zog die Sekretärin sich widerwillig zurück. Mit besorgt gerunzelter Stirn ließ sie die Tür einen Spaltbreit offenstehen, als rechnete sie damit, daß er vor seinem Tod jedenfalls noch Bescheid sagen werde. Stolz erhob sich der graue Mann und schloß die Tür.

Er mußte sich zusammenreißen. Vielleicht sollte er sich ein paar Tage frei nehmen. Aber das wichtigste war, sich neutral zu verhalten. Ihm konnten sie nichts anhaben. Das vernünftigste war sicher, die Maske aufzubehalten. Solange das überhaupt noch möglich war. Aber er mußte, mußte herausfinden, was die Polizei wußte!

»Wieviel Geld läßt sich mit Rauschgift eigentlich machen?« Die Frage war auffällig, da sie von einer Ermittlerin gestellt wurde, die seit vielen Wochen an einem Drogenfall saß. Aber Hanne Wilhelmsen hatte nie Angst vor banalen Fragen gehabt, und seit neuestem interessierte sie das wirklich. Wenn durchaus achtbare Männer mit fettem Gehalt für den Extrazaster alles aufs Spiel setzten, mußte es um recht viel gehen.

Billy T. war ein bißchen überrascht. Drogen waren für die meisten eine diffuse und unklare Angelegenheit, auch für viele Kollegen bei der Polizei. Für ihn waren sie eine eindeutige Angelegenheit. Geld. Tod und Elend. »Diesen Herbst hat die nordische Drogenpolizei innerhalb von sechs Wochen elf Kilo Heroin beschlagnahmt«, erzählte er. »Wir haben dreißig Kuriere verhaftet. Alles ein Erfolg der norwegischen Drogenfahndung.« Er wirkte stolz und hatte wohl auch Grund dazu. »Ein Gramm ergibt mindestens fünfunddreißig Verbrauchermengen. Eine Portion kostet auf der Straße zweihundertfünfzig Kronen. Du kannst dir also ausrechnen, von welchen Summen hier die Rede ist.«

Sie kritzelte die Zahlen auf eine Serviette. Die Serviette zerriß.

»An die achttausendsiebenhundert Kronen pro Gramm! Das macht...« Mit geschlossenen Augen und lautlos die Lippen bewegend, schob sie die Serviette beiseite und rechnete im Kopf. Dann riß sie die Augen auf. »Acht komma sieben Millionen für ein Kilo, fast hundert Millionen für elf Kilo! Elf Kilo! Das ist doch nicht mehr, als in einen Putzeimer geht! Gibt es denn einen Markt, auf dem so hohe Werte bewegt werden?«

»Wenn es keinen Markt gäbe, dann würde das Zeug nicht eingeführt«, kommentierte Billy T. trocken. »Und der Import selbst ist so entsetzlich einfach. Bei unseren Grenzen, weißt du, mit zahllosen Bootsanlegern, Flughäfen und dazu dem Autoverkehr, der durch die Grenzübergänge dröhnt. Da ist es doch klar, daß eine effektive Kontrolle fast unmöglich wird. Aber zum Glück ist der Verkauf schon problematischer. Dabei hast du's mit einer verdammt miesen Szene zu tun. Und das nutzen wir aus. Bei der Drogenfahndung sind wir von Denunzianten abhängig. Und gottlob gibt es davon etliche.«

»Aber woher kommt der ganze Kram?«

»Das Heroin? Vor allem aus Asien. Aus Pakistan zum Beispiel. Sechzig, siebzig Prozent des norwegischen Heroins kommen daher. In der Regel kommt das Zeug über Afrika nach Europa.«

»Über Afrika? Aber das ist doch ein Umweg!«

»Ja, rein geographisch vielleicht, aber dort gibt es haufenweise willige Kuriere. Grobe Ausbeutung von bitterarmen Afrikanern, die wenig zu verlieren haben. In Gambia gibt es richtige Schluckschulen. *Gambian Swallow Schools.* Die Jungs können große Mengen Stoff hinunterschlucken. Erst rollen sie kleine Kugeln von vielleicht zehn Gramm und wickeln sie in Plastikfolie ein. Dann wärmen sie diese Päckchen auf, um die Folie zu versiegeln. Sie füllen ein Kondom mit solchen Kugeln, schmieren es mit irgendwas ein und schlucken das Ganze. Es ist wirklich phänomenal, was sie runterwürgen können. Irgendwann nach einem bis drei Tagen kommt alles am anderen Ende wieder raus. Sie stochern ein bißchen in der Kacke, und schwupp! Reichtum!« Billy T. erzählte mit einer Mischung aus Abscheu und Begeisterung. Er hatte einen riesigen Haufen dicker Graubrotscheiben vor sich. Alles, was er sich in der Kantine gegönnt hatte, waren ein Liter Milch und eine Tasse Kaffee. Die Stullen wurden im Affenzahn verputzt.

»Wie Meister Galenus sagt: Wer essen will und langsam ans Werk geht, geht klug ans Werk.«

Billy T. hörte für einen Moment auf zu kauen und starrte sie verwundert an.

»Koran«, erklärte Hanne.

»Puh, der Koran…« Er aß eifrig weiter.

Hanne hatte keine Zeit zum Frühstücken gehabt und sich erst recht keine Brote schmieren können. Der Rest eines trokkenen Stücks Weißbrot mit Krabben lag vor ihr auf einem Teller. Die Krabben drängten sich nicht gerade auf, hatte Billy T. festgestellt und zu dem kargen Brot hinübergenickt. Die Mayonnaise war alt. Der ärgste Hunger war trotzdem besiegt.

»Kokain dagegen kommt in der Regel aus Südamerika.

Herrgott, da unten leben doch ganze Regimes davon, daß unsere Gesellschaft bei allzu vielen ein Bedürfnis nach Drogen erzeugt. Sogar hierzulande wird jedes Jahr für viele Milliarden Stoff umgesetzt. Glauben wir. Bei siebentausend Abhängigen, die pro Tag für zweitausend Eier Koks brauchen, kommst du auf eine Riesensumme. Natürlich wissen wir nicht genau, wie hoch sie ist. Aber das große Geld? Ist doch klar. Wenn es nicht verboten wäre, würde ich sicher auch anfangen. Sofort.«

Sie bezweifelte das nicht, sie war über Billy T.s drückende Alimentenlast im Bilde. Andererseits war eine Erscheinung wie er bei einer Zollkontrolle doch zu auffällig. *Sie* würde ihn jedenfalls als ersten anhalten.

Langsam füllte sich die Kantine. Die Mittagszeit rückte näher. Als andere sich zu ihnen setzen wollten, hielt Hanne die Zeit für reif, sich wieder an die Arbeit zu machen. Vorher mußte Billy T. allerdings auf Ehre und Gewissen versprechen, nach dem fehlenden Stiefel zu suchen.

»Wir halten alle Ausschau«, grinste er. »Ich habe allen Einheiten, die im Einsatz sind, ein Bild des beschlagnahmten Teils gegeben. Die große Stiefeljagd ist schon im Gang!« Er grinste noch breiter und deutete mit zwei Fingern an seinem blanken Schädel den Pfadfindergruß an.

Hanne lächelte. Der Typ war wirklich ein witziger Polizist.

Das Zimmer war garantiert wanzenfrei. Natürlich. Es lag am Ende eines Flurs im zweiten Stock der Platous gate 16. Das Haus wirkte absolut langweilig und anonym, ein Eindruck, der sich bei den wenigen, die hier Zutritt hatten, bestätigte. Das Haus war seit 1965 Hauptquartier des Nachrichtendienstes. Es war klein und eng, erfüllte aber seinen Zweck. Es war diskret. Das Büro war auch nicht groß. Abgesehen von einem quadratischen Resopaltisch in der Mitte und acht Stahlrohrstühlen war es leer. In einer Ecke stand ein Telefon auf dem Boden. Die Wände waren nackt und schmutziggelb und warfen den drei Männern am Tisch großzügig ihr Echo zurück.

»Seht ihr irgendeine Möglichkeit, den Fall zu übernehmen?«

Der Frager, ein hellblonder Mann von Mitte Vierzig, war hier angestellt. Das galt auch für den Schwarzhaarigen in Jeans und Pullover. Der dritte, älter als die beiden anderen und in grauem Flanellanzug, gehörte zum Überwachungsdienst. Er stützte beide Ellbogen auf den Tisch und tippte rhythmisch die Fingerspitzen gegeneinander.

»Zu spät«, sagte er kurz. »Vor einem Monat wäre es vielleicht noch gegangen. Ehe der Fall die ganz großen Dimensionen annahm. Jetzt ist es einwandfrei zu spät. Es würde unerträgliches Aufsehen erregen.«

»Können wir denn überhaupt etwas machen?«

»Kaum. Solange wir den vollen Umfang der Sache nicht kennen, kann ich euch nur empfehlen, euch an Peter Strup zu halten, unseren Freund zu überwachen und ansonsten zu versuchen, allen anderen zuvorzukommen. Wie? Fragt mich nicht.«

Mehr gab es nicht zu sagen. Die Stuhlbeine kratzten laut über den Boden, als die drei Männer sich gleichzeitig erhoben. Ehe sie zur Tür gingen, schüttelten sie einander düster die Hände, als ob sie gerade eine Beerdigung überstanden hätten.

»Das ist nicht gut. Überhaupt nicht gut. Ich bete zu Gott, daß ihr euch irrt. Viel Glück.«

Zehn Minuten später befand er sich wieder im unsichtbaren obersten Stock des Polizeigebäudes. Der Chef hörte ihm eine halbe Stunde lang zu. Dann sah er seinen erfahrenen Mitarbeiter über eine Minute lang schweigend an.

»O verflucht«, sagte er schließlich. Mit Nachdruck.

Die Polizeipräsidentin fühlte sich von der Hartnäckigkeit des Staatssekretärs ein wenig provoziert. Andererseits: Vielleicht benutzte er den Fall nur als Vorwand zur Kontaktaufnahme? Der Gedanke war schmeichelhaft. Sie blickte in den Spiegel und verzog den Mund. Niederschmetternd. Je magerer sie wurde, desto älter wirkte sie. Seit einigen Monaten wartete sie immer nervöser auf ihre Menstruation, die nicht mehr so regelmäßig kam wie früher. Sie zierte sich, kam, wann es ihr paßte, und hatte sich von viertägigem Strom zu zweitägigem Sickern gewandelt. Die Schmerzen waren weniger geworden, und sie fehlten ihr. Statt dessen hatte sie entsetzt Anflüge von Hitzewellen registriert. Im Spiegel sah sie eine Frau, die von der Natur unbarmherzig in die Großmuttersparte einsortiert worden war. Da sie eine dreiundzwanzigjährige Tochter hatte, war diese Möglichkeit durchaus gegeben. Ein Kälteschauer lief ihr über den Rücken. Das sollte sie nur versuchen!

Aus einer Schreibtischschublade holte sie einen Tiegel mit teurer Feuchtigkeitscreme, *Visible difference.* »Invisible difference«, hatte ihr Mann vor einigen Wochen trocken kommentiert und dabei unter dem Rasierer den Mund strammgezogen. Sie hatte ihn so hart angestoßen, daß er sich kräftig in die Oberlippe geschnitten hatte. Sie trat wieder vor den Spiegel und massierte etwas Creme in die Haut ein. Vergebens.

Der Staatssekretär schien noch immer verheiratet zu sein. Die Regenbogenpresse hatte jedenfalls nichts anderes berichtet. Trotzdem. Die Möglichkeit bestand. Als sie wieder in ihrem Chefsessel saß, warf sie noch einen Blick auf das Fax, ehe sie anrief. Der Minister persönlich hatte es unterschrieben, sie sollte jedoch den Staatssekretär anrufen.

Seine Stimme war tief und angenehm. Er kam aus Oslo, betonte aber einzelne Wörter auf eine ganz andere Weise, was seiner Stimme einen besonderen Charakter verlieh; es war fast ein singender Ton. Er schlug kein gemeinsames Essen vor. Nicht mal einen schnöden Mittagsimbiß. Er war kurz angebunden und entschuldigte sich für die Anfrage. Der Minister sitze ihm im Nacken. Ob er nicht kurz informiert werden könne? Die Presse quäle den Justizminister, er wünsche eine Besprechung. Mit der Polizeipräsidentin oder eventuell mit dem Abteilungschef. Kein Essen.

Na gut. Wenn der Staatssekretär abweisend sein wollte, dann konnte sie mithalten. »Ich kann euch die Klageschrift rüberfaxen. Mehr nicht.«

»Alles klar«, antwortete der Staatssekretär und zettelte enttäuschenderweise nicht einmal eine Diskussion an. »Im Grunde ist mir das schnurz. Aber beklagt euch nicht bei mir, wenn der Minister anfängt zu nerven. Ich wasche meine Hände in Unschuld. Adieu!«

Stumm saß sie da und starrte den Hörer an. Was für eine Enttäuschung. Der hatte ja keine einzige Information erbettelt. Keine einzige verdammte Information!

MITTWOCH, 25. NOVEMBER

Das Geräusch kam so unerwartet, daß sie aus purer Verwirrung fast aus dem Bett gefallen wäre. Sie lag wach, obwohl es schon fast zwei Uhr war. Nicht weil das Buch so spannend war, sondern weil sie nach dem Essen drei bleischwere Stunden verschlafen hatte. Auf dem Nachttisch, den sie vor vielen Jahren selbst getischlert hatte, standen eine Kerze und ein Glas Rotwein. Die Flasche daneben war halb leer. Karen Borg war halb voll.

Sie stand auf und stieß mit dem Kopf gegen die schräge Wand über dem Bett. Es tat nicht sonderlich weh. Das Mobiltelefon stand bei der Feststation an der Tür. Sie hob es hoch und schlüpfte wieder unter die Decke, ehe sie die Gesprächstaste drückte und sich meldete.

»Hallo, Håkon«, sagte sie, noch ehe sie wußte, wer anrief. Das war ein ziemliches Risiko, wahrscheinlich war es ja Nils. Aber ihre Intuition irrte sich nicht.

»Hallo«, klang es zaghaft am anderen Ende. »Wie geht es dir?«

»Wie geht es *dir*?« wehrte sie ab. »Was hat die Zweite Instanz gesagt?«

Sie wußte es also schon.

»Die sind heute nicht fertig geworden. Ich meine: gestern. Es besteht also noch Hoffnung. In einigen Stunden fängt der

Arbeitstag an, und dann kommen sie sicher recht bald zu einer Entscheidung. Ich kann einfach nicht schlafen.« Er brauchte eine halbe Stunde, um ihr zu erklären, was geschehen war. Er nahm kein Blatt vor den Mund, was seine eigene klägliche Darbietung anging.

»So schlimm kann es doch nicht gewesen sein«, sagte sie ohne Überzeugung. »Den Wichtigsten haben sie immerhin in U-Haft geschickt.«

»Ja, einstweilen«, antwortete er mürrisch. »Das platzt morgen. Ziemlich sicher. Ich habe keine Ahnung, was wir dann machen sollen. Und ich habe dich zu strafbaren Handlungen verleitet. Bruch der Schweigepflicht.«

»Da mach dir mal keine Sorgen«, entgegnete sie. »Das habe ich mir vorher überlegt, und ich habe mich lange mit meinem erfahrensten und klügsten Kollegen beraten.«

Håkon hätte gern erwähnt, daß auch der Richter nicht gerade unerfahren und Christian Bloch-Hansen in Strafprozessen kein Novize sei. Was Greverud & Co.s Kompetenz in dieser Hinsicht betraf, hatte er da größere Zweifel. Aber das verkniff er sich. Wenn sie sich keine Sorgen machte, war das nur gut.

»Warum hast du nicht Bescheid gesagt, ehe du gefahren bist?« fragte er plötzlich ziemlich anklägerisch.

Sie blieb ihm die Antwort schuldig. Sie wußte nicht so recht, warum. Weder warum sie ihm nicht Bescheid gesagt hatte, noch warum sie keine Antwort geben konnte. Deshalb sagte sie gar nichts.

»Was willst du eigentlich von mir«, fragte er schließlich, von ihrem Schweigen provoziert. »Ich komme mir vor wie ein JoJo. Du erläßt Auflagen und Verbote, und ich gebe mir alle Mühe, mich daran zu halten. Aber du selbst hast nicht mal das nötig! Was soll ich eigentlich glauben?«

Es gab keine klare Antwort. Sie starrte die kleine Lithographie über dem Bett an, als ob die Lösung des Rätsels sich in der blaugrauen Landschaft verstecken könnte. Das tat sie nicht. Es war einfach zuviel. Sie konnte nicht mit ihm reden. Statt ihm das zu sagen, tippte sie mit einem schmalen Zeigefinger auf den Schlußknopf. Als sie den wieder losließ, waren alle Anklagen verschwunden. Es war nur noch ein beruhigendes, leises Summen zu hören, vermischt mit dem schnaufenden Atem des Boxers, der zusammengerollt auf dem Flickenteppich lag.

Das Telefon meldete sich mit einem Hammerlaut. Es schellte mehr als zehnmal, ehe sie wieder abnahm.

»Okay«, sagte weit, weit weg die Stimme. »Wir brauchen nicht mehr über uns zu reden. Du kannst mich ja informieren, wenn du Lust dazu hast. Jederzeit.« Sein Sarkasmus konnte die dünne Schutzschicht aus Alkohol, die sie umgab, nicht durchdringen.

»Es geht darum, daß wir dich noch mal befragen müssen. Kannst du in die Stadt kommen?«

»Nein, das will ich nicht. Ich kann nicht. Ich meine… ich schaff' das einfach nicht. Ich habe jetzt zwei Wochen Urlaub, und ich will außer dem Alten im Kaufladen niemanden sehen. Bitte. Erspar mir das!«

Das resignierte Seufzen wurde von den hundertzwanzig Kilometern Entfernung nicht verschluckt. Karen mochte sich auch darum nicht kümmern. In diesem schrecklichen Fall hatte sie mehr als nur ihre Pflicht getan. Jetzt wollte sie alles vergessen, den armen jungen Niederländer, die entsetzlich zugerichtete Leiche, Rauschgift, Mord und das Elend aller Welt. Sie wollte nur an sich und ihre Angelegenheiten denken. Das war mehr als genug. Viel mehr als genug. Nach einigem Nachdenken brachte Håkon eine Alternative. »Dann schicke ich dir Hanne Wilhelmsen. Am Freitag. Geht das?«

Am Freitag ging es überhaupt nicht. Und Donnerstag und Samstag auch nicht. Aber wenn die Alternative eine Fahrt nach Oslo war, dann mußte sie es eben hinnehmen. »Na gut«, stimmte sie zu. »Du kennst ja den Weg. Sag ihr, daß ich die Abzweigung mit einer norwegischen Flagge markiere. Dann kann sie sich nicht verfahren.«

Natürlich kannte er den Weg. Er war vier- oder fünfmal dort gewesen, zusammen mit Karens wechselnden Liebhabern. In mehr als einer Nacht hatte er Oropax benutzen müssen, um den quälenden Geräuschen aus dem Nebenzimmer zu entgehen, Liebesstöhnen und Bettgewackel. Geduldig wie ein Hund hatte er sich auf dem engen Bett zusammengerollt und sich das Wachs so tief in die Ohren geschoben, daß er am nächsten Morgen Mühe hatte, es wieder herauszubekommen. Er hatte in der Hütte von Karens Eltern nie besonders gut geschlafen. Aber oft hatte er dort allein gefrühstückt.

»Dann sag' ich ihr, sie soll gegen zwölf bei dir sein. Und dir wünsch' ich weiterhin eine gute Nacht.«

Es war keine gute Nacht gewesen, deshalb konnte es auch weiterhin keine sein. Für Håkon allerdings wurde sie ein bißchen besser, als Karen das Gespräch beendete.

»Gib mich nicht auf, Håkon«, sagte sie leise. »Gute Nacht.«

FREITAG, 27. NOVEMBER

Es hätte überhaupt keinen Sinn gehabt, um Erstattung der Kosten für diese Fahrt zu bitten. 240 Kilometer in einem übelriechenden Dienstwagen ohne Radio und Heizung waren ihr so wenig verlockend erschienen, daß sie lieber ihr eigenes Auto genommen hatte. Ein Antrag auf Kilometergeld hätte eine Unzahl von Instanzen durchlaufen und wäre wahrscheinlich abgelehnt worden.

Tina Turner brüllte ein bißchen zu laut: »We don't need another hero.« Das war gut, besonders heldinnenhaft fühlte Hanne sich nicht. Der Fall steckte fest. Der Einspruchsausschuß der Zweiten Instanz hatte die Aufhebung des Haftbefehls gegen Roger gebilligt und Laviks Untersuchungshaft auf eine magere Woche begrenzt. Die erste Freude darüber, daß auch der Ausschuß stichhaltige Gründe dafür sah, Lavik für einen Schurken zu halten, hatte sich nach wenigen Stunden gelegt. Der Pessimismus hatte rasch sein fieses Grinsen gezeigt, und sehr schnell waren alle von Unlust und Ekel überwältigt worden. So gesehen, war es schön, einen Tag wegzukommen. Wenn die Krippe leer ist, beißen sich die Pferde; alle in der Abteilung bissen wild um sich. Die Deadline am Montagvormittag erhob sich vor ihnen allen wie eine Wand, und niemand fühlte sich stark genug, um hinüberzuklettern. Bei der Morgenbesprechung, an der Hanne noch teilgenommen hatte, hatten nur Kaldbakken und Håkon eine gewisse Zuversicht gezeigt. Kaldbakken hatte das sicher ehrlich gemeint. Dieser Mann ergab sich immer erst nach dem Abpfiff. Håkons schwacher Optimismus war mehr eine schauspielerische Leistung gewesen, nahm sie an. Er hatte rote Augen gehabt und ein fahles Gesicht vor lauter Schlafmangel, und offenbar hatte er abgenommen. Letzteres stand ihm.

Insgesamt vierzehn Ermittler arbeiteten an dem Fall. Fünf davon stammten aus der Rauschgiftabteilung. Und wenn sie hundert gewesen wären, die Uhr würde doch unerbittlich dem Montag entgegenticken – dem unbarmherzigen Termin, den die drei Greise von der Zweiten Instanz ihnen aufgezwungen hatten. Der Bescheid war brutal gewesen. Wenn die Polizei nicht mehr liefern konnte, als sie bisher gebracht hatte, dann würde Lavik wieder ein freier Mann sein. Technische Untersuchungen, Obduktionsberichte, Listen von Auslandsreisen, ein abgenutzter Winterstiefel, unbegreifliche Codelisten, Analysen von Frøstrups Rauschgift... Alles türmte sich im Bereitschaftszimmer auf wie Fetzen einer Wirklichkeit, die sie nur zu gut kannten, die sie jedoch nicht so zusammensetzen konnten, daß sie andere überzeugte. Eine Schriftanalyse der schicksalhaften Todesdrohung gegen van der Kerch hatte auch keine eindeutige Antwort erbracht. Sie hatten sie nur mit einigen Notizen aus Laviks Büro und einem Zettel vergleichen können, auf den er genau dieselbe Mitteilung hatte schreiben müssen. Bleich und scheinbar verständnislos hatte der Anwalt ohne Widerspruch die Probe geliefert. Der Graphologe war sich nicht sicher gewesen. Er glaubte, hier und da Ähnlichkeiten zu finden, konnte aber nichts mit Sicherheit sagen. Gleichzeitig hatte er betont, daß nicht *ausgeschlossen* sei, daß Lavik die kurze Nachricht mit dem beängstigenden Inhalt geschrieben hatte. Er konnte schließlich aus purer Vorsicht seine Schrift verstellt haben. Ein Häkchen oben am T und eine fesche Schlinge am U konnten darauf hinweisen. Aber Beweis? Kein Stück.

Sie bog bei Sandefjord von der Europastraße ab. Der kleine Ferienort sah im Novembernebel nicht sehr verlockend aus. Die Stadt schien zu schlafen, und nur ab und zu fröstelte irgendein herbstlich gekleideter und abgehärteter Mensch im Wind, der fast waagerecht Regen vom Meer herübertrug. Der Wind wehte so heftig, daß sie mehrmals das Steuer extra hart anpacken mußte; er zerrte am Wagen und drohte ihn in den Straßengraben zu schleudern.

Nach fünfzehn Minuten auf einer kurvenreichen, Übelkeit erregenden Landstraße sah sie die kleine Flagge. Wie eine halsstarrige Huldigung ans Vaterland peitschte sie hitzig gegen einen Baumstamm, dem diese Prügel nichts auszumachen schienen. Was für eine Art, einen Waldweg zu markieren! Aus irgendeinem Grunde kam es Hanne wie eine Schändung vor, die Nationalflagge den Naturgewalten zu überlassen, deshalb hielt sie an und holte die Flagge ins Warme.

Es war kein Problem, die Hütte zu finden. Hinter den Fenstern brannte einladendes Licht, als warmer Kontrast zu den mürrischen, winterfest verschlossenen Nachbarhütten.

Sie erkannte Karen fast nicht wieder. Karen Borg trug einen uralten Trainingsanzug. Hanne Wilhelmsen mußte lächeln. Der Anzug war blau, und seine weiße Schulterpartie lief auf der Brust spitz zusammen. Als Kind hatte Hanne auch so einen gehabt. Er hatte als Spielkleidung, Trainingsanzug und Schlafanzug gedient, bis er sich in seine Bestandteile aufgelöst hatte und es unmöglich gewesen war, einen neuen aufzutreiben. An den Füßen trug Karen Borg ausgelatschte Wollpantoffeln. An beiden Hacken klafften Löcher. Ihre Haare waren ungekämmt, und sie hatte sich nicht geschminkt. Die gepflegte, hübsche Anwältin hatte sich versteckt, und Hanne ertappte sich dabei, wie sie im Zimmer nach ihr Ausschau hielt.

»Entschuldige meinen Aufzug.« Karen lächelte. »Aber es gehört zu der Freiheit, hier zu sein, daß ich so aussehen kann.«

Hanne bekam Kaffee angeboten, lehnte aber dankend ab. »Vielleicht ein Glas Saft, bitte.« Sie plauderten eine halbe Stunde. Danach durfte die Kommissarin die Hütte besichtigen und ihre aufrichtige Bewunderung zum Ausdruck bringen. Sie selbst hatte nie eine Hütte gehabt, ihre Eltern waren in den Ferien lieber ins Ausland gefahren. Die anderen Kinder aus der Straße hatten sie beneidet, aber sie hätte lieber zwei Monate bei einer Großmutter auf dem Lande verbracht. Doch sie hatte nur eine Großmutter, eine alkoholisierte, gescheiterte Schauspielerin, die in Kopenhagen wohnte.

Schließlich setzten sie sich an den Küchentisch. Hanne hob ihre Reiseschreibmaschine aus dem grauen Kasten und machte sich fürs Verhör bereit. Es dauerte vier Stunden. Auf drei Seiten äußerte die Anwältin sich zum Gemütszustand ihres Mandanten, seiner Beziehung zu ihr, seiner Anwältin, und ihrer Deutung der wirklichen Wünsche des Jungen. Darauf folgte eine fünf Seiten lange Aussage, die im Grunde dieselbe war wie beim letztenmal. Jeder Bogen wurde am Rand sorgfältig unterschrieben, auf der letzten Seite dann auch noch unten.

Inzwischen war es Nachmittag, und Hanne schaute auf die Uhr, ehe sie zögernd eine Einladung zum Essen annahm. Sie hatte einen Bärenhunger und überschlug schnell, daß es möglich war, hier zu essen und trotzdem vor acht wieder in der Stadt zu sein. Das Essen war nicht besonders raffiniert. Rentierfrikadellen in brauner Soße mit Kartoffeln und Gurkensalat. Der Gurkensalat paßt überhaupt nicht dazu, dachte Hanne; aber immerhin wurde sie satt.

Karen zog einen riesigen gelben Regenmantel und hohe grüne Gummistiefel an, um Hanne zum Auto zu bringen. Sie redeten noch eine Weile über die Landschaft, ehe Karen Borg die Besucherin impulsiv umarmte und ihr gute Fahrt wünschte. Hanne lächelte und wünschte der Anwältin im Gegenzug weiterhin schöne Ferien.

Sie ließ das Auto an, schaltete die Heizung ein, drehte Bruce Springsteen auf, volles Rohr, und schaukelte über die elende Straße. Karen Borg winkte hinterher. Im Spiegel sah Hanne die knallgelbe Gestalt immer kleiner werden, ehe sie hinter einer scharfen Kurve verschwand. Das da, dachte sie mit breitem Lächeln, das da ist Håkon Sands große Liebe.

Sie konnte das gut verstehen.

SAMSTAG, 28. NOVEMBER

»Kennt ihr den Witz von dem Kerl, der in den Puff kommt und kein Geld bei sich hat? Und der daraufhin nach oben zur alten Olga geschickt wird?«

»Jahhhh!« stöhnten die anderen, und der Scherzkeks ließ sich auf seinen Stuhl zurückfallen und trank vergrätzt seinen letzten Rotwein. Das war die vierte Zote, mit der er sein Glück versucht hatte. Mit minimalem Erfolg. Die Stille hielt nicht lange vor. Er goß sein Glas wieder voll, plusterte sich auf und machte noch einen Versuch.

»Wißt ihr, was Frauen sagen, wenn sie einen schönen großen...«

»Jahhh!« riefen die fünf anderen im Chor, und der Witzeerzähler hielt wieder die Klappe.

Hanne beugte sich über den Tisch und küßte ihn auf die Wange. »Kannst du nicht mit diesen Geschichten aufhören, Gunnar? Die sind einfach nicht mehr witzig, wenn man sie schon mehrmals gehört hat.«

Sie lächelte und fuhr dem Mann über die Haare. Sie kannten einander seit dreizehn Jahren. Er war lammfromm, ein kompletter Blödian und der fürsorglichste Mann, den sie kannte.

Wenn er mit anderen Bekannten von Hanne und Cecilie zusammen war, erwies er sich als der totale Reinfall. Trotzdem gehörte er dazu, seine Gastgeberinnen liebten ihn und zählten ihn fast schon zum Inventar. Wenn sie einen guten, treuen Hausfreund hatten, dann ihn. Seine Wohnung lag neben ihrer und sah entsetzlich aus. Er hatte keinen Geschmack, nahm es mit dem Haushalt nicht so genau und ließ sich lieber bei seinen Nachbarinnen in einen tiefen Sessel fallen, als einen Abend in seinem verdreckten Nest zu verbringen. Mindestens zweimal die Woche war er bei ihnen, und zu allen Festen war er natürlich eingeladen.

Trotz des ermüdenden Gunnars mit seinen Zoten schien es ein großartiger Abend zu werden. Zum erstenmal, seit an einem nassen Septemberabend am Akerselv eine übel zugerichtete Leiche gefunden worden war, fühlte Hanne sich entspannt. Es war halb zwölf, und der Fall war schon seit zwei Stunden ein vergessener, bleicher Spuk. Vielleicht hatte der Alkohol diese barmherzige Wirkung. Nach fast zwei Monaten totaler Abstinenz waren fünf Glas Rotwein genug, damit ihr angenehm schwindelig wurde und sie verführerisch und charmant auftrat. Cecilies heftiges Gefüßel weckte in ihr den Wunsch, das Fest für beendet zu erklären. Aber das hätte wahrscheinlich nichts genützt. Außerdem fühlte sie sich wohl. Und dann klingelte das Telefon.

»Für dich, Hanne«, brüllte Cecilie vom Flur her.

Hanne stolperte über ihre eigenen Füße, als sie vom Tisch aufstand, sie kicherte. Nun wollte sie mal in Erfahrung bringen, wer die Frechheit besaß, an einem Samstagabend um Mitternacht anzurufen. Sie schloß die Wohnzimmertür hinter sich und war nüchtern genug, den resignierten Gesichtsausdruck ihrer Lebensgefährtin zu registrieren. Cecilie legte die linke Hand über die Sprechmuschel.

»Ein Kollege von dir. Und ich werde stocksauer, wenn du jetzt abhaust.« Voller Vorschußvorwürfe überließ sie Hanne das Telefon.

»Ja, verdammt, wir haben den Kerl, Hanne!«

Es war Billy T. Sie rieb sich die Nasenwurzel, in der Hoffnung, davon einen klaren Kopf zu bekommen, aber es brachte nicht viel. »Welchen Kerl? Wen habt ihr?«

»Den Stiefelmann natürlich. Volltreffer! Scheißangst hat der, zum Platzen bereit wie eine überreife Tomate. Kommt mir jedenfalls so vor.«

Das konnte doch nicht wahr sein. Sie wollte es nicht glauben. Der Fall war doch nicht nur im Klo gelandet, er war schon längst unterwegs in die Kloaken. Und jetzt das. Vielleicht der Durchbruch. Eine lebendige, gefangene, in den Fall verwikkelte Person. Einer, der etwas Handfestes zu erzählen hatte. Einer, den sie an den Eiern packen konnten. Einer, der Lavik in den Dreck stoßen konnte, mit dem die Polizei seit Tagen zu kämpfen hatte. Ein Denunziant. Genau das, was sie brauchten.

Sie schüttelte den Kopf und fragte, ob er sie holen könne. Fahren könne sie jetzt nicht mehr.

»Ich bin in fünf Minuten bei dir.«

»Mach lieber eine Viertelstunde daraus. Ich muß vorher noch schnell duschen.«

Vierzehn Minuten später gab sie ihren Gästen den Abschiedskuß und befahl ihnen, bis zu ihrer Rückkehr weiterzumachen. Cecilie brachte sie an die Wohnungstür. Hanne versuchte, ihr eine Abschiedsumarmung aufzuzwingen, aber Cecilie wich aus. »Ab und zu hasse ich deinen Job«, sagte sie ernst. »Nicht oft, aber ab und zu.«

»Und wer hat Nacht für Nacht mutterseelenallein in einem gottverlassenen Nest am Nordfjord gesessen, als du da oben Dienst hattest? Wer hat fünfzehn Tonnen Geduld mit deinen Spät- und Nachtdiensten im Krankenhaus gehabt?«

»Du«,antwortete Cecilie widerwillig, aber mit einem versöhnlichen Lächeln. Und dann ließ sie sich doch umarmen.

»Der ist sauber wie ein frischgewaschenes Baby. Nicht mal eine blöde Geschwindigkeitsübertretung.« Der schmutzige

Finger tanzte auf dem Blatt auf und ab, das auch das Vorstrafenregister des Ministerpräsidenten hätte enthalten können. Nichts. »Um so mehr«, Billy T. grinste übers ganze Gesicht, »um so mehr muß er uns eine verdammt gute Erklärung dafür liefern, daß er die beiden Polizisten auf der Straße mit einer Schußwaffe bedroht hat und jetzt wie verdorbener Wackelpudding zittert.«

Sehr gut. Die Reaktionen bei einer Festnahme konnten verräterisch sein. Die Unschuldigen bekamen es zwar mit der Angst zu tun, aber es war immer eine Angst, mit der man umgehen konnte, eine Angst, die sich mit der Versicherung dämpfen ließ, daß sich alles sehr bald klären werde, falls es sich um ein Mißverständnis handele. Es dauerte nie länger als eine Viertelstunde, Unschuldige zu beruhigen. Aber Billy T. zufolge war dieser Mann schon seit Stunden außer sich vor Angst.

Es hatte keinen Sinn, noch in dieser Nacht mit dem Verhör anzufangen. Sie selbst war nicht nüchtern, und dem Häftling schien das Warten gutzutun. Der Adjutant hatte ihn wegen Bedrohung der Polizei festgesetzt, und das war mehr als genug, um ihn bis Montag hierzubehalten.

»Wie hast du ihn gefunden?«

»Ich war es nicht, das waren Leif und Ole. So ein Glück! Du würdest es nicht für möglich halten.«

»Stell mich doch mal auf die Probe!«

»Also, wir haben einen bestimmten Typen schon lange im Auge, konnten ihm aber nie was nachweisen. Ein Medizinstudent mit feinen Angewohnheiten. Wohnt nett und adrett in Røa, in einem netten und adretten Dreifamilienhaus. Fährt ein etwas zu nettes und adrettes Auto und umgibt sich mit Damen, die alles andere sind als adrett. Aber sicher nett. Unsere Leute hatten den Eindruck, daß er in seiner Wohnung eine nette kleine Party feierte, und wir beschlossen, das mal zu überprüfen. Volltreffer. Die Jungs haben vier Gramm und eine richtig schöne kleine Partie Hasch gefunden. Ole war klar, daß er nicht so früh heim zu seiner Frau kommen würde wie abgemacht. Eine volle Wohnungsdurchsuchung würde einige Zeit in Anspruch nehmen. Der Typ hatte unglaublicherweise aber kein Telefon, und deshalb schellte unser kleiner Ole beim Nachbarn, einem Mann um die Dreißig. 1961 geboren, um genau zu sein.« Wieder tanzten seine Finger über den kleinen Computerausdruck aus dem Archiv der Polizei. »Natürlich hat niemand gern samstags abends um halb zwölf die Polizei auf der Matte stehen, aber es ist doch nicht so schlimm, daß du austicken und ihnen die Tür vor der Nase zuknallen mußt.«

Hanne Wilhelmsen wunderte es nicht im geringsten, daß irgendwer Ole Andersen die Tür vor der Nase zuknallte. Er hatte Haare bis zur Taille und protzte damit, daß er sie alle vierzehn Tage wusch, »ob das nun nötig ist oder nicht.« Er hatte einen Mittelscheitel wie ein Hippiefossil, und aus dem Vorhang von Haaren ragte eine unglaublich große, pickelige Nase hervor, über einem Vollbart, um den Karl Marx ihn beneidet hätte. Kein Wunder, daß die Leute Angst kriegen, dachte sie, hielt aber weise die Klappe.

»Etwas Blöderes hätte er wirklich nicht tun können. Ole klingelte noch einmal, und der arme Wicht mußte schließlich aufmachen. Das Dumme war nur, daß er ein paar Minuten allein in der Wohnung hatte. Und das Phantastische ist, als er dann endlich aufmachte…« Billy T. brüllte vor Lachen. Sein Lachen wurde immer noch lauter, und auch Hanne mußte ein wenig schmunzeln, obwohl sie keine Ahnung hatte, was eigentlich so umwerfend komisch war. Billy T. riß sich zusammen. »Und als er dann endlich aufmachte, hielt er die Hände hoch.« Wieder brach er zusammen. Und jetzt lachte auch Hanne. »Er hielt die Hände hoch, wie im Film, und ehe Ole überhaupt irgend etwas sagen konnte – er hatte ihm doch bloß seinen Dienstausweis hingehalten –, stellte sich der Typ breitbeinig an die Wand. Ole kapierte überhaupt nichts mehr, aber immerhin ist er lange genug in der Branche, um zu raffen, wenn etwas stinkt. Im Schuhregal stand der verschwundene Stiefel. Unser kleiner Ole zog meinen Steckbrief aus der Tasche und verglich. Volltreffer. Der Typ stand an der Wand und heulte, die Pfoten hatte er platt auf die Tapete gepreßt.«

Beide keuchten inzwischen vor Lachen, und ihre Tränen strömten.

»Und dabei wollte Ole doch bloß telefonieren!«

So schrecklich komisch war das alles vielleicht doch nicht. Aber es war Nacht, und sie waren erleichtert. Verdammt erleichtert.

»Das hier haben sie in der Wohnung gefunden«, sagte der Polizist und bückte sich schwerfällig nach einer Tüte, die zu seinen Füßen stand.

Eine feinkalibrige Pistole fiel auf den Tisch. Ihr folgte ein ausgelatschter Winterstiefel, Größe 44, und ließ sich zu Hannes Füßen nieder.

»Das ist doch wirklich kein Grund fürs große Zittern«, stellte Hanne zufrieden fest. »Der kann sicher noch mehr liefern.«

»Verpaß ihm eine Hanne Wilhelmsen spezial. Morgen. Und jetzt gehst du nach Hause und amüsierst dich noch eine Runde.«

Genau das tat sie.

SONNTAG, 29. NOVEMBER

»Wackelpudding, Gelee, Espenlaub, such dir was aus. Du zitterst dermaßen, daß ich davon ausgehe, daß du dir gleich vor Angst in die Hosen machst – wenn du mir nicht ein ärztliches Attest dafür liefern kannst, daß du an Parkinson in fortgeschrittenem Stadium leidest!«

Das hätte sie nicht sagen sollen. Langsam breitete sich unter seinen Stuhlbeinen eine Pfütze aus, die sich immer weiter ausdehnte, bis sie alle vier Stuhlbeine berührte. Sie seufzte vernehmlich, öffnete das Fenster und beschloß, ihn eine Zeitlang mit nasser Hose dasitzen zu lassen. Nun weinte er auch ein wenig. Ein jämmerliches, armseliges Weinen, das keinerlei Mitgefühl in ihr weckte, sondern sie einfach nur irritierte.

»Hör mit dem Geflenne auf! Ich bring' dich ja nicht um.«

Diese Beteuerung half nichts, er wimmerte weiter, tränenlos und provozierend wie ein quengelndes, trotziges Kleinkind.

»Ich habe einige Vollmachten«, log sie. »Große Vollmachten. Rat mal, ob du übel dran bist. Das kann sich aber durchaus ändern, wenn du ein bißchen guten Willen zeigst. Ein bißchen Flexibilität. Ein paar Informationen. In welcher Beziehung stehst du zu Anwalt Jørgen Lavik?«

Sie fragte nun zum zwölftenmal. Sie hatte auch diesmal kein Glück. Ziemlich entnervt überließ sie den Häftling Kaldbakken, der bisher stumm in einer Ecke gesessen hatte. Vielleicht konnte der etwas aus dem Burschen herausholen. Allerdings glaubte sie nicht richtig daran.

Håkon zeigte sich erwartungsgemäß deprimiert, als sie Bericht erstattete. Dem Mann aus Røa waren Höllenqualen offenbar lieber als Repressalien durch Lavik und seine Organisation. Die Polizei hatte ihn nicht so gut im Griff, wie Hanne und Billy T. sich das nachts so begeistert ausgemalt hatten. Aber noch war die Schlacht nicht verloren.

Fünf Stunden später war sie das. Kaldbakken machte der Sache ein Ende. Der flennende Häftling durfte sich in seiner eigenen Gesellschaft amüsieren, und Kaldbakken zog Hanne mit auf den Flur.

»Wir können so nicht weitermachen«, sagte er leise und umklammerte die Türklinke, als ob er sichergehen wollte, daß die nicht gestohlen wurde, »der ist total erschöpft. Er muß sich ausruhen können. Außerdem muß ein Arzt einen Blick auf ihn werfen. Dieses Zittern ist nicht normal. Wir müssen es morgen wieder versuchen.«

»Morgen ist es vielleicht zu spät!«

Kommissarin Wilhelmsen war total verzweifelt, aber das half ihr nichts. Kaldbakken hatte sich entschlossen, und in seinen Entschlüssen war er unerschütterlich.

Håkon nahm die schlechten Neuigkeiten wortlos auf. Hanne blieb ein Weilchen unschlüssig bei ihm sitzen, dann fand sie, es sei am besten, ihn sich selbst zu überlassen.

»Übrigens habe ich Karens Aussage in dein Fach gelegt«, sagte sie, ehe sie ging. »Ich hab' sie am Freitagabend nicht mehr kopieren können. Kannst du das erledigen, ehe du gehst? Ich hau' ab. Erster Advent.«

Letzteres war als Entschuldigung gemeint, aber überflüssig. Er winkte ihr flüchtig nach. Als sich die Tür hinter ihr geschlossen hatte, ließ er den Kopf auf die Arme sinken. Er war zu Tode erschöpft. Er wollte nach Hause.

Das Problem war, daß er vergaß, Kopien zu machen. Das fiel ihm erst ein, als er schon halb zu Hause war. Egal, das hatte Zeit bis morgen.

Obwohl er sich dem Pensionsalter näherte, bewegte er sich mit der Geschmeidigkeit eines Athleten. Es war vier Uhr, in der Nacht zum Montag, ein Zeitpunkt, zu dem 95 Prozent der Bevölkerung schlafen. Ein frisch angezündeter, riesiger Weihnachtsbaum zwinkerte unten im Foyer mit den Lichtern, um sich wachzuhalten. Außerdem sickerte bläuliches Licht von der Notrufzentrale durch die Glaswand. Ansonsten war es dunkel. Die Gummisohlen gaben kein Geräusch von sich, als er durch den Flur lief. Er umklammerte den beeindruckenden Schlüsselbund, um ein Klirren zu verhindern. Als er das Büro mit Håkon Sands Namensschild erreicht hatte, fand er bald den richtigen Schlüssel. Sekunden später hatte er die Tür hinter sich geschlossen und zog eine große, mit Gummi beschichtete Taschenlampe hervor. Der Strahl war extrem kräftig, für einen Moment war er fast geblendet.

Es war fast zu leicht. Der Ordner lag vor ihm auf dem Tisch, und ganz oben lag die Aussage, um die es ihm ging. Rasch blätterte er die anderen Papiere durch, aber offenbar existierten keine weiteren Kopien. In diesem Ordner jedenfalls nicht. Er ließ den Strahl seiner Taschenlampe über das Blatt wandern.

Es war das Original! Rasch faltete er es zusammen und verstaute es in einer tiefen Tasche seiner geräumigen Tweedjacke. Dann sah er sich um und vergewisserte sich, daß alles so aussah, wie er es vorgefunden hatte. Er ging zur Tür und knipste die Taschenlampe aus, ehe er hinausschlüpfte und hinter sich abschloß. Dann öffnete er, ebenfalls mit einem seiner Schlüssel, eine weitere Tür auf diesem Gang. Auch hier lag alles über den Fall auf dem Schreibtisch, aufgeteilt in zwei ordentliche Stapel. Hier brauchte er länger für seine Suche. Die Aussage lag nicht dort, wo sie hingehört hätte. Er suchte weiter, aber da das achtseitige Dokument nicht zu finden war, fing er an, systematisch an anderen Stellen zu suchen.

Fünfzehn Minuten später gab er es auf. Es existierte offenbar keine Kopie. Dieser Gedanke war aufmunternd und nicht ganz unlogisch. Er hatte gehört, daß Hanne Wilhelmsen am Freitagabend erst gegen halb acht wieder im Büro gewesen war. Das konnte bedeuten, daß sie keine besondere Lust gehabt hatte, die zwanzig Minuten zu warten, die der vorsintflutliche Kopierer zum Aufwärmen brauchte.

Seine Theorie verfestigte sich, als er das dritte und letzte Büro durchsucht hatte, Kaldbakkens Schlupfloch. Wenn weder Wilhelmsen noch der Hauptkommissar Kopien hatten, war es mehr als wahrscheinlich, daß es nur das Original gab. Und das steckte in seiner Jackentasche.

Einige Minuten darauf steckte es nicht mehr dort. Erst war es durch den Reißwolf gedreht worden, bis es nach einer trokkenen, mißratenen Portion Spaghetti ausgesehen hatte. Danach durfte es in einem Schüsselchen liegen, bis die Flammen es vollständig vernichtet hatten. Schließlich wurden die Reste in ein Stück Klopapier gewickelt und in der Toilette versenkt. Die lag ganz hinten im unsichtbaren Stockwerk des Polizeigebäudes. Der Mann vom Überwachungsdienst spülte die letzten kleinen Rußpartikel aus der Kloschlüssel, und damit war Hanne Wilhelmsens Regenfahrt nach Vestfold vollständig sinnlos geworden.

In seinem Büro griff er zum Mobiltelefon und wählte die Nummer eines der beiden Männer, mit denen er vor einigen Tagen in der Platous gate gesprochen hatte.

»Jetzt bin ich wirklich bis zum Äußersten gegangen«, sagte er leise, wie aus Achtung vor dem schlafenden Haus. »Karen Borgs Aussage ist nicht mehr vorhanden. Es ist verdammt mies, Kollegen so was anzutun. Den Rest müßt ihr selbst schaffen.«

Er wartete nicht auf Antwort, sondern brach das Gespräch ab. Dann trat er ans Fenster und starrte auf Oslo hinunter. Die Stadt lag schwer und müde unter ihm, sie sah aus wie ein mit Meeresleuchten überströmter alter, schlafender Wal. Müde und alt war er selbst auch. So alt wie lange nicht. Nach einer Weile schienen seine Augen sich mit Sand zu füllen, und er mußte sie zusammenkneifen, um die kleinen hüpfenden Lichtpünktchen da tief, tief unter ihm anzuhalten. Er seufzte und legte sich auf ein kleines und sehr unbequemes Sofa, um auf den Arbeitstag zu warten. Vor dem Einschlafen dachte er es noch einmal: Es ist verdammt mies, Kollegen so etwas anzutun.

MONTAG, 30. NOVEMBER

»Kein Wunder, daß diese Burschen so lange durchhalten. Die haben ihre Leute derart im Griff, so was habe ich noch nie gesehen. Nicht in der Drogenszene. Sehr seltsam. Sagt er gar nichts?« Kaldbakken war aufrichtig verblüfft. Er hatte früher einmal sechs Jahre in der Drogenabteilung verbracht und wußte, wovon er redete.

»Nun haben wir ja auch nicht gerade viel über diesen Knaben«, stellte Hanne Wilhelmsen düster fest. »Bedrohung von Staatsbeamten reicht nicht für einen kurzen Ferienaufenthalt in einer netten kleinen Zelle. In der Hinsicht bringt es ihm viel, wenn er die Klappe hält. Er scheint vor Angst zwar außer sich zu sein, aber trotzdem behält er einen klaren Kopf. Er ist sogar schlau genug zuzugeben, daß er auf Billy T. gezielt hat. Also müssen wir ihn heute laufen lassen. Wir haben nichts in der Hand, um ihn hierzubehalten. Wenn er gesteht, haben wir nicht mal mehr die Gefahr der Beweisvernichtung.«

Natürlich konnten sie den Mann beschatten. Natürlich konnten sie ihn einige Tage im Auge behalten. Aber wie lange? Ein Großteil ihrer Kapazität war schon für Roger aus Sagene verplant. Wenn Lavik heute freigelassen werden mußte, würden sie ganz einfach Personalprobleme bekommen. Die ließen sich vielleicht kurzfristig lösen, das schon, aber diese Jungs würden sich in den nächsten Tagen und Wochen nichts zuschulden kommen lassen. Wahrscheinlich würden sie erst in Monaten wieder etwas Interessantes unternehmen. Und das würde die Polizei nicht mitbekommen. Ganz einfach weil der Etat solche Extravaganzen nicht gestattete. Nicht einmal bei einem Fall von solchen Dimensionen. Sie hatten die schlechteren Karten. Wie üblich.

Håkon hatte nichts gesagt. Den hatte die Apathie übermannt. Er hatte Angst, war traurig und zutiefst enttäuscht. Seine grauen Schläfen waren noch grauer geworden, sein Sodbrennen schärfer, seine feuchten Hände feuchter. Nun hatte er nur noch Karens Aussage. Und es war die Frage, ob die reichen würde. Resigniert erhob er sich und verließ wortlos die Besprechung. Drückendes Schweigen überkam die anderen.

Die Aussage lag nicht da, wo er sie hingelegt hatte. Zerstreut öffnete er ein paar Schubladen. Konnte er sie dort hingelegt haben? Nein, er fand nur belanglose Fälle, die schon so alt waren, daß er versucht hatte, sie da unten vor seinem schlechten Gewissen zu verstecken. Er war so erschöpft, daß sein Gewissen sich auch beim Wiedersehen nicht regte.

Die Aussage befand sich überhaupt nicht in seinem Büro. Seltsam, er hätte schwören können, daß er sie hierhin, oben auf den Stapel, gelegt hatte. Mit tiefem Stirnrunzeln dachte er an den Vortag zurück. Er hätte Kopien machen sollen. Das hatte er vergessen. Oder war er doch im Kopierzimmer gewesen? Er ging dort nachsehen.

Die Maschine dröhnte, und eine untersetzte Schreibkraft von vielleicht Sechzig versicherte ihm, daß hier nichts gelegen hatte, als sie gekommen war. Trotzdem sahen sie hinter und unter dem Kopierer nach. Auch dort hatte sich die Aussage nicht versteckt.

Hanne hatte sie auch nicht. Kaldbakken hatte schon um eine Kopie gebeten; er zuckte nur genervt mit den Schultern und schwor, die Aussage nicht in der Hand gehabt zu haben.

Nun machte Håkon sich ernsthaft Sorgen. Die Aussage bildete die einzige vage Hoffnung auf eine Haftverlängerung. Ehe er am Vorabend nach Hause gefahren war, hatte er sie mit vor Anstrengung brennenden Augen überflogen. Genau das hatte er sich gewünscht. Gründlich und tiefschürfend. Überzeugend und gut formuliert. Aber wo, zum Henker, steckte sie jetzt?

Höchste Zeit, Alarm zu schlagen. Es war halb zehn, und bis zwölf mußte der Verlängerungsantrag dem Untersuchungsgericht vorliegen. Eigentlich hatte die Verhandlung um halb neun beginnen sollen, aber Christian Bloch-Hansen hatte schon am Freitag um einige Stunden Aufschub gebeten. Die Polizei war damit sehr zufrieden gewesen. Der Anwalt hatte vormittags eine Hauptverhandlung und wollte ungern einen anderen schicken. Sie hatten noch zweieinhalb Stunden Zeit. Im Grunde reichte das nur, um den Antrag zu diktieren. Zeit für eine Suchaktion hatten sie nicht. Aber ohne die Aussage keine Haftverlängerung. Um halb elf wurde die Aktion abgeblasen. Die Aussage war und blieb verschwunden. Hanne war unglücklich und nahm alle Schuld auf sich. Sie hätte sofort Kopien machen müssen. Ihre bedingungslose Übernahme der Verantwortung half Håkon nicht im geringsten. Alle wußten, daß er die Papiere als letzter gesehen hatte.

Karen konnte kommen und eine Aussage machen. Er würde eine Stunde Aufschub erwirken, dann konnte sie es schaffen. Sie *mußte* es schaffen.

Aber sie ging nicht ans Telefon. Håkon versuchte es fünfmal. Vergeblich. Ach, verdammt. Panik erfaßte den Polizeiadjutanten und kroch mit dünnen scharfen Krallen sein Rückgrat hoch. Es war scheußlich. Er schüttelte heftig den Kopf, aber das half auch nichts.

»Ruf in Sandefjord oder Larvik an. Die sollen sie holen. Und zwar sofort.«

Sein Kommandoton konnte seine Angst nicht kaschieren. Das machte nichts. Hanne Wilhelmsen fürchtete sich nicht. Als sie mit der Polizei in Larvik gesprochen hatte – sie bildete sich fälschlicherweise ein, das sei näher –, lief sie zurück in Håkons Büro. Er war schroff und abweisend und damit beschäftigt, etwas zusammenzubauen, das solide wirkte. Das war nicht leicht, bei dem drittklassigen und fehlerhaften Material, das ihm zur Verfügung stand.

Dieser verdammte Stiefelmann! Håkon wäre gern in den Arrest gerannt, um dem Typen hunderttausend Kronen anzubieten, damit er den Mund aufmachte. Wenn das nichts half, konnte er ihn auch zusammenschlagen. Oder vielleicht umbringen. Aus purer Wut. Andererseits hatten Frøstrup und van der Kerch ihren Fahrschein ins Jenseits gekauft und bezahlt, und – wer konnte das wissen? – vielleicht hatte die Polizei bald einen dritten Selbstmord am Hals. Gott behüte. Außerdem mußte der Bursche im Laufe des Tages entlassen werden. Sie würden das so lange wie möglich hinauszögern.

Nach einer Stunde konnte er nichts mehr tun. Die Sekretärin brauchte zwölf Minuten, um sein Diktat zu Papier zu bringen. Er las den Text, und sein Mißmut steigerte sich bei jeder Zeile. Die Sekretärin sah ihn mitleidig an, sagte aber nichts. Und das war sicher besser so.

»Karen ist nicht in der Hütte.« Hanne Wilhelmsen stand in der Tür. »Das Auto steht vor der Tür, und in der Küche brennt Licht. Aber sie sehen weder den Hund noch irgendeinen Menschen. Sie ist sicher spazierengegangen.«

Spazierengegangen. Seine geliebte Karen, sein Strohhalm,

seine einzige Hoffnung. Die Frau, die ihn vor der totalen Erniedrigung bewahren, die die Polizei vor Skandalmeldungen retten und das Land von einem Mörder und Drogenbanditen befreien konnte. Sie ging spazieren. In diesem Moment schlenderte sie über Ulas Strände, warf das Stöckchen für den Hund und atmete die frische Seeluft ein, viele Meilen und hundert Lichtjahre entfernt von dem stickigen und unbehaglichen Büro im Polizeigebäude, dessen Wände sich jetzt zu bewegen begannen; sie kamen auf ihn zu und drohten ihn zu ersticken. Er sah sie vor sich, in dem alten gelben Regenmantel, mit nassen Haaren und ungeschminktem Gesicht, so, wie sie an Regentagen in der Hütte immer aussah. Spazieren. Eine verdammte Scheißtour im Pißregen.

»Dann müssen sie eben auch einen Ausflug machen, die Polizisten da unten. Die Gegend ist doch nicht so verdammt groß!« Es war ungerecht, seinen Frust an Hanne auszulassen, er bereute sofort. Ein blasses Lächeln und eine hilflose Kopfbewegung sollten seinen hitzigen Ausbruch mildern.

Hanne sagte leise, sie habe die Kollegen schon darum gebeten. Sie hatten noch Zeit und konnten noch hoffen. Ein Blick auf die Uhr zwang sie zu der Frage, ob er wegen der Verspätung Bescheid gesagt habe.

»Ich habe um Aufschub bis drei Uhr gebeten. Bis zwei haben sie erlaubt. Wir haben noch eine Stunde. Ich kriege sicher mehr, wenn ich versprechen kann, daß sie kommt. Wenn nicht, geht es um zwei los.

Weit, weit von ihm entfernt ging eine gelbe Gestalt am wilden Wintermeer entlang und fütterte es mit Steinen. Der Boxer stürzte sich ins unruhige Wasser und fror wie ein Hund. Aber er ließ nicht locker, sein Instinkt zwang ihn, jeden geworfenen Gegenstand zu verfolgen. Der Hund war noch nie erkältet gewesen, aber jetzt zitterte er heftig. Karen Borg blieb stehen und zog einen alten Pullover aus dem Rucksack, um den Hund den Temperaturen entsprechend anzuziehen. Er sah lächerlich aus in dem rosa Mohairpullover, der sich an den Vorderbeinen hochschob und unter dem mageren Körper schlotterte. Aber der Hund hörte immerhin auf zu zittern.

Jetzt hatte sie die Spitze der Landzunge erreicht und suchte nach einem behaglichen, windgeschützten Winkel, in dem sie an Tagen wie diesem schon oft Zuflucht gesucht hatte. Da war die Stelle. Karen setzte sich auf eine mitgebrachte Isoporunterlage und zog eine Thermosflasche hervor. Der Kakao schmeckte deutlich nach dem Kaffee vieler Jahre, aber das machte nichts. Sie blieb lange sitzen, tief in Gedanken versunken, und lauschte dem lärmenden Meer und dem pfeifenden Wind. Der Boxer hatte sich zu ihren Füßen zusammengerollt und sah aus wie ein rosa Pudel. Aus irgendeinem Grunde war sie unruhig. Sie machte hier draußen Jagd auf die Ruhe, aber die war verschwunden. Seltsam, gerade hier hatte die Ruhe sich immer auf ein Rendezvous eingelassen. Vielleicht traf sie sich lieber mit anderen. Was für ein Verrat.

Die Polizei fand Karen Borg nicht. Sie kam an diesem Tag nicht nach Oslo. Sie wußte nicht einmal, daß sie dort gebraucht wurde.

Es mußte schiefgehen. Sie hatten dem Gericht nicht den geringsten neuen Fund zu bieten. Diesmal brauchte Christian Bloch-Hansen zwanzig Minuten, um das Gericht davon zu überzeugen, daß eine Fortdauer des Haftbefehls einen klaren und unverhältnismäßigen Übergriff bedeuten würde. Anwalt Laviks Arbeit litt natürlich sehr unter seiner Haft. Er verlor pro Woche Dreißigtausend. Und nicht nur er hatte darunter zu leiden, er hatte zwei Angestellte, deren Arbeitsplätze durch seine Abwesenheit bedroht waren. Seine Stellung und sein gesellschaftlicher Rang wurden gefährdet, und der gewaltige Eifer der Presse machte die Lage auch nicht gerade besser. Wenn das Gericht wider alle Vermutungen noch immer der Ansicht sein sollte, der Verdacht gegen Lavik könne stichhaltig sein, dann mußte es auf jeden Fall die enorme Belastung beachten, die die Haft bedeutete. Innerhalb einer Woche hätte es der Polizei gelungen sein müssen, weiteres Material zusammenzutragen. Das hatte sie jedoch nicht geschafft. Der Anwalt mußte auf freien Fuß gesetzt werden. Und zwar ehe nicht wiedergutzumachender Schaden entstanden war. Auch seine Gesundheit stand auf dem Spiel. Das Gericht sah schließlich, wie es um ihn stand. Das sah das Gericht. Wenn er beim letztenmal schon kläglich ausgesehen hatte, dann war es jetzt keinen Deut besser. Es war kein Arzt nötig, um festzustellen, daß dieser Mann arg mitgenommen war. Seine Kleider waren zusammen mit ihrem Besitzer verfallen, und der einst so stattliche junge Anwalt sah aus, als sei er nach einer ausgeuferten Weihnachtsfeier aus der Gosse gefischt worden.

Das Gericht gab Bloch-Hansen recht. Der Beschluß wurde sofort diktiert. Håkons tiefe Depression stieß auf leichten Widerstand, als der Richter zu den triftigen Gründen für einen Verdacht kam. Diese Gründe waren noch immer vorhanden. Håkons Herz rutschte jedoch wieder auf Zwerchfellhöhe, als der Richter in ziemlich krassen Worten auf die Unfähigkeit der Polizei zu sprechen kam; darauf, daß sie es nicht geschafft hatten, neues Material beizubringen, und vor allem auf die beklagenswerte Tatsache, daß das Schicksal von Karen Borgs Aussage nicht genauer geklärt war. Auch die Möglichkeit der Beweisvernichtung war weiterhin gegeben, aber leider war dem Richter ebenso klar, daß die Haft einen unverhältnismäßigen Übergriff bedeutete. Der Mann war auf freien Fuß zu setzen. Mit Meldepflicht jeden Freitag.

Meldepflicht! Ja, das wäre eine gewaltige Hilfe. Håkon erhob sofort Einspruch und bat um Aufschub. Das würde ihnen wenigstens noch einen Tag lassen. Ein Tag war ein Tag. Und auch wenn Rom nicht an einem Tag erbaut worden war, hatte es doch in vielen Fällen in einigen zusätzlichen Stunden einen Durchbruch gegeben.

Polizeiadjutant Håkon Sand traute seinen Ohren kaum, als der Richter klarstellte, daß er auch auf diese Forderung nicht eingehen werde. Håkon wollte protestieren, wurde aber schroff abgewiesen. Die Polizei hatte ihre Chance gehabt. Sie hatte sie sehr schlecht genutzt. Jetzt mußten sie sehen, wie sie ohne die Hilfe des Gerichts weiterkamen. Håkon Sand erklärte trotzig, daß ein Einspruch unter diesen Umständen ohnehin keinen Zweck habe, und zog ihn voller Wut zurück. Der Richter ließ sich davon nicht beeindrucken.

»Wenn ihr Glück habt, bleibt euch eine Entschädigungsklage erspart!« Damit schloß er die Verhandlung.

Noch am selben Abend wurde Anwalt Jørgen Ulf Lavik auf freien Fuß gesetzt. Sofort schien er sich in seinem Anzug aufzurichten, einige Zentimeter zu wachsen und wenigstens ein paar der verlorenen Kilos wieder zuzulegen. Beim Verlassen des Polizeigebäudes lachte er. Zum erstenmal seit vielen Tagen.

Das taten weder Hanne Wilhelmsen noch Håkon Sand. Und auch sonst niemand in dem großen, klobigen Haus in Grønlandsleiret 44.

Es war tatsächlich gutgegangen. Der Albtraum war vorüber, sie hatten nichts gefunden. Sonst würde er noch sitzen. Was hätten sie finden sollen? Glücklicherweise hatte er noch zwei Tage vor seiner Festnahme den Schlüssel unter dem Schrank entfernt und an einem besseren Ort versteckt. Vielleicht hatte der Alte recht, und alle guten Mächte waren auf ihrer Seite. Die Götter mochten wissen, warum.

Aber eins verstand er trotzdem nicht so ganz. Er hatte sich für Christian Bloch-Hansen als Verteidiger entschieden, weil er wußte, daß der der Beste war. Der Schuldige braucht den Besten. Der Unschuldige kann sich mit allem zufriedengeben. Bloch-Hansen hatte den Erwartungen mehr als entsprochen. Er selbst wäre kaum auf die Idee mit Karen Borg und der Schweigepflicht gekommen. Sein Verteidiger hatte hervorragende Arbeit geleistet und war immer korrekt und höflich gewesen. Aber niemals warm, niemals verständnisvoll oder entgegenkommend. Er war nicht engagiert gewesen. Bloch-Hansen hatte seinen Auftrag erfüllt, und das gut, aber in seinen Augen hatte manchmal etwas aufgeleuchtet, das nach Haß und vielleicht sogar Verachtung ausgesehen hatte. Hielt er ihn für schuldig? Glaubte er seinen Geschichten nicht, Geschichten, die so überzeugend waren, daß er inzwischen fast schon selbst daran glaubte?

Anwalt Lavik wies diesen Gedanken von sich. Es spielte keine Rolle mehr. Er war ein freier Mann, und er war davon überzeugt, daß die Polizei ihre Ermittlungen binnen kurzer Zeit einstellen würde. Er würde Bloch-Hansen bitten, sich darum zu kümmern. Das mit dem Tausender war ein dicker Patzer gewesen, aber es war, soviel er wußte, der einzige wirkliche Fehler, der ihm je unterlaufen war. Niemals, niemals würde ihm so etwas wieder passieren. Nur noch eine Aufgabe lag vor ihm, aber er hatte genug Zeit, um ihre Durchführung zu planen. Mehrere Tage. Er mußte zwar ein paar Korrekturen vornehmen, aber es war ein Geschenk gewesen, daß Håkon Sand die Unklarheiten um Karen Borgs Aussage mit ihrer urlaubsbedingten Abwesenheit begründet hatte. Der Richter hatte sich darüber aufgeregt, daß es der Polizei nicht gelang, mit einer Frau in Vestfold, das ja nun wirklich nicht auf der anderen Seite der Erde lag, Kontakt aufzunehmen. Er wußte genau, wo Karen war. Vor neun Jahren hatte der gesamte Fachschaftsrat einen Ausflug dorthin unternommen. Damals hatte er das Gefühl gehabt, die Frau sei vielleicht ein bißchen in ihn verliebt. Der politische Abgrund zwischen ihnen hatte allerdings alle Annäherungsversuche unmöglich gemacht. Aber damals sollte der Numerus clausus eingeführt werden, und sie hatten die großpolitischen Kriegsbeile beiseite gelegt, um gemeinsam gegen die Aussperrung studierwilliger Menschen zu kämpfen. Karen Borg hatte sich für dieses historische Treffen als Gastgeberin angeboten. Dabei hatte der Wein eine größere Rolle gespielt als die Politik, aber soweit er sich erinnern konnte, war es ein nettes Wochenende gewesen.

Er hatte es eilig, und es würde nicht leicht sein, die Rinderbremsen abzuschütteln, die ihn noch eine Weile umschwirren würden. Es mußte möglich sein. Wenn er Karen Borg los war, konnten sie ihm nichts mehr anhaben. Sie war die letzte Sperre zwischen ihm und der endgültigen Freiheit.

Der dunkelblaue Volvo erreichte die Garage, rutschte auf der glatten Auffahrt ein wenig, fand aber doch seinen Platz, wie ein altes Pferd nach einer harten Schicht den Stall findet. Lavik beugte sich zu seiner blassen Frau, die hinter dem Steuer saß, küßte sie zärtlich und dankte ihr für ihre Unterstützung.

»Jetzt ist alles wieder gut, Wuschel«, sagte er.

Sie schien das nicht so ganz zu glauben.

Sollte er anrufen oder nicht? Sollte er hinfahren oder nicht? Ruhelos wanderte er durch seine kleine Wohnung, der anzusehen war, daß er lange Zeit nur hereingeschaut hatte, um sich saubere Kleider und eine Mütze voll Schlaf zu holen. Jetzt hatte er keine sauberen Kleider mehr, und Schlaf war auch nirgendwo zu finden.

Ihm wurde schwindelig, und er mußte sich am Regal festhalten, um nicht zu fallen. Eine eingestaubte alte Flasche Rotwein stand zum Glück noch hinten im Küchenschrank. Nach einer halben Stunde war sie leer. Der Fall war verloren. Karen wahrscheinlich auch. Es hatte keinen Sinn, sie anzurufen. Alles war vorbei. Er fühlte sich elend und machte sich über eine Flasche Aquavit her, die seit dem letzten Weihnachtsfest im Kühlschrank stand. Schließlich tat der Alkohol die erwünschte Wirkung. Håkon schlief ein. Es war ein böser, gemeiner Schlaf, mit Albträumen von großen teuflischen Anwälten, die ihn verfolgten, und einer winzig kleinen gelben Gestalt, die auf einer Wolke am Horizont stand und ihn rief. Er versuchte, zu ihr zu rennen, aber seine Beine waren wie Pudding, und er kam nicht weiter. Schließlich verschwand sie ganz, und er blieb auf dem Boden liegen; die gelbe Gestalt flog davon, und die Geier in ihren Roben hackten einem Polizeiadjutanten die Augen aus.

DIENSTAG, 1. DEZEMBER

Endlich bekamen all das Geglitzer und die grellen Plastiklampen, die Weihnachtsdekoration genannt wurden, einen Sinn. Jetzt war jedenfalls Dezember. Der Schnee war wieder da, und der Einzelhandel hatte eifrig zu Protokoll gegeben, daß der Konsum des norwegischen Volkes im Laufe des Jahres um einige Prozent gestiegen war. Das schuf große Erwartungen und wurde zur Begründung für prunkende Fensterdekorationen. Die Linden auf Karl Johan vertraten ihre benadelten Kusinen und standen nackt und verlegen mit ihren Weihnachtskerzen da. Vor zwei Tagen waren die Lichter an riesigen Tannen auf dem Universitetsplass feierlich angezündet worden. Heute freute sich darüber nur ein verhuschter Heilsarmist, der die Füße gegeneinanderschlug und erwartungsvoll den Morgenmenschen entgegenlächelte, die an seiner Sammelbüchse vorübereilten, ohne auch nur eine Minute anzuhalten und den großen Baum zu bewundern.

Jørgen Ulf Lavik wußte, daß er beschattet wurde. Mehrmals blieb er unvermittelt stehen und sah sich um. Es war unmöglich zu sehen, wer hinter ihm her war. Alle hatten denselben leeren Blick; einige wenige sahen Anwalt Lavik neugierig an, als ob sie ihn erkannten. Wo hatten sie ihn bloß schon mal gesehen? Zum Glück waren die Bilder in den Zeitungen so schlecht und so alt gewesen, daß er wohl kaum direkt erkannt werden konnte. Aber er wußte, daß sie ihm auf den Fersen waren. Das machte die Lage kompliziert, lieferte ihm aber auch ein Spitzenalibi. Er konnte alles zu seinem Vorteil wenden. Er holte tief Atem und fühlte sich kristallklar im Kopf.

Sein Besuch in der Kanzlei war kurz. Die Vorzimmerdame hätte in ihrer Wiedersehensfreude fast ihr Gebiß verloren, sie gab ihm einen Kuß, der nach Lavendel und alter Frau duftete. Er war fast gerührt. Nach einigen Stunden, die er den dringendsten Fällen gewidmet hatte, sagte er, er wolle den Rest der

Woche in seiner Hütte verbringen. Er sei telefonisch zu erreichen und werde einen Stapel Unterlagen, ein tragbares Telefaxgerät und einen Computer mitnehmen. Vielleicht werde er am Freitag hereinschauen, er habe ja Meldepflicht.

»Du mußt dich also um den Laden kümmern, Caroline, das hast du ja bisher sehr gut gemacht«, sagte er aufmunternd.

Ihr Mund öffnete sich wieder zu einem grauen Lächeln, und die Freude über das Lob malte kleine rote Sonnen auf ihre Wangen. Kokett knickste sie, nahm sich aber zusammen, ehe der Knicks zu tief ausfiel. Ja, sie werde sich um den Laden kümmern, und er solle sich gut erholen. Das habe er verdient.

Der Ansicht war er auch. Ehe er aber ging, besuchte er noch die Toilette und griff zum Mobiltelefon, das er aus dem Postfach des Kollegen gefischt hatte. Die Nummer wußte er auswendig.

»Ich bin wieder draußen. Mach dir keine Sorgen.« Das Rauschen des defekten Spülkastens übertönte sein Geflüster.

»Ruf mich nicht an, und jetzt schon gar nicht«, fauchte sein Gesprächspartner, legte aber nicht auf.

»Es ist alles in Ordnung. Du brauchst dir keine Sorgen zu machen«, wiederholte Lavik, aber das half nichts.

»Du hast gut reden!«

»Karen Borg ist in ihrer Hütte in Ula. Da bleibt sie nicht lange. Du brauchst dir keine Sorgen zu machen. Nur sie kann mich hochgehen lassen, nur ich kann dich hochgehen lassen. Wenn mir nichts passiert, passiert auch dir nichts.«

Die Proteste des Alten drangen nicht zu ihm durch, die Verbindung war bereits unterbrochen. Jørgen Lavik pißte, wusch sich die Hände und ging hinaus zu seinen unsichtbaren Bewachern.

Er würde bald etwas für sein Herz tun müssen. Die Medikamente, die er bekommen hatte, wirkten nicht mehr. Nicht mehr sehr gut jedenfalls. Zweimal war er wieder kurz vor einem solchen Todesschlag gewesen, wie ihn einer so plötzlich und lebensgefährlich vor weniger als drei Jahren zu Boden geworfen hatte. Das regelmäßige Training und die magere Kost hatten ihm bisher sicher geholfen, aber die jetzige Situation und die letzten Wochen ließen sich nicht allein mit Möhren und Joggen durchstehen.

Sie waren ihm auf der Spur gewesen. Irgendwie hatte er darauf gewartet, seit der Schneeball ins Rollen gekommen war. Obwohl die Zeitungsberichte über einen mutmaßlichen Hintermann sehr vage gewesen waren und sicher auf viele hundert Menschen gepaßt hätten, war das Bild für die Jungs in der Platous gate offenbar etwas zu deutlich gewesen. Eines Nachmittags, er ging von der Arbeit nach Hause, hatten sie plötzlich vor ihm gestanden. Anonym wie ihre Arbeit, zwei gleich aussehende Männer, gleich groß, gleich angezogen. Freundlich, aber energisch hatten sie ihn zum Einsteigen aufgefordert. Die Autofahrt hatte eine halbe Stunde gedauert und vor seiner eigenen Auffahrt geendet. Er hatte alles abgestritten. Sie hatten ihm nicht geglaubt. Aber sie wußten, daß er wußte, daß es in aller Interesse war, wenn ihm nichts passierte. So gesehen, fühlte er sich ein wenig beruhigt. Wenn herauskam, wofür das Geld verwendet worden war, würden sie alle vom Sog mitgerissen werden. Nur er wußte, woher das Geld stammte, aber die anderen hatten es angenommen. Und verwendet. Ohne je zu fragen, ohne je zu untersuchen, ohne je irgend etwas zu überprüfen. Das brachte sie in eine ungeheuer peinliche Lage.

Lavik war das große Problem. Jetzt war der Bursche ausgerastet. Es war ziemlich klar, daß er Anwältin Borg umbringen wollte. Als ob das eine Lösung wäre. Er würde doch sofort der Hauptverdächtige sein. Sofort. Außerdem: Wer wußte denn, wen sie noch informiert hatte, ob sie womöglich schriftliche Aussagen gemacht hatte, die der Polizei noch nicht in die Hände gefallen waren? Karen Borg umzubringen war absolut keine Lösung.

Jørgen Lavik umzubringen dagegen würde fast alle Probleme lösen. Kaum war ihm dieser Gedanke gekommen, da erschien er ihm auch schon als die einzige Möglichkeit. Der geglückte Mord an Hans A. Olsen hatte alle Probleme mit diesem Zweig der Organisation effektiv gelöst. Lavik dagegen hatte sich und dem Alten immer mehr Ärger gemacht. Er mußte gestoppt werden. Dieser Gedanke machte ihm keine Angst, er war vielmehr beruhigend. Sein Puls ging wieder gleichmäßig und ruhig, zum erstenmal seit vielen Tagen. Sein Verstand wirkte klar, und seine Konzentrationsfähigkeit kehrte aus ihrem langen Urlaub zurück.

Am besten war es, ihn zu erledigen, ehe er Karen Borg in den zweifelhaften Himmel der Anwälte schicken konnte. Der Mord an einer schönen, jungen und in diesem Zusammenhang unschuldigen Anwältin würde zuviel Lärm verursachen. Ein des Rauschgifthandels verdächtigter, verzweifelter Anwalt würde natürlich auch nicht ohne Aufsehen sterben, aber dennoch... Ein Mord war besser als zwei. Nur: wie?

Jørgen Lavik hatte von Ula gesprochen. Von einer Hütte. Das mußte bedeuten, daß er dorthin wollte. Wie er den Schwanz von Bewachern abschütteln wollte, der zwangsläufig an ihm klebte, war dem Alten unklar. Aber das war Laviks Problem. Sein Problem war es, Lavik zu finden, ihn zu finden, ohne von diesen Bewachern gesehen zu werden, und zwar am besten, ehe Lavik Karen Borg gefunden hatte. Ein Alibi brauchte er nicht. Die Polizei interessierte sich jetzt nicht für ihn und würde das auch dann nicht tun. Wenn alles gutging.

Er würde weniger als eine Stunde brauchen, um die genaue Lage von Karen Borgs Hütte herauszufinden. Er konnte in ihrem Büro oder vielleicht beim zuständigen Landrichter anrufen. Die konnten im Grundbuch nachsehen. Aber das war zu riskant. Einige Minuten später hatte er sich entschieden. Soviel er wußte, gab es nur eine Straße nach Ula, eine kleine Abzweigung von der Küstenstraße zwischen Sandefjord und Larvik. Da mußte er einfach warten.

Erleichtert, weil er einen Entschluß gefaßt hatte, machte er sich an die dringlichste Arbeit. Seine Hände waren ruhig, und sein Herz hatte sich stabilisiert. Vielleicht brauchte er doch keine neuen Medikamente.

Als Hütte konnte das kaum noch bezeichnet werden. Ein solides Holzhaus aus den dreißiger Jahren, vollständig renoviert; auch im dunklen Dezember konnte man die Idylle erahnen, die das rotangestrichene Haus umgab. Es war Wind und Wetter ausgesetzt, und obwohl auf der Auffahrt ein wenig Schnee lag, waren die Felskuppen hinter dem Haus vom ewigen Seewind saubergefegt. Eine Tanne schwankte halsstarrig zwei Meter von der westlichen Hauswand. Der Wind hatte den Stamm schiefgeweht, aber er hatte ihn nicht kleingekriegt. Der Baum neigte sich landeinwärts, als sehne er sich nach der Verwandtschaft im Binnenland und könne sich doch nicht losreißen. Zwischen den Schneeflecken auf der windgeschützten Seite des Hauses ahnte man die Umrisse von sommerlichen Blumenbeeten. Alles war gepflegt. Das Anwesen gehörte nicht Jørgen Lavik, sondern seinem senilen und kinderlosen alten Onkel. Jørgen war, solange der Onkel überhaupt noch etwas empfunden hatte, sein Lieblingsneffe gewesen. Treu war der Junge jeden Sommer hier aufgetaucht, sie hatten zusammen geangelt, das Boot geteert und Speck und Bohnen gegessen. Jørgen war das Kind geworden, das der Alte nie gehabt hatte, und das schöne Sommerhaus würde dem Neffen zufallen, wenn Alzheimer in wahrscheinlich nicht allzu ferner Zukunft ihrem einzigen Bezwinger, dem Tod, erlag.

Jørgen Ulf Lavik hatte einiges Geld in das Haus gesteckt. Der Onkel war nicht arm und hatte den Großteil der Wartung selbst bezahlt. Aber Jørgen hatte das Badezimmer mit dem Whirlpool, eine kleine Sauna und das Telefon anlegen lassen. Außerdem hatte er seinem Onkel ein kleines, aber feines Boot zum siebzigsten Geburtstag geschenkt, in dem sicheren Wissen, daß es im Grunde ihm gehörte.

Auf seiner Fahrt hierher, an den Rand des Hurumlandes, hatte er seine Verfolger nicht ein einziges Mal zu sehen bekommen. Zwar waren die ganze Zeit Wagen hinter ihm gewesen, aber keiner hatte verdächtig lange an ihm geklebt. Trotzdem, er wußte, daß sie da waren, und er freute sich darüber. Er ließ sich viel Zeit beim Parken und demonstrierte seinen Wunsch nach längerem Aufenthalt, indem er sein Gepäck in mehreren Touren ins Haus brachte. Langsam ging er durch die Zimmer, knipste die Lampen an und entlastete die Elektroanlage dann, indem er den Ölofen im Wohnzimmer anzündete.

Nach dem Essen machte er einen kurzen Spaziergang. Er wanderte durch das vertraute Gelände, aber auch jetzt sah er nichts Verdächtiges. Einen Moment lang war er unruhig. Waren sie doch nicht hier? Hatten sie ihn aufgegeben? Das konnten sie doch nicht machen! Sein Herz schlug schneller. Nein, sie mußten irgendwo in der Nähe sein. Das mußten sie einfach. Er beruhigte sich. Vielleicht waren sie einfach nur extrem tüchtig. Wahrscheinlich.

Er mußte noch einiges vorbereiten. Und das eilte. Er stand eine Weile auf der Treppe, reckte sich und klopfte sich den Schnee von den Schuhen, ausgiebig und restlos unnötig. Danach ging er ins Haus, um sich an die Arbeit zu machen.

Das schlimmste war, daß alle so aufmunternd sein wollten. Sie klopften ihm auf die Schulter. »Wer nichts wagt, gewinnt auch nichts.« Sie lächelten anerkennend und brachten freundliche Solidaritätserklärungen. Sogar die Polizeipräsidentin hatte sich die Mühe gemacht, Polizeiadjutant Sand anzurufen und ihre Zufriedenheit über seine Leistung – trotz des betrüblichen Endes – zu bekunden. Er erwähnte die Möglichkeit einer Schadenersatzklage, aber sie schnaubte nur. Sie glaubte wirklich nicht, daß Lavik das wagen würde, immerhin war er schuldig. Wahrscheinlich genoß er einfach seine Freiheit; er würde das Ganze soweit wie möglich hinter sich lassen wollen. Håkon mußte zugeben, daß es so aussah. Seinen Bewachern zufolge befand Anwalt Lavik sich jetzt in seiner Hütte im Hurumland.

Die ganze Solidarität half aber auch nicht besonders. Er

fühlte sich, als hätte er unfreiwillig einen vollautomatischen Waschgang mitgemacht, mit Schleudern und allem. Er war durch diese Behandlung geschrumpft. Andere Fälle mit teuflischen Fristen lagen vor ihm auf dem Schreibtisch, aber er war restlos handlungsunfähig und beschloß, bis morgen zu warten.

Nur Hanne begriff, wie ihm wirklich zumute war. Sie kam nachmittags vorbei, mit zwei Tassen kochendheißem Tee. Er hustete und spuckte, als er gekostet hatte; er hatte Kaffee erwartet.

»Was machen wir jetzt, Polizeiadjutant Sand?« fragte sie und legte die Beine auf den Tisch. Schöne Beine, registrierte er zum x-tenmal.

»Fragst du mich, dann frag' ich dich.« Er nippte wieder am Tee, diesmal etwas vorsichtiger. Eigentlich schmeckte er gut.

»Wir geben jedenfalls nicht auf. Wir machen den Kerl fertig. Der hat noch nicht den Krieg gewonnen – das war nur ein kleines Scharmützel.«

Es war unfaßbar, daß sie so optimistisch sein konnte. Und sie schien sogar zu meinen, was sie sagte. Vielleicht machte es einen Unterschied, ob man Polizeibeamtin oder Vertreter der Anklagebehörden war. Für ihn gab es viele Rückzugsmöglichkeiten, er konnte sich jederzeit eine andere Stelle suchen. Zum Beispiel als dritter Sekretär im Fischereiministerium, dachte er mürrisch. Hanne Wilhelmsen dagegen war als Polizistin ausgebildet. Für sie kam nur ein Arbeitgeber in Frage. Die Polizei. Deshalb konnte sie nicht aufgeben.

»Aber hör mal, Mann«, sagte sie und nahm die Beine vom Tisch. »Wir haben doch noch so viel. Du darfst jetzt nicht den Mut verlieren. In der Niederlage kannst du zeigen, was du wert bist!«

Banal. Aber vielleicht wahr. Wenn das stimmte, war er eine Niete. Mit dieser Sache wurde er einfach nicht fertig. Er wollte nach Hause. Vielleicht war er wenigstens Manns genug für ein wenig Hausarbeit.

»Ruf mich zu Hause an, wenn was anliegt«, sagte er und verließ seine fast unberührte Teetasse und seine resignierte Kollegin.

»You win some, you lose some«, hörte er sie rufen, als er durch den Flur stapfte.

Die Bewacher, sechs an der Zahl, wußten jetzt, daß ihnen ein langer Abend und eine kalte Nacht bevorstanden. Einer von ihnen, ein schmalschultriger, tüchtiger Bursche mit scharfem Blick, hatte die Rückseite des roten Hauses überprüft. Nur drei Meter von der Wand entfernt senkte sich ein steiler Hang zu einer kleinen Bucht mit Sandstrand. Die Bucht war nur zehn bis fünfzehn Meter breit und von Stacheldraht umzäunt, der auf beiden Seiten an den Felsen befestigt war. Nirgends wurde das private Eigentumsrecht so verheerend geltend gemacht wie am Meer. Der Bewacher lächelte vor sich hin. Hinter dem Zaun erhob sich zu beiden Seiten eine steile, fünf oder sechs Meter hohe Felswand. Sicher konnte man dort hochklettern, aber leicht war das bestimmt nicht. Auf jeden Fall würde Lavik in der Nähe des Hauses auf die Straße stoßen. Die Straße trennte die Landzunge vom Festland, wer von hier weg wollte, mußte die Straße überqueren.

Zwei Bewacher wurden an der kleinen Stichstraße postiert. Einer stand in der Mitte Posten, und damit hatten sie die zweihundert Meter zwischen Straße und Haus im Blick. Lavik konnte hier nicht ungesehen vorbei. Die drei restlichen Bewacher verteilten sich im Gelände, um die Hütte im Auge zu behalten.

In der Hütte saß Lavik und amüsierte sich bei dem Gedanken, daß die Männer da draußen, wie viele es auch sein mochten, sich den Arsch abfroren. In der Hütte war es schön warm, und er fühlte sich von seiner Beschäftigung angeregt und mitgerissen. Vor ihm stand ein altmodischer Wecker, dem das Glas fehlte. Mit einigem Gefummel konnte er am Stundenzeiger ein Holzstöckchen befestigen. Er schloß das Faxgerät an, legte ein

Blatt ein und machte einen Versuch. Er stellte den Zeiger auf kurz vor drei, tippte seine Büronummer ein und starrte den Wecker an. Eine Viertelstunde verging, und nichts passierte. Nach einigen Minuten begann er sich Sorgen zu machen, sein schönes Projekt könne in den Teich gehen. Aber dann, als der Zeiger mit einem kleinen Sprung die 3 erreichte, klappte alles bestens. Das Holzstöckchen am Zeiger berührte sachte den elektronischen Startknopf. Das reichte. Die Maschine gehorchte, zog das Blatt ein und sandte die Nachricht aus.

Aufgemuntert durch diesen Erfolg machte er eine Runde durchs Haus und brachte die kleinen Thermostatuhren an, die er mitgebracht hatte. Sie sollten Strom sparen helfen. Sie schalteten die Paneelöfen um Mitternacht aus und um sechs Uhr wieder ein, so daß das Haus warm war, wenn seine Bewohner aufstanden.

Er brauchte nicht lange dazu, er kannte sich mit diesen kleinen Apparaten aus. Das Schwierigste stand ihm noch bevor. Etwas mußte während seiner Abwesenheit für Bewegung sorgen, es reichte nicht, daß Lampen ein- und ausgeschaltet wurden. Er hatte sich alles genau überlegt, aber er hatte es noch nicht ausprobiert. Schwer zu sagen, ob es wirklich machbar war. Im Schutze der zugezogenen Vorhänge spannte er drei dünne Bindfäden durch das Zimmer. Alle drei wurden an der Klinke der Küchentür befestigt, die anderen Enden band er an verschiedenen Stellen auf der gegenüberliegenden Seite des Zimmers fest. Danach hängte er ein Küchenhandtuch, eine alte Badehose und eine Serviette über die Bindfäden. Er brauchte ein Weilchen, um die Kerzen richtig aufzustellen. Sie mußten so nahe an den Bindfäden stehen, daß diese Feuer fingen, wenn die Kerzen weit genug herunterbrannt waren. Er brach die Kerzen in unterschiedlicher Höhe ab und befestigte sie mit flüssigem Wachs in einer Porzellanschüssel. Die Kerze bei dem Bindfaden mit der Serviette war die kürzeste, nur wenige Millimeter höher als der straffe Faden. Gespannt wartete er ab.

Es funktionierte. Nach wenigen Minuten war die Kerze so weit heruntergebrannt, daß die Flamme am Bindfaden herumzüngelte. Der Faden riß, die Serviette fiel zu Boden und zeichnete dabei Schatten an die Vorhänge des Fensters zur Straße. Perfekt.

Er ersetzte den zertrennten durch einen neuen Bindfaden und holte eine längere Kerze. Dann stellte er den Stundenzeiger des Weckers auf kurz vor halb eins. In ungefähr zwei Stunden würde Jørgen Ulf Lavik einem Anwalt in Tønsberg ein Fax schicken. Es ging um einen dringenden Fall, der leider durch Ereignisse, die sich seiner Kontrolle entzogen, ins Stocken geraten war. Er bedauerte und hoffte, daß diese Verspätung keine allzu großen Probleme mit sich gebracht habe.

Jetzt zog er sich an. Der Tarnanzug war für die Jagd bestimmt. Das paßte. Vorsichtig zündete er die Kerzen an und überprüfte noch einmal, ob sie wirklich fest standen. Danach ging er in den Keller und stieg durch das Kellerfenster auf der Rückseite des Hauses.

Unten am Strand blieb er stehen und wartete einen Moment. Er preßte sich an die Felswand und war sich ziemlich sicher, daß der Tarnanzug ihn unsichtbar machte. Als er wieder zu Atem gekommen war, schlich er sich an die Stelle, wo er vor vielen Jahren ein Loch in den Zaun geschnitten hatte, um leichter zu den Nachbarn gelangen zu können, wo ein Junge in seinem Alter zu Gast gewesen war.

Er robbte zur Straße hinauf. Sie behielten bestimmt die ganze Gegend im Auge. Im Wäldchen blieb er liegen und horchte. Nichts. Aber sie mußten dasein. Langsam kroch er parallel zur Straße weiter, fünf Meter von ihr entfernt und geschützt durch die Bäume. Da war es. Das große Betonrohr, das einen kleinen Bach vom Wald auf die andere Straßenseite und zum Meer leitete, ohne daß er überfahren wurde. Er war zahllose Male durch dieses Rohr gekrochen, aber das war viele Kilos und zwanzig Zentimeter her. Dennoch hatte er sich nicht verrechnet, als er davon ausgegangen war, daß er noch immer hindurchpaßte. Er wurde zwar etwas naß, aber der Bach war winterlich armselig, wahrscheinlich war der kleine Waldsee in der Nähe zugefroren. Das Rohr endete drei Meter hinter der anderen Straßenseite; man hatte Platz für eine Straßenerweiterung gelassen, die schon lange versprochen, aber nie gekommen war. Er streckte den Kopf aus dem Rohr und blieb einige Minuten liegen, um zu horchen. Nichts. Er atmete schwer und merkte, wie die Tage im Gefängnis an seinen Kräften gezehrt hatten. Ein Großteil des Kraftverlustes wurde jedoch durch eine gehörige Dosis Adrenalin ausgeglichen; ohne ein Geräusch zu machen, lief er los und verschwand im Gestrüpp.

Er brauchte nicht weit zu laufen, nach sechs oder sieben Minuten hatte er es geschafft. Er sah auf die Uhr. Halb acht. Perfekt. Das Holz knackte leise, als er die Tür des kleinen Schuppens öffnete, aber die Polizisten waren zu weit weg, um das zu registrieren. Er schlüpfte in den Schuppen, als ein Auto in zwanzig Metern Entfernung auf der Straße vorbeifuhr. Gleich danach kam noch eins. Inzwischen saß er schon in dem dunkelgrünen Lada und konnte sich davon überzeugen, daß die Batterie auch nach zwei Monaten Pause noch Kraft für einen hustenden Start hatte. Obwohl der Onkel restlos weggetreten war und ihn kaum wiedererkannte, wenn er ihn im Pflegeheim besuchte, zeigte er eine Art Freude, wenn Jørgen ab und zu in dem kleinen Lada einen Ausflug mit ihm machte. Der Neffe hatte den Wagen in Schuß gehalten, als Geste dem Onkel gegenüber. Jetzt war dieser Wagen ein Geschenk, das er sich selbst gemacht hatte. Er ließ den Motor zweimal aufdröhnen und rollte aus der Garage. Dann fuhr er nach Vestfold.

Es war hundekalt. Der Bewacher schlang die Arme um sich und versuchte gleichzeitig, lautlos und unsichtbar zu sein. Das war schwer. Er mußte die Handschuhe ausziehen, um das Fernglas zu benutzen. Deshalb machte er das nur selten. Er fluchte und beneidete diesen Scheißanwalt, der gemütlich im Warmen saß, in einem Haus, das man unmöglich vom Auto aus überwachen konnte. Gerade war das Licht in dem einen Zimmer im ersten Stock ausgegangen, aber der Typ konnte doch kaum so früh ins Bett gehen wollen. Es war erst acht Uhr. Verdammt, noch vier Stunden bis zur Wachablösung. Eiskalter Wind traf sein Handgelenk, als er auf die Armbanduhr schaute, und rasch packte er es wieder ein.

Er konnte ja mal versuchen, das Fernglas mit Handschuhen zu halten. Viel gab es nicht zu sehen. Natürlich hatte der Kerl alle Vorhänge zugezogen, und im Grunde verstand der Bewacher das. Der Anwalt konnte unmöglich so blöd sein, nicht zu wissen, daß sie hier standen. So gesehen, war es reichlich schwachsinnig, daß sie sich solche Mühe gaben, unsichtbar zu bleiben. Er seufzte. Was für ein öder Job. Anwalt Lavik würde sich sicher ein paar ruhige Tage machen, schließlich hatte er eine Tüte mit Lebensmitteln nach der anderen, einen Computer und ein Faxgerät ins Haus geschleppt.

Plötzlich wurde er aufmerksam. Rasch zwinkerte er, um sich von ein paar Tränen zu befreien, die der kalte Wind herausgelockt hatte. Dann riß er sich die Handschuhe von den Fingern, ließ sie auf den Boden fallen und stellte das Fernglas besser ein. Was in aller Welt warf diese tanzenden Schatten? Hatte er im Kamin ein Feuer gemacht? Der Polizist ließ das Fernglas kurz sinken und blickte zum Schornstein, der sich schwarz vor dem dunkelgrauen Himmel abzeichnete. Nein, kein Rauch. Aber was war das? Wieder griff er zum Fernglas, und jetzt sah er es deutlich. Irgend etwas brannte. Und es brannte heftig. Plötzlich standen die Vorhänge in Flammen. Er ließ das Fernglas fallen und rannte auf das Haus zu.

»Das Haus brennt!« brüllte er in sein Walkie-talkie. »Das beschissene Haus brennt!«

Das Walkie-talkie war überflüssig, sie hörten ihn alle, und zwei von den anderen kamen angestürzt. Der erste raste zur Haustür, registrierte blitzschnell, daß gleich dahinter vorschriftsmäßig ein Feuerlöscher stand, und stürmte ins Wohnzimmer. Rauch und Hitze brannten sofort in seinen Augen, aber er konnte die Brandquelle doch noch entdecken. Den Schaumstrahl wie ein wütendes Schwert vor sich, kämpfte er sich durch das Zimmer. Die brennenden Vorhänge schleuderten ihre Glut ins Zimmer, und ein Stück landete auf seiner Schulter. Seine Jacke fing Feuer. Er erstickte die Flamme mit den Händen und verbrannte sich dabei schlimm die Handfläche. Aber er gab nicht auf. Inzwischen waren auch die beiden anderen da. Einer riß eine Wolldecke vom Sofa, der andere zerrte respektlos einen prachtvollen Wandbehang herunter. Nach zwei Minuten waren die Löscharbeiten beendet. Fast die gesamte Wohnzimmereinrichtung war gerettet. Auch der Strom war noch da. Im Gegensatz zu Anwalt Lavik.

Atemlos musterten die drei Polizisten das Zimmer. Sie entdeckten die beiden noch heilen Bindfäden und den präparierten Wecker, der das Fax noch nicht losgeschickt hatte.

»O verdammt«, fluchte der erste Bewacher leise und schüttelte seine schmerzende Hand. »Dieser Wichser hat uns ausgetrickst. Der hat uns total geleimt.«

»Vor sieben Uhr kann er nicht verschwunden sein. Die Leute schwören, daß er um fünf vor sieben noch aus dem Fenster geschaut hat. Mit anderen Worten, er kann nicht mehr als eine Stunde Vorsprung haben. Hoffentlich weniger. Vielleicht ist er sogar erst wenige Minuten, ehe sie das entdeckt haben, abgehauen.« Hanne Wilhelmsen versuchte erfolglos, den Polizeiadjutanten zu beruhigen.

»Du mußt die Polizei in der ganzen Gegend informieren. Sie müssen ihn um jeden Preis stoppen.« Er war außer Atem und schluckte oft und laut.

»Håkon, jetzt hör mir zu. Wir haben keine Ahnung, wo er ist. Er kann nach Hause gefahren sein, sich über die blöden Bullen lustig machen und mit seiner Frau einen trinken. Vielleicht macht er eine Runde durch die Stadt. Aber entscheidend ist, daß wir keinen Grund haben, ihn festzunehmen. Daß er seine Bewacher ausgetrickst hat, ist natürlich ein Problem.

Aber es ist unser Problem, nicht seins. Wir können ihn zwar beschatten, aber es ist nicht strafbar, wenn er uns an der Nase herumführt.«

Obwohl Håkon Sand außer sich war vor Angst, mußte er zugeben, daß Hanne Wilhelmsen recht hatte. »Gut, gut«, unterbrach er sie. »Gut. Ich begreife, daß wir nicht Himmel und Hölle in Bewegung setzen können. Du hast mit allem recht. Aber du *mußt* mir glauben: Er hat es auf sie abgesehen. Es paßt alles zusammen: deine Notizen über Karen, die verschwunden sind, als du niedergeschlagen worden bist; ihre Aussage, die verschwunden ist. Er ist derjenige, der hinter all dem steckt!«

Hanne seufzte. Jetzt ging er wirklich zu weit. »Du willst doch nicht allen Ernstes behaupten, Jørgen Lavik hätte mich niedergeschlagen? Er hätte sich aus einer Zelle in dein Büro geschlichen und eine Aussage geklaut, um sich dann wieder runterzuschleichen und die Tür hinter sich abzuschließen? Das meinst du doch nicht ernst.«

»Er braucht es ja nicht selbst gemacht zu haben. Er kann Helfer haben. Hanne, bitte! Ich weiß, daß er es auf sie abgesehen hat.« Håkon war ehrlich verzweifelt.

»Bist du beruhigt, wenn wir uns ins Auto setzen und zu ihr fahren?«

»Ich habe schon gedacht, du würdest das nie fragen... hol mich in einer Viertelstunde bei der Reithalle in Skøyen ab.«

Vielleicht war das alles ja nur ein Vorwand, um Karen zu treffen. Er hätte nicht schwören können, daß es keiner war. Andererseits ballte sich die Angst unter seinen Rippen zusammen und war alles andere als Einbildung.

»Nenn es männliche Intuition«, spottete er und ahnte ihr Lächeln eher, als er es sah.

»Deine Intuition kannst du dir sonstwohin stecken«, schnaubte sie. »Ich mach' das dir zuliebe und nicht weil ich glaube, daß du recht hast.«

Das war nicht die reine Wahrheit. Seit sie vor zwanzig Minuten mit ihm gesprochen hatte, war ihr so nach und nach die Ahnung gekommen, daß die Angst ihres Kollegen nicht ganz unberechtigt war. Sie hätte nicht ohne weiteres zu sagen vermocht, was sie dazu gebracht hatte, ihre Absicht zu ändern. Seine Überzeugung vielleicht; sie war alt genug, um Ahnungen und Gefühle ernst zu nehmen. Außerdem hatte Lavik so verzweifelt gewirkt, als sie ihn das letzte Mal gesehen hatte, daß sie ihm alles zutraute. Außerdem gefiel ihr nicht, daß Karen Borg schon den ganzen Abend nicht ans Telefon gegangen war. Das mußte natürlich nichts bedeuten, aber es gefiel ihr nicht.

»Versuch es noch einmal«, bat sie und schob eine neue Kassette ein. Karen Borg antwortete noch immer nicht. Hanne warf Håkon einen kurzen Blick zu, legte die Hand auf seinen Oberschenkel und streichelte ihn sanft.

»Keine Panik, es ist nur gut, wenn sie nicht da ist. Außerdem...« Sie warf einen Blick auf die Uhr am Armaturenbrett. »Außerdem kann er selbst im allerschlimmsten Fall unmöglich schon da sein. Zuerst hat er sich ein Auto besorgen müssen. Und selbst wenn er wider Erwarten in der Nähe eins stehen hatte, kann er erst nach sieben losgefahren sein. Wahrscheinlich später. Jetzt ist es zwanzig nach acht. Also keine Panik.«

Das war leicht gesagt. Håkon zog an einem kleinen Griff rechts am Sitz und klappte die Lehne zurück. »Ich werd's versuchen«, murmelte er verzweifelt.

Zwanzig nach acht. Er hatte Hunger. Er hatte den ganzen Tag noch nichts gegessen. Die vielen Vorbereitungen hatten ihm keine Zeit für Appetit gelassen, und außerdem war sein Magen nach zehn Fastentagen ans Essen nicht mehr gewöhnt. Aber jetzt grummelte er gebieterisch. Er blinkte und fuhr langsam auf den beleuchteten Parkplatz. Er hatte reichlich Zeit für einen kleinen Imbiß, er hatte nur noch eine gute Dreiviertelstunde zu fahren. Und eine Viertelstunde, um die Hütte zu suchen. Oder eine halbe, ihr Fachschaftstreffen da unten war lange her.

Sein Auto fand einen Platz zwischen zwei Mercedes, schien sich aber in dieser feinen Gesellschaft durchaus wohl zu fühlen. Anwalt Jørgen Lavik lächelte kurz, klopfte dem Lada freundschaftlich auf die Kofferhaube und betrat die Raststätte. Es war ein seltsames Gebäude, es sah aus wie ein am Boden angewachsenes UFO. Er bestellte eine große Portion Erbsensuppe und setzte sich mit einer Zeitung an einen Tisch am Fenster. Dort blieb er eine ganze Weile sitzen.

Holmestrand lag schon hinter ihnen, und dank auto-reverse lief jetzt die andere Seite der Kassette. Håkon hatte genug von Country und suchte im Handschuhfach nach etwas anderem. Sie redeten nicht viel. Das war nicht nötig. Håkon hatte sich angeboten zu fahren, aber Hanne hatte abgelehnt. Im Grunde war ihm das recht. Weniger recht war ihm, daß sie seit Drammen eine Zigarette nach der anderen paffte. Es war zu kalt, um das Fenster aufzumachen, und ihm wurde schlecht. Sein eigener Tabak machte die Sache auch nicht besser. Er spuckte ihn in ein Taschentuch, verschluckte aber einige Reste.

»Kannst du mit dem Rauchen vielleicht warten?«

Sie war verdutzt und drückte die gerade erst angerauchte Zigarette aus. »Warum sagst du das erst jetzt?« fragte sie mit mildem Tadel und warf die Zigarettenpackung auf die Rückbank.

»Das ist dein Auto«, antwortete er leise und schaute aus dem Fenster. Eine dünne Schneeschicht bedeckte die weiten Felder. Hier und dort lagen in weiße Plastikplanen eingewickelte Strohballen aufgereiht. »Die Dinger sehen aus wie riesengroße Fischklöße«, sagte er, und ihm wurde noch elender.

»Wer denn?«

»Diese Plastikrollen. Heu, oder was das ist.«

»Stroh, nehme ich an.«

Er entdeckte hundert Meter weiter links mindestens zwanzig weitere Rollen. Hier waren die Planen jedoch schwarz. »Lakritzfischklöße«, sagte er; ihm wurde immer schlechter. »Wir müssen halten. Mir wird gleich schlecht.«

»Es sind nur noch zwanzig Minuten. Kannst du nicht warten?« Sie wirkte nicht gereizt, sie wollte nur endlich dasein.

»Nein, ehrlich gesagt kann ich nicht warten«, erklärte er und schlug sich die Hand vor den Mund, um seine Notlage zu verdeutlichen.

Ungefähr fünf Minuten später fand sie eine Stelle, wo sie anhalten konnte, eine Bushaltestelle bei einer Stichstraße, die zu einem kleinen weißen Haus führte. In dem Haus brannte kein Licht. Die Gegend war so öde, wie es an einer Hauptstraße durch Vestfold überhaupt nur möglich war. Zwar brausten in regelmäßigen Abständen Autos vorbei, aber ansonsten gab es kein Lebenszeichen.

Die frische, kalte Luft tat unglaublich gut. Hanne blieb im Wagen sitzen, während er über die kleine Stichstraße wanderte. Einige Minuten lang blieb er stehen und hielt sein Gesicht in den Wind. Das half, und er machte kehrt.

»Gefahr gebannt«, sagte er und schnallte sich an.

Der Motor hustete wütend, als sie den Zündschlüssel umdrehte. Dann starb er. Sie drehte und drehte. Keine Reaktion. Der Motor war einfach tot. Das kam so überraschend, daß sie beide schwiegen. Sie machte noch einen Versuch. Vergeblich.

»Wasser im Zündverteiler«, sagte sie mit zusammengebissenen Zähnen. »Oder sonstwas. Vielleicht ist die ganze Karre im Arsch.«

Håkon schwieg noch immer, und das war gescheit. Mürrisch sprang sie aus dem Wagen und öffnete die Motorhaube. Gleich darauf saß sie wieder neben ihm, mit etwas in der Hand, das er für den Deckel des Zündverteilers hielt. Es sah jedenfalls aus wie ein Deckel. Hanne nahm Küchenkrepp aus dem Handschuhfach und rieb und trocknete an dem Ding herum. Schließlich inspizierte sie es mit kritischem Blick und brachte es wieder an. Das war schnell getan.

Aber es nutzte nichts. Der Wagen war noch nicht zur Zusammenarbeit bereit. Nach zwei weiteren Versuchen mit dem Zündschlüssel schlug sie wütend auf das Lenkrad.

»Typisch! Gerade jetzt! Dieser Wagen läuft wie geschmiert, seit ich ihn vor drei Jahren gekauft habe. Lieb und nett. Und läßt mich ausgerechnet jetzt im Stich. Verstehst du was von Automotoren?«

Ihr Blick war ziemlich kritisch, und er ahnte, daß sie die Antwort schon wußte. Langsam schüttelte er den Kopf. »Nicht sehr viel«, übertrieb er. In Wahrheit wußte er nicht das Geringste über Autos, allenfalls, daß sie Benzin brauchten.

Trotzdem ging er mit ihr nachsehen. Vielleicht war er eine Art moralische Stütze, vielleicht ließ der Motor sich überreden, wenn sie zu zweit kamen.

Nach ihrem Fluchen zu urteilen, kam sie bei der Suche nach dem Defekt nicht wesentlich voran. Rücksichtsvoll zog er sich zurück und merkte, wie die Unruhe wieder in ihm aufstieg. Es war kalt, und er hüpfte von einem Fuß auf den anderen, während er den vorüberjagenden Autos nachsah. Nicht eins machte Anstalten anzuhalten. Die Leute waren sicher auf dem Heimweg und hatten wenig Lust, an diesem unangenehmen kalten Vorweihnachtsabend Mitmenschlichkeit zu zeigen. Die Fahrer mußten sie sehen; neben dem Wartehäuschen an der Bushaltestelle stand in aller Einsamkeit eine Straßenlaterne. Es wurde stiller, eine kleine Unterbrechung in dem gleichmäßigen, wenn auch nicht hektischen Verkehr. In der Ferne sah er die Scheinwerfer eines näher kommenden Wagens. Der Fahrer schien sich an die Geschwindigkeitsbegrenzung zu halten, siebzig Stundenkilometer. Die wenigsten taten das. Vier Autos hingen ungeduldig viel zu dicht dahinter.

Und dann erlitt er wirklich einen Schock. Die Laterne beim Wartehäuschen strahlte für eine Sekunde den Fahrer des ersten Wagens an. Håkon sah genau hin; er hatte mit sich selbst gewettet. Es mußte eine Frau sein, die so langsam fuhr. Es war keine Frau, es war Peter Strup.

Es dauerte einen Moment, ehe diese Beobachtung den richtigen Teil seines Gehirnes erreichte. Nur einen Moment. Er schüttelte den Schock ab und rannte zum Wagen, dessen Motorhaube klaffte wie das Maul eines im Schilf gestrandeten Hechtes.

»Peter Strup!« heulte er. »Gerade ist Peter Strup vorbeigefahren!«

Hanne fuhr hoch und schlug mit dem Kopf gegen die Motorhaube. Sie achtete nicht darauf. »Was sagst du da!« rief sie, obwohl sie ihn sehr gut gehört hatte.

»Peter Strup! Der ist hier vorbeigefahren! Gerade eben, vor einer Minute!«

Alle Puzzleteile fügten sich zusammen, so schnell, daß das Bild kaum zu erfassen war, obwohl es klar wie ein kalter, sonniger Frühlingstag vor ihnen lag. Sie war wütend auf sich selbst. Der Mann hatte sich doch die ganze Zeit verdächtig benommen. Er war die natürlichste Alternative. Im Grunde sogar die einzige. Warum hatte sie das nicht sehen wollen? Lag das an Strups tadellosem Leumund, seiner korrekten Erscheinung, seiner langjährigen Ehe, seinen prächtigen Kindern; hatte all das dafür gesorgt, daß ihre Intuition sich gegen den zwingenden Verdacht gewehrt hatte? Ihr Verstand hatte ihr gesagt, daß er es war, aber ihr Polizeiinstinkt, ihr verdammter, überschätzter Instinkt hatte protestiert. »Shit«, sagte sie leise und schlug die Motorhaube zu. »So much for my damned instincts.« Sie hatte den Kerl ja nicht einmal zum Verhör bestellt. Verdammte Scheißpest!

»Halt ein Auto an«, schrie sie Håkon zu, der ihrem Befehl gehorchte, sich an den Straßenrand stellte und mit beiden Armen winkte. Sie setzte sich in ihr elendes, verfluchtes Wrack, raffte Mantel, Zigaretten und Brieftasche zusammen, stieg wieder aus und schloß den Wagen ab. Dann stellte sie sich neben den verängstigten und aufgeregten Polizeiadjutanten.

Niemand schien halten zu wollen. Entweder fuhren sie vorbei, ohne die beiden winkenden und hüpfenden Personen am Straßenrand auch nur zu bemerken, und verfehlten sie nur um wenige Zentimeter, oder sie hupten die Verkehrsstörer tadelnd an und sausten in einem Bogen vorbei.

Als über zwanzig Autos vorbeigefahren waren, befand Håkon sich am Rande des Zusammenbruchs, während Hanne klar war, daß etwas geschehen mußte. Es war lebensgefährlich, sich mitten auf die Straße zu stellen, das ging also nicht. Wenn sie telefonisch Hilfe anforderten, konnte es zu spät werden. Sie warf einen Blick zu dem dunklen Haus hinüber. Es stand klein und bescheiden mit geschlossenen Augen da, als wollte es sich für seine schlechte Lage, nur zwanzig Meter von der E 18, entschuldigen. Kein geparktes Auto zu sehen.

Sie rannte zu dem Haus hinüber. Die kleine Scheune, die von der Straße her kaum zu sehen war, diente möglicherweise als Garage. Håkon wußte nicht so recht, ob sie meinte, daß er weiter versuchen sollte, ein Auto anzuhalten. Er ging hinter ihr her und vernahm keinen Protest.

»Klingel mal, vielleicht ist ja doch jemand zu Hause«, rief sie ihm zu und rüttelte an der Scheunentür. Sie war nicht verschlossen. Kein Auto. Aber ein Motorrad. Eine Yamaha FJ, 1200 Kubik. Das Modell des Jahres. Mit ABS-Bremsen.

Hanne Wilhelmsen verachtete Reiskocher. Nur eine Harley war ein Motorrad. Alles andere waren zweirädrige Beförderungsmittel. Ausgenommen vielleicht die Motoguzzi, auch wenn die aus Europa kam. Trotzdem hatte sie sich insgeheim immer ein wenig zu den fetzigeren japanischen Rädern hingezogen gefühlt. Besonders zur Eff-Jott.

Die schien in fahrbarem Zustand zu sein, abgesehen davon, daß die Batterie herausgenommen worden war. Es war Dezember. Wahrscheinlich stand das Rad schon mindestens drei Monate hier herum.

Die Batterie stand auf einer aufgeschlagenen Zeitung, schön sauber und vorschriftsmäßig für den Winter gelagert. Hanne riß einen Schraubenzieher an sich und verband die Pole miteinander. Funken sprühten, und nach wenigen Minuten begann der dünne, äußere Teil des Metalls schwach zu glühen. Strom genug.

»Niemand zu Hause«, rief Håkon von der Tür her.

Auf einem Regal lag ausreichend Werkzeug, ungefähr das gleiche wie bei Hanne zu Hause im Keller. Rasch fand sie, was sie brauchte, und in Rekordzeit war die Batterie an Ort und Stelle. Sie zögerte kurz.

»Im Grunde ist das Diebstahl.«

»Nein, das ist Notrecht.«

»Notwehr?« Sie begriff das nicht ganz und glaubte, er habe sich in der Aufregung versprochen.

»Nein, Notrecht. Das erklär' ich dir später.« Wenn ich dazu noch Gelegenheit habe, dachte er.

Obwohl es ihr in die Seele schnitt, ein neues Motorrad zu ruinieren, brauchte sie nur dreißig Minuten, um die Zündung zu koppeln. Mit einem Ruck zerbrach das Zündschloß. Der Motor brummte gleichmäßig und verheißungsvoll. Sie durchsuchte den Schuppen nach dem Helm, fand ihn aber nicht. Natürlich nicht, vermutlich lagerten in der Wärme des kleinen, verschlossenen Hauses zwei teure BMW- oder Shoeihelme. Sollten sie einbrechen? Hatten sie dafür noch Zeit?

Kaum. Sie mußten ohne fahren. In einer Ecke hing neben vier Alpinskiern, die an der Wand festgeschnallt waren, an einem Haken eine Slalombrille. Das mußte reichen. Sie setzte sich rittlings auf das Motorrad und bugsierte es ins Freie.

»Hast du schon mal auf einem Motorrad gesessen?«

Håkon schüttelte nur energisch den Kopf.

»Hör zu: Du legst mir die Arme um die Taille und machst genau, was ich auch tue. Und egal, was passiert, du darfst dich nicht in die entgegengesetzte Richtung lehnen. Kapiert?«

Diesmal nickte er, und während sie die Brille aufsetzte, stieg er auf das Motorrad und legte so fest wie nur überhaupt möglich die Arme um sie. Er drückte derart zu, daß sie seinen Griff lockern mußte, ehe das Motorrad auf die Europastraße dröhnen konnte.

Håkon war außer sich vor Angst und schwieg. Aber er tat, wie ihm geheißen. Um seine Panik zu betäuben, schloß er die Augen und versuchte, an etwas anderes zu denken. Das war nicht leicht. Das Motorrad machte einen Höllenlärm, und er fror wie eine nasse Katze.

Hanne Wilhelmsen ging es nicht anders. Die Handschuhe, ihre Alltagshandschuhe, waren schon durchnäßt und eiskalt. Aber es war doch besser, sie anzubehalten, sie gewährten immerhin einen leichten Schutz. Auch die Brille war eine gewisse, wenn auch kleine Hilfe. Immer wieder mußte sie sie mit der linken Hand abwischen. Sie warf einen Blick auf die leuchtende Digitaluhr vor ihr. Sie hatten sie vor dem Losfahren nicht richtig einstellen können, aber die Uhr erzählte ihr immerhin, daß sie vor einer Viertelstunde über die kleine Stichstraße gebrettert waren. Und da war es fünf nach halb neun gewesen. Es war gut möglich, daß sie in Zeitnot waren.

Der Alte stellte zufrieden fest, daß seine Erinnerung ihn nicht trog. Es gab nur eine Straße nach Ula. Die war zwar asphaltiert, aber schmal, und sie lud nicht zu wüster Raserei ein. Bei einer scharfen Kurve entdeckte er eine von dichtem Unterholz fast verborgene Abzweigung. Das Auto ruckelte einige Meter über den Weg, und an einer lichteren Stelle war Platz zum Wenden. Der Frost hatte den Boden hart und kooperativ gemacht. Gleich darauf stand der Wagen mit der Front zur Straße, gut versteckt. Durch eine kleine Lichtung konnte der Alte die eventuell kommenden Autos sehen. Das Radio brachte leise Musik, und den Umständen entsprechend hatte er es gut. Er würde Laviks Volvo erkennen. Er brauchte nur zu warten.

Auch Karen Borg hörte Radio. Es war eine Sendung für Lastwagenfahrer, aber die Musik war okay. Zum sechstenmal fing sie das Buch an. »Ulysses« von James Joyce. Sie war nie über Seite fünfzig hinausgekommen, aber jetzt gab es kein Entrinnen mehr.

Es war warm in dem geräumigen Wohnzimmer, fast zu warm. Der Boxer winselte. Sie machte die Verandatür auf, um ihn hinauszulassen. Er wollte nicht, lief aber weiterhin ruhelos hin und her. Genervt befahl sie ihm, sich hinzulegen, und schließlich ließ er sich widerwillig in einer Ecke nieder, allerdings mit erhobenem Kopf und wachsamen Ohren. Wahrscheinlich hatte er irgendein kleines Wild gewittert. Oder sogar einen Elch.

Aber im Gebüsch unterhalb der Hütte versteckte sich weder Hase noch Elch, sondern ein Mann. Er lag schon eine ganze Weile da. Dennoch fror er nicht. Er war aufgeregt und dick angezogen. Es war leicht gewesen, die Hütte zu finden. Nur einmal hatte er sich in einem Waldweg geirrt, aber das hatte er ziemlich schnell bemerkt. Um diese Jahreszeit waren alle anderen Hütten unbewohnt, und er hatte nur fünf Minuten von hier entfernt ein gutes Versteck für den Wagen gefunden. Wie ein kleiner Leuchtturm stand die Hütte da und wies den Weg.

Kopf und Arme stützte er auf einen Zehnliterkanister voll Benzin. Obwohl er sich beim Füllen bemüht hatte, nichts danebenzugießen, störte ihn der Treibstoffgeruch. Ein wenig steif stand er auf, packte den Kanister und ging gebückt auf die Hütte zu. Die Vorsicht war wahrscheinlich unnötig, das Wohnzimmer lag auf der anderen Seite, zum Meer hin. Auf dieser Seite befanden sich nur die Fenster von zwei dunklen Schlafzimmern und der Toilette im Untergeschoß. Er betastete seine Brust, um sich davon zu überzeugen, daß der Schraubenschlüssel noch da war, auch wenn er wußte, daß das der Fall war. Er schlug ihm bei jedem Schritt gegen das Brustbein.

Die Tür war sogar unverschlossen. Ein Hindernis weniger. Er lächelte und drückte unendlich langsam die Klinke nach unten. Die Tür war gut geschmiert und ließ keinen Mucks hören, als er sie öffnete und ins Haus trat.

Der Alte schaute auf die Uhr. Er saß jetzt schon lange hier. Kein Volvo war vorbeigekommen, nur ein Peugeot, zwei Opel und ein alter, dunkler Lada. Der Verkehr war äußerst spärlich. Er versuchte sich ein wenig zu strecken, aber auf einem Autositz war das nicht so einfach. Er wagte es nicht, auszusteigen, um sich die Beine zu vertreten.

Irrsinn! Ein Motorradfahrer mit Beifahrer kam in wildem Tempo über die schlechte Straße. Helme trugen sie auch nicht, nicht mal Motorradkleidung. Und das um diese Jahreszeit! Ihm schauderte, das mußte doch eiskalt sein. In der Kurve geriet das Motorrad heftig ins Schlingern, und für einen Moment hatte er Angst, es könnte gegen sein Auto geschleudert werden. Doch der Fahrer konnte es in letzter Sekunde wieder aufrichten, steigerte das Tempo und verschwand. Irrsinn. Er gähnte und sah noch einmal auf die Uhr.

Karen Borg war bis Seite fünf gekommen. Sie seufzte. Das Buch war gut, das hatte sie schließlich gelesen. Sie selbst fand es unerträglich langweilig. Aber sie war fest entschlossen. Trotzdem fielen ihr immer wieder neue Gründe ein, die Lektüre zu unterbrechen. Jetzt wollte sie mehr Kaffee.

Der Hund war noch immer unruhig. Vielleicht war es besser, ihn gar nicht hinauszulassen, er war schon zweimal einen ganzen Tag auf Hasenjagd ausgeblieben. Witzig, er war doch gar kein Jagdhund. Aber vielleicht war das ein Instinkt, den alle Hunde hatten. Plötzlich hörte sie etwas. Sie drehte sich zu dem Boxer um. Der lag ganz still, sein Gewinsel war unvermittelt verstummt, aber er hatte den Kopf schräg gelegt und die Ohren aufgerichtet. Ein schwaches Zittern durchlief seinen Körper, und sie wußte, daß auch er etwas gehört hatte. Und zwar von unten her. Sie ging zur Treppe.

»Hallo?« Lächerlich. Natürlich war da niemand. Sie stand einige Sekunden lang mäuschenstill da, dann zuckte sie mit den Schultern und machte kehrt. »Liegengeblieben«, befahl sie streng, als sie sah, daß der Hund aufstehen wollte.

Dann hörte sie Schritte hinter sich und fuhr herum. Ungläubig starrte sie auf die Gestalt, die die fünfzehn Stufen heraufgerannt kam. Obwohl er seine Mütze tief ins Gesicht gezogen hatte, erkannte sie ihn sofort.

»Jørgen La...«

Weiter kam sie nicht. Der Schraubenschlüssel traf sie über dem Auge, und sie sackte zusammen, ohne sich weiter zu verletzen. Aber selbst wenn, sie hätte es nicht gemerkt. Sie war bewußtlos. Der Hund war außer sich. Er stürzte knurrend und bellend auf den Eindringling los und sprang ihm an die Brust. Dort verbiß er sich in der weiten Jacke, wurde aber abgeschüttelt, als Lavik seinen Oberkörper heftig bewegte. Der Hund ließ sich nicht beirren. Er packte den Unterarm des Anwalts, und diesmal konnte der sich nicht losreißen. Es tat höllisch weh. Durch den intensiven Schmerz mit außergewöhnlicher Kraft ausgestattet, hob er den Hund hoch, aber auch das half nichts. Der Schraubenschlüssel war heruntergefallen; Lavik ging das Risiko ein, dem Vieh wieder Boden unter den Füßen zu geben. Das hätte er nicht tun sollen. Der Hund ließ den Arm für einen Moment los, um dann weiter oben erneut zuzupakken. Das tat noch schlimmer weh. Der Schmerz umnebelte ihn allmählich, und er wußte, daß er nicht mehr viel Zeit hatte. Endlich bekam er den Schraubenschlüssel zu fassen. Mit tödlichem Schlag zerschmetterte er den Schädel des tollen Hundes, der aber trotzdem nicht losließ. Tot und schlaff hing er da, und Lavik brauchte fast eine Minute, um die starken Kiefer von seinem Arm zu lösen. Er blutete wie ein Schwein. Mit Tränen in den Augen sah er sich um und entdeckte an einem Haken in der offenen Kochnische einige grüne Handtücher. Schnell machte er sich einen provisorischen Verband; jetzt tat es schon nicht mehr ganz so weh. Später würde der Schmerz grausam zurückkehren, das wußte er. Teufel auch.

Er rannte ins Erdgeschoß und öffnete den Benzinkanister. Systematisch verteilte er dessen Inhalt in der gesamten Hütte. Er war überrascht zu sehen, wie weit zehn Liter reichten. Schon bald stank es überall wie auf einer alten Tankstelle. Der Kanister war leer.

Etwas stehlen! Es mußte aussehen wie ein Einbruch. Warum hatte er nicht schon früher daran gedacht? Er hatte nichts zum Tragen mitgebracht, aber irgendwo fand sich hier bestimmt ein Rucksack. Unten. Sicher unten. Da gab es einen Verschlag für Sportgeräte. Er rannte los.

Sie begriff nicht, was das für ein seltsamer Geschmack war. Sie schmatzte leicht. Das war sicher Blut. Bestimmt ihr eigenes. Sie wollte wieder schlafen. Nein, das ging nicht, sie mußte doch die Augen aufmachen. Aber warum? Weiterschlafen war besser. Es stank ganz entsetzlich. Ob Blut so roch? Nein, das ist Benzin, dachte sie und wollte lächeln, weil sie so viel wußte. Das ging nicht. Vielleicht sollte sie es noch einmal probieren. Es ging vielleicht besser, wenn sie sich umdrehte. Es tat schrecklich weh, als sie das versuchte. Trotzdem konnte sie sich fast auf den Bauch drehen. Etwas hinderte sie daran, es ganz zu schaffen. Etwas Warmes und Weiches. Ihre Hand strich langsam über den Hundekörper. Cento. Sie wußte es sofort. Cento war tot. Sie riß die Augen auf. Der Hundekopf lag neben ihrem eigenen. Er war zerschmettert worden. Verzweifelt versuchte sie aufzusehen. Durch ihre blutigen Wimpern erkannte sie draußen vor dem Fenster einen Mann. Er preßte sein Gesicht gegen die Fensterscheibe und schirmte seine Augen mit den Händen ab, um besser sehen zu können.

Was macht denn Peter Strup hier, konnte sie noch denken, dann sank sie wieder in sich zusammen und fiel weich auf die Hundeleiche.

In der Hütte gab es nicht viele Wertsachen. Einige Ziergegenstände und drei Silberleuchter mußten ausreichen. Das Besteck in der Küchenschublade war aus Stahl. Es stand nicht fest, daß der Diebstahl überhaupt entdeckt werden würde. Wenn er Glück hatte, würde die ganze Bude bis auf den Grund abbrennen. Er verschnürte den grauen Sack, zog Streichhölzer aus der Jackentasche und ging zur Verandatür.

Dort sah er Peter Strup stehen.

Das Motorrad war nicht besonders gut für Geländerennen geeignet. Außerdem war sie steifgefroren und merkte, daß ihre

Koordinationsfähigkeit und ihre Kräfte für heute aufgebraucht waren. Nur wenige Meter hinter dem Waldrand hielt sie an und stieg steif von der Mühle. Håkon sagte kein Wort. Es wäre Zeitverschwendung gewesen, wenn sie versucht hätte, den Motorradständer auf dem unebenen Boden auszuklappen, und deshalb wollte sie die schwere Maschine vorsichtig auf die Seite legen. Dreißig Zentimeter über dem Boden rutschte sie ihr aus den Händen. Der Besitzer würde stocksauer sein. Sie an seiner Stelle hätte gemordet.

Sie rannten, soweit das möglich war, den Weg entlang. Es war kaum möglich. Hinter einer Kurve blieben sie stehen. Ein entsetzliches oranges Licht schien aus zweihundert Metern Entfernung durch den Wald, und über den kahlen Bäumen versuchten gelbe Stichflammen, den Himmel am Bauch zu kitzeln.

Drei Sekunden später rannten sie weiter.

Jørgen Ulf Lavik hatte nicht gewußt, was er tun sollte. Seine Verwirrung hatte allerdings nur einen Moment lang angehalten. Er hatte drei Streichhölzer fallen lassen, und jedes hatte sein Ziel getroffen. Sekunden später loderten die Flammen auf. Er sah, daß Peter Strup an der glücklicherweise abgeschlossenen Verandatür rüttelte. Der Mann würde sicher nicht weglaufen, er mußte Karen Borg auf dem Boden gesehen haben. Ob sie sich bewegt hatte? Er war ganz sicher, daß sie vorhin auf dem Rücken gelegen hatte.

Es stand durchaus nicht fest, daß Strup ihn erkannt hatte. Er hatte noch immer die Mütze tief ins Gesicht gezogen und seinen Kragen hochgeschlagen. Aber er durfte sich nicht darauf verlassen. Die Frage war, was Peter Strup für wichtiger hielt: ihn zu fangen oder Karen Borg zu retten. Letzteres wahrscheinlich. Kurz entschlossen hob er den Schraubenschlüssel auf und rannte zur Verandatür. Peter Strup schien überrascht, er ließ die Tür los und stolperte drei Schritte rückwärts. Dort war offenbar ein Stein oder ein Baumstumpf im Weg; Strup schwankte einen Moment, dann fiel er um. Das war die Gelegenheit! Lavik riß die Tür auf, und die Flammen, die inzwischen die Wände und einen Teil der Möbel erfaßt hatten, loderten abermals kräftig auf.

Er warf sich mit zum Schlag erhobenem Schraubenschlüssel über den liegenden Mann. Im Bruchteil einer Sekunde, ehe er mitten auf den Mund getroffen wurde, konnte Strup sich entziehen. Der Schraubenschlüssel schlug auf den Boden und rutschte Lavik aus der Hand.

In seiner Verwirrung und dem Versuch, seine Schlagwaffe zurückzuerobern, war er nicht wachsam genug. Strup hatte sich auf die Seite gewälzt und konnte sein Knie in Laviks Genitalien rammen. Er traf zwar nicht sehr hart, aber Lavik krümmte sich doch zusammen und vergaß seinen Schraubenschlüssel. Der Schmerz versetzte ihn in Wut, und er packte die Beine seines Gegners, kaum daß der sich erhoben hatte. Wieder stürzte Strup zu Boden. Aber nun hatte er immerhin die Hände frei, und während er zutrat und versuchte, seine Beine zu befreien, konnte er eine Hand in seine Jacke schieben. Die Tritte taten ihre Wirkung, er spürte, daß er mit einem Laviks Gesicht erwischte. Plötzlich hatte er beide Beine frei. Er sprang auf und taumelte zum zwanzig Meter entfernt gelegenen Waldrand. Da hörte er jemanden schreien und fuhr entsetzt herum.

Polizeiadjutant Håkon Sand und Kommissarin Hanne Wilhelmsen erreichten die brennende Hütte gerade noch rechtzeitig, um einen wie zur Jagd gekleideten Mann mit einem riesigen Schraubenschlüssel auf eine andere, urbaner gewandete Gestalt zustürzen zu sehen. Sie blieben hilflos stehen und rangen nach Atem.

»Haaaaalt!« heulte Hanne Wilhelmsen. Ein vergeblicher Versuch, die Katastrophe zu verhindern, der Jäger reagierte nicht.

Er hatte nur noch drei Meter vor sich, als es knallte. Nicht besonders laut, aber kurz und wütend und sehr, sehr deutlich. Der Mann in Jagdkleidung nahm einen seltsamen Gesichtsausdruck an, das war im grellen Licht der Flammen deutlich zu sehen; er sah aus, als amüsiere er sich über einen Kinderstreich, an den er nicht wirklich glauben mochte. Sein Mund, der sich im Sprung weit geöffnet hatte, schloß sich zu einem vorsichtigen Lächeln, dann ließ er sein Werkzeug fallen, senkte die Arme, sah neugierig seinen Brustkasten an und sank um.

Peter Strup drehte sich zu Hanne und Håkon um und warf seine Pistole auf den Boden. »Sie ist noch da drin!« schrie er und zeigte auf die brennende Hütte.

Håkon dachte an nichts. Er rannte auf die lodernde Verandatür zu und hörte die warnenden Rufe der anderen gar nicht, als er in das brennende Zimmer stürzte. Er hatte ein solches Tempo, daß er erst in der Mitte des Zimmers zum Stehen kam, wo vorläufig nur das eine Ende eines Flickenteppichs brannte. Es war so heiß, daß er spürte, wie seine Gesichtshaut sich anspannte.

Sie war federleicht. Vielleicht war er ja auch stark wie ein Stier. Er brauchte nur zwei Sekunden, um sie sich im Feuerwehrgriff über die Schulter zu legen. Als er sich umdrehte, um nach draußen zu laufen, knallte es. Der Lärm war ohrenbetäubend, es hörte sich an wie eine Explosion. Die Panoramafenster hatten sich alle Mühe gegeben, der Hitze zu widerstehen, aber nun mußten sie sich geschlagen geben. Der gewaltige Luftzug steigerte den Lärm der Flammen ins Unerträgliche, und Håkon sah keinerlei Möglichkeit, ins Freie zu gelangen. Jedenfalls nicht auf diesem Weg. Er drehte sich um, langsam, wie ein Hubschrauber mit Karen als mißratenem toten Drehflügel. Hitze und Rauch erschwerten das Sehen. Die Treppe brannte.

Aber vielleicht nicht so schlimm? Er hatte keine Wahl. Er holte tief Luft, was ihm aber nur einen heftigen Husten einbrachte. Jetzt hatten die Flammen seine Hose erfaßt. Mit einem Schmerzensschrei sprang er die Treppe hinunter und hörte, wie Karens Kopf bei jedem Sprung gegen die Wand schlug. Der Brand hatte netterweise die Kellertür geöffnet. Håkon erreichte sie mit letzter Kraft, und die frische Luft gab ihm die zusätzliche Energie, die es ihm ermöglichte, sieben, acht Meter weit von der Hütte wegzulaufen. Karen fiel zu Boden, und er konnte gerade noch feststellen, daß sein Hosenbein brannte, ehe auch er das Bewußtsein verlor.

Das hier ging wirklich schief. Lavik konnte zum Beispiel schon vorbeigefahren sein, bevor er hier Posten bezogen hatte. Das war allerdings nicht sehr wahrscheinlich; ein Mord ließ sich nun mal nachts leichter ausführen. Außerdem konnte er nach Einbruch der Dunkelheit seine Bewacher leichter abschütteln.

Aber es war langweilig, hier zu sitzen. Er riskierte einen kleinen Ausflug aus dem Auto, nach den verrückten Motorradfahrern war niemand mehr vorbeigekommen. Es war eiskalt, aber trocken. Der Reif knirschte unter seinen Füßen, und er reckte die Arme über den Kopf. Ungefähr dort, wo er Sandefjord vermutete, reflektierte die niedrige Wolkendecke einen schwachen Rosaschimmer. Er wandte sich in Richtung Lavik und sah dort dasselbe. Über Ula dagegen war der Schimmer orange und viel heller. Außerdem glaubte er Rauchschwaden zu sehen. Er betrachtete das Licht aus zusammengekniffenen Augen. Feuer! Ja, verdammt. Lavik mußte vor ihm gekommen sein. Oder war er vielleicht nicht mit dem Volvo gefahren? Vielleicht hatte er das Auto gewechselt, um die Polizei in die Irre zu führen. Er versuchte sich zu erinnern, was für Autos vorübergekommen waren. Zwei Opel. Und ein Renault. Vielleicht auch ein Peugeot. Egal. Dieser Brand konnte kein Zufall sein. Was für eine Art, jemanden umzubringen. Der Mann mußte verrückt sein!

Wahrscheinlich kam er zu spät. Es würde schwierig sein, Lavik jetzt zu erledigen. Der Brand war so auffällig, daß ihn garantiert jemand entdeckte und die Feuerwehr alarmierte. In einigen Minuten würde es hier von roten Autos und Feuerwehrleuten nur so wimmeln.

Aber er konnte sich nicht beherrschen. Er ließ den Motor an und fuhr langsam auf das große Feuer zu.

»Der Krankenwagen ist wichtig. Der ist das wichtigste!«

Sie reichte das Mobiltelefon an Peter Strup weiter, der es in die Tasche steckte. »Mit Karen Borg sieht es am schlimmsten aus«, stellte er fest. »Aber die Brandwunde, die euer Adjutant da hat, ist auch nicht gerade schön. Außerdem war es für beide nicht gesund, so viel Rauch einzuatmen.«

Zusammen hatten sie die beiden bewußtlosen Menschen auf den Parkplatz tragen können, wo Karen Borgs Auto stand. Hanne hatte ohne Zögern mit einem großen Stein das Seitenfenster eingeschlagen und eine Wolldecke und zwei kleine Kissen aus dem Wagen geholt. Außerdem war das Auto mit einer Plane abgedeckt gewesen, auf die sie die Verletzten gelegt hatten. Vorher hatte sie eine Ecke von der Plane abgerissen und damit eiskaltes Wasser aus einem Bach unterhalb des Parkplatzes geschöpft. Das Wasser hielt sich nicht lange in dem Stück Plastik, aber zumindest für kurze Zeit konnte es Håkons verunstaltetes Bein kühlen. Das Feuer wärmte selbst noch den kleinen Platz, und Hanne fror nicht mehr. Sie hoffte, daß es auch den beiden auf dem Boden nicht allzu schlecht ging. Die Wunde über Karens Auge sah nicht schlimmer aus als die, die ihr selbst vor einigen langen Wochen zugefügt worden war. Hoffentlich ließ das auch auf die Heftigkeit des Schlages schließen. Ihr Puls ging gleichmäßig, aber ziemlich schnell. In einem kleinen Erste-Hilfe-Kasten im Auto hatte sie Brandsalbe gefunden und die argen Wunden damit eingeschmiert, ehe sie sie in feuchte Plane gehüllt hatte. Genausogut könnte man Tuberkulose mit Hustensaft behandeln, dachte sie verzweifelt. Beide waren noch immer bewußtlos. Und das war sicher gut so.

Peter Strup und Hanne Wilhelmsen beobachteten die Flammen, die sich allmählich satt gegessen zu haben schienen. Es war ein faszinierender Anblick. Das gesamte Obergeschoß war verschwunden. Das Untergeschoß war schwerer verdaulich, es bestand vor allem aus Stein und Beton. Aber es mußte auch dort viel Holz gegeben haben; obwohl die Flammen nicht mehr zum Himmel emporloderten, waren sie noch immer beschäftigt. Endlich hörten sie aus der Ferne Feuerwehrsirenen, höhnisch, als wollten die roten Wagen die sterbende Hütte damit ärgern, daß sie jetzt kamen, da alles zu spät war.

»Du mußtest ihn wohl umbringen«, sagte sie, ohne den Mann neben sich anzusehen.

Er seufzte tief und versetzte dem gefrorenen Gras einen Tritt. »Du hast es doch gesehen. Er oder ich. So gesehen, ist es gut, daß ich Zeugen habe.«

Das stimmte. Ein klassischer Fall von Notwehr. Lavik war schon tot gewesen, als Hanne ihn erreicht hatte. Die Kugel hatte ihn mitten in die Brust getroffen und offenbar irgendein lebenswichtiges Organ zerfetzt. Seltsamerweise hatte es kaum geblutet. Sie hatte ihn von der Hüttenwand weggezogen, da es keinen Sinn hatte, ihn an Ort und Stelle einzuäschern.

»Warum bist du hier?«

»Im Moment bin ich hier, weil du mich verhaftet hast. Da wäre es doch unhöflich abzuhauen.«

An diesem Tag war zu viel passiert, als daß sie noch hätte lächeln mögen. Sie versuchte es, aber sie konnte ihren Mund nur müde verziehen. Statt Strup weiter auszufragen, zog sie die Brauen ein wenig hoch und sah ihn einfach an.

»Ich brauche nicht zu erklären, warum ich hergekommen bin«, sagte er ruhig. »Du kannst mich gern verhaften. Ich habe jemanden umgebracht und muß verhört werden. Ich werde alles erzählen, was ich heute abend hier erlebt habe. Aber mehr nicht. Ich kann nicht, und ich will nicht. Du hast wahrscheinlich angenommen, ich hätte etwas mit der berüchtigten Drogenorganisation zu tun. Vielleicht glaubst du das noch immer.« Er sah sie an, um seine Annahme bestätigen oder entkräften zu lassen. Hanne Wilhelmsen verzog keine Miene. »Ich kann dir nur sagen, daß du dich da sehr irrst. Ich hatte allerdings meine Vermutungen. Als Jørgen Laviks früherer Chef, als einer, der sich für den Anwaltsstand verantwortlich fühlt, und als...«

Er brach ab, als hätte er plötzlich das Gefühl, zuviel gesagt zu haben. Ein leises Wimmern ließ sie herumfahren. Es war Håkon, der zu sich zu kommen schien. Hanne hockte sich neben seinen Kopf.

»Tut es sehr weh?«

Ein schwaches Nicken und eine Grimasse reichten als Antwort. Sie strich ihm vorsichtig über die Haare, die versengt waren und verbrannt rochen. Die Sirenen waren immer lauter geworden und verstummten mit einem erstickten Heulen, als das rotweiße Auto neben ihnen anhielt. Dahinter kamen zwei Feuerwehrwagen, die zu groß waren, um ganz an die Hütte heranzufahren.

»Alles wird gut«, versprach sie, als zwei starke Mannsbilder ihn vorsichtig auf eine Bahre hoben und ins Auto trugen. »Jetzt wird alles gut.«

Der grauhaarige Mann hatte genug gesehen. Lavik schien tot zu sein, sonst hätte er nicht allein und unbewacht im Gras gelegen. Bei den beiden auf dem Parkplatz war das nicht so eindeutig. Aber das konnte ihm ja egal sein. Sein Problem war gelöst. Er zog sich tiefer in den Wald zurück und blieb stehen, um sich eine Zigarette anzuzünden. Der Rauch brannte in seiner Lunge, eigentlich hatte er schon vor Jahren aufgehört. Aber das hier war eine besondere Gelegenheit.

Eine Zigarre wäre noch besser, dachte er, als er sein Auto erreichte und die Kippe sorgfältig im braunen Laub austrat. Eine fette Havanna! Er grinste breit und peilte wieder Oslo an.

DIENSTAG, 8. DEZEMBER

Für beide ging es gut aus. Karen Borg hatte eine Rauchvergiftung, eine kleine Knochenabsplitterung an der Stirn und eine kräftige Gehirnerschütterung. Sie lag noch im Krankenhaus, würde aber wohl zum Wochenende entlassen werden. Håkon

Sand war schon wieder auf den Beinen, solange man das nicht allzu wörtlich nahm. Seine Verbrennungen waren weniger schlimm als befürchtet, aber er würde einige Zeit an Krücken gehen müssen. Er war für vier Wochen krankgeschrieben. Sein Bein tat entsetzlich weh, und nach einer Woche mit schlechtem Schlaf und hohen Dosen schmerzstillender Mittel gähnte er pausenlos. Außerdem hatte er noch Tage nach dem Brand kleine schwarze Rußflocken ausgespuckt. Er fuhr zusammen, wenn irgendwer ein Streichholz anzündete.

Dennoch war er einigermaßen zufrieden. Fast froh. Möglicherweise hatten sie den Fall nicht gelöst. Aber sie hatten eine Art Schlußstrich darunter gezogen. Jørgen Lavik war tot, Hans A. Olsen war tot, Han van der Kerch war tot, und Jacob Frøstrup war tot. Ganz zu schweigen von dem armen, belanglosen Ludvig Sandersen, dem die zweifelhafte Ehre zugefallen war, den Ball zu eröffnen. Die Mörder von Sandersen und Lavik waren der Polizei bekannt, van der Kerch und Frøstrup hatten ihre Richtung selbst gewählt. Nur Olsens unsanfte Begegnung mit einer Bleikugel war nach wie vor ein Mysterium. Der offiziellen Lesart zufolge steckte Lavik dahinter.

Darauf hatten Kaldbakken, die Polizeipräsidentin und der Staatsanwalt bestanden. Ein toter, bekannter Mörder war besser als ein unbekannter auf freiem Fuß. Håkon mußte zugeben, daß die Theorie über den dritten Mann mittlerweile jeder Grundlage entbehrte. Peter Strups seltsames Verhalten hatte zu dieser Theorie geführt, und nun war der Staranwalt nicht mehr im Spiel. Er hatte sich vorbildlich benommen. Ohne zu mucksen, hatte er sich mit zwei Tagen Untersuchungshaft abgefunden, dann hatten die Anklagebehörden die Ermittlungen in dem Mord an Jørgen Lavik abgeschlossen, ohne auf eine strafbare Handlung gestoßen zu sein. Reine Notwehr. Selbst der Oberstaatsanwalt, der aus prinzipiellen Gründen alle Mordfälle vor den Kadi bringen wollte, war mit der Einstellung des Verfahrens einverstanden gewesen. Strup hatte einen Waffenschein, er war Mitglied in einem Pistolenschützenverein.

Es gab keinen dritten Mann, hatten daraufhin fast alle behauptet und erleichtert aufgeatmet. Håkon wußte nicht, was er glauben sollte. Am liebsten hätte er sich an die logischen Schlußfolgerungen seiner Vorgesetzten gehalten. Aber Hanne Wilhelmsen protestierte. Sie war immer noch der Ansicht, daß der dritte Mann sie an jenem fatalen Sonntag niedergeschlagen hatte. Lavik konnte es nicht gewesen sein. Die Vorgesetzten waren anderer Ansicht. Entweder war es doch Lavik gewesen oder ein Laufbursche, der im System weiter unten stand. Sie wollten sich durch eine solche Bagatelle jedenfalls nicht die schöne Lösung verderben lassen, die jetzt auf dem Tisch lag. Sie kauften diese Lösung gern, allesamt. Bis auf Hanne Wilhelmsen.

Volltreffer. Der dritte in Folge. Leider war es noch so früh, daß nur eine der anderen Bahnen besetzt war. Dort spielten vier lärmende Knaben im Flegelalter, die den beiden älteren Männern keinen Blick mehr geschenkt hatten, nachdem sie sie bei ihrem Eintreffen kichernd gemustert hatten. Deshalb fand seine Glanzleistung keinen anderen Zuschauer als seinen Mitspieler. Und der ließ sich nicht beeindrucken.

Der Computerschirm über ihnen – er war mit einer Stangenkonstruktion an der Decke befestigt – zeigte, daß beide eine glückliche Serie hinter sich hatten. Alles was über hundertfünfzig Punkten lag, war gut. Bei ihrem Alter.

»Noch eine Runde?« fragte Peter Strup.

Christian Bloch-Hansen zögerte kurz. Dann zuckte er mit den Schultern und lächelte. Eine noch. »Aber erst brauchen wir ein Mineralwasser.«

Sie setzten sich, jeder nahm seine schwere Kugel auf den Schoß, und sie teilten sich ein Wasser. Peter Strup strich immer wieder über die weiße Oberfläche der Bowlingkugel. Er wirkte älter und schmaler als bei ihrer letzten Begegnung. Seine Finger waren dünn und trocken, die Haut über den Knöcheln rissig.

»Hast du recht gehabt, Peter?«

»Ja, leider.« Seine Hand hielt inne; er legte die Kugel auf den Boden und stützte die Unterarme auf die Knie. »Ich habe so an diesen Jungen geglaubt«, sagte er mit einem traurigen Lächeln. Wie ein Clown, der nicht rechtzeitig aufgehört hat und ein bißchen zu alt geworden ist.

Christian Bloch-Hansen meinte Tränen in den Augen seines Freundes zu sehen. Er klopfte ihm ungeschickt auf die Schulter und wandte verloren den Blick den zehn Kegeln zu, die stramm und korrekt ihres Schicksals harrten. Er hatte nichts zu sagen.

»Der Junge war nicht gerade ein Sohn für mich, aber eine Zeitlang hat er mir nahegestanden. Als er bei mir aufgehört hat, um sich selbständig zu machen, war ich enttäuscht... vielleicht auch verletzt. Aber wir sind in Kontakt geblieben. Wann immer es möglich war, haben wir donnerstags zusammen gegessen. Das war nett und anregend. Ich glaube, für uns beide. Im letzten halben Jahr sind wir allerdings nicht oft dazu gekommen. Er war viel im Ausland. Ich war ihm wohl auch nicht mehr so wichtig, nehme ich an.« Peter Strup richtete sich auf, holte Luft und fuhr fort: »Ich Idiot. Ich dachte, es ginge um eine Frauengeschichte. Bei seiner ersten Scheidung war ich wohl ein bißchen väterlich streng. Als er sich so zurückzog, habe ich angenommen, daß nun die nächste Ehe in die Brüche ging und daß er von meinen Vorwürfen verschont bleiben wollte.«

»Aber wann hast du begriffen, daß etwas nicht stimmte? Daß etwas wirklich Schlimmes anlag, meine ich?«

»Ich weiß es nicht genau. Gegen Ende September kam mir langsam die Ahnung, daß irgendwer in unserer Branche Nebengeschäfte betrieb. Es fing damit an, daß ein Mandant von mir einen Zusammenbruch hatte. Ein armer Teufel, den ich schon seit Ewigkeiten vertrat. Er weinte und war außer sich. Dann stellte sich heraus, daß es ihm vor allem darum ging, daß ich mich um einen jungen Freund von ihm kümmerte. Einen jungen Niederländer. Han van der Kerch.«

»War das der, der im Gefängnis Selbstmord begangen hat? Um den es soviel Geschrei gab?«

»Genau. Du weißt ja selbst, wie die Jungs ihre Kumpels anschleppen, um auch für die Hilfe zu bekommen. Das ist nichts Ungewöhnliches. Aber nach dreistündigem Geflenne erzählte er mir, es gebe eine Drogenorganisation, hinter der ein oder zwei Juristen steckten; fast schon eine Bande. Oder eine Mafia. Ich war äußerst skeptisch. Trotzdem fand ich es angebracht, der Sache ein bißchen genauer nachzugehen. Als erstes habe ich versucht, mit dem Niederländer zu sprechen. Ich habe meine Dienste angeboten. Aber Karen Borg war unerschütterlich.« Er lachte ein kurzes, trockenes, absolut freudloses Lachen. »Diese Absage hätte sie fast das Leben gekostet. Na ja, als mir die Hauptquelle versperrt war, mußte ich auf Umwege ausweichen. Zeitweise bin ich mir wie ein billiger amerikanischer Detektiv vorgekommen. Ich habe an den seltsamsten Orten mit Leuten geredet, zu den absurdesten Zeitpunkten. Aber irgendwie... war das auch spannend.«

»Aber, Peter«, fragte der andere leise, »warum bist du nicht zur Polizei gegangen?«

»Zur Polizei?« Er sah seinen Freund an, als habe der soeben einen Massenmord vor dem Mittagessen vorgeschlagen. »Was in aller Welt hätte ich denen denn sagen sollen? Ich hatte doch nichts Konkretes. Was das angeht, hege ich den Verdacht, daß die Polizei und ich ein gemeinsames Problem hatten: Wir haben geahnt und geglaubt und angenommen, aber wir konnten nicht das Geringste beweisen. Weißt du, wie sich mein keimender Verdacht gegen Jørgen zum erstenmal konkretisiert hat?«

Bloch-Hansen schüttelte leicht den Kopf.

»Ich habe diesen Mandanten an die Wand gestellt, genauer gesagt, ich habe ihn auf einen Stuhl ohne Tisch davor gesetzt. Dann habe ich mich breitbeinig vor ihm aufgebaut und ihm in die Augen gestarrt. Er hatte Angst. Nicht vor mir, sondern vor einer Unruhe auf dem Markt, die alle erfaßt zu haben schien.

Dann habe ich langsam einige Anwälte aus Oslo aufgezählt. Als ich bei Jørgen Ulf Lavik ankam, wurde er spürbar unruhig, senkte den Blick und bat um etwas zu trinken.«

Die lärmenden Knaben verließen das Lokal. Zwei grinsten und lachten und warfen sich gegenseitig eine Jacke zu, während der dritte und kleinste fluchend versuchte, die Jacke zu fangen. Die beiden Anwälte schwiegen, bis die Glastüren sich hinter den Jungen geschlossen hatten.

»Das wäre ja nett gewesen. Ich hätte zur Polizei gehen und dort erzählen können, daß ich mit Hilfe eines dilettantischen Lügendetektors einen neunzehnjährigen Rauchgiftsüchtigen dazu gebracht hatte, mir mitzuteilen, daß Jørgen Ulf Lavik ein Verbrecher sei. Nein, ich hatte nichts zu erzählen. Außerdem sah ich schon damals Bruchstücke der eigentlichen Wahrheit. Und damit konnte ich keinesfalls zu so einem jungen Polizeiadjutanten laufen. Lieber habe ich meine alten Freunde bei den geheimen Diensten aufgesucht. Das Bild, das wir mit vereinten Kräften zusammensetzen konnten, war durchaus nicht schön. Um es offen zu sagen: Es war häßlich. Schrecklich häßlich.«

»Was haben sie dazu gesagt?«

»Es gab natürlich einen wüsten Abwasch. Ich glaube, ganz sauber sind sie immer noch nicht. Das schlimmste ist, daß sie nicht an Harry Lime herankommen.«

»Harry Lime?«

»Der dritte Mann. Du erinnerst dich doch sicher an den Film. Sie haben genug über den Alten, um ihm die Hölle heiß zu machen, aber sie trauen sich nicht. Denn ihnen würde es dann auch zu warm.«

»Lassen sie ihn etwa auf seinem Posten?«

»Sie haben versucht, ihn zum Rücktritt zu bewegen. Das werden sie auch weiterhin versuchen. Er hat Probleme mit dem Herzen, ziemlich ernsthafte sogar. Es würde keinen Verdacht erregen, wenn er aus Gesundheitsgründen zurückträte. Aber du kennst ja unseren Exkollegen. Der Mann gibt erst auf, wenn er stürzt. Er sieht keinen Grund zum Aufhören.«

»Ist sein Chef informiert?«

»Was glaubst du?«

»Wahrscheinlich nicht.«

»Nicht einmal die Ministerpräsidentin weiß etwas. Es ist einfach übel. Die Polizei kriegt ihn nie. Die haben ihn nicht mal im Verdacht.«

Die letzte Serie lief nicht gut. Ärgerlich mußte Peter Strup hinnehmen, daß er von seinem Freund mit fast vierzig Punkten Vorsprung geschlagen wurde. Langsam wurde er wirklich alt.

»Jetzt sag mir eins, Håkon.«

»Momentchen.«

Es war gar nicht leicht, das steife Bein ins Auto zu lavieren. Nach drei Versuchen gab er auf, und Hanne mußte den Sitz so weit wie möglich nach hinten schieben. Nun ging es besser. Er lehnte die Krücken zwischen sich und die Tür. Das schwere Tor zum Hinterhof des Polizeigebäudes öffnete sich langsam, zögernd, als ob es nicht so recht wüßte, ob es sie wirklich gehen lassen sollte. Schließlich entschied es sich. Es ließ sie passieren.

»Was soll ich dir sagen?«

»War es für Jørgen Lavik wirklich so wichtig, Karen Borg umzubringen? Ich meine, hing sein Fall wirklich davon ab?«

»Nein.«

»Einfach nein?«

»Ja.«

Es tat ihm weh, über sie zu reden. Zweimal war er zu ihrer Krankenhausstation hinübergehinkt, wo sie zerschunden und hilflos lag. Beide Male war Nils dagewesen. Mit feindseligem Blick und demonstrativem Griff um die weiße Hand auf der Decke hatte Karens Ehemann jeden Versuch Håkons, zu sagen, was er sagen wollte, abgeschmettert. Sie war zerstreut und abweisend gewesen, und auch wenn er keinen Dank für seinen lebensrettenden Einsatz erwartete, hatte es ihn doch zutiefst verletzt, daß sie den nicht einmal erwähnt hatte. Nils hatte das übrigens auch nicht getan. Er hatte einige Plattheiten von sich gegeben und sich nach wenigen Minuten verabschiedet. Zu einem dritten Besuch war er einfach nicht imstande gewesen. Seither war keine Sekunde verstrichen, in der er nicht an sie gedacht hätte. Dennoch konnte er sich seltsamerweise darüber freuen, daß der Fall so einigermaßen gelöst war. Er riß sich zusammen.

»Wir hätten den Typen nicht verurteilen lassen können, nicht einmal mit Hilfe von Karens Aussage. Die hätte uns allenfalls zu einer Verlängerung der U-Haft verhelfen können. Als er wieder auf freiem Fuß war, spielte Karen Borg keine Rolle mehr. Zumindest so lange, wie wir sonst nichts gegen ihn hatten. Aber Lavik war sicher nicht ganz zurechnungsfähig.«

»Meinst du, er war geistesgestört?«

»Nein, kein bißchen. Aber du weißt ja, je höher du sitzt, desto tiefer fällst du. Er muß ziemlich verzweifelt gewesen sein. Aus irgendeinem Grund hat er sich eingebildet, Karen Borg sei gefährlich. So gesehen, paßt es gut, wenn die Chefs behaupten, er hätte auch dich niedergeschlagen. Vielleicht hat damals diese Notiz seine Zwangsvorstellung ausgelöst.«

»Jetzt soll es wohl auch noch meine Schuld sein, daß Karen Borg fast umgebracht worden ist«, sagte Hanne sauer, obwohl sie wußte, daß er es nicht so gemeint hatte.

Sie kurbelte das Fenster herunter, drückte auf einen roten Knopf und kommunizierte mit einer löchrigen Metallplatte, aus der eine geschlechtsneutrale Stimme schnarrte. Ein unsichtbarer Diener hob die Sperre, und Hanne fand in der Tiefgarage des Regierungsgebäudes einen freien Platz.

»Kaldbakken wollte sofort kommen«, sagte sie und half ihrem Kollegen aus dem Wagen.

Kaum zu glauben, daß ein Justizminister sich mit solch kümmerlichen Verhältnissen abzufinden hatte. Obwohl das Zimmer gerade renoviert wurde, bestand kein Zweifel daran, daß der junge Minister hier arbeitete. Der Mann stieg über einen

Berg von Papierrollen, zwängte sich an einer Trittleiter vorbei, auf der ein Farbeimer gerade umzukippen drohte, lächelte breit und hielt ihnen zum Gruß die Hand hin.

Er sah überwältigend gut aus und war auffallend jung. Bei seinem Amtsantritt war er erst zweiunddreißig gewesen. Sein Haar war von strahlendem Blond, selbst mitten im Winter, und seine Augen hätten einer Frau gehören können; riesengroß, blau und mit sehr langen, schön gebogenen Wimpern. Seine Augenbrauen bildeten einen maskulinen Kontrast zu dem vielen Blond, sie waren schwarz und über dem Nasenrücken zusammengewachsen.

»Wunderbar, daß ihr kommen konntet«, sagte er begeistert. »Es hat so viel in den Zeitungen gestanden, daß man gar nicht wußte, was man glauben sollte. Ich hätte gern genauere Informationen. Jetzt, wo alles überstanden ist, meine ich. Ziemlich unglaubliche Geschichte, und unangenehm für uns Gesetzeshüter. Ich soll diese Anwälte schließlich im Zaum halten, da ist es wenig komisch, wenn sie über den Zaun springen.«

Eine Grimasse sollte vielleicht zu gemeinsamer Resignation über den Anwaltsstand einladen. Der Minister war selbst zwei Jahre bei der Polizei gewesen, dann war er in Rekordzeit mit nur achtundzwanzig Jahren zum Staatsanwalt ernannt worden. Hilfsbereit hob er Håkons eine Krücke auf, die beim Händeschütteln zu Boden gefallen war.

»Eine tapfere Rettungstat, wenn ich das richtig verstanden habe«, sagte er freundlich. »Wie geht es dir jetzt?«

Håkon beteuerte, es gehe ihm hervorragend. Noch ein wenig Schmerzen, aber es gehe gut.

»Wir müssen hier rein«, sagte der Minister und führte sie ins Nachbarzimmer. Das hatte, anders als sein eigenes, keinen Blick auf das umliegende Viertel, in dem nach Kräften saniert wurde. Von diesem Raum aus blickte man auf den Hubschrauberlandeplatz auf dem Dach des Wirtschaftsministeriums. Es war auch nicht größer, aber es war aufgeräumt. Auf dem Boden lagen zwei prachtvolle Perserteppiche, einer über vier

Quadratmeter groß. Sie konnten unmöglich Staatseigentum sein. Auch die Bilder an den Wänden gehörten wohl kaum dem Staat. Dann hätten sie in der Nationalgalerie hängen müssen.

Gleich nach ihnen betrat der Staatssekretär den Raum. Da dies sein Arbeitszimmer war, bot er ihnen Stühle und Mineralwasser an. Er war doppelt so alt wie sein Chef, aber ebenso jovial. Sein Staatssekretärsgehalt betrachtete er wahrscheinlich als eine Art Taschengeld; er war noch immer Seniorpartner in einer mittelgroßen und weit mehr als mittelerfolgreichen Anwaltskanzlei.

Die Besprechung dauerte eine halbe Stunde, und zumeist führte Kaldbakken das Wort. Håkon nickte am Ende fast ein. Peinlich. Er schüttelte den Kopf und trank, um wach zu bleiben, einen großen Schluck Mineralwasser. Die rötlichen Teppiche mit den vielen Mustern gefielen ihm. Auf seiner Seite wiesen sie einen anderen Farbton auf als zur Tür hin, tiefer, wärmer. Die Bücherregale gehörten sicher dem Ministerium, sie waren dunkelbraun und aus simplem Furnier. Sie waren mit Fachliteratur gefüllt. Håkon lächelte, als er sah, daß der Staatssekretär Sinn für alte Jungenbücher hatte. Den hatten andere auch, das wußte er noch, obwohl die starken Medikamente seine Konzentrationsfähigkeit dämpften. Aber wer?

»Sand?«

Er fuhr zusammen und führte sein Bein als Entschuldigung an. Was hatten sie gefragt?

»Hältst du den Fall jetzt für gelöst? Hat Lavik Hans A. Olsen umgebracht?«

Hanne Wilhelmsen starrte ausdruckslos an ihm vorbei. Kaldbakken nickte energisch und sah ihm in die Augen.

»Na ja, vielleicht. Vermutlich, Kaldbakken ist ja der Meinung. Es wird wohl stimmen.«

Korrekte Antwort. Die anderen rafften ihre Sachen zusammen, die Besprechung hatte länger gedauert als geplant. Håkon kam mühsam auf die Beine und humpelte zum Bücherregal hinüber. Und dann fiel es ihm ein.

Ihm wurde schwindlig, und er stützte sich zu sehr auf die eine Krücke. Sie rutschte auf dem glatten Boden weg, und der Staatssekretär, der ihm am nächsten stand, stürzte hilfreich herbei.

»Vorsichtig, vorsichtig, mein Junge«, sagte er und streckte ihm eine Hand hin.

Håkon nahm sie nicht, sondern starrte den Mann so lange bestürzt an, bis Hanne Wilhelmsen herüber kam und ihn energisch um die Brust packte. Er kam auf die Beine.

»Es geht schon«, murmelte er und hoffte, die anderen würden seine Verwirrung seinem bösen Sturz zuschreiben.

Nach weiteren anerkennenden Worten konnten sie endlich gehen. Kaldbakken war mit seinem eigenen Auto da.

Als sie außer Hörweite waren, packte Håkon Hanne an der Jacke. »Hol die drei Codebögen. Und dann treffen wir uns so bald wie möglich in der Stadtbücherei.« In beeindruckendem Tempo humpelte er davon.

»Ich kann dich hinfahren«, rief sie hinter ihm her, aber er schien sie nicht zu hören. Er hatte fast den halben Weg hinter sich.

Es war arg abgegriffen, aber das Titelbild war noch deutlich zu erkennen. Ein junger, schöner europäischer Flieger lag in seinem blauen Fliegeroverall und seinem altmodischen Lederhelm hilflos auf dem Boden, während eine Horde unsympathischer, wilder Afrikaner sich auf ihn stürzte. Das Buch hieß »Biggles auf Flügeln«. Er reichte es der atemlosen Kommissarin. Sie begriff nicht sofort.

»Flügel«, sagte er leise. »Die Codeüberschrift auf dem Bogen, den wir in Hansa Olsens Pornofilmschachtel gefunden haben.« Sie beugte sich über seine Schulter. Vor ihm lag die gesamte Serie über das britische Fliegeras. Er hob »Biggles in Afrika« und »Biggles auf Borneo« auf.

»Afrika und Borneo. Jacob Frøstrups Versicherungspapiere. Wie hast du das herausgefunden? Und warum gerade jetzt?«

»Dem Schicksal sei Dank für all die tödliche Routinearbeit. Bei den langen Listen über alles, was sich in Laviks Büro befand, ist mir die *Biggles-Serie* aufgefallen. Ich mußte ein bißchen kichern, diese Bücher habe ich als Kind verschlungen. Wenn jeder einzelne Titel angegeben gewesen wäre, dann hätte ich es vielleicht da schon gesehen. Aber da stand einfach nur: *Die Biggles-Serie.*« Er strich über den ausgefransten hellblauen Buchrücken. Sein Bein tat nicht mehr weh. Karen Borg war nur noch ein fernes, schwaches Zeichen. Er konnte den Code entschlüsseln. Zweieinhalb Monate lang war er hinter Hanne Wilhelmsen hergetrottet. Jetzt war er an der Reihe. »Der Staatssekretär hat die gleichen Bücher. Die komplette Serie.«

Das war eine wahre Bombe. Da lag sie vor ihnen, in Form von drei zerfledderten Jungenbüchern. Jungenbücher, die aus irgendeinem Grunde auch in einem Staatssekretärsbüro standen. Und im Büro eines lausigen toten Anwalts. Das konnte kein Zufall sein.

Vierzig Minuten später hatten sie den Code geknackt. Drei mit unbegreiflichen Zahlenreihen gefüllte Bögen waren in drei siebenzeilige Mitteilungen verwandelt worden. Und diese Mitteilungen verrieten so gut wie alles. Über das, was sie die ganze Zeit angenommen hatten. Es handelte sich um große Mengen. Drei Lieferungen zu je hundert Gramm. Heroin. Wie erwartet. Die Buchstaben, eifrig und steil, Hanne und Håkon schrieben beide linkshändig, erzählten, wo der Stoff abgeholt und wohin er gebracht werden sollte. Sie gaben Auskunft über Preis, Menge und Qualität. Jede Nachricht endete mit einer Angabe über das Honorar des Kuriers.

Aber nicht ein verdammter Name. Nicht eine Adresse. Die Ortsangaben waren offenbar präzise, aber wiederum kodiert. Die drei Abholadressen waren mit B-c, A-r und S-x angegeben. Die Lieferadressen lauteten FM, LS und FT. Sinnlos. Für die Polizei. Aber offenbar nicht für jene, die diese Befehle ausgeführt hatten.

Sie waren allein in dem großen Saal. Randvolle Regale ragten stumm und abweisend an allen vier Wänden auf. Die Bücher dämpften die Akustik und erstickten alle Versuche, in dem ehrwürdigen Gebäude Krach zu schlagen. Nicht einmal die Grundschulklasse im Nachbarraum konnte die wissensschwere Ruhe stören, die in den Wänden saß.

Hanne schlug sich in plötzlicher Erkenntnis ihrer eigenen Dummheit an die Stirn und ließ danach ihren Kopf auf die Tischplatte fallen, um das Ganze noch zu betonen. »Der Staatssekretär war an dem Tag, an dem ich niedergeschlagen worden bin, im Polizeigebäude. Weißt du nicht mehr? Der Justizminister wollte die Zellen sehen und über blinde Gewalt diskutieren. Der Staatssekretär war dabei! Ich weiß noch, daß ich sie im Hinterhof gehört habe.«

»Aber wie kann er sich von der Gruppe fortgeschlichen haben? An denen klebte doch eine Traube von Journalisten.«

»Kloschlüssel. Er hat wahrscheinlich ein Schlüsselbund geliehen, um aufs Klo zu gehen. Was weiß ich, jedenfalls war er da. Das kann kein Zufall gewesen sein. Das ist einfach nicht möglich.«

Sie falteten die entzifferten Codes zusammen, brachten der Frau hinter dem riesigen Tresen die Biggles-Bücher und traten hinaus auf die Treppe. Håkon machte sich an einem Priem zu schaffen, mittlerweile war er gut im Training. Zwei Stöße mit der Zunge waren genug.

»Wir können doch keinen verhaften, weil er Bücher im Regal hat.«

Sie sahen einander an und prusteten los. Ihr Lachen hallte ohrenbetäubend und respektlos zwischen den strengen Säulen, die sich aus purem Abscheu vor solchem Spektakel noch weiter an die Wände zurückzuziehen schienen. Der Atem der beiden bildete in der eiskalten Luft vergängliche Nebelfetzen.

»Das ist phantastisch. Wir wissen, daß es einen dritten Mann gibt. Wir wissen, wer es ist. Ein Riesenskandal. Und wir können nichts machen. Verdammt noch mal rein gar nichts.«

Es gab keinen Grund zum Lachen. Trotzdem kicherten sie auf dem Weg zum Auto, das Hanne ziemlich arrogant genau vor den Eingang gestellt hatte. Ihr Polizeischild lag im Fenster und legitimierte diese grobe Parksünde.

»Wir hatten aber immerhin recht, Håkon«, sagte sie. »Das ist doch ziemlich toll. Es gab einen dritten Mann. Genau, wie wir gesagt haben.« Wieder lachte sie. Diesmal aber resigniert.

Die Wohnung war wie immer. Sie wirkte fremd in all ihrer Vertrautheit. Sicher hatte *er* sich verändert. Nachdem er drei Stunden saubergemacht und das Ganze mit einer gründlichen Staubsaugrunde über den Teppichboden im Wohnzimmer gekrönt hatte, kehrte seine Ruhe zurück. Dem Bein taten solche Aktivitäten nicht gut. Seiner Seele sehr wohl.

Vielleicht war es nicht richtig, mit anderen darüber zu sprechen. Aber Hanne Wilhelmsen hatte bereits wieder die Leitung übernommen. Sie hatten etwas, das möglicherweise eine Regierung zu Fall bringen konnte. Es konnte aber auch wie ein mißlungener Chinaböller verpuffen. In beiden Fällen würde es einen Höllenlärm geben. Niemand konnte ihnen Vorwürfe machen, wenn sie noch ein Weilchen warteten, sich Zeit ließen. Der Staatssekretär würde ihnen schon nicht davonlaufen.

Dreimal hatte er Karen Borgs Nummer gewählt. Jedesmal war Nils am Apparat gewesen. Es war idiotisch, er wußte doch, daß sie noch im Krankenhaus lag.

Es schellte. Er schaute auf die Uhr. Wer kam denn an einem Dienstagabend um halb zehn zu Besuch? Einen Moment lang spielte er mit dem Gedanken, gar nicht erst zu öffnen. Wahrscheinlich wollte ihm irgend jemand zu einem Wahnsinnssonderpreis ein Zeitungsabonnement aufschwatzen. Oder seine unsterbliche Seele retten. Andererseits: Es konnte auch Karen sein. Natürlich war das unmöglich, aber es konnte vielleicht, vielleicht, vielleicht sie sein. Er preßte die Augen fest zusammen, sprach ein stilles Gebet und ging zur Gegensprechanlage. Es war Fredrick Myhreng.

»Ich habe Wein mitgebracht«, sagte er munter, und obwohl Håkon die Aussicht auf einen Abend mit diesem nervigen Journalisten überhaupt nicht verlockend fand, drückte er auf den Knopf und ließ ihn ein. Gleich darauf stand Myhreng in der Tür, eine lauwarme Pizza in der einen und eine Flasche süßen italienischen Weißwein in der anderen Hand. »Weißwein und Pizza!«

Håkon rümpfte die Nase.

»Ich mag Pizza, und ich mag Weißwein. Warum nicht beides«, fuhr Fredrick ungebrochen munter fort. »Spitze. Hol Gläser und einen Korkenzieher. Ich habe Servietten.«

Ein Bier wirkte viel verlockender, und im Kühlschrank standen zwei Halbliterflaschen. Fredrick lehnte dankend ab, er kippte den zuckersüßen Wein wie Saft. Erst nach einer ganzen Weile begriff Håkon, was der Mann von ihm wollte. Als er mit dem Eigenlob fertig war, kam noch mehr.

»Du, Sand«, sagte Myhreng und wischte sich ausgiebig mit einer roten Serviette den Mund ab. »Angenommen, jemand macht etwas, das nicht ganz in Ordnung ist, nichts wirklich Ernstes, meine ich, aber ein bißchen verboten. Und dann findet er etwas heraus, das viel schlimmer ist, das aber andere verbrochen haben. Oder er findet etwas heraus, das die Polizei brauchen könnte. Zum Beispiel. In einem Fall, der viel schlimmer ist als das, was dieser Jemand gemacht hat. Was würdet ihr dann machen? Würdet ihr bei diesem Jemand fünf gerade sein lassen? Auch wenn das, was er gemacht hat, ein bißchen falsch war, aber nicht so schlimm wie das, was der andere getan hat und was nun vielleicht aufgeklärt werden kann?«

Es wurde so still, daß Håkon das schwache Zischen der Kerzen hören konnte. Mit einer Hand schob er den Pappkarton, der nur noch ein paar tote Champignonreste enthielt, vom Tisch und beugte sich vor. »Was hast du gemacht, Fredrick Myhreng? Und was zum Henker hast du herausgefunden?«

Der Journalist schlug verlegen die Augen nieder. Håkons Faust schlug auf den Tisch.

»Fredrick! Was hast du in der Hand?«

Der Rasende Reporter war verschwunden, und wieder saß ein betretener Bube da, der einem erbosten Lehrer seine Schandtat beichten muß. Beschämt schob er die Hand in die Hosentasche und fischte einen kleinen blanken Schlüssel heraus. »Der hat Jørgen Lavik gehört« sagte er verlegen. »Er war unter seinem Safe angeklebt. Oder seinem Aktenschrank, wenn ich mich richtig erinnere.«

»Du erinnerst dich nicht richtig.« Håkons Nasenlöcher waren weiß vor Zorn. »Du erinnerst dich nicht richtig. Du hast aus dem Büro eines Verdächtigen in einem Verbrechensfall wichtiges Beweismaterial entfernt, und du erinnerst dich nicht richtig, wo du das gefunden hast. Na gut!« Inzwischen hatte sich um seine Nase ein weißer Kreis gebildet, sein Gesicht sah aus wie eine umgekehrte japanische Flagge. »Darf ich fragen, wann du diesen Schlüssel *gefunden* hast?«

»Vor einer Weile«, antwortete Myhreng ausweichend. »Übrigens ist das hier nicht das Original. Es ist eine Kopie. Ich habe einen Abdruck von dem Schlüssel gemacht und ihn wieder hingeklebt.«

Der Polizeiadjutant schnaufte wie ein brünstiger Stier. »Ich werde auf diese Sache zurückkommen, Fredrick, das kannst du mir glauben. Ich werde darauf zurückkommen. Jetzt kannst du deine süße Brühe mitnehmen und dich verpissen.«

Aggressiv wies er auf die halbleere Flasche, und der Abgesandte der Presse mußte hinaus in die unbehagliche und eiskalte Adventsnacht. Gleich hinter der Tür blieb er stehen und schob den Fuß in den Spalt, um den endgültigen Kontaktabbruch zu verhindern.

»Aber du, Sand«, fragte er vorsichtig, »ich kriege doch sicher was dafür? Das wird meine Story?«

Zur Antwort erhielt er nichts anderes als einen gemeinen Schmerz im Zeh.

DONNERSTAG, 10. DEZEMBER

Nach weniger als zwei Arbeitstagen hatten sie die Möglichkeiten auf eine äußerst überschaubare Anzahl von Orten reduziert. Zwei. Der eine war ein ehrbares Fitneßcenter in der Stadtmitte, der andere war ein weniger ehrbares, teureres und angebotsreicheres Studio auf St. Hanshaugen. Beide Lokalitäten waren für physische Aktivitäten geeignet, aber während die eine gesetzlich zugelassen war, betrieb die andere ihre Geschäfte mit spezialimportierten Damen aus Thailand. Es hatte seine Zeit gedauert, den Schlüsselhersteller zu finden, aber als die Polizei die richtige Firma erst einmal aufgetan hatte, dauerte es nur noch zwei Stunden, bis sie wußten, um welche Schlüssellöcher es hier gehen konnte. Im Hinblick auf Laviks ruinierten Ruf waren alle davon überzeugt, daß sie das richtige im Puff finden würden. Aber da irrten sie sich. Lavik hatte zweimal die Woche Gewichte gestemmt, was sie, wie ein genauerer Blick in ihre Unterlagen ergab, bereits wußten. Der Schrank war so klein, daß die schwarze Aktentasche kaum hineinpaßte. Sie war mit einem Ziffernschloß versehen.

Jetzt lag sie, noch immer ungeöffnet, auf Kaldbakkens Schreibtisch im Polizeigebäude. Håkon Sand und Hanne Wilhelmsen feierten schon im voraus Weihnachten und konnten es kaum erwarten, daß das Paket geöffnet wurde.

Der Code konnte sich gegen Kaldbakkens Schraubenzieher nicht wehren. Der guten Ordnung halber hatten sie zunächst ein Weilchen mit den sechs Löchern mit den Zahlen gespielt, sie hatten bald aufgegeben. Der Besitzer brauchte die Aktentasche nicht mehr, auch wenn sie noch ganz neu war.

Sie kapierten alle nicht, warum er das getan hatte. Es war unbegreiflich, daß der Mann so ein Risiko eingegangen war. Die einzige logische Erklärung konnte sein, daß er gehofft hatte, bei seinem Sturz noch andere mitreißen zu können. Im Leben hatte er kaum Verwendung für diesen dicken Stapel von

Dokumenten gehabt. Der mußte ein gewaltiges Sicherheitsrisiko bedeutet haben. In einem Fitneßcenter, wo er sich nicht einmal darauf hatte verlassen können, daß die Betreiber nicht nach Feierabend eine Inspektionsrunde durch die Fächer der wohlhabenden Mitglieder machten, hatte er eine genaue und vollständige Übersicht über eine Organisation gelagert, die die drei vielleicht in einem Kriminalroman erwartet hätten, aber nicht in der Realität.

»Den Überfall auf mich hat er nicht erwähnt«, merkte Hanne Wilhelmsen an. »Das kann nur bedeuten, daß ich recht hatte. Es muß der Staatssekretär gewesen sein.«

Hauptkommissar Kaldbakken und Polizeiadjutant Håkon Sand interessierte das kein bißchen. Und wenn der Papst persönlich eine Spritztour in den Norden unternommen hätte, um sich über eine wehrlose Frau herzumachen – sie hätten nicht mit der Wimper gezuckt. Sie brauchten fast zwei Stunden, um alles durchzusehen. Sie verschlangen Unterlagen, manche gleichzeitig, manche nacheinander. Kurze Kommentare veranlaßten sie ab und zu, einander über die Schulter zu blicken. Schließlich konnte sie nichts mehr überraschen.

»Das muß gleich nach oben«, sagte Hanne Wilhelmsen, als alles gelesen und ordentlich in die ruinierte Aktentasche zurückgelegt worden war. Sie richtete einen Zeigefinger auf die Decke. Und sie meinte nicht Gott.

Der Justizminister bestand darauf, noch am selben Abend eine Pressekonferenz abzuhalten. Überwachungsdienst und Nachrichtendienst hatten heftig protestiert. Es hatte ihnen nichts genutzt. Der Skandal wurde komplett, wenn die Presse herausfand, daß sie den Fall länger als einige Stunden unter Verschluß gehalten hatten. Der Skandal war ohnehin groß genug.

Das umwerfende Aussehen des Ministers hatte im Laufe des Tages einen schweren Dämpfer erlitten. Seine Haut war bleicher, sein Haar strahlte nicht mehr ganz so blond. Er hörte die Pressewölfe schon hinter der Tür kläffen. Aus irgendeinem

Grund hatte er die Konferenz unbedingt im Polizeigebäude abhalten wollen. »Ihr seid verdammt noch mal die einzigen, die heil aus dieser Geschichte rauskommen«, hatte er sarkastisch erklärt, als die Polizeipräsidentin vorschlug, die Presse im Regierungsgebäude zu empfangen. »Wir machen die Konferenz bei euch.« Was er nicht erwähnt hatte, war die Tatsache, daß im Regierungsviertel der reine Ausnahmezustand herrschte. Die Ministerpräsidentin hatte die Bewachung verdreifacht und der Presse gegenüber eine klassische Paranoia entwickelt. Auf diese Weise war das Polizeigebäude ein willkommener Blitzableiter.

Er holte drei- oder viermal tief Luft, dann betrat er den großen Sitzungssaal. Polizeiadjutant Håkon Sand und Kommissarin Hanne Wilhelmsen lehnten ganz hinten im Saal an der Wand.

»Es wird eine Freude sein zu hören, wie sie sich aus allem rausreden wollen«, sagte Hanne leise.

»Das schaffen sie nicht.« Håkon schüttelte den Kopf und fügte hinzu: »Hier kommt niemand ohne Beulen raus. Abgesehen von uns, Hanne. Held und Heldin. Die mit den weißen Stetsonhüten.«

»The good guys!«

Beide grinsten übers ganze Gesicht. Håkon legte den Arm um seine Kollegin, und sie ließ es sich gefallen. Zwei uniformierte Polizisten blickten verstohlen zu ihnen herüber, aber die Gerüchte waren schon längst im Umlauf und nicht mehr spannend. Sie waren für die Meute weiter vorn im Saal so gut wie unsichtbar. Die Techniker von fünf Fernsehsendern hatten blitzschnell fünf kräftige Scheinwerfer montiert, die den hinteren Teil des Saals dunkel erscheinen ließen, während alle wichtigen Menschen am grell ausgeleuchteten Tisch saßen. Die vor drei Stunden veröffentlichte Pressemitteilung hatte alles und nichts gesagt. Keine Details, nur daß der Staatssekretär wegen ernsthafter strafbarer Vergehen verhaftet worden sei und daß die Regierung zu einer außergewöhnlichen Besprechung zusammengekommen sei.

Die Polizeipräsidentin eröffnete die Konferenz. Die Präsidentin wirkte nervös, beherrschte sich aber. Sie hatte bereits eine Art Erklärung verfaßt, auf einigen A4-Bögen, in denen sie nun ab und zu ohne erkennbare Logik herumblätterte, vor und zurück, vor und zurück. Die Polizei hatte Grund zu der Annahme, daß der Staatssekretär im Justizministerium – vielleicht sogar als Oberhaupt – mit einer Gruppe zu tun hatte, die des illegalen Rauschgiftimportes verdächtigt wurde.

»Auch eine Art zu sagen, daß der Kerl ein Mafiaboß ist«, flüsterte Håkon Hanne ins Ohr. »Jetzt kriegen wir die adrette juristische Version.«

Das schockierte Getuschel verstummte augenblicklich, als die Präsidentin fortfuhr: »Zum jetzigen Zeitpunkt sieht es für uns so aus«, sagte sie und hustete diskret hinter geballter Faust, »es sieht so aus, daß die Organisation aus zwei Gruppen bestanden hat. Der verstorbene Anwalt Hans A. Olsen war für die eine zuständig, der verstorbene Anwalt Jørgen Ulf Lavik für die andere. Wir haben Grund zu der Annahme, daß der Staatssekretär beide geleitet hat. Er ist festgenommen worden und wird wegen Import und Vertrieb einer unbekannten Menge von Narkotika angeklagt werden.« Wieder räusperte sie sich.

»Wieviel?« fragte ein Journalist.

»Außerdem wird er des Mordes an Anwalt Hans A. Olsen bezichtigt.«

Jetzt hätten drei Tonnen Stecknadeln zu Boden prasseln können, ohne daß irgendwer auch nur mit der Wimper gezuckt hätte. Es hagelte Fragen.

»Hat er gestanden?«

»Worauf beruht dieser Verdacht?«

»Von wieviel Geld ist hier die Rede?«

»Hat es Beschlagnahmungen gegeben?«

Es dauerte fast zehn Minuten, bis wieder Ruhe in die Versammlung eingekehrt war. Der Kripochef schlug immer wieder auf den Tisch, die Polizeipräsidentin ließ sich im Sessel zurücksinken, und mit verkniffenem Mund weigerte sie sich, auch nur eine Frage zu beantworten, solange nicht Ruhe eingetreten sei. Sie sah älter aus denn je.

»Ich kapier' ja nicht, warum sie so angespannt aussieht«, sagte Hanne leise zu Håkon. »Sie sollte doch absolut zufrieden sein. Es ist verdammt lange her, daß irgend jemand hier im Haus sich mit so einem Triumph brüsten konnte.«

Schließlich verschaffte sich der Kripochef Gehör. »Nachdem die verschiedenen Betroffenen sich erklärt haben, wird Gelegenheit sein, Fragen zu stellen. Aber erst dann. Ich bitte um Verständnis.« Ob das leise Gemurmel der Journalisten Zustimmung bedeuten sollte, war schwer zu sagen. Jedenfalls konnte die Polizeipräsidentin weiterreden.

»Diese Aktivitäten scheinen schon seit einigen Jahren stattgefunden zu haben. Wir nehmen an, seit 1986. Es ist noch zu früh, um etwas Genaueres zu sagen.« Wieder hustete sie.

»Dieses Husten kommt immer, wenn sie lügt oder Angst hat«, flüsterte Håkon. »Aufgrund der Aktentascheninfos bin ich auf vierzehn Kilo gekommen. Allein auf Laviks Konto!«

»Ich auf fünfzehn«, kicherte Hanne.

Wieder holte die Präsidentin tief Luft. »Was die besonderen Umstände des Verbrauchs der...« Jetzt wirkte ihr Husten fast wie eine Parodie. »...des Verbrauchs der hmmm... Einnahmen aus dem ungesetzlichen Vertrieb betrifft, das möchte ich dem Justizminister überlassen.«

Sie atmete erleichtert auf, als sich aller Augen auf den jungen Minister richteten. Er schien auf einen Schlag vom Tod seiner Mutter, der Krankheit seines Vaters und seinem eigenen Konkurs gehört zu haben.

»Vorerst, und ich betone, *vorerst*, sieht es so aus, als sei ein Teil dieser Mittel... dieser... Mittel, man kann sagen... regelwidrig für Zwecke des militärischen Nachrichtendienstes verwendet worden.«

Plötzlich begriffen alle, warum auch der Verteidigungsminister anwesend war. Einige hatten ob dieser Tatsache die Stirn gerunzelt. Er saß ganz links in der Reihe der wichtigen Personen, ganz an der Tischkante, fast überflüssig. Niemand hatte Zeit gehabt, weiter darüber nachzudenken.

Nun war es unmöglich, die Fragen zurückzuweisen. Wieder schlug der Kripochef auf den Tisch, aber das wirkte immer blödsinniger. Die Polizeipräsidentin riß sich zusammen. Mit einer Stimme, die man ihrer schmächtigen Gestalt nicht zugetraut hätte, übernahm sie die Leitung.

»Eine Frage nach der anderen«, forderte sie. »Wir stehen für eine Stunde zur Verfügung. Es liegt bei euch, was ihr aus dieser Zeit macht.«

Eine Viertelstunde später hatten die meisten das Bild so einigermaßen erfaßt. Die Bande oder Mafia, wie sie jetzt von allen genannt wurde, auch von den VIPs auf dem Podium, hatte auf der Basis eines ziemlich strengen Pyramidensystems operiert. Offenbar hatten alle nur ihre direkten Vorgesetzten kennen dürfen. Der Staatssekretär hatte also nur Olsen und Lavik fürchten müssen. Aber die beiden Unteroffiziere hatten sich schließlich zu sicher gefühlt, waren zu weit gegangen und hatten sich zu aktiv eingemischt. Es bestand Grund zu der Annahme, daß sie sich in großem Stil ihrer einzigartigen Möglichkeit bedient hatten, Rauschgift in die Gefängnisse einzuschmuggeln. Die effektivste Bezahlung der Welt. Und das beste Lockmittel.

Fredrick Myhreng brachte die anderen dazu, für einen Moment die Klappe zu halten. »Kann hier die Rede von politischer Überwachung sein?« brüllte er von der dritten Bank. Die Leute auf dem Podium tauschten Blicke, und niemand sagte etwas. Dazu hatten sie auch keine Zeit, denn der hitzige Journalist fuhr fort: »Meine Informationen besagen, daß hier die Rede von fast dreißig Kilo harter Stoffe ist. Das bedeutet ein wahnwitziges Vermögen. Ist das alles an den Nachrichtendienst gegangen?«

Der Junge war nicht dumm. Die Polizeipräsidentin aber auch nicht. Sie starrte den Journalisten kurz an.

»Wir haben Grund zu der Annahme, daß bedeutende Summen von Kräften verwendet worden sind, die eine gewisse Überwachungsinstanz leiten, ja«, sagte sie langsam.

Die geistesgegenwärtigen Kriminalreporter hatten bereits ihre Mobiltelefone gezückt und baten, die Stimme tief in der Jackentasche, ihre Redaktion, die politischen Kommentatoren zu verständigen. Inzwischen war der Fall auch für die interessant genug. Es konnte von gewaltiger politischer Bedeutung sein, wenn ein so hohes politisches Tier sich als Verbrecher erwies. Bisher hatten die Politikredakteure nicht das Gefühl gehabt, etwas auf einer Pressekonferenz im Polizeigebäude zu suchen zu haben. Nun, da bekanntgegeben worden war, wozu das Geld gedient hatte, dauerte es nur wenige Minuten, bis der erste sich zur Tür hereinschlich und neben seinen Kollegen schlüpfte. Nach und nach leisteten ihm vierzehn, fünfzehn und mehr politische Kommentatoren Gesellschaft. Die Kriminalreporter verstummten mehr und mehr, einige verließen sogar den Saal, nachdem sie die Stafette weitergereicht hatten.

Ein Stenz von den Fernsehnachrichten mit dem Gesicht eines Vierzigjährigen und Frisur und Kleidern, die besser zu einem Zwanzigjährigen gepaßt hätten, hielt dem Verteidigungsminister ein in dicken Winterpelz eingehülltes Mikrophon hin. »Wer vom Nachrichtendienst hat davon gewußt? Wie weit nach oben ist das gegangen?«

Der Minister wand sich auf seinem Stuhl und warf seinem Kollegen vom Justizministerium einen flehenden Blick zu. Von dort wurde ihm keine Hilfe zuteil. »Nun ja, es kann aussehen, als ob... niemand wußte, woher das Geld kam. Nur sehr wenige wußten überhaupt von dem Geld. Wir werden das gründlich untersuchen.«

Der Fernsehreporter ließ nicht locker. »Der Verteidigungsminister will also sagen, daß der Nachrichtendienst viele Millionen verbraucht hat, ohne daß irgend jemand darüber informiert war?«

Das wollte der Verteidigungsminister sagen. Er breitete die

Arme aus und hob die Stimme. »Ich muß ausdrücklich betonen, daß das nicht offiziell war. Es besteht kein Grund zu der Annahme, daß viele darin verwickelt sind. Deshalb ist es falsch, in diesem Zusammenhang vom Nachrichtendienst zu sprechen. Dahinter stehen Einzelpersonen, und Einzelpersonen werden zur Rechenschaft gezogen werden.«

Das mochte der Fernsehmann kaum glauben. »Soll das heißen, daß der Dienst als Ganzes mit keinerlei Konsequenzen zu rechnen hat?« Als er nicht sofort eine Antwort erhielt, drückte er dem Justizminister das Mikrophon so weit ins Gesicht, daß der den Kopf einziehen mußte, um den Nylonpelz nicht in den Mund zu bekommen. »Müßte nicht der Justizminister zurücktreten, wenn seinem engsten Mitarbeiter Vergehen von solcher Tragweite vorgeworfen werden?«

Der Minister war jetzt ganz ruhig. Vorsichtig schob er das Mikrophon zehn Zentimeter zurück, fuhr sich durchs Haar und blickte dem Fernsehreporter voll ins Gesicht. »Das müßte der Justizminister«, sagte er laut und deutlich.

Das wirkte. Sogar die Kameras verstummten.

»Ich trete mit sofortiger Wirkung zurück«, erklärte der Justizminister, und er schien es wortwörtlich zu meinen. Ohne daß irgendwer ein Zeichen gegeben hätte, die Pressekonferenz zu beenden, raffte er seine Papiere zusammen. Er erhob sich, warf einen Blick auf die Versammlung, richtete sich kerzengerade auf und verließ den Saal.

Hanne und Håkon empfanden Mitleid mit dem jungen Minister.

»Der hat doch nichts verbrochen«, murmelte Håkon. »Hat sich bloß einen Schurken als Mitarbeiter ausgesucht.«

»Good help is hard to get these days«, sagte Hanne. »Insofern hast du Glück. Du hast ja mich.« Sie küßte ihn auf die Wange und flüsterte: »Mach's gut.« Kommissarin Hanne Wilhelmsen wollte den langen Einkaufsabend ausnutzen. Höchste Zeit, die Weihnachtsgeschenke zu besorgen.

MONTAG, 14. DEZEMBER

Nur noch zehn Tage bis Weihnachten. Die Wettergottheiten freuten sich und versuchten zum sechstenmal innerhalb von zwei Monaten, die Stadt zum Fest zu schmücken. Auf den weiten Rasenflächen vor dem klobigen grauen Polizeigebäude lagen bereits zwanzig Zentimeter Schnee. Die Pflastersteine vor dem Eingang waren spiegelglatt, und nur zehn Meter von der Tür entfernt rutschte Håkon Sand sein verletztes Bein weg. Der Taxifahrer hatte sich geweigert, die nicht gestreute Auffahrt zu befahren.

Er kam wieder auf die Beine und humpelte ins Warme. Wie immer war die Eingangshalle voll. Håkon blieb einen Moment stehen und ließ seinen Blick zu den oberen Etagen hinaufwandern. Das Haus stand so fest da wie immer. Mit dem Nachrichtendienst sah es nicht ganz so gut aus.

Der Lärm war noch längst nicht verklungen. Die Zeitungen erschienen jeden Tag mit Sonderausgaben, und die Nachrichtenredaktion des Fensehens hatte drei Tage lang Extrasendungen ausgestrahlt. Der sofortige Rücktritt des Justizministers war ein Versuch gewesen, die übrige Regierung zu retten, aber noch stand nicht fest, ob das gelingen würde. Der Nachrichtendienst hatte einen wütenden Untersuchungsausschuß am Hals, und schon war die Rede von einer radikalen Umstrukturierung. Ein erst vor wenigen Monaten erschienenes Buch, das die Beziehung zwischen Regierungspartei und Geheimdiensten zum Thema hatte, war von neuer und erschreckender Aktualität. Eine riesige Nachauflage war im Druck. Ein bürgerlicher Politiker, der seit langem behauptet hatte, überwacht und abgehört zu werden, ohne daß irgendwer darauf eingegangen wäre, wurde plötzlich ernst genommen.

Håkon war es schnurz, daß ihm der Fall entzogen worden war, und auch der absolute Mangel an anerkennenden Worten von seinen Vorgesetzten machte ihm nichts aus. Der Job war getan, der Fall erledigt, er hatte Samstag und Sonntag frei. Das letzte freie Wochenende war eine Ewigkeit her.

Vor der Tür mit den halbabgerissenen Disneyfiguren blieb er stehen und machte sich an seinem Schlüsselbund zu schaffen. Er betrat sein Büro und blieb abrupt stehen, als er die Figur auf dem Schreibtisch erblickte.

Es war Frau Justitia. Im ersten Moment hielt er sie für das Exemplar der Polizeipräsidentin und begriff überhaupt nichts. Aber dann sah er, daß diese Ausgabe größer und blanker war. Vermutlich war sie ziemlich neu. Außerdem war sie stilisierter; die Dame war hoheitsvoller, und der Künstler hatte sich bei der Anatomie einige Freiheiten erlaubt. Der Körper war im Verhältnis zum Kopf zu lang, und das Schwert ragte von der Taille her schräg nach oben, statt an ihren Röcken nach unten zu hängen. Sie schien zuschlagen zu wollen.

Er ging zum Tisch und hob die Figur hoch. Sie war schwer. Die Bronze glänzte rot, sie hatte noch keine Patina angesetzt. Eine Karte fiel zu Boden. Er stellte die Figur zurück auf den Tisch, bückte sich, wobei er das verletzte Bein steif ausstreckte, und hob den kleinen Briefumschlag auf.

Er war von Karen. *»Liebster Håkon. Ich danke Dir mit tausend zärtlichen Küssen für alles. Du bist mein Held. Ich glaube, ich liebe Dich. Gib mich nicht auf. Ruf nicht an, ich melde mich bald. Deine (ob Du's glaubst oder nicht) Karen. PS: Herzlichen Glückwunsch!!! Dies.«*

Er las den Brief wieder und wieder. Seine Hände zitterten, als er mit der strahlenden Bronzefigur spielte. Sie war kühl und glatt, es war angenehm, sie zu berühren. Einen Augenblick stutzte er und kniff zweimal schnell die Augen zu. Er war ganz sicher, es gesehen zu haben.

Die Göttin der Gerechtigkeit hatte ganz kurz hinter der soliden Binde, durch die sie blind gemacht worden war, hervorgelugt. Ein Auge hatte ihn dirckt angesehen, und er hätte schwören können, daß sie für den Bruchteil einer Sekunde gezwinkert hatte. Und gelächelt. Ein schräges, rätselhaftes Lächeln.

Selig sind die Dürstenden

SERIE PIPER

SONNTAG, 9. MAI

Es war noch so früh, daß nicht einmal der Teufel schon in seine Stiefel gestiegen sein konnte. Im Westen hatte der Himmel die intensive Farbe angenommen, mit der nur ein skandinavischer Frühlingshimmel gesegnet sein kann; königsblau vorm Horizont und heller zum Zenit hin, um dann im Osten, wo die Sonne langsam aufstand, in rosa Flausch überzugehen. Die Luft, vom heraufdämmernden Tag noch befreiend unberührt, war von der seltsamen Durchsichtigkeit, die einfach zu schönen Frühlingsmorgen bei fast sechzig Grad nördlicher Breite gehört. Das Thermometer war zwar noch nicht über zehn geklettert, aber alles schien auf einen weiteren warmen Maitag in Oslo hinzudeuten.

Hanne Wilhelmsen dachte nicht ans Wetter. Sie stand ganz starr da und fragte sich, was sie machen sollte. Überall war Blut. Auf dem Boden. An den Wänden. Selbst die grobe Decke zeigte dunkle Flecken wie abstrakte Bilder aus irgendeinem Psychotest. Hanne legte den Kopf schräg und starrte einen Fleck unmittelbar über ihr an. Er sah aus wie ein purpurroter Stier mit drei Hörnern und deformiertem Hinterleib. Sie stand so reglos da, nicht nur, weil sie verwirrt war, sondern auch, weil sie Angst hatte, auf dem glitschigen Boden auszurutschen.

»Nicht anfassen«, warnte sie, als ein jüngerer Kollege, dessen Haarfarbe mit der bizarren Umgebung zu verschwimmen schien, die Hand nach einer Wand ausstreckte. Ein schmaler Spalt in der baufälligen Decke gestattete einem staubigen Lichtstrahl, auf die Rückwand zu fallen, wo das Blut so großzügig verteilt war, daß es weniger an Zeichnungen als an miserabel ausgeführte Anstreicherarbeiten erinnerte.

»Hau ab hier«, befahl sie und unterdrückte angesichts der Fußspuren, die der unerfahrene Polizist fast überall auf dem Boden verteilt hatte, einen resignierten Seufzer. »Und versuch, in deinen eigenen Fußspuren wieder hinauszugehen.«

Nach zwei Minuten folgte sie seinem Beispiel, rückwärts und zögernd. In der Türöffnung blieb sie stehen, nachdem sie den Jungen nach einer Taschenlampe geschickt hatte.

»Ich wollte bloß pissen«, winselte der Mann, der die Polizei gerufen hatte. Brav war er vor dem Schuppen stehengeblieben. Jetzt trat er dermaßen hektisch von einem Fuß auf den anderen, daß Hanne Wilhelmsen der Verdacht kam, er habe sein eigentliches Vorhaben noch nicht in die Tat umsetzen können.

»Da ist das Klo.« Er zeigte ziemlich unnötigerweise auf die entsprechende Tür. Der herbe Geruch eines der noch viel zu zahlreichen Osloer Außenklos stach sogar den ekelhaften süßlichen Blutgeruch aus. Die Tür mit dem Herzen war gleich nebenan.

»Gehen Sie nur aufs Klo«, sagte sie freundlich, aber er hörte nicht.

»Ich wollte pissen, wissen Sie, aber dann habe ich gesehen, daß die Tür offenstand.«

Er zeigte widerstrebend auf den Holzschuppen und trat einen Schritt zurück, als läge dort drinnen ein schreckliches Ungeheuer auf der Lauer, das jederzeit herausschießen und seinen Arm verschlingen könnte.

»Der ist sonst immer zu. Nicht abgeschlossen, meine ich, aber zu. Die Tür klemmt so sehr, daß sie nicht von selbst ins Schloß fällt. Und wir wollen nicht, daß sich streunende

Katzen und Hunde hier einnisten. Deshalb nehmen wir das sehr genau.«

Ein seltsames kleines Lächeln breitete sich auf dem groben Gesicht aus. Auch in dieser Gegend nahm man die Dinge genau, das mußte sie sich klarmachen, sie hatten Regeln und hielten sich an die Ordnung, obwohl sie gerade dabei waren, den Kampf gegen den Verfall zu verlieren.

»Ich wohne schon mein Leben lang hier«, sagte er und schien auch darauf ein bißchen stolz zu sein. »Ich sehe sofort, wenn nicht alles so ist, wie es sich gehört.«

Er warf einen raschen Seitenblick auf die adrette junge Dame, die den Polizisten, die er bisher gesehen hatte, so gar nicht ähnelte, und rechnete mit einem Wort des Lobes.

»Sehr gut«, lobte sie. »Und gut, daß Sie uns verständigt haben.«

Als er jetzt herzlich und mit offenem Mund lächelte, fiel ihr auf, daß er kaum noch Zähne hatte. Das war seltsam, so alt konnte er eigentlich noch nicht sein; er war vielleicht um die Fünfzig.

»Ich war ja völlig außer mir, das kann ich Ihnen sagen. Das ganze Blut...«

Er schüttelte heftig den Kopf; sie mußte doch begreifen, wie entsetzlich es gewesen war, auf einen dermaßen teuflischen Anblick zu stoßen.

Das begriff sie sehr gut. Ihr rothaariger Kollege war inzwischen mit der Taschenlampe zurückgekehrt. Hanne Wilhelmsen nahm die Lampe in beide Hände und ließ den Lichtstrahl systematisch über die Wände wandern. Danach nahm sie sich die Decke vor, so gründlich, wie das von der Tür aus möglich war, und schließlich ließ sie den Strahl im Zickzack über den Boden gleiten.

Der Raum war vollständig leer. Nicht einmal ein Holzscheit lag hier herum, nur ein paar Abfälle berichteten davon, daß dieser Schuppen einst seinem ursprünglichen Zweck gedient hatte. Das schien lange her zu sein. Nachdem sie jeden Quadratmeter mit dem Lichtstrahl abgetastet hatte, trat sie noch einmal ins Innere, wobei sie sorgfältig darauf achtete, nur ihre eigenen Fußstapfen zu benutzen. Eine Handbewegung verhinderte, daß der Kollege ihr folgte. In der Mitte des an die fünfzehn Quadratmeter großen Raumes ging sie in die Hocke. Der Lichtstrahl fiel in ungefähr einem Meter Höhe auf die Wand gegenüber. Von der Tür aus war ihr etwas aufgefallen, möglicherweise Buchstaben, Zeichen im Blut, das verlaufen war, was die Deutung erschwerte.

Es waren keine Buchstaben. Es waren Zahlen. Acht Ziffern. Soweit sie sehen konnte, stand dort 910 43 576. Die 9 war undeutlich und hätte auch eine 4 sein können. Die letzte Ziffer sah aus wie eine 6, sicher war sie sich jedoch nicht. Vielleicht war es auch eine 8. Sie erhob sich und ging noch einmal rückwärts hinaus ins Tageslicht, das sich nun endgültig durchgesetzt hatte. Aus einem offenen Fenster im zweiten Stock hörte sie ein Baby weinen, und ihr schauderte bei dem Gedanken, daß Kinder in solchen Vierteln wohnen mußten. Ein Pakistani in Straßenbahneruniform kam aus der Mietskaserne und musterte Hanne und die anderen neugierig; dann fiel ihm offenbar ein, daß er es eilig hatte, und er trabte durch den Torweg davon. In den Fenstern ganz oben zeigten Reflexe, daß die Sonne inzwischen ein gutes Stück gestiegen war. Die Vögel, die kleinen, grauen, die das harte Leben im innersten Kern der Innenstadt eisern durchhielten, zwitscherten probeweise aus einer halbtoten Birke, die vergeblich versuchte, sich zu den Streifen von Morgenlicht hochzustrecken.

»O verdammt, das muß ja ein Verbrechen sein!« sagte der junge Polizist und spuckte aus – ein vergeblicher Versuch, sich vom Kloakengeschmack zu befreien. »Hier war ja wohl der Bär los!«

Dieser Gedanke schien ihn glücklich zu stimmen.

»O ja«, sagte Hanne Wilhelmsen leise. »Natürlich kann hier etwas Schlimmes passiert sein. Aber bis auf weiteres...«

Sie unterbrach sich und drehte sich zu ihrem Kollegen um. »Bis auf weiteres ist das hier kein Verbrechen. Dazu bräuchten wir ein Opfer. Und von dem gibt's bisher keine Spur. Das hier ist höchstens Vandalismus. Aber...« Wieder blickte sie in den Schuppen. »Natürlich können wir noch etwas finden. Ruf mal die Spurensicherung. Besser, wir gehen auf Nummer Sicher.«

Sie fröstelte leicht. Eher beim Gedanken daran, was sich hinter dem Anblick von eben verstecken konnte, als wegen der frischen Morgenluft. Sie zog die Jacke dichter um sich. Dann bedankte sie sich noch einmal bei dem Zahnlosen für seinen Anruf und ging allein die dreihundert Meter zum Polizeigebäude zurück. Als sie die Straßenseite wechselte und in die Reichweite des Morgenlichtes geriet, wurde es wärmer. Morgengrüße auf Urdu, Pandschabi und Arabisch schallten auf internationale Frauenweise um die Ecke. Ein Kioskbesitzer startete ohne Rücksicht auf Kirchzeit oder Öffnungsbestimmungen einen neuen langen Arbeitstag und hatte seinen Krimskrams schon auf dem Bürgersteig aufgestapelt. Er bleckte freundlich seine weißen Zähne, hielt Hanne eine Apfelsine hin und hob fragend die Augenbrauen. Einige halbwüchsige Bengels schepperten mit ihren Zeitungskarren den Straßenrand entlang. Zwei verschleierte Frauen eilten niedergeschlagenen Blicks irgendeinem Ziel entgegen. Ansonsten waren wenig Menschen unterwegs. Bei diesem Wetter erhielt sogar Tøyen eine gewisse versöhnliche, fast schon charmante Prägung.

Es schien wirklich noch ein schöner Tag zu werden.

MONTAG, 10. MAI

»Was in aller Welt hattest du denn am Wochenende beim Job zu suchen? Findest du nicht, daß wir auch so schon genug malochen müssen?«

Polizeiadjutant Håkon Sand stand in der Tür. Er trug neue Jeans und ausnahmsweise einmal Jackett und Schlips. Das Jackett war ein wenig zu groß, der Schlips eine Spur zu breit, aber er sah trotzdem ganz brauchbar aus. Abgesehen von der Länge der Jeans. Hanne Wilhelmsen konnte sich nicht zurückhalten; sie hockte sich vor ihn und klappte schnell die überflüssigen zehn Zentimeter nach innen, wodurch sie unsichtbar wurden.

»Du darfst sie nicht nach außen umschlagen«, sagte sie freundschaftlich und erhob sich. Sie strich ihm in einer leichten, fast liebevollen Geste über den Ärmel. »So. Jetzt siehst du ganz toll aus. Mußt du ins Gericht?«

»Nein«, sagte der Adjutant, der trotz der vertraulichen Geste verlegen geworden war, als seine Kollegin ihn auf seine mangelhafte Eleganz hingewiesen hatte. Das wäre nun wirklich nicht nötig gewesen, dachte er, sagte aber etwas anderes.

»Ich bin gleich nach der Arbeit zum Essen verabredet. Aber du, weshalb warst du gestern hier?«

Ein hellgrüner Umschlag schwebte durch die Luft und landete elegant auf Hanne Wilhelmsens Schreibunterlage.

»Den habe ich gerade reingekriegt«, sagte er. »Komische Kiste. Kein Wort von zerlegten Menschen oder Tieren in unserem Bezirk.«

»Ich hab' eine Extraschicht bei der Bereitschaft eingelegt«, erklärte sie und ließ den Umschlag unberührt liegen. »Die haben da im Moment zu viele Krankheitsfälle.«

Der Polizeiadjutant, ein dunkler, ziemlich gutaussehender Mann mit graueren Schläfen, als seine fünfunddreißig Jahre hätten erwarten lassen, ließ sich in den Besuchersessel fallen. Er nahm die Brille ab und putzte sie mit seinem Schlipszipfel. Die Brille wurde kaum sauberer, der Schlips jedoch war danach um einiges mehr zerknittert.

»Der Fall liegt jetzt bei uns. Wenn es einer ist. Kein Opfer, niemand hat was gehört, niemand hat was gesehen. Komisch. Es sind ein paar Bilder dabei.«

Er zeigte auf den Umschlag.

»Die brauche ich nicht, danke«, sagte sie abwehrend. »Ich war ja da. Und es hat wirklich nicht besonders schön ausgesehen. Aber weißt du«, fügte sie hinzu und beugte sich vor. »Wenn das alles Menschenblut war, dann müssen dort zwei oder drei Leute umgebracht worden sein. Ich glaube eher, daß uns da ein paar Rotzbengels einen Streich spielen wollen.«

Diese Theorie wirkte durchaus nicht unwahrscheinlich. Es war das schlimmste Jahr, das die Osloer Polizei je hatte durchmachen müssen. Innerhalb von sechs Wochen war die Stadt von drei Morden heimgesucht worden, von denen mindestens einer wohl niemals würde aufgeklärt werden können. Im selben Zeitraum waren nicht weniger als sechzehn Vergewaltigungen angezeigt worden, sieben davon hatten die Medien ausgiebigst dargestellt. Daß eines der Opfer eine Abgeordnete der Christlichen Volkspartei war – sie war auf dem Heimweg von einer nächtlichen Ausschußsitzung im Schloßpark brutal überfallen worden –, konnte den Zorn der Allgemeinheit über den ausbleibenden Fahndungserfolg der Polizei nun wirklich nicht verringern. Mit großzügiger Unterstützung durch die Boulevardpresse protestierten nun die Bürger der Stadt wutschnaubend gegen die scheinbare Handlungsunfähigkeit im Polizeigebäude. Das große, leicht geschwungene Haus stand unverändert da, starr und grau, scheinbar unberührt von der gnadenlosen Kritik. Seine Bewohner kamen morgens mit hochgezogenen Schultern und gesenkten Blicks zur Arbeit. Sie gingen allabendlich viel zu spät mit hängendem Kopf nach Hause und konnten als Resultat ihres Tageseinsatzes nichts anderes vorweisen als weitere Sackgassen, in die vermeintliche Spuren sie geführt hatten. Die Wettergötter machten sich einen Spaß mit hochsommerlichen Temperaturen. Vor allen Fenstern auf der Südseite des riesigen Gebäudes waren die Rollos heruntergelassen, aber das half auch nicht und ließ das Haus nur blind und taub aussehen. Nichts half, und nichts konnte offenbar den Weg aus einer fachlichen Sackgasse weisen, die sich mit jedem neuen Fall, der in die riesigen Computersysteme eingegeben wurde, weiter zu verschließen schien. Die Computer sollten ein Hilfsmittel sein, wirkten aber eher unfreundlich, fast höhnisch, wenn sie morgens ihre Listen der ungelösten Fälle ausspuckten.

»Was für ein Frühling«, sagte Hanne Wilhelmsen und seufzte theatralisch. Resigniert zog sie die Augenbrauen hoch und sah ihren Untergebenen an. Ihre Augen waren nicht besonders groß, aber von auffälligem Blau mit einem klaren schwarzen Rand um die Iris, was sie dunkler wirken ließ, als sie waren. Ihre Haare waren ziemlich kurz und dunkelbraun. In unregelmäßigen Abständen zupfte sie zerstreut daran herum, als wünsche sie sich lange Haare und glaube, das Wachstum durch die Zupferei beschleunigen zu können. Ihr Mund war ausgeprägt; der Schwung der Oberlippe traf in der Mitte mit einem unteren Zwilling zusammen – wie eine zögernde Hasenscharte, die sich die Sache noch einmal überlegt hatte und ein sinnlicher Bogen geworden war, kein Gebrechen. Über dem linken Auge zog sich parallel zur Braue eine Narbe hin. Sie war hellrot und noch nicht sehr alt.

»So was habe ich noch nie erlebt. Ich bin allerdings auch erst seit elf Jahren hier. Kaldbakken hat schon dreißig auf dem Buckel. Aber er hat so was auch noch nicht erlebt.«

Sie zog an ihrem T-Shirt und schüttelte es.

»Und diese Hitze macht die Sache auch nicht besser. Nachts

ist die ganze Stadt auf den Beinen. Eine Regenperiode wäre jetzt toll. Dann bleiben die Leute wenigstens zu Hause.«

Sie blieben ein wenig zu lange sitzen. Sie redeten über alles und nichts. Sie waren gute Kollegen, denen nie der Gesprächsstoff ausging, die aber nur wenig übereinander wußten. Lediglich, daß sie beide ihre Arbeit mochten, daß sie sie ernst nahmen und daß die eine tüchtiger war als der andere. Das spielte keine große Rolle für ihre Beziehung. Sie war ausgebildete Polizistin; ihr Ruf war immer gut gewesen, reichte jedoch seit einer dramatischen Geschichte im vergangenen Herbst ins Legendäre. Er stapfte seit über sechs Jahren als mittelmäßiger Jurist im Haus herum, niemals strahlend, niemals blendend. Aber im Laufe der Zeit hatte er sich den Ruf erarbeiten können, pflichtbewußt und fleißig zu sein. Und er hatte in der erwähnten dramatischen Geschichte eine entscheidende Rolle gespielt, weshalb er jetzt mehr als früher als solide und zuverlässig galt: ziemlich uninteressant also.

Vielleicht ergänzten sie einander. Vielleicht steckte die Tatsache, daß sie nie miteinander konkurrierten, hinter ihrer guten Zusammenarbeit. Aber es war eine seltsame, von den sechs Mauern des Polizeigebäudes begrenzte Freundschaft. Håkon Sand bedauerte das sehr und hatte mehrmals versucht, es zu ändern. Es war nun schon eine Weile her, daß er so ganz nebenbei ein Essen vorgeschlagen hatte. Er war so schroff abgewiesen worden, daß er auch lange keinen Versuch mehr unternehmen würde.

»Na gut, vergessen wir erst mal den blutigen Schuppen. Ich hab' auch sonst genug zu tun.«

Hanne Wilhelmsen klopfte auf einen hohen Stapel von Ordnern, die in einem Fach beim Fenster lagen.

»Haben wir doch alle«, erwiderte der Adjutant und ging die zwanzig Meter über den Flur zu seinem eigenen Büro.

»Warum warst du noch nie mit mir hier?«

Die Frau auf der anderen Seite des kleinen Zweipersonentisches lächelte vorwurfsvoll und faßte nach seiner Hand.

»Ich wußte doch nicht, ob du dieses Essen magst«, antwortete er, sichtlich froh darüber, daß die Mahlzeit so gut angekommen war. Die tadellos gekleideten pakistanischen Kellner, deren Sprache anzudeuten schien, daß sie in einem Osloer Krankenhaus geboren worden waren und nicht in einem Gesundheitszentrum in Karachi, hatten sie zuvorkommend durch das Menü gelotst.

»Es liegt ein bißchen blöd«, sagte er nun. »Aber ansonsten gehört es zu meinen Lieblingsrestaurants. Gutes Essen, tolle Bedienung und Preise, die sich ein Staatsangestellter leisten kann.«

»Du warst also schon öfter hier«, sagte sie. »Mit wem denn?«

Er gab keine Antwort, sondern hob sein Glas, um zu verbergen, wie peinlich ihm diese Frage war. Alle seine Frauen waren hier gewesen. Die ganz kurzfristigen, viel weniger. als ihm lieb war, und die zwei oder drei, mit denen er einige Monate durchgehalten hatte. Jedesmal hatte er an sie gedacht. Daran, wie es wäre, mit Karen Borg hier zu sitzen. Und nun saßen sie hier.

»Denk nicht an die ersten. Konzentrier dich lieber darauf, die letzte zu sein«, grinste er schließlich.

»Wie elegant formuliert«, entgegnete sie, aber in ihrer Stimme lag dieser Hauch von ... nicht von Kälte, aber von einer Kühlheit, die ihn immer in Panik versetzte. Daß er es auch nie lernte!

Karen Borg wollte nicht über die Zukunft reden. Seit fast vier Monaten trafen sie sich nun mehrmals pro Woche. Sie aßen zusammen und gingen ins Theater. Sie wanderten im Wald und liebten sich, sobald sich eine Gelegenheit bot. Was nicht zu oft vorkam. Sie war verheiratet, ihre Wohnung war also ausgeschlossen. Ihr Mann wisse zwar, daß sie ein Techtelmechtel hätten, behauptete sie, aber sie wollten erst alle Brücken hinter sich einreißen, wenn sie sicher wären, daß sie genau das wollten. Natürlich hätten sie zu ihm gehen können, was er auch jedesmal vorschlug. Aber das wollte sie nicht.

»Wenn ich zu dir nach Hause gehe, dann habe ich eine Entscheidung getroffen«, erklärte sie unlogischerweise. Håkon Sand war sicher, daß die Entscheidung, überhaupt mit ihm ins Bett zu gehen, ein viel dramatischerer Entschluß war als die Wahl des Tatortes, aber damit konnte er sich bei ihr nicht durchsetzen.

Der Kellner stand, zwanzig Minuten nachdem er ihm einen Wink gegeben hatte, mit der Rechnung da. Sie wurde ihm, korrekt zusammengefaltet, altmodisch auf einem Teller präsentiert. Karen Borg griff danach, und er mochte nicht widersprechen. Es war eine Sache, daß sie fünfmal soviel verdiente wie er – immer wieder daran erinnert zu werden war etwas ganz anderes. Als die AmEx-Karte in Gold zurückgebracht worden war, erhob er sich und zog den Stuhl für sie zurück. Der bildschöne Kellner hatte ein Taxi bestellt, und sie schmiegte sich auf dem Rücksitz an Håkon.

»Du willst sicher direkt nach Hause«, sagte er, um seiner eigenen Enttäuschung zuvorzukommen.

»Ja, ich muß morgen arbeiten«, bestätigte sie. »Wir sehen uns bald. Ich ruf' an.«

Sie stieg aus, beugte sich aber noch einmal ins Taxi und gab ihm einen leichten Kuß.

»Danke für den wunderschönen Abend«, sagte sie leise, lächelte kurz und verschwand ein zweites Mal aus dem Auto. Er seufzte und nannte dem Fahrer seine Adresse. Er wohnte an einem ganz anderen Ende der Stadt, hatte also Zeit genug, den leise stechenden Schmerz auszukosten, der sich nach den Abenden mit Karen Borg immer einstellte.

SONNTAG, 16. MAI

»Das ist wirklich komisch!«

Håkon Sand und Hanne Wilhelmsen waren sich absolut einig. Es war höchst seltsam.

Es nieselte. Endlich und ganz besonders willkommen nach der unnormalen Tropenhitze der letzten Wochen. Das Parkhaus war eins von der offenen Sorte, bei der die Etagen einander in Abständen von einigen Metern mit Pfosten abstützen. Deshalb schob sich keine Wand zwischen das Wetter und das eine oder andere vergessene Auto in diesem tristen Gemäuer. Und dennoch schien nichts von dem Blut weggespült worden zu sein.

»Ist das alles? Keine Waffen oder irgendwelche Gegenstände? Keine vermißte junge Frau?«

Der Adjutant hatte diese Fragen gestellt. Er trug einen Trainingsanzug und eine Helly-Hanssen-Jacke und gähnte trotz der von Gewaltanwendung geprägten Umgebung. Eine Ecke im ersten Stock des Parkhauses war von Blut übersprüht. Er wußte zwar aus bitterer Erfahrung, daß Blut die unangenehme Eigenschaft hatte, immer überwältigend auszusehen, aber hier mußten wirklich etliche Liter im Spiel sein.

»Gut, daß du angerufen hast«, sagte er, unterdrückte ein weiteres Gähnen und warf einen diskreten Blick auf seine Swatch. Es war halb sechs am Sonntag morgen. Ein Wagen voller feiernder Abiturienten raste mit ohrenbetäubendem Hupkonzert vorüber. Dann zog wieder die Stille ein, die herrscht, wenn alle nächtlichen Zecher nach Hause gegangen und in der sicheren Annahme ins Bett gefallen sind, bis auf weiteres nicht aufstehen zu müssen.

»Ja, das mußtest du doch sehen. Zum Glück hatte eine aus meinem Jahrgang Bereitschaftsdienst und wußte noch, daß ich auch beim ersten Mal...«

Hanne Wilhelmsen wußte nicht so recht, wie sie diese absurden Fälle nennen sollte.

»Daß ich auch beim ersten Samstagsmassaker am Tatort war«, sagte sie nach einer kurzen Pause. »Ich bin vor einer halben Stunde gekommen.«

Zwei Mann von der Spurensicherung nahmen schon Proben und fotografierten. Sie arbeiteten schnell, präzise und wortlos. Hanne und Håkon schwiegen ebenfalls lange. In der Ferne hatten die Abiturienten Bekannte getroffen und lärmten von neuem los.

»Das muß doch irgendwas zu bedeuten haben! Schaut mal!«

Håkon Sand versuchte, einer geraden Linie zwischen ihrem Zeigefinger und der Wand zu folgen. Das Licht war nicht günstig, aber als er erst auf sie aufmerksam gemacht worden war, konnte er die Zahlen recht deutlich erkennen.

»Neun-eins-sechs-vier-sieben-acht-drei-fünf«, las er vor. »Sagt dir das was?«

»Rein gar nichts. Nur, daß es genauso viele Ziffern sind wie beim letztenmal und daß die ersten beiden übereinstimmen.«

»Eine Telefonnummer kann das nicht sein?«

»Die Vorwahl gibt es nicht. Auf die Idee bin ich auch schon gekommen.«

»Personenkennummer?«

Resigniert verkniff sie sich die Antwort.

»Nein, natürlich nicht«, sagte er selbst rasch. »Es gibt schließlich keinen neunzehnten Monat...«

»Und entweder sind es zwei Ziffern zuviel oder drei zuwenig.«

»In manchen Ländern schreiben sie das Datum umgekehrt«, warf Håkon Sand eifrig in die Debatte. »Die fangen mit dem Jahr an.«

»Sicher. Dann haben wir einen Mörder, der am 78.64. 1991 geboren ist.«

Eine peinliche Pause folgte, aber Hanne Wilhelmsen verfügte über genügend Herzenswärme, sie nicht allzu lange dauern zu lassen.

»Das Blut wird untersucht. Außerdem muß es hier irgendwo Fingerabdrücke geben. Wir sollten sehen, daß wir nach Hause kommen. Hier können wir nicht mehr viel ausrichten. Ich hoffe, es macht nichts, daß ich dich angerufen habe. Bis morgen!«

»Morgen? Morgen ist doch Feiertag.«

»Verdammt, stimmt«, sagte sie und unterdrückte ein Gähnen. »Ich boykottiere Nationalfeiertage, aber ein freier Tag ist ja doch ganz nett.«

»Du boykottierst den Nationalfeiertag?«

Er war ehrlich geschockt.

»Ein Tag für Trachten, Flaggen und anderen nationalistischen Quatsch. Ich kümmer' mich dann lieber um die Blumenkästen auf dem Balkon.«

Er wußte nicht so recht, ob das ernst gemeint war. Wenn ja, dann hatte sie zum erstenmal etwas über sich erzählt. Und darüber freute er sich auf dem ganzen Weg nach Hause. Obwohl er den Nationalfeiertag liebte.

DIENSTAG, 18. MAI

Der Nationalfeiertag war von der guten alten Art gewesen. Die Sonne hatte ihre Strahlen über das Land und die knallgrünen Frühlingsbäume ergossen. Die königliche Familie hatte treu winkend auf ihrem geräumigen Balkon gestanden. Mürrische, müde Kinder in eisverschmierten Miniaturtrachten hatten ihre kleinen Flaggen hinter sich hergeschleift, obwohl die Eltern immer wieder anfeuernd hurra riefen. Heisere, angetrunkene Abiturienten hatten getobt, als sei dies ihr allerletzter Tag und als müßten sie sich für den Weg ins Jenseits die höchstmögliche Promillezahl zulegen. Das norwegische Volk hatte es sich mit Grundgesetz und Zuckerei gemütlich gemacht, und alle stimmten überein, es sei ein wunderbarer Tag gewesen.

Abgesehen von Oslos Polizisten. Sie sahen, was zu sehen den meisten anderen zum Glück erspart blieb: jede Menge Ordnungswidrigkeiten, einige etwas zu betrunkene Zeitgenossen, viele allzu freimütige Teenager, den einen oder anderen besoffenen Autofahrer und ein paar häusliche Prügeleien; das alles war vorausgesehen worden und ließ sich deshalb einigermaßen reibungslos in Ordnung bringen. Ein ungewöhnlich brutaler Mord und fünf weitere Messerstechereien dagegen waren durchaus nicht normal. Hinzu kamen fünf neue Vergewaltigungen. Der 17. Mai dieses Jahres würde als der härteste aller Zeiten in die Geschichte eingehen.

»Ich begreife nicht, was in diese Stadt gefahren ist. Ich fass' es einfach nicht!«

Hauptkommissar Kaldbakken blickte auf eine längere Dienstzeit zurück als die anderen Anwesenden. Er war kein Mann großer Worte, meist murmelte er nur Undeutlichkeiten. Aber das hatten sie alle verstanden.

»So was habe ich noch nie erlebt!«

Die anderen starrten ins Leere und schwiegen. Allen war unangenehm klar, was diese Welle von Kriminalität zu bedeuten hatte. »Überstunden«, murmelte schließlich einer und starrte wütend auf eine an der Wand angebrachte Collage, Bilder vom letztjährigen Sommerfest. »Überstunden, Überstunden. Und die Alte ist stocksauer.«

»Können wir Überstunden denn überhaupt finanzieren?« fragte eine junge Frau mit kurzen blonden Haaren, die sich ihre optimistische Weitsicht offenbar erhalten hatte.

Ihr wurde nicht einmal eine Antwort zuteil, nur ein tadelnder Blick des Abteilungsleiters, der den erfahreneren Anwesenden erzählte, was sie längst wußten.

»Tut mir leid, Leute, aber wenn das so weitergeht, müssen die Urlaube verschoben werden«, sagte er.

Drei der elf Anwesenden hatten für August und September Urlaub angemeldet, und nun sprachen sie ein stilles Gebet, um für ihre eigene Weitsicht zu danken. Bis dahin mußte die Lage sich doch beruhigt haben.

Sie verteilten die Fälle, so gut es ging. Sie machten nicht einmal den Versuch, die schon vorhandene Arbeitsmenge zu berücksichtigen. Alle waren gleichermaßen überlastet.

Hanne Wilhelmsen wurden die Morde erspart. Zum Ausgleich erhielt sie zwei Vergewaltigungen und drei Körperverletzungen. Erik Henriksen, der Polizist mit dem flammenden Schopf, sollte sie unterstützen. Diese Aussicht schien ihn glücklich zu machen. Hanne seufzte tief, erhob sich, als die Aufgaben verteilt waren, und fragte sich auf dem ganzen Rückweg in ihr Büro, wo um alles in der Welt sie anfangen sollte.

SAMSTAG, 22. MAI

Der Abend war gerade erst beim Wochenrückblick angelangt, als Hanne Wilhelmsen auch schon schlief. Ihre (bis auf drei Wochen) gleichaltrige Mitbewohnerin hatte sie die ganze Woche hindurch kaum zu sehen bekommen. Sogar zu Christi Himmelfahrt war Hanne bei Sonnenaufgang verschwunden, erst um neun Uhr abends wieder aufgetaucht und gleich ins Bett gefallen. Heute hatten sie das wiedergutgemacht. Sie hatten lange geschlafen, waren vier Stunden lang mit dem Motorrad unterwegs gewesen und hatten drei Pausen eingelegt, um Eis zu essen. Sie fühlten sich zum erstenmal seit einer Ewigkeit wie ein Liebespaar. Obwohl Hanne einen miesen Film verschlafen hatte, während Cecilie mit Kochen beschäftigt gewesen war, hatte sie sich gerade noch das Essen und eine halbe Flasche Rotwein einverleiben können, dann war sie auf dem Sofa weggesackt.

Cecilie war nicht sicher, ob sie schmollen oder sich geschmeichelt fühlen sollte. Sie entschied sich für letzteres, deckte ihre Liebste zu und flüsterte ihr ins Ohr: »Du fühlst dich meiner wohl ganz schön sicher?«

Der süße Duft von Frauenhaut und leichtem Parfüm hielt sie fest. Sie küßte die Schlafende behutsam auf die Wange, ließ ihre Zungenspitze hauchzart über den weichen Flaum gleiten und beschloß, Hanne trotzdem zu wecken.

Anderthalb Stunden später klingelte das Telefon. Und zwar Hannes. Cecilies Telefon klingelte, Hannes piepste. Daß sie unterschiedliche Nummern hatten, verletzte Cecilie zutiefst. Hannes Telefon wurde nur von ihr selbst angerührt, niemand unter den Kollegen durfte wissen, daß sie mit einer Frau zusammenwohnte. Das Telefonsystem gehörte zu den restlos indiskutablen Regeln, auf denen ihr fünfzehnjähriges Zusammenleben basierte.

Das Telefon ließ nicht locker. Ein Anrufer auf Cecilies Apparat hätte schon längst die Geduld verloren. Das drängelnde Piepsen jedoch konnte andeuten, daß es sich um etwas Wichtiges handelte. Hanne stöhnte, rappelte sich auf und stand schließlich nackt, mit dem Rücken zum Schlafzimmer, in der Tür zur Diele.

»Hier Wilhelmsen!

»Iversen. Bereitschaft. Tut mir leid, daß ich so spät noch anrufe...«

Hanne warf einen Blick auf die Wanduhr in der Küche, die sie gerade noch erkennen konnte. Mitternacht war längst vorbei. »Ach, ist schon gut«, gähnte sie und fröstelte leicht, weil es ein wenig durch die Wohnungstür zog.

»Irene Årsby meinte, wir sollten dich verständigen. Wir haben ein neues Samstagsmassaker für dich. Es sieht einfach scheußlich aus.«

Cecilie schlich hinter sie und legte ihr einen rosa Morgenrock aus Frottee mit einem riesigen Harley-Davidson-Emblem um die Schultern.

»Wo denn?«

»In einer Nissenhütte am Lo. Sie war mit einem kleinen Hängeschloß abgesperrt, jeder Knirps hätte das aufbrechen können. Du kannst dir einfach nicht vorstellen, wie es da aussieht!«

»Doch. Ich hab' so meine Ahnung. Habt ihr irgendwas Interessantes gefunden?«

»Nichts. Nur Blut. Überall. Willst du es dir ansehen?«

Das wollte Kommissarin Wilhelmsen durchaus. Die blutigen Tatorte nichtexistierender Verbrechen interessierten sie inzwischen brennend. Andererseits war Cecilies Geduld, wenn auch wirklich berühmt, nicht unerschöpflich. Irgendwo mußte es Grenzen geben.

»Nein, diesmal begnüge ich mich mit den Bildern. Danke für den Anruf.«

»Alles klar!«

Sie wollte schon auflegen, da fiel ihr noch etwas ein.

»Hallo! Bist du noch da?«

»Ja.«

»Ist dir aufgefallen, ob irgendwas in das Blut geschrieben war?«

»Ja, allerdings. Eine Zahl. Mehrere Ziffern. Ziemlich unleserlich, aber sie werden von allen Ecken aus fotografiert.«

»Gut. Das ist nämlich ziemlich wichtig. Gute Nacht. Und nochmals danke.«

»Alles klar.«

Hanne Wilhelmsen lief zurück zum Bett.

»War es was Ernstes?« fragte Cecilie.

»Nein, nur wieder eine von diesen Blutlachen, von denen ich dir erzählt habe. Nichts Ernstes.«

Hanne Wilhelmsen befand sich irgendwo im Grenzgebiet

zwischen Traum und Wirklichkeit und wollte gerade auf die Schlafseite hinüberkippen, als Cecilie sie zurückriß.

»Wie lange wollen wir unser Telefonsystem eigentlich noch behalten?« fragte sie leise ins Leere hinein, als ob sie im Grunde keine Antwort erwarte.

Das war auch besser, denn Hanne drehte sich um und kehrte ihr wortlos den Rücken. Plötzlich wurden die Decken, die halbwegs übereinander gelegen und gemeinsam zwei Menschen gewärmt hatten, die zusammengehörten, unmerklich in entgegengesetzte Richtungen gezogen. Hanne stopfte ihre Decke gut um sich herum fest, schwieg aber noch immer.

»Ich verstehe das nicht, Hanne. Ich habe schon so viele Jahre Verständnis. Und du hast immer gesagt, daß sich eines Tages alles ändern würde.«

Noch immer lag Hanne Wilhelmsen schweigend da, in Embryostellung, und ihr Rücken wirkte wie eine eiskalte Abfuhr.

»Zwei Telefonnummern. Ich kenne keinen einzigen von deinen Kollegen. Und deinen Eltern bin ich auch nie vorgestellt worden. Deine Schwester wird höchstens mal in einer Anekdote aus deiner Kindheit erwähnt. Und zusammen Weihnachten feiern können wir auch nicht.«

Jetzt hatte sie sich wirklich heiß geredet und setzte sich im Bett halb auf. Sie hatte das alles vor über zwei Jahren zuletzt zur Sprache gebracht, und obwohl sie nur minimal daran glaubte, daß sie irgend etwas erreichen würde, kam es ihr plötzlich unendlich wichtig vor, klarzustellen, daß sie sich mit der Lage noch immer nicht abgefunden hatte. Daß sie sich niemals an die wasserdichten Schotten gewöhnen würde, die Hannes gesamtes Leben außerhalb der Wohnung abschirmten.

»Warum sind wir nur mit Ärztinnen und Krankenpflegern befreundet? Warum treffen wir uns nur mit meinen Bekannten? Himmel, Hanne, du bist der einzige Polizist, mit dem ich je gesprochen habe!«

»Ich bin kein Polizist«, erklang es tränenerstickt aus den Kissen.

Wieder hatte Cecilie den Impuls, die Hand auf den Rücken neben sich zu legen, und diesmal brauchte sie sie nicht zurückzuziehen. Der ganze Körper bebte. Hanne Wilhelmsen hatte nichts zu sagen. Ihre Liebste hielt den Mund, schmiegte sich nur dicht, ganz dicht an die Weinende und beschloß, dieses Thema nie wieder zur Sprache zu bringen. Und wenn doch, dann erst in vielen Jahren.

SAMSTAG, 29. MAI

Später ging ihr auf, daß er gar nicht schlecht ausgesehen hatte. Groß und blond. Ziemlich breite Schultern. Eine matte, kahle Glühbirne über der Haustür verriet, daß sich die Haare über den Schläfen schon zurückzogen und daß er für diese Jahreszeit ungewöhnlich braun war, selbst wenn man das gute Wetter berücksichtigte. Die Haut der Frau wirkte in diesem bleichen Licht milchig, er dagegen war golden, so als sei er gerade vom Osterausflug in die Berge zurückgekehrt.

Sie löste sich aus dem Schatten und wühlte in ihrer großen Stofftasche nach dem Schlüssel. Mit einem Interesse, das ihr eigentlich hätte auffallen müssen, beobachtete er sie dabei, als habe er mit sich selbst eine Wette abgeschlossen, daß sie nicht imstande sein würde, in diesem Chaos etwas zu finden.

»›Geld ist nicht alles auf der Welt, sagte der Alte, als er in eine Damentasche schaute.‹ Findest du sie nicht?«

Sie bedachte den Typen mit einem müden Lächeln. Mehr brachte sie nicht über sich. Es war zu spät.

»Mädels wie du solltten um diese Zeit nicht mehr unterwegs sein«, sagte er, als sie die Tür schließlich öffnete. Er folgte ihr ins Haus. »Na dann schlaf gut«, fügte er hinzu und ging die Treppe hoch.

Der Briefkasten war leer. Sie fühlte sich nicht so ganz wohl. Sie hatte zwar nicht viel getrunken, nur zwei Halbe, aber das Lokal war sehr verräuchert gewesen. Ihre Augen brannten, die Kontaktlinsen schienen förmlich am Augapfel zu kleben.

Das ganze Haus war schon zur Ruhe gegangen, nur ein ferner Baß aus einer kräftigen Stereoanlage in irgendeinem Nachbarhaus ließ den Boden unter ihren Füßen leise erheben.

Die Tür hatte zwei Sicherheitsschlösser. Eine alleinstehende junge Frau mitten in der Stadt könne einfach nicht vorsichtig genug sein, hatte ihr Vater gemeint und die Schlösser selbst montiert. Sie benutzte nur das eine. Auch der Pessimismus mußte seine Grenzen haben.

Warmer, heimeliger Geruch stieg ihr zur Begrüßung in die Nase, und sie stolperte über die Schwelle. Kaum war sie in der Wohnung, stand er da.

Der Schock war größer als der Schmerz bei ihrem Sturz. Sie hörte, wie hinter ihr die Tür ins Schloß fiel. Die eiserne, kalte Hand auf ihrem Mund lähmte sie vollständig. Hart spürte sie sein Knie im Kreuz, ihr Kopf wurde an den Haaren nach hinten gezogen. Ihr Rücken schien durchbrechen zu wollen.

»Mund halten und brav sein, dann geht alles gut.«

Seine Stimme war jetzt ganz anders als noch vor drei Minuten. Aber sie wußte, daß er es war. Und sie wußte, was er wollte. Eine vierundzwanzig Jahre alte Frau in einem Mietshaus mitten in Oslo hatte keine nennenswerten Wertsachen. Außer der, auf die er scharf war. Das wußte sie.

Aber sie hatte keine Angst davor. Sollte er doch machen, was er wollte. Solange er sie nicht umbrachte. Sie fürchtete sich vor dem Tod. Nur vor dem Tod.

Bei dem heftigen Schmerz wurde ihr schwarz vor Augen. Oder kam es daher, daß sie schon seit einer Weile keine Luft mehr bekam? Langsam lockerte sich sein Griff über ihrem Mund, während er seinen Befehl, sie solle die Klappe halten, wiederholte. Das war nicht nötig. Ihr Kehlkopf war zu einem riesigen, schmerzenden, stummen Geschwür herangewachsen, das alles blockierte.

Lieber Gott, mach, daß ich nicht sterben muß. Mach, daß ich nicht sterben muß. Mach, daß er bald fertig ist, bald, bald.

Das war ihr einziger Gedanke, und er wirbelte wie ein Mahlstrom durch ihren verängstigten Kopf, wieder und wieder.

Er kann machen, was er will, aber lieber, lieber Gott, mach, daß ich nicht sterben muß.

Die Tränen kamen ganz von selbst, ein lautloser Strom, so als reagierten ihre Augen aus eigener Initiative. Sie trauerten auf eigene Faust und registrierten nicht, daß sie im Grunde doch gar nicht weinte. Plötzlich sprang der Mann auf. Ihr Rücken jammerte, als er in seine ursprüngliche Lage zurücksackte; nun lag sie platt auf dem Bauch. Aber nicht lange. Er packte ihren Kopf, eine Hand ihr rechtes Ohr, die andere die Haare, zog sie hinter sich her ins Wohnzimmer. Das tat unendlich weh, und sie versuchte zu kriechen. Er war zu schnell, ihre Arme konnten nicht Schritt halten. Ihr Hals streckte sich verzweifelt, um nicht zerrissen zu werden. Wieder wurde ihr schwarz vor Augen.

Liebster Gott. Mach, daß ich nicht sterben muß.

Er knipste keine Lampe an. Eine Laterne vor dem Fenster gab genügend Licht. Mitten im Zimmer ließ er sie los. Zusammengekrümmt, in Embryostellung, fing sie wirklich an zu weinen. Leise zwar, aber sie schluchzte und zitterte. Sie schlug die Hände vors Gesicht, in der vergeblichen Hoffnung, der Mann könnte verschwunden sein, wenn sie sie wieder wegnähme.

Plötzlich machte er sich wieder über sie her. Ein Lappen wurde in ihren Mund gestopft. Der Spüllappen. Der beißende Geschmack drohte sie zu ersticken. Sie erbrach sich heftig, aber das, was aus ihrem Bauch nach oben kam, fand keinen Ausweg. Und da verlor sie das Bewußtsein.

Als sie wieder zu sich kam, war der Lappen verschwunden. Sie lag in ihrem Bett und merkte, daß sie nackt war. Der Mann lag auf ihr. Sie spürte, wie sein Penis aus- und einjagte, aber der Schmerz an ihren Knöcheln war noch schlimmer. Die Füße waren mit irgend etwas an die Bettpfosten gebunden. Mit etwas Schneidendem, es fühlte sich an wie Stahldraht.

Lieber heiliger Gott, mach, daß ich nicht sterben muß. Ich will mich auch nie mehr über irgendwas beklagen.

Sie hatte aufgegeben. Sie konnte ja doch nichts machen. Sie versuchte zu schreien, aber ihre Stimmbänder waren noch immer gelähmt.

»Du bist wunderbar«, zischte er durch zusammengebissene Zähne, »eine wunderbare Frau wie du darf doch samstags nachts nicht ohne Schwanz gelassen werden!«

Sein Schweiß tropfte in ihr Gesicht. Er brannte auf ihrer Haut, und sie drehte den Kopf zur Seite, um den Tropfen auszuweichen. Er ließ für einen Moment ihr eines Handgelenk los und verpaßte ihr eine derbe Ohrfeige.

»Stillhalten!«

Es dauerte. Wie lange, wußte sie nicht. Als er fertig war, blieb er bleischwer auf ihr liegen. Er keuchte. Sie sagte nichts, tat nichts. Sie hatte kaum noch das Gefühl, überhaupt zu existieren.

Langsam erhob er sich und band ihre Füße los. Es war wirklich Stahldraht. Den muß er bei sich gehabt haben, dachte sie schwerfällig. Sie hatte keinen in der Wohnung. Obwohl sie jetzt hätte aufstehen können, blieb sie apathisch liegen. Er drehte sie auf den Bauch. Sie leistete keinen Widerstand.

Wieder legte er sich auf sie. Einen müden Moment lang registrierte sie, daß seine Erektion sich nicht gelegt hatte. Sie konnte nicht begreifen, daß sein Schwanz schon wieder gebrauchsfähig war, nur eine Minute nach der letzten Auslösung. Er teilte ihre Hinterbacken. Dann drang er von hinten in sie ein. Sie konnte nichts machen. Zum zweitenmal wurde sie ohnmächtig, konnte aber ihr Stoßgebet noch wiederholen.

Lieber, lieber Gott im Himmel, mach, daß ich nicht sterben muß. Ich bin doch erst vierundzwanzig. Mach, daß ich nicht sterben muß.

Er war nicht mehr da. Hoffte sie. Sie lag noch genauso da wie vor ihrer Ohnmacht, nackt, auf dem Bauch. Draußen fing die Stadt an, den Sonntag zu begrüßen. Es war nicht mehr Nacht. Ein weißer Maimorgen war ins Zimmer gewandert, und ihre Haut wirkte fast bläulich. Sie wagte nicht, sich so weit umzudrehen, daß sie den Nachttischwecker sehen konnte. Sie lag ganz still und horchte auf ihren eigenen Herzschlag. Drei Stunden lang. Danach war sie fast sicher. Er mußte gegangen sein.

Steif erhob sie sich und blickte an ihrem Körper hinunter. Ihre Brüste hingen leblos herab, als ob sie ihr Schicksal betrauerten oder vielleicht auch schon tot wären. Die Knöchel waren dick geschwollen. Eine breite, unregelmäßige Blutspur zog sich unten um beide Waden. Ihr Enddarm tat entsetzlich weh, und die Vagina pochte schmerzhaft bis in ihren Bauch hinein. Ruhig, fast schon apathisch, zog sie das Bett ab. Das ging schnell, und sie versuchte, das Bettzeug in den Mülleimer zu werfen. Der war nicht groß genug. Weinend und mit wachsender Wut mühte sie sich vergeblich, das Zeug hart in die Mülltüte zu stopfen. Sie mußte aufgeben und blieb vollständig aufgelöst, nackt und wehrlos auf dem Boden sitzen.

Lieber Gott, warum konntest du mich nicht sterben lassen?

Die Türklingel schrillte brutal durch die Wohnung. Sie fuhr zusammen, und sie konnte einen Schrei nicht unterdrücken.

»Kristine?«

Die Stimme kam von weit, weit her, aber die Angst war selbst durch die beiden Türen zu hören.

»Geh weg«, murmelte sie, ohne die Hoffnung, er könnte es hören.

»Kristine? Bist du da?«

Die Stimme wurde lauter und ängstlicher.

»Geh weg!«

Alle Kraft, die ihr nachts, als sie sie gebraucht hatte, gefehlt hatte, sammelte sich zu einem einzigen Schrei.

Gleich darauf stand er vor ihr und rang um Atem. Sein Schlüsselbund fiel zu Boden.

»Kristine! Meine Kleine!«

Er bückte sich und legte behutsam die Arme um den nackten, zusammengekrümmten Körper. Der Mann zitterte vor Entsetzen, und sein Atem jagte wie bei einem Kaninchen. Sie wollte ihn trösten, etwas sagen, das alles wiedergutmachen würde, sagen, daß alles in Ordnung, daß nichts passiert sei. Aber als sie den steifen Stoff seines Wanderhemdes an ihrem Gesicht und den beschützenden, vertrauten Männergeruch spürte, gab sie auf.

Ihr riesiger Vater hielt sie im Arm und wiegte sie wie ein kleines Kind. Er wußte, was passiert war. Der Mülleimer mit dem hervorquellenden Bettzeug, ihre blutigen Knöchel, die nackte, wehrlose Gestalt, das verzweifelte Weinen, das er noch nie gehört hatte. Behutsam trug er sie zum Sofa und wickelte sie in eine Decke. Der grobe Wollstoff kratzte zwar auf ihrer nackten Haut, aber er wollte sie nicht loslassen, um ein Laken zu holen. Statt dessen schwor er sich einen heiligen Eid, während er ihr immer wieder über die Haare strich.

Aber davon sagte er ihr nichts.

MONTAG, 31. MAI

Sie konnte sich einfach nicht daran gewöhnen. Die vierundzwanzig Jahre alte Frau, die vor ihr saß und den Boden anstarrte, war Hanne Wilhelmsens zweiundvierzigstes Vergewaltigungsopfer. Sie führte Buch darüber. Vergewaltigung war das Allerschlimmste, anders als ein Mord. Ein wilder, wütender Augenblick, gewaltiger Affekt, vielleicht seit Jahren aufgestaute Aggression. Ein Mord war fast zu verstehen. Eine Vergewaltigung nicht.

Das Opfer hatte seinen Vater mitgebracht. Das kam nicht selten vor. Ein Vater, eine Freundin, ab und zu der Freund. Aber nur selten eine Mutter. Seltsam. Vielleicht stand eine Mutter zu nahe.

Der Mann war riesig groß und schien in dem engen Sessel fehl am Platze. Er war nicht wirklich übergewichtig, er war einfach riesig. Und seine zusätzlichen Kilo standen ihm gut. Er war sicher über eins neunzig, eine vierschrötige Erscheinung, sehr maskulin und ziemlich unschön. Eine gewaltige Pranke hatte sich über die schmächtige Hand der Tochter gelegt. Sie sahen einander auf undefinierbare Weise ähnlich. Die Frau war von ganz anderem Körperbau, fast zart, wenn sie auch die hohe Gestalt ihres Vaters geerbt hatte. Die Ähnlichkeit lag in den Augen, dieselbe Form, dieselbe Farbe. Und genau derselbe Ausdruck. Ein hilfloser, trauriger Zug, der bei dem riesigen Mann überraschenderweise noch mehr auffiel.

Hanne Wilhelmsen war verlegen. An Vergewaltigungen konnte sie sich einfach nicht gewöhnen. Aber Hanne Wilhelmsen war tüchtig. Tüchtige Polizistinnen zeigen ihre Gefühle nie. Jedenfalls nicht, wenn sie verlegen sind.

»Ich muß dir ein paar Fragen stellen«, sagte sie leise. »Einige davon sind nicht besonders angenehm. Schaffst du das trotzdem?«

Der Vater wand sich in seinem Sessel.

»Sie ist doch gestern schon stundenlang verhört worden«, sagte er. »Muß die Sache denn wirklich noch einmal durchgegangen werden?«

»Ja, leider. Die Anklage an sich reicht noch nicht.« Sie zögerte kurz. »Wir können bis morgen warten, aber...« Sie zupfte sich an den Haaren. »Aber für uns eilt die Sache, wißt ihr. Bei Ermittlungen dieser Art müssen wir schnell vorgehen.«

»Ist schon gut.«

Diesmal hatte die Frau geantwortet. Sie richtete sich ein wenig auf und wappnete sich für eine weitere Rekapitulation des Samstag abends.

»Ist schon gut«, wiederholte sie, diesmal an ihren Vater gewandt.

Jetzt tröstete die Hand der Tochter die des Vaters.

Der ist wirklich noch schlimmer dran, dachte die Polizistin und begann mit dem Verhör.

»Essen, Håkon?«

»Nein, ich hab' schon gegessen.«

Hanne Wilhelmsen schaute auf die Uhr. »Schon? Aber es ist doch erst elf!«

»Ja, aber ich komm' auf einen Kaffee mit. Um dir Gesellschaft zu leisten. Kantine oder Büro?«

»Büro.«

Es fiel ihm auf, sowie er ihr Büro betrat. Sie hatte neue Vorhänge. Und zwar keine besonders polizeimäßigen.

Mittelblau mit Wiesenblumen.

»Die sind aber schön! Wo hast du die denn her?«

Sie gab keine Antwort, sondern nahm eine sorgfältig zusammengelegte Stoffbahn aus dem Schrank.

»Für dich habe ich auch welche genäht.«

Das verschlug ihm die Sprache.

»Die haben nur sieben Kronen den Meter gekostet. Bei IKEA. Sieben Kronen den Meter! Sie sind gemütlicher und vor allem viel sauberer als diese staatseigenen Fetzen.«

Sie zeigte auf schmutziggrauen Stoff, den sie in den Papierkorb gestopft hatte. Der alte Vorhang sah aus, als hätten ihre Worte ihn zutiefst beleidigt.

»Tausend Dank!«

Håkon Sand nahm begeistert seine Stoffbahn in Empfang und kippte sofort seinen Kaffee um. Eine große braune Blüte machte sich zwischen den rosa und roten Blümchen breit. Mit fast lautlosem, resigniertem Seufzen nahm seine Kollegin die Vorhänge wieder an sich.

»Ich kann sie waschen.«

»Nein, um Himmels willen, das mache ich schon selbst.«

Im Büro lag ein heftiger Parfümgeruch. Fremd und ein wenig zu heftig. Die Erklärung steckte in einem dünnen grünen Umschlag, der zwischen ihnen auf dem Schreibtisch lag. »Das ist übrigens unser Fall«, sagte sie, nachdem sie weiteren Kaffeeschäden vorgebeugt hatte. Sie reichte ihm die Papiere.

»Vergewaltigung. Verdammt übel.«

»Alle Vergewaltigungen sind übel«, murmelte Håkon Sand. Nachdem er einige Minuten gelesen hatte, war er noch immer dieser Meinung. Verdammt übel.

»Was macht sie für einen Eindruck?«

»Völlig in Ordnung. Nett. In jeder Hinsicht anständig. Medizinstudentin. Intelligent. Erfolgreich. Und arg vergewaltigt.« Sie schüttelte sich. »Sie sitzen da, verängstigt und hilflos, starren den Boden an und verkrampfen die Hände, als ob alles ihre Schuld sei. Und ich bin völlig verzweifelt. Fühle mich manchmal noch hilfloser als sie. Glaube ich.«

»Was glaubst du wohl, wie mir zumute ist«, erwiderte Håkon Sand. »Du bist immerhin eine Frau. Es ist nicht deine Schuld, daß Männer vergewaltigen.«

Er knallte die beiden Verhörprotokolle auf den Tisch.

»Deine Schuld ist es ja wohl auch nicht so ganz«, lächelte seine Kollegin.

»Nein... aber ich fühle mich ziemlich mies, wenn ich ihnen gegenübersitze. Arme Mädels. Aber...« Er hob die Arme über den Kopf, gähnte und trank seinen verbliebenen Kaffee. »Aber in der Regel brauche ich nicht mit ihnen zu sprechen. Die Staatsanwälte kümmern sich darum. Zum Glück. Für mich sind diese Frauen nur Namen auf einem Stück Papier. Hast du übrigens dein Motorrad schon in Gebrauch genommen?«

Hanne Wilhelmsen lächelte breit und stand auf.

»Komm her!« Sie winkte ihm und trat ans Fenster. »Da! Das rosafarbene!«

»Du hast ein hellrotes Motorrad?«

»Das ist nicht hellrot«, sagte sie äußerst pikiert. »Das ist rosa. Oder pink. Aber keinesfalls hellrot.«

Håkon Sand grinste und versetzte ihr einen Rippenstoß.

»Hellrote Harley Davidson. So was Bescheuertes hab' ich noch nie gesehen.« Er musterte sie von Kopf bis Fuß. »Andererseits: Du bist sowieso zu hübsch zum Motorradfahren. Dann muß ja wenigstens deine Mühle hellrot sein.«

Zum allererstenmal in den vier Jahren ihrer Bekanntschaft sah er Hanne Wilhelmsen rot werden. Er zeigte triumphierend auf ihr Gesicht.

»Hellrot!«

Die Limoflasche traf ihn mitten auf der Brust. Zum Glück war es eine Plastikflasche.

Um nichts in der Welt hätte sie eine präzise Beschreibung des Vergewaltigers liefern können. In ihrem Kopf oder irgendwo sonst gab es ein vollständig klares Bild. Aber sie konnte es nicht hervorholen.

Der Zeichner war ein geduldiger Mann. Er zeichnete und radierte, warf neue Striche auf das Blatt und schlug ein anderes Kinn vor. Die Frau schüttelte den Kopf, betrachtete das Bild aus zusammengekniffenen Augen und wollte die Ohren ein wenig verkürzen. Nichts half. Das Bild wies überhaupt keine Ähnlichkeit mit dem Mann auf.

Sie waren seit drei Stunden am Werk. Der Zeichner hatte viermal das Blatt wechseln müssen. Er hatte schon fast resigniert. Die Zeichnungen lagen vor ihr, keine war fertig.

»Welche ähnelt ihm am meisten?«

»Keine...«

Es war wirklich an der Zeit, die Sache aufzugeben.

Hanne Wilhelmsen und Håkon Sand waren nicht die einzigen, denen Vergewaltigungsfälle nicht gefielen. Hauptkommissar Kaldbakken, Hanne Wilhelmsens direkter Vorgesetzter, hatte sie ebenfalls restlos satt. Sein Pferdegesicht sah aus, als stehe es vor einem Sack voll verdorbenem Hafer und würde am liebsten dankend ablehnen.

»Der sechste in weniger als zwei Wochen«, murmelte er. »Aber der hier sieht ein bißchen anders aus. Die fünf anderen waren selbstverschuldet. Aber dieser hier...«

Selbstverschuldete Vergewaltigungen... dieser Ausdruck provozierte sie aufs schärfste. Solche Fälle gab es oft; Frauen, die nach einem feuchten Abend in der Stadt bei einem Mann noch ein letztes Glas hatten trinken wollen. Diese Fälle waren in der Regel nicht lösbar. Aussage gegen Aussage. Und dennoch konnte wohl kaum von eigener Schuld die Rede sein.

Sie beschloß aber, nicht zu widersprechen. Nicht, weil sie sich vor ihrem Chef fürchtete, sondern weil sie ganz einfach keinen Bock hatte.

»Die Geschädigte kann uns bei der Zeichnung nicht helfen«, sagte sie statt dessen. »Und im Archiv ist der Bursche auch nicht zu finden. Ganz schön schwierig.«

Das stimmte. Nicht so sehr, weil sie den Fall nicht würden

lösen können. In der Hinsicht landete er in guter Gesellschaft. Aber die Vorgehensweise des Täters bot Grund zur Besorgnis.

»Solche Leute hören erst auf, wenn wir sie haben.«

Kaldbakken starrte ins Leere. Sie schwiegen beide, und beide ahnten in dem schönen Maitag, der hinter den ungeputzten Fenstern lockte, eine böse Vorwarnung. Der magere Mann tippte mit einem verkrümmten Finger auf den Ordner.

»Der kann uns einen ziemlich heißen Frühling bescheren«, sagte er aufrichtig besorgt. »Ich werde vorschlagen, die anderen fünf Fälle einzustellen. Wir geben diesem hier die Priorität, absolute Priorität, Wilhelmsen. Ja, das machen wir. Absolute Priorität...«

Es war so warm im Raum, daß selbst das dünne, abgetragene Sweatshirt mit dem Emblem der Washington Redskins auf der Brust zuviel war. Sie zog es über den Kopf. Das Unterhemd war feucht zwischen ihren Brüsten, und sie zupfte ein wenig daran herum, was aber nicht weiter half. Das Fenster stand sperrangelweit offen, die Tür dagegen mußte geschlossen bleiben. Durchzug wäre nicht gut für den Hauch von Ordnung gewesen, den sie auf ihrem Schreibtisch zustande gebracht hatte.

Viel konnte sie nicht tun. Am Tatort waren zwar ein paar Funde gemacht worden, zwei Haare, die vom Täter stammen konnten, Blutspuren, die vermutlich nicht von ihm stammten, Spermareste, bei denen das einwandfrei der Fall war. Aber ohne gute Zeichnung war bei den Massenmedien wenig zu holen, selbst wenn sie den Versuch machen sollten. Und das Fotoarchiv hatte auch nichts ergeben.

Die Analyse des spärlichen Materials würde einige Zeit dauern. Inzwischen konnte sie eigentlich nur bei den Nachbarn nachfragen, ob die etwas gehört oder gesehen hätten.

Das hatten sie vermutlich kaum. Das taten sie nie.

Sie tippte vier Ziffern in die Sprechanlage.

»Erik?«

»Ja?«

»Hier ist Hanne. Hast du Zeit für einen kleinen Ausflug?«

Erik hatte Zeit. Er war Hanne Wilhelmsens Hundebaby, ein Polizist im ersten Dienstjahr mit roten Haaren und so vielen Sommersprossen, daß eine einzige mehr ihn zum Indianer gemacht hätte. Dreißig Sekunden später stand er schwanzwedelnd in der Tür.

»Soll ich einen Wagen besorgen?«

Sie erhob sich, lächelte breit und warf ihm einen schwarzen Fahrradhelm zu. Er fing ihn mit noch breiterem Lächeln auf.

»Geil!«

Hanne Wilhelmsen schüttelte den Kopf.

»Ach, Erik, was du so alles geil findest!«

Das Haus stammte wohl aus der Zeit der Jahrhundertwende. Es lag in der Weststadt und war sorgfältig renoviert worden. Ganz anders als die Mietskasernen im Osten, die einander in Lila und Rosa und anderen Farben anschrien, die damals, als die Häuser neu waren, noch ihrer Erfindung geharrt haben mochten. Dieses Haus war perlgrau. Fenster und Türen hatten dunkelblaue Rahmen, und die Renovierung konnte noch nicht lange zurückliegen.

Hanne Wilhelmsen stellte ihr Motorrad vor dem Haus ab. Erik der Rote stieg stolz vom Rücksitz, verschwitzt und aufgekratzt.

»Können wir auf dem Rückweg einen Umweg fahren?«

»Werden sehen.«

Neben den Klingeln waren zwei Reihen von Namensschildchen befestigt. Im ersten Stock wohnte K. Håverstad, vernünftig und geschlechtsneutral, was ihr allerdings auch nicht geholfen hatte. Im Erdgeschoß schien jemand neu eingezogen zu sein; das Namensschild war nicht vorschriftsmäßig und unifomiert unter der Glasplatte angebracht worden, sondern mit einem Stück Klebeband daneben befestigt. Ein fremdartiger Name, der einzige im ganzen Haus, der auf ausländische Herkunft hinzudeuten schien. Kommissarin Wilhelmsen klingelte bei den Leuten, die K. Håverstad gegenüber wohnten.

»Hallo?«

Eine Männerstimme antwortete. Eine sehr alte Männerstimme.

Sie stellte sich vor. Der Mann wirkte überglücklich angesichts dieses Besuches und drückte noch auf den Summer, als sie schon halb die Treppe hoch gestiegen waren. Als sie den ersten Stock erreichten, empfing er sie mit ausgestreckten Händen und einem so herzlichen Lächeln, als hätte er sie zu einem Fest geladen.

»Hereinspaziert, hereinspaziert«, piepste er und riß die Tür sperrangelweit auf.

Er mußte an die Neunzig sein und war wohl kaum größer als eins sechzig. Außerdem war er bucklig, und deshalb mußten sie sich setzen, um Blickkontakt zu ihm aufnehmen zu können.

Das sonnige Wohnzimmer war gut in Schuß und wurde von zwei riesigen Vogelkäfigen dominiert. In jedem machte ein großer bunter Papagei einen Höllenlärm. Überall standen Topfblumen herum, an den Wänden hingen alte Gemälde in großen, vergoldeten Rahmen. Das Sofa war steinhart und unbequem. Erik wußte nicht so recht, wie er sich verhalten sollte, und deshalb blieb er bei einem der Papageien stehen.

»Einen Moment noch, ich hole uns eine Tasse Kaffee!«

Der alte Mann war hingerissen. Hanne versuchte, den Kaffee abzuwehren, begriff aber schnell, daß das nichts bringen würde. Porzellantassen und eine Plätzchenschale mit hohem Fuß wurden auf den Tisch gestellt. Durch Schaden klug geworden, lehnte sie die Plätzchen dankend ab, wagte es aber, eine halbe Tasse Kaffee zu trinken. Erik fehlte diese Erfahrung, und er langte gierig zu. Ein Bissen reichte. Ein verzweifelter Ausdruck trat in seine Augen, und er hielt panisch nach einer Möglichkeit Ausschau, die drei Plätzchen, die er auf seinen Teller gepackt hatte, wieder loszuwerden. Er fand keinen Ausweg und war für den Rest des Besuchs mit dem Versuch beschäftigt, die Plätzchen herunterzuwürgen.

»Sie wissen vielleicht, warum wir hier sind?«

Der Mann beantwortete diese Frage nicht, er lächelte nur und versuchte, ihr ein Stück Königskuchen aufzuschwatzen.

»Wir sind von der Polizei«, sagte sie lauter, »das wissen Sie doch, ja?«

»Polizei, ja.« Er war zuckersüß. »Polizei. Nette junge Leute. Nettes Mädchen.«

Die strohtrockene runzlige Greisenhand war überraschend weich; mehrmals fuhr er ihr über den Handrücken. Ruhig nahm sie seine Hand und fing seinen Blick auf. Seine Augen waren hellblau. Die Brauen waren kräftig und hoben sich in der Mitte, wo die Haare am längsten waren, zu einem optimistischen Bogen. Sie sahen aus wie zwei kleine Hörner. Ein netter, freundlich gesinnter kleiner Teufel.

»In der Nachbarwohnung hier ist ein Verbrechen passiert! In der Nacht zum Sonntag!«

Sie fuhr zusammen, als aus einem Käfig ein Echo ertönte.

»Nachzum Sonntag, nachzum Sonntag!«

Erik schreckte noch heftiger hoch. Der Papageienschnabel befand sich gleich neben seinem Ohr, und deshalb ließ Erik seinen Teller zu Boden fallen. Er war unglücklich über dieses Zerstörungswerk, aber auch erleichtert, weil das letzte Plätzchen mit den Scherben auf dem Boden lag und nun wirklich nicht mehr gegessen werden konnte. Er entschuldigte sich stotternd und mit vollem Mund.

Dem Alten schien das nichts auszumachen. Er humpelte hinaus und holte Kehrblech und Handfeger. Erik folgte ihm und bestand darauf, die Scherben selbst wegzukehren. Der Papageienbesitzer legte zwei große schwarze Tücher über die Käfige. Sofort war alles still.

»So. Jetzt können wir uns unterhalten. Sie brauchen nicht so laut zu reden. Ich höre noch gut.«

Sie saßen einander wieder gegenüber.

»Ein Verbrechen«, murmelte er leise. »Ein Verbrechen. Davon gibt es heute so viele. In den Zeitungen. Jeden Tag. Ich gehe fast nie aus dem Haus.«

»Das ist sicher das beste«, bestätigte die Polizistin. »Das sicherste.«

In der Wohnung war es warm. Eine Uhr tickte schwer und müde auf einem Tisch, und Hanne Wilhelmsen wartete ab, als sie entdeckte, daß der Zeiger auf die Vier zuging. Zögernd und mit großer Kraftanstrengung schlug die Uhr viermal.

»Deshalb möchten wir mit den Nachbarn sprechen. Ob die etwas gehört oder gesehen haben.«

Der Mann gab keine Antwort, er schüttelte nur ruhig den Kopf.

»Mit dieser Uhr stimmt etwas nicht. Früher war sie nicht so. Sie klingt jetzt anders. Finden Sie nicht auch?«

Hanne Wilhelmsen seufzte.

»Schwer zu sagen. Ich höre sie heute doch zum erstenmal. Aber ich finde auch, daß sie sich ein bißchen... traurig anhört. Vielleicht sollten Sie sie mal zum Uhrmacher bringen?« Vielleicht fand er das nicht. Er schwieg und schüttelte nur weiter leise den Kopf.

»Haben Sie in der Nacht zum Sonntag etwas gehört? Vorgestern nacht?«

Obwohl der Alte betont hatte, daß sein Gehör völlig in Ordnung sei, hob sie automatisch die Stimme.

»Nein, etwas gehört... ich glaube nicht. Ich habe wohl nichts gehört. Nur das, was ich jede Nacht höre, natürlich. Autos. Und die Straßenbahn. Aber die fährt nachts ja nicht. Die habe ich also nicht gehört.«

»Sind Sie oft...«

»Ich habe einen sehr leichten Schlaf, wissen Sie«, fiel er

ihr ins Wort. »Als ob ich in meinem langen Leben genug geschlafen hätte. Ich bin jetzt neunundachtzig. Meine Frau ist nur siebenundsechzig geworden. Jetzt nehmen Sie doch endlich ein Plätzchen. Meine Tochter hat sie gebacken. Nein, das stimmt nicht, das war meine Enkelin. Manchmal komme ich doch ein bißchen durcheinander. Meine Tochter ist ja tot. Da kann sie auch nicht mehr backen!«

Er lächelte ein reizendes, bescheidenes Lächeln, so als sei ihm plötzlich aufgegangen, daß die Zeit ihn nicht nur eingeholt, sondern längst auch überholt hatte.

Ein Schuß in den Ofen. Hanne Wilhelmsen trank ihren Kaffee, bedankte sich höflich und beendete das Gespräch.

»Was war das denn überhaupt für ein Verbrechen?« fragte der Mann plötzlich interessiert, als Hanne und ihr Kollege im Flur bereits zu Helmen und Lederjacken griffen.

Kommissarin Wilhelmsen drehte sich zu ihm um und zögerte kurz, ehe sie den lieben alten Mann mit den brutalen Schattenseiten der Hauptstadt konfrontierte. Dann riß sie sich zusammen. Er hat dreimal soviel vom Leben gesehen wie ich, dachte sie und antwortete: »Vergewaltigung. Es war eine Vergewaltigung.«

Er schüttelte sich und breitete die Arme aus.

»Sie ist doch so ein nettes junges Mädchen«, sagte er. »Wie schrecklich!«

Die Tür schloß sich hinter ihnen, und der Alte stapfte zu seinen gefiederten Freunden zurück, um die Tücher von den Käfigen zu nehmen. Eine Kakophonie von Danksagungen wurde ihm zuteil, und er hielt einem der Aras einen Finger hin, woraufhin der Vogel freundlich an der Hand seines Besitzers herumbiß.

»Vergewaltigung. Wie entsetzlich«, sagte der Alte zu dem Papagei, der zustimmend nickte. »Ob jemand hier aus dem Haus zu so etwas fähig ist? Nein, das war sicher ein Fremder. Vielleicht der mit dem roten Auto. Das Auto habe ich noch nie gesehen.« Er zog seinen Finger zurück und stapfte zu einem abgenutzten, bequemen Sessel am Fenster. Dort saß er immer, wenn die Schlaflosigkeit ihn aus dem warmen Bett vertrieb. Die Stadt war seine Freundin, solange er sicher im Haus saß. Er wohnte schon sein Leben lang in dieser Wohnung, hatte gesehen, wie Pferdewagen lärmenden Automobilen weichen mußten, wie Gaslaternen durch elektrisches Licht ersetzt und die Pflastersteine mit grauschwarzem Asphalt zugeschmiert worden waren. Er kannte seine Nachbarschaft, jedenfalls so, wie sie aus einem Fenster im ersten Stock erschien. Er kannte die Autos aus der Gegend und wußte, wem sie gehörten. Das rote Auto hatte er noch nie gesehen. Und den hochgewachsenen jungen Mann, der gegen Morgen damit weggefahren war, auch nicht. Der war sicher der Täter.

Er blieb noch ein Weilchen am Fenster sitzen und nickte vielleicht auch ein. Dann ging er in aller Ruhe in die Küche und kochte sich ein bißchen Suppe.

Die anderen Nachbarn hatten ebenfalls nichts gehört. Oder gesehen. Die meisten hatten registriert, daß am Sonntag morgen die Polizei gekommen war. Gerüchte waren durch das Mietshaus geeilt, und alle anderen wußten schon mehr als der liebenswürdige Greis aus dem ersten Stock. Aber nichts davon war von Interesse für die Polizei, es waren nur Geschichten, die sie einander eifrig übers Treppengeländer hinweg erzählt hatten, kopfschüttelnd und ungläubig; Spekulationen und gegenseitige Beteuerungen, daß sie von nun an alle viel besser aufpassen würden.

Kristine Håverstad war nicht zu Hause. Das wußte Hanne Wilhelmsen. Sicherheitshalber klingelte sie aber trotzdem und wartete einige Sekunden, ehe sie die Tür aufschloß. Die junge Frau hatte ihr die Schlüssel gegeben und gesagt, sie wolle fürs erste bei ihrem Vater bleiben. Wie lange, wisse sie noch nicht.

Die Wohnung war aufgeräumt, gut in Schuß und gemütlich. Sie war nicht groß, Hanne und ihr Kollege sahen schnell, daß sie aus einem Wohnzimmer mit Kochnische und einem recht großen Schlafzimmer mit einem Schreibtisch in einer Ecke bestand. Ein schmaler Flur führte in die Zimmer. Das Bad war so klein, daß es fast möglich schien, auf dem Klo zu sitzen, zu duschen und sich gleichzeitig die Zähne zu putzen. Es war sauber und duftete leicht nach Desinfektionsmittel mit Kiefernnadelgeruch.

Die Spurensicherung war schon hier gewesen, und Hanne Wilhelmsen wußte, daß sie nichts von Bedeutung finden würde. Sie war einfach neugierig. Die Bettwäsche war nicht mehr da, die Decke lag ordentlich auf dem Bett. Es war ein Einzelbett, aber es war breit genug, um zwei guten Freunden Platz zu bieten. Es war aus Kiefernholz; kleine gedrechselte Kugeln krönten die Pfosten. Unterhalb der Kugeln am Fußende sah sie eine dunkle, ungleichmäßige Kante. Sie hockte sich hin und ließ ihre Finger über diese Stelle gleiten. Winzige Holzsplitter stachen sie. Sie seufzte tief, verließ das Schlafzimmer und blieb in der Wohnzimmertür stehen.

»Was suchen wir hier eigentlich?« fragte Erik unsicher.

»Nichts«, antwortete Hanne Wilhelmsen und starrte vor sich hin, um ihrer Antwort zusätzlichen Ausdruck zu verleihen. »Wir suchen nichts. Ich wollte diese Wohnung, in die Kristine Håverstad sicher niemals zurückziehen können wird, nur sehen.«

»Das ist einfach übel«, murmelte der Junge.

»Das ist noch viel mehr«, sagte Hanne. »Das ist viel, viel mehr als das.«

Sie schlossen beide Sicherheitsschlösser ab und machten auf dem Rückweg einen unnötig großen Umweg. Erik der Rote war hingerissen. Nach diesem Ausflug wußte er nicht, in wen er heftiger verliebt war, in Hanne Wilhelmsen oder in ihre riesige rosa Harley.

DIENSTAG, 1. JUNI

Kristine Håverstad versuchte sich zu grausen, aber das schaffte sie nicht. Es war doch auch egal. Sie brauchte keine Anwältin. Sie brauchte eigentlich gar nichts. Sie wollte nur zu Hause sein, zu Hause bei ihrem Vater. Sie wollte alle Türen abschließen und fernsehen. Jedenfalls wollte sie keine Anwältin. Aber die Polizistin hatte darauf bestanden. Sie hatte ihr eine Namensliste gezeigt und vorsichtig angedeutet, daß Linda Løvstad eine gute Wahl sein könnte. Als Kristine Håverstad genickt und mit den Schultern gezuckt hatte, hatte Hanne Wilhelmsen für sie angerufen. Bereits am nächsten Tag wurde Kristine Håverstad um 10.30 in der Kanzlei von Anwältin Løvstad erwartet.

Jetzt stand sie vor dem Haus und versuchte sich zu grausen. Das Namensschild wies Narben auf, die beim Austauschen von Anwaltsnamen entstanden waren, aber es war doch deutlich zu lesen, »AnwältInnen Andreassen, Bugge, Hoel und Løvstad, 1. Stock«. Schwarze Buchstaben auf abgeschabtem Messing. Ein Hund kam ihr schwanzwedelnd entgegen, als sie die Glastür im ersten Stock öffnete. Sie fuhr zusammen, wurde aber von einem Mann beruhigt, der unmöglich Anwalt sein konnte, so, wie er angezogen war. Abgewetzte Jeans und Turnschuhe. Er lächelte, nahm den Hund am Halsband und zog ihn leise schimpfend in ein Büro. Am Ende eines sehr langen Flurs lag noch ein Hund, groß und koksgrau, den Kopf auf den Pfoten und mit einem traurigen Ausdruck, als könne er nur zu gut nachvollziehen, was sie durchgemacht hatte. Eine dünne, gutangezogene junge Frau an der mit einer Telefonanlage gekoppelten Rezeption zeigte auf den traurigen grauen Hund.

»Die vorletzte Tür links«, sagte sie mit leiser Stimme und einem Lächeln.

»Herein«, hörte sie, als sie noch gar nicht angeklopft hatte. Vielleicht war der Mann mit dem ersten Hund ja doch ein Anwalt gewesen. Diese Frau trug zwar keine Turnschuhe, wohl aber Chinasandalen und Jeans und eine Bluse, die Kristine schon in einem Kaufhaus gesehen hatte. Das Büro erzählte auch sonst nicht gerade von Luxus. Außerdem lag in einer Ecke ein dritter Hund. Vielleicht war das eine Voraussetzung, um hier Arbeit zu finden. Daß man einen Hund hatte. Es war eine Promenadenmischung, dünn und rabenschwarz und häßlich, aber mit großen schönen Augen.

Ein geschwungener Schreibtisch nahm fast das ganze Zimmer ein. Die Bücherregale waren schlicht und nicht besonders gut gefüllt, und auf dem Boden stand, an die Regalwand gelehnt, eine lächerliche riesige Stoffkatze. Sie war nicht schön und auch nicht übermäßig witzig, aber zusammen mit einem Spielzeugstreifenwagen, billigen Plakaten hinter rahmenlosem Glas an den Wänden und einem blühenden Fleißigen Lieschen in einem weißen Übertopf half sie doch, das Zimmer weniger furchteinflößend erscheinen zu lassen.

Die Anwältin erhob sich und streckte Kristine die Hand entgegen. Linda Løvstad war dürr wie eine Bohnenstange, platt wie ein Bügelbrett und hatte strähnige hellblonde Haare, die sie im vergeblichen Versuch, sie voller aussehen zu lassen, zu einer Art Dutt hochgesteckt hatte. Aber ihr Gesicht war freundlich, ihr Lächeln schön und ihr Händedruck fest. Sie bot Kaffee an, holte einen hellbraunen, leeren Ordner hervor und fing an, Personalien aufzunehmen.

Kristine Håverstad wußte einfach nicht, was sie hier zu suchen hatte. Unter keinen Umständen würde sie ihre Erklärungen ein weiteres Mal abgeben.

Die Frau war Gedankenleserin.

»Du brauchst mir nichts über die Vergewaltigung zu erzählen«, beruhigte sie. »Ich bekomme alle Unterlagen von der Polizei.«

Es folgte eine Pause, die überhaupt nicht peinlich war. Nur beruhigend. Die Anwältin sah Kristine lächelnd an, blätterte in einigen Papieren, die nichts mit ihr zu tun haben konnten, und wartete vielleicht darauf, daß sie etwas sagte. Kristine musterte die Stoffkatze und fuhr mit den Fingern über ihre Sessellehne. Als die Anwältin noch immer nichts sagte, zuckte Kristine leicht mit den Schultern und starrte den Boden an.

»Hast du Hilfe? Eine Psychologin oder so was?«

»Ja. Genauer gesagt, eine Sozialberaterin. Ist ja auch egal.«

»Und bringt das irgendwas?«

»Kommt mir im Moment nicht so vor. Aber ich weiß, daß es wichtig ist. Auf längere Sicht, meine ich. Und ich war auch erst einmal bei ihr. Gestern.«

Anwältin Løvstad nickte aufmunternd.

»Meine Aufgabe ist eigentlich ziemlich begrenzt. Ich soll eine Art Bindeglied zwischen dir und der Polizei sein. Wenn du Fragen hast, dann ruf mich einfach an. Die Polizei soll mich auf dem laufenden halten. In der Regel verschlampen sie das, aber du hast Glück mit deiner Hauptermittlerin. Die sagt Bescheid.«

Jetzt lächelten beide.

»Ja, die scheint in Ordnung zu sein«, bestätigte die Mandantin.

»Und ich werde dir beim Schmerzensgeld behilflich sein.«

Die junge Frau sah verwirrt aus.

»Schmerzensgeld?«

»Ja, du hast Anspruch auf Schmerzensgeld. Entweder vom Täter oder vom Staat. Das ist genau festgelegt.«

»Ich will kein Schmerzensgeld!«

Kristine Håverstad war von ihrer heftigen Reaktion überrascht. Schmerzensgeld? Als ob ihr jemals irgendwer einen Betrag geben könnte, der ausreichte, alle Schmerzen zu heilen, die entsetzliche schwarze Nacht auszuwischen, die ihr ganzes Leben auf den Kopf gestellt hatte. Geld?

»Ich will nichts!«

Wenn ihre Tränendrüsen nicht restlos erschöpft gewesen wären, dann wäre sie jetzt in Tränen ausgebrochen. Sie wollte kein Geld. Hätte sie die Wahl gehabt, dann hätte sie sich für ein Videogerät entschieden, auf dem sie ihr Leben praktischerweise als Band ablaufen lassen könnte. Sie würde die Tage zurückspulen und am fraglichen Samstag zu ihrem Vater gehen, statt sich in ihrer eigenen Wohnung ihr Leben zerstören zu lassen. Aber diese Wahl hatte sie nicht.

Ihre Unterlippe und bald auch die gesamte Kinnpartie bebten heftig.

»Ich will mein Leben zurückhaben! Und kein Schmerzensgeld!«

Das letzte Wort spuckte sie aus wie einen verdorbenen Bissen.

»Ganz ruhig!«

Die Anwältin beugte sich über den breiten Tisch und fing ihren Blick ein.

»Über das alles können wir später noch reden. Vielleicht bist du dann immer noch dieser Ansicht, dann wird dich natürlich niemand zwingen. Vielleicht überlegst du es dir ja auch anders. Wir warten erst mal ab. Aber brauchst du jetzt vielleicht irgendeine Art von Hilfe? Irgendeine andere?«

Die große zarte Frau musterte ihre Anwältin einige lange Sekunden lang. Dann konnte sie nicht mehr. Sie beugte sich über den Tisch und legte den Kopf auf die Arme. Ihre Haare fielen nach vorn und verbargen ihr Gesicht. Sie weinte tränenlos eine halbe Stunde, während die Anwältin einfach nur ihren Rücken streichelte und ihr beruhigende Worte zuflüsterte.

»Wenn mir doch bloß irgendwer helfen könnte«, schluchzte die junge Frau. »Und wenn irgendwer meinem Vater helfen könnte!«

Schließlich stand sie auf.

»Eigentlich will ich überhaupt nichts mit der Polizei zu tun haben. Im Grunde ist es mir egal, ob sie ihn erwischen. Ich will bloß...« Wieder mußte sie weinen, konnte nun aber aufrecht stehen bleiben. »Ich will einfach nur Hilfe. Und jemand muß meinem Vater helfen. Er spricht nicht mit mir. Er ist immer bei mir, will alles für mich tun, aber er... er sagt nichts. Ich habe solche Angst, er könnte...«

Wieder wurde sie von ihrem Kummer überwältigt. Nach einer weiteren Viertelstunde wußte Linda Løvstad, daß sie zum erstenmal in ihrer kurzen Karriere als Anwältin für eine Mandantin einen Krankenwagen holen mußte.

Sie versprachen sich nicht viel von der Zeichnung, hatten sie aber doch an die Zeitungen weitergereicht. Etwas hatte das immerhin gebracht, es waren ihnen schon über fünfzig Namen genannt worden. Vielleicht kam das gerade daher, daß es der Zeichnung dermaßen an Charakter fehlte, an den vagen Zügen, dem unklaren Gesicht; es war ein identitätsloses Schattenbild. Hanne Wilhelmsen hielt die Zeitung auf Armeslänge von sich weg und schüttelte den Kopf.

»Das könnte doch jeder sein«, sagte sie. »Mit etwas gutem Willen kenne ich vier oder fünf Männer, die so ähnlich aussehen.« Sie kniff die Augen zusammen und legte den Kopf schräg. »Das hat Ähnlichkeit mit dir, Håkon! Das hat doch tatsächlich Ähnlichkeit mit dir!«

Sie lachte und ließ sich die Zeitung aus den Händen reißen.

»Hat es überhaupt nicht!« protestierte er beleidigt. »Mein Gesicht ist nicht so rund. Und meine Augen stehen auch nicht so eng beieinander. Und ich habe mehr Haare.«

Die Zeitung wurde brutal zusammengeknüllt und in den Papierkorb geworfen.

»Wenn du diese Ermittlungen so betreibst, dann verstehe ich, warum niemand mit einer Aufklärung rechnet«, erklärte er, immer noch ziemlich sauer. »Also echt...«

Sie ließ nicht locker. Sie fischte die mißhandelte Zeitung aus dem Papierkorb und glättete sie mit einer langfingrigen, schmalen Hand, daß der Nagellack glänzte.

»Sieh dir doch diese Zeichnung an. Könnte das nicht jeder x-beliebige sein? Solche Zeichnungen dürften überhaupt nicht veröffentlicht werden. Entweder hat sich das Opfer irgendein Merkmal besonders eingeprägt, dann kriegt der Mann eine zu große Nase, und wir kriegen keine Tips. Oder er sieht so aus. Beliebig. Wie irgendein Norweger.«

Lange starrten sie das Bild des anonymen Norwegers mit dem nichtssagenden Gesicht an.

»Wissen wir eigentlich, daß er Norweger ist?«

»Wir wissen nur, daß er fließend Norwegisch spricht und norwegisch aussieht. Also können wir annehmen, daß er Norweger ist.«

»Aber er war doch ziemlich braun...«

»Jetzt hör aber auf, Håkon. Wir haben wirklich schon genug Rassisten, da brauchst du dir nicht auch noch einzureden, ein blonder Mann mit Osloer Akzent könnte Marokkaner sein.«

»Aber die vergewaltigen doch wie die...«

»Hör sofort mit dem Scheiß auf, Håkon!«

Ihre Stimme hatte einen fast aggressiven Ton angenommen. Zwar waren Nordafrikaner in den Vergewaltigungsstatistiken überrepräsentiert. Zwar waren die ihnen vorgeworfenen Vergewaltigungen oft ungewöhnlich brutal. Zwar machten sich ab und zu ihre eigenen Vorurteile ungewöhnlich heftig bemerkbar – als Resultat von zu vielen Begegnungen mit gutaussehenden wollhaarigen Arschlöchern, die ihr frech ins Gesicht logen, obwohl sie im wahrsten Sinne des Wortes mit heruntergelassener Hose erwischt worden waren und jeder Norweger in derselben Situation gesagt hätte: Doch, wir haben gefickt, aber sie wollte das auch. Zwar wußte sie das alles, aber es laut zu sagen war trotzdem etwas ganz anderes.

»Was glaubst du, wie hoch die Dunkelziffer bei ›norwegischen‹ Vergewaltigungen liegt?« Sie winkte mit zwei Fingern an jeder Hand, als sie »norwegischen« sagte. »Die Vergewaltigungen, die beim letzten Glas in der Wohnung passieren, bei Firmenfeiern, durch Ehemänner ... you name it! Da hast du die Dunkelziffer. Jede Frau weiß, daß eine Anzeige überhaupt nichts bringt. Die ›waschechten‹ Vergewaltigungen dagegen ...« Wieder winkten die Finger. »Die gemeinen Überfälle, die gemeinen, dunkelhäutigen Verbrecher, die nicht von hier sind, von denen alle Welt weiß, daß die Polizei es auf sie abgesehen hat ... die werden angezeigt.«

Pause. Håkon fühlte sich getroffen und lächelte verlegen und abwehrend.

»So war das doch nicht gemeint.«

»Nein, davon gehe ich aus. Aber du darfst so was nicht sagen. Nicht mal aus Jux. Und eines glaube ich ganz sicher.«

Schweißnaß und resigniert richtete sie sich auf, beugte sich zum Fenster hinüber und versuchte, es weiter aufzureißen. Die neuen Vorhänge bewegten sich kaum, und auch das eher durch Hannes Bewegung als durch einen Luftzug von draußen.

»Himmel, das ist vielleicht heiß.«

Das alles brachte nichts. Das Fenster schloß sich bis auf einen zehn Zentimeter breiten Spalt, und der bewirkte gar nichts. Im Zimmer herrschten sicher dreißig Grad.

»Eines glaube ich ganz sicher«, wiederholte sie. »Wenn alle Vergewaltigungen, die hierzulande stattfinden, wirklich angezeigt würden, dann wären wir entsetzt über zwei Dinge.« Håkon Sand wußte nicht sicher, warum sie sich hier unterbrach. Vielleicht wollte sie ihm die Möglichkeit bieten, diese beiden Dinge zu erraten. Statt das Risiko einer zweiten Blamage einzugehen, wartete er schweigend ihr Fazit ab.

»Erstens: wie viele Vergewaltigungen passieren. Zweitens: daß Ausländer genauso viele davon begehen, wie ihr Anteil an der Bevölkerung es erwarten läßt. Nicht mehr und nicht weniger.« Wieder stöhnte sie über die Hitze. »Wenn das nicht bald ein Ende hat, raste ich aus. Ich glaube, ich fahre eine Runde. Kommst du mit?«

Mit entsetztem Blick lehnte er das Angebot ab. Eine andere Motorradfahrt steckte ihm noch in den Knochen; eine eiskalte, lebensgefährliche Tour vor einem halben Jahr, als Hanne Wilhelmsen gefahren war und er selbst einen geblendeten und triefnassen Passagier gegeben hatte. Diese Tour war absolut lebensnotwendig gewesen. Seine erste Motorradfahrt und ganz bestimmt auch die letzte.

»Nein danke, ich geh' lieber eine Runde schwimmen«, sagte er. Es war halb vier. Im Grunde konnten sie jetzt Feierabend machen.

»Strenggenommen solltest du ja erst mal die Tips durchgehen«, sagte er zaghaft.

»Das mache ich morgen, Håkon. Morgen.«

Seine Verzweiflung drohte ihn zu verzehren. Sie nagte wie eine scheußliche graue Ratte irgendwo in seinem Brustkasten herum. Seit Sonntag morgen hatte er zwei Flaschen eines Magenmittels mit Apfelsinengeschmack geleert. Aber das brachte nichts. Der Ratte schien der Geschmack zu gefallen, sie nagte mit neuer Kraft weiter. Was er auch tat, was er auch sagte, nichts half. Seine Tochter wollte nicht mit ihm sprechen. Sie wollte zwar bei ihm sein, in ihrem Elternhaus, in ihrem alten Kinderzimmer. Darin fand er einen Hauch von Trost. Daß seine Nähe ihr vermutlich doch eine Art Sicherheit gab. Aber mit ihm sprechen wollte sie nicht.

Er hatte Kristine vom psychiatrischen Notdienst abgeholt. Als er sie dort sitzen sah, elend, mit düsteren Augen und eingesunkenen Schultern, mußte er an seine Frau denken, vor zwanzig Jahren. Sie hatte damals genauso dagesessen, mit demselben leeren Blick, derselben hoffnungslosen Haltung, demselben ausdruckslosen Mund. Sie hatte gerade erfahren, daß der Tod sie von ihrem Mann und der knapp vier

Jahre alten Tochter wegreißen würde. Damals war er wütend gewesen. Er hatte geflucht und Krach geschlagen und seine Frau zu jedem einzelnen Fachmann im ganzen Land gebracht. Schließlich hatte er sich von seinen Eltern einen bedeutenden Betrag geliehen, in der vergeblichen Hoffnung, daß ferne Fachleute in den USA, diesem gelobten Land der Mediziner, die grausame Tatsache ändern könnten, über die vierzehn norwegische Ärzte ein und dieselbe traurige Meinung gehabt hatten. Das einzige Resultat dieser Expedition war gewesen, daß die junge Frau weit von zu Hause gestorben war und daß er die Heimreise mit seiner Geliebten in einer Kühltruhe im Laderaum angetreten hatte.

Sein Leben allein mit der kleinen Kristine war schwierig gewesen. Er hatte gerade sein Examen als Zahnarzt gemacht, zu einem Zeitpunkt, als dieser früher so lukrative Beruf nach zwanzig Jahren sozialdemokratischer Volkszahnpflege weniger einträglich geworden war. Aber er hatte überlebt. Die Mitte der siebziger Jahre hatte im Zeichen der Frauenbewegung gestanden, und paradoxerweise hatte ihm das geholfen. Ein alleinstehender Vater, der darauf bestand, sich um seine Tochter zu kümmern, konnte mit jeglicher Unterstützung durch die Behörden, mit großer Sympathie seitens seiner Umgebung und mit Hilfe und Solidarität von Kolleginnen und Nachbarinnen rechnen. Er hatte überlebt.

Es hatte nicht viele Frauen in seinem Leben gegeben. Er war zwar die eine oder andere Beziehung eingegangen, aber lange hatte keine gedauert. Dafür hatte Kristine gesorgt. Bei den drei Gelegenheiten, da er es gewagt hatte, ihr eine potentielle Stiefmutter vorzustellen, hatte sie mürrisch jeglichen Versuch der Anbiederung abgewiesen. Und immer hatte sie gewonnen. Er liebte seine Tochter. Natürlich wußte er, daß alle Männer ihre Kinder lieben und daß er sich in dieser Hinsicht wohl kaum sonderlich von der übrigen männlichen Bevölkerung Norwegens unterschied. Gefühlsmäßig bestand er jedoch sich selbst und seiner Umgebung gegenüber darauf, daß die Beziehung zwischen ihm und seiner Tochter etwas Besonderes sei. Sie hatten einander. Er war Vater und Mutter für sie gewesen. Er hatte bei Krankheiten an ihrem Bett gewacht, hatte für saubere Kleider gesorgt und den Teenager getröstet, als die erste Liebesgeschichte nach drei Wochen kläglich geendet war. Als ihm die Dreizehnjährige mit einer Mischung aus Freude und Furcht ihre blutbefleckte Unterhose gezeigt hatte, hatte er sie zu Filetsteak und mit Wasser verdünntem Rotwein in ein Restaurant eingeladen, um die Tatsache zu feiern, daß seine kleine Tochter nun zur Frau wurde. Und er hatte zwei Jahre lang alle BH-Wünsche abschlagen müssen, da die dafür vorgesehenen Mückenstiche so klein waren, daß jeder BH lächerlich gewirkt hätte. Er hatte sich allein über die großartigen schulischen Leistungen seiner Tochter freuen müssen, hatte allein den bitteren Schmerz ertragen, daß sie lieber mit Freunden feiern wollte, als sie an einem Sommertag vor vier Jahren ihren Medizinstudienplatz an der Uni Oslo bekommen hatte.

Er liebte seine Tochter, kam aber nicht an sie heran. Als er sie abgeholt hatte, war sie bereitwillig mitgekommen; sie selbst hatte darum gebeten, daß er verständigt würde. Sie wollte also nach Hause. Zu ihm. Aber sie sagte nichts. Versuchsweise hatte er auf dem Heimweg im Auto nach ihrer Hand getastet, und sie hatte ihn nicht abgewehrt. Aber das war keine Antwort, es war einfach eine schlaffe Hand, die sie passiv in seiner ruhen ließ. Es war kein Wort gefallen. Zu Hause hatte er versucht, sie mit einer Mahlzeit aus sich herauszulocken: Frischgebackenes Brot, Roastbeef und Krabbensalat, was sie beides liebte, dazu seinen besten Rotwein. Sie hatte dem Wein zugesprochen, das Essen jedoch stehenlassen. Nach drei Glas hatte sie den Rest in der Flasche mitgenommen, sich höflich entschuldigt und sich in ihrem Zimmer verkrochen.

Das war drei Stunden her. Kein einziger Laut war aus ihrem Zimmer zu hören. Steif erhob er sich vom Sofa. Es kam aus den USA und war niedrig und viel zu weich. Die Kerzen, die im hellen Frühlingsabend heruntergebrannt waren, erloschen mit einem letzten Zischen. Er blieb vor der Kinderzimmertür stehen und wartete mehrere Minuten ganz still ab, ehe er es wagte, anzuklopfen. Keine Antwort. Er wartete noch einige Minuten, dann beschloß er, sie in Ruhe zu lassen.

Und ging ins Bett.

In einem gelben Kinderzimmer mit karierten Vorhängen saß Kristine Håverstad mit einem Bären auf dem Schoß und einer leeren Rotweinflasche vor sich auf einem weißlackierten Tisch. Das Bett war schmal, und sie hatte Krämpfe in den Beinen, nachdem sie stundenlang in Lotusstellung gesessen hatte. Die Krämpfe waren ihr willkommen. Sie wurden immer schlimmer, und sie konzentrierte sich darauf, den Schmerz voll auszukosten. Alles andere verschwand, sie spürte nur den stechenden, schmerzhaften Protest ihrer Glieder, die schon lange nicht mehr ausreichend durchblutet waren. Schließlich konnte sie es nicht mehr ertragen; sie legte sich aufs Bett und streckte die Beine aus. Der Schmerz steigerte sich noch, als das Gefühl in ihre Waden zurückbrauste. Sie packte mit beiden Händen ihren Oberschenkel und umklammerte ihn so hart, daß ihr die Tränen in die Augen traten. Das alles tat sie, um den Schmerz anhalten zu lassen. Aber sie konnte ja nicht ewig so weitermachen. Nach einer Weile ließ sie los. Die Schmerzen in der Brust stellten sich wieder ein. Dort drinnen war alles hohl, ein schwarzer leerer Raum, darin ein undefinierbarer Schmerz. Der Schmerz wirbelte umher, schneller und schneller, und schließlich stand sie auf und holte die kleine Pillenschachtel, die sie beim Notdienst bekommen hatte. Valium, 0,5 mg. Eine winzige Schachtel. Jede Pille stellte die Hoffnung auf ein wenig Ruhe dar. Für einen Moment. Die Schachtel in der linken Hand, blieb sie eine Ewigkeit stehen. Dann ging sie damit ins Badezimmer, klappte den Klodeckel hoch und kippte den Inhalt ins bläuliche Chlorwasser. Die Pillen schwammen noch eine Weile an der Oberfläche, dann sanken sie langsam auf den Porzellanboden und verschwanden im Abfluß. Sicherheitshalber zog sie ab. Zweimal. Danach wusch sie sich gründlich mit kaltem Wasser das Gesicht und ging ins Wohnzimmer. Jetzt war es dunkel. Nur eine kleine Lampe über dem Fernseher brannte und warf einen schwachen gelben Lichtschein über die weichen Teppiche vor der Sitzecke. Sie holte sich noch eine Flasche Rotwein aus der Küche, ganz leise, um ihren Vater nicht zu wecken. Falls der schlief. Danach saß sie im besten Sessel, dem alten Lehnstuhl ihres Vaters, bis auch diese Flasche leer war.

Und dann stand er in der Tür. Riesig groß, aber mit hängenden Schultern, im Schlafanzug. Er streckte in hilfloser Geste die Hände aus. Beide schwiegen. Er zögerte lange, dann kam er doch herein und hockte sich vor sie hin.

»Kristine«, sagte er leise, mehr um überhaupt etwas zu sagen. »Kristine. Meine Kleine.«

Sie hätte so gern geantwortet. Lieber als alles auf der Welt wäre sie ihm entgegengekommen, hätte sich vorgebeugt, sich trösten lassen und ihn getröstet. Ihm erzählt, wie traurig es sie machte, ihm das angetan zu haben, traurig, weil sie ihn enttäuscht und sein Leben ruiniert hatte, als sie dumm genug gewesen war, sich vergewaltigen zu lassen. Sie hätte so schrecklich gern die vergangenen entsetzlichen Tage ausgewischt, alles ausgewischt, um vielleicht acht Jahre alt und wieder glücklich zu sein, um sich in die Luft werfen und von seinen Armen auffangen zu lassen. Aber sie schaffte das ganz einfach nicht. Nichts konnte alles wiedergutmachen. Sie hatte sein Leben ruiniert. Sie konnte nur die Hand ausstrecken und mit den Fingerspitzen sein Gesicht streicheln, von der weichen Haut an den Schläfen über die rauhe, unrasierte Wange bis zum Grübchen im Kinn.

»Papa«, sagte sie leise und stand auf. Sie schwankte leicht, fand ihr Gleichgewicht wieder und ging zurück in ihr Zimmer. Bei der Tür drehte sie sich kurz um und sah, daß er immer noch dort hockte, die Hände vors Gesicht geschlagen. Sie schloß die Tür hinter sich und legte sich angezogen aufs Bett. Einige Minuten später schlief sie tief und traumlos.

MITTWOCH, 2. JUNI

Auf dem gepflasterten Hang, der sich vom Grønlandsleiret zum Polizeigebäude erstreckte, war einiges los. Leute kamen und gingen. Ab und zu flitzte ein Taxi heran und spuckte Männer in Anzügen aus, die allesamt wichtige Menschen in den oberen Etagen sprechen mußten, alte Damen, die auf dünnen Beinen und in vernünftigen Laufschuhen ins Haus staksten, um aufgeregt und empört einen verschwundenen Pudel zu melden, und alle möglichen anderen Leute. Die Sonne schien und schien, und der Löwenzahn auf dem Rasen bekam schon graue Haare. Sogar das Gefängnis hinten in der Pappelallee sah gemütlich aus. Jederzeit hätten die Panzerknacker pfeifend durch das Tor kommen können, bereit zu neuen Taten. Halbnackte Menschen lagen und saßen überall auf den Grünflächen zwischen den Gebäuden, einige machten Mittagspause, die anderen waren Arbeitslose und Hausfrauen, die diesen einzigen grünen Flecken im alten Oslo genossen. Ein paar dunkelhäutige Kinder spielten zwischen den Sonnenbadenden Fußball, was einige, die immer wieder aus ihrem schläfrigen Zustand hochfuhren, wenn der Ball auf ihrem eingeölten Bauch landete, doch sehr verärgerte. Die Kinder lachten und schienen ihr Spiel durchaus nicht an einen anderen Ort verlegen zu wollen.

Hanne Wilhelmsen und Håkon Sand saßen auf einer Bank hinten an der Mauer. Hanne hatte sich die Hosenbeine bis über die Knie aufgekrempelt und die Schuhe ausgezogen. Ein verstohlener Blick verriet Håkon, daß sie sich die Beine nicht rasierte. Was gut war, denn sie hatte nur weichen, hellen, femininen Flaum vorzuweisen, der viel besser aussah als glatte Haut. Ihre Beine hatten sich schon hellbraun gefärbt.

»Hast du dir eins schon mal überlegt«, fragte Håkon Sand mit vollem Mund. Er kaute zu Ende, faltete sein Butterbrotpapier ordentlich zusammen und goß den restlichen Inhalt eines Milchkartons in sich hinein. »Hast du dir schon mal überlegt, daß es diesmal kein Samstagsmassaker gegeben hat? Am letzten Samstag, meine ich.«

»Ja.«

Hanne Wilhelmsen hatte ihren Mittagsimbiß längst beendet. Er hatte aus einem Joghurt und einer mittelgroßen gelben Rübe bestanden. Håkon hatte verblüfft gefragt, ob sie abnehmen wolle. Sie hatte ihm keine Antwort gegeben.

»Ja, das habe ich mir schon mal überlegt«, bestätigte sie noch einmal. »Komisch. Vielleicht hat der Scherzkeks das Ganze satt. Wir haben die Sache ja aus den Zeitungen heraushalten können. Auf die Dauer war es ihm vielleicht zu öde, sich die ganze Mühe zu machen, nur um uns zu ärgern. Er hatte sich wahrscheinlich mehr erhofft. Wenn die Scherzkekstheorie zutrifft, meine ich.«

»Vielleicht ist ihm ganz einfach das Blut ausgegangen.«

»Ja, vielleicht.«

Der Fußball kam in hohem Bogen auf sie zu. Hanne erhob sich und fing ihn lächelnd auf. Sie drehte sich zu ihrem Kollegen um.

»Sollen wir eine Runde spielen?«

Håkon fuchtelte heftigst mit den Händen, was jegliche Hoffnung, ihn mit den kleinen Pakistani Fußball spielen zu sehen, im Keim erstickte. Hanne trat den Ball zurück und jammerte. Sie setzte sich und rieb sich den schmerzenden Fuß.

»Aus der Übung.«

»Wie siehst du die Sache eigentlich?« fragte Håkon Sand.

»Ich weiß es wirklich nicht. Ich hoffe, daß es nur ein Jux war. Aber irgend etwas an der Geschichte gefällt mir nicht. Der Typ hat sich doch immerhin eine riesige Mühe gemacht.«

»Oder die Frau.«

»Ich glaube ehrlich gesagt nicht, daß eine Frau so was tun würde. Es ist irgendwie zu ... ein bißchen zu maskulin. Das viele Blut.«

»Aber wenn es nun kein Witz sein sollte? Wenn an den drei Orten ein wirkliches Verbrechen stattgefunden hat? Wenn nun ...«

»Hast du nicht genug zu tun, Håkon? Findest du es wirklich nötig, dir über ›Wenn nun‹ – Verbrechen den Kopf zu zerbrechen? Dann steht dir eine lebhafte Zeit bevor, mein Lieber.«

Leicht genervt zog sie Strümpfe und Schuhe an und krempelte die Hosenbeine herunter.

»Game over. Gehen wir wieder an die Arbeit«, kommandierte sie.

Sie schlenderten ins Haus. Goldener Schrott hing von der Decke – ein Versuch, das riesige Foyer ein wenig hübscher zu machen –, schien aber vor lauter Hitze bald herabfallen zu wollen. Die Sonne wurde so hart reflektiert, daß es in den Augen weh tat.

Kein großer Verlust, wenn der ganze Scheiß runterkommt, dachte Hanne Wilhelmsen.

Dann fuhr sie mit dem Fahrstuhl in den zweiten Stock.

Håkons Gedankenspiel um die Samstagsmassaker wollte ihr nicht aus dem Kopf. Sie hatte jetzt fünf Vergewaltigungen, sieben schwere Körperverletzungen und einen Verdacht auf Inzest zu bearbeiten. Das war mehr als genug. Sie hatten zwar eine eigene Gruppe, die Übergriffe auf Kinder behandelte, aber in diesem absurden Frühling schienen die Kleinen als Sexualobjekte im Kurs noch gestiegen zu sein. Deshalb mußten alle helfen, um den Karren aus dem Dreck zu ziehen. Was ihr vorlag, war typisch für die Fälle, bei denen die Ermittlungen eingestellt werden. Klinisch gesehen gab es keine Anzeichen dafür, daß etwas vorgefallen war. Daß das Kind zur großen Verzweiflung seiner Mutter und der Kindergärtnerinnen sein Verhalten vollständig geändert hatte und daß ein Psychologe mit großer Sicherheit erklärte, irgend etwas sei vorgefallen, ließ eine Verurteilung in unerreichbare Ferne rücken. »Irgend etwas« war juristisch gesehen nicht gerade präzise. Vor dem Untersuchungsrichter hatte das Kind einiges erzählt, aber es war restlos verstummt, als Hanne sich vorsichtig erkundigt hatte, wem denn der komische Schwanz mit der Milch gehörte. Das Protokoll der Vernehmung durch den Untersuchungsrichter war der letzte Strohhalm, aber das hatte noch Zeit. Zwei Wochen immerhin.

Wenn nun ...

Hanne Wilhelmsen legte die Beine auf den Tisch, verschränkte die Hände im Nacken und schloß für einen Moment die Augen.

Wenn nun wirklich etwas passiert war: im Holzschuppen in Tøyen, in der Baracke am Loelv, im Parkhaus in Vaterland? Wenn ja, dann war das grotesk. Das Blut konnte unmöglich von einem einzigen Menschen stammen. Daß aber jedesmal drei oder vier Menschen einem grausigen Schicksal zum Opfer gefallen waren, war dermaßen unwahrscheinlich, daß es – bis auf weiteres jedenfalls – als ausgeschlossen gelten mußte.

Sie fuhr zusammen, als Hauptkommissar Kaldbakken das Zimmer betrat, und knallte rasch die Füße auf den Boden.

»Zuwenig zu tun, Wilhelmsen«, brummte er. »Komm ruhig zu mir und hol dir neue Beschäftigung.«

»Nein, um Himmels willen!«

Trotz des mürrischen Auftretens ihres Chefs und der wenig vorteilhaften Situation, in der er sie erwischt hatte, wußte sie, daß er wußte.

»Ich habe mehr als genug. Das geht uns allen so.«

Der Chef setzte sich.

»Bist du mit der Vergewaltigung vom Samstag schon weitergekommen? Bei diesem weiblichen Studenten?«

Hauptkommissar Kaldbakken war sicher einer der letzten, die Studentinnen als »weibliche Studenten« bezeichneten. Angeblich trug er auch am Nationalfeiertag seine alte Studentenmütze.

»Nein, das kann ich nicht sagen, es ist das Übliche. Niemand hat etwas gesehen, niemand etwas gehört. Sie selbst kann nur eine sehr vage Beschreibung liefern. Du hast die Zeichnung ja gesehen, so sieht wirklich alle Welt aus. Wir haben an die fünfzig Tips bekommen, die Erik durchgesehen hat. Keiner scheint besonders interessant zu sein. Sagt er wenigstens. Ich gehe sie auch selbst noch mal durch.«

»Das gefällt mir alles nicht«, sagte er mit belegter Stimme, danach hustete er vier Minuten lang.

»Du solltest mit dem Rauchen aufhören, Kaldbakken«, sagte sie leise und stellte fest, daß er sich anhörte wie ein Lungenemphysem im letzten Stadium. Sie selbst sollte auch aufhören. Wirklich.

»Das sagt meine Frau auch«, antwortete er mit halberstickter Stimme und räusperte sich abschließend so kräftig, daß vermutlich allerlei Schleim von ekelhafter Konsistenz nach oben transportiert wurde.

Hanne Wilhelmsen wandte sich taktvoll ab und betrachtete zwei Spatzen, die auf der Fensterbank aufeinander loshackten. Auch denen war es wohl zu heiß.

»Das gefällt mir alles nicht«, wiederholte er. »Überfallsvergewaltigungen kommen selten allein. Hast du schon was aus der Gerichtsmedizin gehört?«

»Nein, das ist noch zu früh. Die brauchen doch immer Wochen!«

»Dann mahn das mal an, Wilhelmsen. Mahn das an. Ich mache mir wirklich ziemliche Sorgen.«

Mühselig stand er auf und hustete sich in sein eigenes Büro zurück.

DONNERSTAG, 3. JUNI

Es war gar nicht einfach, sich so plötzlich frei zu nehmen. Aber seine beiden Kollegen hatten großes Verständnis gezeigt. Schnell entschlossen und wohlwollend hatten sie kurzfristig seine Patienten übernommen. Das bedeutete einen Einkommensverlust. Andererseits: Er hatte sich schon seit vielen Jahren keinen richtigen Urlaub mehr gegönnt.

Wenngleich – Urlaub... Er hatte viel zu tun. Womit er anfangen sollte, war vorerst jedoch ziemlich unklar. Deshalb ging er erst einmal schwimmen. Selbst jetzt, um sieben Uhr morgens, war das Schwimmbad überraschend gut besucht. Schwer hing der Chlorgeruch über den Schwimmenden, sicher war gerade erst nachgefüllt worden. Einige Leute kamen ihm vor wie Stammgäste, sie grüßten einander und plauderten ein wenig am Beckenrand. Andere waren zielbewußter, schwammen hin und her durch das fünfzig Meter lange Becken, ohne auf andere zu achten oder irgendwen anzusehen. Sie schwammen einfach, schwammen und schwammen. Er auch.

Nach hundert Metern war er müde. Nach zweihundert Metern ging ihm auf, daß er nicht nur älter wurde, sondern langsam auch zu fett. Nach zwei weiteren Bahnen ging es wieder besser. Er hatte einen Rhythmus gefunden, den sein Herz hinnehmen konnte. Sein Rhythmus war viel träger als der der anderen Schwimmer, die immer wieder prustend an ihm vorüberzogen. Die muskulösen Oberkörper zogen Kielwasser hinter sich her wie schwere Schiffe im Miniaturformat. Er hängte sich an die Heckwelle einer grellen Badehose. Nach siebenhundert Metern fühlte er sich bereit. Es war ein seltsamer Tagesanfang, etwas Neues, anderes, und er konnte sich nicht erinnern, wann er sich zuletzt Zeit dafür genommen hatte. Er hievte sich auf den Beckenrand, zog den Bauch ein und streckte die Brust heraus. Das schaffte er nur bis zur Treppe zu den Garderoben. Er ließ die Luft durch zusammengepreßte Zähne entweichen und den Oberkörper in seine angestammte Lage zurücksinken.

In der Sauna fand er Trost. Die anderen, die bei fast hundert Grad mit geröteter Haut dasaßen, sahen auch nicht besser aus. Während er, mit züchtig um den Bauch gewickeltem Badetuch, schwitzte, beschloß er, das Haus aufzusuchen, in dem seine Tochter wohnte. Gewohnt hatte. Er mußte irgend etwas mit der Wohnung machen. Es war ausgeschlossen, daß Kristine wieder dorthin zog. Aber er wollte ihr jetzt keine Entscheidung aufzwingen. Sie hatten Zeit. Bis auf weiteres.

Er fühlte sich sauber und leichter als seine knapp hundert Kilo. Draußen regnete es, aber die leichte Wolkendecke hatte den Thermostat nicht herunterdrehen können. Noch immer war es viel zu warm für die Jahreszeit. Selbst Mitte Juli wären achtzehn Grad über Null am frühen Morgen beeindruckend gewesen. Jetzt waren sie erschreckend. Vielleicht war doch etwas Wahres an dieser Geschichte mit dem Ozonloch.

Er setzte sich problemloser als sonst in sein Auto, das verbotenerweise auf einem Behindertenparkplatz stand. Die Trainingsrunde hatte ihm gutgetan. Das mußte er öfter machen. Er beschloß, sich am Riemen zu reißen.

Vierzehn Minuten später fand er nur fünfzig Meter vom Haus seiner Tochter entfernt eine Parklücke, die groß genug war. Er schaute noch einmal auf die Uhr und fand, es sei noch zu früh, fremde Leute zu stören. Die, die zur Arbeit mußten, hatten jetzt bestimmt keine Zeit, mit ihm zu reden. Deshalb schnappte er sich lieber zwei Boulevardzeitungen und ging in eine Bäckerei, die eilige Morgenmenschen bereits mit dem lebhaften Duft von frischem Hefegebäck in Versuchung führte.

Nach drei Brötchen, einem Viertelliter Milch und zwei Tassen Kaffee war genau die richtige Zeit für sein Vorhaben. Er ging bei seinem Auto vorbei und fütterte die Parkuhr mit neuen Kronenstücken, dann näherte er sich der Haustür. Er fischte die Schlüssel aus der Tasche und betrat das Haus. Es gab zwei Wohnungen auf jeder Etage und insgesamt vier Etagen. Er konnte im Erdgeschoß anfangen.

Ein selbstgemachtes Porzellanschild verriet, daß in der linken Wohnung Hans Christiansen und Lena Ødegård hausten. Er riß sich zusammen und klingelte kurz. Keine Reaktion. Er machte noch einen Versuch. Nichts zu hören.

Das war kein guter Anfang. Na, dann würde er eben nachmittags noch einmal vorbeischauen. An der Tür gegenüber gab es kein Namensschild. An der Haustür war ihm ein ausländischer Name aufgefallen. Er hatte nicht feststellen können, ob der Name einer Frau oder einem Mann gehörte. Auf jeden Fall hatte der oder die Betreffende es nicht für nötig gehalten, das Namensschild zu ersetzen, das früher offenbar die Tür geschmückt hatte; auf dem Holz zeichneten sich ein helles Feld und zu beiden Seiten jeweils ein Schraubenloch ab.

Er hörte ein deutliches Summen, als er auf die Klingel drückte. Und dann hörte er in der Wohnung Schritte. Aber sonst passierte nichts. Bssss. Er machte noch einen Versuch. Weiterhin keine Reaktion. Irritiert schellte er noch einmal, diesmal ziemlich lange. Unhöflich lange, dachte er und klingelte ein weiteres Mal.

Schließlich klirrte eine Sicherheitskette, und die Tür wurde einen Spaltbreit geöffnet. Die Kette gestattete nur eine Öffnung von zehn Zentimetern. Durch diese Öffnung erblickte er eine Frau. Sie war klein, höchstens einhundertfünfundfünfzig Zentimeter groß. Sie trug altmodische, billige und wahrscheinlich zu hundert Prozent synthetische Kleider. Sie glitzerten im Lichtschein, der irgendwo aus der Wohnung stammte. Die Frau wirkte zutiefst verängstigt.

»Du Polizei?«

»Nein, ich bin nicht von der Polizei«, sagte er und versuchte, so wohlwollend und einladend wie möglich zu lächeln.

»Du kein Polizei, du hier nicht rein«, sagte die kleine Frau und wollte die Tür wieder schließen.

Blitzschnell schob er den Fuß in den Spalt und konnte das gerade noch verhindern. Er bereute seine Tat, sowie er die Angst in ihren Augen sah.

»Keine Panik«, bat er verzweifelt. »Bitte, haben Sie keine Angst! Ich möchte nur kurz mit Ihnen reden. Ich bin der Vater von Kristine Håverstad. Aus dem ersten Stock. Genau über Ihnen. Second floor«, fügte er hinzu, in der Hoffnung, daß sie ihn so besser verstehen würde. Dann fiel ihm ein, daß das nicht stimmte. »First floor, I mean. My daughter. She lives upstairs.«

Vielleicht glaubte sie ihm. Vielleicht begriff sie bei genauerem Nachdenken auch, wie unwahrscheinlich es war, daß irgend jemand ihr um halb zehn Uhr morgens zu nahe treten würde. Jedenfalls entfernte sie die Sicherheitskette und öffnete vorsichtig die Tür. Er blickte sie fragend an, sie winkte ihn in die Wohnung.

Die war ungeheuer spartanisch möbliert. Sie war identisch mit der Wohnung seiner Tochter, wirkte aber trotzdem kleiner. Wahrscheinlich, weil es an Möbeln fehlte. An der einen Wohnzimmerwand stand ein Sofa. Da es weder Tisch noch Sessel gab, konnte es wohl kaum als Sitzecke bezeichnet werden. Offenbar diente das Sofa auch als Bett, denn als er einen Blick ins Schlafzimmer warf, sah er, daß es mit Ausnahme von zwei Koffern in einer Ecke vollständig leer war. Im Wohnzimmer standen noch ein kleiner Eßtisch und ein Holzstuhl. An der Wand dem Sofa gegenüber stand auf einem Tischchen ein kleiner Fernseher, vermutlich schwarzweiß. Der Boden war kahl. Die Wände ebenfalls, abgesehen von dem großen, nicht gerahmten Farbfoto eines stattlichen Mannes mit Adlernase und überdekorierter Uniform. Sofort erkannte er den letzten Schah von Persien.

»Kommen Sie aus dem Iran?« fragte er, glücklich, auf diese Weise ein Gespräch eröffnen zu können.

»Iran! Ja!« Die kleine Frau lächelte schüchtern. »Ich aus Iran. Ja.«

»Sprechen Sie Norwegisch, oder wäre Ihnen Englisch lieber?« fragte er, unsicher, ob er sich wohl setzen dürfe. Er beschloß, stehen zu bleiben. Wenn er sich setzte, würde sie stehen bleiben oder sich neben ihn aufs Sofa setzen müssen. Was ihr sicher unangenehm sein würde.

»Ich Norwegisch gut verstehe«, antwortete sie. »Schlecht spreche vielleicht.«

»Ich finde, Sie schaffen das gut«, sagte er aufmunternd. Das Stehen ging ihm inzwischen auf die Nerven, und er kam zu einer anderen Entscheidung. Er packte den Holzstuhl, zog ihn zum Sofa und fragte, ob er sich setzen dürfe.

»Setzen, ja«, sagte sie und schien sich nicht mehr so zu fürchten. Sie ließ sich auf der Sofakante nieder.

»Wie gesagt.« Er räusperte sich. »Ich bin der Vater von Kristine. Kristine Håverstad. Die junge Frau aus der Wohnung über Ihnen. Sie haben vielleicht gehört, was ihr am letzten Samstag passiert ist.«

Es war schwer, darüber zu reden. Noch dazu mit einer fremden Frau aus dem Iran, der er noch nie begegnet war und die er wahrscheinlich niemals wiedersehen würde. Wieder räusperte er sich. »Ich erkundige mich einfach auf eigene Faust. Das ist wichtig für mich. Ich nehme an, Sie haben schon mit der Polizei gesprochen.«

Die Frau nickte.

»Waren Sie hier, als es passiert ist?«

Sie zögerte offensichtlich, und er begriff nicht, warum sie überhaupt Vertrauen zu ihm hatte. Vielleicht wußte sie das ja selbst nicht.

»Nein, ich war nicht hier. Ich in Dänemark. Bei Freunde. Aber ich nicht Frau von Polizei sage. Ich sage, ich schlafe.«

»Ach. Sie haben Freunde in Dänemark.«

»Nein. Keine Freunde in Dänemark. Keine Freunde in Norwegen. Aber Freunde in Deutschland. Die getroffe in Kopenhagen. Lange, lange nicht gesehen. Ich Sonntag spät wieder hier.«

Die Frau war nicht eigentlich schön, hatte aber ein starkes, warmes Gesicht. Sie war viel heller, als er es je bei ihren Landsleuten gesehen hatte, und wies keinen der Züge auf, die er mit Menschen aus ihrem Erdteil verband. Sie war zwar dunkel, aber ihr Haar war nicht blauschwarz und auch nicht dunkelbraun. Es war eher das, was seine Frau in alten Zeiten als »mausgrau« bezeichnet hätte, aber es war glänzend und dicht. Und sie hatte blaue Augen!

Mit Hilfe von Gesten und englischen Einsprengseln konnte sie ihm ihre traurige Geschichte erzählen. Sie war ein Flüchtling und wartete seit dreizehn endlosen bürokratischen Monaten darauf, daß ihr Antrag auf Asyl im Königreich Norwegen behandelt würde. Ihre Familie war in alle Himmelsrichtungen verstreut, und groß war sie auch nicht mehr. Ihre Mutter war vor drei Jahren eines natürlichen Todes gestorben, viele Jahre nachdem ihr Vater nach Norwegen geflohen war. Er war im Iran des Schahs Rechtsanwalt gewesen, und die Familie hatte auf der Sonnenseite der Gesellschaft gelebt. Das hatte sich nach dem Sturz des Regimes gerächt. Zwei Brüder waren in den Gefängnissen der Ajatollahs umgebracht worden. Ihre Schwester und sie selbst waren zunächst davongekommen. Bis vor anderthalb Jahren. Einer aus ihrer Zelle war festgenommen worden. Nach dreitägigem Verhör hatte er alles verraten. Einen Tag später war er tot gewesen. Noch einen Tag später hatten Soldaten vor ihrer Tür gestanden. Aber inzwischen war sie gewarnt worden und hatte sich mit Hilfe von Gesinnungsgenossen durch ein Schlupfloch über die türkische Grenze retten können. In der Türkei hatte sie ein Flugzeug nach Norwegen genommen und war davon ausgegangen, nun mit ihrem Vater zusammenleben zu können. Auf dem Flugplatz hatte die Fremdenpolizei ihr erzählt, daß ihr Vater drei Tage zuvor einem Herzanfall erlegen sei. Ein Anwalt, der ihr unmittelbar nach ihrer Ankunft im Flüchtlingsheim Tanum zugewiesen worden war, hatte schnell feststellen können, daß sie die Hinterlassenschaften ihres Vaters geerbt hatte. Die erschöpften sich in einer schuldenfreien Wohnung, fünf prachtvollen Perserteppichen, einigen Möbelstücken und einem Bankkonto mit vierzigtausend Kronen. Teppiche und Möbel hatte sie verkauft. Sie hatten über hunderttausend Kronen eingebracht, die sie in den Iran geschickt hatte, in der Hoffnung, damit ihrer Schwester helfen zu können. Sie hatte daraufhin nichts von ihrer Schwester gehört, was sie aber auch nicht erwartet hatte. Sie konnte nur das Beste hoffen. Von den vierzigtausend Kronen auf dem Konto bestritt sie ihren Lebensunterhalt. Auf diese Weise fiel sie der norwegischen Gesellschaft nicht zur Last.

»Ich Glück. Nicht in Tanum wohne. Hier wohne. Viel besser für mich.«

Der Ausflug nach Dänemark war illegal gewesen, da sie als Asylbewerberin ohne Paß hier lebte und das Land nicht verlassen durfte. Aber aufgrund ihres untypischen Aussehens ging sie zumindest bei überarbeiteten Zollbeamten als Skandinavierin durch. Sie hatte keine Probleme gehabt. Aber das bedeutete auch, daß sie ihm überhaupt nicht weiterhelfen konnte.

Er erhob sich.

»Na gut. Auf jeden Fall vielen Dank. Und weiterhin viel Glück!«

In der Tür blieb er stehen und reichte ihr die Hand.

»Ich hoffe, die Polizei behandelt Sie gut.«

Er war sich nicht sicher, hatte aber das Gefühl, daß für den Bruchteil einer Sekunde ein Hauch von Unsicherheit über ihre Augen huschte.

»Ich meine, ich hoffe, Sie dürfen in Norwegen bleiben«, präzisierte er.

»Ich hoffe auch so«, sagte sie.

Er war schon unterwegs in den ersten Stock, als die Tür ins Schloß fiel. Das Klirren der Sicherheitskette, die nun wieder vorgelegt wurde, begleitete ihn bis nach oben. Auf dem Treppenabsatz blieb er kurz stehen, mit dem seltsamen Gefühl, etwas übersehen zu haben. Einige Sekunden später konnte er dieses Gefühl abschütteln; er klingelte an der nächsten Wohnung.

Die brutale Vergewaltigung in Homansbyen lag nun schon vier Tage zurück, aber sie war der Aufklärung um keinen Schritt näher gekommen. Eher im Gegenteil. Hanne Wilhelmsens Arbeit hatte erschreckend wenig Ertrag gebracht. Eine ungewöhnlich heftige Frustration fiel über sie her.

Aber was sollte sie tun? Den Vortag hatte sie fast ausschließlich mit Zeugenverhören in zwei von ihren anderen Fällen verbracht. Diese Fälle waren überreif, wütende Mahnschreiben der Anwälte schrien sie vom Unterlagenstapel her geradezu an. Und es standen noch mindestens fünf Verhöre im schwerer wiegenden Fall aus, einer dramatischen Messerstecherei, bei der das Glück größer gewesen war als der Verstand und das Messer die Hauptschlagader im Oberschenkel des Opfers nur um wenige Millimeter verfehlt hatte. Wann sie die Zeit für diese fünf Zeugenbefragungen finden sollte, war ihr ein Rätsel.

Der Inzestfall lastete auf ihr wie eine unbezahlte Rechnung von ziemlicher Höhe; das Verfallsdatum hatte er längst überschritten. In der letzten Nacht hatten schlechtes Gewissen und böse Träume sie aus dem Schlaf aufschrecken lassen. Sie würde das nächste Verhör in dieser Sache früher ansetzen müssen, als ursprünglich geplant. Es würde einen ganzen Tag in Anspruch nehmen. Zuerst standen ein Hausbesuch und eine »Kennenlern-Runde« an. Danach würde es Limo in der Kantine, eine Runde im Streifenwagen und eine »Der Polizei vertrauen«-Aktion geben. Sie hatte keinen ganzen Tag. Sie hatte nicht einmal einen halben.

Die Stapel von Ordnern vor ihr verursachten ihr Übelkeit. Wenn die Bevölkerung der Stadt auch nur eine Ahnung davon gehabt hätte, wie hilflos die Polizei derzeit in der Welle von Verbrechen gegen das Untergehen kämpfte, dann wäre sie in ein Protestgeheul ausgebrochen, das der Polizei sofort hundert Millionen und fünfzig neue Stellungen beschert hätte. Im Moment war der verbrechensvorbeugende Effekt der Polizei die pure Illusion. Höchste Zeit für einen großen Coup, dachte Hanne Wilhelmsen. Neunundneunzigprozentige Chance, nicht erwischt zu werden.

Das hätte sie lieber nicht denken sollen.

Der Überfallalarm plärrte los. Die Sprechanlage schaltete sich ein, und alle hörten die tiefe, monotone Stimme des Abteilungschefs. In Sagene war eine Sparkasse überfallen worden. Alle sollten sofort in den Besprechungsraum kommen. Blitzschnell riß sie Motorradhelm und Lederjacke an sich.

Fast hätte sie es nicht geschafft. Nur anderthalb Meter vor der befreienden Tür zum Treppenhaus wurde sie am Kragen gepackt. Der Abteilungschef lachte, als sie sich beschämt umsah.

»Versuch nie, einen alten Schlaukopf auszutricksen«, sagte er. »Mach, daß du ins Besprechungszimmer kommst.«

»Nein, wirklich«, sagte sie. »Ich muß los. Außerdem habe

ich im Moment so viel am Hals, daß ich euch überhaupt nicht helfen kann. Wirklich. Ganz ehrlich. Ich kann mir einfach nicht noch mehr aufladen.«

Vermutlich lag es an ihrer Stimme. Vermutlich war die Tatsache, daß sie zweifellos seine beste Ermittlerin war, von einer gewissen Bedeutung. Vielleicht lag es auch an ihren ungewöhnlich müden Gesichtszügen, an den deutlichen blauen Ringen unter den Augen und der wenig kleidsamen Schärfe ihres Profils. Egal warum, der Abteilungschef stand einen Moment offenbar unentschlossen vor ihr.

»Okay«, sagte er schließlich. »Ab mit dir. Aber laß das nicht zur Gewohnheit werden!«

Unendlich erleichtert rannte sie zur Tür. Wohin sie wollte, wußte sie nicht. Sie mußte einfach weg von hier.

Im Grunde war wohl alles gleich gut. Ein Tatort konnte gar nicht oft genug besichtigt werden. Immerhin brachte es ihr das Gefühl, etwas Konkretes zu unternehmen.

In der Eingangstür wären sie fast zusammengestoßen. Sie fischte gerade ihre Schlüssel aus der Jackentasche, er kam aus dem Treppenhaus gestürzt. Hanne Wilhelmsen mußte einen Schritt zurückweichen, um nicht umzufallen. Der riesige Mann dagegen geriet nicht ins Wanken. Er entschuldigte sich gerade überschwenglich, als er sie erkannte.

Der Zahnarzt war zu alt, um rot zu werden. Außerdem hatte er eine grobe, unrasierte Haut, die wohl gar keine Röte durchgelassen hätte. Aber Hanne Wilhelmsen registrierte doch ein leichtes Flackern in seinem Blick, als er rasch die Erklärung servierte, er habe etwas aus der Wohnung seiner Tochter holen wollen. Und dann fiel ihm auf, daß er mit leeren Händen dastand.

»Es war aber leider nicht da«, erklärte er. »Sie hat sich sicher geirrt.«

Kommissarin Wilhelmsen schwieg. Diese peinliche Pause war zu ihrem Vorteil. Das wußte er; er räusperte sich schnell, dann schaute er auf die Uhr und fügte hinzu, er komme zu spät zu einem wichtigen Termin.

»Könnten Sie sich morgen früh um acht zu einem kurzen Gespräch bei mir einfinden?« fragte sie, ohne ihn vorbeizulassen.

Er dachte kurz nach.

»Morgen früh? Hm, ja, das ist nicht so leicht, glaube ich. Ich habe im Moment so viel zu tun.«

»Es ist ziemlich wichtig. Also, wir sehen uns um acht, ja?«

Ihm war offenbar überhaupt nicht wohl in seiner Haut.

»Na gut, dann um acht. Vielleicht ein paar Minuten später?«

»Von mir aus gern.« Sie lächelte. »Ein paar Minuten mehr oder weniger spielen wirklich keine Rolle.«

Dann ließ sie ihn vorbei. Sie schaute ihm nach, als er zu seinem Auto ging und einstieg. Danach besuchte sie ihren alten Freund im ersten Stock. Dort wurde sie abermals überschwenglich begrüßt und erfuhr, was sie nicht sonderlich überraschte: daß ein sehr netter Mann, der Vater dieses armen Mädchens, zu einem gemütlichen Schwatz hereingeschaut hatte.

Hanne Wilhelmsen achtete kaum auf das, was der Alte sagte. Eine knappe Viertelstunde und eine halbe Tasse Kaffee später bedankte sie sich und ging. Mit bekümmert gerunzelter Stirn stieg sie auf die Harley, ließ jedoch den Motor nicht an. Aus irgendeinem Grund hatte ihr die Begegnung mit dem Vater der vergewaltigten jungen Frau das Gefühl gegeben, an einer Art Wettlauf teilzunehmen. Und dieser Wettlauf gefiel ihr überhaupt nicht.

Es war übel, dermaßen auf frischer Tat ertappt zu werden. Er ärgerte sich darüber, daß er so schlecht auf die Begegnung mit dieser Polizistin vorbereitet gewesen war. Es war doch klar, daß er mit einem solchen Zusammentreffen rechnen mußte, und dennoch hatte er diese Gefahr nicht in Betracht gezogen. Das würde ihm morgen ein peinliches Verhör einbringen. Na gut. Darauf mußte er es ankommen lassen.

Er war nachmittags noch einmal zu dem Haus gegangen, und nun mußte er nur noch mit einem Mann im vierten und einer jungen Frau im zweiten Stock sprechen. Allerdings war das nicht wichtig, denn die anderen Nachbarn hatten ihm erzählen können, daß der Mann seit zwei Monaten im Ausland war und daß die junge Frau am letzten Wochenende ihre Eltern besucht hatte.

Der alte Mann hatte ihm als einziger etwas Konkretes zu sagen vermocht. Etwas über ein rotes Auto. Ein hellrotes, fremdes Auto, das von etwa elf Uhr am Samstag abend bis in die frühen Morgenstunden des Sonntags ungefähr dreißig Meter vom Haus entfernt auf der Straße gestanden hatte.

Wußte die Polizei von diesem roten Auto? Interessierte sie das überhaupt? Der Wagen konnte jedem x-beliebigen gehören. Es war unwahrscheinlich, daß ein Vergewaltiger während der Tat sein Auto in der Nähe des Tatortes stehen ließ. Andererseits steckte der übergroße Zahnarzt Vergewaltiger nun wirklich nicht mit anderen Gesetzesbrechern in eine Schublade. Er stellte sich unter Sittlichkeitsverbrechern sabbernde Untermenschen mit geringer Intelligenz vor. Obwohl er es besser wußte und seine Auffassung modifiziert hatte, jetzt, da er selbst auf einen solchen Kerl Jagd machte, konnte er ... wollte er die Möglichkeit nicht außer acht lassen, daß der Mann der Besitzer des roten Autos sein konnte.

Außerdem war das sein einziger Anhaltspunkt. Ein rotes Auto. Ein PKW. Unbekannte Marke, unbekanntes Kennzeichen.

Er seufzte resigniert und kochte für sich und seine stumme Tochter eine Art Abendessen.

Es war fast zehn Uhr abends, sie lagen auf dem Boden und hatten sich geliebt. Unter sich hatten sie zwei Decken, über sich einen kühlen Luftzug von der Balkontür, die sie kühnerweise einen Spaltbreit offengelassen hatten. Sie hatten die Vorhänge vorgezogen und waren so leise wie möglich gewesen. Aus den anderen Balkontüren hörten sie ferne Geräusche; ein Ehepaar, das sich einen Stock tiefer stritt, nebenan einen etwas zu lauten Fernseher. Hanne und Cecilie lagen schon seit den Fernsehnachrichten hier.

»Warum liegen wir eigentlich hier?« kicherte Hanne. »Das ist ziemlich hart. Mein Steißbein tut schon weh.«

»Waschlappen. Sieh mich doch an, ich hab' mir die Knie aufgekratzt.«

Cecilie hielt ihr ein Knie vor die Nase. Es stimmte. Das Knie sah rot und schrecklich wund aus. Daß sie es auch nie lernten. Nicht zum erstenmal hatte der Teppichboden Ellbogen und Knie aufgescheuert, wenn sie für einen Moment neben der Decke gelandet waren.

»Du Arme«, sagte Hanne und küßte das wehe Knie. »Warum liegen wir denn immer noch hier?«

»Weil es so wahnsinnig gemütlich ist«, erklärte ihre Liebste und erhob sich.

»Gehst du weg?«

»Nein, ich will nur eine Decke. Ich friere.«

Sie packte die obere Decke und zog sie an sich. Was dazu führte, daß Hanne auf den Bauch gedreht wurde. Cecilie kniete sich neben sie und küßte die Stelle, an der der Rücken sich teilte.

»Dein armes Steißbein«, sagte sie, legte sich neben Hanne und zog die Decke über sie beide. Hanne drehte sich auf die Seite, stützte den Kopf auf den Ellbogen und ließ langsam einen Zeigefinger über die Brust der anderen wandern.

»Was würdest du tun, wenn ich vergewaltigt würde?« fragte sie plötzlich.

»Du vergewaltigt? Warum sollte dich einer vergewaltigen? Du bist doch nicht so ungeschickt, daß dir das passieren kann.«

»Red doch nicht so ein Blech. Es hat nichts mit Ungeschicklichkeit zu tun, wenn eine vergewaltigt wird.«

»Ach nein? Und warum ist das dann noch keiner von unseren Freundinnen passiert? Warum lesen wir in den Zeitungen immer wieder von Frauen, die zu den seltsamsten Zeitpunkten an den suspektesten Stellen in der Stadt vergewaltigt werden? Wer aufpaßt, wird auch nicht vergewaltigt.«

Hanne Wilhelmsen hatte jetzt keinen Nerv für einen Streit, obwohl die Begriffsstutzigkeit ihrer Freundin sie ziemlich ärgerte. Sie fühlte sich zu wohl zum Streiten. Sie wollte das einfach nicht. Statt dessen beugte sie sich vor und ließ ihre Zunge nasse Kreise um Cecilies Warzenvorhof ziehen, behutsam, darauf bedacht, nicht die Brustwarze selbst zu berühren. Plötzlich hielt sie inne.

»Ganz im Ernst«, drängte sie. »Was würdest du tun? Was würdest du fühlen?«

Die andere stützte sich langsam auf ihre Arme. Sie drehte sich halb zu Hanne um. Ein grünes Licht vom Display der riesigen Stereoanlage ließ ihr Gesicht für einen Moment fast überirdisch wirken.

»Jetzt siehst du aus wie das schönste Gespenst der Welt«, sagte Hanne leise und lachte. »Das garantiert schönste Gespenst der Welt.«

Sie streckte die Hand nach einer der langen, hellblonden Locken aus und wickelte sie sich mehrmals um den Finger.

»Bitte«, insistierte sie. »Kannst du mir nicht sagen, was du machen würdest?«

Endlich begriff Cecilie, daß die Frage für Hanne wichtig war. Sie setzte sich ein wenig gerader, so als könnte das ihre Denkfähigkeit verstärken. Dann sagte sie laut und deutlich und ganz, ganz ernst: »Ich würde den Kerl umbringen.«

Sie verstummte und dachte noch zehn Sekunden nach.

»Ja, ich würde ihn bestimmt umbringen.«

Genau diese Antwort hatte Hanne hören wollen. Nun richtete auch sie sich auf und küßte ihre Liebste zärtlich.

»Richtige Antwort«, lächelte sie. »Und jetzt müssen wir schlafen.«

FREITAG, 4. JUNI

Der Zahnarzt Finn Håverstad kam nur selten in die Oststadt. Seine Praxis hatte er in einer Villa in Frogner, gediegen, alt und teuer im Unterhalt, weswegen niemand es sich leisten konnte, dort zu wohnen. Im Erdgeschoß hatte ein Architektenbüro seinen Sitz, eines der sehr wenigen, die die anhaltende Krise in der Branche überlebt hatten. Im ersten Stock arbeiteten die drei Zahnärzte in hellen, freundlichen Räumen voller Sonne und Luft.

Seine Wohnung lag in Volvat. Zentral und doch ländlich, umgeben von einem anderthalb Dekar großen Grundstück. Obwohl seine Praxis in den letzten fünfzehn Jahren ziemlichen Profit abgeworfen hatte, war es vor allem ein Vorschuß auf eine Erbschaft gewesen, der ihm im Jahre 1978 den Kauf dieses Hauses ermöglicht hatte. Seine Tochter war von dem Haus begeistert gewesen. Und er konnte in zwanzig Minuten zu Fuß zur Arbeit gehen – was er allerdings nie machte.

Auf der anderen Seite der Stadt roch es anders. Nicht direkt schmutziger, nicht direkt schlichter und doch ... stärker. Die Auspuffgase waren aufdringlicher, die Stadt roch kräftiger. Als ob sie gerade hier ihr Deo vergessen hätte. Und alles war viel lauter. Er fühlte sich nicht wohl hier.

Typisch norwegisch, das Polizeihauptquartier in den kläglichsten Teil der Stadt zu verlegen. Der Staat hatte das Grundstück sicher für ein Butterbrot und ein Ei bekommen. Und

Parkplätze gab es auch nicht. Er lenkte seinen BMW vorsichtig in das klaffende Loch unten an dem Hang, auf dem das Polizeigebäude stand. Er mußte zehn Minuten warten, bis ein Platz frei wurde. Ein junger Mann in einem alten Amazon sauste aggressiv aus einer Parklücke und streifte die Ecke am Ausgang aus der Tiefgarage. Ein ziemlich zerkratztes gelbschwarz gestreiftes Feld an der Wand bewies, daß der Junge nicht der erste war. Der Zahnarzt merkte sich diese Falle, bugsierte sein Auto in die Lücke und verließ es nur widerwillig, als er sah, daß er schon eine Viertelstunde zu spät dran war.

Sie sagte nichts zu seiner achtzehnminütigen Verspätung. Sie wirkte überhaupt freundlich und entgegenkommend, geradezu angenehm. Das machte ihn arg unsicher.

»Es dauert nicht lange«, sagte sie beruhigend. »Kaffee? Oder vielleicht Tee?«

Hanne Wilhelmsen holte für sie beide Kaffee und steckte sich eine Zigarette an, nachdem er ihr versichert hatte, daß ihm das wirklich nichts ausmache. Dann blies sie beunruhigend lange Zigarettenrauch ins Zimmer, verfolgte ihn mit trägem Blick und hielt einfach den Mund.

Er rutschte unruhig in seinem Sessel hin und her, unter anderem auch, weil der ausgesprochen unbequem war. Schließlich konnte er das Schweigen nicht länger ertragen.

»Wollen Sie etwas Besonderes von mir?« fragte er und war verblüfft darüber, wie zaghaft er sich anhörte.

»Sicher«, sagte sie fast munter. »Natürlich will ich etwas Besonderes von Ihnen. Zuerst...«

Sie drückte ihre Zigarette aus, sah ihn fragend an, war offenbar zufrieden mit seiner Antwort – er streckte in einer Geste der Zustimmung den Arm aus – und zündete sich sofort eine neue Zigarette an.

»Ich sollte wirklich damit aufhören«, sagte sie vertraulich. »Mein Chef raucht seit dreißig Jahren so viel. Den sollten Sie mal husten hören! Pst!«

Sie erstarrte in ihrer Bewegung und legte den Kopf schräg. Aus der Ferne hörten sie einen röchelnden Hustenanfall.

»Da hören Sie's«, sagte sie triumphierend. »Dieses Zeug ist lebensgefährlich.«

Sie starrte mißbilligend die halbvolle Zigarettenpackung an und verstummte aufs neue.

»Aber jetzt zu uns«, sagte sie schließlich so unvermittelt und so laut, daß er zusammenfuhr. Er merkte, daß ihm der Schweiß ausbrach, und er strich sich so diskret wie möglich mit dem Zeigefinger über die Oberlippe.

»Zuerst die Formalitäten«, sagte sie gleichgültig und hämmerte Namen, Adresse und Personenkennummer in die Maschine. »Und dann muß ich Ihnen folgendes einschärfen: Der Polizei müssen Sie die Wahrheit sagen. Falschaussagen sind strafbar. Sie sind nämlich Zeuge...« Sie lächelte und sah ihn an. »...und kein Angeklagter. Angeklagte können nach Herzenslust lügen. Mehr oder weniger jedenfalls. Ungerecht eigentlich, finden Sie nicht?«

Er nickte heftig. Im Augenblick hätte er dieser Frau bei allem zugestimmt. Sie war beunruhigender, als sie aussah. Als er sie zum erstenmal gesehen hatte, am letzten Montag, hatte er sie als ziemlich attraktiv registriert. Groß und schlank, aber mit fülligen Hüften und runden Brüsten. Jetzt kam sie ihm eher wie eine Amazone vor. Wieder fuhr er sich mit dem Finger über die Oberlippe, aber das half nichts. Er zog ein frischgebügeltes Taschentuch hervor und wischte sich die Schläfen.

»Finden Sie es hier zu warm? Das tut mir leid. Dieses Haus ist für solche Temperaturen einfach nicht gedacht.«

Sie machte keinerlei Anstalten, das Fenster zu öffnen.

»Ach, übrigens«, sagte sie statt dessen. »Sie brauchen keine Aussage zu machen. Sie können verweigern. Aber das wollen Sie sicher nicht?«

Er schüttelte so heftig den Kopf, daß er das Gefühl hatte, die Schweißtropfen flögen nur so durch die Gegend.

»Schön«, sagte sie. »Dann mal los.«

Eine halbe Stunde lang stellte die Polizeibeamtin völlig korrekte Fragen. Wann er am letzten Sonntag in die Wohnung seiner Tochter gekommen sei. Wo genau sie gesessen habe. Ob sie bekleidet gewesen sei. Ob er vielleicht irgendwelche Gegenstände aus der Wohnung entfernt habe. Ob ihm etwas Ungewöhnliches aufgefallen sei, Gerüche, Geräusche oder so etwas. Wie es seiner Tochter jetzt gehe, wie sie sich in den letzten Tagen verhalten habe. Und wie ihm selber zumute sei.

Obwohl es ihm weh tat, über die Sache reden zu müssen, war er doch erleichtert. Seine Schultern entspannten sich etwas, das Zimmer kam ihm jetzt weniger beklemmend vor. Er trank sogar ein wenig Kaffee, als sie eine Pause einlegte, um seine Aussagen in die antiquierte Kugelkopfmaschine zu tippen.

»Die ist ja nicht gerade up to date«, sagte er vorsichtig.

Ohne innezuhalten und ohne ihn anzusehen, erzählte sie, daß sie demnächst einen Computer bekommen werde. Vielleicht nächste Woche. Vielleicht in einem Monat.

Nach zwanzig Minuten war sie fertig und steckte sich wieder eine Zigarette an.

»Was haben Sie gestern bei Kristines Nachbarn gemacht?«

Es war unbegreiflich, daß er von dieser Frage dermaßen überrumpelt wurde. Er hatte doch gewußt, daß sie kommen mußte.

Blitzschnell erwog er die Konsequenzen einer Lüge. Ein fünfzigjähriges Leben vorrangig auf der gesetzestreuen Seite der Gesellschaft siegte.

»Ich wollte mich selbst ein wenig erkundigen«, gab er zu.

Da. Jetzt hatte er es gesagt. Er hatte nicht gelogen. Das war ein gutes Gefühl. Ganz offensichtlich hatte sie mit einer Lüge gerechnet.

»Sie wollen also den Privatdetektiv spielen?«

Es klang durchaus nicht spöttisch. Ihr Wesen wirkte verändert. Ihr Gesicht wurde weicher, sie drehte ihren Stuhl zu ihm um und hatte für längere Zeit Blickkontakt zu ihm, zum erstenmal an diesem Morgen.

»Hören Sie, Håverstad. Ich weiß natürlich nicht, wie Sie sich fühlen. Aber ich kann es mir vorstellen. So ungefähr wenigstens. Ich habe bis heute zweiundvierzig Vergewaltigungsfälle gehabt. Daran gewöhnt sich niemand. Und keine zwei Fälle sind gleich. Abgesehen davon, daß alle gleich schrecklich sind. Für die Opfer und für die, die ihnen nahestehen. Ich habe das immer wieder miterlebt.«

Jetzt erhob sie sich und öffnete ein Fenster. Sie stellte einen häßlichen kleinen Aschenbecher aus braunem Glas in den Spalt, damit das Fenster nicht wieder zufallen konnte.

»Ich habe oft... das müssen Sie mir glauben... oft überlegt, wie ich reagieren würde, wenn meine...« Sie unterbrach sich. »...wenn eine, die mir nahesteht, so etwas durchmachen müßte. Das sind natürlich nur Spekulationen, denn zum Glück ist mir das noch nicht passiert.« Ihre schmale Hand ballte sich zur Faust und schlug dreimal auf die Tischplatte. »Aber ich glaube, ich würde nur an Rache denken. Zuerst würde ich es wohl mit Zuwendung versuchen. Verzweiflung fordert unsere Unterstützung und unseren Trost heraus. Aber Sie brauchen mir nicht zu erzählen, daß Sie damit nicht durchkommen. Das weiß ich. Es ist schwer, Vergewaltigungsopfer zu erreichen. Und dann kommt man leicht auf Rachegedanken. Die Rache...«

Sie verschränkte die Arme vor der Brust und starrte über seinen Kopf hinweg ins Leere.

»Ich glaube, wir unterschätzen unser Rachebedürfnis. Hören Sie sich doch bloß die Juristen an! Wenn jemand auch nur eine Andeutung wagt, daß Rache beim Strafmaß eine Rolle spielen könnte, dann kommen sofort die rechtsgeschichtlichen Vorträge darüber, daß das Thema schon seit Jahrhunderten erledigt ist. Rache gilt bei uns einfach nicht als edel. Sie ist gemein, sie ist verwerflich, und vielleicht vor allem ...« Sie biß sich auf die Lippe, während sie nach einem Wort suchte. »... primitiv! Sie erscheint uns primitiv. Das ist ein gediegener Trugschluß, wenn Sie mich fragen. Das Bedürfnis nach Rache ist tief in uns verwurzelt. Die Frustration der Leute, wenn ein Sittlichkeitsverbrecher zu anderthalb Jahren verurteilt wird, läßt sich natürlich nicht durch juristische Phrasen über Verbrechensverhütung und Resozialisierung dämpfen. Die Leute wollen Rache! Jemand, der sich übel aufgeführt hat, soll auch übel behandelt werden. Basta.«

Finn Håverstad ahnte, worauf diese seltsame Polizeibeamtin hinauswollte. Noch immer quälte ihn die Unsicherheit, aber etwas an ihrem Engagement, ihren Augen, ihrer Gestik, die ihre Aussagen zu unterstreichen schien, sagte ihm, daß diese Frau ihm nicht übelwollte. Es war ihre Art, ihn vor dem zu warnen, womit er gerade erst angefangen hatte. Eine Warnung, ganz klar, aber eine wohlmeinende und mitfühlende Warnung.

»Aber wissen Sie, Håverstad, so läuft das bei uns nun mal nicht. Die Leute klären nicht auf eigene Faust Verbrechen auf, um sich dann bei Nacht und Nebel, zur klammheimlichen Freude des Publikums, zu rächen. Das geht nur im Film so. Und vielleicht in den USA.«

Es klopfte. Eine unbeschreibliche Gestalt riß die Tür auf, ohne auf Antwort zu warten. Der Mann war fast zwei Meter groß, hatte sich den Schädel kahlgeschoren und prunkte mit einem üppigen, ungepflegten roten Schnurrbart und einem Kreuz im Ohr.

»Ach, Entschuldigung«, rief er, als er Håverstad sah, aber er schien es durchaus nicht so zu meinen. Er blickte die Polizeibeamtin an. »Freitagsbier um vier, kommst du mit?«

»Wenn ich auch ein alkoholfreies nehmen darf, dann ja.«

»Bis um vier also«, sagte das Monstrum und knallte die Tür ins Schloß.

»Er ist Polizist«, versicherte sie wie zur Entschuldigung. »Fahnder. Die sehen manchmal ein bißchen seltsam aus.«

Die Stimmung hatte sich gewandelt. Ihr Vortrag war zu Ende. Sie reichte ihm die beiden mit der Maschine beschriebenen Blätter zum Durchlesen. Das ging schnell. Nichts von dem, worüber sie in der letzten halben Stunde gesprochen hatten – worüber sie gesprochen hatte –, stand darauf. Sie tippte mit dem Zeigefinger unten auf die zweite Seite, und er unterschrieb.

»Und hier«, sagte sie und zeigte auf den Rand der ersten Seite.

Offenbar konnte er jetzt gehen. Er stand auf, aber sie winkte ab, als er ihr zum Abschied die Hand hinstreckte.

»Ich bring' Sie hinaus.«

Sie schloß ihr Büro ab und wanderte neben ihm durch einen Flur mit blauen Türen und Linoleumboden. Geschäftige Menschen liefen hin und her. Niemand trug Uniform. Vor dem Treppenhaus blieben sie stehen. Jetzt war sie bereit, ihm die Hand zu geben.

»Lassen Sie mich Ihnen einen guten Rat geben, Håverstad. Mischen Sie sich nicht in Dinge ein, mit denen Sie nicht fertig werden. Machen Sie etwas anderes. Fahren Sie mit Ihrer Tochter in Ferien. In die Berge. Nach Spanien. Egal, wohin. Aber lassen Sie uns unsere Arbeit tun. Allein.«

Er murmelte einen Abschiedsgruß und ging die Treppe hinunter. Hanne Wilhelmsen sah ihm nach, bis er sich den schweren Metalltüren näherte, die die unerträgliche Hitze aussperrten. Dann ging sie die paar Meter zum Fenster nach Westen und hatte es gerade erreicht, als er draußen auftauchte. Er ging mit schweren Schritten, wie ein alter Mann. Er blieb kurz stehen und streckte den Rücken, dann verschwand er in der Tiefgarage.

Der Polizeibeamtin Hanne Wilhelmsen tat dieser Mann schrecklich leid.

Kristine Håverstad war sonst immer gern allein zu Hause gewesen. Jetzt machte sie überhaupt nichts mehr gern. Sie war wach gewesen, als ihr Vater aufstand, war aber im Bett geblieben, bis um halb acht die Tür hinter ihm ins Schloß gefallen war. Danach hatte sie das ganze heiße Wasser verbraucht. Zuerst hatte sie zwanzig Minuten lang geduscht, sich rot und wund geschrubbt, und danach habe sie ein langes, kochendheißes Schaumbad genommen. Das war zur Routine geworden, zu einem morgendlichen Ritual.

Jetzt saß sie in einem alten Trainingsanzug und ausgelatschten Seehundspantoffeln da und sah ihre CD-Sammlung durch. Als sie vor zwei Jahren zu Hause ausgezogen war, hatte sie nur ganz neue CDs und ihre Lieblingsmusik mitgenommen. Der restliche Stapel war ziemlich groß. Sie suchte sich eine alte Platte von A-ha aus, »Hunting High and Low«. Passender Titel. Sie hatte das Gefühl, nach etwas zu suchen, von dem sie nicht wußte, wo es sein könnte. Sie ahnte ja nicht einmal, wonach sie suchte. Als sie das Cover aufklappte, fiel die CD auf den Boden. Die Schachtel fiel auseinander und ließ sich nicht wieder zusammensetzen. Wütend versuchte Kristine es immer weiter, obwohl sie wußte, daß es nicht klappen würde. Am Ende war die Schachtel wirklich kaputt. Entnervt warf sie beide Teile auf den Boden und brach in Tränen aus. Diese verdammten CD-Hersteller. Sie weinte eine halbe Stunde lang.

Morten Harket war nicht zerbrochen. Vornübergebeugt, die muskulösen Arme starr ausgestreckt, stierte er mit schwarzweißem, unergründlichem Blick an ihr vorbei. Kristine studierte seit vier Jahren Medizin. Sie beherrschte die Anatomie. Sie fischte das kleine Coverbild aus den Plastikscherben auf dem Boden. Dieser Muskel war bei normalen Menschen nicht zu sehen. Dazu gehörte Training, sehr viel Training. Sie betastete ihre eigenen dünnen Oberarme. Der Trizeps war zwar vorhanden, ließ sich aber nicht blicken. Bei Morten Harket tat er das. Die Oberarme beulten sich kräftig und klar aus. Unverwandt starrte sie auf dieses Bild. Der Mann war durchtrainiert gewesen. Er hatte einen deutlich sichtbaren Trizeps gehabt. Wenn sie versuchte, an den schrecklichen Abend zurückzudenken, dann begriff sie einfach nicht, wann sie das gesehen hatte. Vielleicht hatte sie es nicht gesehen. Vielleicht hatte sie es nur gespürt. Aber sie war hundertprozentig sicher. Der Vergewaltiger hatte einen dicken Trizeps gehabt.

Eine Tatsache. Aber sie wußte nicht, wie sie damit umgehen sollte.

Als sie plötzlich vom Flur her Geräusche hörte, fuhr sie zusammen, als würde sie bei einem ihr unbekannten Verbrechen auf frischer Tat ertappt. Adrenalin schäumte ins Blut, und sie sammelte blitzschnell die Plastikteile auf und versuchte, sie in dem großen Stapel unversehrter CDs zu verstecken. Dann brach sie wieder in Tränen aus.

Im Moment machte ihr alles angst. Früh am Morgen war ein kleiner Vogel gegen das große Wohnzimmerfenster geflogen, als sie gerade versucht hatte, etwas zu essen. Bei dem Geräusch war sie heftigst zusammengefahren. Sie hatte sofort gewußt, was los war, diese kleinen Viecher knallten öfter gegen die Fensterscheibe. Und fast immer ging es gut. Ab und zu blieben sie eine halbe Stunde liegen, dann rappelten sie sich wieder auf, schlugen versuchsweise mit den Flügeln und flogen unsicher davon. Diesmal hatte sie den Vogel aufgehoben, hatte das kleine Herz schlagen hören und war einfach verzweifelt gewesen. Schließlich war der Vogel gestorben. Sicher vor Schreck, weil sie ihn hochgehoben hatte. Sie fühlte sich schuldig und schämte sich.

Ihr Vater beugte sich über sie. Er zog sie hoch, und sie schwankte, als sei sie einfach nicht imstande, ihren schmächtigen Körper aufrecht zu halten. Er hatte ganz vergessen, daß sie so dünn war, und sein Herz krampfte sich zusammen, als er ihre mageren Handgelenke umfaßte, um sie am Umfallen zu hindern. Vorsichtig bugsierte er sie zum Sofa. Sie ließ sich auf die weichen Kissen setzen, ohne zu widersprechen, willenlos. Er setzte sich neben sie, ohne sie zu berühren. Dann überlegte er es sich anders, rutschte näher an sie heran, hielt aber inne, als sie auszuweichen schien. Zögernd nahm er ihre Hand. Sie hinderte ihn nicht daran.

Anderen physischen Kontakt gab es zwischen ihnen nicht. Und darüber war Kristine froh. Sie konnte sich nicht zusammennehmen. Sie wollte es gern. Sie wollte jedenfalls etwas sagen, egal was.

»Es tut mir so leid, Papa. So schrecklich leid!«

Er hörte sie nicht. Sie sprach ganz leise und weinte so heftig, daß sie die Hälfte der Worte gar nicht richtig aussprach. Aber immerhin sprach sie. Einen Moment lang war er unsicher, ob er irgendeine Antwort geben sollte. Würde Schweigen ihr als Zeichen der Hilflosigkeit erscheinen? Oder wäre es gerade das beste, nichts zu sagen, nur zuzuhören? Als Zwischenlösung räusperte er sich.

Das schien das richtige zu sein. Sie ließ sich gegen ihn sinken, langsam, fast zögernd, aber am Ende lag ihr Gesicht an seinem Hals. Und dort blieb sie. Er saß wie eine Salzsäule da, hatte einen Arm um sie gelegt und hielt mit dem anderen ihre Hand. Er saß unbequem, aber eine halbe Stunde lang bewegte er sich nicht. Hier und jetzt wußte er, daß der Entschluß, den er gefaßt hatte, als er vor weniger als einer Woche seine Tochter aufgelöst und zerstört auf dem Boden gefunden hatte, ein Entschluß, den er noch während seines Besuches bei der Polizei angezweifelt hatte, richtig war.

»Bringt das denn überhaupt irgendwas?«

Da sie so viele wichtige Fälle hatten, beanspruchte niemand den sogenannten Bereitschaftsraum für sich allein. Der war übrigens nicht besonders toll. Aber er war immerhin ein Raum und so gut wie jeder andere.

Erik Henriksen war schweißnaß und noch röter im Gesicht als sonst, weshalb er aussah wie eine wandelnde Verkehrsampel. Im Moment saß er vor einem schrägen Arbeitstisch, auf dem jede Menge Notizzettel lagen. Das waren die im Fall Kristine Håverstad eingegangenen Tips. Er blickte zu Hanne Wilhelmsen auf.

»Da ist wirklich allerlei dabei«, lachte er. »Hör dir das mal an: Die Zeichnung hat große Ähnlichkeit mit dem Richter Arne Høgtvedt. Gruß, Nordlands-Ulf.«

Hanne Wilhelmsen lächelte breit. Nordlands-Ulf war ein notorischer Krimineller, der sich häufiger im Gefängnis befand als in Freiheit. Richter Høgtvedt hatte ihm vermutlich den letzten Knastaufenthalt verpaßt.

»Das ist eigentlich gar nicht so blöd. Es hat wirklich ein bißchen Ähnlichkeit mit ihm«, sagte sie, knüllte den Zettel zusammen und zielte auf einen Papierkorb neben der Tür. Sie traf.

»Oder das hier«, sagte Erik Henriksen. »Sicher ist mein Sohn der Täter. Er ist seit 1991 von bösen Geistern besessen. Er hat dem Herrn seine Tür verschlossen.«

»Das ist nun wirklich nicht so dumm«, meinte Hanne Wilhelmsen. »Hast du dich da mal erkundigt?«

»Ja. Der Mann ist Pastor in Drammen. Seine Mutter ist seit 1991 in der Psychiatrie.«

Jetzt lachte sie laut.

»Haben wir nur so was?«

Sie ließ ihren Blick über die Zettel schweifen, die scheinbar chaotisch da lagen.

»Das hier ...« Henriksen schlug mit der Hand auf den Haufen oben links. »... ist der pure Unfug.«

Es war leider der größte Haufen.

»Das hier ...« Die Faust knallte auf den Haufen daneben, der etwas kleiner war. »... sind Anwälte, Richter und Polizisten.«

Dann ließ er seine Finger weiterwandern.

»Hier sind ehemalige Sittlichkeitsverbrecher, hier sind normale, uns unbekannte Männer, hier sind Leute, die einwandfrei zu alt sind, und hier...« Er hob einen dünnen Stapel aus vier oder fünf Zetteln hoch. »...das sind Frauen.«

»Frauen?« Hanne lachte. »Sind auch Hinweise auf Frauen gekommen?«

»Ja. Wegwerfen?«

»Von mir aus gern. Bewahre der Ordnung halber die Juristen und Polizisten und vielleicht auch den Unfugstapel auf. Aber verschwende deine Zeit nicht damit. Erst mal nicht. Konzentrier dich auf die sexuellen Abweichlinge und die normalen Unbekannten. Wenn die Anrufer einigermaßen seriös gewirkt haben, meine ich. Wie viele bleiben dann übrig?«

Er zählte rasch durch.

»Siebenundzwanzig.«

»Die es sicher nicht waren«, seufzte Hanne Wilhelmsen. »Aber bestell sie mal her. So bald wie möglich. Sag Bescheid, wenn du etwas Interessantes findest. Funktioniert das Telefon?«

Überrascht antwortete er: »Das nehme ich an.« Er hob den Hörer und hielt ihn sich versuchsweise kurz ans Ohr. »Auf jeden Fall kommt das Freizeichen. Wieso meinst du, es könnte nicht funktionieren?«

»Wir haben doch dauernd Ärger mit den Geräten. Hier steht doch nur der Müll rum, den niemand haben will.«

Sie zog einen Zettel aus ihren engen Jeans und wählte eine Osloer Nummer.

»Oberingenieurin Bente Reistadvik bitte«, sagte sie, als jemand sehr schnell an den Apparat kam. Gleich darauf hatte sie die Ingenieurin an der Strippe.

»Wilhelmsen, Polizei. Wir haben zwei Sachen bei euch. Erstens...« Wieder blickte sie ihren Zettel an. »Fall Nummer 93-03541. Kristine Håverstad. Wir haben um DNS gebeten und Gewebefasern, Haare und anderen Kleinkram geschickt.«

Dann schwieg sie eine Weile und starrte vor sich hin, ohne sich Notizen zu machen.

»Aha. Und wann kann es fertig sein? So spät?«

Sie seufzte, drehte sich um und lehnte sich rücklings an den Schreibtisch.

»Und was ist mit unserem Samstagsmassaker? Hast du da was für mich?«

Zehn Sekunden später starrte sie ihren rothaarigen Kollegen verblüfft an.

»Wirklich? Na so was!«

Pause.

»Ach so.«

Lange Pause. Sie drehte sich wieder um, schien etwas notieren zu wollen und bekam von Erik Stift und Papier. Sie ging mit dem Telefon um den Tisch herum und setzte sich an den zweiten Schreibtisch.

»Interessant. Wann kann ich das schriftlich haben?«

Neue Pause.

»Sehr schön. Vielen Dank!«

Der Hörer fiel auf die Gabel. Hanne Wilhelmsen schrieb noch anderthalb Minuten weiter. Dann starrte sie wortlos ihre Notizen an. Schließlich faltete sie den Zettel zweimal zusammen, erhob sich, steckte das Papier in die Tasche und verließ wortlos das Zimmer.

Erik Henriksen war ziemlich gefrustet.

Die Brauntönung war ebenso stimuliert wie die Muskulatur. Erstere war das Resultat von Solariumstrahlen in einer Dosis, die ausgereicht hätte, einer ganzen Kompanie unheilbaren Hautkrebs zu verpassen. Die Muskeln waren durch künstliche Präparate zum Schwellen gebracht worden, genauer gesagt, durch verschiedene Formen von Testosteron.

Er liebte sein Äußeres. Er war Mann. Er hatte immer schon so aussehen wollen, besonders damals, als er strähnig, dünn und schielend unter den täglichen Prügeln der anderen in die Pubertät hineingewachsen war. Seine Mutter hatte das alles nicht ändern können. Mit einem Atem, der nach Pastillen und Alkohol stank, hatte sie verzweifelt versucht, ihn zu trösten, wenn er mit Veilchen, zerkratzten Knien und gesprungener Lippe nach Hause kam. Aber sie stand, ohne einzugreifen, hinter dem Vorhang, wenn die Idioten aus der Nachbarschaft sie und den Jungen provozierten, indem sie ihre Raufereien in immer größerer Nähe des Blocks austrugen, in dem sie wohnten. Das wußte er, denn wenn er anfangs Hilferufe zu den Küchenvorhängen im ersten Stock geschickt hatte, dann hatte er gerade noch gesehen, wie sie sich zurückzog. Immer zog sie sich zurück. Was sie nicht wußte, war, daß eher sie selbst als sein jämmerliches Aussehen Anlaß für die Prügel war. Die Jungs aus der Straße hatten ordentliche Mütter. Muntere, kräftige Frauen, die Brote und Milch anboten; manche arbeiteten, keine jedoch ganztags. Die anderen hatten nervige, niedliche kleine Geschwister und außerdem Väter. Nicht alle Väter wohnten bei ihrer Familie, zu Anfang der siebziger Jahre waren Scheidungen auch in seiner kleinen Heimatstadt keine Seltenheit mehr. Aber die Väter kamen am Samstag vormittag im Auto vorgefahren, mit aufgekrempelten Hemdsärmeln, breitem Lächeln und Angelruten im Kofferraum. Alle, nur seiner nicht.

Die Jungs nannten seine Mutter »Alko-Guri«. Als er klein war, richtig klein, hatte er es toll gefunden, daß seine Mutter so einen schönen Namen hatte. Guri. Nachdem »Alko-Guri« aufgekommen war, hatte er ihn gehaßt. Noch heute konnte er Frauen mit diesem Namen nicht ausstehen. Er konnte Frauen überhaupt nicht besonders gut ausstehen.

Als die Pubertät so einigermaßen überstanden war, hatten die Schikanen abgenommen. Er war siebzehn geworden und in anderthalb Jahren achtzehn Zentimeter gewachsen. Pickel hatte er nicht, und seine Schultern wurden immer breiter. Eine Operation, nach der er ein halbes Jahr lang eine scheußliche Augenklappe hatte tragen müssen, was seine Beliebtheit nicht gerade gesteigert hatte, hatte ihn vom Schielen befreit. Er hatte blonde Haare, und seine Mutter fand ihn hübsch. Er konnte ums Verrecken nicht verstehen, warum zum Beispiel Aksel eine Freundin hatte, während ihn kein Mädchen auch nur ansah. Aksel war ein etwas übergewichtiger, bebrillter Klassenkamerad, der zu allem Überfluß mindestens einen Kopf kleiner war als er.

Sie waren nicht gemein, das nicht, sie wichen ihm nur aus und bedachten ihn ab und zu mit blöden Sprüchen.

Als er achtzehn war, drehte Alko-Guri endgültig durch. Sie wurde in die Psychiatrie eingewiesen. Er besuchte sie einmal, gleich zu Anfang. Sie lag im Bett, war total im Tran und hatte überall Schläuche und Tuben sitzen. Er wußte nicht, was er tun oder sagen sollte. Während er stumm dasaß und sich ihr Gefasel anhörte, rutschte die Decke ein Stück beiseite. Ihr Nachthemd war offen, und eine Brust, ein magerer, leerer Hautfetzen mit dunkler, fast schwarzer Brustwarze, grinste ihn an wie ein starrendes, anklagendes Auge. Da war er gegangen. Seither hatte er seine Mutter nicht wiedergesehen. An diesem Tag hatte er entschieden, was er werden wollte. Niemand würde ihn je wieder quälen dürfen.

Jetzt saß er vor einem Computer und dachte gründlich nach. Die Wahl war wirklich nicht leicht zu treffen. Er mußte sich an die halten, bei denen nichts passieren konnte. Die niemanden hatten, die niemand vermissen würde. Ab und zu stand er auf, ging zu dem kleinen Aktenschrank hinüber, zog Ordner heraus und sah sich die Paßfotos, die jeweils auf der ersten Seite mit einer Büroklammer befestigt waren, genauer an. Paßfotos logen immer, das wußte er aus bitterer Erfahrung. Aber eine Art Richtschnur boten sie immerhin.

Am Ende war er zufrieden. Er spürte die Spannung wachsen; es war ein richtiger Kick, ähnlich dem, den er empfand, wenn er seine Muskeln maß und wußte, daß sein Oberarm mindestens einen Zentimeter dicker sein würde als beim letztenmal.

Es war ein genialer Plan. Und das Allergenialste war, daß er alle Welt austrickste. Daß er sie an der Nase herumführte und quälte. Er wußte, wie ihnen zumute war, den Idioten von der Kriminalpolizei. Sie zerbrachen sich verzweifelt den Kopf. Er wußte sogar, wie sie es nannten. Samstagsmassaker. Er lächelte. Sie waren nicht einmal clever genug, den Ariadnefaden zu finden, den er für sie ausgelegt hatte. Allesamt Idioten!

Er freute sich.

»Sag mal, wo steckst du eigentlich immer?« fragte Hanne Wilhelmsen und ließ sich in den Besuchersessel in Håkon Sands Büro fallen.

Er mühte sich mit einer zu großen Prise ab, die ein wenig zu sehr triefte, und seine Oberlippe verzog sich auf seltsame Weise, um sich vor dem bitteren Geschmack zu schützen.

»Ich krieg' dich ja kaum noch zu sehen!«

»Das Gericht«, murmelte er und versuchte, den Tabak mit der Zunge zu dirigieren. Er mußte aufgeben, schob sich den Zeigefinger in den Mund und zog den ganzen Priem heraus. Sein Finger wurde am Papierkorbrand ausgeklopft, danach wischte er ihn sich an der Hose ab.

»Schwein«, murmelte Hanne Wilhelmsen.

»Ich habe im Moment einfach höllisch viel am Hals«, sagte er, ihren Kommentar ignorierend. »Erstens muß ich fast jeden Tag ins Gericht. Und zweitens habe ich viel zu oft Bereitschaftsdienst, weil die Leute im Moment reihenweise krankgeschrieben sind. Und die Meldungen kommen nur so rein.« Er zeigte auf einen der üblichen grünen Stapel. »Ich habe sie mir noch nicht mal angesehen! Nicht einmal das!«

Hanne Wilhelmsen öffnete einen Ordner. Danach zog sie den Sessel an den Tisch, und sie saßen da wie zwei befreundete Erstkläßler mit einem gemeinsamen Lesebuch.

»Hier kriegst du immerhin etwas Spannendes zu sehen. Das Samstagsmassaker. Ich habe vorhin mit der Gerichtsmedizin gesprochen. Sie sind noch nicht fertig, aber die vorläufigen Ergebnisse sind ziemlich interessant. Schau mal!«

Sie zog einen Ordner heran, in den auf jeder Seite zwei Fotos eingeklebt waren. Insgesamt drei Seiten, sechs Bilder also. Jemand hatte kleine weiße Pfeile eingeklebt, auf jedem Bild an zwei oder drei Stellen; die Aufnahmen waren aus verschiedenen Winkeln gemacht worden. Es war nicht leicht, den Ordner offenzuhalten, er war steif und widerspenstig und klappte immer wieder zu. Hanne hob ihn hoch und brach die Seiten auseinander. Das half ein wenig.

»Das ist vom ersten. Der Schuppen in Tøyen. Ich habe um drei Proben von drei verschiedenen Stellen gebeten.«

Wozu denn bloß, dachte Håkon Sand, schwieg aber.

»Und das war verdammt clever von mir«, sagte Hanne Wilhelmsen, die Gedankenleserin. »Denn hier ...« Sie zeigte auf das erste Bild, das nur zwei Pfeile aufwies. »Hier gab es Menschenblut. Von einer Frau. Ich habe eine vollständige Analyse in Auftrag gegeben, aber das braucht seine Zeit. Hier aber«, sie zeigte auf den zweiten Pfeil, blätterte um und tippte auf einen weiteren Pfeil, auf einem Bild mit drei Pfeilen, »hier haben wir etwas anderes, verstehst du? Tierblut!«

»Tierblut?«

»Ja, wahrscheinlich von einem Schwein, aber das wissen wir noch nicht. Wir werden es bald erfahren. Das Menschenblut stammte ungefähr aus der Mitte des Blutbades. Das Tierblut kam von der Peripherie.«

Sie klappte den Ordner zu und blieb neben ihm sitzen, als hätte sie nicht vor, sich je wieder zu entfernen. Sie schwiegen.

Hanne registrierte, daß er gut roch, nach einem leichten

Rasierwasser, das sie nicht kannte. Sie wußten beide nicht, was die Blutproben bedeuten konnten.

»Wenn alles Blut von einem Tier stammte, würde das ja die Scherzkekstheorie energisch unterstützen«, sagte Hanne nach einer Weile leise, eher zu sich selbst als zu Håkon. »Aber es ist ja nicht nur von einem Tier...«

Sie schaute auf die Uhr und sprang auf.

»Ich muß los. Ein Freitagsbier mit alten Kollegen aus meinem Jahrgang. Schönes Wochenende!«

»Ja, das wird sicher schön«, murmelte er resigniert. »Ich habe von Samstag auf Sonntag Bereitschaftsdienst. Das wird die Hölle. Bei dem Wetter. Ich weiß schon gar nicht mehr, wie Kälte sich anfühlt.«

»Schönen Dienst also«, lächelte sie und war verschwunden.

Ein seltenes Freitagsbier mit den alten Jungs von der Polizeischule, Sommerfest und Weihnachtsfeier. So viel Kontakt hatte sie zu ihren Kollegen, gesellschaftlich und außerhalb der Dienststunden. Das Verhältnis war nett und ziemlich distanziert. Sie stellte ihr Motorrad ab, etwas besorgt, weil es hier mitten in der Stadt offen herumstehen würde, ließ es aber auf den Versuch ankommen. Sicherheitshalber nahm sie beide Ketten. Sie schob jede durch ein Rad und befestigte sie an zwei Metallpfosten, die praktischerweise gleich daneben standen.

Danach nahm sie ihren Helm ab, fuhr sich durch die plattgedrückten Haare und ging die Treppen zu dem suspekten Loch hoch, das die apartest gelegene Kneipe der Stadt war: unter einer Schnellstraßenbrücke.

Es war schon fast halb fünf, und die anderen mußten bereits den Halben Nr. 2 oder 3 erreicht haben, wenn sie vom Lärmniveau ausging. Sie wurde mit Applaus und ohrenbetäubendem Jubel empfangen.

Andere Frauen waren nicht da. Die sieben Polizisten waren überhaupt allein im Lokal. Eine kleine Kellnerin mit asiatischem Aussehen rannte zwischen ihnen und den hinteren Gemächern hin und her.

»Ein Bier für meine Freundin«, brüllte Billy T., das Monstrum, das am selben Morgen Finn Håverstad einen höllischen Schrecken eingejagt hatte.

»Nein, nein«, wehrte Hanne ab und bat um ein Munkholm. Gleich darauf stand ein Clausthaler auf dem Tisch. Der Kellnerin schien das egal zu sein, Hanne jedoch nicht. Aber sie protestierte nicht.

»Was machst du denn gerade so, Süße«, fragte Billy T. und legte den Arm um sie.

»Du solltest dir diesen Schnurrbart abrasieren«, sagte Hanne und zog an den langen roten Zotteln, die er sich in Rekordzeit zugelegt hatte.

Er zog den Kopf zurück und spielte den Gekränkten.

»Mein Schnurrbart! Mein schöner Schnurrbart! Sieh dir meine Jungs an! Als sie mich das erste Mal so gesehen haben, sind sie höllisch erschrocken, aber jetzt wollen sie alle so einen, einer wie der andere!«

Billy T. hatte vier Söhne. Jeden zweiten Freitag nachmittag fuhr er durch die Stadt, hielt bei vier verschiedenen Wohnungen und las seine Jungs auf. Sonntag abend fuhr er dieselbe Route und übergab vier todmüde, glückliche Jungen in die Obhut ihrer jeweiligen Mütter.

»Du, Billy T., du weißt doch alles«, setzte Hanne an, nachdem er in seiner Empörung über ihren Schnurrbartkommentar ihre Schulter losgelassen hatte.

»Ha, ha, worauf willst du denn jetzt hinaus?« grinste er.

»Ach, nichts. Aber weißt du, wo man Blut herbekommt? Massenhaft Blut?«

Alles verstummte plötzlich, mit Ausnahme eines Mannes, der mitten in einer guten Geschichte steckte und Hanne nicht gehört hatte. Als ihm aufging, daß das bei den anderen der

Fall war und daß sie Hannes Frage interessanter fanden als seinen Witz, packte er sein Bierglas und trank.

»Blut? Menschenblut? Was ist denn in dich gefahren?«

»Nein, Tierblut. Von Schweinen zum Beispiel. Egal wovon, solange es nur ein Tier ist. Das hier in Norwegen vorkommt, natürlich.«

»Aber Hanne. Das ist doch ganz einfach. Aus dem Schlachthof!«

Als ob sie darauf nicht selbst gekommen wäre!

»Ja, das ist mir schon klar«, sagte sie geduldig. »Aber kann denn jeder x-beliebige einfach in den Schlachthof spazieren und sich bedienen? Kann man da überhaupt große Mengen Blut kaufen?«

»Als ich klein war, hat meine Mutter das gemacht«, schaltete sich ein klapperdürrer Kollege ein. »Sie hat widerliches Blut in einer Dose mit nach Hause gebracht und Blutpudding und so 'n Zeug daraus gemacht. Und Blutpfannekuchen.«

Er schnitt bei dieser ekelhaften Kindheitserinnerung eine Grimasse.

»Ja, das weiß ich«, sagte Hanne, weiterhin geduldig. »Manche Schlachter verkaufen noch immer Blut. Aber es würde doch auffallen, wenn jemand zehn Liter haben wollte, meint ihr nicht?«

»Redest du von diesen Samstagsmassakern?« fragte Billy T., jetzt mit größerem Interesse. »Wißt ihr inzwischen, daß das Tierblut war?«

»Etwas davon«, antwortete Hanne, ohne genauer zu erklären, wie sie das meinte.

»Erkundige dich doch bei den Schlachtern hier in der Stadt, ob jemand ein auffälliges Interesse an Blut zum Mengenrabatt an den Tag gelegt hat. Das läßt sich machen. Selbst für euch Trantüten in eurer Abteilung!«

Sie waren jetzt nicht mehr allein in dem dubiosen Lokal. Zwei Frauen von Mitte Zwanzig hatten sich am anderen Ende des Saales niedergelassen. Das entging natürlich den sieben Männern in den besten Jahren nicht. Zwei von ihnen wirkten besonders interessiert, und Hanne überlegte, daß diese beiden im Moment wohl solo waren. Sie warf einen raschen Blick auf die Frauen, und ihr rutschte das Herz in die Hose. Lesben, wenn sie auch äußerlich nicht dem gängigen Klischee entsprachen. Eine hatte lange Haare, und beide sahen ziemlich durchschnittlich aus. Aber Hanne Wilhelmsen verfügte wie jede Lesbe über den inneren Radar, der diese Feststellung in Sekundenbruchteilen ermöglicht. Als die beiden sich plötzlich zueinander beugten und behutsam küßten, gehörte dieses Wissen nicht mehr ihr allein.

Sie war wütend. Solches Benehmen provozierte sie bis zum Wahnsinn, und es provozierte sie womöglich noch mehr, daß sie sich provozieren ließ.

»Lesben«, flüsterte einer der beiden Polizisten, die sich für die Neuankömmlinge ganz besonders interessiert hatten. Die anderen lachten lauthals, alle bis auf Billy T. Ein blonder, stämmiger Bursche, den Hanne eigentlich noch nie hatte leiden können, setzte zu einer passenden Zote an, wurde von Billy T. jedoch unterbrochen.

»Laß den Scheiß«, befahl er. »Was diese Damen da treiben, geht uns verdammt noch mal nicht das geringste an. Und außerdem...« Ein riesiger Zeigefinger tippte an die Brust des blonden Kollegen. »Außerdem sind deine Witze immer reichlich öde. Hör dir lieber den an.«

Dreißig Sekunden später brüllten wieder alle vor Lachen. Eine neue Runde Bier kam auf den Tisch, aber Hanne wollte nun nur noch einen akzeptablen Zeitraum zwischen der unangenehmen Episode mit den Lesben und ihrem eigenen Aufbruch verstreichen lassen. Eine halbe Stunde mußte ja wohl reichen. Sie erhob sich, zog ihre Lederjacke an, wünschte ihnen lächelnd noch einen schönen Einstieg ins Wochenende und wollte gehen.

»Zement mal, Schnuffel«, grinste Billy T. und packte sie am Arm. »Küßchen bitte!«

Halb widerwillig beugte sie sich zu ihm hinüber, als er in seiner Bewegung erstarrte und ihr mit einem Ernst, den sie nur selten bei ihm erlebt hatte, in die Augen sah.

»Ich mag dich, Hanne«, sagte er leise. Und dann drückte er sie an sich.

SAMSTAG, 5. JUNI

Die Natur war völlig außer Rand und Band. Der Traubenkirschenduft hing schwer und mittsommerhaft über allen Wegen, und die Rosen in den Gärten waren schon voll erblüht. Die Tulpen, die normalerweise gerade ihren Höhepunkt erreicht hätten, spreizten vulgär ihre Blütenblätter und würden in ein oder zwei Tagen tot sein. Die Insekten summten wie betäubt durch dieses Fest. Leute mit Pollenallergie litten unsäglich, und auch die enthusiastischsten Sommerfans blickten immer wieder verstohlen zum Himmel und der weißen Sonnenscheibe, die sich nur nachts ein paar kurze Stunden Ruhe gönnte, ehe sie gegen fünf Uhr morgens wieder frohgemut und feuerheiß zur Stelle war. Irgend etwas stimmte doch nicht!

»Der Komet kommt!« stöhnte Hanne Wilhelmsen, die einmal pro Jahr Tove Janssons Muminbücher las.

Sie saß auf dem kleinen Balkon, ließ die Beine übers Geländer baumeln und las die Samstagszeitungen. Es war bereits abends halb elf, aber es war einfach noch zu heiß, um sich drinnen vor den Fernseher zu setzen.

»Schlaffi!« sagte Cecilie und bot ihr ein Glas Campari-Tonic an. »In Spanien würdest du das toll finden. Sei doch froh, daß wir ausnahmsweise mal hier im Norden schönes Wetter haben.«

»Nein danke. Und Kopfschmerzen habe ich auch. Das muß an der Hitze liegen.«

Cecilie hatte trotzdem recht. Eigentlich war es schön so. Hanne Wilhelmsen konnte sich nicht erinnern, je so spät am Abend schwitzend in Shorts und Unterhemd draußen gesessen zu haben. Jedenfalls nicht in Norwegen. Und schon gar nicht Anfang Juni.

Auf der Rasenfläche unter dem Balkon veranstalteten zwei Familien mit kleinen Kindern ein Fest. Fünf Kinder, ein Hund und zwei Garnituren Eltern grillten, sangen, spielten und amüsierten sich seit Stunden schon auf gute, altmodische Weise, obwohl die Kleinsten sicher längst ins Bett gehört hätten. Vor einer Stunde hatte Cecilie leise Überlegungen angestellt, wann Frau Weistrand aus dem Erdgeschoß sich wohl beklagen würde. Sie hatte bereits mehrmals in demonstrativem Protest gegen den Krach der Kinder mit der Verandatür geknallt. Cecilie sollte recht behalten. Um elf hielt ein Streifenwagen auf dem Parkplatz, und zwei Polizisten in Sommeruniform steuerten zielstrebig über den Rasen auf die Familienidylle zu.

»Sieh dir das an, Cecilie«, sagte Hanne und lachte leise. »Die gehen im Takt! Das läßt sich einfach nicht vermeiden. Als ich bei der Streife war, habe ich mir vorgenommen, das nie zu machen, ich fand es so militaristisch. Aber es geht einfach nicht. Es ist, als würdest du eine Blaskapelle hören.«

Die Polizisten glichen einander wie ein Ei dem anderen. Zwei kurzgeschorene, genau gleich große Männer. Sie standen ein wenig unsicher vor der Menschengruppe auf dem Rasen, dann wandten sie sich an den vermutlich ältesten Mann.

»Ich hab's gewußt«, kicherte Hanne und schlug sich auf den Oberschenkel. »Ich hab' gewußt, daß die einen der Männer ansprechen würden.«

Die beiden Frauen standen auf und stützten sich mit den Ellbogen auf das Balkongeländer. Die Feiernden waren nur zwanzig Meter von ihnen entfernt, und die Abendluft trug die Stimmen weit.

»Jetzt packt hier mal schön zusammen«, kommandierte einer der Zwillingspolizisten. »Wir haben gehört, daß ihr stört. Die Nachbarn, meine ich.«

»Was denn für Nachbarn?«

Der Mann, dem die Ehre zuteil wurde, angesprochen zu werden, breitete resigniert die Arme aus.

»Alle sind doch jetzt draußen«, sagte er und zeigte auf den Block, wo fast auf jedem Balkon Leute saßen.

»Wir stören doch wohl niemanden!«

»Tut mir leid«, beharrte der Polizist und rückte seine Mütze gerade. »Ihr müßt schon in die Wohnung umziehen.«

»Bei dieser Hitze?«

Nun folgte Frau Weistrands Auftritt. Breitbeinig und mit energischem Hüftschwung kam sie aus ihrem kleinen Gartenflecken.

»Ich habe schon vor über zwei Stunden angerufen«, schimpfte sie. »Das ist eine Schande!«

»Viel zu tun, gnä' Frau«, bedauerte der andere Zwilling und rückte ebenfalls seine Mütze gerade. Hanne Wilhelmsen wußte, welch ein Alptraum es war, in dieser Hitze eine Dienstmütze tragen zu müssen. Sie beschloß einzugreifen.

»Cecilie, ich habe wirklich Kopfschmerzen. Kannst du mir einen Tee machen? Du bist ein Engel!«

Tee gegen Kopfschmerzen. Tolle Medizin, dachte die Medizinerin, die genau wußte, warum sie zum Rückzug aufgefordert wurde. Aber sie schwieg, zuckte mit den Schultern und ging in die Küche.

»Huhu!« rief Hanne Wilhelmsen den beiden Polizisten zu, sowie Cecilie nicht mehr zu sehen war. »Hallo, Jungs!«

Alle auf der Rasenfläche blickten zu ihr hoch. Die beiden Polizisten kamen unsicher auf das Haus zu, als ihnen aufging, daß sie gemeint waren. Hanne kannte sie nicht, ging aber unbescheiden davon aus, daß die Jungs wußten, wer sie war. Was offenbar zutraf. Als sie auf fünf Meter herangekommen waren, strahlten sie los.

»Aber hallo«, riefen beide, fast wie aus einem Munde.

»Laßt die Leute feiern«, empfahl Hanne Wilhelmsen und zwinkerte ihnen zu. »Die machen überhaupt keinen Krach. Die Alte im Erdgeschoß ist einfach schwierig. Laßt doch den Kindern ihr Vergnügen!«

Der Rat von Kommissarin Wilhelmsen reichte den beiden Polizisten. Sie salutierten, machten auf dem Absatz kehrt und gingen zurück zu den Feiernden.

»Macht's einfach eine Nummer leiser«, sagte der eine, und dann verschwanden sie zu einem vermutlich wichtigeren Auftrag.

Frau Weistrand lief wütend zu ihrer Parzelle zurück, während der älteste Festteilnehmer unter Hannes Balkon trat.

»Vielen Dank«, sagte er und machte mit der rechten Hand das Siegeszeichen.

Hanne lächelte nur und schüttelte den Kopf. Cecilie war jetzt wieder da. Sie knallte eine Teetasse auf den Tisch, vergrub sich hinter der Zeitung und schwieg.

Als die Uhr halb drei zeigte, die Kinder längst im Bett waren und die Nacht die Temperatur so weit gedämpft hatte, daß nun beide einen Pullover trugen, ging Hanne auf, daß Cecilie seit der Episode mit den Polizisten nur noch einsilbige Bemerkungen von sich gegeben hatte. Wenn sie noch immer stumm hier saßen, dann deshalb, weil keine von ihnen Lust hatte, neben der anderen zu liegen, und weil es außerdem eine wirklich zauberhafte Nacht war. Hanne hatte alles versucht. Nichts hatte geholfen. Jetzt zerbrach sie sich den Kopf darüber, was um alles in der Welt sie anstellen sollte, um nicht auch den folgenden Tag zu ruinieren.

Und dann piepste das Telefon. Hannes Telefon.

Cecilie zerriß ihre Zeitung.

»Wenn das dein Job ist und du losmußt, dann bringe ich dich um«, fauchte sie, warf die Zeitungsreste auf den Boden, verschwand in der Wohnung und knallte mit der Schlafzimmertür.

Hanne ging ans Telefon. Obwohl sie sich mental darauf vorbereitet gefühlt hatte – ein Anruf mitten in der Nacht von Samstag auf Sonntag verhieß nun mal nichts Gutes –, spürte sie, wie eine Gänsehaut ihren Nacken überzog. Sie hatten ein neues Samstagsmassaker. Håkon war selbst am Apparat. Er befand sich bereits am Tatort, einer U-Bahnstation in einer der älteren östlichen Satellitenstädte. Es sehe einfach scheußlich aus. Da die letzten Analysen erwiesen hätten, daß unter den ganzen Dreck auch Menschenblut gemischt war, wolle sie sicher einen Blick darauf werfen?

Hanne dachte zehn Sekunden lang nach.

»Ich komme«, sagte sie kurz.

Vor dem Schlafzimmer blieb sie stehen und klopfte leise an die Tür.

»Das ist auch dein Zimmer«, kam es säuerlich von drinnen. Sie wagte sich hinein. Cecilie hatte sich ausgezogen und saß, die häßliche Lesebrille, von der sie wußte, daß Hanne sie haßte, auf der Nase, mit einem Buch aufrecht im Bett.

»Du mußt weg, höre ich«, sagte sie eiskalt.

»Ja, und du auch.«

»Ich?«

Sie ließ ihr Buch sinken und blickte Hanne zum erstenmal seit Stunden ins Gesicht.

»Ja. Es wird Zeit, daß du mal siehst, was ich mache, wenn ich nachts weg muß. Dieses Blutbad kann wohl kaum schlimmer sein als deine Operationssäle.«

Cecilie glaubte ihr nicht. Sie fing wieder an zu lesen, wartete aber offenbar gespannt auf Hannes nächste Bemerkung.

»Das war ernst gemeint, meine Liebe. Zieh dich an. Wir haben einen Lokaltermin. Beeil dich.«

Fünf Minuten später jagte eine rosa Harley brüllend durch die Gegend von Oppsal.

Der Tatort sah völlig anders aus als seine Vorgänger. Drei Streifenwagen warfen mit Blaulicht um sich, was aber die Nachbarn, die neugierig und mit gereckten Hälsen alles verfolgten, nicht sonderlich zu stören schien. Die U-Bahnstation war eine von der unbesetzten Sorte, mit einem Zaun und einer Art Schleuse zur Straße, die die aussteigenden Fahrgäste durchqueren mußten. Das Blutbad hatte auf der anderen Seite stattgefunden, wo die Fahrgäste ein kleines Haus passierten, um den Bahnsteig betreten zu können. Insgesamt waren dreizehn Polizisten hier, darunter Håkon Sand in voller Uniform. Hanne fiel ein, daß er Bereitschaftsdienst hatte. Er strahlte, als er sah, daß sie mit einem Gruß die Absperrung überstieg, die sich kreuz und quer durch die Station zog. Cecilies Anwesenheit hatte der Beamtin, die sie durchgelassen hatte, keine Frage entlockt.

»Das ging ja schnell«, kommentierte er und schien nicht zu bemerken, daß Hanne nicht allein war. Hanne stellte Cecilie und Håkon einander nicht vor.

»Ein junges Paar, das von einem Fest kam, hat alles entdeckt«, erklärte Håkon. »Sie sind sehr verliebt und wollten hier wohl ein Schäferstündchen einschieben.«

Er führte sie zu einer Ecke, die von einer zwei Meter hohen Mauer und dem öden, grauen Gebäude gebildet wurde. Der Boden bestand aus sehr altem Asphalt und üppigem Löwenzahn, der den grauschwarzen Belag durchbrochen hatte. Jetzt war der Boden schwarz von Blut. Von sehr viel Blut.

»Diesmal versuchen wir eine sehr viel umfassendere Spurensicherung«, erklärte Håkon und zeigte auf die anderen.

Vernünftig. Hätte glatt von ihr stammen können. Sie blickte sich um und entdeckte Hilde Hummerbakken von der Hundestreife. Sie hatte seit dem Examen dreißig Kilo abgenommen, watschelte aber noch immer in einer viel zu engen Uniform durch die Gegend. Aber sie hatte den absoluten Spitzenhund. Sein Schwanz wedelte wie ein Propeller, während er durch das Gelände jagte, hier und dort stehenblieb und den leisen, kurzen Befehlen seiner Führerin gehorchte.

Fasziniert standen sie da und beobachteten das Tier. Nach einigen Minuten kam die kugelrunde Polizistin zu ihnen herüber. Hanne hockte sich hin und streichelte den Hund.

»Der Täter muß durch das Haus gekommen sein«, keuchte Hummerbakken. »Das steht fest. Am Zaun gibt es keine Spuren. Cairo markiert im ganzen Haus, aber dreißig Meter weiter den Hang hoch steckt er fest. Der Täter hat sicher ein Auto gehabt. Sollten diese U-Bahnstationen nachts nicht überhaupt abgeschlossen werden?«

»Vermutlich ja«, sagte Hanne Wilhelmsen und stand auf.

»Aber wo sie nur noch so wenig Leute haben, sehen sie das wohl nicht mehr so eng. Hier gibt es ja nichts zu stehlen. Nur ein leeres Haus.«

Hummerbakken verließ sie und machte noch eine Runde mit dem Hund. Hanne Wilhelmsen ließ sich eine Taschenlampe geben. Mitten auf dem blutigen Boden hatte jemand einen Pappstreifen ausgelegt, es sah aus wie eine ziel- und sinnlose Laufplanke. Vorsichtig ging sie über den Streifen und stellte fest, daß auch hier eine achtziffrige Zahl an die blutverschmierte Wand geschrieben war. Dann drehte sie sich zu den anderen um, ging in die Hocke und sah sich nach allen Seiten um.

»Hab' ich's mir doch gedacht«, stellte sie fest, stand auf und ging zurück.

Niemand begriff, was Hanne sich doch gedacht haben könnte. Cecilie verstummte angesichts der vielen Eindrücke und konnte es nicht fassen, daß sie wirklich hier mitten zwischen Hannes aufgeregten Kollegen stand.

»Innerhalb einer Fläche von über zwei Quadratmetern ist

man hier einfach nicht zu sehen«, erklärte Hanne. »Das nächste Haus, das wir von hier aus sehen, ist das dahinten. Bei dieser Dunkelheit glaube ich aber nicht, daß uns hier jemand von dort sehen kann.«

Aller Augen folgten ihrem Zeigefinger, der auf ein dunkles Haus auf einer kleinen Anhöhe wies, es war sicher dreihundert Meter entfernt. Vielleicht sogar noch weiter.

»Hallo«, sagte Håkon Sand plötzlich, als habe er Cecilie gerade erst entdeckt. Er streckte die Hand aus. »Ich bin Håkon Sand.«

»Cecilie Wibe.« Cecilie strahlte ihn an.

Hanne schaltete sich in dieses kurze Gespräch ein.

»Eine Freundin von mir. War gerade zu Besuch. Konnte sie doch nicht allein da sitzen lassen«, log sie mit angestrengtem Lächeln und bereute es gleich darauf zutiefst.

»Und jetzt mußt du mich wohl auch noch nach Hause fahren«, sagte Cecilie eiskalt, nickte Håkon kurz zu und ging auf die Tür des grauen Hauses zu.

»Nein, warte, Cecilie«, sagte Hanne ziemlich verzweifelt. Und laut, um auch ganz sicher von ihrer Liebsten gehört zu werden, wandte sie sich an Håkon: »Übrigens möchte ich dich für nächsten Freitag zum Essen einladen. Bei uns zu Hause, meine ich. Dann kannst du endlich ...« Sie schluckte das Wort »sie« herunter. »... mit uns essen«, schloß sie, ohne darüber nachzudenken, wie seltsam diese Wiederholung sich anhören mußte.

Der Polizeiadjutant sah aus, als sei er soeben zu einer dreiwöchigen Kreuzfahrt durch die Karibik eingeladen worden. So verdutzt und so offensichtlich erfreut.

»Aber klar«, sagte er, ohne auch nur daran zu denken, daß er sich bei seiner alten Mutter angesagt hatte. »Gern! Aber vorher sehen wir uns ja noch.«

Hanne überließ das Blutbad seinem Schicksal und folgte Cecilie zum Motorrad. Sie schwieg. Sie fühlte sich wie betäubt und wußte einfach nicht, wie sie die Verabredung, die sie gerade getroffen hatte, rückgängig machen sollte.

»Das war also Håkon Sand. Der sieht nett aus«, plauderte Cecilie. »Ich glaube allerdings, du solltest ihm vor dem Essen von mir erzählen.«

Dann legte sie den Kopf in den Nacken und lachte auf, ehe ihr einfiel, an welch düsterem Ort sie sich hier befand, woraufhin sie abrupt verstummte. Aber sie lächelte den ganzen Heimweg über vor sich hin.

SONNTAG, 6. JUNI

Endlich hatten die Zeitungen angebissen. Darüber freute er sich aufrichtig. Gegen zehn hatten ihn die Kirchenglocken nach vier kurzen Stunden immerhin tiefen Schlafs geweckt; er hatte einen Trainingsanzug übergestreift und war zur Tankstelle gegangen, um herauszufinden, ob sich inzwischen neben der Polizei auch noch andere für sein Vorgehen interessierten.

Es war fast mehr, als er erhofft hatte. Die ganze erste Seite einer Boulevardzeitung stand unter der Schlagzeile: »Geheimnisvolles Blutbad in Oslo«, mit dem Untertitel: »Polizei sucht die Opfer«. Ein Eckchen war für ein Foto reserviert, das einen Streifenwagen, eine Absperrung und fünf Polizisten zeigte. Es war im Grunde enttäuschend klein und nichtssagend, aber bei genauerem Nachdenken war eine blutbefleckte Hausecke vielleicht nicht das zwingende Fotomotiv. Zumindest, solange es nicht in Farbe war.

Nächstesmal vielleicht, dachte er, dann duschte er zum zweitenmal innerhalb von fünf Stunden. Nächstesmal.

Sie kamen sich vor, als seien sie in einen mittelmäßigen amerikanischen Fernsehfilm geraten. Sie befanden sich in einem typischen Junggesellenzimmer, in einem geschmacklos riesigen, weißlackierten Bett mit schräggestelltem Kopfende und eingebautem Radiowecker. Aber die Matratze war gut. Håkon richtete sich auf, zog sich geniert die Unterhose an und stapfte in die Küche. Gleich darauf war er mit zwei Gläsern Cola mit Eiswürfeln und einem schiefen Lächeln wieder da.

»Der ist wirklich in Ordnung.«

Sein Bekannter hatte sich inzwischen daran gewöhnt. Es war das vierte Mal, daß Håkon, knallrot, die Bitte ausgesprochen hatte, sich für ein paar Stunden seine Wohnung leihen zu dürfen. Beim ersten Mal hatte der Freund beim besten Willen nicht begriffen, warum Håkon nicht bei sich zu Hause eine Nummer schieben konnte, dann hatte er aber gegrinst und die Schlüssel herausgerückt. »Wir haben alle unsere seltsamen Gelüste«, hatte er gesagt und fünf Stunden Abwesenheit garantiert.

Seither hatte er überhaupt nichts mehr gesagt, er gab Håkon die Schlüssel und teilte ihm mit, wie lange er seine Wohnung entbehren könne. Diesmal hatte er allerdings gefragt, ob nicht noch andere ihre Wohnung zur Verfügung stellen könnten, im Moment komme es ihm doch ungelegen. Als er Håkons Gesicht gesehen hatte, hatte er sich die Sache allerdings sofort anders überlegt. Was er nicht wußte, war, daß er nicht der einzige war, an den Håkon Sand in unregelmäßigen Abständen mit dieser seltsamen Bitte herantrat.

Jetzt würde der Wohnungsinhaber bald wieder dasein. Håkon schaute diskret auf die Uhr. Nicht diskret genug.

»Ja, ich weiß schon«, sagte sie. »Wir müssen machen, daß wir fortkommen.«

Im Aufstehen rief sie plötzlich: »Ich habe die Art, wie wir uns treffen, zum Kotzen satt!«

Als ob er darauf bestünde. Er zog es vor, nicht zu antworten.

»Im Grunde habe ich fast alles zum Kotzen satt«, fügte sie hinzu, während sie sich mit übertriebener Hektik anzog. »Ich glaube, ich mache Schluß.«

Håkon Sand merkte, wie die Wut in ihm hochstieg.

»Ach ja? Mit dem hier? Oder vielleicht mit dem Rauchen?«

Sie rauchte zuviel, und wenn ihn das auch nicht ärgerte, so sorgte er sich doch um sie. Aber er nahm an, daß es nicht der Tabak war, womit sie aufhören wollte. Es ging um ihn. Sie erwähnte das so ungefähr bei jedem dritten ihrer Treffen, so ganz nebenbei. Anfangs hatte ihn das verängstigt und in tiefe Verzweiflung gestürzt. In diesem Moment war er einfach nur stocksauer.

»Hör mal, Karen«, sagte er. »So kannst du nicht weitermachen. Jetzt mußt du dich entscheiden. Willst du mich, oder willst du mich nicht?«

Die Frau erstarrte, dann kam sie ums Bett herum und zog ihren Reißverschluß hoch.

»Aber Håkon.« Sie lächelte. »Dich habe ich doch nicht gemeint. Uns nicht. Ich rede vom Job. Ich spiele mit dem Gedanken, da auszusteigen.«

Das war nun wirklich überraschend. Er ließ sich aufs Bett sinken. Beim Job aussteigen? Sie war die jüngste Teilhaberin in einer ausgesprochen renommierten Anwaltskanzlei, verdiente nach seinen Maßstäben astronomische Summen und hatte nur sehr selten angedeutet, daß sie sich dort vielleicht nicht pudelwohl fühlte.

»Ach«, sagte er nur.

»Was sagst du dazu?«

»Na ja...«

»Vergiß es.«

»So war das nicht gemeint. Ich will gern mit dir darüber reden.«

»Nein, vergiß es. Wirklich. Wir reden jetzt nicht darüber. Ein andermal vielleicht.«

Sie ließ sich neben ihn fallen.

»Ich will am Freitag ins Wochenendhaus fahren. Kommst du mit?«

Sensationell. Sie wollte ihn ins Wochenendhaus mitnehmen. Zweieinhalb Tage zusammen. Die ganze Zeit. Ohne sich zu verstecken. Ohne sie verlassen zu müssen, nachdem sie sich geliebt hatten. Sensationell!

»Schrecklich gern«, stammelte er, und im selben Moment fiel ihm ein, daß es das Wochenendhaus gar nicht mehr gab. Er hatte von dem Brand, der das Haus vor einem halben Jahr zerstört hatte, eine längliche, häßliche Narbe an der Wade zurückbehalten. Bei schlechtem Wetter tat sie immer noch weh.

»Ist das nicht ein bißchen zu luftig?« fragte er trocken.

»Nicht mein Haus. Das von den Nachbarn. Wir können die Brandstätte ein bißchen aufräumen und es uns zwischendurch gemütlich machen.«

Und dann fiel ihm noch etwas ein. Er hatte doch diese Einladung von Hanne Wilhelmsen angenommen.

»Verdammt.«

»Was ist los?«

»Ich habe schon eine Verabredung. Zum Essen. Hanne Wilhelmsen hat mich zu sich eingeladen.«

»Hanne? Ich dachte, ihr trefft euch nie außerhalb der Arbeitszeit?«

Karen Borg kannte Hanne Wilhelmsen. Sie hatte sie vor einigen Monaten kennengelernt, und die Polizistin hatte einen tiefen Eindruck bei ihr hinterlassen. Außerdem konnte Håkon kaum je die Arbeit erwähnen, ohne daß auch die Kommissarin zur Sprache kam. Aber sie hatte die beiden bisher immer nur für Kollegen gehalten.

»Haben wir ja auch. Bisher. Sie hat mich erst letzte Nacht eingeladen.«

»Kannst du nicht absagen?« fragte sie und strich ihm durchs Haar.

Für den Bruchteil einer Sekunde lag ihm ein »aber klar« auf der Zunge. Dann schüttelte er den Kopf. Daß er seine Mutter Hanne zuliebe versetzen mußte, war eine Sache. Die Familie war irgendwie etwas anderes. Aber er konnte Hanne nicht absagen, bloß weil eine noch attraktivere Einladung eingegangen war.

»Nein, kann ich nicht, Karen. Ich habe gesagt, daß ich sehr gern komme.«

Sie schwiegen beide eine Runde. Dann lächelte sie und berührte sein Ohr mit dem Mund. Sofort liefen ihm Schauer den Nacken hinunter.

»Du bist ein Lieber«, flüsterte sie. »Ein richtig guter Lieber.«

Die junge Mutter mit den wehenden roten Haaren war total aufgelöst. Ihr Sohn war einfach nicht zu finden. Ziellos lief sie auf den Wegen der alten, ein wenig heruntergekommenen Wohnsiedlung hin und her, beugte sich über jede Hecke und rief verzweifelt: »Kristoffer! Kristoffer!«

Sie war in der Hitze eingenickt. Unmittelbar nach dem Essen hatte sie ihn zuletzt gesehen. Der Dreijährige hatte sich die Erlaubnis erquengelt, einfach nur zerquetschte Kartoffeln mit Soße zu essen. Es war zu heiß, als daß man sich mit einem Kind im Trotzalter hätte herumzanken mögen. Und es war Sonntag, und sie brauchte Ruhe und Frieden.

Nach dem Essen hatte sie sich mit einem Buch auf die Luftmatratze hinter dem hübschen alten Haus gelegt, das sie von ihrem Onkel gemietet hatte. Es war zugig, ziemlich baufällig und alles andere als kinderfreundlich, aber die Miete war kaum der Rede wert und die unmittelbare Umgebung ruhig und verkehrsarm. Den Jungen hatte sie in den Sandkasten gesteckt, den der freundliche Onkel hinter dem Haus eingerichtet hatte. Der Kleine hatte vor sich hin geplappert und gelacht. Und dann war sie wohl eingenickt.

Jetzt überkam sie die Verzweiflung, und die Tränen brachen hervor. Sie versuchte, sich zusammenzureißen, und sagte sich immer wieder, daß er in der guten halben Stunde, die sie geschlafen hatte, wohl kaum weit gekommen sein konnte.

»Überleg doch mal«, sagte sie zu sich selbst und biß die Zähne zusammen. »Überleg doch mal. Wo geht er denn gern hin? Welche Wege sind spannend und verboten?«

Verängstigt angesichts der ersten Antwort, die ihr in den Sinn kam, blieb sie stehen und drehte sich zur Schnellstraße um, die dreihundert Meter tiefer an dem Abhang, an dem die alten Häuschen und Gärten gelegen waren, von lärmenden Rasern befahren wurde. Nein. Dahin konnte er nicht gegangen sein. Das war einfach unmöglich!

Als sie hundertfünfzig Meter hinter ihrem Haus um eine Ecke bog, sah sie eine alte Frau in Arbeitskittel und Gartenhandschuhen an einer Hecke stehen.

»Hat Kristoffer sich davongemacht?« fragte die Alte freundlich und ziemlich unnötig, da die junge Frau ununterbrochen den Namen ihres Sohnes gerufen hatte.

»Ja. Nein. Er hat sich nicht davongemacht. Ich kann ihn bloß nicht finden.«

Sie lächelte zaghaft, angespannt, und die ältere Frau streifte resolut ihre Handschuhe ab.

»Komm. Ich helfe dir. Weit kann er noch nicht gekommen sein«, tröstete sie.

Sie waren ein putziges Paar, wie sie sich so gemeinsam auf die Suche machten. Die Rothaarige rannte auf langen, sommersprossigen Beinen nervös hin und her. Die alte Frau ging systematischer vor, fragte bei jedem einzelnen Haus, ob irgendwer den kleinen Kristoffer, drei Jahre, gesehen habe.

Schließlich waren sie ganz oben am Hang angekommen. Kein kleiner Junge war zu sehen, und niemand wußte etwas. Vor den beiden Frauen lag nur noch der Waldrand; die eine war ratlos und besorgt, die andere vollständig außer sich.

»Wo kann er bloß sein«, weinte sie. »Er traut sich doch nicht allein in den Wald! Vielleicht ist er nach unten gegangen. Zur Schnellstraße!«

Beim bloßen Gedanken daran schluchzte sie schon krampfhaft auf.

»Aber, aber. Keine Panik. Wir wollen uns nicht unnötig ängstigen. Wenn da unten etwas passiert wäre, dann hätten wir schon längst den Krankenwagen gehört«, tröstete die Ältere nicht ohne Sinn für Logik.

»Mama!«

Zufrieden strahlend kam ein kleiner Junge auf braunen Beinchen aus einem Garten, in der einen Hand trug er einen Eimer, in der anderen einen Plastikspaten. Das letzte Haus vor dem Wald war seit zehn Jahren unbewohnt, und das war dem Grundstück auch anzusehen. Wenn die Auffahrt nicht von einer dicken Schicht feinkörnigen Kieses bedeckt gewesen wäre, dann wäre sie mit dem überwucherten Garten in eins übergegangen.

»Kristoffer«, schluchzte seine Mama und stürzte ihm entgegen.

Überrascht von dieser heftigen Begrüßung, ließ er sich hochheben und so fest drücken, daß es ihm fast den Atem verschlug.

»Ich hab' 'nen Seeräuber gefunden, Mama«, sagte er stolz und munter. »'nen echten Seeräuber!«

»Schön, mein Kleiner«, sagte seine Mutter. »Schön. Aber du mußt mir versprechen, daß du nie mehr so weit wegläufst. Mama hat schreckliche Angst gehabt, weißt du. Und jetzt gehen wir nach Hause und trinken Saft. Du hast doch bestimmt argen Durst.«

Voller Dankbarkeit sah sie die andere Frau an.

»Vielen Dank, wirklich tausend Dank. Ich habe mir solche Sorgen gemacht!«

»Keine Ursache«, lächelte die Nachbarin und nahm den

Jungen an einer Hand, um die kleine Familie nach Hause zu bringen.

»Ich muß dir doch den Seeräuber zeigen, Mama«, protestierte der und riß sich von beiden Frauen los. »Du muß' mein' Seeräuber sehen!«

»Heute nicht, mein Junge, laß uns lieber zu Hause mit deinem Seeräuberschiff spielen.«

Die Unterlippe des Kleinen fing an zu zittern.

»Nein, Mama. Ich will den echten Seeräuber sehen!«

Breitbeinig und trotzig stand er mitten auf dem Weg und wollte nicht nachgeben. Frau Hansen, die Nachbarin, griff ein.

»Jetzt gucken wir uns mal deinen Seeräuber an, und dann kommst du mit deiner Mama zu mir nach Hause. Dann machen wir es uns gemütlich, nicht wahr?«

Letzteres war an die junge Frau gerichtet. Die lächelte wieder dankbar, nahm ihr Kind an die Hand, und dann gingen sie alle drei in den überwucherten Garten. In Wirklichkeit waren auch die beiden Erwachsenen ein wenig neugierig auf das, was der Kleine da gefunden hatte.

Selbst an diesem strahlenden Sonntag nachmittag wirkte das Haus ein wenig unheimlich. Der Putz war fast vollständig abgeblättert. Irgendwer, vermutlich Jugendliche, hatten sich eines Abends damit amüsiert, sämtliche Fenster einzuschlagen. Das war schon lange her, und auch junge, rastlose Seelen interessierten sich nicht mehr für das Haus, das jetzt als nackte Beute für den Zahn der Zeit dalag. Im Garten standen die Brennesseln an vielen Stellen fast einen Meter hoch. Aber hinter dem Haus, wo wohl seit Jahren niemand gewesen war, kämpfte eine Art Rasenfläche noch immer um ihr Leben und hatte bisher so einigermaßen standgehalten. Wobei die Bezeichnung »Rasenfläche« doch kräftig übertrieben war. Es sah schon eher wie eine Wiese aus.

Als sie um die Ecke gebogen waren, rannte der Junge zu einem Geräteschuppen hinten im Garten. Die Mutter hatte

Angst, er könnte in der halboffenen Tür verschwinden, und rief ihm eine Warnung zu. Das war nicht nötig. Der Junge wollte nicht hinein. Er hockte sich vor eine Wand, lächelte die beiden Erwachsenen ungemein stolz an, zeigte mit dem Spaten auf ein kleines Loch und erklärte lauthals: »Da! Da ist mein Seeräuber!«

Es war ein Menschenkopf. Die junge Frau packte den Jungen instinktiv und wich mehrere Meter zurück.

Er schrie: »Will gucken! Will gucken!«

Frau Hansen brauchte nur einige Sekunden, dann ergriff sie mit leiser Stimme das Kommando.

»Bring ihn weg von hier. Sag meinem Mann, er soll die Polizei anrufen. Ich warte hier. Mach schnell!«

Letzteres fügte sie hinzu, weil die rothaarige Mutter hilflos und wie gelähmt das Loch im Boden anstarrte. Sie riß sich von diesem grausigen Anblick los und rannte mit dem heulenden und zappelnden Jungen los; Spaten und Eimer blieben liegen.

Kristoffer hatte eine Stelle von vielleicht vierzig Quadratzentimetern aufgebuddelt. Der Kopf lag nicht tief in der Erde, höchstens dreißig Zentimeter. Frau Hansen begriff nicht, wie der Junge das geschafft haben konnte. Vielleicht hatte irgendein Tier schon Vorarbeit geleistet.

Es konnte sich um eine Frau handeln. So sah es jedenfalls aus. Ein Stoffstück, das offenbar um den Kopf gebunden war, verdeckte den unteren Teil des Gesichtes. Die Leiche hatte den Mund geöffnet, und die Zähne des Oberkiefers hatten sich über die Binde geschoben. Unter dem Stoffstück war deutlich eine Vertiefung zu sehen, der Mund bildete ein großes O. Die Nasenlöcher waren ungewöhnlich groß und mit Erde gefüllt. Nur ein Auge war zu sehen. Es war halb geschlossen. Über das andere hing eine dunkle, verklebte Haarsträhne, so gleichmäßig, daß sie fast wie ein verrutschtes Haarband oder eine Augenklappe aussah. Fast wie bei einem Seeräuber...

Schon nach wenigen Minuten hörte Frau Hansen die Streifenwagen näher kommen. Sie richtete sich auf, strich sich mit steifer Hand über die Krampfadern an den Waden und ging dann zum Tor, um der Polizei den Weg zu zeigen.

MONTAG, 7. JUNI

Hanne Wilhelmsen war verzweifelt. Einen so abscheulichen Mordfall brauchte sie nun wirklich nicht noch zusätzlich. Sie protestierte so energisch, daß ihr Abteilungsleiter ihr die Sache fast erspart hätte. Aber nur fast.

»Hier gibt's nichts zu diskutieren, Hanne«, sagte er schließlich in einem Tonfall, der tatsächlich keine Diskussion mehr zuließ. »Wir haben alle zuviel am Hals. Du übernimmst diesen Fall.«

Sie hätte am liebsten losgeweint. Um nichts zu tun, was sie später bereuen würde, nahm sie stumm die Papiere, die er ihr hinhielt, und verließ ohne ein weiteres Wort sein Büro. In ihrem Arbeitszimmer holte sie mehrmals tief Luft, schloß die Augen und kam plötzlich auf den Gedanken, daß dieser Fall ihr einen Vorwand liefern konnte, aus der Freitagsverabredung mit Håkon Sand auszusteigen. Zu etwas war er also doch gut.

Die Leiche war, wie die alte Frau Hansen schon getippt hatte, eine Frau gewesen. Die oberflächliche Untersuchung am Tatort legte nahe, daß sie Anfang Zwanzig gewesen war, eins sechzig groß, von ausländischer Herkunft, nackt bis auf das Stück Stoff, das fest über den Mund gebunden war, und mit durchschnittener Kehle. Das heiße Wetter und die Tatsache, daß sie weder von Plastik noch von Kleidern bedeckt war, hatten die Festlegung des Todeszeitpunktes ziemlich erschwert. Vermutlich war die Leiche stärker verwest, als das unter anderen Bedingungen der Fall gewesen wäre. Die höchst vorläufige Hypothese war, daß sie seit zwei Wochen dort gelegen hatte. Der Gerichtsmediziner hatte Bodenproben und eine genaue Bemessung der Tiefe verlangt, in der die Tote gelegen hatte. Eine etwas präzisere Festlegung des Todeszeitpunktes würde relativ bald vorliegen. Der Leichnam würde auch im Hinblick auf sexuelle Übergriffe untersucht werden. Falls die Frau nach dem Beischlaf umgebracht worden war, dann würden sich auch jetzt noch Spermareste in ihrer Vagina nachweisen lassen.

Hanne Wilhelmsen griff zu dem Polaroidbild vom Hals der Frau. Die Verletzung hatte das charakteristische Aussehen einer mit einem Stich eingeleiteten Schnittwunde. Normale Messerverletzungen waren in der Regel reine Stichwunden, kleine ellipsenförmige Öffnungen, bei denen die Eingeweide einen widerwärtigen Drang zum Hervorquellen zeigten. Schnittwunden hatten die gleichen Eigenschaften, waren aber länger und breiter. Dünner an den Enden, breiter in der Mitte. Bootsförmig. Bei dieser Wunde jedoch war, direkt unterhalb des einen Ohres, zuerst mit dem Messer zugestochen worden. Die Wunde klaffte an dieser Stelle und hatte unregelmäßige Konturen, so als ob der Täter mehrmals habe zustechen müssen, bis das Messer endlich Halt fand. Von diesem Einstich aus zog sich ein Bogen um den ganzen Hals, ein gleichmäßiger, schmaler werdender Spalt mit glatten Kanten.

Sie hatten keine Ahnung, wer die Frau sein konnte. Sie waren alle Vermißtenanzeigen des letzten Jahres durchgegangen, obwohl die Tote keinesfalls schon so lange im Garten hatte liegen können. Keine Beschreibung paßte.

Hanne Wilhelmsen wurde schwindlig. Seit einem Zwischenfall vor einigen Monaten, als sie vor ihrem eigenen Büro niedergeschlagen worden war und sich eine kräftige Gehirnerschütterung zugezogen hatte, traten diese Schwindelanfälle immer häufiger auf. Vor allem bei solcher Hitze.

Und die Arbeitsmenge machte die Sache auch nicht besser. Sie klammerte sich an die Tischkante, bis das Ärgste vorbei war, dann erhob sie sich und verließ ihr Büro. Die Uhr zeigte halb neun. Eine neue Arbeitswoche hatte den schlimmstmöglichen Anfang genommen.

Beim Treppenhaus, das in der westlichen Ecke des Gebäudes vom Erdgeschoß bis zum siebten Stock hinauf führte, stand Håkon Sand und redete mit einem Kollegen. Er trug seinen guten Anzug und schien sich überhaupt nicht wohl zu fühlen. Neben seinen Füßen stand ein Dienstkoffer.

Als er Hanne sah, hellte seine Miene sich ein wenig auf. Er beendete seinen Plausch mit dem Kollegen, und der wanderte über die Galerie davon.

»Ich freu' mich auf Freitag.« Er lächelte breit.

»Ich auch«, sagte sie und gab sich Mühe, glaubwürdig zu klingen.

Sie lehnten sich über die Brüstung und betrachteten den riesigen offenen Raum unter ihnen. Auf der einen Seite des Foyers hielten sich ungewöhnlich wenige Menschen auf.

»Im Moment braucht wohl niemand einen Paß«, sagte Håkon Sand in dem Versuch, eine Erklärung dafür zu finden, warum die Frauen in der Paßabteilung, die sonst immer so viel zu tun hatten, sich jetzt müßig miteinander unterhielten. »Falls nicht irgendwer einen Ausflug nach Alaska unternehmen will. Oder nach Spitzbergen. Aber dazu braucht man ja keinen Paß«, fügte er verlegen hinzu.

Wenn auch seine Landsleute keine Pässe wollten, so war doch die andere Hälfte der Abteilung um so dichter bevölkert. An der Wand, hinter der die Büros der Fremdenpolizei lagen, drängten sich die Ausländer. Sie sahen düster aus, aber immerhin schien ihnen die Hitze weniger zu schaffen zu machen.

»Was in aller Welt treiben die da unten eigentlich?« fragte Hanne. »Zählen die alle Ausländer durch oder was?«

»So ungefähr. Die veranstalten wieder eine von diesen Schwachsinnsaktionen. Kämmen sämtliche öffentlichen Aufenthaltsorte durch, krallen sich alle mit schwarzen Haaren und überprüfen, ob sie eine Aufenthaltsgenehmigung haben. Schöne Energieverschwendung. Vor allem im Moment!«

Er seufzte. In zwanzig Minuten mußte er im Gericht sein.

»Der Kriminaldirektor behauptet, wir hätten mehr als fünftausend illegale Ausländer hier in der Stadt. Fünftausend! Ich glaub' kein Wort davon! Wo sollten die sich denn verstecken?«

Hanne Wilhelmsen fand die Zahl gar nicht so unwahrscheinlich. Was sie störte, war, daß dringend gebrauchte Kräfte eingesetzt wurden, um diese Leute zu finden. Vor kurzem erst hatte sie den Leiter der Ausländerbehörde im Radio sagen hören, sie »verlören« außerdem pro Jahr fünfzehnhundert Asylbewerber. Menschen, die registriert seien, sich aber nie wieder blicken ließen. Dann wären es ja nur noch dreieinhalbtausend, dachte sie müde.

»Die Hälfte von denen sitzt offenbar da unten«, antwortete sie auf die lange zurückliegende Frage und zeigte auf die Menschenmenge.

Håkon Sand schaute auf die Uhr. Er mußte sich beeilen.

»Wir sehen uns nachher«, rief er und rannte los.

Das Ganze war die pure Bagatelle. Zwei Flüchtlinge hatten im Asylantenheim Urtegata bei einer Streiterei ums Essen die Fäuste benutzt. Ein Iraner, ein Kurde. Håkon Sand fand es ganz natürlich, daß sie ab und zu ausrasteten. Beide warteten schon über ein Jahr auf ihren Asylbescheid. Beide waren junge Männer im besten arbeitsfähigen Alter. Sie konnten pro Woche fünf Stunden Norwegischunterricht nehmen. Die übrige Zeit war ein Meer von Frustration, Unsicherheit und großer Angst.

Aber wie auch immer, sie waren an einem Freitag abend

übereinander hergefallen. Was beim Schwächeren zu einem gebrochenen Nasenbein geführt hatte. Beim Kurden. Und hier war § 229 des Strafgesetzbuches anzuwenden. Obwohl der Iraner seinerseits ein dickes Klitschauge davongetragen hatte, waren eifrige Beamte darauf bedacht gewesen, daß auch bei dieser Bagatelle der Gerechtigkeit Genüge geschah. Der Junge wurde von einem Pflichtverteidiger vertreten, der vermutlich kaum ein Wort mit ihm gewechselt und erst recht nicht die Akten studiert hatte. Aber es lief alles routinemäßig ab. Auch bei Håkon Sand.

Gerichtssaal 8 war winzig klein und schrecklich heruntergekommen. Es gab natürlich keine Klimaanlage, und der Straßenlärm machte es unmöglich, ein Fenster zu öffnen. Nachdem vor einigen Jahren der Bau eines neuen Gerichtes beschlossen worden war, wurden für das alte keine fünf Öre mehr aufgewendet. Obwohl es mit dem Neubau seine Zeit dauerte.

Die schwarze Robe, die vor ihm schon Hunderte von Staatsanwälten getragen hatten, roch überhaupt nicht gut. Das war heute nicht anders als sonst. Håkon seufzte resigniert und blickte zu den Anwälten jenseits der Schranke hinüber. Ihre Blicke begegneten sich, und sie beschlossen in aller Stille, die Sache rasch hinter sich zu bringen.

Der zweiundzwanzigjährige Iraner machte als erster seine Aussage. Ein Dolmetscher mit absolut ausdruckslosem Gesicht übersetzte. Und offenbar redigierte er gleich: Zuerst sprach der Angeklagte drei Minuten lang, dann übersetzte der Dolmetscher in dreißig Sekunden. Normalerweise irritierte das Håkon Sand, an diesem Tag aber schaffte er es nicht, sich aufzuregen. Und dann kam der Kurde an die Reihe. Seine Nase war immer noch schief, sie hatte sicher nicht die beste Behandlung erfahren, die das norwegische Gesundheitswesen zu bieten hatte.

Schließlich wurde noch ein Angestellter des Flüchtlingsheims befragt. Ein Norweger. Doch, die Prügelei habe er gesehen. Der Angeklagte sei auf den Geschädigten losgegangen. Sie hätten mehrmals aufeinander eingeschlagen, dann sei der Kurde nach einer Serie von beeindruckenden Uppercuts wie ein Sack zu Boden gegangen.

»Haben Sie eingegriffen?« fragte der Verteidiger, als er mit der Zeugenbefragung an der Reihe war. »Haben Sie versucht, sich einzuschalten?«

Der Norweger starrte verlegen seinen Zeugenstand an. Das hatte er eigentlich nicht. Solche Prügeleien zwischen Ausländern waren ihm ein wenig unheimlich. Dabei waren so oft Messer im Spiel. Er blickte die beiden Schöffen hilfesuchend an, erntete aber nur leere Blicke.

»Haben Sie ein Messer gesehen?«

»Nein.«

»Gab es denn irgendeinen Grund, mit einem Messer zu rechnen?«

»Ja, also, wie gesagt, das kommt so oft vor ...«

»Aber haben Sie in dieser Situation etwas gesehen?« fiel der Verteidiger ihm gereizt ins Wort. »Gab es einen Grund dafür, daß Sie bei dieser Schlägerei nicht eingegriffen haben?«

»Nein, also ...«

»Danke, keine weiteren Fragen.«

Die Verhandlung ging noch zwanzig Minuten weiter. Håkon Sand packte in der Gewißheit, daß auch diesmal ein Urteil gefällt werden würde, seine Papiere zusammen. Als er die geschrumpften Ordner in seinen Flugzeugkoffer schieben wollte, fiel ein rosa Umschlag auf den Boden. Es handelte sich um eine Hausmitteilung von einem Fahnder. Er hob den Umschlag auf und warf einen Blick darauf, ehe er ihn in den Koffer zurücklegte.

Oben stand sein Name. Die Nachricht war mit der Hand geschrieben. Die Überschrift lautete: »Betr. FK 90045621, Shaei Thyed, Körperverletzung«.

Und da begriff er. Die Nummern, die nach den Samstagsmassakern ins Blut geschrieben waren. Natürlich, das waren Nummern der Fremdenkontrolle. Alle Ausländer hatten so eine Nummer. Eine FK-Nummer.

Auf seinem Schreibtisch stand eine prachtvolle Ausgabe der Göttin Gerechtigkeit. Sie wirkte dort ein wenig fehl am Platze, eine schöne und sicher schrecklich teure Bronzeskulptur in einem acht Quadratmeter kleinen und sehr öffentlichen Büro. Er legte Papierkügelchen in die beiden Waagschalen, die die Frau an der ausgestreckten Hand hielt. Sie hoben und senkten sich durch die winzigen Gewichte.

Endlich kam Hanne Wilhelmsen. Sie stellte zufrieden fest, daß die neuen Gardinen aufgehängt waren.

»Ich dachte, du wärst im Gericht«, sagte sie. »Heute morgen hat es so ausgesehen.«

»Es hat anderthalb Stunden gedauert«, sagte er und bot ihr einen Platz an. »Ich habe die Lösung gefunden!«

Håkon Sands Wangen waren rot, und das kam nicht von der Hitze.

»Die Nummern, die nach den Samstagsmassakern ins Blut geschrieben sind, weißt du, worum es sich dabei handelt?«

Hanne Wilhelmsen starrte Polizeiadjutant Håkon Sand zwanzig Sekunden lang an. Er schien vor Zufriedenheit fast zu platzen. Er war schrecklich enttäuscht, als sie antwortete: »Um FK-Nummern.«

Sie sprang auf, ballte die Faust und schlug mehrmals gegen die Wand.

»Natürlich! Was war nur mit uns los? Wir waten doch geradezu in diesen Nummern!«

Håkon Sand konnte nicht fassen, daß es ihr eingefallen war, ehe er etwas gesagt hatte. Er sah so enttäuscht aus, daß sie ihm etwas Tröstliches sagen mußte.

»Wir haben den Wald vor lauter Bäumen nicht gesehen. Ehrlich gesagt, ich habe überhaupt nicht weiter auf die Nummern geachtet. Bis heute. Genial, Håkon! Allein wäre ich nicht darauf gekommen. Heute jedenfalls nicht.«

Håkon stellte keine weiteren Fragen und beschwichtigte seine verletzte Eitelkeit. Dann überlegten sie sich die Konsequenzen ihrer Entdeckung. Beide schwiegen.

Vier Blutbäder. Vier unterschiedliche Nummern. Fremdenkontrolle-Nummern. Eine gefundene Leiche. Vermutlich eine Ausländerin. Eine mit Fremdenkontrolle-Nummer.

»Vielleicht gibt es noch drei weitere«, sagte Håkon Sand schließlich. »Noch drei Leichen. Schlimmstenfalls.«

Schlimmstenfalls. Hanne Wilhelmsen war ganz seiner Ansicht. Aber ein weiterer Aspekt des Falles machte ihr fast ebensolche Angst wie die Tatsache, daß irgendwo draußen noch drei Leichen verscharrt sein konnten.

»Wer hat Zugang zu den Informationen über Asylbewerber, Håkon?« fragte sie leise, obgleich sie die Antwort sehr wohl kannte.

»Die Angestellten von der Ausländerbehörde«, antwortete er sofort. »Und die vom Justizministerium natürlich. Ziemlich viele also. Und einige von den Leuten, die in den Flüchtlingsheimen arbeiten, nehme ich an«, fügte er beim Gedanken an den verlegenen Norweger hinzu, der ganz ruhig und ohne einzugreifen zugesehen hatte, wie zwei Flüchtlinge aufeinander losgegangen waren.

»Ja«, sagte sie.

Aber sie dachte an etwas anderes.

Alle anderen Fälle wurden vorläufig auf Eis gelegt. Mit einer Effektivität, die die meisten Beteiligten verblüffte, wurden die Ressourcen der Abteilung innerhalb einer Stunde neu verteilt. Das Bereitschaftszimmer unten in der blauen Zone wurde plötzlich zu einem Zentrum brodelnder Aktivitäten.

Es war jedoch zu klein für die Besprechung, auf der der Abteilungsleiter bestand, und deshalb versammelten sie sich im Besprechungsraum. Was sich sehr gut machte, denn das Zimmer hatte keine Fenster und diente auch als Speiseraum. Und es war gerade Mittag.

Der Kriminaldirektor, ein kugelrunder Mann mit grenzenlos naivem Gesichtsausdruck unter seinen schütteren grauen Locken war ebenfalls anwesend. Er kaute an einem riesigen Butterbrot herum. Zwischen den beiden Weißbrotscheiben quoll Mayonnaise hervor und legte sich wie eine widerliche fette Larve auf seine viel zu enge Uniformhose. Er wischte sie beschämt mit dem Zeigefinger ab und versuchte, den dunklen Fleck wegzureiben. Der davon natürlich nur größer wurde.

»Die Sache ist ziemlich ernst«, begann der Abteilungschef.

Er war ein sehr gut aussehender Mann, athletisch und breit, mit einem dunklen, kurzgeschnittenen Haarkranz um den ansonsten ratzekahlen Schädel. Seine Augen saßen auffällig tief, aber bei näherem Hinsehen erwiesen sie sich als intensiv, groß und sehr dunkelbraun. Er trug eine leichte helle Sommerhose und ein engsitzendes Polohemd.

»Arnt?«

Der Mann, der aufgefordert war, etwas zu sagen, schob seinen Stuhl ein Stück vom Tisch zurück, stand jedoch nicht auf.

»Ich habe die FK-Nummern im Blut überprüft. Sie waren nicht überall gleich deutlich, aber wenn wir uns an diese Lesart halten...« Er zog ein Stück Pappe hervor und hielt es hoch. »...und das ist die wahrscheinlichste, dann handelt es sich bei allen vier Nummern um Frauen.«

Es war jetzt ganz still im Zimmer.

»Alle zwischen dreiundzwanzig und neunundzwanzig. Alle sind allein nach Norwegen gekommen. Keine hatte hier schon Verwandte wohnen. Außerdem...«

Sie wußten, was er jetzt sagen würde. Der Abteilungschef spürte, wie ihm der Schweiß über die Schläfen troff. Der Kriminaldirektor schnaubte wie eine schwitzende Bulldogge. Hanne Wilhelmsen wäre am liebsten gegangen.

»Sie sind alle verschwunden.«

Nach einer langen Pause, die niemanden überraschte, ergriff der Abteilungschef wieder das Wort.

»Kann die Tote eine dieser vier sein?«

»Das läßt sich noch nicht sagen. Aber wir gehen natürlich davon aus.«

»Erik, bist du bei der Jagd auf das Blut schon weitergekommen?«

Der Polizist erhob sich, im Gegensatz zu seinem erfahreneren Kollegen Arnt.

»Ich habe alle Schlachtereien angerufen«, sagte er und schluckte vor Nervosität. »Vierundzwanzig Stück. Jeder kann Blut kaufen. Meistens stammt das Blut von Rindern. Es muß allerdings fast überall im voraus bestellt werden. Es gibt so gut wie keinen Markt mehr. Es macht kaum noch jemand selbst Blutpudding, wie es scheint. Nirgendwo hatten sie etwas Außergewöhnliches zu erzählen. Es gab keinen Großeinkauf, meine ich.«

»Gut«, sagte der Abteilungschef. »Bleib trotzdem in der Sache am Ball.«

Erleichtert ließ Erik Henriksen sich wieder auf seinen Stuhl fallen.

»Der Chef von der Ausländerbehörde«, murmelte Hanne Wilhelmsen.

»Was hast du gesagt?«

»Der Chef von der Ausländerbehörde«, wiederholte sie, diesmal etwas lauter. »Ich habe ihn vor kurzem im Radio gehört. Er sagt, daß den Behörden pro Jahr fünfzehnhundert Flüchtlinge ›verlorengehen‹.«

»Verlorengehen?«

»Ja, sie verschwinden einfach. Die meisten würden natürlich ganz einfach ausgewiesen werden, und das ist ihnen klar.

Die Ausländerbehörde meint, daß die einfach in ein anderes Land fliehen, ohne sich abzumelden. Nach Schweden vielleicht, oder runter nach Europa. Manche fahren auch einfach nach Hause. Das hat jedenfalls dieser Mensch von der Ausländerbehörde gesagt.«

»Aber sucht denn irgendwer nach ihnen?« fragte Erik und bereute gleich noch einmal. Daß die Ausländerbehörden ihre Zeit mit der Suche nach verschollenen Ausländern vergeuden könnten, wo sie doch alle Hände voll zu tun hatten, die übrigen aus dem Land zu schmeißen, war ein so absurder Gedanke, daß seine Kollegen unter anderen Umständen wohl laut losgelacht hätten. Und bei anderem Wetter. Und wenn sie nicht gewußt hätten, daß ihnen genau fünf Tage blieben, um diesen Fall zu klären. Falls sie nicht in der Nacht zum nächsten Sonntag irgendwo eine neue Blutlache mit einer neuen Nummer untersuchen wollten. Ihnen blieben fünf Tage. Also gingen sie jetzt wohl am besten ans Werk.

Kristine Håverstad hatte das Gefühl, sich einem Abgrund zu nähern. Neun Tage waren vergangen. Neun Tage und acht Nächte. Sie hatte mit niemandem gesprochen. Natürlich war es zu dem einen oder anderen Wortwechsel mit ihrem Vater gekommen, aber noch immer schlichen sie vorsichtig umeinander herum. Im tiefsten Herzen wußten sie wohl beide, daß der andere reden wollte, aber wie sie anfangen und wie sie dann weitermachen sollten, das wußten sie einfach nicht. Sie konnten ihr enges Verhältnis, das die Kommunikation unmöglich machte, nicht durchbrechen. Einen einzigen Sieg konnte sie für sich verbuchen. Das Valium war im Klo gelandet. An seine Stelle war der Alkohol getreten. Ihr Vater hatte sie ängstlich gemustert, hatte aber nicht protestiert, als sein Rotweinvorrat zur Neige gegangen war und sie um Nachschub gebeten hatte. Am nächsten Tag hatten in der Speisekammer hinter der Küche zwei Kästen gestanden.

Bekannte hatten angerufen und Besorgnis bekundet. Sie hatte seit einer Woche keinen Fuß mehr in den Lesesaal gesetzt. Zum erstenmal seit vier Jahren. Sie schaffte es, sich zusammenzunehmen, sich nichts anmerken zu lassen, über eine heftige Grippe zu klagen und zu versichern, nein, Besuch sei nicht nötig, sie wolle doch niemanden anstecken. Mach's gut, wir sehen uns bald. Kein Wort über das Entsetzliche. Darüber gab es nichts zu sagen. Sie konnte den Gedanken an die Aufmerksamkeit, die sich dann auf sie richten würde, nicht ertragen. Sie erinnerte sich nur zu gut an die Studentin der Tiermedizin, die vor zwei Jahren nach einigen Tagen der Abwesenheit wieder im Lesesaal erschienen war. Sie hatte ihren engsten Freunden erzählt, daß sie nach einem ziemlich heftigen Fest von einem Kommilitonen vergewaltigt worden sei. Bald darauf hatten es alle gewußt. Die Polizei hatte die Ermittlungen eingestellt, und die Frau war Kristine seither vorgekommen wie eine eingetrocknete Blume. Damals hatte sie sie sehr bedauert. Sie hatte zusammen mit ihren Freundinnen geschimpft und um den beschuldigten Großkotz aus Bærum einen Bogen gemacht. Aber sie hatten dem Opfer gegenüber niemals irgendeine Initiative ergriffen. Im Gegenteil, der Frau schien etwas anzuhaften, etwas Unvernünftiges und Unerklärliches. Sie glaubten ihr, die Studentinnen jedenfalls. Aber sie wirkte so hilflos und schien mit jeder Geste zu sagen, die anderen sollten ihr vom Leibe bleiben.

Kristine Håverstad wollte niemals so werden.

Das Schlimmste war der Anblick ihres Vaters, dieses großen, kräftigen Mannes, der immer dagewesen, immer der erste gewesen war, bei dem sie Trost gesucht hatte, wenn die Welt zu hart mit ihr umgegangen war. Aus den letzten Winkeln und Ecken in ihr krochen Schuldgefühle hoch, wenn sie an all die Male dachte, da sie nicht zu ihm gegangen war, um etwas Schönes mit ihm zu feiern. Sie hatte sich nie überlegt, welche Belastung es für ihn gewesen sein mußte, sie allein großzuziehen. Schon immer war ihr klar, daß sie im Grunde daran schuld war, daß er keine neue Frau gefunden hatte. Aber sie hatte das richtig gefunden; sie war ein kleines Kind, auf das Rücksicht genommen werden mußte. Sie hatte keine neue Mutter gewollt. Daß er vielleicht ein Bedürfnis nach einer Frau verspürt hatte, war ihr erst als Erwachsener aufgegangen. Sie schämte sich zutiefst. Nicht das Gefühl, zerstört zu sein, war das Schlimmste. Schlimmer war das Gefühl, daß ihr Vater zerstört war.

Sie war bei der Sozialberaterin gewesen. Die Frau hatte ausgesehen wie eine Sozialberaterin und sich benommen wie eine Sozialberaterin, hatte sich aber offenbar als Psychiaterin gefühlt. Es hatte nichts gebracht. Hätte Kristine Håverstad nicht gewußt, wie wichtig es ist, nicht gleich aufzugeben, dann hätte sie diese Besuche sofort eingestellt. Aber sie wollte der Sozialberaterin noch eine Chance geben.

Zunächst aber wollte sie einen Ausflug ins Wochenendhaus machen. Sie nahm nicht viel mit. Das war nicht nötig. Sie wollte doch nur zwei Tage bleiben. Höchstens. Und Lebensmittel konnte sie beim Dorfkaufmann bekommen.

Ihr Vater hatte beinahe froh gewirkt, als sie ihm das gestern abend erzählt hatte. Er hatte ihr sehr viel Geld gegeben und sie ermuntert, eine Weile dort zu bleiben. Er habe in der Praxis so viel zu tun, hatte er beim Abendessen gesagt und seinen Teller noch einmal gefüllt. In der letzten Woche hatte er abgenommen. Er war zwar so kräftig, daß man ihm das nicht direkt ansah, aber Kristine merkte doch, daß seine Kleider lockerer saßen. Und auch sein Gesicht hatte sich verändert; es war nicht gerade schmaler geworden, aber es war schärfer gezeichnet und hatte tiefere Falten bekommen. Sie selbst hatte drei Kilo eingebüßt, drei Kilo, die sie eigentlich nicht entbehren konnte.

In einer Art Versuch, ihrem Vater eine Freude zu machen,

hatte sie sich zu diesem Ausflug entschlossen, obwohl sie keine besondere Lust dazu hatte. Außerdem war ihr Chef ziemlich sauer gewesen, als sie ihn angerufen und gesagt hatte, daß die Grippe ziemlich zäh sei und sie wohl in den nächsten beiden Tagen noch nicht wieder arbeiten könne. Ihr Vertretungsjob beim Blauen Kreuz war weder gut bezahlt noch besonders spannend, und sie wußte selbst nicht so recht, warum sie ihn nun schon seit über einem Jahr hatte. Vielleicht lag es daran, daß sie Alkoholiker mochte. Sie waren die dankbarsten Menschen auf der Welt.

Im Hauptbahnhof war viel los. Sie mußte fast zwanzig Minuten nach ihrer Fahrkarte anstehen, bezahlte und ging in die Bahnhofshalle. Ihr Zug fuhr erst in zwanzig Minuten.

Sie durchquerte die Halle und ging zu einem Zeitungskiosk. Die Boulevardblätter brachten fast identische Schlagzeilen über eine weibliche Leiche, die in einem abgelegenen Garten gefunden worden war. Die Polizei arbeite auf Hochtouren, war da zu lesen. Das konnte sie sich vorstellen. In ihrem Fall taten sie jedenfalls nichts. An diesem Morgen hatte ihre Anwältin Linda Løvstad sie angerufen und bedauernd mitgeteilt, es gebe nichts Neues. Aber sie hatte versprochen, sich zu melden.

Kristine Håverstad kaufte eine Zeitung, legte das abgezählte Geld auf den Tresen und steuerte den Bahnsteig an. Sie las im Gehen ein wenig und wäre fast auf einer Würstchentüte ausgerutscht. Das sollte sich nicht wiederholen, deshalb faltete sie die Zeitung zusammen und steckte sie in ihre Tasche. Und dann sah sie ihn. Geschockt und vollständig gelähmt stand sie einige Sekunden reglos da. Er war es. Der Vergewaltiger. Quicklebendig wanderte er an einem heißen Juninachmittag im Osloer Hauptbahnhof herum. Er sah sie nicht, denn er war in ein Gespräch mit seinem Begleiter vertieft. Er sagte offenbar etwas Witziges, denn der andere warf den Kopf in den Nacken und lachte laut.

Ein heftiges Zittern setzte an ihren Knien ein, kroch ihre Oberschenkel hinauf und machte es Kristine Håverstad unendlich schwer, eine Bank zu erreichen, auf die sie sich, mit dem Rücken zum Vergewaltiger, fallen ließ. Aber nicht nur die Tatsache, daß er wirklich existierte, schockierte sie.

Noch erschütternder war, daß sie nun wußte, wie sie ihn ausfindig machen konnte.

Ungefähr zum gleichen Zeitpunkt stand Kristines Vater in der Wohnung seiner Tochter und schaute aus dem Fenster. Das Haus gegenüber war nicht renoviert. Der Putz war abgeblättert, und zwei Fenster sahen undicht aus. Die Wohnungen schienen aber trotzdem bewohnt zu sein, einige sahen sogar gemütlich aus, zumindest aus dieser Entfernung. Nirgends regte sich etwas. Die meisten Leute waren wohl bei der Arbeit. In einem Fenster im zweiten Stock, schräg links ihm gegenüber, entdeckte er jedoch eine Gestalt. Es schien sich um einen Mann zu handeln. Die Entfernung zwischen Fensterrahmen und Gesicht deutete an, daß er in einem tiefen Sessel saß. Der Mann mußte einen perfekten Ausblick auf Kristines Wohnung haben.

Finn Håverstad sprang auf und stürzte aus der Wohnung. Sorgfältig verschloß er das Haupt- und die beiden Sicherheitsschlösser, die er selbst mit so wenig Nutzen eingebaut hatte. Als er auf der Straße stand, überlegte er kurz, welche Klingel wohl zu der Wohnung gehörte, in die er gerade gestarrt hatte. Die Klingeln waren nicht beschriftet, aber darauf ließ er es ankommen. Zweiter Stock links. Dritte Klingel unten links. Nach wenigen Sekunden hörte er den Summer. Das charakteristische elektrische Geräusch war deutlich zu hören, und er versuchte, die Haustür zu öffnen. Sie gab bereitwillig nach.

Das Treppenhaus war in etwa so heruntergekommen, wie die Fassade es erwarten ließ. Aber es roch streng nach grüner

Seife. Der kräftige Mann stieg mit zielbewußten Schritten in den zweiten Stock. Die Wohnungstür war blau. Oberhalb der Klinke befand sich ein ovales Milchglasfenster. Über der Klingel war mit einer roten Heftzwecke eine Pappkarte befestigt. E. Das stand darauf. E. Das war alles. Er schellte.

Drinnen hörte er wildes Getöse. Dann war alles still. Håverstad machte noch einen Versuch. Neues Getöse. Plötzlich wurde die Tür aufgerissen. Vor ihm stand ein Mann. Sein Alter war schwer zu bestimmen. Er hatte das seltsame, fast geschlechtslose Aussehen, das Sonderlinge sich zulegen. Ziemlich durchschnittliches Gesicht, weder hübsch noch häßlich. Blaß, mit glatter, pickelloser Haut. Er trug eine gestrickte Trachtenjacke, aber das schien ihm absolut nicht peinlich zu sein.

»E«, sagte er und streckte eine kühle Hand aus. »Ich heiße E. Was willst du?«

Håverstad war so überrascht von diesem Anblick, daß er sein Anliegen kaum hervorbrachte. Und viel hatte er ja auch nicht zu sagen.

»Äh...«, setzte er an, aber dann fiel ihm ein, daß es den Anschein haben könnte, als wolle er den Namen des Mannes in der Strickjacke wiederholen. »Ich würde gern kurz mit dir reden.«

»Worüber denn?«

E war nicht unfreundlich, er war einfach neutral abweisend.

»Ich wüßte gern, ob du im Blick hast, was hier so in der Nachbarschaft passiert«, deutete Håverstad vage an.

Das war offenbar ein kluger Zug. Die Mundwinkel des anderen verzogen sich zu einem zufriedenen Lächeln.

»Komm rein«, sagte er mit etwas, das einem leichten Lächeln immerhin nahekam.

Er trat beiseite, und Håverstad ging in die Wohnung. Sie war strahlend sauber und sah vollkommen unbewohnt aus. Sie enthielt nur wenige Hinweise darauf, daß es sich um ein

Zuhause handelte. Ein riesiger Fernseher stand in einer Ecke vor einem einsamen Stuhl. Es gab kein Sofa, keinen Tisch. Vor dem Fenster, dem übrigens die Vorhänge fehlten, stand der Sessel, in dem Håverstad den Mann von der Wohnung seiner Tochter aus hatte sitzen sehen. Es war ein zerschlissener grüner Ohrensessel. Mehrere Pappkartons von der Sorte, die er aus seiner eigenen Aktenablage kannte, braune Archivkästen aus solider Pappe, umstanden den Sessel in Reih und Glied, wie zackige, viereckige Soldaten, die ihre grüne Burg beschützten. Im Sessel lag ein Klemmblock mit einem daran befestigten Kugelschreiber.

»Hier wohne ich«, sagte E, nicht ganz zufrieden. »Meine letzte Wohnung war besser. Aber dann ist meine Mutter gestorben, und ich mußte ausziehen.«

Dabei fiel ihm offenbar ein, wie bedauernswert er war, und sein vages Gesicht nahm einen traurigen Ausdruck an.

»Was hast du denn in den Kartons?« fragte Håverstad. »Sammelst du irgendwas?«

E starrte ihn mißtrauisch an.

»Ja, das schon«, sagte er, anscheinend ohne verraten zu wollen, was sich in den knapp zwei Dutzend Pappkartons verbarg.

Håverstad mußte die Sache anders angehen.

»Du kriegst sicher ganz schön viel mit«, sagte er interessiert und trat ans Fenster.

Obwohl das Glas sichtlich alt war, wirkte es ebenso sauber wie die übrige Wohnung. Es duftete leicht nach Zitrone.

»Hier sitzt du ja gut«, sagte er dann, ohne den Mann anzusehen, der sich seinen Klemmblock geschnappt hatte und ihn an sich drückte, als sei er Gold wert. Und das war er ja vielleicht auch. »Beobachtest du irgendwas Besonderes?«

Der Jackenträger war offenbar verwirrt. Håverstad ging davon aus, daß sich nicht viele die Mühe machten, mit diesem Trottel zu reden. Vermutlich wollte er gern sprechen. Håverstad mußte ihm nur Zeit lassen.

»Tja«, sagte E. »Ziemlich viel, echt.«

Aus einem Pappkarton ragte ein Zeitungsausschnitt. Das halbe Gesicht einer Politikerin lächelte ihn an.

»Interessierst du dich für Politik?« fragte Håverstad lächelnd und beugte sich über den Karton.

E kam ihm zuvor.

»Nicht anfassen«, fauchte er und schnappte ihm den Karton vor der Nase weg. »Faß meine Sachen nicht an!«

»Nein, nein, das habe ich doch gar nicht vor!«

Finn Håverstad hob in einer Geste der Kapitulation beide Handflächen und fragte sich, ob er nicht lieber gleich gehen sollte.

»Das kannst du sehen«, sagte E plötzlich, als habe er die Gedanken des anderen gelesen und endlich begriffen, daß er gesellschaftssüchtig war.

Er hob Karton Nr. 2, von vorn gesehen, hoch und reichte ihn seinem Gast.

»Filmkritiken«, erklärte er.

Und das stimmte auch. Filmkritiken aus Zeitungen, sorgfältig ausgeschnitten und auf A4-Bögen aufgeklebt. Unten standen, in ordentlicher dünner schwarzer Filzstiftschrift, jeweils der Name der Zeitung und das Erscheinungsdatum der Rezension.

»Gehst du viel ins Kino?«

Håverstad interessierte sich nicht weiter für E's Gewohnheiten, aber das war doch immerhin ein Anfang.

»Ins Kino? Ich? Nie. Aber die kommen doch alle nach einer Weile im Fernsehen. Und dann ist es gut, schon etwas über sie zu wissen.«

Natürlich. Gute Erklärung. Das Ganze war doch absurd. Er sollte lieber gehen.

»Das hier kannst du auch sehen.«

Jetzt war E schon sehr viel freundlicher. Er wagte es, den Klemmblock hinzulegen, wenn auch mit dem Gesicht nach unten. Dem Zahnarzt wurde ein weiterer Karton überreicht, schwerer als der andere. Er blickte sich nach einer Sitzgelegenheit um, aber zum Sitzen lud nur der Boden ein. Im grünen Sessel lag der Klemmblock, und der Holzstuhl vor dem Fernseher war für einen Mann seiner Statur einfach nicht gemacht.

Er hockte sich hin und öffnete den Karton. E kniete wie ein gespanntes kleines Kind neben ihm.

Der Karton enthielt Autokennzeichen. In ordentlichen Reihen auf Bögen, die in drei Spalten unterteilt waren. Die Nummern standen exakt untereinander. Es sah fast wie mit der Maschine geschrieben aus.

»Autonummern«, erklärte E unnötigerweise. »Ich sammle schon seit vierzehn Jahren. Die ersten sechzehn Seiten sind von hier. Der Rest ist aus... von da, wo ich früher gewohnt habe.«

Wieder hatte er diesen traurigen, selbstmitleidigen Blick, doch diesmal ging das schneller vorbei.

»Schau her«, sagte er. »Keine zwei Nummern sind gleich. Das wäre doch Pfusch. Nur neue Nummern. Nur Autos, die ich vom Fenster aus sehen kann. Hier...« Er zeigte wieder auf den Bogen. »Hier ist das Datum. An manchen Tagen kriege ich fast fünfzig Nummern. An anderen sehe ich nur welche, die ich schon habe. An den Wochenenden und so. Dann komme ich natürlich nicht weiter.«

Håverstad brach der Schweiß aus. Sein Herz dröhnte wie ein Fischkutter mit Motorproblemen, und er setzte sich ganz einfach auf seinen Hintern, weil das Hocken ihm langsam zu anstrengend wurde.

»Hast du zufällig«, schnaufte er, »hast du zufällig Nummern vom letzten Wochenende? Vom Samstag, dem 29. Mai?«

E zog einen Bogen hervor und reichte ihn seinem Gast.

Oben in der linken Ecke stand das Datum: Samstag, 29. Mai. Darunter kamen sieben Nummern. Nur sieben Stück!

»Das sind nur die geparkten Autos«, erklärte E eifrig. »Die aufzuschreiben, die nur vorbeifahren, wäre doch Pfusch.«

Die Hände des Zahnarztes zitterten. Er empfand überhaupt keine Freude angesichts dieser Entdeckung. Nur eine matte, fast taube Form von Zufriedenheit. Ungefähr so wie nach einer geglückten Wurzelbehandlung, bei der der Patient nicht allzusehr gelitten hatte.

»Meinst du, ich könnte mir diese Nummern abschreiben?«

E zögerte kurz, dann zuckte er mit den Schultern und stand auf.

»Okay.«

Eine halbe Stunde später saß Finn Håverstad in seiner Wohnung neben dem Telefon, eine Liste mit sieben Nummern in der Hand. Kristine war zum Glück übers Wochenende weggefahren. Er hatte also Zeit genug. Er mußte jetzt nur noch herausfinden, welche dieser Nummern zu einem roten Auto gehörte. Und wer der Besitzer war. Er rief die Auskunft an, erhielt die Nummern vom Wagenregister in Brønnøysund und von fünf Polizeirevieren in Ostnorwegen und machte sich ans Werk.

Der schreckliche Schock hatte sich gelegt und einer großen, beinahe befreienden Ruhe Platz gemacht. Sie hatte sich einige Minuten lang gesammelt und dann in der beruhigenden Gewißheit den Bahnhof verlassen, daß der Vergewaltiger und sein Begleiter auf einem Bahnsteig verschwunden waren. Nun stellte sie sich an den Taxistand und starrte die Stadt an. Zum erstenmal seit über einer Woche registrierte sie die Hitze. Sie war zu warm angezogen. Also streifte sie sich den Pullover über den Kopf und stopfte ihn in ihre rote Schultertasche. Einen Moment lang bedauerte sie, keinen Rucksack zu haben, die Tasche drückte doch sehr auf der Schulter.

Ausnahmsweise hatte sich am Taxistand keine Warteschlange gebildet. Alle, die mit überschaubarem Gepäck aus dem Bahnhof kamen, taten dasselbe wie sie. Sie staunten ein wenig über die Hitze nach der per Klimaanlage kühl gehaltenen Bahnhofshalle, reckten sich im guten Wetter und beschlossen, zu Fuß zu gehen. Ein dunkelhäutiger Fahrer lehnte an der Motorhaube und las eine fremdsprachige Zeitung. Sie ging zu ihm hinüber, nannte die Adresse ihres Vaters und erkundigte sich nach dem Fahrpreis. So um die hundert Kronen, meinte der Mann. Sie gab ihm einen Hunderter und ihre Tasche, fragte noch einmal, ob er sich die Adresse gemerkt habe, und bat ihn, die Tasche unter die Treppe zu legen.

»Es ist ein großes weißes Haus mit grünen Fensterrahmen«, rief sie in das offene Taxifenster, als er anfuhr.

Ein nackter, behaarter Unterarm winkte munter bejahend aus dem Fenster, und der Mercedes verschwand.

Sie spazierte in Richtung Homansbyen.

Sie haßte diesen Mann mit Leidenschaft. Seit er sie an dem Samstag abend vor einer Ewigkeit von einer Woche zerstört hatte, hatte sie nichts als Ohnmacht und Trauer empfunden. Stundenlang war sie durch die Straßen gewandert, mit einer Wäschetrommel voller Gefühle, die sie nicht auseinandersortieren konnte. Vor zwei Tagen hatte sie an den Gleisen des Bahnhofs Majorstua gestanden, gleich hinter einer Kurve, unsichtbar für alle, auch für den Zugführer. Starr war sie stehen geblieben und hatte den Zug kommen hören. Nur einen Meter von den Gleisen entfernt. Als der erste Wagen plötzlich um die Kurve gebogen war, hatte sie nicht einmal sein schrilles Signal gehört. Sie war einfach wie gefesselt stehen geblieben und hatte nicht einmal mit dem Gedanken gespielt, sich vor den Zug zu werfen. Der Zug war an ihr vorbeigesaust, und der Luftzug war so stark gewesen, daß sie einen Schritt hatte zurücktreten müssen, um nicht aus dem Gleichgewicht zu geraten. Und doch hatten nur wenige Dezimeter ihr Gesicht von dem vorüberdonnernden Zug getrennt.

Aber nicht sie war es, die das Leben nicht verdient hatte. Er war derjenige.

Jetzt hatte sie ihre Wohnung erreicht. An der Tür zögerte sie einen Moment. Dann schloß sie auf.

Alles war unverändert. Es verblüffte sie, daß die Wohnung so einladend wirkte, so gemütlich. So anheimelnd. Langsam ging sie umher und berührte ihre Gegenstände, fuhr mit den Fingern darüber und spürte, daß sich überall eine hauchdünne Staubschicht gebildet hatte. Im hellen Tageslicht sah sie die Staubkörner tanzen, als freuten sie sich, daß sie wieder da war. Sie öffnete vorsichtig und unsicher den Kühlschrank. Es roch ein wenig streng, und sie nahm Lebensmittel heraus, die schon Schimmel angesetzt hatten. Einen Käse, zwei Tomaten und eine Gurke, die »schwapp« sagte, als sie sie anfaßte. Sie stellte die Mülltüte neben die Haustür, um sie nachher nicht zu vergessen.

Die Schlafzimmertür stand offen. Zögernd ging sie in den Flur, wo die Tür ihr den Blick versperrte. Sie überlegte einen Moment und trat dann entschlossen ins Zimmer.

Sie fragte sich, wer wohl das Bett gemacht hatte. Sorgfältig zusammengefaltet lagen Decken und Kissen am Fußende auf der Matratze. Das Bettzeug, das sie selbst abgerissen hatte, war verschwunden. Natürlich, das war jetzt sicher im Labor.

Ohne daß sie es eigentlich wollte, wanderte ihr Blick zu den beiden Holzkugeln, die die Pfosten am Fußende schmückten. Schon von der Tür aus konnte sie die dunklen Kratzer von dem Stahldraht sehen, der daran befestigt gewesen war. Jetzt war er verschwunden. Überhaupt erinnerte in der kleinen gemütlichen Wohnung nichts mehr an das, was am Samstag, dem 29. Mai, dort passiert war. Sie bildete da die einzige Ausnahme.

Behutsam setzte sie sich aufs Bett. Dann sprang sie auf,

warf die Decken auf den Boden und starrte die Mitte der Matratze an. Aber auch dort sah sie nur das, was schon vorher zu sehen gewesen war; einige Flecken, deren Herkunft sie kannte. Sie setzte sich wieder hin.

Sie haßte den Mann von ganzem Herzen. Mit einem guten, befreienden und alles verzehrenden Haß, der ihr Rückgrat stützte wie ein Stahlbalken. Aber das ging ihr erst seit heute so. Den Mann einfach so umherwandern zu sehen, als ob nichts geschehen, als ob ihr Leben eine Bagatelle sei, die er an einem zufälligen Samstag abend ruiniert hatte, das war ein Segen gewesen. Jetzt hatte sie jemanden, den sie hassen konnte.

Er war nicht länger ein abstraktes Ungeheuer, dem sie nur schwer ein Gesicht zuschreiben konnte. Bisher war er kein Mensch gewesen, nur eine Größe, ein Phänomen. Etwas, das in ihr Leben eingebrochen war und es verwüstet hatte wie ein Orkan oder ein Krebsgeschwür; etwas, vor dem man sich niemals schützen konnte; etwas, das die Menschen nur ab und zu heimsuchte, traurig, aber ganz und gar unvermeidlich und außerhalb jeglicher Kontrolle.

Das war jetzt nicht mehr so. Er war ein Mann. Ein Mensch, der sich entschieden hatte. Der sich für ihr Leben entschieden hatte. Nichts hatte ihn dazu gezwungen. Er hätte sich entscheiden können, es nicht zu tun, er hätte sich eine andere aussuchen können. Aber er hatte sie genommen. Mit offenen Augen, wissentlich und willentlich.

Das Telefon stand an derselben Stelle wie immer, auf einem Nachttisch aus Kiefernholz, neben einem Wecker und einem Krimi. In einem Regalfach knapp über dem Fußboden lag das Telefonbuch. Sie hatte die Nummer rasch gefunden und tippte die acht Ziffern ein. Und dann hatte sie eine freundliche Frau an der Strippe.

»Guten Tag, ich heiße... Sunniva Kristoffersen ist mein Name«, fing sie an. »Ich war heute im Hauptbahnhof. Und da hatte ich ein kleines Problem, und einer von euren Angestellten hat mir so rührend geholfen. Das war um halb elf. Ein großer Bursche mit sehr breiten Schultern, blond, ein wenig schüttere Haare. Ich möchte mich so gern bei ihm bedanken, aber ich habe nicht daran gedacht, ihn nach seinem Namen zu fragen. Ob Sie mir wohl helfen könnten?«

Das war überhaupt kein Problem. Die Frau nannte einen Namen und fragte, ob sie etwas ausrichten solle.

»Nein danke«, sagte Kristine Håverstad schnell. »Ich glaube, ich schicke ihm einen Blumenstrauß.«

Finn Håverstad war vor einigen Jahren auf einem Fest einem Reporter von den Fernsehnachrichten begegnet. Ein bekannter Mann; er war für seine Jagd auf einen Reeder, der staatliche Mittel veruntreut hatte, mit einem Preis belohnt worden. Der Mann war sympathisch gewesen, und der Zahnarzt hatte das Gespräch mit ihm interessant gefunden. Bis dahin hatte er so eine vage Vorstellung gehabt, daß ermittelnder Journalismus aus geheimen Treffen mit suspekten Quellen zu merkwürdigen Tageszeiten bestand. Der freundliche Reporter hatte gegrinst, als er ihn neugierig gefragt hatte, ob das wirklich der Fall sei.

»Das Telefon! Meine Arbeit besteht zu neunzig Prozent aus Telefongesprächen!«

Jetzt konnte er das nachvollziehen. Es war unglaublich, was sich mit Bells genialer Erfindung alles ausrichten ließ. Auf seinem Block hatte er die Namen von sechs Wagenbesitzern notiert, die in der Nacht vom 29. zum 30. Mai in dem kleinen Straßenende in Homansbyen geparkt hatten.

Vier davon waren Frauen. Das brauchte nichts zu bedeuten. Ein Mann, ein Sohn oder auch ein Autodieb konnte mit dem Fahrzeug unterwegs gewesen sein. Aber fürs erste legte er sie beiseite. Es fehlte nur noch ein Wagen. Er wählte die Nummer der Hauptwache von Romerike und sagte seinen Spruch auf.

»Stellen Sie sich vor, so ein unverschämter Mensch!« sagte er empört zu einem abweisenden Polizisten am anderen Ende der Leitung. »Vor ein paar Tagen habe ich am Bahnhof geparkt, und als ich zurückkam, hatte der Wagen eine Beule und einen langen Kratzer im Lack. Zum Glück hat sich eine junge Dame das Autokennzeichen notiert. Dieses Schwein hat natürlich keinen Zettel für mich hinterlassen. Können Sie mir weiterhelfen?«

Der Polizist hatte offenbar Verständnis, sagte: »Momentchen«, und konnte zwei Minuten später den Wagentyp, den Besitzer und dessen Adresse nennen. Finn Håverstad bedankte sich überschwenglich.

Jetzt hatte er alle. Die Geschichte mit der Beule hatte sich als die praktischste erwiesen. Er hatte sieben verschiedene Wachen angerufen, weil er kein Aufsehen erregen wollte. Von sieben Autos angefahren worden zu sein wäre doch zu stark gewesen.

Das einzige Problem war, daß die Polizei die Farbe der Autos nicht registriert hatte. Und er mußte wohl auch die Adressen noch einmal überprüfen, denn die Leute konnten ja umgezogen sein, nachdem sie ihre Autos angemeldet hatten. Sicherheitshalber rief er deshalb beim Einwohnermeldeamt an. Und das dauerte elend lange.

Aber es lag wirklich alles vor. Beim Einwohnermeldeamt erfuhr er sogar die Geburtsdaten, an die er überhaupt noch nicht gedacht hatte.

Vier Autos gehörten Frauen. Er ließ sie weiterhin beiseite. Ein Mann war Jahrgang 1926. Zu alt. Natürlich konnte er einen Sohn im passenden Alter haben, aber auch er wurde fürs erste beiseite gelegt. Blieben noch zwei. Beide wohnten in der Nähe von Oslo. Einer in Bærum, der andere in Lambertseter.

Auch jetzt empfand er im Grunde keine Freude. Ganz im Gegenteil. Er spürte denselben schrecklichen Schmerz wie bisher. Seine Haut war wie betäubt, und alle Empfindungen seines Körpers schienen sich auf den Magenbereich zu konzentrieren. Er war entsetzlich erschöpft. Er hatte kaum geschlafen. Aber jetzt hatte er eine Aufgabe. Er mußte jemanden finden, den er hassen konnte.

Finn Håverstad suchte seine Notizen zusammen, stopfte sie in die Hosentasche und machte sich auf, um sich diese beiden Männer etwas genauer anzusehen.

Cecilie hatte sich ohne Klagen mit einem weiteren Arbeitsabend abgefunden. Sie war strahlender Laune. Hanne Wilhelmsen ging das anders. Es war fast sieben, und sie saß mit Håkon Sand und Hauptkommissar Kaldbakken im Bereitschaftsraum. Die anderen waren schon nach Hause gegangen. Sie mußten zwar gegen eine unbarmherzige Frist anarbeiten, aber es gab keinen Grund, die Leute jetzt schon in die vollständige Erschöpfung zu treiben.

Hanne Wilhelmsen hatte wie immer den ganzen Fall aufgezeichnet. Mitten im Zimmer stand breitbeinig ein Overheadprojektor. Die Polizeibeamtin hatte eine Zeitlinie gezeichnet, die am 8. Mai anfing und am heutigen Tag endete. Vier Samstagsmassaker in fünf Wochen. Aber keins am 29. Mai.

»Vielleicht haben wir das ja einfach noch nicht entdeckt«, sagte Håkon Sand. »Es könnte trotzdem stattgefunden haben.«

Kaldbakken schien diese Meinung zu teilen. Vielleicht aber nur, weil auch er nach Hause wollte. Er war erschöpft und hatte sich noch dazu eine Sommererkältung zugelegt, die den Umgang mit seinen Atemwegen nicht gerade erleichterte.

»Es gibt noch eine andere Möglichkeit«, sagte Hanne und rieb sich das Gesicht. Sie ging zum schmalen Fenster hinüber und starrte in den Sommerabend hinaus, der sich über die Hauptstadt senkte. Sie schwieg sehr lange.

»Jetzt bin ich ziemlich sicher«, erklärte sie plötzlich und

drehte sich um. »Am Samstag, dem 29. Mai, ist etwas passiert. Aber es war kein Samstagsmassaker.«

Im Reden wuchs ihr Eifer. Sie schien eher sich selbst überzeugen zu wollen als die anderen.

»Kristine Håverstad«, rief sie. »Kristine Håverstad wurde am 29. Mai vergewaltigt.«

Niemand versuchte, das zu bestreiten. Aber sie begriffen nicht, was das mit der Sache zu tun haben sollte.

»Wir müssen los«, sagte sie laut, rief es fast. »Wir treffen uns in Kristines Wohnung.«

Der erste, der aus Lambertseter, konnte es offenbar nicht sein. Das Auto war nicht rot. Andererseits: Der Alte aus dem ersten Stock konnte sich geirrt haben. Er hatte zwar ein rotes Auto gesehen, aber aus E's Notizen ging unzweifelhaft hervor, daß während dieser Nacht mehrere unbekannte Autos in der Gegend abgestellt worden waren.

Nein, entscheidend war das Aussehen des Mannes. Um halb sechs war er gekommen. Finn Håverstad hatte das Auto sofort gesehen. Es bog in einem ruhigen Wohngebiet mit schmalen nichtasphaltierten Straßen um die Ecke. Der Mann hatte es offenbar eilig, denn er machte sich nicht die Mühe, seinen Wagen in die Garage zu fahren. Als er aus dem Volvo stieg, konnte Finn Håverstad ihn deutlich sehen, er stand nur fünfzehn Meter entfernt und hatte das ziemlich neue Haus bestens im Blick.

Der Mann hatte die richtige Größe, so um die Eins fünfundachtzig. Aber er war fast kahl, nur ein dunkler Kranz um eine riesige Platte zeigte, daß er niemals ein blonder Knabe gewesen war.

Und er war dick.

War nur noch einer übrig. Der Mann in Bærum. Finn Håverstad fürchtete, es könne seine Zeit brauchen, so daß er im schlimmsten Fall diesen Burschen heute nicht mehr zu sehen bekam. Es war schon nach sieben, und aller Wahrscheinlichkeit nach war der Mann längst von der Arbeit nach Hause gekommen. Håverstad hatte seinen eigenen Wagen ordentlich zu den anderen gestellt, die an der mittelstark befahrenen Straße parkten. Es handelte sich um ein Reihenhaus, und jedes Haus hatte seine eigene Garagenauffahrt. Er hatte zunächst nicht gewußt, wo er sich hinstellen sollte. Zu Fuß hätte er wahrscheinlich nach einer Weile Aufmerksamkeit erregt, denn die Gegend war übersichtlich, und alle Leute waren irgendwohin unterwegs. In der Nähe gab es keine Stelle, an der sich aufzuhalten natürlich wirken würde, keine Bank, auf der er mit seiner Zeitung hätte sitzen, keinen Spielplatz, auf dem er den Kindern hätte zuschauen können. Aber das wäre in diesen Zeiten ohnehin nicht sonderlich schlau, dachte er.

Das Problem löste sich, als ein junger Mann auftauchte und in einen Golf stieg, der einen ausgezeichneten Blick auf die Auffahrt des Hauses bot, für das Finn Håverstad sich interessierte. Als der Golf losfuhr, setzte er sein Auto in die freie Nische. Dann drehte er ein wenig das Radio auf und ließ sich tiefer in den Sitz sinken.

Er arbeitete schon an einem Alternativplan. Er konnte klingeln und irgendeine Frage stellen. Oder irgend etwas zum Verkauf anbieten. Dann blickte er an sich herunter und stellte fest, daß er keinerlei Ähnlichkeit mit einem Vertreter aufwies. Und er hatte auch nichts zu verkaufen. Um zwanzig vor acht kam das Auto. Ein knallroter Opel Astra. Er hatte getönte Fensterscheiben, und deshalb konnte Håverstad den Fahrer nicht sehen. Die Garagentür öffnete sich automatisch, als der Opel in die Einfahrt bog. Es ging dem Fahrer offenbar zu langsam, denn er ließ ungeduldig den Motor aufheulen, während er darauf wartete, daß die Türöffnung groß genug wurde, um ihn passieren zu lassen.

Kaum war er in der Garage verschwunden, da tauchte der

Mann auch schon wieder auf. Er drehte sich sofort zu dem offenen Loch um. Håverstad sah, daß er einen kleinen Gegenstand in der Hand hielt, vermutlich den Türöffner. Die Garagentür senkte sich, und der Mann lief über einen schmalen Plattenweg auf die Haustür zu.

Das war er. Der Vergewaltiger. Es gab nicht die Spur eines Zweifels. Erstens entsprach er haargenau Kristines Beschreibung. Und zweitens, was sehr viel wichtiger war: Finn Håverstad spürte es. Er wußte es in dem Moment, als der Mann aus der Garage kam und sich umdrehte.

Er hatte sein Gesicht nur für den Bruchteil einer Sekunde gesehen, aber das reichte.

Der Vater von Kristine Håverstad, die am 29. Mai in ihrer Wohnung brutal vergewaltigt worden war, wußte nun, wer seine Tochter überfallen hatte. Er hatte Namen, Adresse und Personenkennummer. Er wußte, welches Auto der Mann fuhr und welche Vorhänge er hatte. Er wußte sogar, daß er gerade erst seinen Rasen gemäht hatte.

»Bist du doch nicht gefahren?« fragte er überrascht. Er kam genau in dem Moment nach Hause, als die Sonne Feierabend machte.

Als sie sich umdrehte, um ihm zu antworten, war es schlimmer für ihn denn je. Trotz ihrer Größe sah sie aus wie ein Vögelchen. Sie ließ die Schultern hängen, und ihre Augen waren tief eingesunken. Der Zug um ihren Mund erinnerte ihn immer stärker an seine verstorbene Frau.

Es war nicht zu ertragen.

»Setz dich doch«, bat er, ohne auf eine Erklärung für ihre veränderten Pläne zu warten. »Setz dich zu mir.«

Er klopfte neben sich auf das Sofa. Sie setzte sich ihm gegenüber in den Sessel. Ziemlich verzweifelt versuchte er, ihren Blick aufzufangen, aber es gelang ihm nicht.

»Haben wir Bier?«

Haben *wir* Bier. Sie sprach immerhin von »wir«. Das war doch schon etwas. Gleich darauf hatte er das Weinglas mit einem schäumenden Humpen vertauscht. Seine Tochter leerte ihn mit einem Zug um die Hälfte.

Sie war stundenlang durch die Straßen gegangen. Das erwähnte sie nicht. Sie war in ihrer Wohnung gewesen. Davon erzählte sie auch nichts. Und sie hatte herausgefunden, wer der Täter war. Auch das wollte sie ihm nicht sagen.

»Draußen«, sagte sie statt dessen leise. »Ich war draußen.« Dann breitete sie die Arme aus. Sie stand mit ausgestreckten Armen auf und verharrte wie erstarrt in verzweifelter Haltung. »Was soll ich machen, Papa? Was soll ich bloß machen?«

Plötzlich hätte sie ihm so gern erzählt, was sie an diesem Nachmittag gesehen hatte. Sie hätte ihm gern alles aufgeladen, ihrem Vater die Führung, die Verantwortung, ihr Leben überlassen.

Sie nahm einen Anlauf, aber dann sah sie plötzlich, wie er sich vorbeugte und den Kopf zwischen die Knie steckte.

Kristine Håverstad hatte ihren Vater bisher zweimal weinen sehen. Das eine Mal war eine ferne, verwischte Erinnerung von der Beerdigung ihrer Mutter. Das andere Mal lag erst drei Jahre zurück; damals war ihr Großvater unerwartet und mit nur siebzig Jahren nach einer harmlosen Prostataoperation gestorben.

Als sie sah, daß er weinte, wußte sie, daß sie ihm nichts erzählen konnte. Statt dessen setzte sie sich zu ihm und zog seinen großen Kopf auf ihren Schoß.

Aber es dauerte nicht lange. Er erhob sich abrupt, wischte sich kurz über die Augen und legte vorsichtig seine Hände um ihr schmales Gesicht.

»Ich bringe ihn um«, sagte er langsam.

Er hatte schon oft gedroht, sie und andere umzubringen, wenn er richtig gereizt gewesen war. Sie dachte darüber nach, wie sinnlos doch eine solche Behauptung war. Wenn man es nicht ernst meinte. Für einen erstarrten düsteren Moment sah sie es ganz deutlich. Diesmal war es bitterer Ernst.

Sie war entsetzt.

Hanne Wilhelmsen wartete schon seit über zehn Minuten auf sie. An ihr Motorrad gelehnt, blickte sie ungeduldig alle zwei Minuten auf die Uhr. Als die anderen endlich das renovierte graue Mietshaus erreichten, hatte der Himmel eine dunkelblaue Farbe angenommen, fast Indigo, die verriet, daß der nächste Tag mindestens ebenso strahlend ausfallen würde.

»Schaut mal«, sagte sie, als Kaldbakken und Håkon Sand endlich ihren zivilen Dienstwagen in eine kleine Parklücke bugsiert hatten und auf sie zukamen. Sie wartete ungeduldig an der Haustür. »Seht euch den Namen da an.« Sie zeigte auf die Klingel, die kein ordentlich angebrachtes Namensschild aufwies, sondern nur einen aufs Glas geklebten Zettel. » Asylbewerberin. Mutterseelenallein.«

Sie klingelte. Keine Reaktion. Sie schellte ein zweites Mal. Noch immer keine Reaktion. Kaldbakken räusperte sich ungeduldig und konnte nicht begreifen, warum er so spät am Abend zu dieser Fahrt genötigt worden war. Wenn Hanne Wilhelmsen in diesem Fall eine wichtige Mitteilung hatte, hätte sie diese sehr wohl auch im Büro vorbringen können.

Noch einmal hörten sie es in der Ferne klingeln, ohne daß etwas geschah. Hanne Wilhelmsen trat auf eine kleine Rasenfläche zwischen Hauswand und Straße, stellte sich auf die Zehen und erreichte das dunkle Fenster gerade eben. Drinnen war keine Bewegung zu registrieren. Sie gab auf und bedeutete den anderen, sie sollten sich wieder ins Auto setzen.

Dort steckte Kaldbakken sich eine Zigarette an und wartete ungeduldig auf eine Erklärung. Hanne Wilhelmsen schlüpfte auf den Rücksitz, beugte sich zu den beiden Männern vor, stützte auf jede Rücklehne einen Ellbogen und legte den Kopf auf ihre verschränkten Hände.

»Was soll das eigentlich bedeuten, Wilhelmsen?« fragte Kaldbakken mit unbeschreiblich müder Stimme.

»Das erkläre ich alles später«, sagte sie. »Morgen vielleicht. Ja, morgen ganz bestimmt.«

Er wußte, wer am Samstag an die Reihe kommen würde. Heute hatte er seinen Entschluß gefaßt. Sie behauptete, aus Afghanistan zu sein, aber natürlich log sie. Pakistanerin, glaubte er. Aber hübscher als der Durchschnitt.

Er legte sich ins Bett. Nicht auf die Seite des großen Doppelbettes, sondern in die Mitte, so daß er am Rückgrat die Matratzennaht spürte. Die Decken lagen auf dem Boden, und er war nackt. In den Händen hielt er Hanteln, die er gleichmäßig und langsam so weit wie möglich voneinander entfernte, um sie dann mit ausgestreckten Armen über seinem schweißnassen Brustkasten mit einem Klicken wieder zusammenstoßen zu lassen.

Einundneunzig, atmen. Zweiundneunzig, atmen.

Er fühlte sich glücklich wie seit langem nicht. Leicht, frei, kraftvoll.

Er wußte genau, wen er jetzt wollte. Er wußte genau, wie er es machen würde. Und er wußte sehr genau, was er tun würde.

Er erreichte die Hundert und setzte sich auf. Ein riesiger Spiegel an der Wand gegenüber zeigte ihm genau das, was er sehen wollte. Dann ging er ins Badezimmer.

Nach Hause zu fahren schien aus irgendeinem Grund nicht verlockend. Hanne Wilhelmsen saß auf einer Bank vor dem Polizeigebäude und dachte über das Leben nach. Sie war erschöpft, aber nicht schläfrig. Vor einer Weile war ihr völlig klar gewesen, daß zwischen den Samstagsmassakern und der Vergewaltigung der hübschen jungen Medizinstudentin ein Zusammenhang bestand. Jetzt war nichts mehr klar.

Das quälende Gefühl, nicht von der Stelle zu kommen, überwältigte sie. Sie arbeiteten und planten, dirigierten ihre Truppen hin und her und kamen sich in vieler Hinsicht effektiv vor. Aber dabei kam so wenig heraus. Die Ermittlungen verliefen so technisch. Sie suchten nach Haaren, Fasern und anderen konkreten Spuren. Jeder kleinste Speicheltropfen wurde untersucht, und die Fachleute hielten ihnen unbegreifliche Vorträge über DNS-Strukturen und Blutgruppen. Natürlich mußte das so sein. Aber es war alles andere als genug. Der Samstagsmann war nicht normal. In seinem Vorgehen lag Vernunft, eine Art absurder Logik. Er hielt sich an einen festen Wochentag. Wenn ihre Hypothese stimmte, dann waren irgendwo da draußen drei weitere Ausländerinnen vergraben. Und obendrein war der Mann ziemlich clever. Er hatte sie ja selbst auf seine Fährte gelenkt, indem er ihnen mitteilte, wer seine Opfer waren.

Hanne Wilhelmsen empfand – anders als die meisten ihrer Kollegen – eine Art Respekt vor Psychologen. Sie redeten viel Unsinn, das fand sie ja auch, aber einiges war doch vernünftig. Es war immerhin eine Wissenschaft. Mehrere Male hatte sie durchgesetzt, daß psychologische Profile von unbekannten Tätern erstellt worden waren. Diesmal war das nicht nötig. Als sie sich auf der Bank zurücksinken ließ und feststellte, daß es inzwischen fast vollständig dunkel war, ging ihr auf, daß die harte Wirklichkeit Europas das kriminelle Norwegen längst eingeholt hatte. Das wollte nur niemand zugeben. Es war zu beängstigend. Vor zwanzig Jahren waren Serienmörder eine Spezialität der USA gewesen. Während der letzten zehn Jahre hatten sie auch von entsprechenden Fällen in England gehört.

In den norwegischen Gerichtsannalen waren nicht viele Massenmorde verzeichnet. Und die wenigen, die es gab, hatten jeweils ihre eigene wahnwitzige und traurige Vorgeschichte. Die Kollegen in Halden hatten gerade erst einen

Fall geklärt. Vermutlich hatte ein und derselbe Mann über einen längeren Zeitraum hinweg zufällige Morde begangen, offenbar aus keinem anderen Motiv als aus Geldmangel. Vor einigen Jahren hatte ein junger Mann drei seiner WG-Mitbewohner in Slemdal umgebracht. Weil sie die dreißigtausend Kronen eingefordert hatten, die er mit der Miete im Rückstand war. Der Mann sei durchaus nicht verrückt, hatten die gerichtspsychiatrischen Gutachten erklärt.

Aber was trieb den Samstagsmann um? Da konnte sie nur spekulieren. Aus der Fachliteratur wußte sie, daß Verbrecher den mehr oder weniger unbewußten Wunsch verspüren konnten, erwischt zu werden.

Hanne Wilhelmsen wußte aber, daß das hier nicht der Fall war.

»Es macht ihm Spaß, uns an der Nase herumzuführen«, sagte sie zu sich selbst.

»Sag mal, führst du hier Selbstgespräche?«

Sie fuhr zusammen.

Billy T. stand vor ihr.

Erschrocken musterte sie ihn einen Moment lang. Dann lachte sie.

»Ich werde wohl langsam alt.«

»Von mir aus kannst du in Ruhe alt werden«, sagte Billy T. und setzte sich auf sein Motorrad, eine riesige Honda Goldwing.

»Ich kapier' ja nicht, daß du mit dem Bus da durch die Gegend gurkst«, grinste sie, ehe er sich den Helm aufsetzte.

Er musterte sie spöttisch, würdigte sie aber keiner Antwort.

Plötzlich sprang sie auf und rannte zu ihm hinüber. Er ließ gerade den Motor an, hörte nicht, was sie sagte, und nahm den Helm wieder ab.

»Willst du nach Hause?« fragte sie, ohne nachzudenken.

»Ja, um diese Zeit bleibt mir kaum was anderes übrig«, sagte er und schaute auf die Uhr.

»Fahren wir zusammen eine Runde?«

»Kann deine Harley es denn ertragen, mit einem Japaner gesehen zu werden?«

Über eine Stunde lang fuhren sie durch die Sommernacht. Hanne mit ohrenbetäubendem Lärm voran, Billy T. mit seidenweichem, tiefem Gebrumm hinterher. Sie fuhren über den Gamle Mossevei bis Tyrigrave und wieder zurück. Sie kreuzten alle Straßen der Stadt und hoben die Hand zum pflichtgemäßen Gruß für alle Cowboys im Lederdreß vor dem Buchladen Tanum, wo die Motorräder nebeneinander standen wie die Pferde vor einem alten Saloon. Schließlich landeten sie beim Tryvann auf einem riesigen Parkplatz, auf dem kein einziges Auto stand. Sie hielten an und stellten ihre Räder ab.

»Du kannst diesem Wetter ja einiges vorwerfen«, sagte Billy T. »Aber fürs Motorradfahren ist es wie geschaffen.«

Oslo lag offen unter ihnen. Schmutzig und staubig, unter einem Deckel aus Dreck. Der Himmel war nicht ganz schwarz und würde das auch erst Ende August wieder sein. Hier und da war ein blasser Stern zu erkennen. Die übrigen schienen auf die Erde gefallen zu sein. Die ganze Stadt war ein Teppich aus kleinen Lichtquellen, von Gjelleråsen im Osten bis Bærum im Westen. Und am Horizont lag pechschwarz das Meer. Neben dem Parkplatz, am Rande des Abhangs, der zum weiter unten gelegenen Wald führte, stand ein rot-weißer Holzbock. Billy T. setzte sich darauf, streckte die Beine aus und rief sie zu sich.

»Komm her«, sagte er und zog sie an sich.

Sie stand zwischen seinen Beinen und lehnte den Rücken an seinen Brustkasten. Widerwillig ließ sie sich halten. Er war so groß, daß ihr Kopf sich neben seinem befand, obwohl er saß und sie fast aufrecht stand. Er legte seine riesigen Arme um sie und schmiegte seinen Kopf an ihren. Mit einer gewissen Überraschung registrierte sie, wie sie sich entspannte.

»Findest du es manchmal doof, bei der Bullerei zu sein, Hanne?« fragte er leise.

Sie nickte leicht. Das ging allen bisweilen so. Und ihr immer häufiger, wenn sie ehrlich war.

»Sieh dir die Stadt an«, sagte er dann. »Wie viele Verbrechen geschehen da wohl? Jetzt, in diesem Moment?«

Beide schwiegen.

»Und hier stehen wir und können nicht anders«, fügte er nach einer Weile hinzu.

»Komisch, daß die Leute nicht protestieren«, sagte Hanne.

»Tun sie doch«, erwiderte Billy T. »Tun sie wie bescheuert. Wir werden doch jeden verdammten Tag angemacht, in den Zeitungen, in den Mittagspausen, auf Festen. Wir stehen nicht gerade hoch im Kurs, das kann ich dir sagen. Und ich kann die Leute gut verstehen. Unheimlich wird's erst, wenn ihnen das Klagen nicht mehr genügt.«

Es war wirklich angenehm, so zu stehen. Er roch nach Mann und nach Lederjacke, und sein Schnurrbart kitzelte ihre Wange. Sie nahm seine Arme und legte sie fester um sich herum.

»Warum hörst du nicht mit der ganzen Geheimniskrämerei auf, Hanne?« fragte er leise, fast flüsternd.

Er spürte, wie sie erstarrte und sich gleich darauf zu befreien suchte, aber darauf war er vorbereitet, und er hielt sie fest.

»Laß den Quatsch und hör mir zu. Alle wissen, daß du eine großartige Polizistin bist. Verdammt, so einen sauguten Ruf wie du hat wohl kaum jemand. Und alle mögen dich. Überall hört man nur Gutes über dich.«

Sie versuchte noch immer, sich zu befreien. Aber dann ging ihr auf, daß ihr in dieser Haltung immerhin der Blickkontakt mit ihm erspart blieb. Also ergab sie sich in ihr Schicksal, aber es war ihr alles andere als angenehm.

»Ich habe mich oft gefragt, ob du über die Gerüchte Bescheid weißt. Denn es kursieren welche, verstehst du. Vielleicht nicht mehr so wüst wie früher, aber die Leute sind neugierig, das kannst du dir ja denken. Eine tolle Frau wie du, und dann keine einzige Männergeschichte.«

Sie konnte sein Lächeln förmlich hören, obwohl sie einen Punkt weit drüben auf dem Ekebergås anstarrte.

»Das muß anstrengend sein, Hanne. Verdammt anstrengend.«

Sein Mund war jetzt so nahe an ihrem Ohr, daß sie spürte, wie seine Lippen sich bewegten.

»Ich wollte dir nur sagen, daß die Leute nicht so bescheuert sind, wie du glaubst. Sie flüstern und tuscheln eine Runde, und dann ist es wieder gut. Wenn etwas bestätigt worden ist, dann ist es nicht mehr so interessant. Du bist eine tolle Frau. Nichts kann daran etwas ändern. Ich finde, du solltest mit deiner Geheimniskrämerei aufhören.«

Dann ließ er sie los. Aber sie wagte nicht, sich zu bewegen. Wie angenagelt blieb sie stehen und hatte entsetzliche Angst davor, daß er ihr Gesicht sehen könnte. So standen sie einige ewig lange Sekunden da, während unter ihnen in der Stadt ein Licht nach dem anderen ausging.

DIENSTAG, 8. JUNI

Niemand trank noch Kaffee. Alle waren zu Cola übergegangen. Der bloße Gedanke, etwas Heißes durch die ausgedörrte Kehle fließen zu lassen, war widerlich. Ein Bierverkauf im Foyer wäre eine Goldgrube gewesen. Der kleine Kühlschrank im Pausenraum gab resigniertes Stöhnen von sich und seufzte angesichts der vielen in ihn gepferchten Plastikflaschen, die nicht einmal in Ruhe kalt werden durften, bevor sie wieder herausgerissen wurden.

An diesem Morgen führte Hanne Wilhelmsen für die Angestellten der Abteilung A 2.11 Eistee ein. Um sieben Uhr morgens, ohne eine einzige Stunde geschlafen zu haben, wanderte sie herum und scheuerte sämtliche koffeinüberwucherten Kaffeemaschinen. Dann kochte sie insgesamt vierzehn Liter starken Tee. Sie mischte den Tee in einem riesigen Brennereikessel aus Stahl mit massenhaft Zucker und zwei Flaschen Zitronenessenz. Den Kessel hatte sie aus der Asservatenkammer ausgeliehen. Schließlich füllte sie das Gefäß bis zum Rand mit zerstoßenem Eis, das sie sich in der Kantine erbettelt hatte. Es wurde der Supererfolg. Für den Rest des Tages liefen alle mit randvollen Kantinengläsern durch die Gegend und schlürften Eistee, überrascht, daß bisher niemand auf diese Idee gekommen war.

»Ich hatte Gott sei Dank alle aufgehoben«, stöhnte Erik Henriksen erleichtert und überreichte Hanne Wilhelmsen zwölf Tips im Fall Kristine Håverstad.

Es war der Juristenstapel. Der, über den sie gelacht hatten. Den wegzuwerfen sie ihm glücklicherweise verboten hatte. Sie brauchte eine Viertelstunde, um alles durchzusehen. Ein Tip fiel besonders auf und war noch dazu zweimal eingegangen. »Die Zeichnung im Dagbladet vom 1. Juni hat eine gewisse Ähnlichkeit mit Cato Iversen. Sein Gesicht ist etwas schmaler, aber in der letzten Zeit hat er sich reichlich seltsam benommen. Weil ich mit ihm zusammenarbeite, möchte ich lieber anonym bleiben. Wir arbeiten beide bei der Ausländerbehörde, wo er zu den normalen Zeiten (Bürozeit) erreichbar ist.«

»Bull's eye«, murmelte Hanne Wilhelmsen und riß den anderen Zettel, den Erik ihr hoffnungsvoll hinhielt, an sich.

»Es bestürzt mich, zu sehen, welche Ähnlichkeit diese Zeichnung mit meinem Nachbarn Cato Iversen hat. Er wohnt in Kolsås, im Ulveveien 3, und arbeitet bei der Ausländerbehörde, soviel ich weiß. Zeitweise kommt er nur sehr selten nach Hause. Er ist Junggeselle.«

Der Brief war unterschrieben, doch der Absender bat, seinen Namen nicht zu erwähnen.

Dreißig Sekunden später stand Hanne Wilhelmsen in Håkon Sands Büro.

»Ich brauche einen blauen Zettel.«

»In welchem Zusammenhang?«

»In unserem Fall natürlich.«

Sie reichte ihm die beiden Tips. Aber seine Reaktion fiel ganz anders aus als erwartet. Ruhig las er beide Zettel zweimal durch, dann gab er sie ihr zurück.

»Jetzt erkläre ich dir meine Theorie«, hob sie an, ein wenig verwirrt von der niederschmetternden Ruhe des Adjutanten. »Hast du je von Signaturverbrechen gehört?«

Natürlich hatte er das. Er las schließlich Bücher.

»Der Täter hinterläßt irgendein Kennzeichen, ja? Das Kennzeichen wird bekannt, durch die Zeitungen oder einfach durch das Gerede. Dann will irgendein anderer jemanden loswerden, und deshalb verkleidet er ›seinen‹...« Sie winkte mit den Fingern. »...›seinen‹ Mord als einen der ursprünglichen Serie.«

»Aber das klappt doch nie«, murmelte Håkon Sand.

»Nein, genau. In der Regel geht es in den Teich, weil die Polizei nicht alle Merkmale öffentlich gemacht hat. Aber hier, Håkon, hier stehen wir vor der umgekehrten Situation.«

»Vor der umgekehrten Situation. Aha. Wovon denn?«

»Von dem Mord, der, als einer aus der Serie verkleidet, dazwischengeschmuggelt wird.«

Håkon Sand räusperte sich diskret hinter vorgehaltener Faust und hoffte, sie werde das ohne weitere Aufforderungen genauer erklären.

»Wir haben es mit einem Signaturmörder zu tun, der einen Patzer macht! Er will ein weiteres Verbrechen in seiner Serie ausführen, aber dann geht etwas schief. Nein, ich will jetzt konkret werden.« Sie zog ihren Stuhl an seinen Schreibtisch und schnappte sich einen leeren Zettel und einen Kugelschreiber. Dann zeichnete sie rasch eine Miniaturausgabe der Zeitlinie, die sie auf der Overheadfolie im Bereitschaftsraum vorgeführt hatte.

»Am 29. Mai wollte er wieder eine Asylbewerberin vergewaltigen und umbringen. Und zwar diese hier.«

Sie knallte einen Ordner auf den Tisch. Håkon faßte ihn nicht an, drehte sich aber so, daß er den Namen lesen konnte. Es ging um die Frau im Erdgeschoß. Die, die sie gestern abend nicht angetroffen hatten.

»Schau mal«, sagte Hanne fast übereifrig und blätterte in den Papieren. »Sie ist total perfekt. Ist allein nach Norwegen gekommen. Zu ihrem Vater, dachte sie, aber der ist wenige Tage vor ihrer Ankunft gestorben. Sie hat eine Wohnung und etwas Geld geerbt und wartet nur darauf, daß die Ausländerbehörde in die Gänge kommt. Ein perfektes Opfer. Wohnt nicht einmal in einem Flüchtlingsheim.«

»Aber warum hat er sie nicht umgebracht, wenn sie doch so perfekt ist?«

»Das wissen wir natürlich nicht. Aber meine Hypothese ist, daß sie nicht da war. Weg, verreist, was weiß ich. Sie hat mir zwar gesagt, sie habe geschlafen und nichts gehört, aber bei der Angst, die diese Leute vor der Polizei haben, kann das sehr gut gelogen sein. Da steht er nun. Bis Kristine Håverstad auftaucht. Spitzenfrau. Anziehend. Und dann nimmt er einfach einen Tausch vor.«

Håkon Sand mußte zugeben, daß diese Theorie etwas für sich hatte.

»Aber warum hat er sie danach nicht umgebracht?«

»Das ist doch klar«, sagte Hanne Wilhelmsen und stand auf. Trotz ihres Eifers wirkte sie steif vor Erschöpfung. Sie stemmte die Arme in die Hüften und ließ den Oberkörper mehrmals kreisen.

»Wie viele Vergewaltigungsfälle stellen wir ein, Håkon?«

Er breitete die Arme aus.

»Keine Ahnung. Verdammt viele jedenfalls. Viel zu viele.«

Sie setzte sich wieder und beugte sich zu ihm vor. Die Narbe über dem Auge trat jetzt deutlicher hervor, das fiel ihm auf. Ob sie abgenommen hatte?

»Wir stellen pro Jahr über hundert Vergewaltigungsfälle ein, Håkon. Über hundert! Und in wie vielen haben wir besondere Ermittlungen angestellt, was meinst du?«

»Bei nicht besonders vielen«, murmelte er ein wenig schuldbewußt. Wie in einem Reflex schielte er zu den Ordnern von drei Fällen hinüber, die nur auf den Einstellungsstempel warteten.

Vergewaltigungen. Die Ordner waren allesamt sehr dünn. So ungefähr nichts an Ermittlungen hatte stattgefunden.

»Und wie viele Morde stellen wir pro Jahr ein?« Das war Hannes nächste rhetorische Frage.

»Mordfälle werden fast nie eingestellt!«

»Genau! Er konnte Kristine Håverstad einfach nicht umbringen. Das wäre einige Stunden später entdeckt worden, und wir wären wie die Wespen in der Stadt herumgeschwirrt. Dieser Typ ist wirklich clever.«

Sie schlug auf den Tisch.

»Verdammt clever.«

»So verdammt clever kann er wiederum auch nicht sein. Kristine hat schließlich sein Gesicht gesehen.«

»Aber nicht sehr gut. Du hast ja gesehen, was sie uns für eine Zeichnung geliefert hat. Nicht besonders solide.«

Sie wurden von einer Beamtin unterbrochen, die ein Haftbegehren ablieferte.

»Es kommen noch fünf vom Diebstahl«, sagte sie mitleidig und verschwand.

»Trotzdem krieg' ich eins nicht auf die Reihe«, sagte Håkon nachdenklich. »Wenn er sein perfektes System hat, warum hält er sich dann nicht daran? Er kann doch nicht nur so geil gewesen sein, daß er einfach eine Nummer haben mußte?«

Natürlich konnte er das gewesen sein. Dieser Gedanke kam

Hanne Wilhelmsen und Håkon Sand gleichzeitig. Im Frühling des vergangenen Jahres war Oslo von einer Serie von Vergewaltigungen heimgesucht worden, die meisten waren sogar in Homansbyen passiert. Der Täter war schließlich eher durch einen Zufall festgenommen worden. Und die Erklärung für jene Vergewaltigungen fiel ihnen nun ein.

»Bol«, sagte Håkon Sand und sah seine Kollegin entsetzt an. »Anabole Steroide.«

»Wir suchen nach einem Muskelmann«, sagte Hanne Wilhelmsen. »Immer neue Spuren. Und jetzt will ich, wie gesagt, einen blauen Zettel. Dieser Typ scheint doch perfekt zu passen.«

Sie tippte auf die beiden Zettel, die sie mitgebracht hatte, und legte ihm das blaue Formular hin. Er rührte es nicht an. »Du bist müde«, sagte er.

»Müde? Ja, natürlich bin ich müde.«

»Du bist so müde, daß du nicht mehr klar denken kannst.«

»Klar denken? Wie meinst du das, zum Henker?«

Natürlich war sie müde. Das waren sie alle. Aber es wurde nicht besser davon, daß Håkon Sand diese überaus willkommene Festnahme hinauszögerte.

»Das reicht einfach bei weitem nicht aus«, sagte er und verschränkte die Arme vor der Brust. »Und das weißt du genau.«

Hanne Wilhelmsen wußte nicht so recht, was sie glauben sollte. Ihr hatte schon seit vielen Jahren kein Jurist mehr einen Haftbefehl verweigert. Und bei Håkon Sand war ihr das in der gesamten vierjährigen Zusammenarbeit noch nicht ein einziges Mal passiert. Ihre Überraschung war so groß, daß sie den rasch auflodernden Zorn fast überdeckte. »Meinst du im Ernst...« Sie stand auf und stützte sich in fast drohender Haltung auf seinen Schreibtisch. »Willst du mir erzählen, daß du mir keinen blauen Zettel ausstellen willst?«

Er nickte nur.

»Aber warum zum Teu...« Sie blickte an die Decke, als

könnte sie dort oben Hilfe finden. »Was um Himmels willen soll denn das?«

»Ich meine, daß eine Festnahme durch nichts gerechtfertigt ist. Bestell den Kerl auf die übliche Weise zum Verhör. Versuch, mehr gegen ihn in die Hand zu bekommen. Dann können wir über den Fall diskutieren. Und entscheiden, ob wir ihn erst mal in den Knast stecken.«

»Knast? Ich rede doch nicht von Knast. Ich rede von einem schnöden, blöden blauen Zettel in einem schwachsinnigen Fall, der vielleicht vier Frauen das Leben gekostet hat.«

Håkon Sand hatte Hanne Wilhelmsen noch nie so wütend gesehen. Aber er ließ sich nicht erweichen. Er wußte, daß er recht hatte. Zwei Hinweise auf einen möglichen Täter waren einfach kein stichhaltiger Grund. Selbst wenn der Mann bei der Ausländerbehörde arbeitete. Und damit freien Zugang zu allen Informationen über Flüchtlinge hatte, die sein Herz nur begehren mochte. Håkon schauderte es bei dieser Vorstellung.

Aber es reichte nicht. Das wußte er. Und er wußte, daß Hanne Wilhelmsen das im Grunde auch wußte. Vielleicht schwieg sie ja deshalb. Sie riß den unausgefüllten blauen Zettel und die beiden Tips an sich und knallte die Tür hinter sich zu.

»Arsch«, murmelte sie, als sie ein Stück weit über den Flur gegangen war.

Ein heruntergekommener Mann hockte auf einem unbequemen Stuhl und wartete auf irgendein Verhör. Er fühlte sich offenbar getroffen und starrte verlegen zu Boden.

»Du doch nicht«, fügte sie hinzu und marschierte weiter.

In ihrem Büro saß Erik Henriksen und wartete gespannt. Er erhielt keine Erklärung, nur die überaus höfliche Bitte, sofort Kristine Håverstad ausfindig zu machen, zum Henker. Sie brauchten sie. Und zwar sofort. Vor einer Stunde. Er rannte los.

Sie selbst schlug im Telefonbuch die Nummer der Ausländerbehörde nach. Sie holte fünfmal tief Luft, um sich zu beruhigen, und wählte die Nummer.

»Cato Iversen bitte«, sagte sie.

»Der ist zwischen zehn und zwei zu erreichen. Rufen Sie dann wieder an«, sagte die trockene, ausdruckslose Stimme.

»Hier ist die Polizei. Ich muß ihn sprechen. Sofort.«

»Wie war noch gleich der Name?«

Die Frau gab nicht so leicht nach.

»Hanne Wilhelmsen, Polizei Oslo.«

»Einen Moment.«

Das war die pure Untertreibung. Nach vier Minuten ohrenbetäubenden Schweigens ohne auch nur einen Mucks im Stil von »Hier Ausländerbehörde, bitte warten Sie« unterbrach sie die Verbindung und drückte die Wahlwiederholungstaste.

»Ausländerbehörde, ja bitte?«

Es war dieselbe Frau.

»Hier ist Hanne Wilhelmsen, Mord-, Totschlags- und Vergewaltigungskommission, Polizei Oslo. Ich muß augenblicklich mit Cato Iversen sprechen.«

Die Dame war offenbar bei dem eigens zu dieser Gelegenheit ersonnenen Namen sehr erschrocken. Zehn Sekunden später meldete sich Cato Iversen. Er nannte nur seinen Nachnamen.

»Guten Tag«, sagte Hanne so neutral, wie es ihr im Moment nur möglich war. »Hier spricht Hanne Wilhelmsen, Kriminalpolizei Oslo.«

»Ach«, sagte der Mann, ohne einen Hauch von Besorgnis, wie es Hanne schien. Er ist wahrscheinlich daran gewöhnt, mit der Polizei zu telefonieren, tröstete sie sich schnell.

»Ich möchte Sie in Verbindung mit einem Fall, den wir bearbeiten, zum Verhör bitten. Es ist ziemlich eilig. Können Sie kommen?«

»Jetzt? Sofort?«

»Ja, so schnell wie möglich.«

Der Mann schien nachzudenken. Jedenfalls folgte eine Pause.

»Das ist bedauerlicherweise unmöglich. Es tut mir sehr leid. Aber ich...« Sie hörte ihn in Papieren blättern. Vermutlich sah er in seinem Terminkalender nach. »Ich kann am nächsten Montag kommen.«

»Das geht leider nicht. Ich muß jetzt mit Ihnen sprechen. Wahrscheinlich dauert es nicht lange.«

Was eine glatte Lüge war.

»Worum geht es denn?«

»Darüber reden wir, wenn Sie hier sind. Ich erwarte Sie in einer Stunde.«

»Nein, also wirklich! Das geht nicht. Ich muß bei einem von unseren Fortbildungskursen einen Vortrag halten.«

»Ich schlage vor, daß Sie sich sofort herbemühen«, sagte Hanne leise. »Sagen Sie, Sie seien krank, egal was. Ich kann Sie natürlich auch holen kommen. Aber vielleicht erscheinen Sie doch lieber freiwillig hier.«

Jetzt war der Mann ganz offenbar nervös. Aber wer wäre das nicht nach diesem Gespräch, dachte Hanne und beschloß, den Stimmungsschwankungen dieses Mannes nicht zuviel Gewicht beizumessen.

»Ich kann in einer halben Stunde bei Ihnen sein«, sagte er schließlich. »Vielleicht dauert es etwas länger. Aber ich komme.«

Kristine Håverstad wußte nicht, was sie machen sollte. Ihr Vater war wie immer um acht zur Praxis aufgebrochen. Aber sie war sich nicht mehr sicher, ob er wirklich dorthin ging. Um ihren Verdacht zu bestätigen, rief sie an und verlangte ihren Vater.

»Aber liebe Kristine«, antwortete die Sprechstundenhilfe. »Der hat doch Urlaub. Weißt du das denn nicht?«

Kristine gab sich alle Mühe, die Frau davon zu überzeugen, daß alles auf einem Mißverständnis beruhe, und legte auf. Sie wußte ganz genau, daß ihr Vater sein Vorhaben in die Tat umsetzen würde. Sie hatten am letzten Abend über eine Stunde miteinander gesprochen, länger und mehr als an sämtlichen zehn Tagen davor.

Das Schlimmste war, daß dieser Gedanke befreiend wirkte. Er war grotesk, erschreckend, wahnwitzig. So etwas tat man einfach nicht. Nicht hierzulande jedenfalls. Aber der Gedanke, daß der Mann sterben würde, erleichterte sie. Sie fühlte sich auf seltsame Weise angeregt, empfand eine Art von Genugtuung. Er hatte zwei Leben zerstört. Er verdiente nichts Besseres. Die Polizei rührte ja offenbar keinen Finger, um ihn zu fassen. Und wenn es ihnen doch gelingen sollte, dann würde er wahrscheinlich ein Jahr in einer gemütlichen Zelle mit Fernseher und Freizeitangebot bekommen. Das hatte er nicht verdient!

Er hatte den Tod verdient. Sie aber hatte das, was er ihr angetan hatte, nicht verdient. Er war ein Dieb und ein Mörder. Und ihr Vater verdiente es nicht, so leiden zu müssen wie jetzt. Sie fand zu einer Art ruhiger, stiller Zufriedenheit, weil ein Entschluß gefaßt worden war. Doch dann erstarrte sie. Das war doch der pure Wahnwitz. Man brachte keine Leute um. Und wenn doch, dann war das in diesem Fall ja wohl ihre Aufgabe.

Billy T. war schon seit einer kleinen Ewigkeit nicht mehr Ermittler. Er gehörte seit über fünf Jahren zum Unruhekommando der Rauschgiftabteilung. So lange schon, daß er wahrscheinlich noch als Punk in Jeans herumlaufen würde, wenn er längst zu alt dafür war. Aber noch immer kursierten Gerüchte über seine Fähigkeiten beim Verhör. Er hielt sich nicht immer an die Regeln, konnte aber eine Liste von Geständnissen aufweisen, die noch die besten Kollegen beeindruckte.

Hanne Wilhelmsen hatte darauf bestanden. Er hatte sich überreden lassen. Sie fragte sich, ob sie sich wohl selbst einen Vorwand lieferte, um ihn wiederzusehen. Die vergangene Nacht kam ihr vollkommen unwirklich vor, jetzt, da sie sich wieder in der vertrauten Umgebung mit all ihren gewohnten Verteidigungsbollwerken befand. Und doch empfand sie ein intensives Bedürfnis danach, ihn zu sehen, mit ihm zu reden. Über Alltagskram, über Polizeiangelegenheiten. Sie wollte sich einfach davon überzeugen, daß er noch immer der gute alte war.

Und das war er. Scherzend und lärmend steuerte er ihr Büro an, sie konnte ihn schon aus der Ferne hören. Als sie erwartungsvoll den Kopf aus der Tür streckte und er sie sah, ließ er sich lauthals und mit flirtendem Unterton über das aus, was vor wenigen Stunden passiert war. Er sah auch nicht sonderlich müde aus. Alles war wie immer. Fast jedenfalls.

Der Anblick von Cato Iversen versetzte Hanne Wilhelmsen einen Stich. Er hatte zwar keine bemerkenswerte Ähnlichkeit mit der Zeichnung, aber er entsprach perfekt Kristine Håverstads Beschreibung. Breite Schultern, blonde Haare, tiefe Geheimratsecken. Er war nicht besonders groß, aber sein muskulöser Körper machte einen ziemlich massigen Eindruck. Sonnengebräunt war er auch, aber das waren jetzt fast alle. Mit Ausnahme der Angestellten der Osloer Polizei.

Billy T. allein füllte fast schon den ganzen Raum aus. Und da auch Cato Iversen und Hanne Wilhelmsen zugegen waren, wurde es wirklich eng. Billy T. stellte sich mit dem Rücken zum Fenster und lehnte den Hintern gegen die Fensterbank. Vor dem grellen Tageslicht wurde er zu einer riesigen schwarzen Figur mit scharfen Umrissen und ohne Gesicht. Hanne Wilhelmsen setzte sich hinter ihren Schreibtisch.

Cato Iversen war sichtlich nervös. Das war noch immer kein Wunder und brauchte nichts zu bedeuten. Er schluckte hektisch, rutschte auf seinem Stuhl hin und her und legte die seltsame Unsitte an den Tag, sich dauernd mit der rechten Hand am linken Handrücken zu kratzen.

»Wie Sie vielleicht wissen«, fing sie an, »benutzen wir beim Verhör von Zeugen kein Tonbandgerät.«

Das wußte er nicht.

»Aber jetzt machen wir das«, sagte sie, lächelte kühl und drückte gleichzeitig zwei Knöpfe an einem kleinen Tonbandgerät, das auf dem Tisch stand. Danach rückte sie das Mikrophon zurecht, so daß es vage ins Zimmer hinein zeigte.

»Wir fangen mit den Personalien an«, sagte sie.

Die erfuhr sie. Zum Ausgleich teilte sie ihm mit, daß er keine Aussage machen müsse; falls er aber doch etwas sage, müsse das die Wahrheit sein.

»Habe ich Anspruch auf einen Anwalt?«

Kaum hatte er das gesagt, bereute er es auch schon und versuchte es mit einem bleichen Lächeln, einem abwehrenden Kopfschütteln und einem Räuspern. Dann kratzte er fieberhaft einen Mückenstich an seiner linken Hand.

»Anwalt, Billy T.«, sagte Hanne zu dem Ungeheuer auf der Fensterbank. »Anwalt? Braucht unser junger Freund einen Anwalt?«

Billy T. schwieg und lächelte. Das konnte Iversen nicht sehen. Für ihn war der Mann noch immer ein schwarzer Umriß vor blauem Himmel.

»Nein, nein, brauche ich nicht. War bloß eine Frage.«

»Sie sind Zeuge, Iversen«, versicherte Hanne Wilhelmsen, scheinbar sehr darum bemüht, den Mann zu beruhigen. »Da brauchen Sie doch wohl keinen Anwalt?«

»Aber worum geht es hier eigentlich?!«

»Das kommt schon noch, das kommt schon noch.«

Ein Streifenwagen lalüte sich den Åkerbergvein hinunter, gefolgt von einem Auto.

»Viel zu tun bei diesem Wetter«, erklärte Hanne. »Wo arbeiten Sie noch gleich?«

»Bei der Ausländerbehörde.«

»Und was machen Sie da?«

»Ich bin Sachbearbeiter. Normaler Sachbearbeiter.«

»Aha. Und was macht ein normaler Sachbearbeiter?«

»Fälle bearbeiten.«

Der Mann wollte offenbar nicht frech sein, denn nach einer kleinen Pause fügte er rasch hinzu: »Ich bekomme die Anträge auf Aufenthaltsgenehmigung, mit denen die Polizei fertig ist. Wir sind die erste Entscheidungsinstanz.«

»Asylfälle?

»Die auch. Familienzusammenführung. Aufenthalt zum Studium. Ich habe nur Fälle aus Asien.«

»Mögen Sie Ihre Arbeit?«

»Ob ich sie mag?«

»Ja, finden Sie sie angenehm?«

»Was heißt schon angenehm.« Er überlegte. »Es ist wohl ein Job wie alle anderen. Ich habe letztes Jahr mein Examen als Jurist gemacht. Und man kann sich die Stellen nicht immer aussuchen. Der Job ist schon okay.«

»Es macht Ihnen also nichts aus, all die armen Teufel aus dem Land zu werfen?«

Jetzt wirkte er ehrlich überrascht. Von der Polizei hatte er diese Frage wohl am allerwenigsten erwartet.

»Na ja, ausmachen«, murmelte er. »Schließlich entscheidet das Parlament. Wir führen nur deren Befehle aus. Und es werden ja nicht alle hinausgeworfen.«

»Aber doch die meisten, nicht wahr?«

»Ja, das ist wohl so.«

»Und wie denken Sie so über Ausländer?«

»Ehrlich gesagt«, setzte er an und machte Anstalten, sich zu erheben, »ich möchte jetzt wirklich erst mal erfahren, worum es hier geht.«

Hanne und Billy T. tauschten einen Blick, und Billy T. nickte leicht. Das konnte sogar Iversen sehen.

»Wir mühen uns derzeit mit einem ziemlich ernsten Fall ab«, erzählte Hanne Wilhelmsen. »Mit den Samstagsmassakern. Sie haben vielleicht darüber gelesen?«

Das hatte er. Er nickte und fing wieder an, sich zu kratzen.

»In jeder Blutlache haben wir eine Nummer gefunden. Eine FK-Nummer. Am Sonntag haben wir eine Leiche entdeckt. Von einer Frau, die vermutlich aus Asien stammte. Und wissen Sie was?« Sie klang fast begeistert, als sie zwei Bögen aus dem vor ihr liegenden Stapel zog. »Zwei dieser FK-Nummern stammen aus Ihrem Ressort!«

Der Mann wurde wieder unruhig, und diesmal hatte das vielleicht auch eine Bedeutung.

»Bei uns haben nicht sehr viele mit Asien zu tun«, sagte er eilig. »Also ist das wohl kein Wunder.«

»Na gut.«

»Ich meine, wenn Sie wüßten, wie viele Fälle wir pro Jahr bearbeiten. Jeder von uns hat Hunderte. Vielleicht sogar Tausende«, fügte er rasch hinzu, vermutlich in dem Versuch, sein Argument zu untermauern.

»Ja, wenn Sie so große Erfahrung haben, können Sie mir vielleicht helfen. Wie gehen Sie diese Sachen eigentlich an? Ich meine, so rein bürotechnisch. Haben Sie alles im Computer?«

»Ja, alles. Aber wir haben auch Ordner. Mit Papieren, meine ich. Verhöre und Briefe und so.«

»Und darin sammeln Sie alle Informationen über alle Asylbewerber?«

»Ja. Jedenfalls alles, was wir wissen müssen.«

»Zum Beispiel, mit wem die Leute zusammen gekommen sind, ihre Familienverhältnisse, ob sie hier Bekannte haben, warum sie ausgerechnet nach Norwegen wollten, so was alles. Steht das auch in Ihren Ordnern?«

Der Mann schien zu zögern und nachzudenken.

»Ja. Das steht alles in den Verhörprotokollen.«

Das wußte Hanne Wilhelmsen sehr gut. Sie hatte soeben eine Stunde damit zugebracht, die Verhöre der vier Frauen durchzulesen.

»Kommen viele ganz allein?«

»Einige. Andere bringen ihre Familie mit. Manche haben auch schon Verwandte hier.«

»Einige von ihnen verschwinden, habe ich gehört?«

»Verschwinden?«

»Ja, sie verschwinden aus dem System, ohne daß irgend jemand weiß, wo sie geblieben sind.«

»Ach so meinen Sie das … ja, das kommt vor.«

»Was machen Sie denn in solchen Fällen?«

»Nichts.«

Jetzt erhob Billy T. seinen riesigen Körper von der Fensterbank. Sein Hintern war kalt, weil er zwanzig Minuten lang auf der klapprigen Klimaanlage gesessen hatte. Langsam ging er um Hanne Wilhelmsen herum, stützte sich mit den Armen auf ein Bücherregal aus Stahl und musterte den Zeugen.

»Jetzt kommen wir mal zur Sache, Iversen«, sagte er. »Was machen Sie denn so am Wochenende?«

Der Mann gab keine Antwort und kratzte sich noch ärger als zuvor.

»Schluß damit«, befahl Hanne Wilhelmsen irritiert.

Cato Iversen war der Verzweiflung ziemlich nahe, was ihm jedoch nicht anzusehen war. Die beiden musterten ihn genau, konnten aber weiterhin nur ein wenig Nervosität erkennen. Iversen hatte keine Ahnung, was er sagen sollte. Deshalb platzte er mit der Wahrheit heraus.

»Lkw fahren«, sagte er leise.

Billy T. und Hanne sahen einander an und lächelten breit.

»Lkw fahren«, wiederholte Hanne langsam.

»Haben Sie das auch am Samstag, dem 29. Mai, gemacht? Und was ist mit Sonntag, dem 30.?«

O verdammt. Jetzt hatten sie ihn. Bisher hatte es nur Schaugefechte gegeben. Hanne Wilhelmsens Ausbruch von vorhin zum Trotz kratzte er sich verzweifelt an der linken Hand. Die schmerzte schon, und deshalb hörte er wieder auf.

»Ich will mit einem Anwalt reden«, rief er plötzlich. »Ich sage kein Wort mehr, solange ich nicht mit einem Anwalt gesprochen habe!«

»Aber, lieber Iversen«, sagte Billy T. zuckersüß und hockte sich vor ihn hin. »Es besteht doch keinerlei Anklage gegen Sie.«

»Aber ich stehe unter irgendeinem Verdacht«, antwortete Iversen, und jetzt sahen sie Tränen in seinen Augen. »Also habe ich auch Anspruch auf einen Anwalt.«

Hanne beugte sich über ihren Schreibtisch und schaltete das Tonbandgerät aus.

»Iversen. Eins muß ich noch mal klarstellen. Wir verhören Sie hier als Zeugen. Sie stehen weder unter Verdacht noch unter Anklage. Ergo haben Sie auch keinen Anspruch auf einen Anwalt. Ergo können Sie dieses Zimmer und dieses Haus jederzeit verlassen. Wenn Sie aber mit einem Anwalt sprechen und danach noch eine Runde mit uns plaudern möchten, dann steht Ihnen das frei.«

Sie packte das Telefon und stellte es vor ihn auf den Tisch. Daneben knallte sie das Branchenverzeichnis.

»Bitte sehr«, sagte sie im Befehlston, blickte sich kurz um, weil sie sichergehen wollte, daß es in ihrem kleinen Arbeitszimmer nichts gab, was er nicht sehen durfte, griff sich einen Ordner und ging, Billy T. im Schlepptau, zur Tür. Dort blieb sie noch einmal stehen.

»In zehn Minuten sind wir wieder da«, erklärte sie.

Es dauerte etwas länger als zehn Minuten. Sie saßen im Bereitschaftsraum und tranken Hannes Gebräu vom Morgen. Das Eis war geschmolzen, der Zucker hatte sich auf den Boden des fast leeren Kessels gesenkt, und die Gerbsäure ließ das Getränk weitaus weniger erfrischend wirken als noch vor einigen Stunden.

»Jetzt kriegste'n allein an Land«, sagte Billy T. »Da brauchte ich ja nich' viel zu sagen.«

»Allein dein Aussehen kann noch den Allerunschuldigsten dazu bringen, alles, aber auch alles zu gestehen«, grinste Hanne und leerte ihr Glas. »Und ich weiß nicht, ob er schon reif zum An-Land-Ziehen ist.«

»Er hat auf jeden Fall aus irgendeinem Grund Höllenschiß«, sagte Billy T. »Ich mein' das übrigens wirklich so. Ich verpiss' mich. Bin todmüde. Aber das bist du sicher auch«, fügte er hinzu und versuchte, ihren Blick aufzufangen.

Sie gab keine Antwort und hob nur ihr leeres Glas zu einem inhaltsleeren Prost, als er das Zimmer verließ. Zum Ausgleich kam Erik Henriksen hereingestürzt.

»Ich hab' sie gefunden!« keuchte er. »Sie war sogar auf dem Weg hierher. Bin doch tatsächlich in der Tür mit ihr zusammengestoßen. Was willst du eigentlich von ihr?«

Sie hatten nur anderthalb Stunden gebraucht, um eine Gegenüberstellung zu arrangieren. Es hatte sich herausgestellt, daß es bei der Polizei überraschend viele breitschultrige blonde Mannsbilder mit schütterem Schopf gab. Fünf von ihnen würden sich nun zusammen mit Cato Iversen aufstellen. Jenseits des nur in einer Richtung durchsichtigen Glases stand nägelkauend Kristine Håverstad.

Sie war doch nicht deswegen gekommen. Um ein Haar wäre sie mit dem sommersprossigen Polizisten zusammengestoßen, als sie sehr zögerlich das Polizeigebäude betrat. Noch hätte sie Zeit gehabt, ihr Vorhaben aufzugeben – da hatte er sie freudestrahlend erkannt und mit sich gezogen. Zum Glück hatte sie nichts sagen müssen.

Hanne Wilhelmsen wirkte wesentlich müder als vor einer guten Woche. Ihre Augen sahen matter aus, ihr Mund verspannter und verbissener. Vor einer Woche hatte Kristine Håverstad sie noch auffallend schön gefunden. Jetzt war sie eine eher durchschnittliche, ungeschminkte Frau mit hübschen Zügen. Sie wirkte auch nicht sonderlich enthusiastisch, obwohl sie das Entgegenkommen selbst war.

Die sechs Männer kamen ins Zimmer wie eine Schar von wohlgenährten Gänsen. Als der erste die gegenüberliegende Seite des Raumes erreicht hatte, drehten sie sich um und starrten blind die Fensterscheibe an. Kristine wußte, daß sie sie nicht sehen konnten.

Er war nicht dabei. Alle hatten ein wenig Ähnlichkeit mit ihm. Aber keiner war der, der über sie hergefallen war. Sie spürte, wie ihr die Tränen in die Augen stiegen. Wenn er doch bloß dort gestanden hätte! Dann hätte sie sich um ihren Vater keine Sorgen mehr zu machen brauchen. Sie hätte versuchen können, ihr Leben wieder zusammenzuflicken. Sie hätte der Polizei nicht zu sagen brauchen, daß ihr Vater einen Mord plante. Das Leben wäre so unbeschreiblich anders gewesen, wenn *er* unter diesen Männern gewesen wäre. Aber das war er nicht.

»Vielleicht Nummer zwei!« platzte es aus ihr heraus.

Was machte sie denn bloß? Nummer zwei war es ja nun wirklich nicht gewesen. Aber wenn sie sie auf einen von diesen Männern ansetzte, gewann sie immerhin ein wenig Zeit. Ein wenig Zeit zum Nachdenken, Zeit, um ihren Vater zu bearbeiten. Einige Tage vielleicht nur, aber auch das war besser als nichts.

»Oder Nummer drei?«

Sie blickte Hanne Wilhelmsen fragend an, aber die saß wie eine Sphinx da und starrte vor sich hin.

»Doch«, entschied sie, »Nummer zwei oder drei. Aber ich bin alles andere als sicher.«

Kommissarin Wilhelmsen bedankte sich für die Hilfe, brachte sie eilig zur Tür und war so enttäuscht, daß sie vergaß, Kristine Håverstad zu fragen, warum sie eigentlich gekommen sei. Aber das war auch egal. Kristine Håverstad streifte sich die Tasche über die schmale Schulter und verließ das Polizeigebäude in der Gewißheit, daß sie ihren Vater niemals verraten würde.

Nummer zwei bei der Gegenüberstellung war Fredrik Andersen vom Vorladungsbüro gewesen, Nummer drei Eirik Langbråtan, ein sympathischer Kollege von der Kripo. Cato Iversen, der als Nummer sechs in der Reihe gestanden hatte, wurde mit einem Händedruck und nicht sehr tief empfundenem Bedauern entlassen.

Als er glücklich außer Sichtweite all derer war, die vielleicht aus dem riesigen Haus hinter ihm herstarrten, ging er ins Lompa und bestellte zwei Halbe auf einmal. Er setzte sich ganz hinten im Lokal an einen Tisch und zündete sich mit zitternden Händen eine Zigarette an.

In der Nacht zum 30. Mai hatte er sich mit einer Lkw-Ladung geschmuggelten Schnapses auf der Fähre von Dänemark nach Norwegen befunden. Das sollte nie, nie wieder vorkommen.

Fast ein ganzer Arbeitstag war auf dieser Blindspur verlorengegangen. Es war zum Verzweifeln. Aber das sollte an diesem Tag durchaus noch nicht die wichtigste Angelegenheit für die A 2.11 gewesen sein.

Hauptkommissar Hans Olav Kaldbakken kam zur täglichen Besprechung in Hanne Wilhelmsens Büro. Er sah überhaupt nicht gut aus. Er nahm mit steifen, schwerfälligen Bewegungen im Sessel Platz und steckte sich eine Zigarette an. Es war die zwanzigste an diesem Tag, und es war noch nicht einmal halb vier.

»Kommen wir irgendwie weiter, Wilhelmsen?« fragte er heiser. »Haben wir mehr als diesen… diesen Cato Iversen? Denn der war es doch wohl nicht?«

»Nein, sieht nicht so aus«, antwortete Hanne Wilhelmsen und massierte sich die Schläfen.

Das war absolut untertrieben. Cato Iversen mochte jede Menge Dreck am Stecken haben, aber den würden sie ein andermal abkratzen müssen. Hanne wußte nur zu gut, daß Kristine Håverstad den Mann erkannt hätte, der sie überfallen hatte. Ihr war nicht ganz klar, warum die junge Frau zwei Männer genannt hatte, die ihr zweifellos nichts getan hatten.

Vielleicht verspürte sie unterschwellig den Wunsch, der Polizei weiterzuhelfen. Aber es war doch auffällig. Sie würde ein andermal darüber nachdenken müssen.

»Der Samstag rückt näher«, sagte Kaldbakken düster. »Ein gräßlicher Samstag rückt näher.«

Er sprach mit einem komischen Akzent. Und er verschluckte die Wörter, ehe er sie ganz ausgesprochen hatte. Aber Hanne Wilhelmsen hatte schon seit vielen Jahren denselben Chef und wußte immer, was er meinte.

»So ist es, Kaldbakken. Der Samstag rückt näher.«

»Weißt du«, sagte er und beugte sich in einem ungewöhnlichen Anfall von Vertraulichkeit zu ihr vor. »Ich finde nichts so schrecklich wie Vergewaltigungen. Ich werde mit Vergewaltigungen einfach nicht fertig. Und dabei bin ich schon seit dreißig Jahren bei der Polizei.«

Er versank in Grübelei, riß sich aber bald wieder zusammen.

»Seit vierunddreißig Jahren, um ganz genau zu sein. Ich habe 1960 angefangen. Was mich natürlich nicht zum alten Mann macht.« Er lächelte mürrisch und hustete kräftig. »1960. Das waren noch Zeiten. Da machte es Spaß, bei der Polizei zu sein. Und gut verdient haben wir auch. Mehr als Industriearbeiter. Sehr viel mehr. Die Leute hatten Respekt vor uns. 1960. Damals war Gerhardsen noch Ministerpräsident, und die Leute unterstützten ihn.«

Das ganze Zimmer war bereits von Qualm erfüllt. Der

Mann rauchte Selbstgedrehte und spuckte bei seinem leisen Gemurmel Tabakskrümel aus.

»Damals hatten wir zwei oder drei Vergewaltigungen pro Jahr. Großes Geschrei. In der Regel haben wir den Arsch auch erwischt. Damals waren wir hier ja fast nur Männer. Und alle haßten Vergewaltigungen. Einer wie der andere. Wir haben keine Ruhe gegeben, bis wir ihn hatten.«

Hanne Wilhelmsen hatte so etwas noch nie erlebt. Nun arbeitete sie seit sieben Jahren mit Hauptkommissar Kaldbakken zusammen und hatte nie über privatere Themen als einen verdorbenen Magen mit ihm gesprochen. Aus irgendeinem Grund nahm sie das als schlechtes Zeichen.

Kaldbakken seufzte tief, und sie hörte seine überanstrengten Bronchien gurgeln.

»Aber im ganzen war es in Ordnung, bei der Polizei zu sein«, sagte er und starrte verträumt ins Leere. »Wenn du abends in dem Bewußtsein ins Bett gehst, daß du zu den braven Buben gehörst. Und Mädels«, fügte er mit vorsichtigem Lächeln hinzu. »Das gibt dem Leben Sinn. Bisher war das jedenfalls so. Aber nach diesem Frühling weiß ich es nicht mehr so genau.«

Hanne Wilhelmsen konnte ihn gut verstehen. Es war wirklich ein entsetzliches Jahr. Immerhin, bei ihr lief es trotz allem einigermaßen. Sie war vierunddreißig Jahre alt, also zu jener Zeit geboren worden, als Kaldbakken steif und zackig in seiner frischgebügelten Uniform durch Oslos weitaus ruhigere Straßen patrouilliert war. Sie konnte sich Zeit lassen. Kaldbakken nicht. Sie ertappte sich bei der Frage, wie alt er wohl sein mochte. Er wirkte wie ein gutes Stück über sechzig, aber das war er wohl nicht. Er mußte um einiges jünger sein.

»Ich habe einfach nicht mehr viel zu geben, Hanne«, murmelte er.

Es erschreckte sie, daß er sie Hanne nannte. Bis jetzt war sie für ihn nie etwas anderes gewesen als Wilhelmsen.

»Das ist doch Quatsch, Kaldbakken«, versuchte sie ihn zu trösten, aber sie gab auf, als er abwinkte.

»Ich weiß, wann es Zeit zum Aufhören ist. Ich...«

Ein beängstigend heftiger Hustenanfall schüttelte ihn ausgiebig. Es dauerte beunruhigend lange. Am Ende erhob Hanne Wilhelmsen sich ein wenig unsicher und legte ihm die Hand auf die Schulter.

»Kann ich dir helfen? Möchtest du ein Glas Wasser oder so?«

Als er sich im Sessel zurücksinken ließ und nach Luft schnappte, bekam sie es wirklich mit der Angst zu tun. Sein Gesicht war graubleich und schweißnaß. Er stemmte die Hand in die Seite, schnappte nach Luft und kippte schließlich wie ein Sack vornüber. Mit einem widerwärtigen Geräusch prallte er auf dem Boden auf.

Hanne Wilhelmsen stieg über den verkrümmten Körper, drehte ihn um und schrie um Hilfe.

Als nach zwei Sekunden noch keine Antwort gekommen war, trat sie die Tür auf und schrie noch einmal: »Holt einen Krankenwagen, zum Henker! Holt einen Arzt!«

Danach versuchte sie bei ihrem erschöpften alten Chef die Mund-zu-Mund-Methode. Zweimal atmen, danach Herzmassage. Wieder zweimal atmen, danach Herzmassage. In der Brust des Mannes knackte es, und ihr ging auf, daß sie ihm einige Rippen gebrochen hatte.

Erik Henriksen stand in der Tür, verwirrt und röter denn je.

»Herzmassage«, befahl sie und konzentrierte sich aufs Atmen.

Der Junge preßte und preßte. Hanne Wilhelmsen blies und blies. Aber als neun Minuten später die Krankenträger in der Tür standen, war Hauptkommissar Hans Olav Kaldbakken mit nur sechsundfünfzig Jahren gestorben.

In einem ungemütlichen, kargen Zimmer in einer Pension in Lillehammer saß die kleine Iranerin aus Kristine Håverstads Mietshaus und war verzweifelt. Sie war einsam, entsetzlich weit von zu Hause entfernt und konnte niemanden um Rat fragen. Für Lillehammer hatte sie sich aus purem Zufall entschieden. Es lag weit weg, und das Zugticket kostete nicht allzuviel. Und sie hatte schon vom Freilichtmuseum Maihaugen gehört.

Sie hätte natürlich mit der Polizei sprechen müssen. Andererseits war auf die Polizei eben kein Verlaß. Das wußte sie aus sehr bitterer Erfahrung. Rein intuitiv hatte sie Vertrauen zu der jungen Beamtin gehabt, mit der sie am vorigen Montag kurz gesprochen hatte. Aber was wußte sie, eine kleine Iranerin, schon, auf wen hier Verlaß war!

Sie zog den Koran hervor und blätterte darin herum, las hier und da ein wenig, fand aber weder Trost noch Rat. Nach zwei Stunden schlief sie ein, und sie erwachte erst, als ihr Magen sie daran erinnerte, daß sie seit zwei Tagen kaum etwas gegessen hatte.

Der Chef war, wie erwartet, stocksauer. Sie entschuldigte sich und versprach ihm eine Krankschreibung. Wo immer sie die auch hernehmen sollte. Vom Notdienst vielleicht. Bei der Stelle, die sich um Vergewaltigungsopfer kümmerte, waren alle sehr nett und zuvorkommend gewesen, als sie am vergangenen Sonntag zu dieser schrecklich demütigenden Untersuchung dort erschienen war. Und doch scheute sie davor zurück, dort um die Krankschreibung zu bitten. Na ja, mit diesem Problem würde sie sich später befassen. Abweisend murmelte der Chef einige mißmutige Sprüche über die heutige Jugend. Sie wollte sich aber nicht provozieren lassen. Bisher war sie nie krank gewesen.

»Kristine!«

Freudestrahlend packte einer der Festen sie am Arm. Unbegreiflicherweise war er schon einundachtzig. Unbegreiflich war das, da er im Krieg fünf Jahre zur See gefahren war und die nächsten fünfzig als Alkoholiker verbracht hatte. Aber er hielt durch wie in einem halsstarrigen Protest gegen das Ausbleiben jeglicher Anerkennung, das er und seine längst verstorbenen Kameraden in ihrem Land erfahren hatten.

»Kristine, meine Süße!«

Nach einer Viertelstunde konnte sie sich losreißen. Sie war nicht aus Zufall gerade jetzt gekommen. Um diese Zeit war Wachablösung, und sie konnte sich ungesehen an den Medizinschrank im Lagerraum schleichen. Einen Moment lang spielte sie mit dem Gedanken, die Tür abzuschließen. Dann überlegte sie sich, daß eine verschlossene Tür schwerer zu erklären sein würde als eine offene. Obwohl sie hier nichts zu suchen hatte, würde ihr bestimmt irgendeine plausible Erklärung einfallen. Sie fischte die Schlüssel aus dem Medizinschrank. Die klapperten ein wenig zu laut, und sie schloß erschrocken die Faust um das Schlüsselbund. Was für ein Quatsch! Bei dem Krach draußen im Flur bestand wohl kaum die Chance, von irgend jemandem gehört zu werden. Und das, was sie vorhatte, brauchte auch nicht viel Zeit.

Die vielen Nozinanpackungen standen direkt vor ihr. Plötzlich wußte sie nicht, ob sie Injektionsflüssigkeit oder Tabletten nehmen sollte. Ohne sich das weiter zu überlegen, griff sie zu ersterem. Spritzen brauchte sie nicht. Die hatten sie zu Hause. Blitzschnell schloß sie den Schrank wieder ab und schlich sich zur Tür. Sie hielt dreißig Sekunden lang den Atem an und stopfte die Medizin in die Tasche, dann ging sie ruhig hinaus. Auf dem Gang standen nur zwei Klienten, und die waren so voll, daß sie wohl kaum wußten, welcher Tag gerade war.

Unterwegs mußte sie den Chef noch einmal mit der Versicherung beruhigen, daß die Krankschreibung bald vorliegen werde und daß sie, ja, bestimmt, bald wieder zur Arbeit kommen werde. Nur noch ein paar Tage. Er entließ sie mit einer spitzen Bemerkung, die sie glatt überhörte.

Es war gutgegangen. Der nächste Schritt würde schwieriger sein.

Sie hatte nicht das Gefühl, übermäßig lange weggeblieben zu sein. Einige nickten und lächelten sie über ihre Bücher hinweg an, andere starrten sie nur leer an und vergruben sich wieder in ihren Stoff. Dann sah sie Terje. Er saß mit fünf anderen Bekannten im Aufenthaltsraum. Sie bereiteten ihr einen recht herzlichen Empfang. Allen voran Terje. Er war vier Jahre jünger als sie und im ersten Semester. Seit Semesterbeginn hatte er wie eine Klette an ihr gehangen. Auf hundert unterschiedliche Weisen hatte er ihr seine große Liebe erklärt und weder den Altersunterschied noch die Tatsache gelten lassen, daß er acht Zentimeter kleiner war als sie. Er war einfach süß, und im Grunde hatte ihr seine Verehrung sehr gut gefallen.

»Ohne Fleiß kein Preis«, hatte er munter abgewehrt, wenn sie ihm ein seltenes Mal leicht gereizt klargemacht hatte, daß sie jetzt die Nase voll habe.

Sie ließ sich auf einen freien Stuhl fallen.

»Himmel, wie siehst du denn aus«, kommentierte einer aus ihrem Jahrgang. »Du warst ja offenbar wirklich krank!«

»Aber jetzt geht's mir viel besser«, lächelte sie.

Der andere sah nicht ganz überzeugt aus.

»Ich möchte sogar feiern, daß ich wieder auf den Beinen bin. Mit einem kleinen Zug durch die Gemeinde. Morgen. Kommt jemand mit?«

Das wollten sie alle. Vor allem Terje. Und genau darum ging es ihr.

Es sollte am Mittwoch geschehen. Das war der beste Tag. Am Freitag war das Risiko zu groß. Der Bursche konnte schließlich ein Wochenende auf dem Land planen. Oder ein Fest in seinem Haus. Außerdem gingen viele freitags erst spät ins

Bett. Er brauchte Ruhe. Es mußte am Mittwoch abend passieren. Er hätte auch bis Donnerstag warten können, aber das brachte er nicht über sich.

Außerdem gab es einen weiteren wichtigen Grund, der für den Mittwoch sprach. Er hatte seiner Tochter erzählt, daß es am Donnerstag geschehen sollte. Nun blieb ihr die Warterei erspart. Am Donnerstag morgen wollte er sie mit der Nachricht wecken, daß jetzt alles vorbei sei.

Der Schrank war vorschriftsmäßig abgeschlossen. Obwohl das mittlerweile nicht mehr nötig war, Kristine war erwachsen und wühlte nicht mehr in seinen Sachen herum. Seit ihrer Schulzeit hatte sie sein Schlafzimmer kaum noch betreten.

Drei Heimwehruniformen hingen ordentlich nebeneinander. Mit je drei Sternen an den Schulterklappen. Er war Kapitän. Selbst die grüne Felduniform war gebügelt. Zwei Paar Stiefel standen auf dem Boden des Schrankes. Es roch leicht nach Schuhcreme und Mottenkugeln.

Ganz hinten, hinter Schuhen und Uniformen, lag ein kleiner Stahlkasten. Er hockte sich hin und zog ihn heraus. Dann stellte er ihn auf den Nachttisch, setzte sich aufs Bett und öffnete ihn. Seine Dienstpistole war ein österreichisches Fabrikat. Glock. Neun-Millimeter-Munition. Und die hatte er reichlich. Seine Dienstmunition konnte er nicht anrühren, aber er hatte von der letzten Schießübung zwei zusätzliche Schachteln mitgebracht. Strenggenommen war das wohl Diebstahl, aber die Leitung drückte da beide Augen zu. Munitionsschachteln gingen bei den Übungen so leicht verloren.

Mit etwas ungelenken Fingern nahm er die Waffe auseinander, schmierte sie und wischte sie anschließend mit einem Lappen sorgfältig ab. Er legte die in den Lappen eingewickelte Pistole neben sich ins Bett. Dann nahm er fünf Patronen aus einer Schachtel, packte den Rest wieder in den Stahlkasten, schloß ihn ab, stellte ihn hinten in den Kleiderschrank und schloß den Schrank ab.

Einen Moment stutzte er angesichts des Problems, wo er die Waffe so lange aufbewahren sollte. Schließlich entschied er, sie ganz einfach unters Bett zu legen. Die Putzfrau würde erst am Freitag kommen. Und dann würde die Waffe längst wieder im Schrank liegen.

Er zog sich aus und ging ins Badezimmer, das gleich neben dem Schlafzimmer lag. Es dauerte seine Zeit, bis Wasser eingelaufen war, und deshalb hüllte er sich in seinen Bademantel und mixte sich einen starken Drink, obwohl der Nachmittag dafür strenggenommen noch zu jung war. Als er zurückkam, quoll der Schaum fast schon über den Wannenrand. Das Wasser floß über, als er langsam in der brennend heißen Flüssigkeit Platz nahm.

Erst am Vortag war ihm wirklich aufgegangen, daß er eine strafbare Handlung plante. Gelinde gesagt. Der Gedanke wirkte für den Bruchteil einer Sekunde wie ein kleiner Stich, dann wies er ihn ab. Das ging ihn nichts an. Jetzt ließ er die Gewißheit, daß er gerade zum Verbrecher wurde, noch tiefer sinken.

Er war nie, nicht für einen einzigen Moment, auf die Idee gekommen, mit seinem Wissen zur Polizei zu gehen. Im Grunde war er empört darüber, daß sie offenbar schlechtere Arbeit geleistet hatten als er. Daß sie nicht ermittelt hatten. Das war doch erschreckend einfach gewesen. Er hatte nur wenige Tage gebraucht. Was machte die Polizei eigentlich? Nichts? Sie hatten ihm erzählt, daß sie Spuren und Spermareste gesichert hätten. Die nun analysiert würden. Aber wozu brauchten sie Analysen, wenn sie sie mit keinem Register vergleichen konnten? Als er die Beamtin danach gefragt hatte, hatte sie nur wortlos und leicht resigniert mit den Schultern gezuckt.

Natürlich würde die Polizei etwas unternehmen, wenn er sie informierte. Daran zweifelte er nicht. Wahrscheinlich würde der Mann festgenommen und allerlei Tests unterzogen werden. Dann würden sie beweisen können, daß er der Täter war, und er würde ins Gefängnis wandern. Für ein oder anderthalb Jahre. Bei guter Führung würde ihm ein Drittel seiner Strafe erlassen werden. Das bedeutete, daß der Mann mit weniger als einem Jahr Knast davonkommen konnte. Mit weniger als einem Jahr! Dafür, daß er seine Tochter zerstört hatte. Zerstört, gedemütigt und geschändet!

Es kam überhaupt nicht in Frage, zur Polizei zu gehen. Die sollten sich um ihren eigenen Kram kümmern. Was mehr als genug war, wenn man den Zeitungen glauben durfte.

Natürlich konnte er versuchen, mit der Sache durchzukommen. Irgendein Alibi zu konstruieren. Aber er glaubte nicht, daß das klappen würde. Und es interessierte ihn auch nicht. Finn Håverstad ging es nicht darum, mit dem geplanten Mord am Vergewaltiger seiner Tochter durchzukommen. Er wollte sein Vorhaben in Ruhe ausführen. Dann wollte er einige Stunden mit Kristine verbringen können, sich der Polizei stellen und alles gestehen. Niemand würde ihn deshalb verurteilen. Natürlich würde ein Richter ihm seine Strafe verpassen, aber niemand würde ihn wirklich verurteilen. Er selbst hätte sich niemals verurteilt. Seine Freunde würden das auch nicht tun. Und zu guter Letzt, alles in allem, war es Finn Håverstad schnurz, was andere vielleicht sagten. Für ihn war dieser Mord notwendig. Er war gerecht.

Der Mann, den zu ermorden Finn Håverstad soeben in seiner Badewanne plante, hatte sich die Sache anders überlegt. Am Vortag hatte er so felsenfest beschlossen, es zu tun. Jetzt wollte er einen Samstag überspringen. Es war wirklich übel, daß sie die Leiche in dem verlassenen Garten gefunden hatten. Er war sich hundertprozentig sicher gewesen, daß dort seit Jahren niemand mehr hingekommen war. Vielleicht hatte er deshalb bei der Tiefe ein bißchen geschlampt. Er hatte es zu eilig gehabt. Teufel auch. Es tat gut, in der Zeitung zu stehen. Vielleicht hatte ihn das gestern geblendet. Jetzt, bei genauerem Nachdenken, ging ihm auf, daß die Sache langsam gefährlich wurde.

Wie durch eine Ironie des Schicksals trank er gerade den gleichen Whisky, der bei Zahnarzt Håverstad auf dem Badewannenrand stand. Er kippte das Glas auf einen Zug und mixte sich einen neuen.

Er konnte doch wirklich einen Samstag überspringen. Es gefiel ihm nicht, aber es schien nötig zu sein. Es durchbrach sein Muster. Das, was ihm den meisten Spaß bereitete. Und der Polizei das ärgste Kopfzerbrechen. Das mit dem Blut gefiel ihm am allerbesten. Es erregte Aufsehen. Ohne das Blut wäre ihm keine Aufmerksamkeit zuteil geworden. Und dann auch noch Schweineblut! Bei Musliminnen!

Seit die Leiche gefunden worden war, erwies sich die Lage jedoch als ernster. Jetzt mußte er damit rechnen, daß sie größere Ressourcen aktivieren würden. Und das hatte er nicht gewollt. Wirklich ein Mist, daß sie die Leiche gefunden hatten.

Die Frau war kugelrund und von Natur aus äußerst mißtrauisch. Nach vierzig Jahren als Pensionswirtin konnte ihr niemand mehr etwas vormachen. Daß die nächsten Olympischen Winterspiele in Lillehammer stattfinden sollten, war eine Sache.

»Die Ausländer wer'n wir ja wohl wieder los«, murmelte sie vor sich hin und beschmierte dicke Brotscheiben so gut wie möglich mit je einem halben Gramm Butter. Je dicker die Scheiben waren, desto schneller wurden die Gäste satt. Und brauchten weniger Aufschnitt. Brot war eben billiger als Wurst und Käse. Eine einfache Rechnung. Bei einer Runde Abendessen konnte sie bis zu sechzig oder siebzig Kronen sparen, wie sie zufrieden ausgerechnet hatte. Und das brachte auf die Dauer ganz schön was ein.

»Die olympischen Ausländer wer'n wir ja wohl wieder los, ja, aber diese Asylanten, das ist schon schlimmer«, fuhr sie wütend fort, obwohl sie keine anderen Zuhörer hatte als einen dicken roten Kater, der auf den Küchentisch gesprungen war.

»He, he, mach, daß de da wegkommst!«

Zwei Katzenhaare klebten auf einem Brot, und sie entfernte sie mit ihren kleinen Wurstfingern.

Und dann faßte sie einen Beschluß.

Sie wischte sich die Finger an der geräumigen und alles andere als sauberen Schürze ab und nahm den Hörer von einem altmodischen schwarzen Telefon mit Wählscheibe. Ihre Finger waren so dick, daß sie sie nicht richtig in die Löcher stecken konnte. Aber die Nummer der Polizei brachte sie zustande. Die hatte sie für Notfälle neben das Telefon geklebt.

»Hallo! Hier ist Frau Brøttum aus der Pension. Ich will eine il-le-ga-le Einwanderin anzeigen!«

Frau Breittum durfte ihre Einwanderin melden, und eine geduldige Dame versicherte immer wieder, daß sie den Fall untersuchen würden. Nach zehn Minuten des Jammerns und Stöhnens über die vielen Muslime, die ins Land drängten und es dabei vor allem auf die Gegend um Lillehammer abgesehen zu haben schienen, konnte die inzwischen nicht mehr ganz so geduldige Dame das Gespräch beenden.

»Schon wieder Frau Brøttum›‹, seufzte die uniformierte Frau, an ihre Kollegin in der Polizeidirektion Lillehammer gewandt. Danach warf sie den Zettel in den Papierkorb.

Nicht allzuweit entfernt machten zwei andere uniformierte Polizeibeamte eine späte Mittagspause. Drei Würstchen und eine große Portion Pommes für jeden. Sie saßen auf einer harten, fest montierten Betonbank und schielten zu einer adretten Frau in altmodischen Kleidern hinüber, die am Rande der ziemlich befahrenen Straße saß. Sie aß dasselbe wie die Männer, wenn auch nicht soviel. Und nicht so schnell.

»Ich wette, daß die keine Norwegerin ist«, sagte der eine

Polizist mit vollem Mund. »Sieh dir doch bloß die Klamotten an!«

»Zu helle Haare«, sagte der andere und fuhr sich mit dem Handrücken über den Mund. »Zu helle Haare.«

»Könnte 'ne Türkin sein«, beharrte der erste. »Oder Jugoslawin. Die sind doch manchmal fast blond.«

»Die da ist keine Ausländerin.«

Der andere ließ nicht locker. Der erste aber auch nicht.

»Wetten?« schlug er vor. »Ich wette drei Würstchen und einmal Pommes.«

Der andere dachte kurz nach und betrachtete die kleine Gestalt aus zusammengekniffenen Augen. Jetzt hatte sie wohl das Interesse der Männer bemerkt und ging mit raschen Schritten und dem Rest ihrer Mahlzeit zu den Papierkörben. »Alles klar.« Der andere war bereit. Beide standen auf und gingen auf die Frau zu. Sie sah verängstigt aus.

»Ich glaub' ja echt, du hast recht, Ulf«, sagte der Zweifler. »Sie hat jedenfalls Schiß vor uns.«

»He da«, rief der erste siegessicher. »Stehenbleiben.«

Die Frau mit den seltsamen Kleidern fuhr zusammen. Sie starrte die Männer voller Panik an.

»Du bist ja wohl nicht von hier, oder was?«

Er hörte sich im Grunde nicht unfreundlich an.

»Nein, nicht von hier.«

»Und wo kommst du also her?«

»Ich aus Iran, Asyl.«

»Ja, sieh mal einer an. Hast du denn deine Papiere bei dir?«

»Ich keine Papiere hier, nur wo wohne.«

»Und wo wohnst du?«

Sie hatte natürlich den Namen vergessen. Und den Namen »Gudbrandsdalens Gjestgiveri« hätte sie wohl selbst dann nicht aussprechen können, wenn man ihr endlos Zeit zum Üben gelassen hätte. Statt dessen zeigte sie einfach vage die Straße hinauf.

»Da oben.«

»Da oben, ja«, wiederholte der eine Polizist und blickte seinen Kollegen an. »Ich glaube, du kommst jetzt erst mal mit uns. Die Sache müssen wir uns genauer ansehen.«

Sie merkten nicht, daß der Frau Tränen in den Augen standen und daß sie zitterte. Aber sie sahen auch nicht besonders genau hin.

Als die kleine Iranerin nicht zum Abendessen in der Gudbrandsdalen Gjestgiveri erschien, zog Frau Breittum den Schluß, daß ihr Tip seine Wirkung getan hatte. Vor sich hin summend, spendierte sie für die Leberwurstbrote eine Extrascheibe Gurke. Sie war ausgesprochen zufrieden.

In einer Zelle in Lillehammer saß die kleine Iranerin und wartete darauf, daß die Polizei ihre Personalien überprüfte. Dummerweise war sie jedoch genau zum Schichtwechsel dort abgeliefert worden. Die beiden, die über ihre Nationalität eine Wette abgeschlossen hatten, wollten unbedingt heim zu Weib und Kind und baten ihre Kollegen, den Bericht zu schreiben. Und die versprachen das bei Leben und Ehre.

Aber natürlich vergaßen sie es. Deshalb saß die Frau da, und niemand wußte, wer sie überhaupt war.

MITTWOCH, 9. JUNI

Es regnete Hunde und Katzen. Um nicht zu sagen, Elefanten und Wale. Die Natur schien plötzlich alles, was sie zwei Monate lang zurückgehalten hatte, auf einmal loswerden zu wollen. Das Wasser platschte auf den ausgedörrten Boden, der keine Möglichkeit hatte, so große Mengen auf einmal zu absorbieren. Und deshalb suchte der Regen sich Abkürzungen zum Meer und machte die Straßen zu Bächen. Der Åkebergvei sah aus wie der Akerselv zur Zeit der Schneeschmelze. Es sprudelte und strömte, und drei Verkehrspolizisten standen in Seestiefeln und Regenkleidung da und fragten sich, wann das Wasser wohl so hoch steigen wurde, daß es die geparkten Autos wegschwemmen könnte. In Oslo herrschte Verkehrschaos.

Sogar die Bauern, die während der langen Trockenperiode mit gewohntem Pessimismus wie in jedem Jahr – ob es nun zuwenig Regen gab oder zuviel, zuwenig Sonnenschein oder zu starken – die schlechteste Ernte seit Menschengedenken prophezeit hatten, fanden, es müsse doch Grenzen geben. Jetzt schwebte jedenfalls die Ernte in Gefahr. Das war doch die blanke Naturkatastrophe.

Nur die Kinder fanden es herrlich. Nach der langen Hitzeperiode konnte nicht einmal ein plötzliches Gewitter etwas daran ändern, daß die Sommertemperaturen vorhalten würden. Das Quecksilber in den Thermometern zeigte noch immer 18 Grad. Die Kinder kreischten vor Freude und rannten trotz des lauten Protestes ihrer Mütter in Badehosen durch den Regen. Der Protest half nichts. Niemand konnte sich erinnern, daß es je so ein lustiges, heftiges, warmes Gewitter gegeben hatte.

Die Engel trauern eben um Kaldbakken, dachte Hanne Wilhelmsen und schaute aus dem Fenster.

Sie kam sich vor wie in einer Waschanlage. Der Regen schlug dermaßen heftig gegen die Scheiben, daß alle Konturen draußen vollständig zu einem hellgrauen Nebel verschwammen. Sie lehnte die Stirn an das kühle Glas, auf dem sich sofort unter ihrem Mund eine Taurose bildete.

Die Sprechanlage befahl sie alle ins Besprechungszimmer. Sie schaute auf die Uhr. Um acht sollte eine Gedenkfeier stattfinden. Sie haßte so etwas. Aber sie ging hin.

Der Abteilungschef wirkte düsterer als sonst, und dazu hatte er allen Grund. Zur Feier des Tages trug er einen Anzug. Der Anzug hatte noch sehr nasse Hosenbeine und sah ziemlich trist aus, was nun wieder zum Anlaß paßte. Das ventilationslose Zimmer war in Dampf gehüllt. Alle waren naß. Allen war warm. Und die meisten waren aufrichtig traurig.

Kaldbakken konnte kaum als populärer Mann bezeichnet werden. Dazu war er zu verschlossen gewesen, zu schweigsam. Zu sauer, wie manche wohl gesagt hätten. Aber er war immer redlich gewesen. Gerecht. Und das war mehr, als sich über etliche andere Chefs im Haus sagen ließ. Wenn sich während der hingestotterten Gedenkrede des Abteilungschefs einige eine Träne abwischten, dann kam die durchaus von Herzen.

Hanne Wilhelmsen weinte nicht. Aber sie war wehmütig. Sie hatten gut zusammengearbeitet, Kaldbakken und sie. Ihre Ansichten über fast alles, was sich außerhalb des großen Hauses bewegte, in dem sie arbeiteten, waren unterschiedlich gewesen, aber in der Regel hatten sie in allen Aspekten der jeweiligen Ermittlung übereingestimmt. Und außerdem: Was man hatte, wußte man, aber was man bekommen würde, das wußte man nicht. Sie hatte keine Ahnung, wer der neue Hauptkommissar sein würde. Schlimmstenfalls würde jemand aus einer anderen Abteilung kommen. Aber das würde wohl noch einige Tage dauern. Kaldbakken sollte noch in Ruhe begraben werden können, ehe ein Nachfolger in sein verräuchertes Zimmer zog.

Der Abteilungschef war fertig, und ein drückendes Schweigen senkte sich über die Versammelten. Stühle wurden verschoben, aber niemand stand auf. Niemand wußte so recht, ob die Sache jetzt vorbei war oder ob die Stille zum Zeremoniell gehörte.

»Na ja, the show must go on«, sagte der Abteilungschef schließlich zu ihrer aller Rettung.

Binnen einer Minute leerte sich das Zimmer.

Hanne Wilhelmsen hatte sich in den Kopf gesetzt, die Iranerin aus dem Erdgeschoß zu finden. Deren spurloses Verschwinden war wirklich besorgniserregend. Insgeheim fürchtete sie, die Frau könnte schon irgendwo mit durchschnittener Kehle im Boden liegen. Der Samstagsmann konnte ja seine Gewohnheiten geändert haben. Auf jeden Fall mußten sie sie finden. Hanne ärgerte sich schrecklich darüber, beim ersten Verhör so nachlässig gewesen zu sein. Damals war es ihr nicht so wichtig vorgekommen. Und sie hatte so verdammt viel zu tun gehabt.

Jetzt wußten sie immerhin, daß die Frau, die sie in dem abgelegenen Garten gefunden hatten, vergewaltigt worden war. Und zwar auf beide Weisen, um es so zu sagen. Hanne Wilhelmsen saß vor dem Untersuchungsergebnis der Gerichtsmedizin. Noch war keine DNS-Analyse gemacht worden, das dauerte verdammt lange, aber in Rektum und Vagina ließen sich Spermien nachweisen.

Die Frau aus dem Erdgeschoß mußte einfach gefunden werden. Sie bat Erik Henriksen, die Formalitäten für eine Fahndung zu erledigen. »In ganz Südnorwegen«, befahl sie. »Oder nein, nimm das ganze Land.«

Sie würde einige Stunden warten müssen. Und in der Zwischenzeit wurde immerhin die Wohnung der Frau überwacht. Sie hatten beschlossen, alle Nachbarn noch einmal gründlich zu befragen. Sicherheitshalber. Vier Beamte waren praktisch den ganzen Tag über damit beschäftigt. Sie selbst hatte im Büro mehr als genug zu tun.

Und hinter dem Fenster sah sie weiterhin nur nasses Grau.

Kristine Håverstad wußte nicht, ob sie einen Schlafenden würde töten können. Obwohl sie sich bei dem Gedanken an das, was vor ihr lag, beinahe wie befreit fühlte, wünschte sie sich doch eine effektivere Waffe als ein Messer. Das beste wäre eine Schußwaffe. Damit könnte sie ihn quälen. Die Oberhand haben, ihn in die Lage bringen, in die er sie gezwungen hatte. Das wäre das beste. Das wäre das gerechteste. Dann könnte er Gott anflehen, ihn nicht sterben zu lassen. Und sie könnte sich Zeit lassen. Könnte ihn vielleicht zwingen, sich auszuziehen, vollständig wehrlos und nackt vor ihr zu stehen, vor ihr, die sie Kleider und Waffe hatte.

Ihr Vater verwahrte eine Waffe in seinem Schlafzimmer. Das wußte sie. Aber sie hatte keine Ahnung von Schußwaffen. Was sie allerdings wußte, war, wie man am effektivsten und tödlichsten einen Menschen mit einem Messer verletzt. Aber sie brauchte noch ein wenig Zeit. Er mußte tief schlafen. Und das war beim Menschen zwischen drei und vier der Fall. Zwischen drei und vier war er fällig.

Sie würde es schaffen, ihn umzubringen, auch wenn er schlief. Aber sie war sich durchaus nicht sicher, ob das die Lösung war, die sie bevorzugte.

Die Iranerin saß seit vierzehn Stunden in einer Untersuchungszelle in Lillehammer. Sie hatte etwas zu essen bekommen. Das bekamen dort alle. Mehr war nicht passiert. Sie rief nicht um Hilfe, sagte nichts. Es mußte wohl so sein.

In der Nacht hatte sie kein Auge zugetan. Es gab so viele Geräusche, es war viel zu hell. Und sie war außer sich vor Angst. Sie hatte in ihrem Leben schon zweimal in einer Zelle gesessen. Die anderen Zellen waren zwar nicht so sauber gewesen, und sie hatte auch nichts zu essen bekommen, aber Unsicherheit und Angst waren genau dieselben gewesen.

Sie verkroch sich in einer Ecke der Zelle, zog die Knie ans Kinn und saß weitere Stunden lang mäuschenstill da.

»Die ist spurlos verschwunden. Niemand hat sie gehört, niemand hat sie gesehen. War offenbar seit Montag nicht mehr zu Hause. Schwer zu sagen, meinen die Nachbarn, weil sie sich nie groß sehen läßt. Aus der Wohnung ist nie auch nur ein Mucks zu hören, sagen die beiden in der Wohnung über ihr.«

Erik Henriksen sah aus wie ein ertrunkener Rotfuchs. Um seine Füße hatte sich bereits eine Lache gebildet, die sich immer weiter ausbreitete. Er beugte sich vor und schüttelte heftig den Kopf.

»He, mich brauchst du nicht auch noch naß zu machen«, protestierte Hanne Wilhelmsen.

»Sieh dir doch bloß das Wetter an«, sagte Erik begeistert. »Es gießt, es pißt, das gibt den reinen Ozean!« Er versetzte sich einen leichten Karateschlag aufs Knie und strahlte. »Autofahren ist fast unmöglich. Der Motor säuft ab!«

Das brauchte er ihr nicht zu erzählen. Hanne Wilhelmsen hatte den Eindruck, daß der Wasserpegel bald ihr Fenster im zweiten Stock erreicht haben würde. Die Verkehrspolizisten unten am Åkebergvei hatten vor einer Stunde aufgegeben und die ganze Straße abgesperrt. Die Menschen im Haus rissen inzwischen keine begeisterten Witze mehr über den Wolkenbruch und die wahnwitzigen Wassermengen, sondern waren eher ein wenig besorgt. Das Verkehrschaos ging ihnen nicht mehr nur auf die Nerven. Ein Krankenwagen hatte eine Panne gehabt, als in einem kleinen See in der Thorvald Meyers gate der Motor naß geworden war; die Patientin war triefnaß gewesen, als die Männer die Bahre mit der alten Dame, die einen Oberschenkelhalsbruch hatte, die zweihundert Meter zur Notstation hatten tragen müssen. Aber es gab Schlimmeres. Vor Feuer hatten sie im Moment am wenigsten Angst; es war einfach ein erschreckender Gedanke, daß die Infrastruktur der Stadt so mir nichts, dir nichts zusammenbrach. In zwei Vierteln existierte keine Telefonverbindung mehr, nachdem ein Trafohäuschen überschwemmt worden war. Und in Ullevål gab gerade ein Krankenhausgenerator seinen Geist auf.

»Was sagen eigentlich die Meteorologen?«

»Keine Ahnung«, sagte Erik, lehnte sich ans Fenster und blickte hinaus. »Aber ich sage, daß das noch eine Weile so weitergeht.«

Der Abteilungschef erschien, als Erik gerade gehen wollte. Er hatte sein Jackett abgelegt, sah aber in seiner Anzughose, die schon einige Kilo zuvor gekauft worden sein mußte, weiterhin beengt aus. Er zog die Hosenbeine hoch, ehe er sich setzte.

»Wir schaffen das wohl nicht bis Samstag, oder was?«

Eigentlich war das eher eine Feststellung als eine Frage, und Hanne sah keinen Grund, aus dem sie hätte antworten sollen.

»Was machen wir jetzt?« fragte er, diesmal offensichtlich auf eine Antwort erpicht.

»Ich habe vier Leute zu Kristines Haus geschickt. Sie sollen noch einmal alle Nachbarn befragen, und zwar gründlicher.«

Beide starrten sie den nassen Fleck, den Erik auf dem Boden hinterlassen hatte, ein wenig bedrückt an.

»Das ist schon peinlich. Ich hätte beim ersten Mal gründlicher sein müssen.«

Sie hatte recht. Aber der Abteilungschef wußte genau, warum sie das nicht gewesen war. Er rieb sich das Gesicht und schniefte.

»Verdammt, bei diesem Wetterumschwung werden wir uns bestimmt alle erkälten. Das hat uns gerade noch gefehlt. Eine Grippeepidemie.«

Er seufzte tief und schniefte noch einmal, und dann begriff er, daß Hanne Wilhelmsen noch immer bedrückt war wegen der kläglichen Leistung, die sie in der vergangenen Woche in diesem Vergewaltigungsfall erbracht hatte. Als sie noch Zeit gehabt hätten. Vielleicht sogar Zeit genug, um das Blutbad vom letzten Samstag zu verhindern.

»Aber Hanne«, sagte er freundlich und zog seinen Stuhl näher an ihren heran. »Es war eine Vergewaltigung. Eine scheußliche, aber leider ziemlich normale Vergewaltigung. Was hättest du denn machen sollen? Wo wir dermaßen überlastet sind? Wenn deine Theorie stimmt und hinter den Samstagsmassakern und dieser Vergewaltigung ein und derselbe Mann steckt – und ich glaube, daß sie stimmt –, dann wissen wir das erst jetzt. Vor einer Woche haben wir das noch nicht gewußt.« Er unterbrach sich, schnappte geräuschvoll nach Luft und nieste heftig. »Weißt du, wie viele wir hier sein müßten, um bei jeder Vergewaltigung ordnungsgemäß zu ermitteln?«

Hanne schüttelte den Kopf.

»Ich auch nicht.« Wieder schniefte er. »Aber so ist das Leben. Wir haben zuwenig Leute. Vergewaltigung ist ein schwieriges Verbrechen. Wir können damit nicht zu viel Zeit zubringen. Leider.«

Sein Bedauern war ehrlich, das wußte Hanne. Aber der Abteilungschef hätte seinen Job nicht gehabt, wenn er nicht ein äußerst flexibler und pragmatischer Charakter gewesen wäre. Vergewaltigungen waren schwer zu beweisen, und die Polizei sollte Beweise liefern. So war das.

»Macht ihr noch etwas anderes, als mit den Nachbarn zu reden?«

»Na ja, ich setze die Gerichtsmedizin unter Druck. Es hilft zwar nicht viel, egal, was die vielleicht noch finden. Aber es wäre nett, die Beweise bereitliegen zu haben, falls wir einen Täter finden. Falls wir über einen stolpern.«

Ein müdes Lächeln begleitete den letzten Satz. »Außerdem sind wir noch immer auf der Jagd nach der Iranerin. Ihr Verschwinden gefällt mir überhaupt nicht. Ich sehe einfach keinen Grund dafür. Entweder fürchtet sie sich, und dann wüßte ich sehr gern, wovor beziehungsweise vor wem. Oder sie folgt vielleicht dem Beispiel ihrer asiatischen Kolleginnen und liegt irgendwo im Dreck.«

Der Abteilungschef klopfte auf den Tisch.

»Na, wenn sie noch im Lande und nicht tot ist...« Sicherheitshalber klopfte er gleich noch einmal auf den Schreibtisch. »...dann taucht sie auf. Früher oder später.«

»Laß uns hoffen, daß sie früher auftaucht«, sagte Hanne

Wilhelmsen. »Übrigens: Soll ich dir mal was zu diesem Wetter sagen? Ich finde es langsam ganz schön unheimlich.«

»Im Laufe des Abends soll es sich angeblich ein bißchen aufklären. Aber es wird noch eine Weile weitergießen, sagen die Meteorologischen. Aber... Gott weiß.«

Er erhob sich schwerfällig.

»Halt mich auf dem laufenden. Ich bin den ganzen Nachmittag über hier.«

»Me too«, sagte Hanne Wilhelmsen.

»Übrigens...«

In der Tür fuhr er herum.

»Beerdigung am Montag. Du kommst doch.«

»Ja. Wenn der Erdball sich am Montag noch dreht, dann ja.«

Das Wetter machte ihr natürlich einen dicken Strich durch die Rechnung. Sie hatten auf der Aker Brygge anfangen und dann die ganze Innenstadt abgrasen wollen. Davon konnte keine Rede sein. Sie konnten allenfalls innig bezweifeln, ob es überhaupt noch eine Aker Brygge gab.

»Schwachsinnig geiles Wetter«, sagte Terje begeistert. »Wir gehen baden.«

Dieser Vorschlag wurde nicht einmal kommentiert. Aber wenn der Regen die ursprünglichen Pläne auch sabotierte, so ließ sich doch eine Bande Studis im besten Alter nicht das ersehnte Fest vermiesen.

»Ich habe einen Vorschlag«, sagte Kristine, die den anderen noch immer ziemlich grippegeschädigt vorkam. »Zu Hause habe ich jede Menge zu trinken. Ich wohne im Moment bei meinem Vater.« Sie dachte blitzschnell nach. »Mir ging es so schlecht. Da hatte ich's bei ihm einfach besser. Wir könnten zu dir gehen, Cathrine, ich hole Wein und plündere die Tiefkühltruhe. Und bei mir können wir dann später noch einen trinken. Mein Vater hat garantiert nichts dagegen.«

Das war eine hervorragende Idee. Noch zwei Stunden im Lesesaal, dann würden sie sich bei Cathrine treffen.

Es war sieben, und der Regen hatte ein wenig nachgelassen. Das Fenster in Hanne Wilhelmsens Büro zeigte keine graue, konturlose Fläche mehr. Nun konnte sie draußen das Dach der Garage für die Dienstwagen und den Gebrauchtwarenhandel auf der anderen Straßenseite ahnen. Der Regen machte das Bild nur ein wenig undeutlich. Aber von gutem Wetter zu reden wäre eine glatte Lüge gewesen.

Die Kollegen waren einer nach dem anderen triefnaß von der Befragung der Nachbarn zurückgekehrt. Ganz zuletzt kam der Polizeianwärter, der die Sache sogar ein wenig spannend gefunden hatte. Und nun saßen sie alle an ihren Schreibtischen und verfaßten ihre Berichte.

»Ihr geht alle erst, wenn auch der letzte fertig ist«, befahl sie energisch, als die anderen über die unbezahlten Überstunden klagten.

»Verdammte Streberin«, erlaubte einer sich zu murmeln, als sie nicht mehr in Hörweite war. »Will die Hauptkommissarin werden, oder was?«

Sie schrieben und schrieben. Zwei hatten mit hoffnungsvollem Lächeln ihre fertigen Produkte abgeliefert und waren sofort zurückgeschickt worden. Schließlich lag ein Stapel aus vierundzwanzig A4-Seiten auf Hanne Wilhelmsens Schreibtisch. Nun durften sie gehen, und sie stürzten davon wie Schuljungen am letzten Tag vor den Sommerferien.

Noch immer fehlte jede Spur von der Iranerin. Das machte Hanne Wilhelmsen mittlerweile ernsthafte Sorgen. Aber es war nach neun, und sie war todmüde. Eigentlich sollte sie diese Berichte noch sorgfältig lesen, vielleicht brachten die sie ja weiter.

»Wohl kaum«, sagte sie nach einer kurzen Denkpause zu sich selbst.

Aber sicherheitshalber nahm sie die Berichte mit. Sie konnte sie zu Hause lesen. Ehe sie ging, ordnete sie noch an, daß sie sofort informiert werden sollte, wenn die Iranerin gefunden würde. Oder, besser gesagt: falls sie gefunden würde.

Das Wetter gab dem Fest erst die richtige Würze. Der Regen schlug wie an einem zünftigen Herbstabend gegen die Fensterscheiben, und im Haus war es warm, trocken und ausgesprochen feuchtfröhlich. Zwei von den Männern versuchten, tiefgefrorene Filetsteaks zu braten.

»Ich will meins roh«, rief Torill.

»Roh«, murmelte der eine Brater. »Sie kann froh sein, wenn es ein wenig angetaut ist.«

Finn Håverstad hatte weder Freude noch Besorgnis gezeigt, als Kristine ihm unerwartet erklärt hatte, sie gehe auf ein Fest. Sie schien nicht in ausgesprochener Feststimmung zu sein. Aber er hatte ihr eine Kiste Wein dazugegeben. Sie hatten kaum einen Blick getauscht. Als sie das Haus in Begleitung dieses überaus höflichen jungen Mannes verlassen hatte, war er fast erleichtert gewesen. Wenn er Glück hatte, würde sie die ganze Nacht wegbleiben. Das war durchaus denkbar, so viel Wein, wie sie mitgenommen hatten.

Er hatte anderes zu tun. Anderes zu bedenken.

Kristine trank so gut wie überhaupt nicht, und das war alles andere als leicht. Terje ließ sie nicht aus den Augen. Kaum hatte sie einen Schluck getrunken, schon füllte er ihr Glas wieder auf. Am Ende stand sie auf und ließ sich neben einer riesigen Yuccapalme nieder. Terje kam natürlich hinterher. Das machte ihr aber nichts aus, eher im Gegenteil.

Das Fest verlief so, wie Feste das nun mal an sich haben. Sie tranken und lärmten, und sie aßen die Filetsteaks, die außen leicht verkohlt und innen gefroren waren. Sie aßen gebackene Kartoffeln und machten sich später am Abend noch Glühwein. Sie hatten Angst vor den Prüfungen und freuten sich auf den Sommer. Sie machten kurzfristige Interrail- und langfristige Pläne über Doktorarbeiten und Gehirnchirurgie.

Als die Kirchturmuhr, die sich auf der anderen Straßenseite undeutlich abzeichnete, zwölf hohle Schläge von sich gab, waren alle reichlich breit. Abgesehen von Kristine Håverstad. Sie hatte das Kunststück vollbracht, den ganzen Abend über nur ein kleines Glas zu trinken. Die Yuccapalme dagegen ließ schon die Blätter hängen.

Die Iranerin war vor fast genau sechzehn Stunden nach der Wette von den beiden Polizisten in Lillehammer aufgegriffen worden. Noch immer hatte niemand mit ihr gesprochen. Noch immer hatte sie mit keinem Mucks gegen diese Behandlung protestiert. Noch immer saß sie mit angezogenen Knien todmüde und verängstigt ganz hinten in der Untersuchungszelle. Das Essen stand unberührt auf einem Tablett auf der anderen Seite der Zelle. Sie war sicher, daß sie würde sterben müssen. Deshalb schloß sie die Augen und dankte ihrem Allah für jede Minute, in der sie noch nicht abgeholt wurde.

In dieser Nacht versah ein geschäftiger Bursche aus Gausdal den Nachtdienst. Er war zweiunddreißig Jahre alt und hatte eine strahlende Zukunft bei Polizei und Anklagebehörden vor sich. Er studierte nebenbei Jura und schaffte das auch, trotz voller Stelle, Frau und zwei Kindern sowie neugebautem Einfamilienhaus. Ein Mann wie er schlief nicht im Dienst.

Aber es wirkte verlockend. Er gähnte. Dieses irrsinnige Wetter hatte seiner Branche jede Menge Arbeit verpaßt, für die sie eigentlich gar nicht zuständig war. Aber wenn alle anderen versagen, wendet die Bevölkerung sich an die Polizei. Er hatte seine Truppen bei allem, von überschwemmten

Kellern bis zu Menschen, die im Wasser in ihren Autos eingesperrt waren, eingesetzt. Vor einigen Stunden hatte der Regen etwas nachgelassen, und die Stadt schien endlich zur Ruhe zu kommen. Aber er würde nicht schlafen.

Die Uniform wurde langsam ein bißchen eng. Seine Frau nannte das Wohlfühlzulage. Und damit konnte sie recht haben. Er fühlte sich verdammt wohl. Angenehmer Job, nette Familie. Keine finanziellen Probleme und freundliche Schwiegereltern. Ein Junge aus Gausdal konnte es wohl kaum besser treffen. Er lächelte vor sich hin. Dann drehte er eine Runde durch den Arrest.

»Ach, auch mal wieder hier, Reidar«, begrüßte er einen alten Kunden mit vier Promille und ohne Zähne. Der Mann kam unsicher und taumelnd vor Wiedersehensfreude auf ihn zu.

»Ach, bist du's, Frogner, bist du's wirklich!«

Und dann kippte er um. Frogner lachte.

»Ich glaube, du legst dich besser wieder hin, Reidar. Morgen sieht's dann besser aus, du wirst schon sehen!«

Er kannte sie fast alle. Aber nicht alle wachten auf. Also ging er in die Zellen, rüttelte sie wach und überzeugte sich davon, daß sie noch lebten. Sie lebten noch. Alle. Bei der letzten Zelle stutzte er.

Eine Frau saß zusammengekrümmt in der hintersten Ecke. Sie schlief nicht, obwohl ihre Augen geschlossen waren. Sie preßte sie fest zusammen, und selbst vom Türgitter aus sah er, daß ihre Lider bebten.

Vorsichtig zog er den Riegel zurück und öffnete die schwere Metalltür. Die Frau reagierte kaum, sie kniff die Augen nur noch fester zusammen.

Knut Frogner war auf einem Hof großgeworden. Er wußte, wie verängstigte Tiere aussehen. Und er hatte zwei Kinder und einen gesunden Menschenverstand. Er blieb bei der Tür stehen.

»Hallo«, sagte er leise.

Noch immer keine Reaktion.

Er hockte sich hin, um nicht so groß auszusehen.

»Ich bin nicht gefährlich.«

Vorsichtig öffnete sie die Augen. Sie waren dunkelblau.

»Wer bist du?«

Vielleicht sprach sie kein Norwegisch. Sie hatte, trotz ihrer Augen, etwas Ausländisches an sich.

»Who are you«, wiederholte er in seinem Gausdaler Schulenglisch.

Es war nicht leicht. Die Frau gab einfach keine Antwort und hatte die Augen schon wieder geschlossen. Mit vorsichtigen, langsamen Schritten ging er zu ihr und hockte sich wieder hin. Er legte ihr die Hand aufs Knie, und sie fuhr zusammen. Immerhin machte sie die Augen auf.

»Wer bist du?« wiederholte er.

Er hatte kein Protokoll über eine festgenommene Ausländerin gelesen. Es lag überhaupt nichts über eine festgenommene Frau vor. Den Polizisten überkam ein arges Gefühl der Beklemmung. Wie lange saß diese Frau denn überhaupt schon hier?

Eins war ihm jedenfalls klar. Hier mit ihr zu reden würde nichts bringen. Vorsichtig, aber entschlossen zog er die Frau auf die Beine. Offenbar hatte sie lange in derselben Haltung gesessen, denn sie verzog schmerzlich das Gesicht, als sie sich mit steifen Bewegungen aufrichtete. Sie roch nicht nach Alkohol. Wegen Trunkenheit konnte sie also nicht festgenommen worden sein. Aber ihren Kleidern nach zu urteilen kam sie von Gottweißwoher.

Er nahm ihre Hand und führte sie langsam aus der Zelle. Im Wachlokal jagte er drei müde Polizisten vor die Tür und schaltete das Videogerät aus. Dann setzte er die Frau auf das unbequeme Sofa.

»Ich müßte schon wissen, wie du heißt«, sagte er und versuchte, trotz seiner Uniform so nett wie möglich zu wirken. Sie murmelte einen Namen. Ihre Stimme war ganz leise, und er konnte sie einfach nicht verstehen.

»Was«, sagte er rasch, legte den Kopf schräg und hielt sich die Hand hinters Ohr. Das mußte doch international genug wirken.

Sie wiederholte ihren Namen, diesmal etwas deutlicher. Das brachte auch nicht viel, er verstand einfach nichts. Fieberhaft hielt er auf dem Tisch Ausschau nach etwas zum Schreiben. Am Tischende lag ein Stück Butterbrotpapier unter einem Käsebrotfragment. Er schnappte sich das Papier und achtete nicht darauf, daß der Brotrest auf den Boden fiel. Dann klopfte er sich auf die Brusttasche und fand einen Kugelschreiber. Beides legte er vor die Frau hin. Zögernd nahm sie den Stift und schrieb ihren Namen, oder jedenfalls etwas, das aussah wie ein Name, auf das Butterbrotpapier.

»Kannst du überhaupt Norwegisch?«

Jetzt faßte sie Mut genug, um zu nicken.

»Wie lange bist du schon hier?«

»Weiß nicht.«

Das war das erste, was sie, abgesehen von ihrem Namen, seit anderthalb Tagen gesagt hatte. Der Polizist fluchte leise und setzte schließlich Himmel und Hölle in Bewegung, um etwas über diese Frau in Erfahrung zu bringen.

Finn Håverstad hatte es nicht eilig.

Der Wetterumschwung war ihm zuerst als unerwartetes Hindernis erschienen. Jetzt entpuppte er sich als Segen. Alle blieben zu Hause. Auch der Vergewaltiger. Håverstad war gegen elf Uhr beim Reihenhaus in Bærum angekommen und hatte drinnen Licht und Bewegung gesehen. Bei dieser Entdeckung hatte er eine Mischung aus inniger Erleichterung und verwirrender Angst empfunden. Im tiefsten Innern hatte er gehofft, der Mann sei nicht da, sei verreist oder habe vielleicht Besuch. Logiergäste. Und dann hätte er sein Vorhaben aufschieben müssen. Für eine Weile.

Doch die Erleichterung überwog.

Der Regen fiel noch immer gleichmäßig, wenn auch nicht mehr ganz so sintflutartig wie zuvor. Es wirkte verlockend, im Auto sitzen zu bleiben. Aber er hatte Angst, gesehen zu werden. Und die letzten Tage hatten ihm klargemacht, daß es alles andere als klug war, den eigenen Wagen in Tatortnähe stehenzulassen. Er hatte zwar noch immer nicht vor, mit seinem Verbrechen durchzukommen, aber er wollte danach Zeit haben. Um sich zu beruhigen. Ein paar Stunden, einen Tag oder zwei. Vielleicht sogar eine Woche. Er wußte es noch nicht, wollte das aber selbst entscheiden können.

Deshalb begnügte er sich damit, einige Minuten bei laufendem Motor zu halten, bis er sich überzeugt hatte, daß der Vergewaltiger zu Hause war. Dann ließ er den Wagen über zwei Geschwindigkeitsdämpfer und um eine Ecke rumpeln. Auf der linken Straßenseite erstreckten sich über hundert Meter dreistöckige Reihenhäuser. Auf einem großen Parkplatz standen die Zweitwagen, die in der Tiefgarage keinen Platz fanden. Er stellte seinen BMW zwischen einer alten Honda und einem feschen neuen Opel Corsa ab. Der BMW schien sich über diese Gesellschaft zu freuen.

Die Glock war einsatzbereit. Er hatte sie in den Hosenbund geschoben, eher aus Mangel an einem besseren Aufbewahrungsort, als weil das sinnvoll gewesen wäre. Es war vielmehr unbequem. Aber immerhin trocken.

Er ging die zweihundert Meter zurück zu Fuß. Am Ende der Straße, die zum Haus des Verbrechers führte, blieb er stehen. Hinter den Reihenhäusern lag eine Art Platz mit einigen Spielgeräten und Bänken. Von der anderen Seite war diese Fläche nicht zu sehen gewesen; er zählte zehn zusammenhängende Häuser, die die Sicht versperrten. Etwa zwanzig bis dreißig Meter entfernt von den Häusern erhob sich hinter dem Platz eine ziemlich steile Felskuppe, die den Platz vermutlich in tiefe Finsternis tauchte, auch an lichteren Tagen als diesem. Einen Moment lang spielte Finn Håverstad mit dem Gedanken, seine Pläne zu ändern und es lieber von dieser Seite aus zu versuchen. Hier war er weder von den Einfamilienhäusern weiter unten an der Straße noch von der Straße aus besonders gut zu erkennen. Andererseits würde ein Fremder auf der Straße sicher weitaus weniger Aufsehen erregen. Falls überhaupt.

Er mußte sich an seinen ursprünglichen Plan halten. Also zog er sich die Kapuze seines Regenmantels über den Kopf und versuchte, so normal wie möglich auf das fünfte Haus in der Reihe zuzugehen. Dort blieb er für einen Moment stehen. Es war jetzt halb eins, und kein Mensch war zu sehen. Die meisten Fenster waren dunkel. Er schlüpfte zwischen zwei Hecken, die an dieser Stelle aneinanderstießen, nur acht Meter vom Haus des Vergewaltigers entfernt.

Dort blieb Finn Håverstad sitzen und wartete.

Terje hatte sich nicht zweimal bitten lassen. Er hätte es sonst sicher auch selbst vorgeschlagen. Hingerissen und sternhagelvoll stolperte er in das Taxi, das Kristine nach vierzig genervten Minuten am Telefon endlich ergattert hatte. Er sollte mit zu ihr nach Hause kommen. Mitten in der Nacht. Das konnte natürlich nur eins bedeuten, und die Erwartung hielt ihn fast die ganze Fahrt über wach. Aber nur fast. Als sie vor Kristine Håverstads Vaterhaus in Volvat hielten, machte es ihr arge Mühe, den Jungen ins Leben zu rütteln. Schließlich mußte der Taxifahrer ihr helfen, ihn zur Haustür zu bugsieren. Der Fahrer war stocksauer, als er im triefenden Regen sein Auto verlassen mußte, vor allem, weil der Hof zum reinen Schlammloch geworden war. Leise fluchend ließ er den Jungen ins Haus fallen.

»An dem wirst du heute nacht nicht mehr viel Freude haben«, sagte er gereizt, wurde aber angesichts der fünfzig Kronen Trinkgeld etwas umgänglicher.

»Viel Glück«, murmelte er mit der Andeutung eines Lächelns.

Sie hatte nicht vorgehabt, ihn derartig zuzudröhnen. Sie brauchte fast fünf Minuten, um den Knaben die acht Meter zu ihrem Zimmer zu zerren, zu schleifen, zu tragen. Daß sie ihren Vater nicht wecken durfte, machte die Sache natürlich auch nicht leichter.

Das Bett war schmal, aber es hatte schon andere Männer beherbergt. Terje kämpfte verbissen darum, zu dieser vermutlich größten Stunde seines Lebens zu erwachen. Aber als Kristine ihn ausgezogen und in einem wunderbaren Bett zurechtgelegt hatte, gab es keine Hoffnung mehr. Er schnarchte. Es schien ihn nicht weiter zu stören, daß sie ihm die Decke wegzog und ihn umdrehte, so daß sich ein schmaler behaarter Hintern ihrer Spritze darbot. Die Spritze hatte unter dem Bett bereitgelegen. Da Terje betrunkener war, als sie kalkuliert hatte, ließ sie den Kolben nur einige Milliliter aus der Spritze drücken. Neunzig mußten reichen. Neunzig Milliliter Nozinan. Beim Blauen Kreuz gingen sie bisweilen auf dreihundert hoch, um den streitsüchtigeren Säufern ab und zu ein paar Stunden Schlaf zu bescheren, wenn die tagelang auf der Rolle gewesen waren und kaum noch wußten, was »schlafen« für eine Tätigkeit war. Aber Terje war alles andere als ein Alkoholiker, auch wenn er jetzt mehr als zwei Promille Äthanol in den Adern haben mußte. Und er war so weit weggetreten, daß sie sich für einen Moment fragte, ob er die Spritze wirklich brauchen würde, um die ganze Nacht durchzuschlafen. Der Zweifel überlebte nicht lange. Resolut drückte sie die Nadel in die linke Hinterbacke des Jungen, der keinerlei Reaktion zeigte. Langsam injizierte sie die Flüssigkeit in den Muskel. Als der Kolben unten angekommen war, zog sie die Nadel behutsam heraus und preßte ziemlich lange einen Wattebausch auf die Einstichstelle. Dann richtete sie sich vorsichtig auf. Es war sehr gut gelaufen. Wenn Terje am nächsten Vormittag neben ihr erwachte, würde er unter einem Mordskater leiden. Er würde ihr nicht widersprechen, wenn sie sich für eine wunderschöne Nacht bedankte. Als Junge im besten Alter und mit begrenzterer Erfahrung, als er jemals zugegeben hätte, würde er sich ein wenig wundern, sich die Sache gründlich überlegen und sich schließlich eine schöne, egostimulierende Geschichte darüber zurechtlegen, wie schön es doch gewesen sei.

Kristine Håverstad hatte ihr unbeholfenes Alibi arrangiert. Ihre Jacke war naß, und sie schauderte leicht, als sie sie wieder anzog. Ihr Wagen stand beleidigt und naß hinten auf dem Hof, so weit vom Haus entfernt, daß sie niemanden aufwecken würde. Wie zum Dank dafür, daß sie es am Vortag nicht für nötig gehalten hatte, das Auto in die Garage zu fahren, wollte es jetzt nicht anspringen.

Sie bekam dieses Drecksauto einfach nicht in Gang!

Hanne Wilhelmsen versuchte zu schlafen. Das war nicht leicht. Das Unwetter hatte zwar etwas nachgelassen, aber der Regen peitschte noch immer gegen das Schlafzimmerfenster, und bei jedem heftigen Windstoß heulte es im Schornstein. Und ihr ging viel zuviel durch den Kopf.

Das Ganze war hoffnungslos. Sie war so müde, daß sie sich einfach nicht mehr konzentrieren konnte. Die Berichte lagen halb gelesen auf dem Wohnzimmertisch. Einzuschlafen war aber auch restlos unmöglich. Alle zwei Minuten wechselte sie die Stellung in der Hoffnung, eine zu finden, in der ihre Muskeln sich entspannen könnten und ihr Gehirn aufhören würde, mit Gedanken zu jonglieren. Cecilie murmelte jedesmal unzufrieden vor sich hin.

Schließlich gab sie auf. Es war trotz allem besser, wenn wenigstens eine von ihnen schlafen konnte. Vorsichtig und fast geräuschlos stand sie auf, nahm den rosa Morgenrock vom Haken neben der Tür und ging ins Wohnzimmer. Dort ließ sie sich in einen Sessel sinken und machte sich noch einmal an die Verhörprotokolle.

Die drei Polizisten faßten sich relativ kurz, in der knappen, versuchsweise präzisen Sprache, die so oft alles andere als präzise war und ihr gewaltig auf die Nerven ging. Der Anwärter dagegen verfügte offenbar über größeren literarischen Ehrgeiz. Er suhlte sich in Metaphern, langen Sätzen und heftigsten Umschweifen. Hanne lächelte. Der Junge konnte wirklich schreiben; selbst an der Rechtschreibung war nur hier und da eine Kleinigkeit auszusetzen. Aber besonders polizeimäßig war das Ganze wohl kaum.

Himmel. Dieser Knabe hatte Talent! Er hatte entdeckt, daß die Familie, die dem Opfer gegenüber wohnte, einen Untermieter hatte. Einen, der still am Fenster saß und zu schlafen schien. Der Anwärter, enttäuscht, weil die anderen Befragten der Polizei einfach nichts liefern konnten, hatte die Straße überquert. Dort hatte er einen komischen Kauz besucht, der offenbar alles im Auge behielt, was in seinem kleinen Straßenende vor sich ging. Der Mann, von ganz unbestimmbarem Alter, war ziemlich feindselig gewesen, aber auch unverhohlen stolz auf seine vielen Archive zu allen möglichen Themen. Und er hatte berichten können, daß erst vor kurzem ein Mann namens Håverstad bei ihm gewesen sei.

Hanne Wilhelmsen war jetzt wacher. Sie schüttelte mehrmals heftig den Kopf, in der Hoffnung, mehr Blut in ihr übermüdetes Hirn zu schaffen, und sie beschloß, sich einen Kaffee zu kochen. Diese Nacht konnte sie ja doch abschreiben, was Schlaf und Ruhe betraf. Doch zuerst las sie die Seite zu Ende. Danach brauchte sie keinen Kaffee mehr. Jetzt war sie hellwach.

Das Telefon klingelte. Ihres. Mit drei Sprüngen war sie in

der Diele und hoffte, daß Cecilie nicht schon geweckt worden sei.

»Wilhelmsen«, sagte sie leise und versuchte, mit dem Apparat ins Wohnzimmer zu gehen. Dabei knallte das Telefon auf den Boden.

»Hallo«, diesmal flüsterte sie fast.

»Hier ist Villarsen, Operationszentrale. Wir haben gerade eine Meldung aus Lillehammer bekommen. Sie haben die Iranerin, die du vermißt.«

»Schafft sie her«, sagte Hanne Wilhelmsen kurz, »und zwar sofort.«

»Die haben morgen früh einen Transport nach Oslo, der nimmt sie mit.«

»Nein«, sagte Hanne Wilhelmsen. »Wir brauchen sie jetzt. Sofort. Organisiert irgendwas. Einen Hubschrauber, wenn es sein muß. Egal, was. Ich bin in zehn Minuten da.«

»Meinst du das mit dem Hubschrauber ernst?«

»Ich hab' kaum je etwas ernster gemeint. Grüß den Adjutanten und sag ihm, es sei lebenswichtig. Und grüßt von mir aus auch den Polizeichef. Ich muß mit dieser Frau sprechen.«

Ausnahmsweise einmal lief in dem großen, heruntergekommenen Gebäude im Grønlandsleiret etwas glatt. Nur zwanzig Minuten nach dem Gespräch zwischen der Operationszentrale und Kommissarin Hanne Wilhelmsen war die kleine iranische Asylbewerberin im Hubschrauber unterwegs nach Oslo. Hanne hatte kurz befürchtet, das Wetter könne diese Reise unmöglich machen, aber sie hatte auch kaum Ahnung von Hubschraubern. Und das Unwetter hatte so weit nachgelassen, daß es kaum noch Probleme gab. Darüber, daß ein bereits überanstrengter Etat diese Aktion eigentlich nicht hergab, konnten sie sich ein andermal streiten.

Die Wartezeit mußte aber trotzdem genutzt werden. Die Iranerin konnte frühestens in einer Dreiviertelstunde eintreffen. Bis dahin mußten sie den Sonderling von gegenüber verhören. Den mit den Autonummern. Sieben Autonummern vom 29. Mai hatte er dem dienstgradlosen Polizeianwärter etwas widerstrebend, aber auch mit einem gewissen Stolz verraten. Leider hatte der unerfahrene junge Mann die Information entgegengenommen, ohne sich die Nummern zu notieren. Obwohl es bereits nach ein Uhr nachts war, sah Hanne Wilhelmsen sich gezwungen, E zu einem Einsatz im Dienste der Gesellschaft anzuspornen.

Das war jedoch leichter gesagt als getan. Sie saß in der Operationszentrale, dem zentralen Raum des Polizeigebäudes. Dort brodelte es vor leiser Aktivität; in regelmäßigen Abständen liefen die Funkmeldungen von den Streifenwagen ein, von Fox und Bravo, Delta und Charlie, je nachdem, wer gerade was machte. Die uniformierten Beamten ihrerseits antworteten mit Informationen und Befehlen und riefen ab und zu einen schlaftrunkenen Adjutanten an, um sich eine Festnahme oder einen Wohnungsaufbruch genehmigen zu lassen. Der Boden des Raumes fiel zur Mitte hin ab. Hanne Wilhelmsen saß auf der zweiten Bank. Rasch hatte sie auf der riesigen Oslokarte, die ihr gegenüber an der Wand befestigt war, Kristine Håverstads Adresse gefunden. Die starrte sie nun schon seit Minuten an. Sie wartete müde und mit bangen Ahnungen auf die Rückmeldung des Streifenwagens, der den Auftrag übernommen hatte. Zerstreut und vor lauter Anspannung zerbrach sie drei Bleistifte, die im Grunde nichts Böses getan hatten.

»Fox drei-null an null-eins.«

»Null-eins an Fox drei-null. Was ist los?«

»Er läßt uns nicht rein.«

»Er läßt euch nicht rein?«

»Entweder ist er nicht zu Hause, oder er will uns nicht reinlassen. Eher letzteres, glauben wir. Sollen wir die Tür knacken?«

Es mußte Grenzen geben! Egal, wie wichtig es war zu erfahren, was dieser Trottel Finn Håverstad erzählt hatte, es gab keinerlei Handhabe, um die Tür gewaltsam zu öffnen. Für den Bruchteil einer Sekunde spielte sie mit dem Gedanken, den Ärger, den das bringen würde, zu riskieren. Aber kein Adjutant auf der ganzen Welt würde für einen so offenbaren Gesetzesbruch grünes Licht geben.

»Nein«, seufzte sie resigniert. »Versucht es einfach weiter. Geht ihm auf den Geist. Klingelt ununterbrochen. Null-eins Ende.«

Das Auto hatte sich die Sache anders überlegt. Nachdem es sich Kristine Håverstads eifrigen Versuchen, den Motor anzulassen, zunächst hartnäckig widersetzt hatte, fuhr es jetzt unerklärlicherweise und ganz plötzlich los. Sie brauchte eine knappe halbe Stunde, um ihren Bestimmungsort zu erreichen.

Sie wollte nicht das Risiko eingehen, gesehen zu werden. Schon zwei Tage zuvor hatte sie beschlossen, daß es zwischen drei und vier Uhr passieren müsse. Und bis dahin hatte sie noch viel Zeit. Inzwischen durfte sie nicht entdeckt werden. Vielleicht war es ein Fehler gewesen, so früh von zu Hause wegzufahren. Andererseits war sie ihrem Ziel jetzt so nahe, daß sie die Beine in die Hand nehmen konnte, falls ihr Auto einem weiteren Anfall von Rachsucht erliegen sollte. Es konnte unmöglich mehr als zwei oder drei Minuten in Anspruch nehmen, zu dem Reihenhaus zu laufen, in dem ihr Vergewaltiger sich aufhielt.

Der Regen tat gut. Schon strömten kleine Bäche unter Pullover und Regenjacke ihren Nacken hinab. Normalerweise wäre ihr das unangenehm gewesen, aber heute war es anders. Es war kalt, aber sie fror nicht. Sie war wie betäubt, aber in ihrem Körper hatte sich eine neue, unbekannte Ruhe ausgebreitet, eine Art totale, alles umfassende Kontrolle. Ihr Herz schlug hart und gleichmäßig, aber nicht zu rasch.

Vor ihr lag ein Wäldchen, durch das ein ausgetretener, breiter Weg führte. Auf einer Lichtung ungefähr in der Mitte des kreisförmigen Waldes stand eine hölzerne Bank. Dorthin setzte sie sich. Über ihr grummelte der Himmel und spuckte wütende Blitze. Auf jeden Blitz folgte ein heftiges Krachen, bedrohlich bald, nachdem unheimliches blaues Licht das Wäldchen erfüllt hatte. Der Regen war ein Segen, denn er jagte alle Zeugen ins Haus. Das Gewitter, das jetzt offenbar genau über ihr hing, war schlimmer: Es hielt die Leute wach. Aber gegen das Wetter war kein Kraut gewachsen. Sie mußte es darauf ankommen lassen. Sie schüttelte die vage Unruhe, die sie bei den Blitzen überkommen hatte, ab und fühlte sich wieder gelassen und bereit für ihr Vorhaben.

Der Hubschrauber schwebte wie ein bedrohlicher, polternder Donnergott nur fünfzehn Meter über dem verschlammten Rasen des Jordal Amfi. Er schwang schwer und gleichmäßig von einer Seite auf die andere, als sei er mit einem unsichtbaren Kabel an der schwarzen Wolkendecke befestigt. Langsam näherte das Ungeheuer sich dem Boden.

Ein uniformierter Polizist öffnete die Tür und sprang heraus, als der Hubschrauber noch gar nicht zum Stillstand gekommen war. Er wartete in gebückter Haltung einen Moment, während die Rotoren noch immer bedrohlich über ihm schrapten. Ihm folgte eine kleine, schmächtige Gestalt in einem roten Regenmantel. Sie zögerte in der Hubschraubertür kurz, wurde von dem ungeduldigen Polizisten aber rasch herausgezerrt. Er nahm ihre Hand, und zusammen liefen sie durch spritzenden Matsch und heftige Windstöße. Hanne Wilhelmsen hatte irrsinnig wenig Zeit, wartete aber dennoch auf den Hubschrauberpiloten. Schließlich kam er, blaß und erschöpft.

»Ich hätte das wirklich nicht machen sollen«, sagte er, und

Hanne ahnte, daß der Flug alles andere als angenehm gewesen war.

»Wir sind vom Blitz getroffen worden«, murmelte er. Müde saß er auf dem Beifahrersitz des Streifenwagens, der mit laufendem Motor dastand. Der Polizist und die iranische Zeugin saßen schweigend auf der Rückbank. Sie brauchten auch nichts zu sagen. Schon neunzig Sekunden später sauste der Streifenwagen auf den Hinterhof im Grønlandsleiret 44, wo Hanne im voraus dafür gesorgt hatte, daß das Tor offenstand und sie willkommen hieß.

Der Pilot und der Uniformierte blieben sich selbst überlassen. Die Asylbewerberin folgte Hanne in ihr Büro.

Hanne kam sich vor wie eine Biathlonkämpferin auf dem Weg zum Schießstand. Sie hätte gern zum Spurt angesetzt, wußte aber, daß sie für Ruhe sorgen mußte. Instinktiv nahm sie die andere Frau an der Hand und führte sie wie ein kleines Kind die Treppen hinauf. Ihre Hand war eiskalt und ganz schlapp.

Mach, daß sie redet. Mach bitte, daß sie redet.

Hanne Wilhelmsen sprach stumm ihre Stoßgebete. Finn Håverstad konnte natürlich ruhig und sicher in seinem Bett in Volvat liegen. Aber er hatte sieben Autonummern, mit denen er weiterarbeiten konnte. Und das schon seit zwei Tagen. Mehr als genug für einen Mann wie ihn. Die Iranerin mußte einfach reden.

Im Büro blieb die Frau ganz einfach stehen und schien weder ihren Regenmantel ablegen noch sich setzen zu wollen. Hanne bat sie um beides, erhielt jedoch keinerlei Reaktion.

Langsam ging sie zu der Iranerin hinüber, um irgendeinen Kontakt herzustellen.

Hanne Wilhelmsen war fünfundzwanzig Zentimeter größer als ihre Besucherin. Und sie war zehn Jahre älter. Noch dazu war sie Norwegerin. Und sie hatte es wahnsinnig eilig. Ohne sich zu überlegen, daß diese Geste demütigend wirken konnte, streckte sie die Hand nach dem Gesicht der anderen Frau aus. Sie faßte sie unterm Kinn, nicht unfreundlich, nicht hart, aber ziemlich energisch. Dann drückte sie das Kinn hoch, um der Frau ins Gesicht zu sehen.

»Hör zu«, sagte sie leise, aber mit einer Intensität, die die andere trotz der fremden Sprache begreifen würde.

»Ich weiß, daß du vor irgendwem Angst hast. Er hat dich gequält. Die Götter mögen wissen, was er getan hat. Aber eins kann ich dir garantieren: Seine Strafe ist ihm sicher.«

Die Frau versuchte nicht einmal, sich loszumachen. Sie stand einfach mit erhobenem Gesicht und abwesendem, nicht zu deutendem Blick vor Hanne. Ihre Arme hingen schlaff am Körper herunter, und von ihrem roten Regenmantel fielen in regelmäßigen Abständen Tropfen auf den Boden.

»Du bist sicher todmüde. Das bin ich auch.« Sie ließ das Gesicht der Asylbewerberin noch nicht los. »Ich kann dir noch etwas versichern. Das spielt keine Rolle...«

Jetzt ließ sie los. Mit derselben Hand strich sie sich über die Augen und hätte unendlich gern geweint. Nicht, weil sie wirklich traurig war, sondern vor Erschöpfung und weil sie überzeugt war, daß sie zu spät kommen würden. Und weil sie jetzt etwas sagen mußte, was sie noch nie gesagt hatte. Etwas, das sie alle als bedrückende Möglichkeit belastet hatte, seit sie die Bedeutung der blutigen FK-Nummern erkannt hatten. Ohne daß irgendwer diesen Gedanken je laut geäußert hätte.

»Obwohl der Mann bei der Polizei ist, brauchst du keine Angst zu haben. Ich verspreche dir, daß du keine Angst zu haben brauchst.«

Es war mitten in der Nacht, und diese Polizistin war alles, was sie hatte. Sie war zum Umfallen müde und hatte Hunger. Die Angst quälte sie nun schon so lange, daß sie eine Entscheidung treffen mußte. Sie schien plötzlich ein wenig zu erwachen. Sie blickte an ihrem nassen Regenmantel hinab und starrte die Pfütze auf dem Boden an. Danach ließ sie ihren Blick durch das Zimmer jagen, überrascht, als wisse sie nicht, wo sie sei. Dann zog sie ihren Regenmantel aus und setzte sich vorsichtig auf eine Stuhlkante.

»Er sagt, ich mit ihm schlafen. Sonst nicht in Norwegen bleiben darf.«

»Wer«, fragte Hanne Wilhelmsen leise.

»Das sehr schwer, ich keine Leute...«

»Wer?« wiederholte die Polizistin.

Das Telefon schellte. Wutschnaubend hob Hanne ab und kläffte ein »hallo«.

»Hier Erik.«

Der Kollege war sofort bereit gewesen, als sie ihn um sein Kommen gebeten hatte. Eine Nacht mit Hanne Wilhelmsen war eine Nacht mit Hanne Wilhelmsen, egal, wo sie nun stattfand.

»Zwei Dinge. Wir haben die Autonummern. Der Heini hat schließlich doch aufgemacht. Und: Bei Finn Håverstad ist niemand zu Hause. Es geht jedenfalls niemand ans Telefon, egal, wie oft die Jungs es klingeln lassen.«

Sie hatte es ja gewußt. Finn Håverstad konnte natürlich ihren Rat befolgt haben und mit seiner Tochter verreist sein. Aber sie wußte, daß das nicht der Fall war.

»Stell die Namen der Autohalter fest. Sofort. Vergleich sie mit den Namen der...« Sie unterbrach sich und starrte einen Regentropfen von ansehnlicher Größe an, der ganz oben gegen die Fensterscheibe geklatscht war. Als er halbwegs unten angekommen war, fuhr sie fort: »Vergleich sie mit den Namen hier im Haus. Fang in der Ausländerabteilung an.«

Erik Henriksen stutzte nicht einmal. Er legte einfach auf. Wie auch Hanne Wilhelmsen. Sie drehte sich zu ihrer Zeugin um und entdeckte, daß die schmächtige Frau weinte. Lautlos und verzweifelt. Und Hanne Wilhelmsen konnte sie nicht trösten. Sie konnte ihr natürlich erzählen, was sie im Grunde für ein Glück gehabt hatte, da sie am Samstag, dem 29. Mai, nicht zu Hause gewesen war. Sie konnte ihr selbstverständlich klarmachen, daß sie sonst vermutlich irgendwo in der Umgebung von Oslo mit durchtrennter Kehle im Boden verscharrt läge. Kaum ein Trost, wehrte Hanne innerlich ab und wandte sich an die Frau.

»Ich kann dir heute abend noch mehr versprechen: Ich schwöre, daß du hierbleiben darfst. Dafür sorge ich, egal, ob du mir jetzt erzählst, wer dieser Mann ist. Aber es wäre für mich eine enorme Hilfe...«

»Er heiße Frydenberg. Andere Name weiß ich nicht.«

Hanne Wilhelmsen stürzte zur Tür.

Es wurde langsam Zeit. Er fühlte sich leicht und beschwingt, fast froh. Die Lampen hinter den Fenstern im fünften Reihenhaus waren vor über anderthalb Stunden erloschen. Das Gewitter hatte sich nach Osten verzogen und würde vermutlich noch vor Tagesanbruch Schweden erreicht haben.

An der Haustür blieb er stehen und lauschte, es war nicht nötig, aber sicherheitshalber tat er es. Dann zog er ein Brecheisen aus einer Tasche seines umfangreichen Regenmantels. Es war naß, aber der Gummigriff gewährleistete, daß es fest in der Hand lag. Er brauchte nur wenige Sekunden, um die Tür aufzubrechen. Überraschend einfach, dachte er und berührte vorsichtig das Türblatt mit der Hand. Die Tür gab nach.

Und er betrat das Haus.

Ihre Augen jagten über den Zettel, den er ihr hinhielt.

Olaf Frydenberg, Besitzer eines Opel Astra mit einem Kennzeichen, das ein komischer Kauz in dem Straßenende, wo Kristine Håverstad vor einer Ewigkeit vergewaltigt worden war, notiert hatte. Oberwachtmeister bei der Polizei Oslo, Ausländerabteilung. Er arbeitete seit vier Monaten dort. Vorher war er bei der Polizei von Asker und Bærum tätig gewesen. Wohnsitz: Bærum.

»Shit«, sagte Hanne Wilhelmsen. »Shit, Shit. Bærum.« Sie starrte Erik Henriksen einen wilden Moment lang an. »Ruf Asker und Bærum an. Schick sie zu der Adresse. Sag ihnen, sie sollen sich die Erlaubnis holen, Waffen zu tragen. Sag, daß wir auch kommen. Und besorg uns um Himmels willen die Erlaubnis dafür!«

Es gab immer Ärger, wenn Polizisten sich gegenseitig in den Blumenbeeten herumtrampelten. Aber von diesem Beet würden Hanne Wilhelmsen auch zehn wilde Pferde nicht fernhalten können.

Unten in der Wachabteilung stand ein verdutzter Adjutant, für den das zu allem Überfluß der erste Nachtdienst war. Zum Glück machte ein besonnener Vorgesetzter mit zwanzig Jahren Erfahrung seinen Einfluß geltend. Hanne bekam ihren Streifenwagen und als Gesellschaft einen uniformierten Polizisten. Der ältere Kollege versicherte ihr flüsternd, daß die Waffenerlaubnis vorliegen würde, noch ehe sie ihren Bestimmungsort erreicht hätten.

»Sirene?«

Diese Frage stellte der Polizeibeamte Audun Salomonsen. Er hatte sich, ohne sie zu fragen, hinters Lenkrad gesetzt. Hanne war das nur recht.

»Ja«, antwortete sie, ohne nachzudenken. »Fürs erste jedenfalls.«

Das Schlafzimmer lag da, wo alle Schlafzimmer liegen. Nicht im selben Stock wie das Wohnzimmer. Von der Diele gingen zwei Schlafzimmer ab, ein Bad und etwas, das aussah wie ein Abstellraum. Eine hölzerne Treppe führte in den ersten Stock, wo er zweifellos ein Wohnzimmer und eine Küche finden würde.

Aus irgendeinem Grund zog er seine Stiefel aus. Eine Art

rücksichtsvolle Geste, zu rücksichtsvoll, dachte er und spielte mit dem Gedanken, seine verdreckten Stiefel wieder anzuziehen. Aber sie gurgelten vor Nässe. Er ließ sie stehen. Es machte ihm Probleme, die Haustür wieder zuzumachen. Beim Aufbrechen hatte er ein Stück des Rahmens eingedrückt, und nun paßte das Türblatt nicht mehr richtig hinein. Vorsichtig und so leise wie möglich drückte er die Tür zu, so fest es ging. Bei diesem Wind war schwer zu sagen, wie lange sie geschlossen bleiben würde.

Beide Schlafzimmertüren waren geschlossen. Es war unleugbar von einer gewissen Bedeutung, daß er sich die richtige aussuchte. Der Mann hatte vielleicht einen leichten Schlaf.

Finn Håverstad überlegte, welches Zimmer wohl das größere sei, so, wie die Türen angebracht waren und wie er das Haus in Erinnerung hatte. Er entschied sich für die richtige Tür.

An einer Wand stand ein großes Doppelbett. Eine Bettdecke lag, ordentlich dreifach gefaltet, wie ein Riesenkissen quer darüber. Auf der Seite zur Tür hin lag ein Mensch. Es war nicht möglich, ihn zu sehen, denn er hatte die Decke so weit über den Kopf gezogen, daß am Kopfende nur ein paar Haarbüschel hervorlugten. Sie waren blond. Finn Håverstad machte ruhig die Tür hinter sich zu, fischte die Pistole aus dem Hosenbund, legte den Ladegriff vor und ging auf den Schläfer zu.

Mit übertrieben langsamen Bewegungen, wie in Zeitlupe, näherte er den Pistolenlauf dem Kopf im Bett. Dann traf er plötzlich auf etwas Hartes, sicher die Schläfe. Die Wirkung blieb nicht aus. Der Mann erwachte und versuchte, sich aufzusetzen.

»Liegenbleiben«, kläffte Håverstad.

Ob es an dem Befehlston lag oder an der Tatsache, daß der Mann nun die Waffe entdeckt hatte, war schwer zu sagen, jedenfalls legte er sich wieder hin. Und er war plötzlich hellwach.

»Was, zum Teufel, soll das«, sagte er und gab sich Mühe, wütend auszusehen.

Das gelang ihm nicht. Die Angst stand ihm ins Gesicht geschrieben. Seine Augen flackerten, und die Nasenlöcher weiteten und verengten sich im Takt seines schweren, keuchenden Atems.

»Bleib ganz still liegen und hör mir erst mal zu«, sagte Håverstad mit einer Ruhe, die ihn selbst überraschte. »Ich werde dir nichts tun. Jedenfalls nichts Schlimmes. Wir reden nur eine Runde. Aber ich schwöre beim Leben meiner Tochter: Wenn du laut wirst, dann schieße ich.«

Der Mann im Bett starrte die Waffe an. Danach wanderte sein Blick zu seinem Angreifer weiter. Dessen Gesicht kam ihm bekannt vor, aber gleichzeitig war er sich hundertprozentig sicher, daß er diesen Menschen noch nie gesehen hatte. Es war irgend etwas mit den Augen.

»Was, zum Teufel, willst du?« fragte er noch einmal.

»Ich will mit dir reden. Steh auf! Hände hoch! Nimm sie nicht eine Sekunde runter.«

Der Mann versuchte erneut, sich zu erheben. Das war nicht leicht. Das Bett war niedrig, und er durfte ja seine Hände nicht benutzen. Schließlich schaffte er es.

Finn Håverstad war zehn Zentimeter größer als sein Opfer. Das verschaffte ihm den nötigen Vorteil, als der Vergewaltiger nun vor ihm stand und weitaus weniger hilflos wirkte als eben im Bett. Er trug einen Schlafanzug aus Baumwolle, ohne Schlitz und Knöpfe. Das Oberteil hatte einen V-Ausschnitt. Das Ganze sah fast aus wie ein Trainingsanzug. Der Schlafanzug war verwaschen und saß ziemlich eng, und der Zahnarzt trat einen Schritt zurück, als er die dicken Muskeln unter dem dünnen Stoff sah.

Mehr als dieses kleine Eingeständnis von Unsicherheit war nicht nötig. Der Vergewaltiger stürzte sich auf Håverstad, und beide schlugen gegen die nur einen Meter hinter ihnen liegende Wand. Das entschied den Kampf. Håverstad fand die nötige Stütze und preßte den Rücken gegen die Mauer, während der andere das Gleichgewicht verlor und auf ein Knie fiel. Blitzschnell versuchte er, wieder auf die Beine zu kommen, aber es war zu spät. Der Pistolenkolben traf ihn über dem Ohr, und er sank in sich zusammen. Es tat schrecklich weh, aber er verlor das Bewußtsein nicht. Håverstad nutzte die Gelegenheit, um den knienden Mann mit einem Fußtritt zum Bett zurück zu befördern; der lehnte den Rücken an die dicke Federkernmatratze, rieb sich den Kopf und jammerte. Håverstad stieg über seine Beine hinweg und hielt die ganze Zeit die Waffe auf ihn gerichtet. Dann packte er das Kopfkissen. Ehe der sitzende Mann sich's versah, hatte der andere seinen Arm auf die Matratze gepreßt und mit dem Kissen bedeckt. Danach begrub er die Waffe tief unter den Daunen und drückte ab.

Der Schuß hörte sich an wie ein schwaches »plupp«. Beide waren überrascht. Håverstad von dem, was er getan hatte, und von dem leisen Knall, und der andere, weil der Schmerz auf sich warten ließ. Aber nicht allzulange. Der Mann wollte schon aufschreien, doch der Anblick des auf ihn gerichteten Laufes ließ ihn die Zähne zusammenbeißen. Er hielt sich den Arm vor die Brust und stöhnte. Das Blut quoll nur so aus der Wunde.

»Jetzt kapierst du vielleicht, daß ich's ernst meine«, flüsterte Håverstad.

»Ich bin Polizist«, stöhnte der andere.

Polizist? Diese gemeine, unmenschliche Vernichtungsmaschine wollte bei der Polizei sein? Håverstad fragte sich kurz, was er mit dieser Information anfangen sollte. Dann schob er sie beiseite. Es spielte keine Rolle. Nichts spielte eine Rolle. Er fühlte sich stärker denn je.

»Aufstehen«, kommandierte er noch einmal, und diesmal leistete der Polizist keinerlei Widerstand. Er wimmerte noch immer vor sich hin und ging gehorsam die Treppe hinauf in den ersten Stock. Håverstad hielt sich mehrere Meter hinter ihm, um nicht von einem plötzlichen Ausfall des anderen getroffen zu werden.

Das Wohnzimmer war dunkel, die Vorhänge waren zugezogen. Nur ein Lichtschein aus der Küche, wo die Lampe über dem Herd brannte, ermöglichte es, überhaupt etwas zu sehen. Håverstad ließ den Polizisten an der Treppe stehen und schaltete neben der Küchentür eine Wandlampe ein. Dann sah er sich im Wohnzimmer um. Er zeigte auf einen Korbsessel. Der Polizist glaubte, er solle sich setzen, aber Håverstad befahl: »Stell dich mit dem Rücken zur Rücklehne!«

Das Aufrechtstehen fiel dem Polizisten schwer. Noch immer quoll Blut aus der Wunde an seinem Arm. Er wurde langsam blaß, und trotz des schwachen Lichtes konnte Håverstad das Entsetzen in seinem Gesicht und den Schweiß auf der hohen Stirn sehen. Dieser Anblick tat ihm richtig gut.

»Ich verblute«, jammerte der Polizist.

»Tust du nicht.«

Es war ziemlich schwer, dem Mann mit nur einer Hand Arme und Beine zu fesseln. Håverstad mußte bisweilen beide Hände zu Hilfe nehmen, ließ aber auch dann die Pistole nicht los, die die ganze Zeit auf den anderen zeigte. Zum Glück hatte er dieses Problem vorausgeahnt und fertig zurechtgeschnittene Seile mitgebracht. Endlich war der Polizist vertäut. Seine Beine waren, leicht gespreizt, jeweils an ein Sesselbein gebunden. Die Arme waren nach hinten gedrückt und an dem Teil der Armlehnen befestigt, wo sie sich bogenförmig zur Rücklehne hochschwangen. Der Sessel war nicht besonders schwer, und der Mann blieb nur mit Mühe im Gleichgewicht. Immer wieder drohte er vornüber zu kippen. Håverstad packte einen großen Fernseher, der auf einem Glasschränkchen mit Rädern stand, riß die Leitung aus der Steckdose und stellte den Apparat auf den Sessel.

Dann ging er in die Küche und öffnete eine Schublade. Die falsche. Beim dritten Versuch fand er das Gesuchte. Ein ganz normales großes Tranchiermesser, finnisches Fabrikat. Er fuhr mit dem Daumen über die Schneide und ging zurück ins Wohnzimmer.

Der Polizist war in sich zusammengesunken und sah aus wie ein toter Hampelmann. Die Stricke verhinderten, daß er ganz umkippte, und er hing in absurder, fast komischer Haltung da; mit gespreizten Beinen, gebeugten Knien und hilflos nach hinten verzerrten Armen. Finn Håverstad zog sich einen Sessel heran und setzte sich.

»Weißt du noch, was du am 29. Mai gemacht hast?«

Der Mann hatte offenbar keine Ahnung.

»Nachts? An dem Samstag vor zehn Tagen?«

Jetzt wußte der Polizist, warum ihm der Mann bekannt vorkam. Die Augen. Die Frau aus Homansbyen.

Bis jetzt hatte er Angst gehabt. Angst wegen seiner Armwunde und vor diesem grotesken Kerl, dem es offenbar eine perverse Freude bereitete, ihn zu quälen. Aber er hatte nicht geglaubt, daß er würde sterben müssen. Das glaubte er erst jetzt.

»Keine Panik«, sagte Håverstad. »Ich will dich auch jetzt nicht umbringen. Wir wollen uns nur ein bißchen unterhalten.«

Dann stand er auf und packte den anderen am Schlafanzugoberteil. Er steckte das Messer in den V-Ausschnitt und zog es nach unten, so daß das Oberteil sich plötzlich in eine Jacke verwandelte. In eine zerfetzte, schiefe Jacke. Dann wiederholte er das Manöver am Hosenbund. Die Hose rutschte herunter und wurde auf Oberschenkelhöhe von den gespreizten Beinen aufgefangen. Alles von Bedeutung war nun nackt und wehrlos.

Finn Håverstad setzte sich wieder in seinen Sessel.

»Jetzt können wir uns unterhalten«, sagte er, die österreichische Pistole in der einen und ein großes finnisches Küchenmesser in der anderen Hand.

Obwohl sie eigentlich noch eine halbe Stunde hatte warten wollen, stand sie auf und steuerte auf ihr Ziel zu. Das Warten war wie ein Alptraum.

Sie brauchte noch weniger Zeit, als sie angenommen hatte. Als sie eine gute Minute gelaufen war, stand sie auf der Straße, an der das Haus des Vergewaltigers lag. Die Straße war wie ausgestorben. Sie drosselte ihr Tempo, schauderte und ging auf das Haus zu.

»Dreh die Sirene aus.«

Ihre Gemeinde lag nun hinter ihnen. Der Kollege Salomonsen war ein guter Fahrer. Sogar jetzt, auf kleinen Straßen mit Kreuzungen alle zwanzig Meter, fuhr er schnell, aber ruhig, ohne Gewackel oder Schlingern. Sie hatte ihm die Lage geschildert, und per Funk war ihnen die Benutzung von Waffen erlaubt worden.

Sie sah auf die leuchtenden Zahlen am Armaturenbrett. Es war fast zwei Uhr.

»Aber nicht langsamer werden«, sagte Hanne Wilhelmsen.

»Hast du eigentlich eine Ahnung von dem, was du gemacht hast?«

Der Polizist saß gefesselt in seinem eigenen Wohnzimmer und hatte eine vage Ahnung. Er hatte einen Riesenfehler begangen. Das hätte niemals passieren dürfen. Er hatte sich verrechnet. Und wie! Jetzt konnte er sich nur damit trösten, daß sich noch nie jemand auf diese Weise gerächt hatte.

Nicht in Norwegen, sagte er sich. Nicht in Norwegen.

»Du hast meine Tochter kaputtgemacht«, fauchte der Mann und beugte sich in seinem Sessel vor. »Du hast mein kleines Mädchen kaputtgemacht und geschändet.«

Die Messerspitze streifte die Geschlechtsteile des Vergewaltigers, und der stöhnte vor Angst auf.

»Jetzt hast du Angst«, flüsterte der andere und spielte wieder mit dem Messer in der Leistengegend des anderen. »Jetzt hast du vielleicht genau solche Angst wie neulich meine Tochter. Aber das war dir ja egal!«

Der Vergewaltiger konnte einfach nicht mehr. Er holte tief Luft und stieß ein wahnwitziges, schrilles Geheul aus, das selbst die Toten hätte erwecken müssen.

Finn Håverstad warf sich vornüber und schwang das riesige Messer in einem Bogen, in dem sich Tempo und Kraft zusammentaten, von unten nach oben. Die Spitze traf den Vergewaltiger mitten im Schritt, bohrte sich durch die Hoden, perforierte die Leistenmuskulatur und verschwand in der Bauchhöhle, wo sie in einer Schlagader steckenblieb.

Der Schrei verstummte so plötzlich, wie er sich erhoben hatte. Er wurde einfach abgeschnitten, und es war unangenehm still. Der Vergewaltiger sank in sich zusammen, und trotz des schweren Fernsehers auf der Sitzfläche drohte der Sessel umzukippen.

Irgend jemand kam die Treppe heraufgestürzt. Finn Håverstad drehte sich ruhig um, als er die Schritte hörte; er wunderte sich nur ein bißchen, daß die Nachbarn so rasch zur Stelle waren. Und dann sah er, mit wem er es zu tun hatte.

Beide schwiegen. Plötzlich warf Kristine Håverstad sich ihm in etwas, das er für eine Umarmung hielt, entgegen. Er streckte die Arme aus und ging zu Boden, als seine Tochter nach der Pistole griff und dabei seinen Arm zerkratzte. Die Pistole fiel hin, aber sie hatte sie an sich gerissen, ehe er sich wieder aufrappeln konnte.

Er war viel größer als sie und sehr viel stärker. Trotzdem konnte er nicht verhindern, daß sich ein Schuß löste, als er ihren Arm energisch, aber nicht zu hart packte; er wollte sie ja nicht verletzen. Bei dem Knall fuhren beide hoch. Vor Schreck ließ sie die Pistole los und er sie. Einige Sekunden lang standen sie da und starrten einander an, dann packte Kristine den Messergriff, der aus dem Schritt des Vergewaltigers ragte wie ein seltsamer, steinharter Reservepenis. Als sie das Messer herauszog, sprudelte Blut hervor.

Hanne Wilhelmsen und Audun Salomonsen wunderten sich, weil die Kollegen aus Asker und Bærum noch nicht da waren. Die Straße lag dunkel und nächtlich still vor ihnen, ohne das erwartete Blaulicht. Der Wagen kam direkt vor dem Reihenhaus zum Stehen. Als sie auf die Haustür zuliefen, hörten sie in nicht allzu großer Entfernung ein Martinshorn.

Die Tür war aufgebrochen. Sie stand sperrangelweit offen. Sie waren zu spät gekommen.

Hanne Wilhelmsen rannte die Treppe hoch, und dort bot sich ihr ein Anblick, der sie für den Rest ihres Lebens verfolgen würde.

An einen Sessel gebunden, mit nach hinten gebogenen Armen, weit gespreizten Beinen und auf die Brust gefallenem Kinn, hing ihr Kollege Olaf Frydenberg vor ihr. Er sah aus wie ein Frosch. Er war fast nackt. Aus seinem Unterleib schoß Blut in eine rasch wachsende Lache zwischen seinen Füßen. Noch ehe sie ihn untersucht hatte, wußte sie, daß er tot war.

Dennoch hielt sie mit beiden Händen ihre Waffe im Anschlag, wies auf eine Zimmerecke und befahl den beiden, sich von ihrem Opfer zu entfernen. Sie gehorchten sofort, mit gesenktem Blick wie brave Kinder.

Hanne konnte keinen Puls finden. Sie schob ein Augenlid hoch. Der Augapfel starrte sie tot und sinnlos an. Sie fing an, Handgelenke und Knöchel von den Fesseln zu befreien.

»Wir versuchen es mit Wiederbelebung«, sagte sie verbissen zu ihrem Kollegen. »Hol den Erste-Hilfe-Koffer.«

»Ich war es«, sagte Finn Håverstad plötzlich in seiner Zimmerecke.

»Nein, ich!« Kristine Håverstad hörte sich verzweifelt an. »Er lügt! Ich war es!«

Einen Moment lang drehte Hanne Wilhelmsen sich um und musterte die beiden genauer. Sie empfand keinen Zorn. Nicht einmal Resignation. Nur abgrundtiefe, überwältigende Traurigkeit. Sie sahen genauso aus wie bei der ersten Begegnung in ihrem Büro. Mit einem hilflosen, von Trauer erfüllten Gesichtsausdruck, der bei dem riesigen Mann auffälliger war als bei seiner Tochter.

Kristine Håverstad hielt noch immer das Messer in der Hand. Ihr Vater hatte eine Pistole.

»Legt die Waffen weg«, sagte sie fast freundlich. »Dahin!«

Sie zeigte auf einen Glastisch am Fenster. Danach machten sie und Kollege Salomonsen sich an einen restlos vergeblichen Wiederbelebungsversuch.

DONNERSTAG, 10. JUNI

Der Kalender hatte sich wieder beruhigt. Endlich. Eine der Jahreszeit angemessene leichte Wolkendecke hing über Oslo, und die Temperatur lag bei fünfzehn normalen Junigraden. Alles war, wie es sein sollte, und die Bevölkerung nahm sich die Zeit, sich darüber zu freuen, daß das Unwetter nicht ganz so große Verwüstungen angerichtet hatte wie zuerst angenommen.

Im Polizeigebäude auf Grønland saß Hanne Wilhelmsen in der Kantine. Sie war blasser als alle anderen. Ihr war schlecht. Sie hatte in vier Tagen nur zwei Nächte geschlafen. Bald würde sie nach Hause gehen. Der Abteilungschef hatte ihr befohlen, übers Wochenende wegzubleiben. Mindestens. Und er hatte sie aufgefordert, sich um den Posten einer Hauptkommissarin zu bewerben. Was sie absolut nicht vorhatte. Heute jedenfalls nicht. Sie wollte nach Hause.

Håkon Sand dagegen wirkte ungewöhnlich zufrieden. Er lächelte gedankenverloren vor sich hin, riß sich aber zusammen, als ihm aufging, daß Hanne Wilhelmsen einem physischen Zusammenbruch näher war, als er das je erlebt hatte.

Die Kantine lag im sechsten Stock und bot eine phantastische Aussicht. Ganz hinten auf dem Oslofjord strebte die Fähre aus Dänemark dem Land entgegen, beladen mit Rentnern, die wesentlich mehr dänische Wurst und Schinken gebunkert hatten, als erlaubt war. Der Rasen vor dem Haus wimmelte nicht mehr von Menschen, nur hier und dort blickte ein Optimist erwartungsvoll zum Himmel, ob die Sonne nicht bald zurückkommen wollte.

»Einmal muß ja das erste Mal sein«, sagte Hanne Wilhelmsen und rieb sich die Augen. »Und bei unserem dauernden Versagen war es eigentlich nur eine Frage der Zeit, wann jemand die Sache selbst in die Hände nehmen würde. Das scheußliche ist...« Sie unterbrach sich und schüttelte den Kopf. »Das scheußliche ist, daß ich sie verstehen kann.«

Håkon Sand sah sie sich genauer an. Ihre Haare waren ungewaschen. Ihre Augen waren weiterhin blau, aber der schwarze Ring um die Iris wirkte breiter, schien sich zur Pupille durchzufressen. Ihr Gesicht wirkte geschwollen, und ihre Unterlippe war in der Mitte gesprungen, so daß ein dünner Streifen geronnenen Blutes die Lippe zerteilte.

Sie kniff im hellen Junilicht die Augen zusammen und behielt die Fähre im Blick. Es gab so viele Fragen, auf die sie keine Antwort erhalten hatte. Wenn sie das Haus in Bærum nur fünf Minuten früher erreicht hätten. Nur fünf Minuten! Höchstens.

»Woher hat er zum Beispiel das ganze Blut gehabt?«

Håkon Sand zuckte gleichgültig mit den Schultern.

»Mich interessiert etwas ganz anderes«, sagte er abwehrend und sah sie mit schlauem, erwartungsvollem Blick an, in der Hoffnung, sie würde fragen, wovon er redete.

Aber Hanne Wilhelmsen war mit ihren eigenen Gedanken beschäftigt, und die Fähre hatte nun leichte Probleme mit einem kleinen Frachter, der auf sein Vorfahrtsrecht pochte. Sie hatte Håkon überhaupt nicht zugehört.

»Sie werden damit wahrscheinlich durchkommen«, sagte er etwas zu laut und mit einer Spur von Verbitterung angesichts des mangelnden Interesses bei seiner Kollegin. »Wahrscheinlich können wir nicht einmal Anklage gegen sie erheben.«

Das half. Hanne überließ die Fähre ihrem Schicksal und starrte ihn an. Ihr Blick war von äußerster Skepsis erfüllt.

»Was sagst du da? Die kommen damit durch?«

Kristine Håverstad und ihr Vater saßen in Untersuchungshaft. Sie hatten einen Menschen getötet. Sie versuchten auch nicht, sich durch Lügen zu retten. Sie gestanden bereitwillig. Und sie wären um ein Haar in flagranti ertappt worden.

Natürlich würden sie damit nicht durchkommen. Hanne gähnte.

Håkon Sand, der acht Stunden lang gut und behaglich in seinem eigenen Bett geschlafen und deshalb Zeit und Kraft genug gehabt hatte, sich über den Fall zu informieren, und der noch dazu im Laufe des Morgens mit mehreren Kollegen darüber hatte diskutieren können, war strahlender Laune.

»Beide behaupten, es allein getan zu haben«, sagte er und trank einen Schluck bitteren Kantinenkaffee. »Beide nehmen die Schuld auf sich. Die alleinige. Sie leugnen hartnäckig, es gemeinsam getan zu haben. Alles, was wir bisher wissen, deutet darauf hin, daß letzteres jedenfalls die Wahrheit ist. Sie sind getrennt gekommen, haben an unterschiedlichen Stellen geparkt. Und Kristine hat versucht, sich ein Alibi zu konstruieren.«

Er lächelte beim Gedanken an den Jungen, der in einem Zustand zum Verhör gebracht worden war, in den Håkon niemals zu geraten hoffte. Der Student hatte sich während der ersten halben Stunde des Verhörs zweimal erbrochen.

»Aber das kann doch kein Problem sein, Håkon! Es ist doch klar, daß es einer von den beiden war, und der oder die andere kann dann wegen Beihilfe verurteilt werden.«

»Nein, eben nicht. Beide machen Aussagen, die mit unseren Erkenntnissen übereinstimmen. Beide behaupten, den Mann allein umgebracht zu haben und vom anderen dabei überrascht worden zu sein. Beide können belegen, warum wir ihre Fingerabdrücke an der Pistole und am Messer haben. Beide haben ein Motiv, beide hatten die Möglichkeit. Beide hatten Schmauchspuren an der rechten Hand. Und sie widersprechen einander heftigst in der Frage, wer an die Decke und wer den Mann in den Arm geschossen hat. Und deshalb, meine liebe Hauptkommissarin in spe...«

Er grinste, und sie machte sich nicht einmal die Mühe, ihn zu korrigieren.

»Deshalb stehen wir vor einem klassischen Problem. Wenn ein Urteil gefällt werden soll, darf kein vernünftiger Zweifel mehr daran bestehen, wer es war. Fünfzig Prozent Sicherheit sind nicht genug. Genial!

Er breitete die Arme aus und lachte schallend. Alles starrte ihn an, was er sofort bemerkte, ohne sich jedoch davon beeindrucken zu lassen. Er sprang auf und schob den Stuhl an den Tisch. Dann beugte er sich über den Tisch und stemmte die Hände ins Kreuz.

»Es ist noch zu früh für klare Aussagen. Viele Untersuchungen stehen noch aus. Aber wenn ich mich nicht irre, dann lacht sich die Bronzedame in meinem Büro gerade kringelig.«

Der Polizeiadjutant lächelte selbst von einem Ohr zum anderen.

»Aber da ist noch was.« Jetzt starrte er verlegen die Tischplatte an, und Hanne ahnte in seinem Gesicht ein leichtes Erröten. »Das Essen morgen...«

Das hatte sie total vergessen.

»Ich muß da leider absagen.«

Dieser Tag brachte wirklich eine positive Überraschung nach der anderen.

»Alles klar«, sagte sie auffällig schnell. »Das holen wir einfach nach, ja?«

Er nickte, wollte aber offenbar noch nicht gehen.

»Ich werde Vater«, sagte er schließlich, und jetzt glühten seine Ohren wirklich. »Weihnachten werde ich Vater! Karen und ich wollen das am Wochenende feiern. Wir fahren weg. Tut mir leid, daß ich...«

»Alles klar, Håkon. Hundert Prozent in Ordnung. Herzlichen Glückwunsch!«

Sie umarmte ihn und drückte ihn ausgiebig an sich.

Was für ein Tag!

In ihrem Büro griff sie, ohne zu zögern, zum Telefon. Ohne weiter nachzudenken, wählte sie eine Nummer aus dem Haus.

»Hast du morgen schon was vor, Bill T.?«

»Ich habe übers Wochenende meine Jungs. Hole sie gegen fünf ab. Wieso?«

»Hast du Lust, sie zum Essen mitzubringen, zu mir und zu...«

Es mußte Grenzen geben. Sie brachte den Namen nicht über die Lippen. Er kam ihr zu Hilfe.

»Es sind vier; drei, vier, fünf und sechs Jahre alt«, warnte er.

»Spielt keine Rolle. Kommt um sechs.«

Dann rief sie Cecilie bei der Arbeit an und setzte sie von der Menüänderung in Kenntnis. Sie mußten Spaghetti servieren. Und massenhaft Limonade.

Das Gefühl, das sie überkam, als sie den Hörer wieder auflegte, schockte sie mehr als alles, was an den letzten beiden dramatischen Tagen passiert war.

Sie freute sich!

SERIE PIPER

Anne Holt
In kalter Absicht

Roman. Aus dem Norwegischen von Gabriele Haefs. 365 Seiten. Serie Piper

Packend und beklemmend zugleich ist der brisante Kriminalroman der Bestsellerautorin Anne Holt über eine Serie von dramatischen Entführungsfällen: Am hellichten Tag verschwindet in Oslo die kleine Emilie, wenig später wird der fünfjährige Kim vermißt. Schließlich findet man den Jungen tot auf, mit einem rätselhaften Zettel in der Hand. Hauptkommissar Stubø beschließt, die sensible Psychologin Inger Vik einzuschalten. Schließlich erinnern die Umstände fatal an den Fall, in dem sie gerade recherchiert: ein Verbrechen, das über vierzig Jahre zurückliegt …

»Gegen diesen Serienkiller-Thriller ist ›Das Schweigen der Lämmer‹ eine Gute-Nacht-Geschichte. Hätte Anne Holt mit Inger Vik nicht eine absolut vertrauenerweckende Heldin in die böse Welt geschickt, man würde nach der Lektüre ihres neuen Psychokrimis kein Auge mehr zukriegen.«

Brigitte

05/1425/01/L

Anne Holt
Das achte Gebot

Roman. Aus dem Norwegischen von Gabriele Haefs. 444 Seiten. Serie Piper

Ståle Salvesen hat Selbstmord begangen, dafür gibt es Zeugen. Salvesen galt jedoch als Hauptverdächtiger in einem abscheulichen Mordfall, und nun steht die Osloer Hauptkommissarin Hanne Wilhelmsen mit ihren Ermittlungen wieder ganz am Anfang. Dann gibt es ein zweites Opfer: Ein bekannter Wirtschaftsjournalist wird erschlagen aufgefunden, und zwar ausgerechnet in Salvesens Keller …

»Anne Holts neuer Fall ist dunkel, schön und melancholisch.«

Die Welt

05/1053/01/R

SERIE PIPER

Emma Vall

Lautloser Fluß

Roman. Aus dem Schwedischen von Lotta Rüegger und Holger Wolandt. 286 Seiten. Serie Piper

Als eine Frauenleiche im Selångerfluß gefunden wird, ist die Polizei in Sundsvall ratlos. War die junge Estin eine Prostituierte, die im neu eröffneten Kasino gearbeitet hat? Oder hat der Mord etwas mit der großen Kunstmesse zu tun, die Besucher aus dem ganzen Land anlockt? Ein Fall für die engagierte Journalistin Amanda Rönn, die sich für die Ereignisse hinter den Kulissen zu interessieren beginnt. Gibt es da eine Wahrheit, die nicht ans Tageslicht darf? Als wenig später ihre beste Freundin, die Künstlerin Sara, kurz vor der Eröffnung ihrer umstrittenen Ausstellung spurlos verschwindet, ahnt Amanda, daß jede Sekunde zählt …

»›Lautloser Fluß‹ ist ein temporeicher und spannender Journalistenkrimi, und die drei Frauen hinter dem Pseudonym Emma Vall scheinen ein fest zusammengeschweißtes Team zu sein.«

Vadstena Tidning

05/1526/01/L

Karin Fossum

Dunkler Schlaf

Roman. Aus dem Norwegischen von Gabriele Haefs. 263 Seiten. Serie Piper

Sie gehört zu den Meisterinnen ihres Genres: die Norwegerin Karin Fossum. In diesem packenden Kriminalroman recherchiert der wortkarge Kommissar Konrad Sejer den Fall der sonderbaren Irma Funder: In deren Keller liegt ein sterbender junger Mann – und für Sejer beginnt ein Wettlauf gegen die Zeit, den er nicht gewinnen kann … Ein fesselndes Psychogramm, in dem sich die Grenzen zwischen Opfer und Täter immer mehr verwischen.

»Seit Jahren schon erweist sich Karin Fossum mit ihren anspruchsvollen, lebensklugen Sozialthrillern als ebenbürtige Kollegin von Henning Mankell.«

Der Spiegel

05/1482/01/R

PIPER

Arne Dahl

Misterioso

Kriminalroman. Aus dem Schwedischen von Maike Dörries. 345 Seiten. Serie Piper

Kaum ist Paul Hjelm, Inspektor der Stockholmer Polizei, zur Sondereinheit für besonders schwierige Fälle berufen worden, da hat er es schon mit einem kaltblütigen Serienmörder zu tun: drei unbescholtene Geschäftsleute – hingerichtet mit Kopfschüssen aus nächster Nähe, nach einem präzisen Ritual. Eine erste Spur, die zu einer Geheimloge führt, erweist sich als Sackgasse. Ist womöglich die russische Mafia in die Morde verwickelt? Doch dann die heiße Spur: ein Jazzstück mit dem bezeichnenden Titel »Misterioso« …

»Sein Erzählstil ist dicht, seine Figuren sind glaubwürdig gezeichnet, seine Geschichte gut durchdacht und geschickt konstruiert.«
Westdeutsche Zeitung

05/1525/01/L

Kerstin Ekman

Mittsommerdunkel

Roman. Aus dem Schwedischen von Hedwig M. Binder. 243 Seiten. Serie Piper

Als Helga Wedin den Dorfladen ihres Onkels in dem kleinen nordschwedischen Dorf erbt, macht sie eine Entdekkung: im Lagerraum befinden sich große Mengen an Zucker und Hefe. Mit ihrer Stieftochter Åsa und ihrem Geliebten Edvard hat sie die vielversprechende Idee, illegal Schnaps zu brennen. Doch Neid, Eifersucht und Gier machen allen einen Strich durch die Rechnung. Kerstin Ekman erzählt die spannungsgeladene Geschichte einer ungewöhnlichen Dreiecksbeziehung.

»In origineller volkstümlicher Sprache und starken Metaphern ersteht das Bild einer Gemeinschaft, die verunsichert in die Zukunft blickt.«
Ostthüringer Zeitung

05/1428/01/R